Kn

Knaur.

Im Knaur Taschenbuch Verlag ist von der Autorin bereits erschienen:
Das Marzipanmädchen
Die Bernsteinsammlerin
Die Bernsteinheilerin

Über die Autorin:
Lena Johannson wurde 1967 in Reinbek bei Hamburg geboren. Nach der Schulzeit auf dem Gymnasium machte sie zunächst eine Ausbildung zur Buchhändlerin, bevor sie sich der Tourismusbranche zuwandte. Ihre beiden Leidenschaften Schreiben und Reisen konnte sie später in ihrem Beruf als Reisejournalistin miteinander verbinden.
Vor einiger Zeit erfüllte sich Lena Johannson einen Traum und zog an die Ostsee.
»Die Braut des Pelzhändlers« ist nach »Das Marzipanmädchen«, »Die Bernsteinsammlerin« und »Die Bernsteinheilerin« ihr vierter Roman.
Besuchen Sie die Autorin auf ihrer Homepage: www.lena-johannson.de

Lena Johannson

Die Braut des Pelzhändlers

Roman

Knaur Taschenbuch Verlag

Besuchen Sie uns im Internet:
www.knaur.de

FSC
www.fsc.org
MIX
Papier aus verantwortungsvollen Quellen
FSC® C014496

Originalausgabe März 2011

Ein Unternehmen der Droemerschen Verlagsanstalt
Th. Knaur Nachf. GmbH & Co. KG, München

Redaktion: Ilse Wagner
Umschlaggestaltung: ZERO Werbeagentur, München
Umschlagabbildung: The Lovers (oil on panel), Max Gaisser (1857-1922) /
Private Collection / Photo © Bonhams, London, UK /
The Bridgeman Art Library
Satz: Daniela Schulz, Stockdorf
Druck und Bindung: GGP Media GmbH, Pößneck
Printed in Germany
ISBN 978-3-426-50520-5

2 4 5 3 1

Die Braut des Pelzhändlers

KGR. NORWEGEN
KGR. SCHWEDEN
KGR. DÄNEMARK
Mora
Dalekarlien
Falun
Glom
Klar Elf
Dal Elf
Aggershus
Opslo
Kongsberg
Stavanger
Upsala
Westerås
Arboga
Stockholm
Orebro
Södermanland
Wener See
Wetter S.
Söderköping
Wadstena
Bohuslan
West-Götland
Bogesund
Elfsborg
Skager Rak
Kattegatt
Ost-Götland
Halland
Warberg
Aalborg
Wilborg
Kalmar
Öland
Blekingen
Schonen
Lund
Malmö
Gr. Belt
Bornholm
N O R D S E E
Schleswig
Schleswig
Rügen
Stralsund
Hemmingstedt
Holstein
Rostock
Kolberg
Stolp
Stade
Lübeck
Wismar
Hamburg
Schwerin
Bremen
Lüneburg
Elbe
Stettin
Stargard
Pomerellen
Osterlinge
Westerlinge
Osnabrück
Weser
Ems
Minden
Oder
Neumark
Berlin
K G R.

Finnland
Åbo
Finnischer Meerbusen
Maholm
Narwa
Reval
Esthland
Dagö
Fellin
Dorpat
Pernau
Ermes
Pskow
Gotland
Ösel
Livland
SEE
Wenden
Pilten
Riga
RUSSISCHES REICH
Kurland
Mitau
Düna
Dünaburg
Samogitien
Memel
Memel
Tilsit
Kowno
Königsbg.
GRFSM. LITAUEN
HZM. PREUSSEN
Danzig
Elbing
Ermland
Marienbg.
Marienwerd.
Tannenbg.
Grodno
POLEN
N
W
O
S

Bilke

Am vierten Tag von Bilke von Rantelns Reise nach Riga zogen schwere Wetter auf. Düstere Wolken türmten sich vor einem gelblichen Himmel, der auf die Lübecker Kaufmannstochter bedrohlich wirkte. Schon seit der Nacht hatte der Wind beständig zugenommen und sich schließlich zu einem gewaltigen Sturm entwickelt. Bilke wusste, dass sie besser in ihrer Kabine geblieben wäre. Doch bei allem Komfort und aller Behaglichkeit, die der kleine Raum in dem Kastell bot, einem Aufbau am Heck der mächtigen Kogge, wie man ihn seit geraumer Zeit baute, konnte er sie doch nicht mit frischer Luft versorgen. Stickig war es und finster, da es nicht einmal ein kleines Fenster gab. Sie hatte Sorge, dass sie sich würde erbrechen müssen, und war an Deck gekommen. Besser, an der Reling festgeklammert würgen, als womöglich den Inhalt ihres Magens auf dem hölzernen Boden ihrer Kabine wiederzufinden. Obwohl sie gute Vorräte an Schollen und Rindfleisch mit sich führten, gab es an diesem Tag nur Zwieback und Butter. Das Herdfeuer war gelöscht worden, als der Sturm immer mehr an Kraft zugelegt hatte, damit nicht womöglich ein Brand entstünde. Bilke war es gerade recht. Appetit hatte sie ohnehin keinen. Schon der harte Zwieback lag ihr schwer im Magen. Aber ihr Vater hatte ihr vor ihrer ersten Seereise aufgetragen, auch dann zu essen, wenn ihr nicht danach zumute war, weil es ihr dann bessergehen würde, als wenn sie mit leerem Magen das Schwanken und Rollen, das Heben, Senken und Kippen des Schiffes auszuhalten versuchte.

Sie dachte an ihren Vater, ihre liebste Schwester Bente, die ihr glich wie eine Birke der anderen, und an Lübeck, wo sie mit ihren weiteren drei Geschwistern aufgewachsen war. Wie lange schien es her zu sein, dass sie an einem lausig kalten Apriltag des Jahres 1430 an Bord dieses Handelsschiffes gegangen war, um eine Reise anzutreten, die ihr ganzes Leben verändern würde. Ihr war, als sei sie bereits Wochen auf diesem Schiff unterwegs, dabei waren es erst einige Tage. Jede Minute floss unendlich zäh dahin, so langsam wie eine alte Frau, die sich schwerfällig aus einem Sessel erhob. Dabei wünschte sich Bilke doch nichts sehnlicher, als endlich livländischen Boden zu betreten. Der Grund ihrer Reise war ein äußerst glücklicher. Zum ersten Mal würde sie Hartwych begegnen, dem Sohn des Pelzhändlers Hans van Broke. An seiner Seite, so war es beschlossen, würde sie ihr Leben verbringen. Sie wusste, dass er ein weltgewandter und gebildeter Kaufmann aus den vornehmsten Kreisen Rigas war. Wenn sie an ihn dachte, klopfte ihr Herz einen Takt schneller. Wie mochte er wohl aussehen? Wie klang sein Lachen? Sie konnte es kaum erwarten, die Antworten auf all ihre Fragen zu bekommen.

Eine Welle war luvseits herangerollt und schlug jetzt hart gegen den Schiffsleib. Die Kogge neigte sich gefährlich zur Seite. Ein Bootsmann schrie Bilke gegen den tosenden Sturm an, sie habe sich augenblicklich wieder in ihre Unterkunft zu begeben. Sie zu begleiten, dazu fehlte ihm jedoch die Möglichkeit, denn er war vollauf damit beschäftigt, sich festzuhalten, um nicht zu stürzen. In der nächsten Sekunde musste er schon wieder Matrosen kommandieren und Rücksprache mit dem Kapitän halten. Bilke stand auf der dem Land abgewandten Seite des Schiffes. Ihre Finger klammerten sich um die Reling. Sie spürte das feuchte Holz und blickte auf dunkelgraue schäumende Ostseewellen. Salzwasser klatschte eisig gegen ihre Hände. Beinahe hätte sie losgelassen. Schon war ihr Kleid feucht von der Gischt, die unablässig über die Planken sprühte. Ihre Haare, von der Haube nur mäßig geschützt, klebten ihr am Kopf. Sie fragte sich, wo all die anderen Schiffe der Flotte waren. Auch kein einziges der Schutzboote war mehr zu sehen, wie sie beklommen feststellte. Sie waren vor drei Tagen im Verband von vier Handelsschiffen und sechs kleinen Schutzbooten aus dem Hafen von Lübeck ausgelaufen. Die Fracht an Bord war kostbar, und die dänischen Piraten waren gefürchtet.

In der Ferne entdeckte sie dann doch ein Schiff. Wie es aussah, hatte der Sturm die lübsche Flotte weit auseinandergetrieben. Für einen kurzen Moment verschwand das ungute Gefühl, das sich breitgemacht hatte, seit Bilke begriffen hatte, dass die anderen Schiffe fort waren. Doch die Erleichterung dauerte nicht lange an. Nein, dieser schlanke Dreimaster gehörte gewiss nicht zu ihrem Verband. An ihn hätte sie sich erinnern können. Sie war auf der Stelle in höchstem Maße angespannt und gleichermaßen fasziniert. Elegant trotzte das Schiff der schweren See und kam in erstaunlichem Tempo auf sie zu. Die hellen Segel schienen vor den schwarzen Wolken wie aus eigener Kraft zu strahlen. Bilke blickte angestrengt in die Richtung des fremden Seglers. Immer wieder musste sie einen Schritt bald zu dieser, bald zu jener Seite machen, um nicht ihr Gleichgewicht zu verlieren.
»Gehen Sie in Ihre Unterkunft«, rief der Bootsmann wieder, der soeben an ihrer Seite aufgetaucht war. Jetzt entdeckte auch er das schlanke Schiff. »Die Sandeimer!«, schrie er im

nächsten Augenblick. Bilke erschrak. Herrschte eben schon wegen des schlechten Wetters und der tobenden See Unruhe unter der Mannschaft, steigerte sich diese jetzt zu nahezu panischer Betriebsamkeit. Die Männer brüllten Kommandos, schleppten Eimer heran und begannen, Sand auf die hölzernen Planken der Kogge zu schütten. Hier und da schwappte eine Welle über die stellenweise mannshohe Reling, so dass die Seeleute die Eimer gleich wieder füllen und erneut auskippen mussten. Sie wusste, was das bedeutet. Ihr Vater war oft genug mit seiner Ware auf der Ostsee unterwegs gewesen und hatte davon berichtet. Der Sand sollte verhindern, dass das Schiff in Flammen aufging, wenn es zum Gefecht kam, und er sollte den Männern mehr Halt auf dem nassen Holz geben. Sie begriff schlagartig, dass der schnittige Dreimaster, der direkt auf sie zuhielt, ein Piratenschiff sein musste. Ihr stockte der Atem. Die Übelkeit, die sie vollkommen vergessen hatte, kehrte unvermittelt zurück. Schon war das Schiff heran. Bilke musste sich in ihrer Kammer verbergen. Als sie es wagte, die Reling loszulassen, konnte sie die Männer an Bord des feindlichen Seglers bereits erkennen. Einer von ihnen hisste eine blutrote Flagge.

Bilke hastete auf die Treppe zu, die sie nach oben führen würde. Einen kurzen Moment zögerte sie, überlegte, ob es nicht klüger sei, sich zwischen Salz, Stockfisch und Hering zu verkriechen. Im Bauch der Kogge wäre sie sicher, das wusste sie. Oft genug hatte ihr Vater erzählt, dass Piraten niemals auf den Rumpf unterhalb der Wasserlinie zielten, denn bei einem solchen Treffer könnte das angegriffene Schiff leicht sinken. Und damit gleichzeitig ihre Beute. Nein, so töricht waren Piraten nicht. Sie kamen erst ganz nah heran und setzten dann die verteidigungsbereite Mannschaft außer Gefecht. Und dann machten sie sich über die Ladung her und würden auch eine Frau entdecken, die sich dort verbarg. Sie schauderte. Eine Gänsehaut kroch über ihren Nacken und breitete sich aus. Und das lag gewiss nicht allein an der Kälte. Nur wenige Schritte noch. Bilke konzentrierte sich darauf, schnell voranzukommen, ohne zu fallen. Ihr von der Gischt inzwischen vollkommen durchnässtes Kleid war ihr dabei hinderlich, denn es legte sich schwer um ihre Beine. Sie versuchte, den üppigen roten Stoff zu raffen, als eine Welle die Kogge anhob und gleich darauf in ein tiefes Tal stürzen ließ. Bilke machte rasch einen Schritt zur Seite, um sich abzufangen, und stieß mit dem Knie gegen das Geländer der kleinen Treppe, die zu ihrer Kabine führte. Sie kümmerte sich nicht um das schmerzhafte Pochen, sprang eilig die vier Stufen hinauf und schlug gleich darauf ihre Tür hinter sich zu.

Wenn nur ihr Vater da wäre! Seit vor fünf Jahren, im Jahr des Herrn 1425, Bilkes Mutter bei der Geburt des Jüngsten, Knud, gestorben war, sorgte Heimo von Ranteln allein für seine Kinder. Obwohl er ein Geschäft zu führen hatte und es für einen Mann gänzlich ungewöhnlich war, sich um seine Kinder zu kümmern, tat er dies mit einiger Hingabe und war stets für Bilke und ihre Geschwister da. Gewiss, die Kinderfrau war ihm stets zur Hand gegangen, doch blieben ihm noch immer genug Arbeit und Sorgen, die er nicht auf fremde Schultern abwälzen konnte. Nie würde Bilke den Tag kurz nach ihrem vierzehnten Geburtstag vergessen, an dem sie, wie schon bei ihren anderen Geschwistern, voller Spannung darauf gewartet hatte, in die Kammer der Eltern schleichen und das Neugeborene betrachten zu dürfen. Nur war diesmal alles anders. Schon erklang das für einen Säugling gewiss kräftig zu nennende

Schreien des Kindes, das gedämpft durch die schweren Holztüren nur schwach an Bilkes Ohren drang. Und im nächsten Moment erfüllte ein Schrei das ganze Haus, der so laut und schauderhaft war, dass sie ihn ihr ganzes Leben nicht würde vergessen können. Es klang wie das Kreischen und Ächzen eines wilden Tieres, doch es war Bilkes Vater, der den Tod seiner Frau beklagte. Einige Tage bekamen Bilke und Bente und die Brüder Holger und Hauke ihren Vater nicht zu Gesicht. Sie trösteten sich mit dem winzigen Knud – die Mutter war sich sehr früh sicher gewesen, dass es ein Junge werden würde, und hatte diesen Namen gewählt – und waren mit ihrem eigenen Kummer beschäftigt. Bilke, als die Älteste, gab sich alle Mühe, Bente und die Jungen zu trösten. Gern hätte sie auch ihrem Vater Trost gespendet, wenn sie ihn manchmal nachts vor Kummer stöhnen hörte. Meist waren zuvor Schritte zu hören gewesen. Wahrscheinlich war er ruhelos herumgelaufen, oder eine Magd hatte ihm noch etwas zu essen oder zu trinken gebracht oder ihm eine Wärmflasche gerichtet. Nach dem Begräbnis seiner Frau ging Heimo wieder seinen Geschäften nach, dem Handel mit Gewürzen, Salz und vor allem Hering und Stockfisch. Er achtete überraschenderweise noch mehr als zuvor auf seine Kleidung, seine Haarpracht und seinen stattlichen Bart. Bilke fiel auf, dass die Kinderfrau seit dem Tod von Frau von Ranteln beschwingter wirkte und mit einem Mal zu geröteten Wangen neigte. Sie fragte sich, ob die Bedienstete womöglich ihren Kummer und die Mehrbelastung mit dem einen oder anderen Gläschen zu betäuben suchte. Von solchen Fällen hatte man schon gehört.

Ein Donner ertönte, gleich darauf ein Krachen und das alles durchdringende Geräusch von berstendem Holz. Bilke zuckte zusammen. Sie stellte fest, dass sie noch immer wie angewurzelt in ihrer Kabine stand. Es musste doch irgendetwas geben, das sie tun konnte. Nun gab es keinen Zweifel mehr, dass es sich um Piraten handelte, die sich anschickten, die lübsche Kogge zu entern. Hilfe von den Schutzbooten war offenkundig nicht zu erwarten. Sie strich das nasse Kleid glatt und richtete notdürftig die Haare und die Haube. Sie würde einem Kapitän, selbst wenn es sich um den eines Piratenschiffes handelte, so gegenübertreten, wie es sich für die Tochter eines angesehenen Rigafahrers gehörte. Bilke lauschte auf die Geräusche, deren Vielfalt mit jeder Sekunde zu wachsen schien, als würden unterschiedliche Instrumente sich nach und nach zu einem mehrstimmigen Orchester zusammenfinden. Zu dem Glucksen der Wellen, die an den Schiffsleib schlugen, kamen die Rufe der Männer, die zur Mannschaft gehörten, und längst auch die Schreie der Angreifer. Zudem war ein unregelmäßiges Trommeln wie von schweren Hagelkörnern auf einem Holzdach zu hören, das immer wieder von Schmerzenslauten durchbrochen wurde. Mit einem Mal gab es einen dumpfen Schlag, als ob ein schwerer eiserner Gegenstand gegen die Bordwand krachte. Bilke fiel ein, wie ihr Vater ihren Brüdern einmal erzählt hatte, dass Piraten Wurfanker aus Eisen verwendeten, um ihr Boot längsseits an ihre Beute heranzuziehen und dann entern zu können. Während sie daran dachte, wie sie, auf ihrer Fidel übend, damals über die Geschichte gelächelt hatte, spürte sie einen kräftigen Ruck, hörte gleich darauf einen lauten Schlag, verlor die Balance und stürzte auf die schlichte Pritsche, die ihr an Bord als Nachtlager diente. Also war die Geschichte mit dem durch die Luft sausenden Anker doch kein Ammenmärchen gewesen. Dann fielen die ersten

Schüsse. Sie richtete sich kerzengerade auf, wartete und starrte auf die niedrige Holztür. Sie hätte nicht annähernd raten können, wie lange sie so saß, auf die grauenhaften Töne lauschend, die von berstendem Holz – oder waren es gar Knochen? – verursacht wurden oder die aus den Kehlen der gepeinigten Männer kamen. Plötzlich hörte sie ihren Namen, ausgesprochen mit einer tiefen Stimme, die zwar Bilkes Sprache benutzte, mit ihr aber offenbar nicht völlig vertraut war.

»Ich weiß, dass sie an Bord ist«, sagte die Stimme mit großer Überzeugung. Schritte kamen näher.

Bilke bemerkte, dass sie zitterte. Sosehr sie sich auch bemühte, sie konnte es nicht abstellen. Seeräuber für dumm zu halten wäre ihr nicht eingefallen. Dafür hatte sie schon zu viel von ihnen gehört. Dass sie aber die Personen mit Namen zu nennen wussten, die auf einem Handelsschiff reisten, erstaunte sie doch. Woher nur konnten sie derartige Kenntnisse haben? Sie stand auf, straffte sich, strich fahrig über das noch immer nasse Kleid und blickte so stolz und ruhig, wie es ihr nur möglich war, zu der Tür, hinter der die Schritte immer lauter wurden.

»Nein, Sie können nicht …«, hörte sie den Kapitän ganz nah bei ihrer Kabine. Dann gab er ein ersticktes Gurgeln von sich und schwieg. Sie schluckte. Die Tür wurde geöffnet. Bilke konzentrierte sich auf den Schlag ihres Herzens, den sie wild, beinahe schmerzhaft in der Brust spürte und der, wie ihr scheinen wollte, den gleichen Takt hatte wie das Pochen in ihrem Knie. Ein Mann stand in der offenen Tür. Er war groß und trug eine Hose, die einige Risse aufwies, ein ebensolches Hemd und eine Lederweste darüber.

»Da ist sie also«, sagte er mit dieser Aussprache, die ihn auf

der Stelle als Dänen entlarvte. Jedes S zischte, und die Worte wurden zwischen engen Kieferknochen zermahlen.
Bilke sah ihm in die Augen, die grau und kalt waren wie das Meer.
»Kommen Sie schon raus aus Ihrem Versteck, oder soll ich zu Ihnen hineinkommen?« Bilke konnte sich des Eindrucks nicht erwehren, seine eigene Zunge sei ihm andauernd im Weg. Unter anderen Umständen hätte sie darüber gelacht. Doch in dieser Situation war ihr keineswegs nach Heiterkeit zumute. Ohne ein Wort trat sie auf ihn zu, bückte sich unter dem niedrigen Türrahmen hindurch und stand ganz dicht vor ihm. Er war fast einen Kopf größer als sie. Trotzdem blickte sie ihm auch jetzt fest in die Augen.
»Bilke von Ranteln, habe ich recht?«
Sie nickte.
»Können Sie nicht sprechen, Bilke von Ranteln?« Es klang nicht böse oder aggressiv, wie er fragte, eher abwartend, fast ein wenig verständnisvoll.
»Lassen Sie sie in Frieden, ich flehe Sie an.« Kapitän von Holstein machte einen Schritt nach vorn, wurde aber von einem Mann festgehalten, der lange schwarze Haare und eine unübersehbare Narbe quer über der Nase hatte. Bilke bemerkte, dass von Holstein an der rechten Schläfe blutete.
»Wir ergeben uns«, fuhr er unbeirrt fort. »Das habe ich Ihnen doch bereits zugesichert. Wir laden unsere Fracht auf Ihr Schiff um und ziehen dann unseres Weges. Fräulein von Ranteln kann wohl kaum von Nutzen für Sie sein, also lassen Sie sie mit uns nach Hause segeln.«
Der Piratenkapitän, dessen rotblondes, ungestüm gelocktes Haar sein kantiges Gesicht einrahmte, drehte sich langsam zu von Holstein um.

»Ihr ergebt euch?« Er machte eine Pause und begann dann dröhnend zu lachen. Seine Männer, die überall an Deck verteilt waren, stimmten ein.
Erst jetzt wagte Bilke, sich genauer umzusehen. Was sie sah, war grauenvoll. Die Segel der Kogge hingen in Fetzen, der Mast war so schwer getroffen worden, dass er in zwei Stücke geborsten war. Das Deck war von nassem Sand bedeckt, der an einigen Stellen durch das Kampfgetümmel zu einem Haufen zusammengeschoben, an anderen Stellen von Blut getränkt war. Einige Seeleute lagen reglos auf den Planken. Stoff war zerfetzt, die Haut, die darunter zum Vorschein kam, war es ebenfalls. Was wie Hagelkörner geklungen hatte, musste Schrot gewesen sein. Überall ragten Holzsplitter in die Luft, waren Löcher geschlagen, Seile und Taue in tausend Stücke gerissen. Auch einige der Toten waren auf die gefährliche Waffe zurückzuführen, die wegen ihrer Streuwirkung, durch die Menschen schwer verletzt wurden und Material zerstört wurde, gefürchtet war. Wer von der Mannschaft der Kogge noch auf seinen zwei Beinen stehen konnte, wurde von Piraten bewacht und hielt die Hände zum Zeichen der Unterwerfung über den Kopf. Welch ein Gegensatz, kam es Bilke in den Sinn: die lachenden Angreifer, die kaum Verluste zu beklagen hatten, und die Besiegten, die verängstigt und verzweifelt dreinblickten. Anscheinend hatte dieser Verbrecher, der ihr gegenüberstand, allen Grund, zu lachen. Viel Gegenwehr war von den lübschen Seeleuten nicht mehr zu erwarten. Sie hatten wohl kaum eine andere Wahl, als sich zu ergeben.
Ganz langsam drehte sich der Blonde nun wieder zu Bilke um. Obwohl seine Antwort im Grunde von Holstein galt, sah er sie an, während er sprach: »Irrtum, mein Bester, ich bin

davon überzeugt, dass sie mir und meinen Männern noch von großem Nutzen sein kann.«
Zwar stand er mit dem Rücken zu seinen Leuten, doch er sprach laut genug, um gehört zu werden. Schmutziges Gelächter und Pfiffe waren die Antwort. Bilke musste wieder schlucken und hoffte inständig, dass er nicht sah, wie sehr sie erschauderte.
»Leider muss ich Sie auch enttäuschen, was Ihre Pläne für Ihre Heimreise betrifft. Wir werden umladen, was wir gebrauchen können. Danach machen wir mit diesem Kahn ein Feuerchen.« Nun drehte er sich zu von Holstein um und trat einen Schritt von Bilke weg. »Verstehen Sie mich nicht falsch, mein Bester, ich bin ein Ehrenmann. Ich werde Sie und Ihre Männer am Leben lassen, wenn Sie sich entschließen können, in Zukunft unter meinem Kommando auf meiner prächtigen Karacke zu fahren. Das Schiff kann ich Ihnen nicht lassen. Ich weiß, wie schnell Sie damit zurück in Lübeck wären. Und ich weiß auch, was Sie dort auf der Stelle tun würden.«
Kein Zweifel, dass der Mann recht hatte. Natürlich würde von Holstein, kaum dass die Übeltäter außer Sicht wären, seine Leute anhalten, notdürftig Segel, Taue und Mast in Ordnung zu bringen, und dann, ohne eine weitere Minute zu verlieren, gen Lübeck aufbrechen, um dafür zu sorgen, dass man den Piraten nachstellte. Noch immer sagte Bilke kein Wort. Was hätte es geholfen? Die Kogge, die den Namen *Marie* trug, würde brennen. Es gab nichts, was das verhindern konnte.
Der Blonde wendete sich ihr erneut zu: »Wie ich sagte, ich bin ein Mann mit Ehrgefühl und Moral. Ich weiß, was sich gegenüber einer Dame gehört.« Er neigte ein wenig den Kopf. Die Geste allein hätte womöglich Ehrerbietung ausdrücken können, doch sein Lächeln, voller Ironie und Verachtung, sprach

eine andere Sprache. »Svendsson«, stellte er sich ihr vor. »Von nun an Ihr Kapitän. Gestatten Sie, dass ich Sie auf Ihr Schiff bringe?« Was wie eine Frage klang, war in Wahrheit ein Befehl. Er trat einen Schritt zur Seite und bedeutete ihr mit der ausgestreckten Hand, an ihm vorbeizugehen.
Sie hob den Saum ihres Kleides an, damit er nicht beschmutzt wurde, und stolzierte aufrecht und mit erhobenem Kopf an dem Piratenkapitän vorüber. Um keinen Preis würde sie die Fassung verlieren oder sich ungehörig benehmen. Nachdem sie die Stufen von dem Kastell auf das Deck hinabgestiegen war, fiel ihr etwas ein, und sie blieb unvermittelt stehen. Svendsson, der ihr die Stufen hinab gefolgt war, prallte gegen ihren Rücken.
»Vorwärts«, kommandierte er.
Bilke machte einen Schritt zur Seite, um ein wenig Abstand zwischen sich und den Mann zu bringen. Dann drehte sie sich um.
»Darf ich meine Fidel mitnehmen, bitte?«, fragte sie.
Svendsson zog die Augenbrauen hoch. Ihren Namen mochte er kennen, aber offenbar wusste er nicht viel über sie.
»Sie spielen die Fidel?«, fragte er zurück.
»Gewiss«, sagte sie in einem ganz natürlichen Ton, als würde sie sich jeden Tag mit einem Freibeuter unterhalten. »Mein Vater hat sie mir aus Spanien mitgebracht. Ich meine, ich verstehe mich recht gut auf den Umgang mit dem Instrument.«
»Ein bisschen Unterhaltung kann bestimmt nicht schaden«, entschied Svendsson nach kurzem Zögern. Sie nahm wahr, wie zwei Männer der gegnerischen Mannschaft miteinander tuschelten und lachten, doch sie gab sich alle Mühe, nicht auf sie zu achten.
»Beeilen Sie sich!«

Bilke ging wieder an ihm vorbei und die Stufen hinauf. Mochte ein Beobachter sie auch für die Ruhe in Person halten, so geschickt spielte sie ihre Rolle, sah es in ihrem Inneren doch ganz anders aus. Sie hätte nicht zu sagen vermocht, warum sie den Mann gerade um diese Gefälligkeit gebeten hatte. Sie wollte nicht als Gefangene auf dieses Räuberschiff gehen. Warum hatte sie nicht versucht zu verhandeln? Wohin würde ihr Stolz sie noch bringen? Sie wollte ihrem Vater keine Schande machen, wollte beweisen, dass sie die gesellschaftlichen Regeln kannte und sich danach zu benehmen wusste. Doch galten diese Regeln unter diesen Umständen überhaupt noch? Sie bezweifelte nicht, dass die Kerle, in deren Hände sie sich zu begeben im Begriff war, ihre eigenen Regeln hatten, von denen Bilke nicht den Hauch einer Ahnung besaß.

Während sie in ihrer kleinen Kabine nach dem Koffer griff, in dem das kostbare spanische Streichinstrument aufbewahrt war, suchten ihre Augen die Kammer nach einem Gegenstand ab, den sie dem Widerling über den Schädel ziehen oder den sie in sein Fleisch bohren konnte. Wenn der Kapitän außer Gefecht war, würden die anderen Seeräuber sich mit etwas Glück zurückziehen. Oder die lübsche Mannschaft würde die Gelegenheit nutzen, um einen letzten Versuch der Gegenwehr zu wagen.

»Also?« Svendsson wurde ungeduldig. »Wo ist nun die Fidel?«

»Ich habe sie«, rief Bilke zurück. Hier gab es nichts, womit sie hätte angreifen können. Fast war sie ein wenig erleichtert. denn ihr war klar, dass sie niemals den Mut dafür aufgebracht hätte. Sie zog den ledernen Koffer zwischen der großen hölzernen Truhe, in der sie ihre Kleider untergebracht hatte, und dem Bett hervor. Sie überlegte kurz, ob sie darum bitten sollte, auch ihre Kleider mitnehmen zu dürfen. Doch sie verwarf den Gedanken rasch wieder, denn sie konnte sich ausmalen, wie die Antwort lauten würde. Die Schmach wollte sie sich lieber ersparen und nahm im Geiste Abschied von Brokat und Seide, von Spitze und feinsten englischen Tuchen. Aus dem Augenwinkel entdeckte sie ihre Schmucknadel, ein Erbstück von ihrer Mutter. Die Kogge schwankte, neigte sich zur Seite. Bilke tat so, als ob sie sich kurz an dem Brettchen, das an der Wand befestigt war und als Ablage diente, festhalten musste, griff nach der Nadel und ließ sie in den Ärmel ihres Kleides verschwinden. Dann trat sie mit dem Instrumentenkoffer durch die Tür.

»Da ist sie«, sagte sie und schritt würdevoll erneut die Stufen hinab, die Fidel in der einen Hand, den üppigen Spitzenbesatz des Ärmels an der anderen Hand fest umklammert.

Die Männer schwiegen, als sie, dem Rollen des Schiffes trotzend, mit festen Schritten zu dem Teil der Bordwand ging, die mit dem gegnerischen Schiff durch Wurfanker und Taue verbunden war.

»Darf ich ihr helfen, Kapitän?«, wandte sich der Bootsmann, der Bilke noch vor nicht allzu langer Zeit aufgrund des Sturms in ihre Kabine verwiesen hatte, an Svendsson.

Der zog, überrascht von der förmlichen Anrede, die er sonst nur von seinen eigenen Leuten erwarten durfte, die Augenbrauen hoch.

»Darf ich annehmen, dass ich einen neuen Mann an Bord der *Schwarzen Rose* begrüßen darf?«

Der Bootsmann verbeugte sich. »Jawohl, Kapitän, wenn Sie erlauben.«

Svendsson nickte gefällig und machte eine Handbewegung, woraufhin der Bewacher des Bootsmannes sich entspannte, während der Bootsmann selbst zur Bordwand eilte, einen

Eimer und eine Kiste heranschleppte, die er zu einem treppenähnlichen Gebilde zusammensetzte. Als er damit fertig war und die Stabilität seiner Konstruktion geprüft hatte, reichte er Bilke die Hand.

»Hinrichs, Sie elender Verräter!«, rief von Holstein in diesem Moment. Sein ohnehin stets rot geädertes Gesicht schien zu glühen, die Wangen leuchteten dunkelrot. Er spuckte voller Abscheu vor seinem abtrünnigen Bootsmann aus.

Der warf ihm einen Blick zu, aus dem für Bilke nicht erkennbar war, was in ihm vorging. Als Hinrichs sie ansah und ihre Hand nahm, um ihr auf die Kiste zu helfen, war sie jedoch froh, dass er sie nicht auf dem Piratenschiff allein lassen würde.

»Nun?«, fragte Svendsson gedehnt. »Wer schließt sich an? Auf meinem Schiff ist noch Platz für tüchtige Seeleute.«

Bilke drehte sich noch einmal um und sah, wie er die Reihen der Lübecker abschritt, vor jeden hintrat und in das verängstigte Gesicht schaute. »Ich werde niemanden zwingen«, sprach er weiter. »Es ist eure freie Entscheidung. Wer es vorzieht, darf hier zurückbleiben.«

»Um zu verbrennen und mit der *Marie* unterzugehen«, rief von Holstein aufgebracht.

Svendsson ging langsam auf ihn zu. Bilke hielt die Luft an. Sie presste den Lederkoffer fest an sich und hielt sich mit der anderen Hand, die Schmucknadel kalt an ihrem Unterarm, an der Bordwand fest. Svendsson bewegte sich an Bord, als läge die *Marie* ruhig und fest vertäut im Hafen. Dabei wand sie sich noch immer wie ein Tier, zerrte an den Leinen und rieb sich kratzend an der Außenhaut der *Schwarzen Rose,* mit der sie anscheinend nicht länger verbunden sein mochte.

»Ich denke doch, Sie und Ihre Männer können schwimmen?«

Wieder diese Ironie. Der Kerl war sich seiner Sache sehr sicher. Seine Leute lachten.
Ihr böses Gelächter nahm Bilke alle Hoffnung. Auch wenn sie sich nur schwer vorstellen konnte, dass jemand in den hohen Wellen und dem kalten Wasser der Ostsee weit kam, so erschien es ihr doch möglich, das rettende Ufer zu erreichen. Die Küste war stets zu sehen, damit sich die Seeleute orientieren konnten und nicht vom Kurs abkamen. Sie hätte sich so sehr gewünscht, dass wenigstens einige der braven Matrosen ihr Leben retten konnten. Doch es wurde immer schwerer für sie, daran zu glauben.
Schon nickte der eine oder andere und gesellte sich zu Hinrichs.
»Tut das nicht!«, forderte von Holstein sie lautstark auf. »Das Seerecht verlangt, dass ihr eurer Schiff bis zum letzten Atemzug verteidigt. Das wisst ihr. Wer glaubt, sein jämmerliches Leben retten zu können, irrt.« Er holte tief Luft. »Der wird nicht einen Deut besser behandelt als ein gewöhnlicher Pirat. Auf ihn wartet der Tod.«
»Er spricht die Wahrheit«, bestätigte Svendsson den Kapitän. »Unsere Köpfe werden alle rollen.« Er machte eine Pause und sah in die Runde. »Nur müssen sie uns dafür erst mal kriegen!« Seine Stimme war angeschwollen wie der Sturm. Wieder dieses dröhnende Lachen.
»Gehen Sie, schnell!«, murmelte Hinrichs und half Bilke, den Schritt über die Bordwand zu machen.
An Deck des fremden Dreimasters nahm sie ein alter Mann in Empfang. Er hatte, wohl des Kämpfens müde, mit einer Handvoll anderer an Bord die Stellung gehalten. Seine Wangen waren eingefallen, seine Haut ledrig gelblich. Das weiße Haar war schütter und ließ die Kopfhaut hier und da durch-

blitzen. Das Kinn zierte ein silbriges Bärtchen, das Bilke an einen Ziegenbock erinnerte, den sie einmal vor den Toren Lübecks gesehen hatte. Die grauen Augen waren glanzlos, sein Griff war leicht. Selbst durch den Stoff von Bilkes Ärmel fühlte sich seine Hand, die schwach in ihrer Ellenbeuge lag, kalt an. Es wäre ein Leichtes, diesem vermeintlichen Bewacher zu entfliehen. Allerdings gab es keinen Ort, wo sie sich in Sicherheit bringen konnte. Einen Moment dachte sie darüber nach, einfach loszulaufen und sich über die Reling in die Wogen der Ostsee zu stürzen. Zwar hatte der April schon ein oder zwei milde Tage gebracht, doch das Meer war noch bitterkalt. Und Bilke konnte nicht schwimmen. Lange würde es nicht dauern, bis der Tod sie holte. Das wäre gewiss besser, als allein als einzige Frau unter diesen schrecklichen Gesetzlosen auf einem Schiff auszuharren. Wenn sie sich auch nicht ausmalen mochte, was diese Ungeheuer mit ihr anstellen würden, so ahnte sie es doch. Sie dachte an ihre Familie zu Hause in Lübeck, und sie dachte an Hartwych van Broke, dem sie womöglich niemals begegnen würde. Tränen traten in ihre Augen, doch sie blinzelte sie weg. Man konnte sie dem Wind zuschreiben, der ganz allmählich abzuflauen schien. Ohne den Kopf auch nur ein einziges Mal zu senken, stand sie frierend da und sah zu, wie ein Teil der Ladung von einem Schiff auf das andere gebracht wurde. Sie hatten weder Tuche noch Brokatstoffe, weder Samt noch Seide mit sich geführt, und auch keine Goldmünzen oder kostbare Messingwaren aus Dinant. In erster Linie waren es Viktualien, die sie im Bauch der *Marie* transportierten. Nicht, dass diese nicht kostbar wären, doch es stand zu befürchten, dass die Piraten sich mehr erhofft hatten. Emsig schleppten die Männer die Säcke und Fässer, die von den Lübecker Gefangenen aus den Frachträumen geholt und an Deck geschafft wurden, herüber auf ihr eigenes Schiff und verstauten sie dort in Windeseile. Es war leicht, zu erkennen, dass die Mannschaft dies nicht zum ersten Mal machte. Entern, die Ladung übernehmen und rasch mit der Beute verschwinden, das war ihr Leben und zugleich ihre Lebensversicherung.

Bilke beobachtete eine Auseinandersetzung zwischen Svendsson und von Holstein. Sie endete damit, dass Svendsson zwei seiner Männer in den Bauch der Kogge hinabschickte. Diese erschienen wenig später wieder, machten ihrem Kapitän Meldung, woraufhin man begann, eine Vorrichtung an dem zerbrochenen Mast zu befestigen, mit der schließlich eine Kiste aus dem Rumpf gezogen wurde, die groß genug war, um gut und gerne drei, wenn nicht gar vier erwachsene Menschen darin verbergen zu können. Sie fragte sich, welcher Art die Waren sein mochten, die in einer solchen Kiste lagerten. Als Bilke in Lübeck an Bord des Schiffes gegangen war, war das Laden bereits beendet gewesen. Zwar wusste sie, welche Handelsgüter ihr Vater nach Riga lieferte, jedenfalls glaubte sie bis zu diesem Moment, es zu wissen, doch dieses augenscheinlich schwere Holzbehältnis gab ihr Rätsel auf. So wie Svendsson ihren Namen gekannt hatte, wusste er offenbar auch von dieser geheimnisvollen Fracht. Die Piraten sprangen behende von einem Schiff zum anderen, holten Rundhölzer hervor, auf denen sie die gewichtige Beute voranrollen konnten. Bilke konnte sich nicht dagegen wehren, fasziniert zu sein von der Geschicklichkeit, mit der sie die gewaltige Kiste auf ihr Schiff luden.

Dann war es so weit. Svendsson und seine Männer sowie eine Handvoll Matrosen der Lübecker Mannschaft standen auf dem Dreimaster und sahen zu, wie Svendsson einen Pfeil

entzündete, seinen Bogen anlegte und auf das Kastell am Heck der Kogge zielte. Der brennende Pfeil flog in großem Bogen zischend durch die Luft. Er blieb in dem hölzernen Aufbau, in dem Bilke die letzten Tage verbracht hatte, stecken und entzündete augenblicklich ein Feuer. Weitere lodernde Pfeile folgten. Von Holstein stand mit steinernem Gesichtsausdruck vor dem Rest seiner Besatzung. An immer mehr Stellen fing die alte *Marie* Feuer. Die Männer rissen die Augen in wachsender Panik auf. Schon schrie der erste auf, rannte zur Reling und stürzte sich in die See.
Bilke hielt es nicht länger aus. »Sie sind ein Ungeheuer!«, schrie sie Svendsson an. Der reagierte nicht auf sie, sondern vollendete ungerührt sein Werk.
»Nicht, Fräulein von Ranteln«, mahnte Hinrichs, der nicht weit von ihr stand, leise. »Wenn Sie so ruhig bleiben wie bisher, geschieht Ihnen mit ein bisschen Glück nicht viel. Vergessen Sie nicht, als lebende Geisel haben Sie einigen Wert.«
Sie bebte am ganzen Leib und hatte große Mühe, ein Schluchzen zu unterdrücken. Hinrichs Worte trugen nicht viel dazu bei, sie zu trösten, doch sie brachten sie immerhin so weit wieder zur Vernunft, dass sie es nicht auf einen Streit mit diesem Svendsson ankommen ließ. Sie atmete schwer und schloss die Augen, in der Hoffnung, dieser Alptraum möge bald vorüber sein. Noch eine geraume Weile hörte sie die Schreie der Männer, das Klatschen, wenn sie sich in ihr nasses Grab stürzten. Noch lange sah sie von Holstein vor sich, wie er auf den Planken seines Schiffes stand, während um ihn die Flammenhölle immer heller loderte, lauter knisterte und krachte und den Himmel über der Ostsee für eine kurze Zeit zum Leuchten brachte.

Hartwych

Dunkle Wolken zogen über Riga auf, als Hartwych van Broke, die Kapuze seines Pelzmantels tief ins Gesicht gezogen, die Stadt verließ und dem ausgetretenen Pfad zu dem kleinen Holzhaus inmitten von Feldern und Wiesen folgte. Er warf einen Blick zum Himmel. Nicht mehr lange, dann würde es zu regnen beginnen. Innerhalb kürzester Zeit konnten sich die Straßen Rigas in unpassierbare Bäche verwandeln. Von den Sümpfen außerhalb der Stadtmauer gar nicht zu reden. Er würde sich sputen müssen. Die düstere Stimmung, die das umschlagende Wetter erzeugte, spiegelte sich in Hartwychs Seele wider. Erneut blickte er hinauf zum Himmel, der so groß und endlos schien. Welch eine Verheißung von Weite und Freiheit, schoss es ihm durch den Kopf, die in seinem Leben niemals erfüllt werden würde. Er war nicht frei, sondern Sklave seines Vaters, seines Standes und der Konventionen, die ihn und Ria trennten. Hartwych beschleunigte seinen Schritt. Womöglich würde es ein Gewitter geben. Dann sollte er nicht mehr hier draußen sein. Als es nur noch wenige Fuß bis zu der Hütte waren, hielt er einen Moment inne. Er konnte Rias helle klare Stimme hören. Sie sang ein fröhliches Lied, das vom nahenden Frühling und von der Sonnengöttin Saule erzählte. Hartwych lächelte. Wie passend! Wenn er Rias Stimme hörte oder in ihre Augen blickte, dann war ihm stets, als würde die Sonne aufgehen. Er liebte ihr unbekümmertes Wesen, ihr Lachen und ihre Natürlichkeit, die selbst einen finsteren Tag wie diesen erhellen konnten. Das Lächeln verging ihm bei dem Gedanken, weshalb er sie aufsuchte. Er seufzte schwer und setzte seinen Weg fort.

Er klopfte an die niedrige Holztür. Rias Stimme erstarb mitten in dem Lied.

»Wer ist dort?«, fragte sie.

»Hartwych!«

Im nächsten Augenblick wurde die Tür aus dunklem Holz geöffnet, die an der unteren Kante bereits zu vermodern begann und dringend ausgebessert werden musste, und sofort wieder geschlossen, nachdem er in die Kate geschlüpft war. Die beiden Hühner, seit dem Tod von Rias Vater ihre einzigen Gefährten hier draußen, stoben auseinander, jedes in eine Ecke der Hütte.

»Hartwych!« Ihr Gesicht, von kastanienfarbenem, zu einem Zopf geflochtenen Haar eingerahmt, leuchtete. »Ich dachte nicht, dass du noch einmal kommst vor deiner Reise«, sagte sie, wischte die schmalen Hände an der Schürze ab, die sie über ihrem einfachen Kleid aus schlichtem Kattun trug. »Wie schön!« Sie kam auf ihn zu und bot ihm die Wange dar.

Hartwych fürchtete sich davor, ihr die Heiterkeit zu nehmen, aber eben das würde er tun müssen. Er küsste sie zart und nahm ihren Geruch wahr, der ihm längst vertraut geworden war. Er wusste nicht, wie er ihr die schlechten Nachrichten beibringen sollte.

»Ich habe mich für eine kurze Weile davongestohlen«, antwortete er, ließ den Mantel von den Schultern gleiten, hängte ihn an einen Haken, ging hinüber zu dem einfachen Tisch und setzte sich auf einen der beiden Schemel, der beängstigend wackelte. Hartwych rückte ihn an die Wand, um sich anlehnen zu können. Das Huhn, das nahe bei dem Hocker gestanden hatte, lief flügelschlagend an dem Besucher vorbei, unter dem Tisch hindurch und mit leisem Gegacker zu seinem Artgenossen.

»Ich muss ihn beizeiten richten«, sagte Ria wie jedes Mal, wenn Hartwych auf dem kleinen Schemel Platz nahm, und blickte auf die verzogenen Holzbeine.

»Die Tür muss auch erneuert werden«, sagte er, froh, über Dinge sprechen zu können, die er in Ordnung zu bringen imstande war.

»Ja, ich weiß. Ach, jetzt kommt der Sommer. Den hält sie noch gut aus. Bist du durstig? Soll ich dir einen Krug Bier einschenken?«

»Nein, Ria, ich kann mein Bier im Neuen Haus trinken. Du kommst doch kaum mit dem zurecht, was du hast. Da sollst du das Wenige nicht auch noch mit mir teilen.« Wie oft hatte er ihr das schon gesagt?

»Aber ich teile gern mit dir, Hartwych.«

Und wie oft hatte er diese Antwort schon von ihr gehört.

Er stand wieder auf. »Ich muss ohnehin noch in das Neue Haus. Es gibt so vieles zu besprechen, bevor ich aufbreche. Wegen der Stiftung der Tafelgilde, weißt du?«

»Gewiss. Es ist schön, dass du dich um derlei Dinge kümmerst. Immer mehr Menschen drängen in die Stadt. Nicht alle von ihnen werden ihr Auskommen finden. Sie brauchen jemanden, der ihnen zu essen und eine warme Decke für den Winter gibt.« Ria war ein gutes Stück kleiner als er. Ihr Scheitel reichte ihm eben bis zum Kinn. Wie ein Kind stand sie vor ihm und sah zu ihm auf. »Du bist ein guter Mensch, Hartwych.«

Ihm war elend. Nein, wie ein guter Mensch fühlte er sich ganz und gar nicht. Was er ihr zu sagen hatte, war alles andere als gut für sie, für sie beide.

»Du bist sehr ernst. Was hast du auf dem Herzen?«
Ihre braunen Augen blickten ihn so sanft an, dass es ihm noch schwerer wurde. Doch da nützte kein Zögern, er war gekommen, um ihr die Wahrheit zu sagen, und je länger er damit wartete, desto mehr würde es ihn plagen.
»Ich habe dir etwas zu sagen«, begann er. Seine Stimme wollte ihm nicht recht gehorchen und war eigenartig rauh. Das ärgerte ihn. Er wollte nicht zu deutlich seine Empfindungen preisgeben. »Ich konnte einfach nicht fahren, ohne mit dir gesprochen zu haben. Setzen wir uns hin.« Er nahm wieder auf dem wackeligen Schemel Platz. Sie setzte sich gehorsam auf den zweiten Hocker, den sie dicht zu ihm herangezogen hatte. In dem aus Lehm gefügten Ofen loderte schwach die Glut. Ria würde sie neu entfachen müssen, bevor die Nacht hereinbrach. Schon war es kalt und feucht in der Hütte. Die Hühner pickten in dem wenigen Stroh, das in einem Winkel ausgestreut war. Sie bewegten sich mit dem ihnen eigenen Rucken des Kopfes und scharrten leise auf dem Lehmboden. Neben dem kleinen Strohnest standen Behältnisse aus Holz und Ton auf dem Boden, ein Rechen lehnte an der Wand, und zwei geflochtene Siebe hingen neben seinem Stiel.
»Im nächsten Monat erwarten mein Vater und ich eine Lieferung Heringe aus Lübeck«, setzte Hartwych an. »Die Ware stammt von von Ranteln, einem Kaufmann, mit dem wir schon seit langem Handel treiben, ein verlässlicher und geachteter Mann.« Er hatte die Fingerspitzen aneinandergelegt und betrachtete sie konzentriert.
Sie nahm seine großen kräftigen Hände in ihre kleinen, deren Haut spröde und von der Arbeit auf dem Feld mit Schwielen gezeichnet war. »Warum erzählst du mir das? Du sprichst doch sonst nicht von deinen Geschäften.«

»Von Ranteln hat eine Tochter.« Er spürte, wie sie sich versteifte. »Mein Vater will mich mit ihr verheiraten«, sprach er weiter, ohne ihr in die Augen sehen zu können. »Ich hätte es dir längst sagen müssen, ich weiß. Du hast guten Grund, verärgert zu sein. Aber bisher glaubte ich noch, es wäre nur ein Gedanke meines Vaters und kein fester Plan.«

»Und jetzt?«

»Er hat mir heute mitgeteilt, dass Bilke von Ranteln auf dem Schiff ist, das den Fisch bringt. Es wird womöglich einen weiteren Hafen anlaufen oder vielleicht auch zwei. Aber in fünf oder sechs Wochen wird sie in Riga eintreffen.«

Für einen kurzen Moment herrschte Stille in der Kate. Nur ein Holzscheit knackte in der Glut, und die Hühner machten kratzende Geräusche. Hartwych hob den Blick und sah Ria in das Gesicht. Es zerriss ihm beinahe das Herz. Noch nie zuvor hatte er sie so traurig gesehen. Er allein war schuld daran, dass das sonnenhelle Strahlen erloschen war.

Ria bemühte sich um ein Lächeln. »Na, da wird dir hoffentlich ein hübsches Fischchen an die Angel gehen«, versuchte sie zu scherzen.

Er stand unvermittelt auf. Stünde der Schemel nicht so weit an der Wand, wäre er vermutlich umgekippt. Sie zuckte leicht zurück.

»Ich will diese Frau nicht heiraten, das weißt du. Ich will überhaupt keine andere heiraten, sondern dich. Aber das ist unmöglich.«

»Gewiss«, sagte sie leise.

Er wünschte, sie würde ihm Vorwürfe machen, würde schreien und zetern, ihm die Hölle heißmachen. Doch sie war ruhig und ertrug die Neuigkeit in stillem Schmerz. Das machte die Lage noch unerträglicher für ihn.

»Was soll ich tun?«, fragte er sie, ohne eine Antwort zu erwarten. »Sag mir, was ich tun soll!« Er legte einige dünne Zweige in das Feuer, so dass die Flammen sogleich größer und heller wurden. Dann legte er ein Scheit zwischen die Ästchen.

»Du musst sie heiraten«, entgegnete Ria hinter seinem Rücken. »Wir haben immer gewusst, dass so etwas früher oder später geschehen würde, Hartwych. Seien wir dankbar für die Zeit, die wir miteinander hatten.«

Er schoss in die Höhe und fuhr zu ihr herum. »Was sagst du da?« Ein Schritt und er war bei ihr, griff ihre Handgelenke und zog sie von dem Schemel hoch. Er konnte in ihren Augen sehen, dass er ihr weh tat, dass seine Hände ihre zarten Gelenke zu fest hielten, aber er konnte nicht anders. »Dann soll alles vorbei sein, was zwischen uns ist? Fünf Wochen noch, vielleicht sechs, dann ist alles Vergangenheit? Kannst du das?« Leiser fügte er hinzu: »Und in ebendiesen Wochen werde ich auch noch verreist sein und dich nicht sehen können.« Als er sah, wie sich ihre Augen mit Tränen füllten, ließ er sie los. »Es tut mir leid. Ich wollte dich nicht verletzen.«

Sie standen einander gegenüber, mit hängenden Schultern und gesenkten Köpfen wie zwei Kinder, die soeben von der Mutter beim Stibitzen von Süßigkeiten erwischt worden waren.

»Wenn du dich wenigstens entschließen könntest, in die Stadt zu ziehen«, sprach Hartwych das Thema an, über das sie schon viele Male geredet hatten. »Dann wäre alles viel einfacher.«

»Und was hätten wir damit gewonnen? Ich hätte kein Auskommen mehr und wäre auf die Almosen deiner Tafelgilde angewiesen. Ich sehe nicht, was dadurch einfacher wird.«

»Du hast eine wunderschöne Stimme. Du kannst bei Festen

zur Unterhaltung singen und dich dafür entlohnen lassen. Vielleicht kannst du erlernen, die Zither oder Drehleier zu spielen. Dann würde man dich sicher recht häufig einladen, ein Gelage zu begleiten. Die Compagnie der Schwarzen Häupter lässt sich ihre Trünke hübsche Sümmchen kosten. Und denk nur an das große Fastnachtsfest!« Er sah ihr an, dass er sie nicht zu überzeugen vermochte. »Ich könnte viel besser für dich sorgen und auf dich achtgeben, wenn du in meiner Nähe wärst. Das wäre einfacher.«

»Alle gehen in die Stadt, ich weiß. Alle suchen dort ihr Glück. Doch auf meinesgleichen wartet dort kein Glück. Es ist mir nicht einmal gestattet, als Bürgerin in Riga zu leben. Was auch immer ich anstelle, ich bleibe nur eine einfache Einwohnerin. Nein, Hartwych, mein Glück ist hier draußen, mag es auch klein sein.«

»Die Feldarbeit ist zu schwer für dich. Allein kannst du dein Land nicht bestellen.« Sie machte große Augen. »Schon gut, du kannst das, ich weiß. Nur wie lange wirst du das durchstehen? Eine Frau allein, das geht nicht.« Sie senkte den Kopf, und er küsste sie auf das glänzende Haar. Obwohl sie von Kindesbeinen an die Arbeit auf dem Feld gewohnt war, obwohl sie es nicht anders kannte, als von früh bis spät Getreide zu sieben, Kleider zu nähen, Bier anzusetzen oder Teig für Brote zu kneten, war sie doch zart und zerbrechlich geblieben. Die schwere körperliche Arbeit hatte ihr Vater erledigt. Seit seinem Tod war Ria auf sich allein gestellt. Sie würde nicht genug Rüben oder Kohl ernten, um von dem, was sie dafür in der Stadt bekam, leben zu können. Sie konnte sich vielleicht selbst durchbringen, aber zum Geldverdienen würde es nicht reichen. Und wenigstens ein bisschen Geld brauchte man heutzutage auch auf dem Lande. Die wenigen freien Bauern, die es gab, hatten es schon schwer genug. Eine Frau hatte es doppelt schwer. Ein jeder würde versuchen, sie übers Ohr zu hauen.

»Versprich mir, dass du es dir überlegen wirst.« Sie setzte zu einer Erwiderung an, doch er ließ sie nicht zu Wort kommen. »Die Situation hat sich geändert, Ria. Ich werde nicht mehr zu dir kommen können, wenn Bilke von Ranteln mein Eheweib ist. Wenn du aber eine Kammer in der Stadt hast, dann wird es eher möglich sein, dass wir uns wiedersehen.«

»Und wenn ich nicht will? Ich meine, wenn ich dich gar nicht wiedersehen will, Hartwych van Broke? Du wirst ein verheirateter Mann sein, und Gott der Herr duldet keinen Ehebruch. Was sollen das also für Wiedersehen sein? Wirst du höflich den Hut lüpfen und mir einen schönen Tag wünschen? Das könnte ich nicht ertragen. Dann schon besser hier draußen leben, wie ich es mein Lebtag kenne. Mit der Zeit werde ich dich vergessen und du mich. Und das ist auch recht so.«

»Ich werde dich niemals vergessen, Ria. Aber wenn du es so siehst, wenn du mich aus deinen Gedanken reißen kannst wie das Unkraut aus dem Boden, dann will ich dir nicht länger zur Last fallen.« Er riss seinen Mantel von dem Haken, der diesem Temperament nicht gewachsen war und zu Boden fiel.

»Versteh mich doch«, bat sie mit dünner Stimme. »Mir bleibt gar keine Wahl, als dich aus meinen Gedanken zu reißen, wie du es ausdrückst, wenn ich eine ehrbare Frau bleiben will. In meinem Herzen wirst du immer sein. Doch ich weiß, dass es mit der Zeit leichter wird, ohne einander auszukommen. Es war nach dem Tod meiner Mutter so.« Ihre Stimme wurde noch leiser. »Damals war ich ein kleines Mädchen und glaubte, ich könne nie wieder fröhlich sein, weil ich meine geliebte Mutter so schmerzlich vermisste. Aber an jedem Tag verblasste ihr Gesicht, das ich erst noch so deutlich vor Augen hatte, mehr. Ich habe sie nicht aus meinen Gedanken gerissen, Hartwych, sie hat sich ganz behutsam weggestohlen.« Sie sah ihn erwartungsvoll an, aber ihm fiel nichts ein, was er antworten könnte. Also sprach sie weiter: »Und jetzt ist es wieder so. Es ist noch nicht lange her, dass mein Vater diese Welt hinter sich gelassen hat, und doch kann ich schon wieder lachen und fröhlich sein. So wird es uns auch ergehen, wenn wir uns nicht mehr sehen.«

»Wie du meinst«, gab er ihr knapp zur Antwort und warf sich den schweren Pelzmantel über. »Nur weiß ich, dass du nicht gestorben bist, dass du in einer schäbigen Kate vor der Stadt lebst, wo ich dich sehen könnte, wenn ich nur wollte. Das wird mir zusetzen wie ein Dorn, den ich nicht aus meinem Fleisch ziehen kann.« Sie wollte etwas erwidern, doch er sprach hastig weiter. »Umso besser, wenn es dir anders ergeht, wenn du dich leichten Herzens abfinden kannst.« Hartwych wusste, dass er ungerecht war, dass er unrecht handelte, aber sie hatte ihm immerhin diesen einen winzigen Anlass gegeben, wütend auf sie zu sein, diese eine Chance, nicht allein als der Böse dazustehen, und er nutzte sie nur zu gern.

Grußlos verließ er die Hütte und schlug die Tür hinter sich zu. Die Kapuze über dem blonden Schopf schützte ihn vor dem feinen Nieselregen, der eingesetzt hatte und das kommende Unwetter ankündigte. Er blickte nicht nach links oder nach rechts, sondern starrte auf den sandigen Boden, der bereits aufzuweichen begann. In seinem Kopf und seinem Herzen herrschte Aufruhr. Wieder und wieder überlegte er, ob es noch einen Ausweg für ihn gab, ob er es bewerkstelligen konnte, seine Zukunft doch noch mit Ria statt mit dieser vermutlich schrecklich verwöhnten Lübecker Kaufmannstochter zu verbringen. Doch wie er es auch drehte und wendete, sein Schicksal schien beschlossene Sache zu sein. Er schritt durch das Stadttor und die Kalkstrate entlang. Die Dampfwolken, die über die Straße zogen, verrieten, dass die Kalkbrenner gerade mit dem Löschen beschäftigt waren. Hartwych lief weiter, an der Münze vorbei geradewegs auf den Marktplatz mit seinem stolzen Rathaus und dem Neuen Haus der Großen Gilde, in dem sich Kaufleute und Bürger nach vollendetem Tagwerk auf einen Krug Bier oder Wein trafen oder sich mit wandernden Gesellen austauschten.

»Was machen Sie für ein Gesicht, van Broke?«, begrüßte ihn sogleich Ratsherr Durkop, ein klein gewachsener Mann mit blitzenden Augen, grauem Haar, das ihm vom Kopf abstand wie die Stacheln eines Igels, und einem runden Wanst, den er vor sich herschob. »Ist Ihnen etwas über die Leber gelaufen?«

»Nein, bestimmt nicht, werter Durkop. Es ist nur das scheußliche Wetter. Ich befürchte, morgen wird Riga wieder in Schlamm und Wasser versinken. Da fällt es mir schwer, eine fröhliche Miene aufzusetzen.«

Durkop winkte ab. »Ach was, wenn's draußen gar zu fürchterlich wird, machen wir es uns eben drinnen bequem. Sie und ich haben ein sicheres Dach über dem Kopf. An uns ist es gewiss nicht, zu jammern wie alte Waschweiber.«

»Da haben Sie recht. Das steht wohl eher den vielen armen Seelen zu, die in die Stadt drängen und doch nicht ihr Auskommen finden. Für sie gründen wir die Tafelgilde«, erklärte er. Er sah Ria vor sich. Hatte er eben nicht gerade ihre Worte benutzt? »Die letzten Einzelheiten festzulegen, bin ich hier«, sprach er weiter, um den Gedanken an sie zu verdrängen. Er griff in die Innentasche seines Mantels und zog ein Stück

Papier hervor. »Wollen Sie sich meinen Entwurf für die Regeln und Bestimmungen bei einem Wein anschauen?«

»Mit Vergnügen, lieber van Broke, mit Vergnügen. Ich glaubte schon, heute will mir niemand mehr Gesellschaft leisten. Sie ahnen nicht, wie recht Sie mir kommen.« Der Ratsherr legte dem hochgewachsenen Hartwych die prallen Finger, die wie kleine Würste aussahen, auf den Arm und schob ihn in den Schanksaal, aus dem schon von weitem ein an- und abschwellendes Stimmengewirr und das Klirren von Krügen zu vernehmen war. »Hörten Sie jemals von dem Bildhauer Johannes Junge?«, plauderte er munter drauflos. »Sie haben doch beste Kontakte nach Lübeck, und der Herr ist ein Künstler der Hansestadt.«

»Nein, der Name sagt mir nichts. Was ist mit ihm?«

»Er soll den Sarkophag für Margarethe gefertigt haben. Denken Sie nur, endlich bekommt sie ein Grab, das einer Königin würdig ist. Da werden sie sich freuen, die Dänen.«

Hartwych war es herzlich gleichgültig, ob die einstige Regentin Dänemarks in einem prachtvollen Sarkophag oder in einer einfachen Holzkiste ihre letzte Ruhe fände. Was scherten ihn die Sorgen einer Toten? Die Lebenden hatten ganz anderes auf dem Herzen. Dennoch war er über jede Ablenkung froh. In ihre Unterhaltung vertieft, mischten sich die Männer unter die Gäste der Schankstube.

Als Hartwych das zweistöckige Giebelhaus verließ, prasselte der Regen kraftvoll hernieder, als wolle er die gesamte Stadt mit allem, was darin war und lebte, ersäufen. Den Kopf gesenkt, die Kapuze weit in das Gesicht gezogen, lief Hartwych mit großen Schritten bis in die Resenstrate am Ellerbrok, wo sein Elternhaus mit dem Kontor stand.

»Dieser verfluchte Dreck«, schimpfte er vor sich hin, während seine ledernen Stiefel mit jedem Schritt tiefer in Unrat und Schlamm versanken. Nur der Rathausplatz verfügte über Kopfsteinpflaster, auf dem es ein komfortables Gehen war. Die übrigen Straßen der Stadt waren mit Holz belegt oder, schlimmer noch, einfache Sandwege, kaum besser als jene vor den Stadttoren. Er musste sich etwas einfallen lassen, wie eine Pflasterung aller Wege zu finanzieren sei, ging es ihm nicht zum ersten Mal durch den Kopf. Doch er wusste wohl, dass eine baldige Verbesserung der Zustände ein frommer Wunsch war. Es war noch nicht lange her, da man haushohe Erdwälle um die Stadt errichtet hatte. In erster Linie sollten sie angreifenden Armeen das Eindringen unmöglich machen, gleichzeitig aber auch die Menschen vor Hochwasser schützen. Der Regen ließ sich von den Wällen freilich nicht beeindrucken. Und in manchen Jahren, wenn gar zu viel Treibeis auf dem Fluss taute, waren die Wassermassen einfach über die Wälle geflutet. Kostspielig war die Errichtung der künstlichen Erhebungen dennoch gewesen. Für ein weiteres aufwändiges Vorhaben war auf absehbare Zeit kein Geld mehr vorhanden.

Die Magd Hedda, ein klein gewachsenes Geschöpf, dünn und blass, machte einen Knicks, als Hartwych das Haus mit der weiß getünchten Sandsteinfassade und den vorspringenden Obergeschossen betrat. Er grüßte sie flüchtig und gab ihr seinen nassen Mantel. War er durch das Gespräch mit Ratsherr Durkop auf das Angenehmste abgelenkt gewesen, fiel ihm bei dem Anblick des Mädchens sogleich wieder Ria ein, und er spürte einen dumpfen Druck in den Eingeweiden. Vielleicht konnte er sie als Magd in sein Haus holen, wenn er erst verheiratet war, überlegte er, während er die Stufen bis in die Wohnetage im zweiten Stock hinaufstieg. In seiner Kammer schlüpfte er in bequeme lederne Pantoffeln, kostbare Exemplare, die sich längst nicht jeder leisten konnte. Doch Hartwych zog sie den weit verbreiteten Holzschuhen vor. Ria war die Tochter eines tüchtigen Bauern, die sich gewiss im Haushalt nützlich machen konnte. Sie hätte ihr Auskommen und wäre stets in seiner Nähe. Ein trefflicher Einfall, doch der Druck in den Eingeweiden wurde nur noch schlimmer. Er könnte es nicht ertragen, Ria um sich zu haben, sie aber nicht berühren zu dürfen. Sie war ein frommes Geschöpf, er durfte sie nicht in Versuchung führen, sie nicht in eine Lage bringen, die ihr Gewissen nicht auszuhalten vermochte. Mit einem Mal verstand er sie und wusste, dass sie recht hatte. Er würde noch einmal zu ihr gehen, um mit Anstand zu beenden, was immer respektvoll und gut gewesen war. Es wurde ihm immer schwerer ums Herz, wenn er daran dachte, dass er sie im Bösen und ohne Gruß zurückgelassen hatte. Wenn nur der Regen bald aufhörte, sonst würde er ihre Hütte am nächsten Tag kaum mehr erreichen, ohne bis zu den Knien durch Schlamm zu waten.

Hartwych betrat die Stube, die im Gegensatz zu den Schlafkammern keine steinernen Wände hatte, sondern vollständig aus Holz gezimmert war. Selbst die Raumdecke war aus dunklen Holzbalken gemacht. In einer Ecke stand der gemauerte weiße Hinterladerofen, der die Form einer ovalen liegenden Tonne hatte und von einem kleinen Nebenraum aus befeuert wurde. Von einer Verkleidung aus glasierten Kacheln, wie sie unter den wohlhabenden Kaufleuten gerade in Mode kam, hielten weder Hartwych noch sein Vater etwas. Hans van Broke saß, wie Hartwych erwartet hatte, über Papiere gebeugt an dem Eichentisch, der dem Ofen gegenüberstand. Er hatte nur die Talgkerze auf dem Tisch entzündet, die Kerzen in dem Hängeleuchter nicht.

»Guten Abend, Vater, ich bin es, Hartwych. Dies nur für den Fall, dass du mich bei der Dunkelheit nicht erkennst.« Schon während er sprach, machte er kopfschüttelnd kehrt, um aus dem Nebenraum einen mit Werg umwickelten Span zu holen, mit dem er auch die Talgkerzen im Leuchter entzünden konnte. So wie ihm die Verschwendung der reichen Kaufleute Rigas oder – noch schlimmer – des Erzbischofs zuwider war, so sehr ärgerte er sich über die übertriebene Sparsamkeit seines Vaters. Eines Tages würde sie ihn noch Kopf und Kragen kosten, weil er in der Dunkelheit stolperte oder im eigenen Hause erfror.

Ohne auf die Spitze seines Sohnes einzugehen, die einen Vorwurf kaum verbarg, erwiderte Hans den Gruß. »Guten Abend, Sohn. Ist es wahrhaftig schon finster draußen? Das habe ich gar nicht bemerkt. Setz dich zu mir und berichte mir von deinem Besuch im Gildehaus.«

Wieder schüttelte Hartwych den Kopf, musste aber schmunzeln. Im letzten Jahr hatten sie Fensterscheiben in der Stube einbauen lassen. Seither mussten sie nicht allezeit hinter hölzernen Fensterläden bei künstlicher Beleuchtung leben wie in den anderen Räumen. Doch seit dem Tag, als die Handwerker die Rautenscheiben, die vom ersten Moment für neidische Blicke der einfachen Bürger sorgten, eingesetzt hatten, nutzte Hans das wenige Tageslicht über Gebühr. Schließlich hatte er den Einbau nicht aus repräsentativen Erwägungen vornehmen lassen, sondern einzig und allein, um Kerzen zu sparen.

Wie gewünscht, schilderte Hartwych seinem Vater, wie er

zunächst mit dem Ratsherrn Durkop und später mit weiteren Herren, Mitgliedern der Compagnie der Schwarzen Häupter, über seine Einfälle bezüglich einer Tafelgilde gesprochen hatte. Der hörte ihm, obwohl die wohltätigen Aktivitäten seine Sache nicht waren, aufmerksam zu und nickte hin und wieder bedächtig, die für das schmale Gesicht unpassend buschigen Augenbrauen zusammengezogen. Hartwych erzählte noch den neuesten Klatsch. So sei der Wachtmeister mit einer Tumultsache befasst, die so manchen auf das Äußerste empörte. Auf dem Markt, so hieß es in der Stadt, seien Würste aus verdorbenem Schweinefleisch angeboten worden. Jedenfalls behauptete das ein Zimmermann, der gerade für den Bau eines Ständerhauses nahe des Doms in Riga weilte. Als er sich auf dem Fleischmarkt beschwerte, habe der Händler vehement widersprochen, woraufhin es zu einem Handgemenge gekommen sei, in das am Schluss beinahe zehn bis dahin brave Bürger verwickelt gewesen seien.

»Sie sollen sich mit Würsten und Keulen attackiert haben«, erzählte Hartwych. Sein Vater lachte bei der Vorstellung, wobei er seine kleinen grauen Augen zukniff, und die Augenbrauen tanzten.

So wenig wie Hans sich dafür interessierte, was in der Stadt für die Ärmsten der Armen getan wurde, so wenig konnte Hartwych etwas mit dem Tratsch anfangen, der täglich verbreitet wurde. Da sie aber beide wussten, worüber der jeweils andere gerne sprach, einander stets aufmerksam zuhörten und einander zu jeder Zeit respektierten, verstanden Vater und Sohn sich trotz ihrer Verschiedenheit ausnehmend gut.

»Das Badehaus hat heute geöffnet. Wir sollten den Abend dort ausklingen lassen«, schlug Hans vor.

»Nein, danke, mich bringt heute niemand mehr aus dem

Haus«, entgegnete Hartwych. Der Regen hielt ihn tatsächlich davon ab, noch einmal einen Fuß vor die Tür zu setzen. Obendrein kam ihm jedes Mal Ria in den Sinn, wenn eine der hübschen Bademägde, nur mit einem dünnen Trägerhemdchen bekleidet, ihm den Körper abrieb und gegen ein paar Pfennige extra willig seine Lust befriedigte. War es für einen unverheirateten Mann seines Alters auch nicht ungewöhnlich, seine körperlichen Triebe auf diese Art auszuleben, fühlte er sich anschließend jedes Mal unwohl und schmutzig und hatte ein schlechtes Gewissen Ria gegenüber.

»Sagen wir dem Knecht, er soll noch etwas Holz nachlegen, und gönnen uns ein Würfelspiel«, schlug er vor.

»Ein feiner Einfall«, erwiderte Hans erfreut, der das Würfelspiel ebenso mochte wie sein Sohn. Sogleich nahm er die Papiere zur Hand, klopfte sie auf dem Eichenholz der Tischplatte zu einem ordentlichen Stapel und legte diesen beiseite.

Vertieft in ihr Spiel, merkten die Männer kaum, wie die Zeit verstrich. Nicht einmal der Glocke von St. Johannis, die die Stunde schlug, schenkten sie Beachtung.

»Es ist zwar noch Zeit, bis die von Ranteln Riga erreicht«, begann Hartwych beiläufig, »doch ich muss immer häufiger an ihre Ankunft denken. Was weißt du von der Frau?«

Hans zuckte die Schultern und ließ die Würfel schwungvoll über das derbe Holz springen. Das leise Klicken, das sie verursachten, konnte sich kaum gegen das laute Geprassel des Regens durchsetzen. »Nicht viel. Was soll es schon zu erzählen geben über eine Kaufmannstochter von neunzehn Jahren?«

»Sie ist schon neunzehn?«, fragte Hartwych mit unverhohlenem Unwillen. »Ein wenig alt zum Heiraten, meinst du nicht? Hat sie in Lübeck etwa keinen gefunden, der sie wollte?«

»Mach dir keine Sorgen, Sohn.« Hans van Broke war ein

Mann mit feinen Gliedern und ebenso feinem Geist. Seine Augen verrieten einen wachen Verstand und seinen Humor. Jetzt zwinkerte er Hartwych zu.
Dessen Miene blieb unbeweglich. Er wollte die Frau ohnehin nicht ehelichen. Was, wenn sie obendrein eine hässliche alte Jungfer war?
Als er den ernsten Ausdruck seines Sohnes bemerkte, vermied auch Hans jeglichen Scherz. »Ihre Mutter ist vor fünf Jahren gestorben. Sie muss, genau wie du, seither mit ihrem Vater vorliebnehmen«, erklärte er. »Im Gegensatz zu dir ist sie das älteste Kind im Hause und hat sich um ihre jüngeren Geschwister gekümmert. Da blieb zunächst keine Zeit, nach einem Bräutigam Ausschau zu halten. Und von Ranteln hatte gewiss auch andere Dinge im Kopf.« Er zog zweideutig die Augenbrauen hoch.
Hartwych musste an seine beiden Brüder denken, die beide älter waren als er selbst. Justus, der Älteste, lebte seit geraumer Zeit in Vaters Haus im Kurzen Genthof in Brügge und regelte dort die Geschäfte. Henning war in Nowgorod vor Ort, dem wichtigsten Handelsplatz für den Russland-Verkehr.
»Jedenfalls trafen wir uns im Jahre 1427. Da war Bilke gerade sechzehn Jahre alt. Wir sprachen darüber, wie praktisch es sei, wenn ihr euch vermähltet. Es war nicht eilig, und von Ranteln wollte seine Tochter nicht zu früh auf eine immerhin nicht ungefährliche Reise schicken.«
Hartwych hörte konzentriert zu und nickte.
»Ich war der Ansicht, es würde sich schon ergeben, dass wir einmal gemeinsam der schönen Stadt Lübeck einen Besuch abstatten und du deine Braut ganz zwanglos in Augenschein nehmen kannst. Aber es hat sich bisher nicht ergeben, und nun hatte es von Ranteln mit einem Mal sehr eilig. Wahrscheinlich

denkt er wie du und meint, dass ein Frauenzimmer von neunzehn Jahren kaum noch unter die Haube zu bringen ist.«
»Es war also seine Idee?«
»Gewiss, Sohn. Er teilte mir mit, er halte es für klug, wenn ihr euch endlich begegnet, damit es mit der Hochzeit nicht mehr gar so lange dauert. Da er ohnehin eine große Menge an Pelzen übernehmen und Fisch nach Riga bringen wolle, so ließ er mich wissen, sei es nur vernünftig, Bilke mit seinem Handelsschiff zu uns zu schicken.«
»Findest du es nicht eigenartig, dass er sie nicht begleitet?«, fragte Hartwych. Mit einer Hand warf er die Würfel, mit der anderen zwirbelte er nachdenklich seinen blonden Bart.
»Ich finde es sogar im höchsten Maße eigenartig. Ich nehme an, dass er ihr eine Gouvernante an die Seite gegeben hat. Ich habe ihn nicht gefragt.«
»Hm«, machte Hartwych und zwirbelte weiter seinen Schnauzer.
Eine Weile spielten sie schweigend weiter. Dann nahm Hartwych den Faden wieder auf. »Du sagtest vorhin, es war deine Absicht, mit mir nach Lübeck zu reisen, damit ich Bilke zwanglos in Augenschein nehmen könne. Ich dachte, es sei längst beschlossene Sache, dass ich sie zur Frau nehme. Da kann von einer zwanglosen Begegnung wohl kaum die Rede sein.«
»So wie ich von Ranteln kenne, ist es für ihn bereits beschlossene Sache, ja. Doch eine feste Verabredung gibt es nicht. Sollte sie sich als keifendes Weib entpuppen, das du nicht leiden kannst, werde ich gewiss nichts von dir erwarten, Sohn.«
Hartwych blickte vom Tisch auf. »Ach?« Er konnte kaum glauben, was er da hörte. »Aber wenn ich sie ablehne, war es

ganz bestimmt der letzte Handel, den du mit von Ranteln abgeschlossen hast.«
Hans machte eine wegwerfende Handbewegung. »Es gibt so viele andere Händler in Lübeck. Ein eingeschnappter von Ranteln bringt mich nicht um den Schlaf.«
In Hartwych keimte Hoffnung auf. Vielleicht gab es doch noch eine Zukunft für ihn und Ria. Wenn er unverheiratet blieb und sie als Magd ins Haus holte, müssten sie immerhin keinen Ehebruch begehen, der sie in das Fegefeuer bringen würde.
»Das Glück meines Sohnes ist mir wichtiger«, hörte er seinen Vater sagen. »Ein Eheleben kann lang sein. Nicht immer ist es so rasch vorbei, wie es bei mir bedauerlicherweise der Fall war.« Er seufzte tief. »Da sollte man sein Weib doch gern haben oder gar lieben, wie ich deine Mutter geliebt habe. Denkst du nicht?«
»Doch, Vater, da bin ich ganz deiner Meinung.«
»Als ich Bilke damals sah, war sie noch ein kleines Mädchen. Ein niedliches, wie ich mich erinnere. Du solltest also in aller Ruhe ihre Ankunft abwarten und sie dir dann ansehen. Wer weiß, womöglich könnt ihr euch leiden.«
»Es ist wirklich nur ein Besuch? Sie wird uns nicht gleich ihre Mitgift präsentieren?«
»Aber nein!« Hans lachte mit zusammengekniffenen Augen.

Nach dem Gespräch mit seinem Vater war Hartwych etwas wohler zumute. Gleich am nächsten Tag wollte er Ria berichten. Er wollte sie noch einmal sehen, wollte sich nicht ohne einen liebevollen Abschied auf den Weg in das Russische Land begeben. Es war ausgemacht, dass er Henning weit hinter den Grenzen Livlands treffen sollte. Sie würden Pelzwerk von den Sumpfleuten übernehmen, Felle ausgewachsener Tiere, die im Winter erlegt worden waren, mit einer besonders dicken Grundwolle und leichtem Leder, die ein hübsches Sümmchen einbringen würden. Hartwych freute sich darauf, seinen Bruder endlich einmal wiederzusehen. Seit er nach Nowgorod gegangen war, trafen sie sich nur unregelmäßig. Außerdem war er gespannt auf die Sumpfleute, ein fremdartiges Volk, das nicht mit jedem Handel trieb. Die Jäger mussten seit kurzer Zeit Pelze als steuerliche Abgabe an das Russische Land liefern. Da sie sehr geschickt waren, blieben ihnen noch genug Felle, die sie versilbern konnten, um ihr Auskommen zu haben. Henning war es offenbar gelungen, sich als einzigen Käufer ins Spiel zu bringen. Ein Erfolg, den er zweifellos seinen bereits lange währenden Kontakten zu den Sumpfleuten zu verdanken hatte. Er begleitete sie manchmal zur Jagd, verstand einige Wörter ihrer Sprache und besorgte ihnen, was sie aus der Stadt benötigten. Er sei bald selbst ein Sumpfmann, pflegte Hans zu sagen, störte sich freilich nicht daran, wusste er doch, dass dieser Umstand sein Geschäft nicht unerheblich beflügelte.

Obwohl der Sturm hörbar an Kraft gewonnen hatte und der Regen noch immer wie aus Eimern geschüttet auf die Erde fiel, sah Hartwych der Zukunft wieder zuversichtlich entgegen, als er sich zu Bett begab. Gut möglich, dass er, wenn dieses Unwetter lange anhielt, gar nicht pünktlich zur Ankunft von Bilke von Ranteln wieder in Riga war. Sein Vater würde es ihm verzeihen. Galt das für sie nicht ebenso, sollte es ihm nur recht sein.

Bilke

Zwei Nächte waren vergangen, seit Bilke die *Marie* hatte verlassen müssen und Kapitän von Holstein als menschliche Fackel auf seinem Schiff umgekommen war. Svendsson hatte ihr eine Kammer zugewiesen, kaum größer als zwei Salztonnen und ein Heringsfass. Darin lag ein Sack, der mit Stroh gefüllt war, mehr nicht. Einen Lumpen hatte einer der Piraten ihr gebracht, damit sie sich zudecken konnte. Die Nächte waren bitterkalt, und die allgegenwärtige Feuchtigkeit ließ sie noch mehr frösteln. Sie würde sich den Tod holen, dachte sie mehr als ein Mal. Eine gnädige Aussicht.

Ihre Schmucknadel hatte sie, kaum dass sie allein war, in einem Spalt zwischen zwei Holzbohlen unter dem Strohsack verborgen. Seit sie ihr Schlafgemach, wie Svendsson es genannt hatte, betreten hatte, ließ man sie in Ruhe. Die Männer brachten ihr zu essen, hielten sich aber nicht länger in ihrer Nähe auf. Bilke fürchtete, es sei dennoch eine Frage der Zeit, bis einer den Verschlag näher inspizieren und die Nadel finden würde.

Stunde um Stunde hörte sie das Rauschen und Tosen der Ostsee, die von dem Segler durchpflügt wurde. Tagein, tagaus spürte sie das Rollen und Schwanken des Schiffes. Sehen konnte sie nichts. Es war stockfinster im geteerten Bauch der *Schwarzen Rose*, und es gab keine Möglichkeit, sich zu orientieren. Weder die Tageszeit noch das Wetter oder den Weg, den sie eingeschlagen hatten, konnte Bilke erahnen. Ihr war, als müsse sie den Verstand verlieren. Nur in den Momenten,

in denen einer auftauchte, um ihr einen Holzteller mit hartem salzigem Pökelfleisch, das ihre Zähne kaum bewältigen konnten, oder mit Getreidebrei und einen Becher Dünnbier zu bringen, sah sie den Schein einer Laterne. Eine eigene besaß sie nicht. Allzu schnell könnte die in der Enge umfallen und einen Brand entfachen, der alle das Leben kosten würde. Und Tageslicht schaffte es nicht bis hierher in die tiefsten Innereien des Segelschiffes.
Oh, der Kapitän hatte ihr nicht etwa verboten, an Deck zu kommen, um sich frische Luft und ein paar Sonnenstrahlen zu gönnen. Doch es gab keinen Platz, an dem man sich wie ein zivilisierter Mensch auf einer Chaiselongue ausstrecken oder wenigstens auf einen einfachen Stuhl setzen konnte. Die Männer, die unter dem schändlichen Kommando von Svendsson fuhren, taten entweder ihre Arbeit oder ruhten sich unter Deck oder oben auf den bloßen Planken aus. Bilke hatte einen kurzen Blick in ihre Räumlichkeiten erhascht, als man sie in ihren Verhau gebracht hatte. Es handelte sich um einen düsteren Flur, der mit Tauwerk und allerlei Kisten und Säcken vollgestopft war. Dort, so schien es ihr, lagen alle dicht gedrängt beieinander. Sie hörte nachts die Stimmen, hörte, wie die Kerle in ihrer Sprache miteinander tuschelten, die Bilke eher schlecht als recht verstand, wie sie lachten, rülpsten und schnarchten. Bilke tat kaum ein Auge zu, döste nur für kurze Zeit ein, erwachte jedoch immer wieder, wenn die Diensthabenden abgelöst wurden, wenn Männer erwachten und stritten oder sich erhoben, um ihre Notdurft zu verrichten.

Bilke mochte nicht daran denken, wie lange sie noch unter diesen unwürdigen Bedingungen reisen musste. Sie versuchte sich abzulenken, indem sie sich jede Einzelheit des Musters ihres neuen Mantels, den ein Schneider aus Venedig gefertigt hatte, ins Gedächtnis rief. Dann wieder stellte sie sich vor, welche Fingergriffe, welche Bewegungen mit dem Bogen nötig waren, um ein bestimmtes Musikstück auf der Fidel zu spielen. Ach, ihre Fidel! Im Dunkeln tastete sie nach dem Instrumentenkoffer, den man ihr glücklicherweise nicht abgenommen hatte. Mit einem Mal kam ihr in den Sinn, dass sie ihre Schmucknadel in der ledernen Innentasche verstecken konnte. Schon tastete sie nach dem Verschluss, um den Koffer zu öffnen. Da hörte sie schwere Schritte, die direkt auf sie zuzukommen schienen. Sie ließ die Nadel in den Koffer gleiten. Ein Klopfen, und die einfache Holzklappe, die ihrer Kammer als Tür diente, wurde geöffnet, und eine Laterne, deren Schein Bilke schmerzhaft blendete, baumelte vor ihrem Gesicht.

»Kommen Sie da raus, Fräulein von Ranteln. Sie können sich nicht die ganze Reise über hier in diesem lichtlosen Loch verkriechen.«

Bilke schirmte ihr Antlitz mit einer Hand ab und versuchte den Mann zu erkennen, der mit sanfter Stimme zu ihr gesprochen hatte. Sie kannte diese Stimme. Kein Zweifel, es war Bootsmann Hinrichs.

»Wo soll ich denn hin?«, fragte sie ihn verzagt, kletterte mit schmerzenden Gliedern von ihrem Strohsack und aus dem Verhau. »Wenn es auf diesem Kahn schon keinerlei Bequemlichkeit gibt, kann ich hier unten wenigstens allein sein.« Sie wusste, dass sie sich kläglich anhörte und von ihrem Stolz nicht mehr viel übrig war. Ihr war es gleichgültig. Sie würde alles für ein heißes Bad, ein weiches Federbett und ein gutes Essen geben. Was nützte es ihr, sich weiterhin wie eine aufrechte Kaufmannstochter zu gebärden?

»Ich verstehe Sie, Fräulein von Ranteln, glauben Sie mir.« Hinrichs zupfte ihr einen Strohhalm aus dem Haar, das ihr ungekämmt und offen auf die Schultern hing. »Aber die Dunkelheit ist Gift für Sie. Nicht mehr lange, und Sie fallen dem Irrsinn anheim.«
Sie nickte stumm.
»Dem Kapitän macht es nichts aus, was aus Ihnen wird.«
»Wie können Sie ihn nur so nennen? Er ist ein Verbrecher, ein Mörder!«
»Er ist der Kapitän dieses Schiffes, der, wenn ich mir die Bemerkung erlauben darf, sehr viel besser mit seinen Leuten umgeht, als ich es je erwartet hätte. Aber Sie spielen nun einmal keine Rolle für ihn. Sie verbrauchen nur Proviant, sind aber nicht von großem Nutzen. Auch habe ich mich offenbar getäuscht, als ich annahm, er wolle sie als Geisel verwenden, um Profit herauszuschlagen. Nein, wenn es nach ihm geht, können Sie hier unten verrotten.« Sie schluckte, wagte nicht, noch ein Wort zu sagen. »Doch mir macht es etwas aus, was mit Ihnen wird«, fuhr er fort. »Ich kenne Ihren Vater und gedenke, Sie ihm wieder zu übergeben. Und zwar möglichst unversehrt an Körper und Seele.«
»Sie haben von Holstein verraten, und Sie haben nichts versucht, um es mir ein wenig behaglich zu machen, wenn ich schon als Gefangene auf diesem Schiff sein muss. Wie soll ich Ihnen vertrauen?«, zischte sie trotzig.
»Sie sollten froh sein, dass Sie noch am Leben sind und dass keiner der Männer Sie bisher angerührt hat. Darauf hatte ich stets ein Auge und habe immer nah bei Ihrer Kammer geschlafen. Dafür habe ich wohl ein bisschen Vertrauen verdient, meinen Sie nicht?«
Bilke sah ihn an. Hinrichs hatte braunes, kurzes Haar und

Sommersprossen auf Nase und Wangen. Sein Gesicht hatte etwas Jungenhaftes, wozu die dunklen Schatten, die unter den warmen braunen Augen lagen, nicht passen wollten.
»Reißen Sie sich zusammen«, forderte er sie auf und packte ihren Arm. »Es wird Ihnen nicht helfen, die wohlerzogene Kaufmannstochter zu spielen, und auch nicht, sich dickköpfig wie ein kleines Kind zu gebärden. Sie müssen sich den Gegebenheiten anpassen und selbst auf sich und Ihre Verfassung achtgeben.«
Sie gingen durch den langen Gang, in den Bilke schon einmal einen kurzen Blick hatte werfen können. Ihre Augen gewöhnten sich an das wenige Licht, und sie sah, dass in jeder Nische nicht nur Taue, sondern auch Wurfanker und Waffen lagen. Kisten waren mit dicken Tampen gesichert, die in den schweren Eisenringen im Holz befestigt waren. Einiges Gerät war ebenfalls auf diese Weise sicher vertäut. Manche Piraten lagen auf den nackten Planken davor und dazwischen, der eine den Kopf auf den Füßen des anderen. Wasser bildete Pfützen, an einigen Stellen fand sich schwarzer Schlamm, der von einer Brühe genährt wurde, die von den Eisenbeschlägen, die vielerorts das Holz verletzten, rötlich braun herabfloss. Der Gestank war hier noch schlimmer als in dem Verschlag, der Bilkes Kammer war. Er nahm ihr beinahe den Atem. Selbst die Gassen Lübecks im Sommer, wenn die Sonne mit ganzer Kraft die Fäkalien und den Unrat zum Dampfen brachte, rochen nicht so übel wie das Innere der *Schwarzen Rose*. Das Gemisch hier unten stank nach moderigem Zerfall. Bilke presste eine Hand auf den Mund, würgte und konzentrierte sich darauf, möglichst flach zu atmen. Immerhin nahmen die Freibeuter keine Notiz von ihr. Sie stieg hinter Hinrichs eine steile Stiege hinauf. Das Holz war feucht und

glitschig, die Stufen knarrten angsteinflößend. Das Deck, das sie als Nächstes erreichten, war im Vergleich zu dem vorigen durch die Luken, die direkt auf das Oberdeck hinausgingen, angenehmer. Durch sie drang nicht nur Licht, sondern auch frische Luft ein. Dennoch hatte Bilke auch hier Mühe, ihren Würgereiz im Zaum zu halten. Das lag an einem sauren Geruch, der schlimmer wurde, als sie an einer Tür mit schweren Eisenbeschlägen vorübergingen. Das musste die Proviantkammer sein, dachte Bilke voller Abscheu, raffte den Rock und beeilte sich, hinter Hinrichs auch die zweite Stiege zu erklimmen, um endlich wieder unter freiem Himmel zu stehen. Sie nahm einen tiefen Atemzug und schloss die Augen.
»Du liebe Ostsee«, flüsterte sie. Viel hatte sie mit dem Meer bisher freilich nicht zu schaffen gehabt, aber die leicht salzige, frische Luft, die das Leben in Lübeck selbst in heißen Sommern erträglich machte, hatte sie schon immer geschätzt.
»Kommen Sie hier herüber«, forderte Hinrichs sie auf. »Hier sind Sie niemandem im Weg.« Mit dem Fuß schob er einen schmutzigen Stoffhaufen zurecht. »Nehmen Sie Platz. Ich glaube nicht, dass Sie das zerrissene Segel für behaglich halten, nur kann ich Ihnen leider weder Samt noch Seide anbieten.«
»Das ist auch nicht nötig«, gab sie hochmütig zurück. »Glauben Sie mir, Hinrichs, das war ein schwacher Moment, den ich da unten hatte. Ich kann mich gewiss den Gegebenheiten anpassen, seien Sie sicher.«
Er nickte. »Das wäre gut, gut für Sie, meine ich.« Er deutete eine Verbeugung an und mischte sich unter die Männer. Während sie sich auf das aufgeschichtete Segel setzte, beobachtete Bilke, wie er wenige Worte mit Svendsson wechselte. Der sah zu ihr herüber und kam gleich darauf auf sie zu.

»Ah, Sie haben sich also doch entschieden, uns mit Ihrer Anwesenheit zu erfreuen.«

»Nun, mein Schlafgemach, wie Sie es nannten, verdient wohl eher die Bezeichnung Rattenloch. Das ist nicht gerade die Umgebung, die ich gewohnt bin. Da bleibe ich in Zukunft doch lieber unter Gottes Himmel.« Sie blickte hinauf und bemerkte, dass sich die grauen Wolken immer dichter zusammenzogen. »Jedenfalls solange das Wetter es erlaubt«, ergänzte sie kleinlaut.

»Es tut mir sehr leid, dass Ihnen Ihr Schlafgemach nicht zusagt. Leider haben wir kein schöneres anzubieten, und ich glaubte, Sie zögen es vor, allein anstatt inmitten der Männer zu schlafen.«

Bilke starrte ihn an. »Allerdings!«, fauchte sie. Es gefiel ihr nicht, dass er auf sie herabsah. Gerade machte sie Anstalten, aufzustehen, als er in die Hocke ging und die Hände bequem auf die Knie legte, als säße er auf einem Schemel an einem Tisch.

»Der Sturm ist vorbei, Gott sei es gedankt. Kaum vom Fleck gekommen sind wir, weil er aus der falschen Richtung blies. Dafür scheinen wir jetzt direkt auf dichten Nebel zuzuhalten«, plauderte er drauflos, als sei ihr Beisammensein das Natürlichste der Welt. »Wir lieben den Nebel, weil er uns verschluckt und vor den Pfeffersäcken und den anderen Plagegeistern der Hanse verbirgt. Dumm nur, dass es sich schwer navigieren lässt, wenn die Hand vor Augen nicht mehr zu erkennen ist.« Er ließ ein schnelles Lächeln sehen und starrte dann in die Wolken, als könne er daraus ablesen, wie dicht der Nebel werden würde. Bilke betrachtete sein Profil. Sie fragte sich, was er mit ihr vorhatte. Wie hatte Hinrichs es ausgedrückt? Sie verbrauchte lediglich Proviant, sei aber zu nichts zu gebrauchen. Svendsson dagegen hatte angedeutet, dass sie ihm und seinen Männern noch von großem Nutzen sein konnte. Was hatte er damit gemeint? Worauf wartete er, wenn er doch plante, über sie herzufallen?

»Was geht Ihnen durch den Kopf, Tochter eines Fischhändlers?«, fragte er unvermittelt und sah ihr geradewegs in die Augen.

Bilke errötete und senkte den Blick. Nur kurz, dann reckte sie das Kinn vor und antwortete: »Mein Vater handelt längst nicht nur mit Hering und Stockfisch, sondern auch mit Gewürzen und natürlich außerdem mit Pelzen und Salz. Er ist ein braver Kaufmann, der sein Geld mit ehrlicher Arbeit verdient. Ich glaube nicht, dass Sie sich vorstellen können, was es bedeutet, ein Geschäft zu führen.«

»Können Sie das denn?«

»Bitte?«

»Haben Sie in Ihrem Leben jemals etwas dafür tun müssen, dass Sie schöne Kleider, ein großes Haus und stets eine gut gefüllte Speisekammer zur Verfügung hatten?«

Sie sog hörbar die Luft ein. Dann kam ihr etwas in den Sinn. Natürlich, mit Personen ihres Standes hatte er für gewöhnlich nichts zu schaffen. Sie fragte sich, wie er wohl aufgewachsen war. Er kannte vermutlich nur einfachstes Volk, Fischer vielleicht oder Bauern, Mägde und Matrosen. Dem Anschein nach machte er keinen Unterschied zwischen Männern und Frauen, weil die Mädchen, mit denen er üblicherweise verkehrte, sicher alle einer Arbeit nachgingen. Er konnte nicht wissen, dass eine Dame andere Aufgaben zu erfüllen hatte. Gerade wollte sie ihm dies erläutern, als ein Matrose zu ihnen trat. Svendsson erhob sich auf der Stelle, und auch Bilke stand von dem Segeltuch auf, das ihr mit seiner

Feuchtigkeit die Kälte in den Leib schickte. Der Matrose, ein hochgewachsener schlaksiger Jüngling, den sie auf höchstens vierzehn Jahre schätzte, redete auf Svendsson ein. Seine fröhlich unbeschwerte Miene stand im glatten Gegensatz zu der unverkennbaren Sorge in seiner Stimme und dem ernsten Ausdruck, der sich in das Gesicht des Kapitäns geschlichen hatte. Er redete so schnell, dass Bilke nur wenig verstand.

Nachdem der Junge Meldung gemacht hatte, fasste Svendsson in ihrer Sprache zusammen: »Der alte Feddern ist lang hingeschlagen, und der Quacksalber meint, es geht zu Ende mit ihm, weil er schon seit Tagen nicht mehr ordentlich isst. Kommen Sie!« Er packte ihren Ellbogen und zog sie hinter sich her.

»Welcher Quacksalber? Haben Sie einen Arzt an Bord?«, fragte sie, während sie hinter ihm herstolperte. Der lange weite Rock ihres Kleides war für Reisen dieser Art wirklich denkbar ungeeignet. Ständig wickelte er sich um ihre Beine und brachte sie zum Straucheln.

Svendsson drehte sich zu ihr um, ohne seine Schritte zu verlangsamen. »Wir sollten Ihnen einen kürzeren Rock besorgen, wenn wir an Land gehen«, sagte er, als hätte er ihre Gedanken gelesen.

Bilke blieb keine Gelegenheit, auf seine Bemerkung einzugehen, denn sie hatten Feddern erreicht, der ausgestreckt auf den nassen Planken lag. Sie erkannte in ihm den Alten wieder, der ihren Arm gehalten hatte, als sie an Bord der *Schwarzen Rose* gekommen war. Also hatte sie sich nicht getäuscht, er war ein schwacher Mann, zum Entern und Kämpfen nicht mehr zu gebrauchen. Sie war erstaunt, dass er dennoch zur Mannschaft gehörte. Was fing der Kapitän mit einem an, der den Herbst seines Lebens bereits hinter sich gelassen hatte? Verbrauchte der nicht auch nur Proviant?

Svendsson hockte sich an die Seite des Alten und sprach auf ihn ein. Einer der Matrosen, ein schlanker Mann mit den feinen Gesichtszügen einer Frau, goldenen Locken und einer bronzefarbenen Haut, setzte das Oberhaupt der Freibeuter rasch über Fedderns Zustand in Kenntnis. Womöglich war er derjenige, den man den Quacksalber rief. Die anderen Seeleute, die neugierig um Feddern herumgestanden hatten, zerstreuten sich auf einen Fingerzeig ihres Kapitäns. Bilke hielt sich ein wenig abseits. Sie empfand es als unpassend, den Kranken anzustarren. Außerdem fühlte sie sich schrecklich hilflos und überflüssig.

»Kennen Sie sich mit Arzneien aus?«, fragte Svendsson unvermittelt.

»Nein.« Woher sollte sie wohl derartige Kenntnisse haben? Wenn es einem ihrer Geschwister nicht gutging, war es ihre Aufgabe gewesen, die Kinderfrau oder eine Magd zu rufen und die Hand des kleinen Patienten zu halten. Sie hatte sich nie darum gekümmert, mit welchen Hausmitteln die Kinderfrau kleine Unpässlichkeiten bekämpft hatte.

»Ich könnte ihm die Hand halten und etwas Mut zusprechen«, bot sie zaghaft an.

Svendsson sah zu ihr auf und sagte eine ganze Weile nichts. Dann wies er sie an, dem alten Feddern beim Essen Gesellschaft zu leisten. Zusammen mit dem Blonden half er ihm auf die Beine. Sie stützten ihn und führten ihn zur Bordwand, wo ein ordentlich zusammengerolltes Tau lag. Dort setzten sie ihn ab, sprachen kurz mit ihm und ließen ihn dann mit Bilke allein. Schon bald darauf war der Blonde wieder da. Er hatte eine Schale in der Hand, die mit einem grauen Brei gefüllt war. Die reichte er Bilke und gab ihr einen Löffel in die Hand. Sie nickte, hockte sich zu Feddern, der an der Bordwand lehnte und sie freundlich ansah. Anscheinend ging es ihm schon wieder ein wenig besser. Jedenfalls sah es keineswegs so aus, als ginge es mit ihm bald zu Ende, wie Svendsson gesagt hatte. Sie machte Anstalten, ihm Schale und Löffel zu reichen, wurde jedoch von dem Blonden daran gehindert. Er hielt ihren Arm fest und sagte etwas, das sie nicht verstand. Seine Geste dagegen war unmissverständlich. Sie sollte Feddern füttern. Bilke sah entgeistert von einem zum anderen. Das konnte doch nicht ihr Ernst sein. Ihren jüngsten Bruder Knud hatte sie selbstverständlich gefüttert, und es hatte ihr Freude gemacht, nur war das hier doch wohl etwas völlig anderes. Sie zögerte, wusste nicht recht, was sie tun sollte. Wenn sie sich überwand und nützlich machte, war es denkbar, dass man ihr dafür Vergünstigungen zukommen ließe. Auch wenn sie nicht wusste, welcher Art die sein konnten, kam sie zum den Schluss, es schade gewiss nicht, sich mit der Mannschaft gutzustellen. Sie hob etwas von dem Brei, der zwar unappetitlich aussah, dafür jedoch recht annehmbar roch, auf den Löffel und führte ihn zu Fedderns Lippen. Der öffnete bereitwillig den Mund und schob den Brei mehrmals von einer Backe in die andere, bevor er schließlich schluckte und den Mund sogleich wieder aufsperrte.

»Wer sagt es denn, in Gesellschaft schmeckt es ihm wieder«, kommentierte Svendsson im Vorbeigehen Bilkes Tun.

Sie entgegnete nichts, sondern schenkte Feddern ihre gesamte Aufmerksamkeit. Mit jedem Löffel erschien es ihr natürlicher, ihm zu helfen. Es war deutlich angenehmer hier oben, wo eine Brise ging und immerhin etwas Licht durch das Grau des Himmels dringen konnte. Außerdem tat ihr die Gesell-

schaft des alten Mannes gut, der ihr nicht einmal im Entferntesten feindselig begegnete. Bald war das Schälchen beinahe leer. Bilke häufte den Rest auf den Löffel und wollte ihn rasch in den offenen Mund schieben, in dem nur noch wenige Zahnstummel zu erkennen waren, schwarz allesamt. Da glitt das Schiff plötzlich in ein Wellental, und der Holzlöffel wäre fast zu Boden gefallen. Bilke konnte ihn gerade noch halten, musste aber so damit balancieren, dass der Brei nicht auf die Planken kleckerte. Sie schien ein sehr erschrockenes Gesicht gemacht zu haben, denn Feddern zeigte mit dürrem Finger auf sie und lachte krächzend. Sie konnte nicht anders, sie musste ebenfalls lachen. Bis ihr die Tränen kamen, lachte sie und kümmerte sich nicht um die irritierten Blicke der Piraten. Als sich beide beruhigt hatten, schob Bilke ihm den letzten Happen in den Mund.
»So, sehen Sie, das hat Ihnen doch geschmeckt. Also werden Sie auch in Zukunft brav essen, ja?« Sie nahm nicht an, dass Feddern sie verstand, trotzdem nickte er freundlich und zufrieden. Sie würde sich auf diesem Schiff weder den Tod holen, ging es ihr durch den Kopf, noch würde sie den Verstand verlieren. Sie würde das hier überstehen, und zwar unversehrt an Körper und Geist, wie Hinrichs sich ausgedrückt hatte. Und dann würde sie die Braut des Pelzhändlers van Broke werden.

Feddern war irgendwann unter Deck gebracht worden, damit er sich ausruhen konnte. Es sei seine letzte Fahrt, verriet ihr einer der Matrosen, der, wie er sagte, im Grenzland aufgewachsen sei und daher ganz passabel Deutsch sprach. Bilke stand lange an der Reling, wechselte nur ab und zu ein Wort mit einem der Männer, die von der *Marie* hierhergewechselt hatten. Sie mochte sich nicht setzen, denn schon jetzt war ihr Kleid klamm. Alles auf diesem Schiff war feucht oder nass. Und nun tat der Nebel auch noch ein Übriges. Graue Schwaden wie Wolken, die vom Himmel herabgekommen waren, krochen über das Deck. Sie schienen ein Eigenleben zu führen wie unheimliche Wesen aus einer anderen Welt, die zum ersten Mal auf einem Piratenschiff zu Gast waren. Sie blickte nach oben. Schon konnte sie die Spitzen von Großmast und Fockmast und selbst die obersten Rahen, an denen die Segel aufgehängt waren, nicht mehr sehen. Während ein leichter Wind ihr die Haare aus dem Gesicht wehte, dachte Bilke daran, wie sie vor kurzer Zeit auf der *Marie* gestanden und die *Schwarze Rose* hatte kommen sehen, freilich ohne zu ahnen, welches Schicksal das Schiff für sie geladen hatte. Sie drehte sich um und wäre fast gegen Svendsson geprallt, der unbemerkt neben sie getreten war.

»Danke, dass Sie sich um Feddern gekümmert haben.«

»Gern geschehen«, antwortete sie ein wenig unbeholfen.

»Die Kaperfahrten sind wohl nichts mehr für ihn. Es gibt nun keine Arbeit mehr, die er erledigen kann. Im nächsten Hafen lasse ich ihn für immer von Bord gehen.«

»Was wird dann aus ihm?«

»Es findet sich sicher jemand, der sich um einen netten Greis mit gutem Auskommen kümmert.«

»Gutes Auskommen?« Bilke war erstaunt. »Hat er so viel von dem, was Sie erbeutet haben, bekommen, dass er davon leben kann?«

Svendsson lachte. »Was glauben Sie denn? Dass ich alles für mich behalte und meine Männer leer ausgehen?« Er schüttelte den Kopf. »Das würden die sich nicht gefallen lassen. Nein, die Beute wird gerecht unter allen geteilt. Wer verletzt oder zu alt ist, kriegt natürlich nicht mehr den vollen Anteil, aber leben lässt sich davon noch. Vor allem, wenn uns ein so dicker Fang ins Netz geht wie die *Marie*.«

»Ich verstehe nicht recht. Gewiss, wir hatten ordentlich geladen, aber es sind sicher Koggen auf der Ostsee unterwegs, die größere Werte mit sich führen.«

»Für mich kann es keinen größeren Wert geben als den, den ich auf Ihrem Schiff gefunden habe.« Er sah sie mit einem merkwürdigen Funkeln in den Augen an. Dann ließ er seinen Blick über das Meer schweifen und sagte: »Ich habe gedacht, Sie würden vielleicht lieber ein Deck höher Ihren Schlafplatz haben. Ich habe einen Winkel für Sie herrichten lassen. Sie haben zwar keine Kammer mehr für sich allein, dafür aber bessere Luft.« Sie wusste nicht, ob sie sich über diese Nachricht freuen sollte. Ihre Bedenken waren ihr offenkundig anzusehen. »Die Männer werden Sie nicht anrühren. Sie brauchen keine Angst zu haben.«

Bilke nickte langsam und strich eine Strähne aus dem Gesicht.

»Danke«, sagte sie.

»Wenn Sie mich jetzt entschuldigen wollen. Ich muss mein Schiff sicher in den Öresund bringen. Es wird Zeit, dass wir nach Hause kommen.« Er neigte kurz den Kopf und verschwand.

Manieren hatte dieser Mann, daran bestand kein Zweifel. Womöglich besaß er eine gute Herkunft. Wer konnte schon sagen, was ihn dazu bewogen hatte, über die Ostsee zu kreuzen und sich an dem zu bereichern, was anderen gehörte?

Der Nebel wurde dichter. Svendsson wirkte angespannt. Immer wieder verschwand er in seiner Kajüte, kehrte nach wenigen Augenblicken zurück und ließ ein langes Tau, an dem mehrere Knoten zu erkennen waren, in die Tiefe der Ostsee hinab. Gleich darauf zog er es wieder heraus und schien daran etwas ablesen zu können, das für ihn wichtig war. Bilke hatte keinen Schimmer, wozu diese Prozedur gut sein sollte, aber sie wiederholte sich ständig aufs Neue. Einer der Piraten kam kurz zu ihr und hielt ihr mit schiefem Lächeln einen zerschlissenen Mantel entgegen. Sie wusste nicht recht, wie ihr geschah. Zum einen hielt sie jeden hier für einen Verbrecher, dem man besser nicht über den Weg traute, zum anderen sah das Kleidungsstück so schäbig aus, dass sie es sich als Lumpen in der Hand einer Magd, jedoch gewiss nicht an ihrem Körper vorstellen mochte. Dennoch griff sie zögernd und mit spitzen Fingern zu, bedankte sich und legte sich den fleckigen Mantel, aus dem überall die Fäden hingen, um die Schultern. Sie fror inzwischen erbärmlich und konnte nicht wählerisch sein.

Bilke kannte sich nicht besonders gut aus. Zwar hatte ihre Gouvernante ihr manches Mal eine Karte gezeigt, auf der die Städte des Landes und auch Nachbarländer eingetragen waren, doch die Küste sah in Wirklichkeit ganz anders aus als auf dem Papier. Aus dem, was Svendsson gesagt hatte, konnte sie sich darum nur vage ausmalen, dass die Insel, die sie gesehen hatte, Rügen sein musste. Von dort würden sie eine nördliche Route einschlagen, um den Öresund zu durchqueren. Es handelte sich dabei um das schmalste Gewässer, das das Land der Dänen durchschnitt. Sie erinnerte sich daran, den Sund auf der Karte gesehen und darüber gestaunt zu haben, wie eng die Passage, die Ost- und Nordsee verband, war. Nun fragte sie sich, wie sie bei dieser Sicht wohl je durch das Nadelöhr gelangen sollten. Von Rügen war nichts mehr zu

erkennen, und die Küste der Dänen lag irgendwo im Dunst verborgen. Sie hatte den Eindruck, dass sie längst nicht die Einzige war, die sich Sorgen machte. Die Männer liefen immer eiliger hin und her, ihr Kapitän wurde zunehmend ernster. Als Hinrichs geschäftig an ihr vorübereilte, hielt sie ihn auf.
»Der Nebel wird immer schlimmer. Man kann kaum noch vom Bug zum Heck sehen. Glauben Sie, dieser Svendsson ist in der Lage, unter diesen Umständen das Schiff durch den Öresund zu bringen?«
»Mir scheint, er kennt sich nur mit Lot und Seebuch aus. Will meinen, er kann ein bisschen Hilfe gebrauchen. Wenn Sie mich entschuldigen würden.« Er machte eine rasche Verbeugung und war auch schon wieder fort. Bilke sah sich um. Ihr fielen all die Ammenmärchen ein, die sie als Kind gehört hatte. Von Ungeheuern war die Rede gewesen, die ihre vielen schlangenartigen Arme aus dem Wasser strecken und ein Schiff mit Mann und Maus zum Grund des Meeres ziehen konnten. Bilke konnte die Oberfläche der Ostsee, ihre kleinen grauen Wellen nicht mehr erkennen. Die Angst schnürte ihr langsam die Kehle zu. Wie unter Zwang stellte sie sich vor, jeden Moment würde einer dieser Fangarme aus der Tiefe ragen und sich über die Reling recken. Ihr fielen Wesen ein, die mit Muscheln bewachsen waren und nur ein Auge hatten. Mit einem Mal fühlte sie sich wie in ihrer Kindheit, wie in den Augenblicken, wenn ein Märchen sie so erschreckt hatte, dass sie auf der Stelle ihrer Mutter auf den Schoß gekrochen war und sich ganz fest an sie gedrängt hatte. Jetzt war ihre Mutter nicht da. Kein vertrauter Mensch war da. Bilke war allein. Um ihre Angst zu bekämpfen, suchte sie die Nähe von Hinrichs. Mit nur einem Satz hatte er ihr das Gefühl gegeben, er könne helfen, das schwierige Manöver durch

den Sund auch bei Nebel zu fahren. Sie würde sich weniger sorgen, wenn sie genau wusste, was vorging.
Hinrichs stand bei Svendsson. »Glauben Sie mir, mein Kapitän, mit Lot und Segelanweisung allein kommen Sie bei dieser Sicht nicht durch den Sund.«
»Das würde Ihnen gefallen, wenn wir noch länger in diesen Gewässern so nah bei Ihrer heimatlichen Küste blieben, nicht wahr? Sie hoffen, dass eine Hanse-Kogge uns aufstöbert, dass man Sie befreit und mich aufknüpft. Nein, wir haben schon zu viel Zeit verloren. Ich werde nicht warten, bis der Nebel sich verzogen hat. Das kann lange dauern in diesen Gefilden.«
»Sie sollen nicht warten. Sie sollen mich helfen lassen.«
»Sie wollen mein Schiff führen?« Svendsson lachte, doch seine Augen blieben dabei kalt und ernst.
»Ich will Sie bei der Navigation unterstützen, mehr nicht.«
»Um mich in flaches Wasser zu lotsen, damit ich auf Grund laufe, ich verstehe.«
»Sie verstehen gar nichts«, widersprach Hinrichs eindringlich. »Glauben Sie wirklich, ich würde mein Leben riskieren, nur damit man Sie schnappt? Ich bin nur ein Bootsmann, mir kann es egal sein, wer meine Heuer bezahlt. Und ich weiß wohl, dass sich mit der Freibeuterei nicht übel verdienen lässt.«
Svendsson zog skeptisch die Augenbrauen zusammen und runzelte die Stirn.
»Ich habe außerdem Kenntnis darüber, dass nicht alle Piraten gejagt und aufgeknüpft werden, wie von Holstein behauptet hat, Gott hab ihn selig.« Er verdrehte die Augen kurz gen Himmel. »Ich weiß Bescheid über die Absprachen zwischen den Städten und den Kaperfahrern.«

Bilke verstand kein Wort. Sie sah von einem zum anderen und hoffte inständig, dass man sie nicht fortschickte.
»Soso«, meinte Svendsson und taxierte Hinrichs, als könne er dessen Gedanken erraten, wenn er ihm nur lange genug in die Augen blickte. Ganz langsam nickte er. »Schön, Sie wollen also helfen. Seien Sie sicher, dass Sie nicht lange Freude daran haben, wenn Sie mir doch in den Rücken zu fallen gedenken.«
Bilke spürte die Spannung, die in der Luft lag, und traute sich kaum, Atem zu holen, geschweige denn all die Fragen zu stellen, die ihr auf der Seele brannten. Wie konnte es sein, dass ein Pirat sich einer so gewählten Sprache bediente? Was sie noch mehr verwirrte, war der Gedanke, dass es Absprachen zwischen Freibeutern und Städten geben sollte. Das konnte doch nur ein Irrtum sein.
»Wie, wenn nicht mit Lot und Segelanweisung, wollen Sie uns sicher durch den Sund bringen?«, fragte Svendsson noch immer voller Misstrauen.
»Mit einem Hilfsmittel, das ich von einem Kapitän erhalten habe, den ich die Ehre hatte, in der Schiffergesellschaft kennenzulernen. Er kam von weit her aus einem Dorf am Uunartoq-Fjord. Es handelt sich um eine Holzscheibe, die Sonne und Schatten nutzt, fast wie eine Sonnenuhr.«
Svendsson sah in den dicht verhangenen Himmel. Bilke meinte, seine Gedanken lesen zu können, und fand, dass er recht hatte. Nur hin und wieder drang ein wenig Licht durch das Grau. Schatten waren kaum zu sehen. Ob Hinrichs wusste, was er tat?
»Wir haben keine Zeit für Palaver«, meinte Svendsson barsch. »Wir müssen handeln. Und zwar schnell.«
»Erlauben Sie, dass ich das kostbare Stück hole?«

Svendsson nickte, und Hinrichs beeilte sich, das geheimnisvolle Gerät zu bringen. Bilke erinnerte sich, dass er, genau wie sie, um Erlaubnis gebeten hatte, etwas von der *Marie* mit auf die *Schwarze Rose* nehmen zu dürfen. Zunächst hatte Svendsson ihm das verweigern wollen, hatte dann nachgegeben, als Hinrichs beteuerte, es handle sich um sein Handwerkszeug, das er als Bootsmann brauchte. Sie trat einen Schritt näher heran und betrachtete neugierig die Holzscheibe, deren Rand voller Kerben war, die jemand sehr gleichmäßig in das Material geschnitten hatte. Ebenso sorgfältig waren zwei Bögen in das Holz geschnitzt, die auf der Oberseite deutlich zu erkennen waren, obwohl die Scheibe bereits ein wenig verwittert war. In der Mitte hatte sie ein Loch, in das Hinrichs jetzt einen kleinen hölzernen Kegel setzte.

»Sehen Sie, mein Kapitän, der Schatten des Kegels fällt auf die Kurven, die …«

»Ich sehe vor allem, dass es keinen Schatten gibt«, fiel Svendsson ihm in die Rede. »Erzählen Sie mir später von dem merkwürdigen Ding, wenn Zeit dafür ist. Wenn Sie wirklich helfen wollen, holen Sie das Seebuch und sagen mir den Kurs an. Sie können doch lesen?«

»Gewiss!«

»Gut, dann los!«

Bilke sah zu, wie Hinrichs ein dickes Buch aus der Kajüte des Kapitäns holte, während der wieder mit seinem Lot die Tiefe des Meeres unter dem Kiel bestimmte.

»Wenn ihr bei zwölf Faden weichen Grund habt, haltet euch nordwärts«, hörte Bilke Hinrichs aus dem Seebuch vorlesen. Ihre Haare waren inzwischen vollkommen durchnässt. Sie schob die Strähnen aus dem Gesicht. Frierend und voller Angst harrte sie aus, verfolgte, wie Hinrichs dem Kapitän gehorchte und zuarbeitete, von seiner Holzscheibe jedoch nicht abließ, sondern hin und wieder offenbar einen Schatten entdeckte. Dann rief er dem Kapitän voller Freude den genauen Kurs zu. Alles in allem schienen die beiden recht gut zusammenzuwirken, so dass das Schiff langsam zwar, aber doch ohne nennenswerte Schwierigkeiten die schmalste Stelle bei Helsingör erreichte. Obwohl das Land hier an beiden Seiten zum Greifen nah war, konnte man es zunächst nicht sehen. Bis sich endlich das triste Grau lichtete und den Blick auf die Kirche von Helsingör freigab, die von Nebelschwaden umtanzt wurde, als sei sie eine Erscheinung. Wenig später erkannte Bilke eine Festung auf der Landzunge.

»Kogen voraus«, rief einer der Matrosen. Die Feste kam ohne jeglichen Schmuck aus und wirkte mit ihrer hohen Mauer und den Wachhäusern an den Ecken, als sei sie uneinnehmbar. Kanonen tauchten aus dem Dunst auf, die auf das Gewässer gerichtet waren.

»Wären Sie noch an Bord Ihrer Kogge, hieße es jetzt für Sie, den Sundzoll zu entrichten«, teilte Svendsson, der Bilkes Blick bemerkt hatte, mit. Die Erleichterung über die immer besser werdende Sicht und darüber, dass sie bereits bis hierher gekommen waren, war ihm anzumerken.

»Ich habe davon gehört, dass Ihr König eine Abgabe auf die Freiheit der Meere verlangt.«

»Ich kann mir ausmalen, was man Ihnen über unseren König erzählt hat. Man sagte gewiss, dass er sich an den Kaufleuten der Hanse bereichert, nicht wahr?«

Bilke verstand nichts von solchen Dingen. »Ist es denn nicht so?«, fragte sie verunsichert.

»Er ist ein kluger Mann. Der Sundzoll spült erhebliche Einnahmen in seine Kammer, für die nicht das Volk bluten muss.«

»Warum müssen Sie nicht bezahlen?«
»Weil dies mein Land ist«, antwortete er schlicht.
Erst jetzt fiel Bilke auf, dass die blutrote Flagge, die man zum Überfall auf die *Marie* gehisst hatte, längst durch eine dänische Flagge ersetzt worden war.
Sie dachte kurz nach, dann sagte sie: »Ich wage nicht, zu beurteilen, ob alles wahr ist, was man mir über Ihren König berichtete. Doch ich teile die Ansicht meiner Landsleute, dass das Meer und die Flüsse keinen Oberherrn und Meister haben, sondern jedermann frei zugänglich sein sollten.«
»Ein edler Gedanke, gewiss.« Er machte eine Pause und ließ sein blasiertes Lächeln sehen. »Ihre Landsleute vertreten diese Ansicht auf recht eigentümliche Weise, will ich meinen.«
»Was wollen Sie damit sagen?«
»Nun, es gab Zeiten, da hielten die Lübecker den Sund besetzt und forderten Zoll von jedem, der ihn zu passieren wünschte. Die Stadtkasse dürfte damals ein hübsches Sümmchen zusammenbekommen haben. Wussten Sie das nicht?«
Er drehte auf dem Absatz um und machte Anstalten, sie wie ein dummes Mädchen zurückzulassen.
»Woher wissen Sie das?«
Langsam wandte er sich ihr wieder zu.
»Ich meine, Sie machen den Eindruck, als hätten Sie eine gute Bildung genossen und als seien Sie von respektabler Herkunft«, sprudelte sie los und strich sich eine Strähne hinter das Ohr.
»Und das passt nicht zu einem Piraten, was?«
»Nein.«
Er ließ sich Zeit mit seiner Antwort. »Nicht jeder hat Glück im Leben, Tochter eines Fischhändlers«, erwiderte er geheimnisvoll und ging.

Als es dunkel wurde, hatten sie den Öresund hinter sich gelassen und fuhren unter vollen Segeln in das Jütlandmeer ein. Bilkes Vater hatte ihr von dem weiten Meeresarm, der zwischen Ost- und Nordsee lag, erzählt. Kattegat, Katzenloch, nannten die Seeleute ihn, weil er im Vergleich zum Öresund zwar großzügig wirkte, aber eng war wie ein Katzenloch. Schmales Fahrwasser und zahllose Untiefen, erinnerte sie sich, machten es so unberechenbar. Sie seufzte tief. Eben noch glaubte sie, die Gefahr sei vorüber, doch nun war sie nicht mehr so sicher. Immerhin ankerte man, um die schwierige Passage nicht in der Dunkelheit bewältigen zu müssen. Sie beschloss, ihren neuen Schlafplatz zu inspizieren. Bilke stieg die Treppe zum Mitteldeck hinab. Nach den vielen Stunden unter freiem Himmel raubte ihr der Gestank von Proviantkammer, fauligem Wasser und den Ausdünstungen der Männer beinahe den Atem. Wie hatte sie es nur ein Deck tiefer ausgehalten, wo der Geruch noch um einiges schlimmer war? Sie entdeckte in der hintersten Ecke ein Lager aus Stroh, das mit einer derben Wolldecke zugedeckt war. Sogar ein Kissen gab es, das sie bei näherem Hinsehen als löchrige Wollmütze erkannte, in die jemand Stroh gefüllt hatte, bevor sie zugenäht worden war. Das Lager war durch drei Fässer von dem übrigen Raum abgeteilt, so dass sie vor den Blicken der Männer geschützt war. Es roch intensiv nach saurem Wein, schon das Aroma, das ihr in die Nase stieg, konnte einen trunken machen. Dennoch war es aufmerksam, fand sie, dass Svendsson die schweren Fässer eigens hatte herbringen lassen. Sie wollte versuchen zu schlafen, zog den Mantel aus, kniete sich auf das Stroh und war gerade im Begriff, sich mit dem abgewetzten Kleidungsstück zuzudecken, als Svendsson erschien und sich lässig gegen eines der Fässer lehnte.

»Die Männer verlangen nach etwas Unterhaltung«, begann er unumwunden.
Bilke stockte der Atem. »Verlangen? Ich dachte, Sie seien der Kapitän dieses Schiffes und hätten das Sagen«, gab sie aufsässig zurück. »Wie kann die Mannschaft da etwas verlangen?«
»Sie haben ihre Sache heute sehr gut gemacht. Wäre nicht jeder auf seinem Posten gewesen, lägen Sie jetzt wohl kaum hier, sondern trieben im kalten Wasser.«
Schon wieder kauerte sie zu seinen Füßen und kam sich in dieser Situation klein und elend vor. Darum wollte sie ihm wenigstens mit Worten ebenbürtig sein. »Oder ich hätte es an Land geschafft und wäre frei«, sagte sie ruhig und lächelte ihn an.
Er nickte bedächtig. »Auch möglich. Dann lägen Sie jetzt mit einiger Sicherheit im Hinterzimmer irgendeiner Spelunke und müssten einem stinkenden besoffenen Kerl zu Willen sein, der Sie, nass wie eine Katze, aufgelesen hätte.« Seine Augen blitzten, er strich sich durch das dicke Haar. »Nicht jeder weiß mit einer Dame umzugehen.«
»Aber Sie wissen es natürlich«, ereiferte sie sich.
»Haben Sie etwa Grund zur Klage?«
Einmal davon abgesehen, dass er das Schiff niedergebrannt und den Kapitän, dem ihr Leben anvertraut gewesen war, mit weiteren braven Männern getötet hatte, konnte sie in der Tat nicht viel Schlechtes über diesen Svendsson sagen. Zumindest hatte er sich ihr noch nicht unschicklich genähert, was sie von der ersten Sekunde an befürchtet hatte.
Bevor sie etwas erwidern konnte, sprach er weiter: »Die Männer haben einen harten Tag hinter sich und wollen ein wenig feiern. Das ist nur recht und billig. Sie wollen essen,

trinken und Musik hören. Ich dachte, Sie machen uns vielleicht die Freude, ein wenig auf Ihrer Fidel zu spielen.«

»Ich weiß nicht. Immerhin bin ich nicht zum Vergnügen, nicht einmal aus freien Stücken hier.«

»Was hat das eine mit dem anderen zu tun? Die Männer würden sich freuen, ich würde mich freuen. Denken Sie an Feddern, dem würde das auch gefallen.« Als sie noch immer zögerte, machte er ihr klar, dass sein freundlich vorgebrachter Vorschlag nicht als Frage gemeint war. »Kommen Sie an Deck und bringen Sie Ihre Fidel mit«, kommandierte er. »Und zwar gleich, wenn ich bitten darf.« Damit ließ er sie allein zurück. Bilke war vor Scham und Zorn die Röte in das Gesicht geschossen. Noch nie hatte ein Mann gewagt, so mit ihr zu reden. Überhaupt niemand hatte sich je ihr gegenüber eines solchen Tons bedient. Sie ordnete ihr Haar und strich ihr Kleid glatt, das in einem erbarmungswürdigen Zustand war. Ihre Gedanken rasten. Mochte er sie bisher auch nicht angerührt haben, so war sie doch seine Gefangene, die seinen Launen ausgeliefert war. Der kurze Moment oben an Deck mit Feddern hatte sie glauben lassen, sie könne für eine begrenzte Dauer Teil der Mannschaft werden und so überleben, wenn sie sich entsprechend verhielte. Allmählich wurde ihr klar, dass sie sich darauf keineswegs verlassen konnte. Was also sollte sie tun? Sich anpassen, sich gar anbiedern, solange sie noch an Bord war, und sobald sie einen Fuß an Land setzte, die Flucht ergreifen? Am Ende hatte Svendsson recht, und sie käme nicht weit, bevor sie einem anderen Strolch in die Hände fiel. Ihr sank der Mut, den sie erst vor einigen Stunden wiedergefunden hatte. Betrübt schlich sie durch den finsteren Gang. Schemenhaft konnte sie hier und da Männer erkennen. Einer war bei dem Überfall auf die *Marie* verletzt worden. Er lag auf Stroh, ein Hosenbein war zerrissen und das Bein mit einem Verband umwickelt, durch den das Blut sickerte. Ein leises Stöhnen verriet, dass er noch am Leben war. Zwei andere dämmerten vor sich hin. Sie waren Bilke schon aufgefallen, als sie das erste Mal hier heruntergestiegen war. Ihre Arme und Beine waren grässlich geschwollen, und auf der Haut des einen hatten sich schwarze Beulen gebildet.

Bilke war froh, nicht allzu viel erkennen zu können, und stieg eilig die ausgetretenen Stufen hinab in das Unterdeck. Sie suchte den Verschlag auf, in dem sie ihre Fidel zurückgelassen hatte, und beeilte sich, den ledernen Koffer in der Hand, zu ihrem neuen Schlafplatz zurückzukehren. Dort öffnete sie ihn, und etwas fiel ihr direkt vor die Füße. Ihre Schmucknadel! Für einen kurzen Moment war Bilke wie gelähmt. Dann schaute sie sich um, bückte sich rasch und ließ das kostbare Erbstück in ihrem Ärmel verschwinden, wie sie es schon einmal getan hatte. Ihr Herz pochte wild, als sie die Stiege, ihre Fidel unter den Arm geklemmt, hinaufbalancierte. Wusste sie eben noch nicht, was sie mit der Nadel anfangen sollte, hatte Bilke jetzt einen Plan, der ihr die Freiheit zurückgeben würde. Dieser aufgeblasene skrupellose Pirat sollte die Tochter eines Fischhändlers kennenlernen.

Die Männer hatten sich an Deck um eine Eisenschale versammelt, in der ein Feuer brannte. Ihr Johlen und Lachen verebbte, als sie hinzutrat. Svendsson und Hinrichs bedeuteten ihr gleichzeitig, dass bei ihnen noch ein Platz frei sei. Bilke ging zu Hinrichs, nickte den anderen knapp zu und setzte sich auf einen Sack, in dem sie Getreide vermutete. Offenbar hatten die Piraten für ihr kleines Fest alles bestens vorbereitet. Sie fing über die Flammen einen funkelnden Blick von Svendsson auf, den sie nicht zu deuten vermochte. Wahrscheinlich gefiel es ihm nicht, dass sie sich zu Hinrichs und nicht zu dem Kapitän gesetzt hatte.

»Hier, Fräulein von Ranteln, stärken Sie sich.« Hinrichs reichte ihr Zwieback und gepökeltes Fleisch. Dazu gab er ihr einen Becher Wein.

»Danke.«

»Wir haben Glück«, raunte er ihr zu. »Einer der Männer hat offenbar ein Händchen für den Fischfang. Nur noch ein wenig Geduld, dann kommt Abwechslung auf die Speisekarte.« Er lächelte vergnügt und sah wieder einmal wie ein großer spitzbübischer Junge aus.

Bilke reckte sich und lugte in die Eisenschale. Tatsächlich, über dem Feuer steckte ein prachtvoller Fisch auf einem Spieß. Ein junger Kerl mit rotem Haar und nur einem Auge drehte den eisernen Stab wieder und wieder, damit die kostbare Beute nicht verbrannte. Schon breitete sich ein Duft aus, wie es ihn wohl nur selten an Bord der *Schwarzen Rose* gab. Bilke nahm einen Bissen von dem Zwieback. Auf das harte Fleisch, das einem noch Stunden nach dem Essen zwischen den Zähnen steckte, verzichtete sie. Sie kostete einen Schluck Wein und hätte ihn beinahe ausgespuckt. Er war sauer wie Essig. Doch sie beherrschte sich, denn sie hatte einmal miterlebt, wie einer der Piraten Bohnenbrei auf die Planken verschüttet hatte und dafür vom Bootsmann schrecklich angeschrien worden war.

Die Männer, die einst auf der Kogge ihren Dienst getan hatten, bekamen hier zu essen und zu trinken wie jeder andere auch. Sie mussten mit anpacken, wurden dafür aber auch so behandelt, als gehörten sie schon immer zur Mannschaft.

Und doch blieben sie Außenseiter. Sie saßen ein wenig abseits beisammen und unterhielten sich nur untereinander. Auch sahen sie nicht so fröhlich aus wie die Freibeuter. Wegen ihrer bedrückten Mienen waren sie auf einen Blick als Fremde auszumachen. Einer von Svendssons Leuten holte einen Kamm hervor, legte ein Stück Pergament, das er sorgsam in ein Stück Stoff gewickelt in der Brusttasche aufbewahrt hatte, über den Kamm und begann, auf dem ungewöhnlichen Instrument Melodien zu blasen. Bilke war überrascht, wie hübsch das klang. Mal schlugen ein paar Männer sich im Takt auf die Schenkel, dann sang auch mal jemand einen Text, der bei den anderen schallendes Gelächter hervorrief. Sie hatte den Verdacht, dass der Sänger sich den Text gerade erst ausdachte, und meinte die Wörter *Hanse*, *Kogge* und *Marie* zu verstehen. Womöglich machte er sich lustig. Ein leichter Wind und das immerwährende Rauschen und Glucksen des Meeres begleitete die Musikanten.
Bilke beobachtete, wie großzügig der Wein ausgeschenkt wurde. Auch Svendsson trank einen Becher nach dem anderen. Recht so. Wenn er seine Sinne nicht mehr beisammen hatte, konnte ihr das nur in die Hände spielen.
Sie beugte sich ein wenig zu Hinrichs herüber und sagte leise: »Der Wein ist scheußlich, meinen Sie nicht?«
»Ich habe schon besseren getrunken«, stimmte er ihr zu. »Ich verkehre sonst allerdings auch in besseren Lokalen«, scherzte er.
»Dann wird es Ihnen wohl nicht schwerfallen, sich mit dem Trinken ein wenig zurückzuhalten.« Er sah sie fragend an. »Nun, sollten Sie nicht immer auf der Hut sein, falls sich die Gelegenheit für eine Flucht oder eine Meuterei ergibt?«
Er wirkte gleichermaßen überrascht wie belustigt. »Wovon

sprechen Sie? An Flucht ist höchstens an Land zu denken, und bei einer Meuterei lehnt sich die gesamte Mannschaft gegen ihren Kapitän auf«, flüsterte er. »Es steht nicht zu hoffen, dass das auf diesem Schiff geschehen wird. Und eine Rebellion anzuzetteln käme einem Selbstmord gleich.«
Bilke fing wieder einen Blick von Svendsson auf, der ihr nicht behagte. Anscheinend war er überhaupt nicht damit einverstanden, dass sie sich mit dem Bootsmann der *Marie* unterhielt, ohne dass er ihre Worte verstehen konnte. Sie senkte den Kopf, damit er nicht so genau sehen konnte, wie sich ihre Lippen bewegten. Die Dämmerung tat ein Übriges.
»Was aber, wenn dem Kapitän etwas zustoßen würde?«, fragte sie unbeirrt. »Wäre das nicht eine günstige Gelegenheit, das Kommando an sich zu reißen?«
Er wurde blass. »Mir scheint, das ist Ihr Ernst!«
»Mein voller Ernst«, gab sie zurück. Sie hätte gerne ruhig und gelassen geklungen, doch sie konnte ihre Aufregung nicht verbergen.
»Was sollte ihm denn zustoßen?« Er sah kurz zu Svendsson hinüber, dann zu den Lübecker Seeleuten, die mit ernsten Gesichtern und gesenkten Köpfen beieinandersaßen. »Hat einer von denen eine Andeutung gemacht?«, wollte er wissen.
»Nein, ich glaube kaum, dass einer von denen etwas gegen den Kapitän unternehmen würde.«
»Wer dann?« Als sie nicht antwortete, aber seinem prüfenden Blick standhielt, begriff er. »Um Himmels willen, was auch immer Sie vorhaben, ich beschwöre Sie, von Ihrem Plan Abstand zu nehmen!«
»Behalten Sie die Fassung«, zischte sie. »Svendsson beobachtet uns. Wir dürfen keinen Verdacht erregen.«
»Dann schwören Sie mir, dass Sie keine Dummheiten machen

werden. Was immer Sie sich ausgedacht haben, es wird nicht funktionieren.«

»Warten wir es ab.« Bilke war enttäuscht. Sie hatte erwartet, dass Hinrichs sie dafür bewundern würde, dass sie sich nicht in ihr Schicksal ergab, sondern einen Plan ausgeheckt hatte, um der Gefangenschaft zu entkommen. Er hätte nach Einzelheiten fragen und sich anbieten können, Teil ihres Plans zu werden. Stattdessen nahm er ihr allen Mut, von dem sie ohnehin schon zu wenig hatte.

»Sagen Sie mir wenigstens, was Sie tun wollen!« Hinrichs war also doch interessiert.

In dem Moment unterbrach der Rothaarige, vermutlich der Schiffskoch, die Musik, weil der Fisch fertig war.

»Kommen Sie hier herüber!«, rief Svendsson Bilke zu. »Feddern wird gewiss wieder in weiblicher Gesellschaft speisen wollen.«

Sie nickte und erhob sich von dem Getreidesack. »Seien Sie auf der Hut, und versetzen Sie Ihre Männer von der *Marie* in Bereitschaft. Wenn alles gutgeht, ergibt sich heute Nacht die Chance, unser Schicksal in eine bessere Richtung zu lenken«, flüsterte sie, ging um das Feuer herum und setzte sich zwischen Svendsson, der sie nicht aus den Augen ließ, und Feddern, der sie vergnügt anstrahlte.

Jeder bekam eine Schale mit Fisch, der köstlich duftete und weißes festes Fleisch hatte. Bilke schob mal Feddern einen Happen zwischen die runzligen Lippen, dann wieder aß sie selbst einen Bissen. Sie war überrascht, wie würzig es schmeckte. Anscheinend verstand der Rothaarige sein Handwerk.

»Es scheint, als hätte der Alte sich an mich gewöhnt«, sagte sie lächelnd zu Svendsson.

»Kein Wunder«, entgegnete der. »Was glauben Sie wohl, wie

lange es her ist, dass eine schöne Frau sich um ihn gekümmert hat?« Er schenkte sich seinen Becher noch einmal voll. Sie wusste nicht, was sie sagen sollte, also wandte sie sich wieder Feddern zu. Das nächste Stück Fisch, das sie ihm geben wollte, rutschte ihr vom Löffel. Sie versuchte erneut, es zu fassen zu kriegen, und merkte im letzten Moment, wie etwas Metallenes an ihrem Arm entlangglitt. Schon sah sie die Spitze ihrer Schmucknadel unter dem Ärmelrand hervorblitzen. Entsetzt ließ sie den Löffel fallen und riss die Hand nach oben.

»Hoppla«, machte sie und rang sich ein Kichern ab. Sie tat so, als habe sie ihren Ärmel schmutzig gemacht, rieb daran herum und ließ die Nadel dabei wieder zurückgleiten. Feddern lachte ein krächzendes Lachen, woraufhin Svendsson, der sich gerade noch neugierig nach vorn gebeugt hatte, sich wieder entspannt zurücklehnte. Das war knapp, ging es ihr durch den Kopf. Sie musste sich mehr vorsehen.

Der Abend hatte sich über das Schiff gesenkt. Die Segel waren stramm an die Masten gebunden, die sich wie schwarze Gerippe vom Nachtblau des Himmels abhoben. Die Männer, trunken vom Wein, verlangten wieder nach Musik.

»Machen Sie uns die Freude?«, forderte Svendsson Bilke auf. Sie erschrak. Natürlich hatte sie gewusst, dass sie würde spielen müssen, doch nun war es mit einem Mal so weit, und sie hatte keinen Schimmer, welche Lieder sie anstimmen sollte. Sie stand auf, hob ihre Fidel hoch und probierte es mit einfachen Weisen. Als sie dem Instrument die ersten Töne entlockt hatte, kam ihr in den Sinn, wie töricht es gewesen war, eine so kostbare spanische Fidel mit auf ein Piratenschiff zu nehmen. Sie war immerhin aus edelstem Holz gefertigt, die Saiten waren gar vergoldet. Eine feine Beute für Kerle, die sich einfach nahmen, was ihnen gefiel und von Wert war. Wäre es nicht besser gewesen, ihr geliebtes Streichinstrument wäre mit der *Marie* in Flammen aufgegangen, als dass es Piraten in die Hände fiel? Sie konzentrierte sich auf die Melodie und sah, wie einige Männer sich einhakten und schunkelten. Einige wippten mit den Füßen, jemand summte zu ihrem Spiel. Auf jeden Fall schienen alle Gefallen an der Musik zu finden.

Je länger Bilke spielte, desto mehr vergaß sie die Welt um sich herum. Erinnerungen an Lübeck, ihr Zuhause, stiegen in ihr auf. Ihre Schwester Bente fiel ihr ein, die ihr stundenlang beim Musizieren zugehört hatte. Auch an ihren Bruder Holger musste sie denken, der mit seinen fünfzehn Jahren bereits ein erwachsener junger Mann war, und an den Jüngsten, Knud, der seine Mutter nie hatte kennenlernen dürfen. Bilke spielte Werke von Francesco Landini und stimmte dann ein Lied des Ritters Oswald von Wolkenstein an, der sich derzeit größter Beliebtheit erfreute. Der Text des Liedes fiel ihr ein, der von einem Schiffbruch erzählte, und sie sang ihn gegen das Rauschen von Wind und Wellen aus voller Kehle. Sie hatte kein Gefühl dafür, wie lange sie bereits gespielt hatte, doch irgendwann schmerzten die Finger von dem Druck auf die strammen Saiten. Sie blickte in die Runde, um herauszufinden, ob ihr ungewöhnliches Publikum wohl endlich genug hatte. Dabei stellte sie fest, dass einige der Männer bereits eingeschlafen waren. Schnarchend lehnten sie an einer Kiste oder lagen flach auf den Planken. Die anderen tranken noch immer und tuschelten miteinander. Es kam ihr vor, als ob sie über sie redeten. Einer stieß den anderen an und deutete auf Bilke. Ein anderer erhob sich, schlang sich einen Fetzen Stoff um die Hüften und tanzte zur Melodie der Fidel. Seine Kum-

pane feuerten ihn an, johlten und klatschten. Je mehr sie sich amüsierten, desto mehr stachelte es den Tänzer an, sein Becken kreisen zu lassen. Dann wurde aus dem Tanz eine Folge obszöner Bewegungen, die Bilke die Röte ins Gesicht trieben. Als er sein Becken ruckartig vor und zurück schnellen ließ, blickte sie rasch in das verglühende Feuer. Sie konzentrierte sich ganz auf die Töne, die sie zu spielen hatte. Dem Pfeifen, dem Rufen und Feixen konnte sie entnehmen, dass sich die Darbietung noch steigerte.
Plötzlich geschah alles auf einmal. Svendsson sprang auf, war mit drei Schritten bei dem Kerl, der sich auf die ungehörigste Art zur Schau stellte, baute sich vor ihm auf und schleuderte ihm einige scharfe Worte entgegen, die Bilke nicht verstand. Der andere bewegte sich nicht mehr, was mit leisem Protest kommentiert wurde. Bilke wusste nicht, ob sie weiterspielen sollte, traute sich jedoch nicht, aufzuhören. Svendsson und der andere, ein großer Mann mit schwarzem langem Haar und Augen wie Kohlen, standen einander gegenüber. Der Schwarze entgegnete etwas, Svendsson schnitt ihm das Wort ab. Da schlug der Schwarze seinem Kapitän ins Gesicht. Bilke erstarrte, wagte nicht einmal, den Bogen abzusetzen, sondern ließ ihn auf der Fidel liegen, die sie vor die Brust gepresst hielt. Ohne den Kopf zu drehen, sah sie kurz zu Hinrichs hinüber, der ebenfalls regungslos die Szene verfolgte. Die Stille, die sich über das Deck gelegt hatte, war nahezu greifbar. Schnell hatte sich Svendsson von dem Schreck erholt. Er schlug nicht zurück, er brüllte auch nicht mehr, sondern sagte leise und ruhig etwas, woraufhin der Schwarzhaarige mit schwerer Zunge offenkundig eine Entschuldigung murmelte. Svendsson bedeutete der Mannschaft, dass das Fest vorbei war. Jeder verkroch sich auf der Stelle unter Deck.

»Am besten, wir machen uns auch unsichtbar«, sagte Hinrichs, der neben Bilke getreten war, ohne dass sie es bemerkt hatte.
»Ja.« Sie kam allmählich wieder zu sich, als sei sie aus einem Traum erwacht. Langsam ließ sie die Fidel sinken, raffte den Rock. Da kam Svendsson auf sie zu.
»Sie haben nicht zu viel versprochen. Sie verstehen sich in der Tat prächtig auf den Umgang mit dem Instrument«, sagte er, als sei nichts geschehen. An Hinrichs gewandt, der noch immer unschlüssig bei Bilke stand, schlug er vor: »Ruhen Sie sich aus. Wir haben morgen noch das Kattegat vor uns. Zwar müssen wir nicht tief hinein, dennoch sollten wir ausgeschlafen sein.«
Hinrichs zögerte. Dann nickte er langsam, wünschte eine gute Nacht und zog sich zurück. Nicht ohne Bilke einen warnenden Blick zuzuwerfen.
Wie gerne würde sie auf ihn hören, würde sich ebenfalls zurückziehen hinter ihre Weinfässer. Vielleicht war es ohnehin klüger, einen anderen Zeitpunkt abzuwarten. Womöglich ergab sich eine gute Gelegenheit, wenn sie an Land waren. Dann konnte sie diesem Svendsson die Nadel in den Hals rammen und davonlaufen. Nein, ihr Plan war, den Unhold noch an Bord zu überwältigen, damit Hinrichs das Kommando an sich reißen und sie nach Hause bringen konnte. Svendsson hatte einiges getrunken, und es war offensichtlich, dass er Hinrichs weggeschickt hatte, um mit ihr allein zu sein. Die Gelegenheit konnte nicht günstiger sein.
»Es freut mich, dass Ihnen mein Spiel gefallen hat«, begann sie zögernd. Er stand nur da und sah sie an. Darum sprach sie rasch weiter: »Worum ging es bei dem Streit eben?«
»Nicht der Rede wert. Es ging um eine Kleinigkeit.«
»Immerhin hat der Mann Sie geschlagen.«

»Das nennen Sie schlagen?« Er lachte leise. »Nun ja, auf diesem Gebiet dürften Sie nicht allzu viele Erfahrungen haben.«
»Nein, und ich bin sehr froh, dass es so ist.« Eine Weile schwiegen beide, dann setzte Bilke erneut an: »Warum haben Sie nicht zurückgeschlagen?«
»Hätten Sie das getan?«
»Natürlich nicht!« Sie war entrüstet.
»Und warum meinen Sie, mir hätte das gut zu Gesicht gestanden? Wofür halten Sie mich?« Der Blick aus seinen grauen Augen schien sie zu durchbohren, und seine Stimme klang tief, voll und sicher. Er machte keineswegs den Eindruck, vom Alkohol benebelt zu sein.
»Hm, wofür halten Sie mich?«, fragte er noch einmal.
Sie biss sich auf die Zunge, um ihm die Wahrheit nicht entgegenzuschleudern. Doch wenn sie genau darüber nachdachte, wusste sie nicht einmal recht, wofür sie ihn halten sollte. Aber ihre ehrliche Meinung interessierte in diesem Moment auch nicht. Sie musste ihm etwas vormachen, ihn glauben lassen, dass er ihr in gewisser Weise gefiel. Vor allem durfte sie sich nicht länger mit unnützen Überlegungen aufhalten, sondern musste endlich ihren Plan in die Tat umsetzen.
»Ich halte Sie für den Kapitän eines großen stolzen Schiffes, der eine stattliche Mannschaft kommandiert. Dem steht es gewiss nicht gut zu Gesicht, sich vor seinen Leuten schlagen zu lassen, ohne den Täter zur Rechenschaft zu ziehen.«
»Sie sprechen unsere Sprache nicht, Tochter eines Fischhändlers, sonst hätten Sie verstanden, dass ich auf der Stelle eine Strafe über den Mann verhängt habe.«
Sie starrte ihn erstaunt an. »Werden Sie ihn peitschen?«, fragte sie ängstlich. Er lächelte arrogant. »Sie werden ihn doch wohl nicht über Bord werfen!«

»Sie haben eine wahrlich gute Meinung von uns Kaperfahrern.« Er schüttelte den Kopf und strich sich die blonden Locken aus der Stirn. »Der Mann muss hundert Pfund Grote zahlen. Das ist seine Strafe.«
Bilke schnappte nach Luft. Jetzt war sie wirklich überrascht. Hundert Pfund Grote, das waren sechshundert lübische Mark, das wusste sie. Eine erhebliche Summe. Wie konnte ein Pirat die aufbringen?
»Morgen gehen wir an Land. Da freut sich jeder, wenn er ein paar Münzen mehr in der Katze hat.«
»Das Geld wird zwischen den Männern geteilt? Sie behalten es nicht für sich?«
Wieder lachte er. Leise diesmal und fast ein wenig freundlich. »Ich bin der Kapitän auf der *Schwarzen Rose*. Das bedeutet, ich schlage die Route vor, auf der wir auf Beutezug gehen, ich habe viele Entscheidungen zu treffen und die Verantwortung zu tragen. Und ich sorge dafür, dass die Prise gerecht aufgeteilt wird. Es bedeutet nicht, dass ich meine Mannschaft für mich schuften und die Köpfe hinhalten lasse, damit ich mir meine Taschen vollstopfen kann.«
»Sie haben recht, ich hatte wohl tatsächlich eine falsche Meinung von Ihnen«, sagte Bilke nachdenklich und legte Fidel und Bogen ab. Sie würde sehr bald beide Hände brauchen.
Sie standen einander gegenüber. Schatten, vom Licht einer einzigen Laterne verursacht, huschten über ihre Gesichter. Das Wasser schickte feuchte Kälte zu ihnen auf das Schiff. Zu sehen war das Jütlandmeer nicht. Da war nur endlose Schwärze, als Bilke über die Reling in die Ferne sah. Sie fröstelte.
»Ist Ihnen kalt?«
»Ein wenig, ja.«

»Kommen Sie mit mir in meine Kajüte. Ich gebe Ihnen eine Jacke von mir.«
Bilke überkam Panik, ihr Herz klopfte schneller. Er hatte getrunken. Er würde über sie herfallen, jetzt würde er tun, wovor sie sich von der ersten Sekunde an gefürchtet hatte. Andererseits war es genau das, was sie erwartet und erhofft hatte. Sie musste die Nerven behalten. Immerhin hatte sie etwas, womit sie sich verteidigen konnte. Ihre Finger griffen instinktiv nach der Nadel in ihrem Ärmel.
»Danke«, sagte sie kaum hörbar und folgte ihm zu dem hölzernen Kastell, das dem sehr ähnelte, das auf der *Marie* Bilkes Kammer beherbergt hatte. Sie stieg hinter Svendsson, der sich eine Laterne geschnappt und angezündet hatte, vier Stufen hinauf und folgte ihm durch einen schmalen Flur, der zu einer prachtvoll gedrechselten Tür führte.
»Bitte sehr.« Er hatte die Tür geöffnet, war eingetreten und machte einen Schritt zur Seite.
Bilke ging an ihm vorbei und war überwältigt von der Geräumigkeit und der Ausstattung der Kajüte. In der Mitte stand ein großer Tisch, auf dem eine Karte und das Seebuch lagen. In einer schweren Truhe, die mindestens doppelt so groß war wie die, die Bilke auf der Kogge hatte zurücklassen müssen, waren seine Kleider und vermutlich auch einige persönliche Dinge untergebracht. Schon hatte er sie geöffnet und suchte einen langen Mantel für sie heraus. Das Bett hatte gedrehte Beine und war kunstvoll mit Schnitzereien verziert, die Segelschiffe zeigten.
»Gefällt Ihnen mein Bett?« Bilke fuhr zu ihm herum. Ihr wurde bewusst, dass sie seine Schlafstatt einige Zeit angestarrt hatte.
»Die Schnitzereien sind schön«, stotterte sie.

Eine Welle rollte von der Seite an und ließ das Schiff schlingern. Bilke musste achtgeben, um nicht zu stürzen. Sie taumelte mehr als nötig auf Svendsson zu.
»Ich habe wohl zu viel von dem Wein getrunken«, log sie. »Ich kann mich ja kaum noch auf den Beinen halten.«
»Soso, vielleicht legen Sie sich für eine Weile hin, bis es Ihnen wieder bessergeht.« Er deutete auf sein Bett.
Ihr Herz schlug so heftig, als würde es im nächsten Moment zerspringen. Sie fürchtete, dass er es sehen konnte.
»Ein verlockender Gedanke, in der Tat. Nur, was würden Sie dann von mir denken?« Sie ging langsam zu seinem Nachtlager hinüber. Vor Angst konnte sie kaum noch atmen, ihr Körper begann unkontrolliert zu zittern.
Er antwortete nicht, doch sie meinte, seinen Blick in ihrem Nacken zu spüren. Ihr Brustkorb hob und senkte sich. Sie beugte sich hinab und strich über eine wunderbar weiche Wolldecke.
»Es ging um Sie bei dem Streit«, sagte er unvermittelt.
Bilke drehte sich überrascht um. Ihre Schmucknadel hielt sie zusammen mit dem Ärmel fest. »Um mich?«
»Es ist nicht üblich, dass eine Frau gefangen genommen wird, aber nicht angerührt werden darf. Würden wir nicht morgen an Land gehen, wo die Männer sich ohne Mühe gemeine Frauen kaufen können, ich hätte Sie nicht länger schützen können. Der Wein hat so manchen auf dumme Gedanken gebracht.«
Bilke schluckte. »Danke«, sagte sie aufrichtig. »Ich bin sehr froh, dass Sie mich vor denen gerettet haben. Ich weiß gar nicht, wie ich Ihnen danken kann.«
»Ach nein, da fällt Ihnen nichts ein?«, fragte er und kam auf sie zu.

»Nein. Fällt Ihnen denn etwas ein?«, fragte sie zurück und sah ihn mit großen Augen an. Er musste nur noch einen Schritt näher kommen, und dann würde sie es zulassen, dass er sie küsste. Sie war erstaunt, wie kühn sie mit einem Mal ausführte, was bisher nur in ihren Gedanken existiert hatte. Sie roch seinen Atem, eine Mischung aus saurem Wein und Fisch. Bilke wurde übel, aber sie wusste, dass es keinen besseren Moment geben würde, als den eines Kusses. Dann würde er nicht bemerken, wie sie die Nadel aus dem Ärmel zog und damit ausholte.

»Sie sind eine bemerkenswerte Person.« Er machte den letzten Schritt, war nun ganz nah bei ihr. Er legte einen Arm um ihre Taille. Bilke schloss die Augen. Sie hätte nicht gewusst, wohin sie hätte schauen können, sein Gesicht so dicht an dem ihren. Zudem hatte sie Sorge, dass ihr Blick sie verraten würde. Unbeholfen legte sie ihm die Arme um den Hals, als fühle sie sich mit einem Mal schwach.

Er lachte leise und siegessicher in sich hinein. Bilke blinzelte, sah, dass auch er die Augen für einen Moment schloss und versuchte, ihre Waffe aus dem Ärmel zu schütteln. Vorhin, als sie Feddern gefüttert hatte, war das verdammte Ding von ganz allein zum Vorschein gekommen, jetzt hing es anscheinend im Stoff ihres Kleides fest. Bilke war verzweifelt, griff mit der anderen Hand in den Ärmel und bekam die Nadel endlich zu fassen. Sie nahm all ihren Mut zusammen, zog sie hervor und holte aus. Sogleich spürte sie einen brennenden Schmerz an ihrem Handgelenk. Svendsson hatte zugepackt. Sie war auf ihn hereingefallen. Er war keinen einzigen Augenblick benommen vom Wein oder betört von ihr gewesen, sondern die ganze Zeit Herr seiner Sinne und – noch schlimmer – der Lage.

»Damit also wollten Sie mich angreifen.« Er warf den Kopf in den Nacken und lachte. »Das nenne ich wirklich eine angsteinflößende Waffe!« Er fuhr mit dem Finger über die im Licht der Laterne funkelnde Spange.

»Ich hatte nichts anderes«, verteidigte sie sich in ihrer Not.

»Und wie hätten Sie es anstellen wollen?«, fragte er und klang, als sei er sehr interessiert. »Wollten Sie mir die Nadel ins Auge stechen?«

»Aber nein!«, rief sie voller Abscheu bei der bloßen Vorstellung.

»Wohin dann?«, fragte er belustigt.

»Ich weiß nicht, ich dachte, vielleicht in den Hals«, gab sie kleinlaut zu.

»Hm, kein schlechter Gedanke, aber Sie hätten sehr kräftig zustoßen müssen, wussten Sie das? Wissen Sie, wie schwer es ist, die menschliche Haut zu durchbohren, dann das Fleisch darunter und all das Gewebe?« Seine Stimme, die gerade noch gelassen geklungen hatte, wurde zu einem bedrohlichen Flüstern, der Druck auf ihr Handgelenk wurde noch stärker. Bilke befürchtete, es würde jeden Moment brechen.

»Bitte«, jammerte sie, »ich wusste mir keinen anderen Rat. Ich wollte doch nur nach Hause.« Sie schluchzte und ließ ihren Tränen freien Lauf. Er betrachtete sie, ohne die kleinste Gefühlsregung erkennen zu lassen. Schließlich nahm er ihr das Schmuckstück aus der Hand, gab ihren Arm frei und wendete sich ab.

»Was stelle ich nun mit Ihnen an, Tochter eines Fischhändlers?«, fragte er, den Rücken ihr zugewandt. »Ich habe mir jede erdenkliche Mühe gegeben, Ihnen den Aufenthalt auf meinem Schiff so angenehm wie möglich zu machen. Denken Sie nur nicht, dass ein jeder das getan hätte.«

»Ich weiß das ja auch zu schätzen. Es ist ja nur …«, flüsterte sie stockend.

»Und so danken Sie es mir.« Er klang ehrlich enttäuscht. Bilke konnte sich nicht dagegen wehren, dass sich ihr Gewissen meldete. Was sie getan hatte, war falsch, auch wenn sie sich in einer Notsituation befand.

»Ich kann Sie nicht nach Hause gehen lassen. Noch nicht. Sie werden das hoffentlich verstehen. Irgendwann.«

Sie verstand gar nichts, schniefte noch einmal und wischte sich mit der Spitze ihres Ärmels die Tränen ab.

»Gehen Sie mir aus den Augen«, sagte er. »Ich will jetzt meine Ruhe haben. Verkriechen Sie sich hinter Ihren Fässern und beten Sie, dass die Männer schon alle schlafen, wenn Sie zwischen ihnen hindurchhuschen. Morgen erreichen wir meine Heimat. Ich verlange von Ihnen, dass Sie dort nicht von meiner Seite weichen.«

Bilke rang um Fassung und blieb noch einen Moment stehen. Sie wartete, dass er noch etwas sagen, seinen ungewöhnlichen Befehl erklären würde, doch er schwieg. Also zog sie sich still zurück.

Sie stieg die Stufen zum Mitteldeck hinab wie ein geprügelter Hund. Noch nie in ihrem Leben hatte ein Mensch sie derartig gedemütigt. Hinrichs hatte recht behalten, ihr Plan hätte niemals funktionieren können. Auf Zehenspitzen schlich sie zu ihrem Schlafplatz, die Fidel fest im Arm. Aus allen Ecken und Winkeln hörte sie grunzende und röchelnde Schnarchlaute. Ihr sollte es recht sein, dann war wenigstens keiner der Männer mehr wach. Zitternd legte sie sich auf ihr Strohlager, zog die Knie an und schlang die Arme um sie. Ihr war noch immer furchtbar kalt. Den Mantel aus seiner Truhe hatte er ihr wahrscheinlich niemals geben wollen. Er war nur ein Köder, ein Mittel, um sie in Sicherheit zu wiegen. Und sie war töricht genug gewesen, ihm zu vertrauen, daran zu glauben, dass ihr Plan aufgehen könnte. Sie hatte versagt. Obendrein hatte sie das Erbstück von ihrer Mutter verloren. Wieder und wieder führte sich Bilke die Geschehnisse des Abends vor Augen. Hatte Svendsson die Nadel etwa schon bemerkt, als sie ihr beinahe aus dem Ärmel gerutscht war? Nein, dann hätte er sie ihr doch gewiss früher abgenommen. Oder hatte er die Situation womöglich genauso herausgefordert wie Bilke selbst, um sie zu demütigen, um ihr Hoffnungen zu machen und diese gleich wieder zu zerstören? Welche Strafe würde er sich für sie ausdenken? Wenn schon eine Ohrfeige hundert Pfund Grote kostete, was würde er ihr für einen Mordversuch abverlangen? Und was würde er tun, wenn sie die Summe nicht bezahlen konnte? Vielleicht würde er sie von ihrem Vater einfordern. Sie konnte sich nicht vorstellen, wie er das bewerkstelligen würde, wie er Kontakt zu von Ranteln aufnehmen konnte, ohne von den Lübecker Ratsherrn gefasst zu werden. Zum wiederholten Male überlegte sie, was er mit ihr vorhatte. Was war von Anfang an sein Plan gewesen? Was hatte es zu bedeuten, dass er sie noch nicht gehen lassen konnte? Sollte das heißen, dass er ihr zu einem bestimmten Zeitpunkt die Freiheit schenken würde? Dieser Gedanke war immerhin ein Hoffnungsschimmer. Aber warum durfte sie nicht von seiner Seite weichen, wenn sie in seinem Land ankommen würden? Da waren so viele Fragen, und sie hatte nicht eine einzige Antwort darauf.

Hartwych

Als Hartwych am nächsten Morgen aus dem Fenster sah, bot sich ihm der Anblick, den er befürchtet hatte. Der Regen prasselte zwar weniger heftig, noch immer fielen aber Tropfen, die einen dichten Schleier bildeten. Der Bäcker gegenüber schaffte schimpfend Brote, Kuchen und Pasteten aus dem Laden in die darüberliegende Wohnetage, und auch der Ledergürtelmacher, der in einem kleinen Vorbau des Bäckerhauses lebte, brachte seine Waren ins Trockene. Hartwych war heilfroh, dass sie die Pelze nur noch im Obergeschoss lagerten. Sie waren es irgendwann einfach leid gewesen, mindestens zweimal in jedem Jahr Nerze und Zobel, Eichhörnchen- und Biberpelz aus dem Wasser zu bergen. Was nass geworden war, ließ sich kaum noch verkaufen oder nur zu einem lächerlichen Preis.

Die Köchin musste den Herd schon vor Morgengrauen angeheizt haben. Als Hartwych hinunterging in die Diele, hatte sie bereits unzählige Päckchen und Säckchen Proviant auf den Tisch getürmt. Heddas Gesicht sah an diesem Tag noch fahler aus als üblicherweise. Sie ging der Köchin zur Hand. Die beiden Frauen sahen aus, als hätte Gott zuerst die eine und dann das Gegenteil von ihr geschaffen. War Hedda klein, schmal, blässlich und stets kränkelnd, war die Köchin Göntje für ein Weibsbild ausgesprochen groß und breit gebaut, mit Schultern, die für ein Mannsbild gepasst hätten. Göntje hatte ein teigiges Gesicht und gerötete Wangen und war, soweit Hartwych sich erinnerte, noch nicht einen Tag unpässlich gewesen. Wann immer er die beiden Frauen nebeneinander sah, amüsierte er sich über sie. An diesem Morgen blieb dafür nicht viel Zeit. Er ging über den Hof hinter dem Haus, um nach dem Wagen zu sehen. Der Bursche machte sich noch eifrig daran zu schaffen und legte den Pferden Zaumzeug an. Auch Hans war schon auf den Beinen und kontrollierte jeden Handgriff des Jungen.

»Guten Morgen, Sohn«, begrüßte er ihn. »Es regnet noch immer. Du solltest dir die Sache noch einmal überlegen. Henning kann die Sumpfleute auch allein treffen und uns die Pelze mit einem Transporteur nach Riga bringen lassen. Bei diesem Wetter wirst du nicht weit kommen, bis du mit den Rädern tief im Schlamm steckst.«

»Ach was, so schlimm wird es schon nicht werden.« Er glaubte selbst nicht, was er da sagte. Im Grunde dachte er genau wie sein Vater. Nur wollte er sich die Reise um keinen Preis entgehen lassen. Zu sehr hatte er sich auf seinen Bruder und die Abwechslung von dem recht eintönigen Alltag eines Kaufmannes gefreut. Außerdem malte er sich in den buntesten Farben aus, wie Bilke von Ranteln vor ihm in der Stadt eintraf. Sie wäre gewiss wütend, ein schlechter Anfang, der dazu führen könnte, dass auch sie ihn nicht wollte.

»Ich habe dir reichlich alte Lederfetzen und warme Felle einpacken lassen. Das Leder kannst du um die Räder binden, dann fassen sie besser. Willst du es dir nicht doch noch überlegen?«

»Ich könnte noch bis morgen warten, vielleicht hört es dann auf zu regnen. Auf der anderen Seite … Es ist weit bis zu unserem Treffpunkt. Gewiss werde ich morgen Abend froh sein, dass ich schon ein gutes Stück geschafft habe, wenn ich mich jetzt auf den Weg mache.«

Hans gab sich geschlagen. Er kannte seinen Sohn gut genug, um zu wissen, dass er nicht von der Reise abzubringen war. »In deinen Adern fließt wahrlich das Blut deiner Vorväter«, sagte er mit einem tiefen Seufzer. »Du wärst als wandernder Kaufmann glücklicher gewesen denn als sesshafter.« Er schüttelte verständnislos den Kopf und legte dabei die Stirn in Falten, dass die buschigen Augenbrauen sich vereinten.
»Du übertreibst, Vater.«
Gemeinsam packten sie den Proviant und Hartwychs Kleider in den Wagen, dann war es Zeit, sich zu verabschieden.
»Richte deinem Bruder meine besten Grüße aus. Du hast doch nicht vergessen, wo du ihn treffen sollst?«
»Natürlich nicht, Vater.«
»Nein, natürlich nicht. Wirst mir fehlen, Sohn. Wenn ich nur wüsste, was Henning wieder im Schilde führt. Seine Nachricht klang mehr als geheimnisvoll. Es ist mir gar nicht recht, dass du den Wagen in irgendeinem fremden Dorf lassen sollst.«
»Mach dir keine Sorgen. Henning weiß, was er tut. Vergiss nicht, er ist vernünftig geworden. Dafür hat Ulrike schon gesorgt.«
Hans lachte. »Ulrike, ja, sie ist ein Feldwebel. Sie hat ihn wahrhaftig zur Vernunft gebracht.« Seine Augen glänzten liebevoll, als er an seine Schwiegertochter dachte. »Ich fürchte nur, dein Bruder schlägt erst recht über die Stränge, wenn er ihrer Aufsicht mal für einige Tage entfliehen kann.«
»Also, Vater, es wird Zeit.«
»Wirst mir fehlen, Sohn. Die Abende werden mir lang werden.«
»Ich wette, du wirst so mit deinen Papieren beschäftigt sein, dass du gar nicht merkst, wie die Zeit vergeht. Versprich mir

bitte, dass du den Ofen ordentlich befeuern lässt und dir reichlich Kerzen anzündest.«
»Ja, ja, schon gut. Nun mach aber, dass du fortkommst!«

Hartwych ließ die Resenstrate hinter sich und bog in die Marstalstrate ein. Schon die ersten Meter machten ihm klar, dass es kein besonders kluges Unterfangen war, bei diesem Wetter zu fahren. Die Pferde hatten es schwer in dem Schlamm, denn der Wagen sackte recht tief ein. Immerhin gab es hier vereinzelt Steine, die in den Sand geklopft worden waren, und an vielen Stellen waren Holzbalken in den Modder gelegt, so dass die Räder immer wieder Halt fanden. Wie es vor den Stadttoren aussehen mochte, malte er sich lieber gar nicht erst aus. Es dauerte nicht lange, bis er es mit eigenen Augen sah. Wenn er zurückkam, würde er sich nicht mehr gar so viel um die Tafelgilde kümmern müssen. Diesbezüglich hatte er das Nötige in die Wege geleitet. Er nahm sich ganz fest vor, sich umso intensiver um die Pflasterung der Stadt zu bemühen.
Hartwych lenkte die Kutsche auf Rias Haus zu. Er würde ihr die erfreulichen Neuigkeiten bringen, ihr sagen, dass doch noch alles gut für sie beide werden konnte, und dann seines Weges ziehen. Um sie nicht in Verlegenheit zu bringen, ließ er den Wagen ein gutes Stück von ihrer Hütte entfernt zurück. Er sprang von dem Bock und steckte auf der Stelle mit beiden Füßen in dem aufgeweichten Boden fest. Beinahe wäre er gefallen, als er einen Schritt machen wollte. Er hatte einen Fluch auf den Lippen, schluckte ihn aber hinunter. Seine Laune war viel zu gut, um sich zu ärgern. Außerdem hatte er die hohen Stiefel an, da konnte ihm so ein bisschen nasser Sand nichts ausmachen, dachte er fröhlich. Er band die Pfer-

de an einem Baum fest und stapfte, den Mantel bis zu den Knien hochhaltend, den Weg entlang. Es war kein gutes Vorwärtskommen, und er war sehr froh, dass die beiden Tiere, sie gehörten zu der robusten Nord-Waldart-Rasse, ihm diese Mühe in den nächsten Tagen abnehmen würden. Ein paar Vögel, die vermutlich über das Wetter schimpften, das Rauschen des Regens und das Schmatzen seiner Stiefel im Dreck – das waren die einzigen Geräusche. Ansonsten war es still. Kein Gesang aus Rias Kehle, der zu ihm drang.
Er klopfte an die niedrige Holztür. Keine Antwort. Er klopfte erneut. Als er wieder nicht hereingebeten wurde, öffnete er die Tür. Ria war nicht da. Nur die beiden Hühner begrüßten ihn gackernd. Das Feuer im Ofen war erloschen, Krüge, Schüsseln und Gerät waren sorgsam aufgeräumt. Wohin konnte sie nur gegangen sein? Auf dem Feld konnte sie nichts tun, und auch sonst fiel ihm keine Arbeit ein, die sie derzeit unter freiem Himmel verrichten konnte. Ein ungutes Gefühl schlich sich in seine Brust. Wenn ihr etwas zugestoßen war? Da stand er mitten in der vertrauten einfachen Hütte, kostbare hohe Lederstiefel über den feinen Beinkleidern, einen dicken Pelzmantel am Leib, der fast bis auf den Boden reichte, und wusste nicht, was er tun sollte. Er wollte nach ihr suchen, sie sehen und sich vergewissern, dass sie wohlauf war, bevor er sich auf den Weg nach Osten machte. Nur hatte er nicht einmal eine Ahnung, wo sie stecken könnte. Er zwirbelte unentschlossen seinen blonden Bart, aber eine Idee brachte das nicht. Es blieb ihm nichts anderes übrig, als sich auf den Weg zu machen.

Während die Pferde sich langsam, Schritt um Schritt, vorwärts mühten, hatte Hartwych Zeit, seinen Gedanken nachzuhängen. Die kreisten lange um Ria. Sie hatte so verständnisvoll und einsichtig geklungen, als er ihr von seinen Heiratsplänen erzählt hatte. Was, wenn das alles nur Fassade gewesen war, wenn sie mit seiner Offenbarung nicht zurechtkam und sich etwas antat? Er verwarf diese abscheuliche Idee. Nein, Ria war ein kluges Geschöpf, das schon ganz andere Schläge hatte wegstecken müssen. Wahrscheinlich war sie nur in einem der Nachbarhäuser gewesen, hatte mit ein paar Heilkräutern ausgeholfen, weil eines der Kinder krank war. Oder sie war bei Nachbarn, deren Katen nicht wie die von Ria auf einem kleinen Plateau errichtet waren, um sie im Kampf gegen das Wasser zu unterstützen. Ja, wahrscheinlich schöpfte sie gerade Eimer um Eimer aus einem nachbarlichen Haus und wischte sich den Schweiß von der Stirn. So musste es sein.

Er wollte sich nicht von seinen Sorgen auffressen lassen, und nach Trübsinn war ihm schon gar nicht zumute. Also lenkte er seine Gedanken absichtlich auf das, was vor ihm lag. Er musste an die Worte seines Vaters denken. Zwar stimmte es nicht ganz, dass Hartwych sich die Zeit der wandernden Kaufleute zurückwünschte, aber eine nicht unerhebliche Portion Abenteuerlust schlummerte wahrhaftig in seiner Seele. Er freute sich wie ein Kind, diese in den nächsten Wochen nach Herzenslust befriedigen zu können. Danach würde es ihm wieder mehr Freude bereiten, in einem bequemen Kontor über Papiere gebeugt zu hocken oder den Burschen und Knechten Beine zu machen. Wie hatte Vater es ausgedrückt? In seinen Adern floss das Blut seiner Vorväter. Schon möglich. Einer von ihnen war im Jahre des Herrn 1159 mit einem der ersten Schiffe gekommen, die aus Bremen nach Riga gesegelt waren. Damals gab es die Stadt freilich noch nicht. An ihrer Stelle befand sich ein livischer Handelsplatz, der von einfachen Leuten betrieben wurde. Die Bremer brachten Kultur, Wissen und Wohlstand mit. Dafür sicherten sie sich das alleinige Recht an den interessantesten und einträglichsten Handelszweigen. Den Liven blieben schlecht entlohnte Handwerksarbeiten und unbedeutende Handelstätigkeiten. Vor allem waren sie Bauern. Hartwych sah zwar den unaufhaltsamen Aufstieg Rigas als mächtigen Wirtschaftsplatz durchaus als ein Verdienst der Bremer an, dennoch hieß er es nicht gut, wie die ursprünglichen Herren des Landes unterworfen wurden. Er versuchte, sich die Vergangenheit, von der ihm sein Vater und davor sein Großvater unzählige Geschichten erzählt hatten, vorzustellen. Das fiel ihm nicht leicht. So sollte sich etwa unweit von der Stelle, wo sein Elternhaus stand, vor Generationen ein kleiner See befunden haben, den die Liven als Hafen nutzten. Selbst wenn es diesen Weiher noch gäbe, wäre es wohl kaum möglich, mit einem passablen Handelsschiff von dort durch den Bach, der die gesamte Stadt umschloss, in die Düna zu gelangen, den gewaltigen Strom, der in die Ostsee mündete. Gewiss, in der damaligen Zeit mochte der Bach noch seine Bedeutung gehabt haben, doch heute versumpfte er zusehends. Nur im Frühjahr und Herbst, wenn die Regenfälle die Stadt mal wieder in ein einziges Gewässer verwandelten, führte er so viel Wasser, dass er womöglich sogar schiffbar war. Hartwych sah es jedoch als deutlichen Vorzug an, den Hafen direkt an einem großen Fluss mit Zugang zum Meer zu wissen. Besonders in der Zeit, als seine Vorfahren noch wandernde Kaufleute waren, hätte ihnen das ihre Fahrten sicherlich erleichtert. Nein, in diesem Punkt irrte sein Vater. Hartwych wäre als wandernder Kaufmann nicht glücklicher gewesen. Die

Nachteile waren ihm nur allzu bewusst. Stets unterwegs auf schlechten Straßen und zu Gast in teilweise schäbigen Krügen und Schänken, das war das eine, aber auch immer eingeschränkt in dem möglichen Verdienst, weil man eben nur bestimmte Mengen Ware transportieren konnte, das war etwas, womit er sich schwer hätte abfinden können. Er schätzte Wohlstand und Ansehen, die man als sesshafter Pelzhändler erwerben konnte, sehr. Gaben sie einem doch ein großes Maß an Freiheit und viele Möglichkeiten, günstigen Einfluss auf die Geschicke der Stadt zu nehmen.

Hartwych hatte mit vier Tagesreisen gerechnet. Doch die Pferde konnten in dem Morast nicht so schnell laufen und brauchten mehr Pausen, um sich auszuruhen. Hinzu kamen die Pannen, die ihn Zeit kosteten. Mal versank der Wagen so tief, dass die Räder nur noch eben zu sehen waren, dann rutschte die Kutsche auf ein Feld, von wo die Gäule sie nicht zurück auf den Weg zu ziehen vermochten. Einmal konnte Hartwych sich mit den Lederfetzen behelfen, die er um die Räder schlang, doch beim nächsten Mal musste er auf andere Reisende warten, die den Pfad heraufkamen und mit anpacken konnten.

Nach drei Tagen wurde aus dem Regen beinahe unmerklich Schnee. Die Flöckchen rieselten zuerst ganz fein auf ihn und seine Tiere herab. Im Laufe der Zeit wurden sie größer und dichter, und schon rumpelte das Gefährt über einen dünnen Teppich aus Schnee, der mit jedem Schritt dicker zu werden schien, bis er schließlich die gesamte Landschaft weiß eingepackt hatte. Die Bäume trugen Mützen auf ihren Zweigen, die irgendwann zu schwer wurden und herabfielen. Die Sonne kam manches Mal zum Vorschein und ließ die stiebenden

Flocken und Eiskristalle glitzern, als wäre man unversehens in einer Märchenwelt gelandet. Das hässliche Kratzen der Räder auf Sand oder im Schlamm wurde zu gedämpftem Knarzen und Knirschen, das ihn an seine Kindheit erinnerte. Als erwachsener Mann war er stets froh, wenn der Winter die Stadt aus seinem eisigen Griff entließ und der Frühling die ersten Boten sandte. Als Kind dagegen hatte er nie genug von der weißen Pracht bekommen können. Genau wie sein Bruder Henning. Die Worte seines Vaters fielen ihm wieder ein. Vermutlich hatte er recht, dachte Hartwych, während er lächelnd dem Tanz dicker Schneeflocken zusah, die ihm wie weiche Daunen vorkamen, die herabsegelten und im nächsten Augenblick wieder in die Luft gewirbelt wurden, ehe sie schließlich doch zu Boden sanken. Vermutlich würde Henning es wirklich ausnutzen, wenn er einmal für ein paar Tage dem strengen Blick seines Weibes entkam. Ulrike war ein herzensgutes Wesen, jeder in der Familie hatte sie vom ersten Moment an gemocht. Henning konnte sich glücklich schätzen, eine solche Frau an seiner Seite zu haben. Sie war voller Tatendrang, scheuchte die Bediensteten herum, packte selbst mit an und hatte sich nicht ein einziges Mal beklagt, fern von ihrer Heimat in Nowgorod leben zu müssen, wo der Winter lang und bitterkalt war. Sie stand bedingungslos zu ihrem Mann, der sich in jeder Situation auf sie verlassen konnte. Was konnte er sich mehr wünschen? Dass Ulrike stets ein Auge auf ihn hatte und ihn zur Ordnung rief, wenn er Unfug im Kopf hatte, das war der Preis, den Henning zahlte.

Sein Bruder und er waren wahrlich aus demselben Holz. Hartwych dachte daran, wie oft sie als Kinder zu wild gewesen waren. Nicht selten endeten ihre Tobereien mit Blessuren wie ausgeschlagene Zähne, Platzwunden oder gar gebrochene

Knochen. Ihm fiel eine Situation im Winter ein, als er selbst noch ein Dreikäsehoch und Hennings Obhut anvertraut war. An diesem Tag schneite es seit dem frühen Morgen so heftig wie jetzt. Vater Hans war, wie eigentlich immer, so weit Hartwych sich zurückerinnern konnte, mit seinen Papieren beschäftigt, die Mutter war unpässlich gewesen, was ebenfalls ständig der Fall war. Henning kam die Aufgabe zu, sich um seinen kleinen Bruder zu kümmern. Er konnte kaum still sitzen, steckte seine Nase wieder und wieder zur Tür hinaus.
Schließlich schlug er vor: »Der Schnee ist herrlich, lass uns nach draußen gehen. Magst du?«
Was war das für eine Frage? Natürlich mochte er. Hartwych musste lächeln, als er daran dachte, wie konzentriert und sorgsam Henning ihn damals angezogen hatte. Peinlich genau achtete er darauf, dass der Kleine die ledernen Fäustlinge, um die ihn alle anderen Kinder, die nur Handschuhe aus Garn besaßen, glühend beneideten, über die Ärmel des langen Unterhemdes zog und dann die Ärmel des Mantels über den Ansatz der Fäustlinge. Henning stibitzte den Schlitten, den Magd und Knecht im Winter benutzten, wenn sie auf den Markt gingen oder andere Erledigungen zu machen hatten. Er zog Hartwych auf dem einfachen kleinen Gefährt zur Stadt hinaus zu einem kleinen Hügel. Dort war alle Fürsorge, alles Bangen um das Wohlergehen des kleinen Bruders vergessen. Er musste die Anhöhe hinauflaufen, weil der Schlitten mit ihm darauf für Henning zu schwer war. Dann ging es gemeinsam, Hartwych klammerte sich an Hennings Rücken, den Hügel hinab, dass der Schnee links und rechts von den Kufen nur so aufstob. Sie wurden nicht müde, wieder und wieder zur Kuppe hinaufzulaufen, um anschließend abwärts zu sausen. Mit der Zeit wurde Hartwych jedoch langsamer, und so kam es, dass

Henning eine Fahrt ohne ihn unternahm und ihn beim Aufstieg dennoch einholte.
»Ich will auch mal allein fahren«, verlangte Hartwych daraufhin trotzig.
»Nein, das ist zu gefährlich. Du bist noch zu klein dafür.«
Natürlich sah er das überhaupt nicht ein und quengelte so lange, bis Henning nachgab. Er ließ Hartwych den Schlitten allein auf die Kuppe ziehen, um unten auf ihn warten und, wenn nötig, seinen Schwung bremsen zu können. Das war die Bedingung. Keine Frage, dass Hartwych sich darauf einließ. Obwohl er mit jedem Schritt nach oben merkte, wie erschöpft er bereits war, stapfte er unbeirrt weiter. Auch wurden ihm die Knie immer weicher, denn bisher hatte er sich hinter Hennings Rücken verbergen können. Weder hatte der Fahrtwind ihm in die Wangen zu beißen vermocht, noch hatte er hügelabwärts schauen müssen. Sich zu drücken kam freilich nicht in Frage.
Einen dicken Kloß im Hals, hockte er sich auf die drei Bretter, die die Sitzfläche bildeten, und schrie: »Ich komme!«
Noch heute konnte er sich deutlich an das Kribbeln in seinem Bauch erinnern, eine Mischung aus Angst und purem Vergnügen. Er hatte eine gute Figur gemacht damals. Er war so schnell, dass sein Bruder meinte, eingreifen zu müssen. Er sprang auf die Bahn, die schon ganz glatt poliert war, und streckte seinen Fuß aus. Damit stoppte er den Schlitten in voller Fahrt. Hartwych flog durch die Luft und schlug mit dem Kinn auf einen Baumstumpf. Er biss sich auf die Oberlippe, die er vor Aufregung und Anspannung zwischen die Zähne gesogen hatte, und blutete heftig. Henning war außer sich vor Sorge und schlechtem Gewissen, rannte, unablässig Entschuldigungen murmelnd, auf ihn zu.

»If glaube, alle Pfähne find noch drin«, hatte Hartwych ein wenig benommen an der geschwollenen Lippe vorbei gemurmelt. Dann bekamen beide einen Lachanfall und konnten sich gar nicht mehr beruhigen.
Der Schmerz kam erst später, und für Henning hagelte es eine Strafpredigt, die sich gewaschen hatte, sowie eine Woche Hausarrest, die ihn wirklich hart traf. Gleichwohl waren sich die Brüder einig, dass es die Sache wert gewesen war.

Am Abend des vierten Tages erreichte Hartwych ein kleines Angerdorf nahe des Peipus-Sees. Es handelte sich um eine bescheidene Ansammlung von Gasthäusern, Kleinhändlern und Handwerkern, deren einfache Katen sich um einen mandelförmigen Platz drängten. Dort nahm er Quartier.
»Ich brauche Pferde«, erklärte er dem Wirt ohne Umschweife, als er bei einem Teller Getreidebrei mit Bohnen in der Gaststube saß. »Meine sind müde. Ich will sie nicht über die Maßen anstrengen.«
»Eine kluge Entscheidung«, stimmte der Wirt ihm zu. Seine Beine waren unterschiedlich lang, weshalb er humpelte. Trotzdem war er flink und wendig und wirkte keineswegs körperlich eingeschränkt. Im Gegenteil. Seine Arme waren sehnig und ließen eine gute Portion Kraft vermuten. Die Hände waren fast ein wenig groß für die eher durchschnittlich gewachsene Statur, ein Blick in das kantige Gesicht verriet Energie und Durchsetzungskraft. Zweifelsohne gehörte er zu den Menschen, mit denen man sich besser nicht anlegte.
»Ich kann Ihnen zwei kräftige Tiere geben. Die ziehen Sie und Ihre Kutsche wie der Blitz. Ehe Sie sich's versehen, sind Sie schon … Wohin reisen Sie noch gleich?« Neugierig war der Kerl also auch noch.

»Richtung Nowgorod«, gab Hartwych ausweichend zur Antwort. »Kann ich meine Tiere bei Ihnen stehen lassen?«

»Gewiss, mein Herr, gewiss! Sie werden bestens versorgt, darauf können Sie sich verlassen.«

Sie machten den Handel perfekt. Hartwych erkundigte sich nach dem für diese Witterungsverhältnisse günstigsten Weg.

»Der große See ist noch zugefroren«, erklärte der Hinkende ohne Zögern. »Das ist der schnellste und sicherste Weg.«

»Und das Eis wird bestimmt zwei Pferde, eine Kutsche und einen Mann tragen?«, wollte Hartwych wissen. Er war skeptisch.

Der Wirt lachte. »Wissen Sie nicht, dass auf diesem See schon eine Schlacht stattgefunden hat? Wenn das Eis fünfundzwanzigtausend Mann und Reiter ausgehalten hat, wird es mit Ihnen und Ihrem Wagen leicht fertig, meinen Sie nicht?«

»Sie wollen mir wohl einen Bären aufbinden«, entgegnete Hartwych ohne echtes Interesse an der angeblichen Schlacht. Er seufzte tief, als der Hinkende einen Stuhl heranzog und es sich bequem machte. Wie es aussah, kam Hartwych nicht um eine lange Erzählung, gespickt mit Übertreibungen und Unwahrheiten, wie er annahm, herum.

»Sagen Sie bloß, Sie haben noch nichts von der berühmten Schlacht auf dem Peipus-See gehört!«

So schrecklich berühmt konnte diese Schlacht nicht sein, ging es Hartwych durch den Kopf, wenn er sein Lebtag noch nichts davon gehört hatte. Außerdem wurde viel gekämpft um Territorien, um Bodenschätze oder einfach um die Ehre. Wer sich da alle Schlachten merken wollte, der hatte wahrlich gut zu tun. Doch er sparte sich eine bissige Bemerkung und schüttelte nur den Kopf.

»Ihr klugen Kaufleute«, ereiferte sich der Mann sogleich, »Ihr Städter! Haltet euch für fortschrittlich und gebildet und wisst nichts über eure Heimat.«

»Nun erzählen Sie endlich, bevor ich es vor Spannung nicht mehr aushalte«, gab Hartwych spöttisch zurück.

Das ließ der Wirt sich nicht zweimal sagen. »Es war im Jahre des Herrn 1242, also vor beinahe zweihundert Jahren«, begann er. »Es ging gegen die Republik Nowgorod. Unter der Führung des Bischofs von Dorpat kämpften deutsche Kreuzritter und Ritter des Deutschen Ordens Seite an Seite. Es stand schlimm um die Republik, die ja vorher schon von Dschingis Khan mächtig in die Zange genommen worden war.«

»Was Sie nicht sagen!« Allmählich fand Hartwych Vergnügen daran, dem Mann zuzuhören. Er war erstaunt, wie gut dieser über Dinge Bescheid wusste, die so weit in der Vergangenheit lagen. Immerhin war er nur ein einfacher Gastwirt.

»Allerdings! Können Sie mir glauben. Na, jedenfalls hat der Fürst, dieser … wie hieß er gleich? Der ist jedenfalls, nachdem er die erste Niederlage kassiert hatte, mir nichts, dir nichts nach Westen vorgedrungen, mitten rein in das Reich der aufgeblasenen Ritter. Nun ja, nicht direkt. Zuerst hat er eine Vorhut geschickt, die in die Flucht geschlagen wurde. Die sind abgehauen in Richtung See, die Ritter hinterher. Am See kam es dann zur Abrechnung. Was soll ich Ihnen sagen? Die russische Haupttruppe war zur Stelle und hat sich mit der Vorhut zusammengetan. Gemeinsam haben sie sich den Ordenskerlen entgegengestellt. War nicht leicht, aber die russischen Kämpfer waren einfach zäher. Und sie kannten sich mit dem See und seinen vereisten steilen Uferböschungen aus. Das und natürlich die kluge Kriegsführung von dem

Fürst, diesem … wie heißt er denn gleich? Jedenfalls hat ihnen das den Sieg gebracht.«
»Darauf trinke ich«, sagte Hartwych schmunzelnd und hob seinen Becher.
»Darauf können Sie auch getrost trinken. Danach war nämlich endlich Ruhe. Es gab ein Friedensabkommen, und der Deutsche Orden hat endgültig die Finger vom Nowgoroder Gebiet gelassen.« Er wirkte so stolz und zufrieden, als hätte er höchstselbst die Schlacht geschlagen, gewonnen und für Frieden gesorgt.
Hartwych konnte den Mann recht gut verstehen. Auch er hatte so seine Schwierigkeiten mit dem Orden. Ihm war nur zu gut bekannt, wie angespannt das Verhältnis zwischen den Kaufleuten Rigas und den Männern des Deutschen Ordens von jeher war. Letztere lagen ständig mit dem Bischof der Stadt im Streit. Da sie mit schöner Regelmäßigkeit die Handelsinteressen Rigas untergruben, schlug die Stadt sich meist auf die Seite des Bischofs – und war unversehens an Konflikten beteiligt, die ursprünglich gar nicht die ihren waren.
Einmal rissen Ordensleute einfach eine Brücke über den Bach Ryge ab, die von Rigaer Bürgern gebaut worden war. Das kam einer Kriegserklärung gleich, und die Rigaer legten die Ordensburg in Schutt und Asche. So ging es Jahr um Jahr. Frieden kehrte nicht ein. Es hatte sogar einmal eine Mauer innerhalb der Stadt gegeben. War so etwas zu glauben? Sie grenzte die Besitzungen der Ritter von der Bürgerstadt ab. Doch auch das half nicht. Die Auseinandersetzungen hielten an. Es kam sogar zu einer Belagerung der Stadt durch den Orden, die über ein Jahr anhielt und nur durch die Kapitulation Rigas beendet wurde. Wen wunderte es da noch, dass die Anwesenheit der Deutschen Ritter auch heute noch von

vielen mit Argwohn betrachtet oder ganz offen abgelehnt wurde. Hartwych war sicher, dass die Ruhe, die derzeit zwischen den Streitparteien herrschte, wieder nicht von Dauer sein würde.

Am Morgen brach er früh auf. Hatte der Hinkende auch ganz gewiss mit der Zahl der angeblich an der Schlacht beteiligten Kämpfer übertrieben, so galt das nicht für das, was er über die Pferde gesagt hatte. Sie zogen wahrhaft kräftig und schnell. Das Eis des Peipus-Sees knackte und knallte manches Mal gespenstisch, als die Tiere darüber galoppierten, aber es gab kein bisschen nach. Wie versprochen, kam Hartwych auf dieser Route sicher und schnell voran. Am sechsten Tag um die Mittagsstunde erreichte er endlich das Dorf, das Henning als Treffpunkt bestimmt hatte. Es war ein Leichtes, seinen Bruder zu finden. Vor einem Ausspann entdeckte er eine Traube von Menschen, viele Kinder darunter, die allesamt um etwas herumstanden, das Hartwych nicht zu erkennen vermochte. Inmitten der neugierig blickenden Dorfbewohner stand Henning, ein stolzes Lachen auf dem von der Kälte geröteten Gesicht.
»Hartwych, mein Bruder«, rief der, als er die Kutsche erspähte. »Endlich!« Alle Augen, die gerade noch auf einen niedrigen Gegenstand gerichtet gewesen waren, blickten nun ihn an.
Hartwych brachte die Pferde in den Stall und ließ den Knecht des Ausspanns seine Kutsche unterstellen. Im Stall fielen ihm Hunde auf, wie er sie noch nie gesehen hatte. Als Erstes stach dem Pelzhändler das Fell ins Auge, das viel dicker wirkte als das der ihm bekannten Hunde. Grau und weiß waren sie und hatten etwas Wolfsartiges an sich. Sobald man sich ihnen

näherte, fingen sie aufgeregt an zu bellen. Einige zerrten an den Leinen, mit denen sie festgebunden waren, andere lagen in Strohnestern und hoben nur kurz den Kopf. Er nahm noch zur Kenntnis, dass ein Tier verschiedenfarbige Augen hatte, ein blaues und ein braunes. Dann verließ er den Stall. Wozu mochte man hier ein ganzes Rudel so außergewöhnlicher Hunde halten, fragte er sich, während er um das Haus ging, um seinen Bruder endlich in die Arme zu schließen. Nur widerwillig öffneten die Schaulustigen ihren Kreis und ließen ihn passieren.

»Henning, wie lange ist das her?« Er drückte seinen älteren Bruder fest an sich.

»Lange, viel zu lange!« Henning schob Hartwych ein Stückchen von sich. »Lass dich ansehen! Prächtig siehst du aus, kleiner Bruder. Hattest du eine gute Reise?«

»Wie du siehst: Alle Pfähne find noch drin.«

Einen Moment stutzte Henning, dann verstand er und lachte auf. Noch einmal umarmten sich die beiden.

»Es ist wahrhaftig lange her«, sagte Henning.

Einige von den Erwachsenen beäugten hin und wieder die Brüder, das uneingeschränkte Interesse der Kinder galt jedoch dem flachen Gebilde, das nun auch Hartwychs Aufmerksamkeit auf sich zog.

»Gehört dieses absonderliche Ding dir?«

»Dieses absonderliche Ding ist ein Schlitten. Leider gehört er mir nicht, nein. Ich habe ihn nur geborgt.« Und mit funkelnden Augen fügte er hinzu: »Für dich habe ich auch einen!«

»Das ist hoffentlich nicht dein Ernst«, stieß Hartwych entsetzt aus. Henning konnte unmöglich vorhaben, sich mit Schlittenfahren zu vergnügen, während die Sumpfleute mit der kostbaren Ware warteten. »Vater hat nichts Gutes geahnt, als deine Nachricht kam. Wie es aussieht, wird er recht behalten.« Er schüttelte den Kopf, musste sich aber eingestehen, dass da wieder dieses Kribbeln war, wie er es zuletzt als Kind gespürt hatte.

»Wie geht es dem alten Mann?«

»Ihm geht es gut. Er brütet über seinen Papieren wie eh und je, spart an Kerzen und Öl für die Lampen und freut sich über jeden Abend, den wir mit einem kurzweiligen Würfelspiel verbringen.«

Die Leute zerstreuten sich allmählich. Da Henning keine Anstalten machte, den ungewöhnlichen Schlitten in Betrieb zu nehmen, trollten sich schließlich auch die Kinder.

»Das klingt gut«, sagte Henning und seufzte übertrieben. »Da könnte ich glatt Heimweh bekommen.«

»Verrate mir lieber, was es mit diesen Schlitten auf sich hat. Du hast geschrieben, ich soll den Wagen hier zurücklassen. Vater hat gleich befürchtet, dass du nur Unfug im Sinn haben könntest. Ich sagte ihm, du wüsstest schon, was du tust. Jetzt bin ich nicht mehr sicher. Sollen unsere Pferde etwa diese Dinger ziehen?«

»Nicht die Pferde. Komm mit, ich stelle dir unsere Reisebegleiter vor.«

Hartwych verstand überhaupt nichts mehr. Nicht genug, dass Henning offenbar wahrhaftig vorhatte, mit diesen Schlitten, kaum mehr als ein Brett, das flach auf dem Boden lag, die Reise fortzusetzen, würden sie anscheinend nicht allein reisen, wie er erwartet hatte.

Sie gingen in den Stall.

»Darf ich bekannt machen? Du siehst vor dir die angenehmsten Reisebegleiter, die du dir nur vorstellen kannst, und obendrein die besten Zugtiere dieser Gegend.«

»Ich sehe nur ganz ungewöhnliche Hunde.«
»Von ebendenen ist die Rede, mein lieber Bruder.«
»Bitte? Du treibst doch Schabernack mit mir. Genau wie damals«, sagte er und kniff die Augen zu schmalen Schlitzen zusammen. »Du hattest ein Ei nur von einem winzigen Stück Schale befreit und durch die kleine Öffnung ausgelöffelt. Die leere Hülle hast du dann falsch herum hingelegt, so dass ich glauben musste, es handle sich um ein frisches unversehrtes Ei.«
Henning nickte fröhlich. »Dein Gesicht, als du zugegriffen hast und die Schale zersprungen ist, werde ich nie vergessen.«
»Nun, ich bin älter geworden, lieber Bruder. Ich falle nicht mehr auf deine Späße herein. Hunde, die einen Schlitten ziehen, dieser Einfall ist wirklich zu dick aufgetragen.«
»Das ist ein ausgesprochen kluger Einfall«, widersprach er. »Hand aufs Herz: Wie bist du mit Pferd und Wagen im Schnee zurechtgekommen?«
»Bestens.«
»Natürlich, darum bist du auch zwei Tage zu spät eingetroffen.«
»Moment mal«, protestierte er.
»Vier Tagesreisen, mehr hättest du nicht brauchen dürfen.«
Hartwych musste zugeben, dass das auch seiner eigentlichen Einschätzung entsprochen hatte, den Schnee nicht einkalkuliert.
»Räder, die sich drehen müssen, sind in hohem Schnee ebenso verloren wie im tiefen Morast.« Henning war nun ernst, und es war nicht zu übersehen, dass es ihm am Herzen lag, seinen Bruder von dieser Art der Fortbewegung zu überzeugen. »Ein Schlitten dagegen gleitet über die weiße Pracht. Er ist für Bedingungen, wie wir sie hier haben, perfekt.«

»Das will ich ja nicht bestreiten, nur hat das Ding« – er deutete mit einer Kopfbewegung zu dem Platz, wo vor kurzem noch die Menschen gewesen waren – »mit den Schlitten, die ich kenne, nicht das Geringste gemein. Nicht einmal Kufen habe ich gesehen.«
»Und das ist auch gut so. Er ist viel besser, glaube mir!« Seine Begeisterung wirkte allmählich ansteckend. Ein Abenteuer lag in der Luft. Hartwychs Aufregung wuchs. Dessen ungeachtet wollte er sichergehen, dass sein Bruder nicht völlig den Verstand verloren hatte.
»Nun schön, ich will dir ja gerne glauben. Aber warum Hunde, um Himmels willen? Ich habe mein Lebtag noch nicht gehört, dass Menschen sich von Hunden ziehen lassen.«
»Was nicht heißt, dass so etwas nicht vorkommt«, konterte Henning. Bevor sein Bruder etwas einwenden konnte, fuhr er fort: »Bei einer Zusammenkunft mit den Sumpfleuten bin ich vor einiger Zeit fünf Männern eines Volkes begegnet, die sich selbst Saamid nannten. Sie kamen weit aus dem Nordosten, trugen lange Mäntel und Stiefel aus Fell. Finstere Gesellen, kann ich dir sagen, aber auch die besten Jäger, die mir je untergekommen sind. Da, wo sie herkommen, scheint der Winter nie enden zu wollen. Und er ist auch sehr viel strenger als bei uns in Nowgorod oder erst recht bei euch in Riga. Sie müssen sich ihrem Lebensraum anpassen. Anstelle von Kutsche oder Wagen haben sie Schlitten.«
»Und anstelle von Pferden Hunde?«
»Sie haben auch Rentiere, aber ihre ausgedehnten Jagdreisen durch ihr weites Land unternehmen sie in der Tat mit Hunden.«
»Welchen Vorteil sollte das haben?«
»Sieh sie dir doch nur an: Sie wollen rennen, wollen den

Schlitten ziehen. Das ist ihr Leben. Hast du je versucht, ein Rentier anzutreiben, das gerade keine Lust zum Laufen hat?«

Zwar hatte Hartwych diese Erfahrung noch nicht machen müssen, doch reichte seine Fantasie, um sich ein störrisches Vieh vorzustellen. Diese vierbeinigen Gesellen hier machten dagegen fürwahr den Eindruck, als könnten sie gar nicht erwarten, dass es endlich losgeht.

»Sie sind so ausdauernd wie kaum ein anderes Zugtier und dabei in höchstem Maße anspruchslos. Über lange Strecken große Lasten zu ziehen ist mit ihnen jederzeit möglich. Obendrein sind sie treu und freundlich.«

Hartwych hob skeptisch die Augenbrauen. Die Hunde, die er vor sich sah, es waren sechs an der Zahl, machten alles andere als einen freundlichen Eindruck. Sie rissen und zerrten an den Stricken, mit denen sie angebunden waren, bellten laut und stellten sich immer wieder auf ihre Hinterläufe. Aufgerichtet auf zwei Beinen wie ein Mensch, präsentierten diese ohnehin schon gewaltigen Geschöpfe ihre mächtigen Pfoten und ihre breite Brust. Alles an ihnen schien Muskeln und Kraft zu sein.

»Ausdauernd mögen sie sein, aber freundlich und treu?«

»Die Saamid haben berichtet, dass sie ihren Kindern als Spielgefährten dienen. Alte oder verletzte Tiere, die nicht mit auf die Jagd gehen können, bleiben bei Frauen und Kindern und geben bestens auf sie acht. Oder sie landen im Kochtopf«, erklärte er beiläufig und lachte herzlich über die verblüffte Miene seines Bruders. »Doch, auch das ist wahr. Ihr Fleisch gilt bei einigen Stämmen als Köstlichkeit. Wenn sich ein Hund verletzt hat oder partout nicht dem Gespann anpassen will, ist er nicht mehr von Nutzen. Und der Tisch ist für die Saamid gewiss nicht immer reich gedeckt. Auch wenn sie vortreffliche Jäger sind, kann das Jagdglück sie doch mal verlassen. Da ist es immer noch besser, eines der Zugtiere zu verspeisen, als da draußen in der weißen Wildnis zu verhungern.«

Dieser Argumentation konnte sich Hartwych nicht entziehen.

»Das dort drüben ist dein Schlitten. Lass uns eine Runde probieren, damit du dich morgen nicht gar zu tölpelig anstellst.«

Zu zweit schleppten sie das Gefährt aus dem Stall und klemmten es in einer Vorrichtung fest, in der auch Hennings Schlitten eingehängt war. Es hatte den Anschein, als hätte er die Vorrichtung, mehrere Bretter und Querbalken, die mit dicken Holzschrauben miteinander verbunden waren, eigens gezimmert.

»Wozu soll das gut sein?«, fragte Hartwych und sah zu, wie Henning den festen Halt der beiden Schlitten in dem hölzernen Gebilde überprüfte.

»Das wirst du früh genug verstehen«, meinte er mit vielsagendem Blick.

Die Schlitten waren nicht mehr als eine aus einem Stück gefertigte Holzplatte, die flach auf dem Boden lag. Das eine Ende war nach oben gebogen wie eine Ostseewelle, bevor sie sich brach. Der Wellenkamm neigte sich ein wenig über das, was Hartwych für die Ladefläche hielt.

»Hier vorn machst du die Leinen fest«, erklärte Henning und beugte sich über das gebogene Ende, in das zwei Löcher gebohrt worden waren. »Du musst darauf achten, dass das Zaumzeug ganz fest sitzt. Dann breitest du es am Boden der Länge nach aus. Siehst du? So.« Schon hatte er ein Gewirr aus Lederriemen zur Hand, das er geschickt an dem Schlitten befestigte und dann, wie er gesagt hatte, auf dem verschneiten Boden vor dem Ausspann ausbreitete. Jetzt war zu erkennen, dass die Riemen ein Oval bildeten, in dem an drei Stellen Schlaufen vorbereitet waren. Er forderte Hartwych auf, ihm wieder in den Stall zu folgen. An einem Stützbalken hing ein halbes Dutzend kurzer breiter Riemen.

»Die musst du den Hunden um den Bauch legen. Ich warne dich, Bruder, das ist eine der schwersten Aufgaben.«

»Warum das?«

»Weil sie einfach nicht still stehen. Komm, ich zeige es dir.«

Als er mit einem Riemen in der Hand auf eines der Tiere zuging, steigerte sich das Spektakel, das schon zuvor geradezu ohrenbetäubend war, noch mehr. Der Hund, ein weißer Prachtkerl mit wenigen grauen Flecken am Körper, dessen Stirn und Ohren schwarz gefärbt waren, als trüge er eine Kapuze, sprang mit allen vier Pfoten gleichzeitig in die Höhe und gebärdete sich wie toll. Er schien ganz genau zu wissen, dass es losging. Die anderen bellten und jaulten, als wollten sie auf sich aufmerksam machen.

»Nimm mich mit!«, schienen sie zu sagen.

Henning hantierte eine geraume Weile. Einmal sah es schon so aus, als säße der Riemen fest, doch im letzten Augenblick öffnete er sich wieder und rutschte auseinander.

»Du bekommst die drei.« Er deutete auf die Hunde, die Hartwychs Schlitten ziehen würden. Noch konnte der nicht glauben, dass diese Wildfänge im wahrsten Sinne an einem Strang ziehen würden. Er malte sich lieber nicht aus, wo er mit ihnen landen würde.

»Du hast gesehen, wie es geht«, sagte Henning keuchend, nachdem der erste Hund endlich seinen Gurt trug. »Schnapp dir Hund und Riemen und versuche dein Glück!«

Hartwych tat, was sein großer Bruder von ihm verlangte. Er zögerte, wusste nicht, welches Tier es ihm leichtmachen würde. Schließlich musste er einsehen, dass keines mit einem ausgeglichenen Gemüt dabei zu sein schien. Also nahm er sich einen weißen Rüden vor, der nicht so groß war wie die anderen. Er wirkte ein wenig gedrungen und hatte längeres Fell als seine Artgenossen.

»Also gut, schön stillhalten«, redete er auf den Weißen ein. »Ich will dir bestimmt nicht weh tun. Und es war auch nicht mein Einfall, dich vor einen Schlitten zu spannen, aber mein Bruder behauptet, ihr hättet größtes Vergnügen dabei.«

Henning blickte kurz auf und lachte. Der Weiße sprang, drehte sich und wickelte sich dabei den Strick, mit dem er noch an einem Pflock festgebunden war, stramm um die Hinterläufe. Hartwych hatte Mühe, ihn aus seiner Falle zu befreien. Mit dem Riemen hatte er mehr Glück. Der saß schon beim zweiten Versuch. Nach dem Weißen gurtete er eine Hündin an, die er Mädchen nannte, und das größte Tier, seinen Leithund, wie Henning ihm erklärte. Das war ein graubrauner Rüde mit hellen Lefzen, weißem Hals und einer weißen Pfote. Er war ihm schon zuvor aufgefallen, weil er ein blaues und ein braunes Auge hatte. Hartwych gab ihm den Spitznamen Wolf, denn er sah wahrhaftig wie einer aus. Nur fehlte ihm das Verschlagene, das die Menschen dem Isegrim gemeinhin andichteten.

»Ich wäre so weit«, verkündete er nicht ohne Stolz, als seine drei Hunde bereit waren.

»Dann wirst du jetzt die nächste schwierige Aufgabe erlernen. Wir müssen die Hunde zu den Schlitten bringen und einspannen. Einen nach dem anderen.«

Die Schwierigkeit lag zum einen darin, den Strick zu lösen, während das Tier mit seinem gesamten Gewicht daran zog.

Zum anderen musste man es gut festhalten, damit es nicht auf der Stelle auf und davon rannte, sobald der Strick sich löste.
»Ich hätte nie gedacht, dass die so viel Kraft haben«, rief Hartwych lachend seinem Bruder zu, als er den Weißen an dem Lederriemen zu seinem Schlitten führte. »Und das ist der Kleinste!«
»Verstehst du jetzt, wofür die Vorrichtung gut ist, in der die Schlitten gehalten werden? Ohne sie wären die Hunde über alle Berge, bevor wir überhaupt aufgesprungen sind.«
Hartwych nickte. Ja, das konnte er sich nun lebhaft vorstellen.
Die Vorbereitungen zu einer ersten Fahrt waren den Dorfbewohnern nicht verborgen geblieben. Immer mehr kamen neugierig herbei.
»Gut, dass ihr da seid«, rief Henning ihnen zu. »Wir können die Hilfe von starken Männern gut gebrauchen.«
Als beide ihre drei Hunde angeschirrt hatten, stiegen sie auf ihre Schlitten.
»Du musst ganz vorn stehen. Und immer leicht in die Knie gehen, dann kannst du besser das Gleichgewicht halten.«
Da war es wieder, das Kribbeln, das ein wenig Angst und eine gehörige Portion Vorfreude begleitete. Obwohl noch dicke Rundhölzer die Schlitten hielten, spürte man schon den ungeheuren Zug.
»Auf drei!«, brüllte Henning und hob seine Peitsche in die Höhe.
»Wie lenke ich den Schlitten überhaupt?«, schrie Hartwych dazwischen.
»Gar nicht. Ich gebe die Kommandos, und deine Hunde werden meinen nachlaufen.«
Die Burschen aus dem Dorf feixten. Sie mussten die Pelzhändler für Wahnsinnige halten. Wahnsinnig, aber amüsant.

»Eins, zwei und drei!« Wie besprochen rissen die Männer zunächst die Schranke hoch, die Hennings Schlitten blockiert hatte. In dem Moment hatte Hartwych das Gefühl, seine drei Zugtiere waren nicht mehr zu bändigen. Er fürchtete schon, sie würden ihn mitsamt der Bretter und Querbalken hinter sich herziehen. Da öffneten die Burschen auch seine Schranke, und mit einem Ruck ging es los. Hartwych verlor augenblicklich das Gleichgewicht, ruderte mit den Armen, konnte sich nicht halten und fiel rücklings auf den Schlitten. Er konnte noch von Glück sagen, dass er nicht zur Seite gefallen und von dem Gefährt gestürzt war. Die drei wären auch ohne ihren Herrn weitergerannt, darauf ging er jede Wette ein. Das Johlen und gehässige Lachen der jungen Kerle und das freudig aufgeregte Quietschen und Kichern der Kinder in den Ohren, verließen sie das Dorf.
Hartwych stützte sich ab, kam mühsam auf die Knie und richtete sich ganz langsam wieder auf. Es gab nichts, woran er sich festhalten konnte, und die Hunde liefen erstaunlich schnell. Er konnte sich beim besten Willen nicht vorstellen, auf diese Art und Weise eine große Entfernung zu bewältigen.
»Ist es nicht großartig?«, rief Hennig ihm über die Schulter zu.
»Ich hätte nicht gedacht, dass es so schwierig ist.« Er hatte es noch gar nicht ausgesprochen, da legten sich die Hunde in die erste scharfe Kurve, und er musste mit den Armen rudern, um nicht erneut zu fallen. Nach und nach begriff er, was er tun musste, damit weder Unebenheiten auf dem Weg noch Biegungen ihn aus der Balance bringen konnten. Irgendwann hatten die Tiere ihren Rhythmus gefunden, und ihre anfängliche ungestüme Lust zum Rennen hatte sich gelegt. Sie trabten

zufrieden vor sich hin, und der Schlitten glitt gleichmäßig durch die weiße Landschaft. Ja, es war wahrhaftig großartig!

Am Abend saßen die beiden in der Gaststube des Ausspanns beieinander und aßen. Hartwych konnte sich nicht entsinnen, wann er zum letzten Mal so hungrig gewesen war. Sämtliche Knochen taten ihm weh. Und das war nur eine Übung gewesen!

»Du hast das wirklich gut gemacht, kleiner Bruder. Ich bin stolz auf dich.«

»Sprechen wir uns wieder, wenn die gesamte Tour hinter uns liegt«, meinte Hartwych und setzte eine zerknirschte Miene auf. Er war nämlich keineswegs davon überzeugt, dass er die ganze Strecke ohne größere Blessuren hinter sich bringen würde. »Wohin geht es überhaupt?«

Henning erzählte von einem Treffpunkt der Sumpfleute hoch oben am Finnischen Meerbusen.

»Ich bin nicht sicher, dass wir noch lange Handel mit den Sameh treiben können«, meinte er nachdenklich. »Es ist keine gute Zeit für sie.«

»Warum, was ist geschehen?«

»Sie sind Nomaden, ihnen gehört kein fest begrenztes Land. Darum glauben alle Nachbarn, das Land einfach in Besitz nehmen zu können. Sie fordern Steuern von den Sumpfleuten, gründen Siedlungen und nehmen ihnen so immer mehr die Möglichkeit, von einem Ort zum anderen zu ziehen und ihre Zelte aufzuschlagen.«

»Haben unsere Vorväter es mit den Liven anders gemacht?«, fragte Hartwych streitlustig.

»Gewiss nicht, aber macht es das besser oder richtiger?«

Das war wieder einmal typisch für Henning. So wild und

kindisch er in einem Moment sein konnte, so besonnen und friedliebend war er im nächsten. Er ließ die Provokation seines Bruders einfach ins Leere laufen.

»Gut möglich, dass sie bald froh sein werden, wenn sie mit der Jagd noch die Abgaben bestreiten und sich selbst versorgen können. Dann ist's aus mit den Fellen, die wir von ihnen bekommen. Es ist ein Jammer!«

Hartwych nickte. Eine Weile hingen sie ihren Gedanken nach. Dann brach er das Schweigen und fragte nach seiner Schwägerin Ulrike. »Geht es deiner Befehlshaberin gut?«

»Es könnte nicht besser gehen. Denk dir, sie ist guter Hoffnung!«

»Was sagst du da? Und das erzählst du so ganz nebenbei! Wann hättest du es mir verraten wollen, oder sollte es euer Geheimnis bleiben?« Er stieß seinen Bruder liebevoll in die Seite. »Dann hat sie dir also aufgetragen, nun endlich einen Stammhalter zu zeugen, was?«, neckte er.

»Wir sind so froh. Es war die höchste Zeit.«

»Ich freue mich sehr für euch. Und was Vater erst sagen wird! Endlich ein Enkelkind. Wollen wir hoffen, dass es ein Sohn wird.«

»Mir würde auch ein kleines Mädchen gut gefallen.« Er lächelte versonnen. »Die Hauptsache, Ulrike hat jemanden anders, dem sie auf die Finger schauen und den sie kommandieren kann.«

Einen Wimpernschlag war es still, dann brachen beide in schallendes Gelächter aus. Zwei Männer, die in der anderen Ecke der Gaststube hockten, sahen zu ihnen herüber.

»Was ist mit dir, kleiner Bruder, hast du endlich eine Braut?«, erkundigte sich Henning, als er sich wieder beruhigt hatte.

Hartwych richtete seinen Blick auf die Tischplatte, die kreuz

und quer mit Kratzern überzogen war. Was sollte er auf diese Frage antworten?
»Nun hab dich nicht so, kannst es mir ruhig erzählen. Ist sie hübsch?« Nun stieß Henning ihn freundschaftlich in den Arm.
»Ich weiß es nicht. Vater hat sie ausgesucht.«
»Ich glaube, ich höre nicht recht. Hat der alte Mann den Verstand verloren? Aber nein, wahrscheinlich hat er recht. Von allein bringst du womöglich nie eine Braut nach Hause.«
»Es ist ja noch nicht beschlossene Sache. Vater meinte nur, es wäre eine gute Verbindung.« Er erzählte von dem Lübecker Kaufmann von Ranteln und von der Verabredung, die der mit Hans van Broke getroffen hatte, und schilderte das Wenige, was er von Bilke von Ranteln wusste. Von Ria sagte er kein Wort. Wie hätte er erklären können, dass er sich in ein armes Bauernmädchen mit der Stimme eines Engels verliebt hatte?
»Wenn ich zurück bin, trifft sie mit einem Handelsschiff in Riga ein. Dann kann ich mir ein Bild von ihr machen und entscheiden, ob sie meine Frau wird oder nicht«, beendete er seinen Bericht.
Sein Bruder hatte aufmerksam zugehört. Sogar seine Suppe hatte er vergessen und nur hin und wieder von dem Kanten Brot etwas abgebrochen und sich in den Mund geschoben, ohne Hartwych aus den Augen zu lassen.
»Pass bloß auf, dass sie nicht diejenige ist, die diese Entscheidung trifft«, scherzte er.
»Es sind nicht alle Frauen wie Ulrike, oder?«
Sie saßen noch eine Weile zusammen, redeten über Frauen, über die Ehe, die Jagd und das Geschäft.
»Gehen wir zu Bett«, sagte Henning schließlich. »Morgen wird ein langer Tag, und ich will doch nicht, dass du vor Müdigkeit vom Schlitten stürzt.«

Bilke

Als Bilke am nächsten Morgen erwachte, fühlte sie sich wie zerschlagen. Ihr war, als habe sie mehr Wein getrunken als alle Piraten zusammen. Neben ihrem Lager entdeckte sie einen Teller mit einem Stück Zwieback und einen Becher Wasser. Doch das roch faulig und war ganz gewiss nicht mehr genießbar. Sie schob Becher und Teller zur Seite und stand auf. Das Rollen des Schiffes sagte ihr, dass sie wieder Fahrt aufgenommen hatten. Sie zögerte, hinauf an Deck zu gehen. Wie sollte sie Svendsson unter die Augen treten, wie Hinrichs, der womöglich schon ins Bild gesetzt worden war? Ob er, wie sie es von ihm gefordert hatte, die anderen Lübecker in Bereitschaft versetzt hatte? Sie hätte den Mund niemals so voll nehmen dürfen. Doch was geschehen war, war geschehen. Sie hatte sich bis auf die Knochen blamiert. Es half alles nichts, irgendwann musste sie aus der Deckung kommen. Also lieber gleich jetzt als später. Bilke strich sich einige Male mit gespreizten Fingern durch die offenen Haare, fasste die Strähnen zu einem Pferdeschwanz zusammen, in den sie, weil sie weder Haarband noch Spange zur Verfügung hatte, einen Knoten machte. Mit klopfendem Herzen durchquerte sie das Deck, ohne auf die Kranken zu achten, die in der Dunkelheit vor sich hin vegetierten. Sie kletterte die Stiege hinauf und blinzelte in die Sonne, die an diesem Morgen so hell schien, als wolle sie die düstere Erinnerung an die vergangene Nacht einfach überstrahlen. So hell das Sonnenlicht auch war, so kalt war es an diesem Tag im April. Bilkes Atem bildete ein kleines Wölkchen vor ihren Lippen.

»Guten Morgen, Fräulein von Ranteln.« Das war Hinrichs, der seinen Posten verlassen hatte. »Ich bin so froh, dass Sie vernünftig geblieben sind.« Er schüttelte lachend den Kopf. »Meine Zeit, Sie haben mir wirklich einen Schrecken eingejagt. Ich habe doch tatsächlich für bare Münze genommen, dass Sie dem Kapitän eins über den Schädel geben wollen oder sonst etwas Dusseliges im Schilde führen.«
Sie wusste nicht, was sie sagen sollte. Offenbar hatte Hinrichs noch nichts von ihrem nächtlichen Reinfall erfahren. Umso besser. So lächelte sie nur dünn und wechselte das Thema.
»Was tun die dort?« Sie deutete auf die Mannschaft, die in einem Pulk zusammenstand. Svendsson führte die Rede. »Sieht beinahe aus, als hielten die Männer Gericht.« Sie bemühte sich um einen beiläufigen Ton, doch in dem Moment, in dem sie das aussprach, fuhr es ihr heiß durch die Glieder. Es ging doch wohl nicht um sie?
»Nein, sie stimmen nur über einige Entscheidungen ab, die zu treffen sind«, erklärte Hinrichs, als habe sie ihre Befürchtungen laut ausgesprochen.
»Was wäre das beispielsweise?«, fragte sie und rieb sich die Arme gegen die Kälte.
»Sie legen fest, wie lange sie an Land bleiben werden, bevor es auf den nächsten Beutezug geht. Außerdem entscheiden sie, ob ich und die anderen Lübecker wieder an Bord gehen dürfen.«
Sie sah ihn verständnislos an. »Ich dachte, indem Sie von Holstein verraten haben, sind Sie Mitglieder dieser Mannschaft geworden. Ist das denn nicht so?«
Er sah sie an, und Traurigkeit lag in seinem Blick. Trotzdem ging er nicht auf ihren Vorwurf ein. »Nicht ganz. Sehen Sie, die Ladung, die anderen Schiffen geraubt wird, wird unter

allen aufgeteilt. Nach Abzug des Betrages, der für den Proviant gebraucht wurde, versteht sich. Jeder gewöhnliche Mann an Bord erhält eine Bute.«
»Bute?«
»Eine Mannbeute, einen Anteil, der aus dem Wert der Ladung und der Größe der Mannschaft errechnet wird.«
»Aha.« Sie hörte aufmerksam zu. Bisher hatte sie nur davon gehört, dass Seeleute eine genau festgelegte Heuer erhielten. Da spielte es keine Rolle, wie viel der Schiffseigner von den Kaufleuten erhielt, die ihm ihre Ware anvertrauten. Das System der Piraten schien ihr gerechter zu sein. Ihr fiel ein, dass sie einmal zwei Knechte über die »Gleichteiler« hatte reden hören. Voller Verehrung hatten sie von den Freibeutern gesprochen, die angeblich den Reichen nahmen und den Armen gaben. Sollte an der Geschichte etwas Wahres dran gewesen sein?
»Wer einen besonders wichtigen Posten bekleidet, erhält natürlich mehrere Buten«, erklärte er weiter.
»Der Kapitän, zum Beispiel«, warf sie ein und versuchte gar nicht erst, einen ironischen Unterton zu verbergen. So ganz gerecht ging es also auch unter Piraten nicht zu.
»Ja, zum Beispiel. Aber auch der Steuermann, der Kanonier oder der Schiffszimmermann. Besonders reich wird der Koch entlohnt.«
Sie zog verwundert die Augenbrauen hoch, sagte aber nichts.
»Es wird Ihnen einleuchten, dass niemand mehr Leute an Bord haben will, als tatsächlich gebraucht werden. Fedderns Platz wird frei, und es gibt einige Verletzte. Aber uns alle werden sie gewiss nicht brauchen.«
»Was wird dann aus Ihnen, wenn Sie nicht bleiben dürfen?«

»Ich weiß es nicht.« Er wirkte verunsichert. Doch nur für einen Wimpernschlag, dann holte er tief Luft und sagte: »Darüber zerbreche ich mir den Kopf, wenn es so weit ist. Zunächst glaube ich einfach daran, dass Svendsson einen guten Mann wie mich nicht gehen lassen wird. Immerhin habe ich ihm im Nebel gute Dienste geleistet. Ich verstehe etwas von Navigation und habe ihm diesbezüglich etwas voraus. Ich denke doch, dass er das erkannt hat.«
Sie war nicht sicher, wen er mit seiner Rede überzeugen wollte, sie oder sich selbst, und nickte nur.
Das Schiff fuhr in eine Bucht ein, die noch schmaler war als der Sund. Die Sicht war perfekt, dennoch entschuldigte sich Hinrichs, um wieder an die Arbeit zu gehen. Auch die anderen hatten anscheinend alle Entscheidungen getroffen, verteilten sich wieder an Deck und gingen auf ihre Posten. Svendsson warf ihr einen raschen Blick zu, der nicht verriet, was in ihm vorging. Er nickte ihr nicht einmal zum Gruß zu, sondern zeigte ihr den Rücken, wie er es auch in der Nacht in seiner Kajüte getan hatte. Bilke war ärgerlich. Mehr auf sich selbst als auf ihn. Was hatte sie denn erwartet? Sie hatte ihm nach dem Leben getrachtet, da konnte sie wohl kaum mit einem freundlichen Morgengruß rechnen.

Sie folgten dem Wasserarm, segelten vorbei an kleinen Inselchen, von denen Vögel kreischend in die Höhe flatterten, an baumbestandenen Uferhängen, Streifen mit Schilf, das sich knisternd im Wind wiegte, an Wäldern und Wiesen und auch hin und wieder an kleinen Ansammlungen rohrgedeckter Hütten. Einmal kam ihnen ein Boot entgegen. Über seinen hölzernen Rumpf tanzten Reflexionen des Sonnenlichts. Zwar gab es ein Segel, dennoch schlugen auch lange schlan-

ke Ruder, Bilke zählte zwölf auf jeder Seite, im Takt in das Wasser, ließen Tropfen aufspritzen, die in der Sonne so funkelten, dass sie kaum hinsehen konnte. Rasch war das Boot an ihnen vorbei.
Bilke war in einer merkwürdigen Verfassung. Das Land da draußen, zum Greifen nah, sah wunderschön aus. Ein Gefühl machte sich in ihr breit, das sie sicherlich bei der Einfahrt in den Hafen von Riga gespürt hätte. Neugierig hatte sie die Umgebung erkunden wollen, in der ein neues Leben auf sie wartete. Ein Leben an der Seite eines angesehenen Pelzhändlers. Nun betrachtete sie ein Land, das einen Piraten hervorgebracht hatte, in dessen Gewalt sie sich befand und an dessen Seite sie zu bleiben hatte, solange es ihm gefiel. Tief in Gedanken versunken, stand sie an Deck, bis endlich die beiden roten Türme einer eindrucksvollen Kirche in Sicht kamen. Nur noch kurze Zeit, dann würden sie Roskilde erreichen, die Hauptstadt im Land der Dänen.

Im Hafen herrschte reges Treiben. Unzählige Schiffe schaukelten an den Kais. Arbeiter waren damit beschäftigt, hier ein Segelschiff zu entladen, dort schwere Fässer, Ballen und Kisten auf ein anderes zu schleppen. Mägde mit Holzschuhen und einfachen Umhängen über ihren Schürzen kauften Fisch, Obst und Gemüse, Knechte trugen lederne Eimer mit Wasser durch die Straßen. Bilke sah Herren und Damen, deren hohe Stellung schon von ferne zu erkennen war. Sie trugen Kleider aus Samt und feinen Tuchen, perlenbestickte Hauben und aufwändig gestaltete Filzhüte und hatten Pantinen mit einem Riemen unter ihre Schuhe geschnallt, die zwei hohe Holzkeile unter der Sohle hatten. Damit war es ihnen möglich, durch Unrat und Morast zu laufen, ohne sich die teuren Lederschuhe zu beschmutzen. Bilke konnte nicht begreifen, warum Svendsson einfach so in den Hafen einfahren durfte. Schließlich war er ein Pirat, ein Mörder und Dieb. Wenn ein Lübecker sich für diesen ruchlosen Lebenswandel entschieden hätte, täte er gut daran, sich im Hafen der Hansestadt nie mehr blicken zu lassen. Konnte es sein, dass niemand von seinem schändlichen Broterwerb wusste? Schon eilten Arbeiter herbei, die von Svendsson und seiner Mannschaft begrüßt wurden. Gemeinsam begannen sie, die *Schwarze Rose* zu entladen.

»Nur noch ein wenig Geduld, dann führe ich Sie über den Markt und zeige Ihnen alles, auch, wo wir schlafen werden.« Svendsson hatte sie offenkundig schon länger beobachtet, doch sie hatte ihn nicht bemerkt, so sehr war sie von all den neuen Eindrücken abgelenkt. Sie errötete. »Warten Sie hier, bis ich Sie hole«, befahl er ihr, kletterte leichtfüßig über die Reling und balancierte die schmalen Bohlen hinab, die man angelegt hatte. Sie rührte sich nicht von der Stelle und sah dem geschäftigen Tun zu. Die Sonne strahlte noch immer hell vom Himmel und hatte ein wenig an Kraft gewonnen. Bilke stand einfach nur da und wartete ab, was mit ihr geschehen würde. Zum Schluss der Entladearbeiten tauchte die geheimnisvolle Kiste wieder auf, von deren Existenz auf der *Marie* Bilke nichts geahnt hatte. Svendsson beaufsichtigte höchstpersönlich, wie sie auf einen Wagen verfrachtet wurde. Der war offenbar extra für diesen ungewöhnlichen Transport mit runden Hölzern verstärkt worden, auf die acht Männer die Kiste schwitzend Stück für Stück schoben. Sechs Pferde waren vor den Wagen gespannt, um die ebenso schwere wie kostbare Fracht wegzuschaffen. Als diese sich langsam in Bewegung setzten, blickte Svendsson ihnen

noch eine Weile nach und kam dann mit schnellen Schritten zurück an Bord.
»Fertig?«, sagte er.

Endlich wieder festen Boden unter den Füßen! Bilke fragte sich, wie man es Wochen, ja, Monate auf einem Schiff aushalten konnte, was man immer wieder über Forschungsreisende hörte. Schon nach der doch eher kurzen Zeit, die ihr allerdings wie eine Ewigkeit erschien, schwankte sie wie eine Betrunkene. Es war, als hätte ihr Körper sich auf das Rollen und Schlingern der Segler eingestellt und behielte diese Angewohnheit nun bei. Svendsson schien keinerlei Probleme zu haben.
»Kommen Sie, ich zeige Ihnen die schönste Stadt der ganzen Welt«, rief er übermütig, ergriff ihre Hand und zog sie mit sich.
»Das ist schlecht möglich, denn die schönste Stadt der Welt ist noch immer Lübeck.«
Er schüttelte den Kopf und machte eine wegwerfende Handbewegung.
»Waren Sie je in Lübeck?«, wollte sie wissen.
»Gott bewahre!«
Sie hätte ihn gern gefragt, warum er eine so schlechte Meinung von ihrer Heimatstadt hatte, doch um die Kais herum wimmelte es von Menschen und Waren. Svendsson bahnte ihnen den Weg mitten hindurch und lief vor ihr her, so dass ein Gespräch unmöglich war. Laut war es hier. Ständig riefen sich Seeleute, Hafenarbeiter, Knechte und Dienstboten etwas zu, krachten Fässer und Kisten zu Boden oder wurden schwungvoll auf Wagen gehievt, die unter der Last ächzten. Vom Hafen gelangten sie geradewegs zum Markt. Sofort fiel

Bilke auf, dass die Mode hier eine andere war als in Lübeck. Selbst einfache Mägde trugen schmückende Bänder an den Hauben. Die Beinkleider der Männer waren anders geschnitten, als sie es von zu Hause kannte. Wohin sie auch sah, entdeckte sie kostbare Materialien. Roskilde musste fürwahr eine reiche Stadt sein. Wie sehr schämte sie sich, mit ihrem schmutzigen zerknitterten Reisekleid herumlaufen zu müssen.

»Obacht, werte Dame«, warnte eine Stimme neben ihr. Bilke sprang erschrocken zur Seite. Wo sie eben noch gestanden hatte, wurde ein Backofen aufgebaut, wie sie ihn noch nie zuvor gesehen hatte. Er thronte auf einem Leiterwagen, der von einem Mann mit dunkelgrünen Beinkleidern, spitzen Schuhen und einer Kordel unter dem dicken Bauch gezogen wurde. Ein anderer Mann, ähnlich gekleidet, nur ohne die Wampe unter dem Kittel, holte mit einem langen hölzernen Schieber herrlich duftendes Brot aus der kleinen bogenförmigen Öffnung. Ihr lief das Wasser im Munde zusammen. Dass Bauersfrauen Brot auf dem Markt anboten, war nicht ungewöhnlich. Doch ein rollender Ofen, aus dem das Backwerk herrlich frisch herausgeholt werden konnte, war etwas ganz anderes.

Svendsson musste ihren sehnsüchtigen Blick bemerkt haben.

»Sind Sie hungrig?«, fragte er.

»Ein wenig«, gab sie zur Antwort. Das war eine glatte Untertreibung. Ihr knurrte schrecklich der Magen, denn sie hatte den ganzen Tag noch nichts angerührt, und nun wurde es bald Abend.

»Ein wenig ist zu wenig«, erwiderte er aufgekratzt. »Heute gibt es nämlich ein großes Festmahl. Sie müssen essen, bis Sie platzen.«

»Ich werde mich bemühen«, sagte sie und versuchte zu verbergen, dass ihr Herz vor Freude hüpfte. Hunger gehörte nicht gerade zu den Empfindungen, die ihr vertraut waren. Sie war erstaunt, wie sehr sie sich auf ein üppiges Essen freuen konnte.

»Es ist nicht mehr weit bis zur Schänke«, erklärte er, als sie in eine Seitenstraße bogen, in der es prächtige zweistöckige Backsteinhäuser gab, die sie an ihr geliebtes Lübeck erinnerten. Wieder bemerkte er ihren Blick, zeigte auf eines der Häuser und sagte beiläufig: »Mein Elternhaus. Hier bin ich aufgewachsen.«

»Treiben Sie Scherze mit mir?«

»Nein.«

Bilke verdrehte den Kopf, um jede Einzelheit des stattlichen Gebäudes ansehen zu können, während sie weiter vorwärtsstolperte. In der nächsten Straße, in der die Häuser weit weniger prachtvoll, aber immerhin aus Stein waren, blieb er stehen.

»Wir sind da.« Er betätigte den Türklopfer, der bereits ein wenig rostig war. Gleich darauf wurde die Tür geöffnet. Sie quietschte erbärmlich in den Angeln. Ein Mann, kleiner als ein Kind, begrüßte Svendsson überschwänglich. Bilke musste daran denken, dass ihre Eltern sie einmal mit zum Jahrmarkt genommen hatten. Dort war unter den Schaustellern ein Mensch gewesen, der so klein war wie dieser, aber bereits graue Haare und einen langen Bart hatte. Der Mann hier, vermutlich der Wirt der Schänke, trippelte vor ihnen her, sprang auf einen Hocker, der für ihn bereitstand, und zog zwei Kissen aus einem Regal. Im nächsten Moment sprang er wieder herunter, klemmte die Kissen geschickt unter die Arme und klatschte in die Hände, während er unaufhörlich auf Svendsson einredete. Eine Magd, bestimmt vier Köpfe größer als der Wirt, kam mit schlurfendem Schritt herbei und nahm Svendsson den Seesack und Bilke ihren Lederkoffer mit der Fidel ab. Die Kissen schob der Wirt ihr auch noch unter die Arme, was diese mit einem Seufzer quittierte. Sie durchquerten den Schankraum und erreichten eine Schlaflaube, deren eine Wand offenbar an den Herd grenzte. So war es wunderbar warm.

»Es tut mir leid, Sie werden sich auch hier Ihr Schlafgemach teilen müssen«, erklärte Svendsson, als die Magd davongetrottet war. »Zumindest für ein oder zwei Nächte, danach bekommen Sie unter Umständen eine Kammer für sich allein, wenn Sie sich gut betragen.«

Er schien allerbester Laune zu sein, lächelte unablässig vor sich hin. Bilke konnte ihn verstehen. Ihr würde es kein bisschen anders ergehen, wenn sie endlich wieder zu Hause wäre. Und er konnte bei seinem gefährlichen Leben wohl nie wissen, ob er seine Heimat überhaupt je wiedersah. Warum er allerdings in Rätseln sprach, wollte ihr nicht in den Kopf, und sie würde ihm nicht den Gefallen tun und nachfragen. Das schien ihn nicht zu stören. Er zog Weste und Hemd aus, ließ beides auf eines der beiden Strohlager fallen, die nebeneinander auf dem Boden bereitlagen, und ging zu einer kleinen schlichten Holzbank, auf der ein Krug mit Wasser stand. Er schöpfte etwas davon mit beiden Händen heraus und rieb sich Brust und Arme ab. Bilke stand zögernd an der wärmenden Wand. Wie gerne hätte sie sich ebenfalls von dem Schmutz und Gestank der vergangenen Tage gereinigt, doch sie würde wohl kaum einfach ihr Kleid abstreifen. Außerdem hatte sie im Gegensatz zu ihm keine saubere Garderobe mehr. So stand sie nur da und konnte nicht anders, als ihn zu betrachten. Noch nie zuvor hatte sie einen solchen Körper gesehen. Ihren Vater hatte sie einmal ohne Hemd erblickt. Seine Brüste waren damals nicht erheblich kleiner als ihre gewesen und hingen über einem deutlich gewölbten Bauch. Und ihre Brüder hatten nicht auffallend anders ausgesehen als sie selbst, als sie noch ein kleines Mädchen war. Svendssons Brust dagegen war ebenso flach wie sein Bauch. Die Haut sah nicht schlaff aus, sondern spannte sich über dem Leib. Während er gerade wieder Wasser aus dem Krug schöpfte, entdeckte sie Narben auf seinem Rücken. Sie waren nicht frisch, sondern mussten ihn wohl viele Jahre begleiten. Ob er bereits so lange als Freibeuter kämpfte? Oder war ihm schon früher etwas zugestoßen, das derartige Male auf seinem Körper zurückgelassen hatte? Er strich die Tropfen von Brust und Armen, schüttelte das Haar, das er ebenfalls benetzt hatte, und ging zu seinem Seesack, der neben Bilke stand. Von seiner rechten Brust bis zum Bauchnabel hinab wurde eine weitere Narbe sichtbar.

»Möchten Sie sie anfassen?«, fragte er grinsend.

»Um Himmels willen, nein!« Sie schaute rasch in eine andere Richtung. Wohin hatte sie nur gestarrt?

»Die meisten Frauen wollen das«, antwortete er leichthin und streifte sich ein frisches Hemd über. Als er sich anschickte, auch die Beinkleider zu wechseln, trat Bilke eilig an die Bank mit dem Krug und reinigte sich wenigstens notdürftig ihr Gesicht. Das Wasser war eisig und vertrieb auf der Stelle die Hitze aus ihren Wangen.

»Fertig?« Er war angezogen und sah ausgesprochen vornehm aus. Sein Auftreten wäre dem eines Kaufmannes oder gar eines Ratsherrn würdig gewesen.

Sie zögerte. An der Seite eines so gut aussehenden Mannes

fiel ihr zerlumpter Anblick noch mehr ins Gewicht. Ihre Haube hatte völlig ihre Form verloren, ihr Kleid war so verdreckt und derangiert, dass nicht einmal eine einfache Magd darin gehen konnte.

»Es ist nur … mein Kleid«, begann sie. »Ich möchte darin ungern eine Gaststube betreten.«

»Ich nehme doch an, dass Sie die Gaststube ohne Ihr Kleid noch viel weniger gern betreten würden.« Er schien einen Augenblick nachzudenken. »Es gäbe da eine Möglichkeit.«

»Ja?« Bilke schöpfte Hoffnung.

»Sie tragen etwas von mir. Ein paar schicke eng geschnittene Beinkleider, dazu Hemd und Weste würden Ihnen gewiss gut stehen.« Es war nicht zu übersehen, dass er sich bestens amüsierte.

»Da trage ich lieber weiter ein schmutziges Kleid«, sagte sie leise mit gesenktem Kopf.

»Wir kaufen Ihnen morgen ein neues«, versprach er. »Jetzt wollen wir erst unsere glückliche Heimkehr feiern.«

Im Schankraum waren lange Tische in vier Reihen aufgestellt. An jedem Tisch standen ebenso lange Holzbänke ohne Lehne. Auch Kissen gab es keine. Bilke wunderte sich, dass man auf Bequemlichkeit verzichtete, die man doch so einfach hätte haben können. Ein Teil der Mannschaft war bereits da. Immer wieder ging die Tür auf, und weitere Piraten trafen ein. Auch die Seeleute aus Lübeck, Hinrichs unter ihnen, gesellten sich zu der Runde. Bilke fragte sich, wo sie wohl untergekommen waren. Als alle ihre Plätze eingenommen hatten, erhob sich Svendsson, faltete die Hände und sprach ein Gebet. Bilke verstand nicht viel, reimte sich jedoch zusammen, dass er Gott wohl für die sichere Heimkehr und die erfolgreiche Reise dankte. Alle Männer saßen mit gesenkten Köpfen und ebenfalls gefalteten Händen da und lauschten seinen Worten. Einige hatten die Augen geschlossen. Der Koch mit dem roten Haar wischte sich sogar verstohlen eine Träne weg. Bilke meinte etwas von einer Königin verstanden zu haben, konnte sich aber nicht erklären, was das zu bedeuten hatte. Ihr sollte es herzlich egal sein. Die hochgewachsene Magd und der kleinwüchsige Wirt sowie ein Junge, der dem Wirt sehr ähnlich sah, fingen an, große Holzplatten zu bringen. Die waren mit den köstlichsten Speisen beladen, die Bilke sich in diesem Moment nur erträumen konnte. Da waren ganze Hasen und Hühner, Teile von Dachs, Otter und Schwein. Dazu brachten die drei Schalen mit Haferbrei, Erbsen, Rüben und Linsen. Auch süße Pasteten wurden aufgetischt und schließlich Schmalzgebäck, das zu Bilkes Überraschung die Form von Fischen, Krebsen und Vögeln hatte. Die Männer machten sich gierig über all die Delikatessen her und spülten sie großzügig mit dunklem Bier hinunter. Auch Bilke langte kräftig zu und lud sich ihren Teller voll, nachdem sie begriffen hatte, dass es hier niemanden gab, der das Essen auftrug. Sie ließ sich ihren Becher füllen und trank durstig. Das Bier schmeckte malzig, würzig und stark. Es kümmerte sie nicht. Längst hatte sie auch ihren liederlichen Aufzug vergessen, der ohnehin niemand zu stören schien. Einmal warf sie Feddern einen Blick zu, der einen Tisch weiter neben dem Quacksalber saß. Auch er aß mit gutem Appetit.

Nachdem die Magd die letzten Holzteller abgeräumt hatte, auf denen nur noch Fetzen von Fleisch und Berge von Knochen lagen, stimmten die Männer Lieder an. Es war nicht zu übersehen, dass ihre Laune nach dem köstlichen Mahl noch besser war als zuvor. Bilke dagegen überkam eine schwere

Müdigkeit. Sie fühlte sich benommen, konnte nicht länger auf der harten Bank ohne Lehne sitzen und mochte an nichts anderes mehr denken als daran, dass sie die Schlaflaube ganz für sich hatte, wenn sie sich jetzt zurückziehen würde.
Sie wandte sich an Svendsson: »Die Speisen waren vorzüglich. Ich danke Ihnen dafür. Ich möchte nicht, dass Sie mich für unhöflich halten, aber ich bin schrecklich müde. Ist es recht, wenn ich zu Bett gehe?«
»Es mag Ihnen anders erscheinen, aber Sie sind keine Gefangene. Sie dürfen sich zurückziehen, wann immer Sie mögen.«
»Wenn ich keine Gefangene wäre, könnte ich gehen, wohin ich will. Und doch lassen Sie mich nicht nach Lübeck zurückkehren. Wie soll ich das verstehen?«
»Das werden Sie schon noch. Glauben Sie mir«, antwortete er geheimnisvoll.

Bilke war zu erschöpft und zu berauscht von dem kräftigen Bier, um lange über seine Worte nachzudenken. Sie streckte sich auf dem gut gepolsterten Strohlager aus, schob sich das weiche Kissen unter den Kopf und zog die Decke, die ebenfalls weich und dick war und sauber zu sein schien, bis zu ihrem Kinn hinauf. Dieses Lager war längst nicht mit ihrem Bett zu Hause zu vergleichen, aber es war warm und trocken, und Bilke hatte einen gut gefüllten Magen. Das allein fühlte sich in diesem Moment an wie das Paradies. Aus der Ferne hörte sie die fröhlichen Stimmen der Männer, und je tiefer sie in den Schlaf hinabglitt, desto mehr war ihr, als würde sie das Auf und Ab der Wellen spüren. Ein seltsam vertrautes Gefühl hüllte sie ein, und sie empfand seit langem das erste Mal wieder Geborgenheit.

Einmal, es musste mitten in der Nacht sein, spürte sie einen Arm, der schwer zu ihr herübersank. Ihr Bruder Holger hatte sich oft zu ihr gelegt, als sie noch ein kleines Mädchen war. Sie liebte es, von ihm gewärmt zu werden, rückte näher an ihn heran und kuschelte sich an seinen flachen Bauch.

Bilke erwachte von dem Geräusch plätschernden Wassers. Sie öffnete die Augen, musste sich orientieren. Svendsson stand an der kleinen Bank und wusch sich. Wie es aussah, war er der Einzige gewesen, der mit ihr das Schlaflager geteilt hatte. Vermutlich war es deshalb so still gewesen. Keine Horde schnarchender Männer, die sich wälzten, im Schlaf aneinanderstießen und sich anmurrten, hatte ihre Ruhe gestört. Entsprechend erfrischt fühlte sie sich.

Nach einem einfachen Frühstück brachte Svendsson sie, wie er versprochen hatte, zu einem Gewandmacher. Ein Mädchen, das kaum älter als zehn oder elf Jahre sein mochte, half ihr beim Probieren der Kleider, die der Kapitän der *Schwarzen Rose* für sie aussuchte.

»Sie haben Geschmack«, gab Bilke zu. »Das Olivgrüne ist aus feinster italienischer Seide und das Blaue aus gutem englischen Wolltuch.« Sie sah an sich herunter. »Auch Ihr Augenmaß ist erstaunlich ausgeprägt. Beide Kleider sitzen wie angegossen. Nur sind sie unschicklich kurz. Mich wundert, dass der Gewandmacher das nicht selbst sieht und mir längere Röcke zum Probieren reicht.«

Svendsson betrachtete sie von oben bis unten und ließ seinen Blick auf ihren Fesseln ruhen.

»Ich weiß nicht, was Sie meinen. Der Saum ist drei Finger breit über der Erde. So tragen es die gemeinen Frauen bei uns.«

»Aber ich …« Bilke schluckte ihren Protest hinunter, denn in diesem Augenblick ließ Svendsson sich ein gelbes Kleid zeigen und tuschelte mit dem Kaufmann, der anzüglich grinste. Gelb galt gewiss auch hier als die Farbe des Lasters. Sie wusste wohl, dass man Dirnen als gemeine Frauen bezeichnete. Immerhin war dieser Ausdruck aber doppeldeutig und auch ein hoher Saum nur ein Zeichen für ein einfaches Weib. Nicht auszudenken, wenn das Kleid nicht nur kurz, sondern auch noch gelb wäre. Man würde sie gewiss für eine Käufliche halten.

Um abzulenken, sagte sie hastig: »Zwar haben Sie sich von meinem Vater bereits genommen, was Ihnen nicht gehört, doch ich bin sicher, Sie wollen von ihm zusätzlich das Geld für diese Kleider. Ich werde sie beide nehmen und die Bezahlung veranlassen, sobald ich zu Hause in Lübeck bin.« Bilke war ausnehmend zufrieden mit ihrem Schachzug. Kein Zweifel, dass dieser Mann sein Geld würde zurückhaben wollen. Ihm musste klar sein, dass er nur damit rechnen konnte, wenn ihr Vater seine Tochter in die Arme schließen durfte. Und zwar unversehrt. Svendsson griff in seine Geldkatze. Ihr Plan schien aufzugehen.

»Ich habe nicht vor, auf mein Geld zu warten. Ich dachte eher daran, dass Sie selbst sofort die Summe begleichen.«

»Und wie soll ich das wohl anstellen?«, fragte sie erschrocken und ärgerlich.

Während sie sprach, wickelte er einen kleinen Gegenstand aus, den er aus dem Lederbeutel geholt hatte.

»Hiermit«, gab er zurück und streckte die Hand vor. Darauf lag Bilkes Schmucknadel.

»Sie können doch nicht … die gehört mir«, protestierte sie aufgebracht.

»Natürlich, ich weiß. Wäre es Ihnen gelungen, sie mir in den Hals zu rammen, hätten Sie es sicher nicht versäumt, sie mir kraftvoll aus der toten Haut zu ziehen, um das gute Stück wieder an sich zu nehmen.« Er kam ihr bedrohlich nahe, und das Funkeln seiner Augen verriet, dass er ihren verpatzten Anschlag durchaus noch nicht vergessen hatte, wie sie in den letzten beiden Tagen beinahe geglaubt hatte. »Meinen Sie nicht, Sie wären selbst auch auf die Idee gekommen, den Schmuck zu versilbern, um sich neu kleiden zu können? Wie sonst hätten Sie das anstellen wollen?«

Schon hielt er dem Gewandmacher die ausgestreckte Hand hin, der sogleich nach der Nadel griff. Bilke versuchte es mit sanften Bitten. Immerhin war das eines der wenigen Stücke, die sie noch von ihrer Mutter besaß. Es nützte ihr nichts. Svendsson schien gegenüber dem flehenden Blick einer Frau vollkommen unempfindlich zu sein. Was konnte sie anderes von einem Mörder, Dieb und Entführer erwarten? Betrübt sah sie zu, wie der dänische Kaufmann das Erbstück in seine Schatulle beförderte.

»Wenn ich ihn schon so fürstlich bezahle«, meinte sie wütend, »sollte er mir dann nicht auch eine Waschgelegenheit anbieten? Ich möchte keines der teuren Kleider tragen, ohne mich wenigstens mit warmem Wasser abgerieben zu haben.«

»Ein sehr guter Einfall! Meine Männer zieht es immer gleich in die Frauenhäuser. Ich dagegen bevorzuge stets einen Besuch im Badehaus. Zur Feier des Tages nehme ich Sie mit«, verkündete er in bester Laune.

Auch Bilkes Stimmung besserte sich ein wenig. Zwar war sie noch nie in einem Badehaus gewesen, wusste aber, dass es auch in Lübeck viele Bürger gab, die keinen eigenen Baderaum besaßen und stattdessen eine öffentliche Einrichtung nutzten. Die Aussicht auf ein warmes Bad war wunderbar und tröstete für den Moment ein wenig über den Verlust des Schmuckstücks hinweg. Sie sah zu, wie ihre beiden neuen Kleider, frische Wäsche, ein Umhang und ein Unterkleid in ein Stück Tuch gewickelt wurden. Das Bündel trug sie selbst, als sie Svendsson durch die halbe Stadt folgte. Sie musste immer wieder fast laufen, um mit ihm, der groß und kräftig war, Schritt halten zu können.

Nach einer guten Weile gelangten sie an ein weiß verputztes Haus, dessen Balken in der Mauer ein hübsches Muster bildeten. Das obere Stockwerk sprang ein wenig vor, so konnten Wagen in der schmalen Gasse unterhalb dieses Vorsprungs passieren, und das Gebäude bot dennoch gewiss nicht wenig Platz. Bilke presste ihr Bündel mit den gerade erstandenen Sachen an sich, als sie den Flur des Hauses betraten. Sie stiegen einige Stufen hinab und erreichten einen langen niedrigen Flur, an dem mehrere Räume lagen. Zwei Mädchen kamen auf die beiden zu, eine nahm Bilke das Bündel ab und führte sie zu einem Raum, in dem sie ihr half, sich auszukleiden. Das andere Mädchen war mit Svendsson in einem anderen Raum verschwunden. Als Bilke gerade splitternackt auf dem Holzboden stand, dessen helle und dunkle Bohlen kreuzweise gelegt waren, und zusah, wie das Mädchen ihr Reisekleid und die Wäsche zu einem ordentlichen Stapel faltete, erfüllte ein Schrei das Badehaus.

Bilke presste unwillkürlich die Hände auf die Brust. »Oh, heilige Mutter Gottes, was war das?«

Das Mädchen, ein im Grunde zartes Geschöpf mit unpassend ausladendem Becken, dessen Alter Bilke unmöglich schätzen konnte, erschrak nicht. Wieder ein Schrei.

Bilke herrschte die Frau an: »Hören Sie denn nicht? Jemand

muss etwas tun. Das klingt ja, als würde einem bei lebendigem Leib das Ohr abgeschnitten.«
Endlich reagierte das Bademädchen. Sie redete auf Bilke ein, zog ihre Unterlippe dabei mit einer Hand nach unten und deutete mit dem Zeigefinger der anderen Hand in ihren Mund. Zunächst wusste Bilke nicht, was das heißen sollte. Dann begriff sie. Sie erinnerte sich, dass ihre Kinderfrau sich, als sie noch ein Mädchen war, einmal mit der Magd darüber unterhalten hatte, dass man ihr im Badehaus den Zahn gezogen hätte, der ihr schon seit Tagen das Leben zur Hölle machte. Bilke atmete auf. Anscheinend war es auch hier üblich, im Badehaus von schmerzenden Zähnen befreit und vielleicht auch zur Ader gelassen zu werden.
Das Mädchen lächelte sie an und bedeutete ihr, ihm zu folgen. Wieder fuhr ihr der Schreck durch die Glieder, denn es machte keine Anstalten, ihr ein Tuch zu reichen, mit dem sie sich hätte bedecken können. Was, wenn Svendsson oder ein anderer Mann auch gerade auf den Flur trat, durch den sie vorhin immerhin gemeinsam gekommen waren? Gern hätte sie sich in einen Umhang gehüllt, bis sie in den Baderäumen der Frauen war. Was auch immer sie aber sagte, sosehr sie sich auch zierte, das Mädchen verstand nicht und beharrte darauf, dass Bilke ihr zu folgen hätte. So sandte sie also ein Stoßgebet gen Himmel, dass sie ungesehen durch den Flur huschen könne, und folgte der Dänin, die eilig vorausging. Nur wenige Schritte, dann hatten sie den Badesaal erreicht. Bilke erstarrte. Ihr bot sich ein gänzlich unfassbares Bild. Männer und Frauen unterschiedlichen Alters liefen unbekleidet umher, als sei es das Natürlichste der Welt. Die Frauen trugen nichts als ihre Hauben, die Männer lediglich Hüte auf den Köpfen. Sie spürte, wie ihr die Hitze in die Wangen

schoss. Obwohl sie sich schämte wie noch nie in ihrem Leben, konnte sie den Blick nicht von der Szenerie wenden. Sie starrte Menschen an, die aus zwei Zubern Wasser in einen Eimer schöpften. Andere saßen auf Bänken, die in unterschiedlichen Höhen aufgestellt waren, um einen Ofen herum und plauderten miteinander.

»Kommen Sie!« Svendsson war zu ihr getreten. Sie blickte ihn entgeistert an. »Sie müssen erst gewaschen werden, bevor Sie mit mir in das große Bad steigen dürfen«, erklärte er, nahm sie am Arm und führte sie in eine Ecke, in der ein rothaariges Bademädchen mit hübschen Sommersprossen bereitstand.

»Ich besorge uns schon mal einen guten Platz«, ließ er sie noch wissen und verschwand zwischen den anderen Nackten. Bilke konnte nicht umhin, ihm nachzusehen. Sein Gang war elegant, die Muskeln traten bei jeder Bewegung deutlich hervor.

Ein Wasserschwall traf Bilke, und sie schnappte nach Luft. Die Rothaarige kicherte. Sie trat auf Bilke zu und seifte sie ein. Mit gesenktem Kopf ließ diese es geschehen. Es war ihr nicht fremd, dass die Kinderfrau oder später eine Magd sie wusch, doch sah üblicherweise niemand dabei zu. Daran musste sie sich erst gewöhnen. Am Ende der Prozedur fühlte sich Bilke endlich wieder sauber. Immerhin. Sie hielt eine Hand vor die Scham, den anderen Arm legte sie vor die Brüste. So machte sie ein paar unsichere Schritte und hielt nach Svendsson Ausschau. Wahrscheinlich war es noch das kleinste Übel, sich in einem großen Badezuber verbergen zu können. Sie entdeckte ihn in einer ovalen hölzernen Wanne, in der wohl fünfzehn erwachsene Menschen Platz haben mochten. Die Wanne wurde in der Mitte der Länge nach von einem Brett geteilt, das auf den Rändern lag und von einem Tischtuch bedeckt wurde. Darauf standen Becher und Krüge. Für Bilke war das alles neu und unendlich befremdlich. Sie versuchte Erklärungen zu finden, die sie glauben lassen konnten, dass dies ein anständiges Badehaus war, in dem ihr nichts Böses geschehen würde.

Svendsson hatte sie entdeckt und winkte sie zu sich heran. Sie ging langsam auf ihn zu und wünschte, er möge sie nicht so ungeniert ansehen. Vor der Wanne stand eine Bank, über die man in den hohen Bottich klettern konnte. Kaum dass Bilke einen Fuß daraufsetzte, war auch schon ein Mädchen zur Stelle, das ihr helfend eine Hand reichte.

»Sehr hübsch«, sagte Svendsson, die Arme lässig auf den Wannenrand gelegt, und ließ seinen Blick ungerührt über ihren nackten Körper wandern. Sie glitt so schnell in das Wasser, dass es nur so spritzte. Er warf den Kopf zurück, schüttelte sich Tropfen aus den Locken und lachte. Einige der anderen Gäste sahen kurz zu ihnen herüber, waren aber gleich wieder mit sich selbst beschäftigt.

»Sie müssen entschuldigen«, sagte Bilke von oben herab. »Es ist das erste Mal, dass ich in einem solchen Haus bin. Daheim steht mir selbstverständlich ein eigenes Bad zur Verfügung.«

»Sie kommen doch gut zurecht«, erwiderte er.

Wie versteinert hockte sie auf der Bank, die ringsum am Rand des Zubers angebracht war, und war sich ihrer und seiner Nacktheit nur zu bewusst. Schweißperlen traten auf ihre Stirn.

»Es ist sehr warm hier«, sagte sie, weil sie das Schweigen nicht ertragen konnte. »Das macht durstig.«

»Greifen Sie zu, und schenken Sie mir doch auch einen Becher ein.« Sie folgte seiner Aufforderung und dachte, dass es

klug war, Krüge mit Wasser bereitzustellen. Auf so mancher Stirn glitzerten Schweißperlen, wie sie verstohlen beobachtete, und der eine oder andere hatte von der Hitze bereits gerötete Wangen. Sie reichte ihm einen Becher, und er stieß mit ihr an.
»Ich trinke auf die Königin«, sagte er leise und sehr ernst. »Möge sie ihre Ruhe finden.«
Er sprach schon wieder in Rätseln. Wenn Bilke nicht irrte, hatten die Dänen seit dem Tod der Königin einen männlichen Regenten. Warum trank er nicht auf den? Und warum sollte die Königin wohl nicht ihre Totenruhe haben? Sie fragte nicht, sondern hielt ihren Becher hoch und trank schließlich. Fast hätte sie den kräftigen Schluck, den sie genommen hatte, wieder ausgespuckt. Es war kein Wasser, was da den Badenden angeboten wurde, sondern ein süßer schwerer Wein. Das war nicht gerade das, was Bilke für gewöhnlich um diese Tageszeit zu trinken pflegte, und auch nicht sonderlich gut geeignet, um ihren Durst zu stillen. Sie stellte das tönerne Gefäß ab, tauchte beide Hände in das Wasser und legte sie auf ihren Schoß. Bei allem Unbehagen empfand sie das heiße Bad doch als höchst wohltuend. Sie schloss die Augen und versuchte, sich auf das angenehm duftende Nass um sie herum zu konzentrieren. Plötzlich spürte sie seine Hand, die nach der ihren griff. Hatte sie sich gerade ein klein wenig entspannt, erstarrte sie nun wieder. Er zog ihre Hand zu sich herüber und legte sie auf seinen Schenkel.
Bilke riss die Augen auf und zischte ihn an: »Was erlauben Sie sich?« Sie schnappte nach Luft.
»Hinter mir liegt eine anstrengende Kaperfahrt. Glauben Sie mir, diese Arbeit ist kein Kinderspiel. Danach tut es gut, ein wenig auszuruhen und sich verwöhnen zu lassen.« Er sah sie

mit einem unschuldigen Blick an, der nicht zu dem passte, was unter Wasser geschah. Er schob ihre Finger nach oben, bis sie sein Geschlecht berührten. Er seufzte. »Hm, genau das meine ich.«

Bilkes Gesicht glühte. Sie wollte voller Abscheu und Entsetzen ihre Hand zurückziehen, doch sie konnte sich nicht befreien.

»Wenn Sie nicht augenblicklich loslassen, schreie ich um Hilfe«, flüsterte sie der Verzweiflung nahe.

Er ließ los, und ihre Hand pflügte kraftvoll durch das Wasser.

»Sie verstehen wohl überhaupt nichts, Tochter eines Fischhändlers«, sagte er ohne ein Anzeichen von Verärgerung. »Dabei hatte ich es Ihnen doch erklärt. Die meisten meiner Männer, auf die kein Weib zu Hause wartet, vergnügen sich in einem der Frauenhäuser. Ich ziehe ein Badehaus vor. Und anstatt Sie zu demütigen, indem ich mich in Ihrer Gegenwart von einem Bademädchen bedienen lasse, schenke ich Ihnen meine Gunst. Sie sollten das zu schätzen wissen.«

Bilke wusste nicht, was sie darauf antworten sollte. Sie schwiegen, während um sie herum fröhlich Gespräche geführt wurden und jemand lachte.

Als Svendsson das Schweigen brach, änderte sich sein Ton. Seine Stimme klang mit einem Mal viel sanfter: »Ich muss mich entschuldigen, Bilke von Ranteln. Es ist in einigen Badehäusern üblich, dass Männer und Frauen, nun sagen wir, Zärtlichkeiten austauschen. Sehen Sie sich um. Viele tun es.«

Ob sie wollte oder nicht, Bilke musste seiner Aufforderung einfach folgen und die anderen Gäste betrachten. Tatsächlich saßen einige unschicklich dicht beieinander, eine Frau hockte sogar auf dem Schoß ihres Begleiters, die Augen geschlossen, ein verzücktes Lächeln auf den Lippen. Dort, wo sie vor kurzem gewaschen worden war, stand jetzt ein Mann, der dem rothaarigen Bademädchen grob an die Brüste packte. Die ließ es geschehen.

»Ich habe Sie bestimmt nicht für eine gehalten, die in solchen Häusern verkehrt, aber nach der letzten Nacht dachte ich doch, dass Sie nicht gänzlich unerfahren in der körperlichen Liebe sind.«

»Was?«, entfuhr ihr es ihr lauter als beabsichtigt. »Wie kommen Sie, um Himmels willen, zu diesem Schluss?« Sie erinnerte sich vage, wie an einen Traum, dass eine vertraute Person einen Arm um sie gelegt und sie an sich gezogen hatte. Sie hatte doch wohl nicht etwas zugelassen oder selbst getan, dessen sie sich schämen musste?

»Wissen Sie denn wirklich nicht mehr?« Er sah sie fragend an, und in seinen Augen lag ein Glanz, der sie seltsam berührte. »Sie haben meinen Arm um sich gezogen. Ich habe Ihre Haut gestreichelt. Noch nie habe ich jemanden berührt, der so zarte Haut hat. Jedenfalls haben Sie sich an mich gedrängt und geschnurrt wie ein Kätzchen.«

»Aber sonst ist nichts … Ich meine, ich habe doch nicht etwa …«, stammelte sie.

»Sie haben tief und fest geschlafen. Keine Sorge«, beruhigte er sie. Wieder schwiegen sie.

Dann raunte er: »Schließen Sie Ihre Augen.«

»Warum?«

»Tun Sie, was ich Ihnen sage.« Es klang wie eine Bitte, und sie schloss ihre Augen. »Ich möchte diese Haut noch einmal spüren. Keine Angst«, fügte er eilig hinzu, »es geschieht nichts, was Sie nicht wollen.«

Bilke hatte Angst. Ihr Atem ging schnell und schwer. Als sie seine Hand auf ihrem Knie spürte, begann sie zu zittern. Er streichelte so sanft, wie sie es ihm niemals zugetraut hätte, über ihren Schenkel. Seine Finger schoben sich langsam höher und glitten im nächsten Moment wieder an ihrem Bein herunter. Nun fuhr seine Hand rasch über den Oberschenkel und rutschte auf dessen Innenseite. Bilke sog hörbar und stoßweise die Luft ein. Sie redete sich ein, dass sie keine Möglichkeit hatte, ihn aufzuhalten. Eine leise Stimme in ihrem Inneren mahnte sie, dass es Sünde war, was sie tat, dass Hartwych derjenige sein sollte, der sie auf diese Weise berühren durfte. Doch gleichzeitig musste sie sich eingestehen, dass es sich gut anfühlte. Er rutschte ein Stück zu ihr heran, so dass sein Bein nun das ihre berührte. Dann legte er eine Hand auf ihren Bauch, glitt nach oben und berührte ihre Brust. Ein Kribbeln lief von ihrem Unterleib durch ihren Körper. Sie stöhnte leise. Er antwortete mit einem zufriedenen Lachen.

Da saß sie, Haut an Haut mit einem Unhold im warmen Wasser, erwartungsvoll, aufgeregt, sehnsüchtig nach mehr von dem, was sie gerade erst kennengelernt hatte, und er zog seine Hand zurück. Sie wartete ab, was er als Nächstes tun würde. Als nichts geschah, öffnete sie überrascht die Augen. Ihr war klar, dass ihr Gesicht nicht etwa Erleichterung ausdrückte, wie es angemessen gewesen wäre, sondern ihre heimliche Enttäuschung verriet.

»Wusste ich es doch«, sagte er und stieg aus dem Wasser.

Nach einer weiteren Nacht in der Schlaflaube der Schänke, in der Bilke sich alle Mühe gab, Abstand zu Svendsson zu wahren, machten sie sich auf den Weg in den Dom. Sie überquerten den Markt, der an diesem Tag ruhig dalag, und Bilke

konnte die prächtigen Häuser aus rotem Backstein bewundern, die aufwändig verzierte Giebel und teilweise bogenförmig gefasste Fenster hatten. Als sie den Dom betraten, verschlug es ihr für einen Moment den Atem. Das Gotteshaus war das Größte und Prachtvollste, was sie je gesehen hatte. Sie schritten einen langen Gang mit hoher gewölbter Decke zwischen Backsteinsäulen entlang. An weißen Wänden hingen riesige Heiligenbilder. Die Schritte von Bilkes hölzernen Sohlen auf dem glatten Steinboden hallten von allen Seiten wider. Die Holzbänke zur Linken und zur Rechten waren bereits gut gefüllt, und die Menschen beobachteten sie, wie sie durch den Dom auf ein übergroßes Kruzifix zugingen. Einige Damen senkten den Blick, Herren nickten dem Piratenkapitän zu. Aus einer anständigen Stadt, wie Lübeck es war, hätte man ihn mit Schimpf und Schande fortgejagt. Die Menschen hier schienen es mit Moral und Anstand weniger genau zu nehmen, aber dennoch einen hohen gesellschaftlichen Stand innezuhaben, wenn man von ihrer Garderobe schließen durfte, und Bilke war von Herzen froh, dass sie das neue blaue Kleid aus englischem Tuch und den grauen Umhang trug. Svendsson führte sie geradewegs zu dem aufwändig gedrechselten Chorgestühl, das in der Form eines Hufeisens um den Altar angeordnet war. Dies war zweifellos ein Ehrenplatz, auf dem nur Personen von höchstem Rang dem Gottesdienst beiwohnen durften. Sie war fassungslos. War es möglich, dass niemand hier wusste, welchem verwerflichen Tun Svendsson seinen Wohlstand verdankte?
Sie hatte Mühe, der Predigt zu folgen, zu vieles ging ihr durch den Kopf. Ob die Herrschaften in diesem Dom ehrenwerte Kaufleute waren, denen sie sich anvertrauen konnte? Nicht wenige trieben vermutlich mit den Hansestädten Handel und

verstanden daher ihre Sprache. Sie musste mit jemandem ins Gespräch kommen, dann konnte sie Svendsson die schöne Maske des Edelmannes vielleicht vom Gesicht reißen, und ein jeder würde die hässliche Fratze erkennen, die darunter zum Vorschein kam. Leider ergab sich keine Gelegenheit. Nachdem der Pastor mit seinem Gefolge den Dom verlassen hatte, erhoben sich auch die Besucher der Messe und verließen nach und nach zu den letzten Klängen der Pfeifenorgel das Gotteshaus. Svendsson machte keine Anstalten, zu gehen. Er schien ganz versunken in seine Gedanken oder ein Gebet zu sein. Plötzlich sah er auf. Sie waren inzwischen allein in der gewaltigen Kirche.

»Bald ist es so weit. Wie lange haben wir darauf warten müssen?«, murmelte er. »Nun wird die Königin bald ihren letzten Thron besteigen. Dann hat dieser würdelose Zustand ein Ende.« Er blickte ihr direkt in die Augen. »Nach jeder Fahrt komme ich hierher, um im Dom von Roskilde um die Vergebung meiner Sünden zu beten und für das zu danken, was mir geschenkt wurde.«

Sie war nahe daran, ihn zu unterbrechen. Von Geschenken konnte wohl kaum die Rede sein. Doch irgendetwas hielt sie zurück. Vermutlich war es die Atmosphäre des heiligen Ortes, an dem sie sich befanden.

»Dieses Mal war mein Dank größer denn je, denn ich habe die wertvollste Fracht von der *Marie* nach Hause gebracht, die sich je in meiner Obhut befunden hat.« Er sah sie lange und sehr ernst an. In diesem Moment sah er glücklich aus, dachte sie. Seltsam berührt nestelte sie an dem Ärmel ihres Umhangs. Sie wusste nichts zu sagen.

»Kommen Sie!« Er erhob sich und wirkte plötzlich wieder heiter und unternehmungslustig. »Der Bischof erwartet uns.«

Sie folgte ihm eilig um den Dom herum zum bischöflichen Palais, einer Ansammlung zweistöckiger Gebäude, die einen großzügigen Hof umgaben. Ein Bediensteter öffnete ihnen und ging voraus durch einen langen schmalen Flur. Ein dicker Teppich bedeckte den Steinboden und schluckte das Geräusch ihrer Schritte. Auch an den Wänden hingen Teppiche, die mal religiöse Motive, mal Jagdszenen zeigten. Der Diener öffnete eine hohe doppelflügelige Tür, deren dunkles Holz über und über mit Schnitzereien verziert war. Die Schnitzkunst erinnerte Bilke an das Chorgestühl des Doms. Sie betraten einen Raum mit schweren roten Vorhängen vor den Fenstern. Bis auf verspielte kleine Sesselchen und einen runden zierlichen Tisch mit geschwungenem Fuß war er leer. Dafür gab es auch hier kostbare Teppiche auf dem Boden und an den Wänden und darüber hinaus golden gerahmte Ölgemälde. Eines zeigte Bischof Lodehat, den Vorgänger des derzeitigen Bischofs, wie Svendsson ihr erklärte, als sie allein auf den Kirchenmann warteten.

»Wie haben Sie das angestellt?«, wollte Bilke wissen. »Wie haben Sie einen so frommen Mann dazu gebracht, Sie zu empfangen?«

Er zuckte gelassen mit den Schultern. »Ich brauchte ihn zu gar nichts bringen. Er konnte es nicht abwarten, mich zu sehen.«

Bevor sie etwas erwidern konnte, wurde die Tür geöffnet, der Bischof stürmte herein und streckte Svendsson die Hand mit dem auffälligen Siegelring entgegen. Svendsson verneigte sich, griff nach der Hand und küsste den Ring formvollendet. Bilke knickste, und als er auch ihr die Hand hinhielt, hauchte sie ebenfalls einen Kuss auf das bischöfliche Siegel.

»Exzellenz«, flüsterte sie scheu.

Nach der förmlichen Begrüßung sprachen die beiden Männer ebenso angeregt wie zwanglos miteinander. Sie wurde das Gefühl nicht los, einer Schmierenkomödie beizuwohnen. Als ob sie den vermeintlich falschen Geistlichen anhand eines Fehlers im Kostüm überführen könnte, beäugte sie ihn eingehend. Nur wollte ihr einfach keine Unstimmigkeit auffallen. Unter der golden-blauen Kasel aus schwerem Brokat lugten eine Stola und ein weißes Chorhemd hervor, wenn er die Arme hob, was er wiederholt tat, um seine Worte zu untermalen. Das Pallium, ein breites weißes Band, verziert mit schwarzen Kreuzen, fiel von seinen Schultern beinahe bis auf den Boden hinab. Kein Zweifel, dieser Mann war der hohe kirchliche Würdenträger, für den er sich ausgab, oder der beste Betrüger, von dem sie je gehört hatte.

»Verzeihen Sie, wir sind unhöflich«, wandte sich der Bischof mit einem Mal an Bilke.

»Sie sprechen meine Sprache?« In ihrem Kopf arbeitete es fieberhaft. Er war ein frommer Mann, und er verstand, was sie sagte. Sie konnte ihn also ins Vertrauen ziehen, ihn um Hilfe bitten. Er würde sie unter seinen Schutz stellen und dafür sorgen, dass Svendsson nicht mehr in ihre Nähe kam, bis ihr Vater sie abholte.

»Selbstverständlich, mein Kind. Unser König, Erik VII., ist von Geburt Deutscher. Natürlich spricht er mit den deutschen Fürsten in seiner Muttersprache. Und ein jeder, der mit ihm hin und wieder Konversation treibt oder in seinem Dienst steht, passt sich dem an.«

Bilke sah ihn mit großen Augen an, hörte ihm aber nicht wirklich zu. Stattdessen überlegte sie, wie sie es am besten anstellen sollte. Konnte sie einfach jetzt und hier berichten, was sich auf der Ostsee zugetragen hatte? Oder sollte sie auf einen Moment unter vier Augen hoffen, ihn gar erbitten?

Svendsson war nicht dumm, das wusste sie nur zu gut. Er würde ihr keinen Augenblick mit dem Bischof allein gönnen. Dass sie es in seiner Anwesenheit wagen könnte, ihn bloßzustellen, kam ihm anscheinend erst gar nicht in den Sinn, denn er wirkte kein bisschen nervös.

»Der Unfrieden, der zwischen Ihrem und meinem Land herrscht, ist betrüblich, aber gewiss kein Grund, die Sprache des anderen nicht zu nutzen. Denken Sie nicht auch, mein Kind?«

»Ich fürchte, ich verstehe nicht viel von diesen Dingen«, gab sie beschämt zur Antwort. Bedauerlicherweise war das die Wahrheit. Eine Frau, die nicht gerade von königlichem Geblüt war, hatte mit Politik grundsätzlich nichts zu schaffen. Man hatte ihr lediglich ein paar Dinge beigebracht, die für das gesellschaftliche Leben in Riga von Bedeutung waren. Ihr Vater hatte ja nicht ahnen können, dass sie anstatt bei ihrem zukünftigen Bräutigam in Riga bei dem Bischof von Roskilde landen würde. Hätte er das gewusst, er hätte sie gewiss auf diese Begegnung vorbereiten lassen.

»Sie müssen sich nicht entschuldigen. Warum sollte ein so hübsches Kind, wie Sie es sind, seinen Kopf mit derart unerfreulichen Dingen belasten?« Der Bischof hatte gütige Augen und ein freundliches Lächeln. Bilke war drauf und dran, ihn über Svendssons Treiben aufzuklären.

»Ich widerspreche nur ungern, aber in diesem Fall ist es doch bedauerlich, dass Fräulein von Ranteln keinen blassen Schimmer von dem hat, was ihre eigenen Landsleute im Norden anstellen. Es ist nicht lange her, da haben sie unser Kopenhagen angegriffen. Erst kürzlich konnte mit Rostock und Stralsund Frieden geschlossen werden. Und das Herzogtum Schleswig wird wohl immer ein Zankapfel bleiben.«

»Sie können doch nicht einfach für all das meine Landsleute verantwortlich machen«, verteidigte sich Bilke, als hätte er sie persönlich angegriffen.
»Da hat sie recht«, stimmte der Bischof ihr zu. »Es ist niemals eine Seite allein schuldig.« Er nickte langsam und nachdenklich. »Aber jetzt wollen wir uns den herrlichen Tag nicht mit Politik verderben, mein lieber Svendsson. Seit ich Ihre Nachricht erhalten habe, dass Sie von großer Fahrt zurück sind und dem Dom einen Schatz mitgebracht haben, kann ich es kaum erwarten, alles über die glückliche Bergung zu erfahren.« An Bilke gewandt, fügte er hinzu: »Und natürlich möchte ich auch wissen, auf welchem Weg unser Herrgott Sie gemeinsam mit dem Schatz nach Roskilde gebracht hat, mein Kind.«
Bilke ließ sich verwirrt in einen der kleinen Sessel fallen. Dem Bischof war bekannt, dass Svendsson mit reicher Beute in die Heimat zurückgekehrt war?
Auch die Männer machten es sich bequem. Svendsson schlug ein Bein über das andere. Durch die engen Beinkleider zeichneten sich seine Muskeln ab, und Bilke wandte rasch ihren Blick ab.
»Nun, Exzellenz, wie Sie wissen, bin ich der Kogge im Auftrag des Königs entgegengesegelt, um ihr sicheres Geleit zu geben. Auf dem Meer lauern viele Gefahren. Es war meine Aufgabe, das Handelsschiff zu schützen, damit der Sarkophag unserer Königin, möge sie in Frieden ruhen, nicht auf dem Grund des Meeres landet.«
Sicheres Geleit? Was redete er da? Bilke war außer sich, konnte aber nichts sagen, denn ihre Gedanken überschlugen sich. In der wuchtigen Holzkiste, die mit der *Marie* von Lübeck gekommen war, befand sich also ein Sarkophag für die tote däni-

sche Königin. Nur was hatte der an Bord des Schiffes zu suchen, das ihr Vater nach Riga geschickt hatte? Von einer Zwischenstation war niemals die Rede gewesen. Oder hatte nur ihr niemand etwas davon gesagt? Immerhin war sie auch nicht über die Existenz der Kiste informiert worden. Ihres Wissens war die Königin bereits seit vielen Jahren tot, und das Ableben einer Regentin war ein bewegendes Ereignis gewesen, über das alle Welt gesprochen hatte. Bilke erinnerte sich, dass sie noch ein Kind gewesen war, als es geschah. Wenn sie sich recht entsann, war Margarethe I. völlig unerwartet in Flensburg der Pest zum Opfer gefallen. Wie war es möglich, dass ihr Leichnam erst jetzt beigesetzt werden sollte?

»Außerdem hat mein König den Herren der Hanse nicht vertraut«, fuhr er fort und sah Bilke kurz eindringlich an. »Sie haben zwar versprochen, die Lieferung des Kunstwerks, das ihr Bildhauer Johannes Junge angefertigt hat, endlich sicherzustellen, um ihren guten Willen zu bekunden und die Beziehung zu unserem Land wieder zu verbessern. Nur gab es nicht einmal eine schriftliche Abmachung darüber. Es stand zu befürchten, dass die Herren unseren König brüskieren, den wertvollen Sarkophag womöglich zerstören oder einem wohlbetuchten Kunstliebhaber anbieten wollten.«

»Nicht auszudenken! Immerhin habe ich den Leichnam der Königin, Gott sei ihrer Seele gnädig, bereits aus der Klosterkirche herbringen lassen. Ich möchte mir gar nicht ausmalen, was geschehen wäre, wenn der Sarkophag nicht an dem Ort seiner Bestimmung angekommen wäre.«

Bilke spürte, dass ihre Kräfte sie verließen. Sie sackte ein wenig in sich zusammen. Was ging hier vor? Konnte es sein, dass der Bischof auf diese absurde Lügengeschichte hereinfiel?

»Ist Ihnen nicht wohl, mein Kind? Sie sind ganz blass geworden.« Der Bischof hob die Hand. Sofort kam ein Diener mit einer Karaffe Wasser herbei und schenkte ihr ein. »Die Erinnerung an die Unannehmlichkeiten scheinen Ihnen noch immer schwer zu schaffen zu machen. Nun, das verstehe ich.«

»Nein, Sie verstehen nicht«, stammelte sie. »Das alles ist nicht wahr.«

Svendsson beugte sich vertraulich zu dem Bischof und strich sich eine Locke aus dem Gesicht. »In der Tat, es war ein Schock für sie. Sowohl über das Ziel als auch über die Fracht hatte man sie im Unklaren gelassen. Stellen Sie sich das vor, Exzellenz, man wollte sie opfern. Sie war einzig und allein an Bord, um uns in Sicherheit zu wiegen. Wir sollten glauben, dass ein Schiff mit einer hanseatischen Kaufmannstochter an Bord sicher im Hafen von Roskilde eintreffen würde und dass es nicht nötig sei, ihm entgegenzusegeln. Unser König ließ sich jedoch nicht täuschen. Gott sei Dank!« Er machte eine Pause, um die Spannung noch zu erhöhen, lehnte sich zurück und faltete die Hände vor der Brust. »Bei Rügen haben sie das Schiff in Brand gesetzt, um den Sarkophag der Königin zu versenken und Erik zu verhöhnen. Im letzten Moment konnten meine Männer ihn bergen und nach Hause bringen.«

Bilke starrte ihn mit offenem Mund an. »Er lügt«, stieß sie hervor. »Er ist es, der die *Marie* angezündet und ihren Kapitän getötet hat!«

»Großer Gott, die eigenen Leute hätten das arme Geschöpf wahrhaftig den Flammen anheimgegeben.« Der Bischof war augenscheinlich von Herzen entsetzt.

»Glücklicherweise habe ich sie rechtzeitig entdeckt und

konnte sie in Sicherheit bringen. Sie hatte bereits das Bewusstsein verloren und ist erst an Bord meines Schiffes zu sich gekommen.«

»Das ist nicht wahr! Bitte, Exzellenz, Sie müssen mir glauben.« Bilke war aufgesprungen und kniete nun vor dem Bischof nieder. »Ich habe alles bei vollem Bewusstsein erlebt. Dieser Mann« – sie deutete mit dem ausgestreckten Finger auf Svendsson, der ihre eindringliche Rede mit unbewegter Miene verfolgte – »hat das Schiff meines Vaters heimtückisch überfallen. Er hat viele brave Lübecker Seemänner in den Tod geschickt, darunter Kapitän von Holstein. Mich hat er gezwungen, mit ihm hierherzukommen. Unter unwürdigsten Umständen musste ich die Reise aushalten.« Ihr traten die Tränen in die Augen. Sie dachte an den Anschlag, den sie versucht hatte, und an die schreckliche Demütigung in dem Badehaus. »Noch nie in meinem ganzen Leben bin ich so entsetzlich gequält worden. Bitte, Exzellenz, Sie müssen mir helfen und meinem Vater eine Nachricht schicken. Er wird Ihnen die Wahrheit bestätigen.«

Der Bischof sah sie mit weit aufgerissenen Augen an. Bilke meinte, Zweifel darin zu erkennen. Er glaubte ihr. Sie wünschte es sich so sehr. Er musste ihr einfach glauben. Was hatte er schon zu verlieren, wenn er ihrem Vater eine Nachricht senden ließ?

»Seit sie zu sich gekommen ist, ist sie in diesem traurigen Zustand«, erklärte Svendsson. »Sie ist vollkommen verwirrt, das arme Ding. Ihren Vater habe ich selbstverständlich umgehend benachrichtigen lassen, sobald wir in Roskilde in den Hafen eingelaufen sind. Und ich habe ihr bei dem besten Gewandmacher der Stadt neue Kleider besorgt. Ihre Garderobe konnte ich nicht retten. Dafür hat die Zeit nicht gereicht.«

Der Bischof nickte langsam und streichelte Bilke tröstend über das Haar. »Ich schließe Sie in mein Abendgebet ein, mein Kind. Svendsson ist ein Kapitän im Dienste des Königs von Dänemark und damit ein Ehrenmann. Ihn brauchen Sie gewiss nicht zu fürchten. Ich bin sicher, Sie kommen wieder zu Verstand, wenn Sie erst Ihren Vater wiedersehen.«

Am nächsten Morgen verließen sie die Schänke und die Stadt. Svendsson hatte einen Wagen besorgt und den alten Feddern irgendwo aufgelesen. Nun rumpelten sie in Richtung Küste. Bilke fragte weder, wohin die Reise ging, noch sprach sie ein Wort. All ihr Mut und ihre Zuversicht hatten sie verlassen. Feddern knuffte sie zweimal in den Arm und redete auf sie ein. Da sie ihn nicht verstand und auch keinerlei Bemühen zeigte, ließ er sie schließlich in Frieden.
Nach nicht einmal einer halben Tagesreise erreichten sie eine kleine Ansammlung von Häusern aus Lehm, die mit Rohr gedeckt waren. Kaum dass der Wagen hielt, stürmte eine Frau zur Tür eines Hauses heraus, das niedrig, aber recht groß war und die Form eines L hatte, und fiel Svendsson um den Hals. Sie drückte ihn fest an sich und küsste wieder und wieder seine Wangen. Dabei gab sie keinen Laut von sich, so überwältigt schien sie von ihrer Freude zu sein. Bilke konnte sich nicht denken, dass diese Frau, die auf den ersten Blick zwar einfach, aber doch anständig wirkte, die Freibeuterei gutheißen würde. Konnte es ihr gleichgültig sein, was Svendsson tat, sobald er den Hafen von Roskilde verließ, oder ließ sie sich von ihm täuschen und nahm ihm seine Maskerade als Ehrenmann ab? Bilke empfand Abscheu, konnte sich aber auch nicht dagegen wehren, dass diese reine herzliche Wiedersehensfreude sie berührte. Und noch etwas spürte sie in

ihrer Brust. Es fühlte sich an wie ein Dorn, der sich in ihr Fleisch bohrte. Svendsson hatte eine Frau! Natürlich, was hatte sie denn erwartet? Sie hatte bisher einfach nicht darüber nachgedacht und musste sich eingestehen, dass ihr diese neue Erkenntnis nicht gefiel.

Die Frau, sie war klein und mollig und hatte ähnlich störrische blonde Locken wie Svendsson, nickte Bilke zu, nachdem die Begrüßung endlich beendet war. Feddern klopfte sie freundschaftlich auf die Schulter. Es war nicht zu übersehen, dass sie sich kannten. Die beiden verschwanden eilig im Haus, wobei der Alte seinen Kopf einziehen musste, um nicht mit seinen letzten Haaren an dem Rohrdach hängen zu bleiben. Bilke blieb unschlüssig in der Kälte des grauen Apriltages zurück und war gekränkt, dass man sie nicht hereinbat. Svendsson lud ein kleines Fass von dem Wagen.

»Hey, Tochter eines Fischhändlers, machen Sie sich nützlich«, forderte er sie unbekümmert auf, als merke er nichts von ihren trüben Gedanken. Er hielt ihr einen Sack entgegen. »Können Sie den ins Haus tragen?«

»Natürlich, gern«, antwortete sie übertrieben freundlich. »Nach dieser herzlichen Einladung Ihrer Frau kann ich doch gar nicht anders, als ihr schwere Säcke hinterhertragen zu wollen.«

Svendsson zog die Augenbrauen hoch.

»Ach, tun Sie doch nicht so!«, schimpfte sie. Sie war es leid, schlecht behandelt zu werden. »Meinen Sie, ich merke nicht, wenn ich irgendwo nicht willkommen bin? Hätte Ihre Frau Manieren, hätte sie mich mit höflichen Worten begrüßt und in das Haus gebeten.«

»Zweimal daneben geraten«, sagte er, während er ihr den

Sack schwungvoll in die Arme legte und selbst das Fässchen und einen weiteren Sack schulterte. »Sie ist nicht meine Frau, sondern meine Schwester. Und es mangelt ihr sicher nicht an Manieren, sondern an einer Stimme. Meine Schwester ist stumm.« Damit war er an ihr vorbei, und Bilke stolperte peinlich berührt hinter ihm her.

Auch sie musste beim Betreten des Hauses achtgeben, dass sich ihre Haare nicht in den Halmen des Daches verfingen. Sie duckte sich und schlüpfte hinter Svendsson durch die niedrige Tür. Schon stürzten zwei Kinder auf sie zu, die höchstens vier Jahre alt waren. Drei andere, schon etwas älter, hockten auf Stroh, das auf dem einfachen Lehmboden in einer Ecke des Raums ausgestreut war, und beäugten sie neugierig. Ein sechstes Kind, ein hübsches Mädchen mit schwarzen Haaren und dunklen Augen, die Älteste der Horde, wie es schien, inspizierte das Fass, das Svendsson mitgebracht hatte, und stellte ihm unaufhörlich Fragen. Feddern saß auf einem Stuhl am Ofen und wärmte sich den Rücken.

Svendssons Schwester packte die beiden Kleinen, die an Bilke zerrten, weil sie wohl hofften, eine neue Spielkameradin zu bekommen. Sie schickte sie zu den anderen Kindern, wo sie eine Weile hockten, bevor sie Fedderns Ziegenbärtchen entdeckten, an dem man herrlich zupfen und ihm damit Grimassen entlocken konnte. Bilke sah sich um. Der Raum erinnerte sie ein wenig an die Schänke, in der sie die letzten Nächte verbracht hatten. Nur gab es hier keine Scheiben in den Fenstern. Wind und Feuchtigkeit wurden nur mäßig von fleckigen Lappen abgehalten, die man aufgehängt hatte. Sollte das Feuer im Ofen ausgehen, sie würden bitterlich frieren. An einer der grob verputzten Wände gleich neben dem Ofen hingen Strümpfe zum Trocknen, die man offenbar einfach auf den rauhen Stein gedrückt hatte. Verstohlen beobachtete sie, wie Svendsson mit seiner Schwester sprach. Diese malte mit den Händen Zeichen in die Luft und formte mit den Fingern Bilder, die er problemlos zu deuten verstand. Bilke war fasziniert. Er antwortete leise, als murmelte er nur für sich, unterstrich dabei jedes Wort mit ähnlichen Gesten, denen sie aufmerksam folgte. Es lag auf der Hand, dass er einmal viel Geduld aufgebracht haben musste, um ihre ganz eigene Ausdrucksweise zu erlernen und selbst benutzen zu können. Nach vielen Jahren Übung machte es ihm offenbar keine Mühe mehr.

»Das ist meine Schwester Mette«, stellte Svendsson, der Bilkes Blick bemerkt hatte, die stumme Frau vor. »Das ist Bilke von Ranteln. Sie kommt aus Lübeck und kann dir beim Kochen ein wenig zur Hand gehen. Aber erwarte nicht viel von ihr. Sie wird sich vermutlich nicht besonders geschickt anstellen.« Er sprach deutsch, denn er wollte, dass Bilke ihn verstand. Seine Schwester erreichten die Worte ohnehin nicht.

Mette kicherte tonlos. Dann zeigte sie erst auf Bilke, dann auf ihren Bruder, schließlich legte sie ihre Hände auf ihre Brust und verdrehte verzückt die Augen.

»Nein, Schwesterlein, sie ist nicht meine Frau. Gott bewahre. Ich muss nur eine Weile auf sie aufpassen.«

»So kann man es natürlich auch nennen«, kommentierte Bilke spitz.

Mette sah aufmerksam von einem zum anderen. Dann hakte sie sich kurzerhand bei Bilke unter, deutete auf Svendsson und machte eine wegwerfende Handbewegung. Sie führte Bilke zu einem kleinen Tisch und reichte ihr ein Messer, zwei Steckrüben und ein paar Möhren. Bilke wusste nichts damit anzufangen und zuckte hilflos mit den Schultern.

»Ich habe es doch gewusst, sie versteht nichts vom Kochen«, warf Svendsson ein, während er den kleinen Jungen in die Luft hob, dass er vor Vergnügen nur so juchzte. »Sie wird sich noch die Finger abschneiden.« Er machte eine entsprechende Geste in die Richtung seiner Schwester und spielte weiter mit dem Kleinen, der jeden Moment Gefahr lief, an die niedrige Decke des Hauses zu prallen.
Feddern spielte mit dem kleinen Bruder und erzählte den drei größeren Kindern eine Geschichte. Das schwarzhaarige Mädchen, sie hörte auf den Namen Bjœrk, schleppte einen Eimer Wasser heran und kümmerte sich um das Feuer.
Mette wiederholte ihre wegwerfende Handbewegung, was wohl bedeuten sollte, dass man am besten nicht auf das Gerede ihres Bruders hörte. Sie nahm das Messer, hielt es Bilke hin und machte dazu ein bittendes und fragendes Gesicht.
»Ich habe noch nie gekocht«, sagte Bilke, zog dabei die Schultern hoch, griff aber nach dem Messer. »Aber ich will es gern versuchen.«
Mette schien zu begreifen, dass sie nicht gerade eine geübte Hausfrau vor sich hatte. Sie machte ihr vor, was zu tun sei. Bilke machte es unter ihrem wachsamen Blick nach. Sie freute sich, als Mette zufrieden nickte und sich ihrer eigenen Arbeit zuwandte. Gewiss, Bilke kam nur sehr langsam voran, aber sie machte ihre Sache gut, dachte sie. Je länger sie dort saß, Gemüse putzte und in gleichmäßige Würfel schnitt, desto mehr vergaß sie den Besuch bei dem Bischof und die Tatsache, dass sie noch immer in der Gewalt eines Piraten war. Stattdessen ging ihr durch den Kopf, dass sie daheim in Lübeck nichts gelernt hatte, was einem Menschen im täglichen Leben helfen konnte. Schön, sie war in der Lage, kostbare Seide von billiger Ware zu unterscheiden. Auch hatte sie sich

bereits mit den verschiedenen Pelzen beschäftigt und hätte einen Zobel, einen Fuchs oder einen Nerz leicht erkennen können. Satt wurde man von derlei Talenten allerdings nicht. Mit Nadel und Faden war sie recht geschickt. Das immerhin konnte ihr sicher einmal nützlich sein. Doch was war das im Vergleich zu der Vielfalt an Fähigkeiten, über die Mette verfügen musste.

»Beißen Sie sich nicht die Zunge ab«, meinte Svendsson lächelnd, der ihr offenbar bei der Arbeit zugesehen hatte. »Ein wenig Fleisch kann zwar nicht schaden, aber Ihre Zunge dürfte wohl zu scharf sein, als dass sie zu genießen wäre.«

Bilke stellte fest, dass ihre Zungenspitze tatsächlich ein Eigenleben entwickelt hatte und in der Luft auf und ab wippte, so sehr hatte sie sich auf das Gemüse konzentriert.

»Was eine scharfe Zunge angeht, stehen Sie mir wohl kaum nach.«

Mette sah von dem Knochen auf, den sie gerade von winzigen Fleischstückchen befreite, blickte von einem zum anderen, lächelte amüsiert und wandte sich wieder ihrer Tätigkeit zu.

»Sie können doch nur schulmeistern und bemängeln. Aber ein freundliches Wort kommt Ihnen nicht über die Lippen.«

»Verzeihen Sie, wenn ich diesen Eindruck erweckt habe. Das war gewiss nicht meine Absicht. Sie haben recht, es ist an der Zeit, Ihnen mal ein Lob auszusprechen. Zwar wird das Essen heute nicht mehr auf den Tisch kommen, so langsam wie Sie sind, aber ich habe gewiss in meinem ganzen Leben noch kein Gemüse gegessen, das so gleichmäßig und adrett gewürfelt wurde.«

Bilke spürte, wie ihr die Röte in die Wangen stieg. Sie wurde wütend und wollte ihm eine Antwort geben, die ihn endlich einmal zum Schweigen brachte. Doch ihr war klar, dass es nichts nützte, mit ihm zu streiten. Sie würde den Kürzeren ziehen. Vielleicht war es möglich, vernünftig mit ihm zu reden. Ein Versuch konnte nicht schaden.

»Wann werden Sie mir endlich die Wahrheit sagen? Wann sagen Sie mir, was Sie mit mir vorhaben?« Sie schaute von den Rüben auf, ihm direkt in die Augen. Mit dieser Frage hatte er nicht gerechnet.

»Was glauben Sie denn, was ich mit Ihnen vorhätte?«

»Sagen Sie es mir.« Und müde fügte sie hinzu: »Bitte!«

Da war wieder dieser unergründliche Glanz in seinen grauen Augen, die ihr bei ihrer ersten Begegnung so kalt erschienen waren.

»Sie halten mich noch immer für einen verabscheuenswürdigen Kerl, nicht wahr? Haben Sie den Bischof denn nicht gehört? Ich stehe im Dienste des Königs von Dänemark. Ich muss also ein Ehrenmann sein.« Er lachte bitter, und Bilke verstand gar nichts mehr. »Der Bischof ist ein Mann der Kirche. Ihm werden Sie doch glauben, oder etwa nicht?«

»Aber was ist, wenn er sich in Ihnen täuscht? Wenn Sie ihn belügen und alle anderen auch, was ist dann?«

»Dann sitzen Sie übel in der Patsche, fürchte ich.« Er sah ihr direkt in die Augen. Sein Gesicht, das eben noch kantig gewirkt hatte, entspannte sich plötzlich. »Ich verstehe Sie, Tochter eines Fischhändlers. Ich verstehe, dass Sie Angst vor mir haben. Doch dafür gibt es keinen Grund. Überlegen Sie einmal: Hätte ich Sie töten wollen, wäre das längst geschehen. Hätte ich mir Ihren Körper nehmen wollen, hätte ich auch das längst tun können. Gelegenheiten gab es dafür wahrlich genug. Aber ich wollte es nicht. Es macht mir nicht in jedem Fall Vergnügen, etwas zu nehmen, das man mir nicht freiwillig geben will.« Bilkes Wangen glühten, und sie starrte auf die Rübe in ihrer Hand. Wenn nur ihr Herz nicht so heftig klopfen würde. »Was ich mit Ihnen vorhabe? Ich werde dafür sorgen, dass Sie unversehrt zurück nach Lübeck gelangen. Das ist alles.« Er wandte sich zum Gehen, drehte sich aber noch einmal zu ihr um. »Bleibt nur die Frage, was Sie mit mir vorhaben. Wer weiß, womöglich wollen Sie mir etwas schenken, was ich mir nicht mit Gewalt genommen habe, etwas, was man nur geschenkt bekommen kann. Gelegenheiten wird es auch dafür noch geben.«

Feddern und die Kinder waren vertieft in seine Geschichten und fröhlichen Spiele, Bjœrk rührte den Getreidebrei und hatte auch nicht auf die beiden geachtet. Allein Mette war die Spannung zwischen ihnen nicht entgangen. Ihre Blicke trafen sich, und Bilke senkte rasch den Kopf.

Der Eintopf schmeckte Bilke so köstlich wie ein Festmahl. Hatte sie auch nicht viel zum Gelingen beigetragen, so war sie doch ein wenig stolz auf ihren Anteil. Feddern gab alte Schauermärchen zum Besten von See-Ungeheuern und Geisterschiffen. Natürlich war kein Wort davon wahr, das war ja das Wesen von Märchen, doch Bilke konnte sich eines unguten Gefühls nicht erwehren, wenn sie daran dachte, dass auch sie wieder an Bord eines Schiffes würde gehen müssen, um nach Hause zu kommen. Ihr kam der dichte Nebel in den Sinn, den sie vor dem Öresund erlebt hatten. Da konnte man sich schon vorstellen, dass plötzlich ein Geisterschiff aus den Schwaden auftauchte.

Svendsson übersetzte geduldig, was sie nicht verstand. Er diente auch als Vermittler zwischen ihr und Mette, wann immer es nötig war. Selbst drollige Erinnerungen aus ihrer

Kindheit enthielt er Bilke nicht etwa vor, obwohl er in Mettes Erzählungen über ihren kleinen Bruder nicht immer eine gute Figur abgab. Bilke erheiterte es, dass er, der mindestens zwei Köpfe größer als Mette war, dennoch der kleine Bruder war. Sie folgte gespannt den Geschichten, die Mettes Hände erzählten, und genoss es, wenn Svendsson ausgerechnet die Gesten in Worte kleiden musste, die unrühmliche Details seiner Kindheit preisgaben. So hatte er seiner Schwester beispielsweise einmal aufgelauert, um sie zu erschrecken. Dazu hatte er sich ein Hemd seines Vaters übergezogen, um sich als Gespenst zu verkleiden. Er hatte gewartet, dass Mette um die Ecke käme, um dann vor ihr auf den Weg zu springen und schauerliche Geräusche von sich zu geben. Nur kam Mette eben nicht aus der erwarteten Richtung, sondern erschreckte ihn ihrerseits, wenn auch gänzlich unbeabsichtigt, indem sie hinter ihm auftauchte. Der kleine Svendsson machte einen Satz, strauchelte und fiel kopfüber in einen Schweinetrog. Zu der Schmach, von seiner Schwester ausgelacht zu werden, kam der Ärger mit seinem Vater, einem Kapitän, wie Bilke erfuhr, der ein strenger Mann gewesen war. Es setzte eine kräftige Tracht Prügel dafür, dass auch das Hemd des Vaters in dem stinkenden Trog gelandet war. Alle lachten, Feddern spielte die Szene , am Tisch sitzend, mit großen Gesten nach und wäre beinahe vom Schemel gefallen. Das sorgte für noch mehr Gelächter. Auch Bilke konnte sich das Lachen nicht verkneifen.

Um die Aufmerksamkeit aller auf sich zu ziehen, klopfte Mette auf den Tisch. Sie deutete auf ihren Bruder, zeigte dann nach oben und fuchtelte wild mit den Händen.

»Ich verstehe nicht.« Bilke sah erwartungsvoll von Mette zu Svendsson.

Der seufzte. »Nein, nicht diese Kamellen, bitte nicht.« Er stützte die Ellenbogen auf den Tisch und rieb sich erschöpft das Gesicht.

»Was meint sie?«, drängte Bilke neugierig, die ahnte, dass es ihm peinlich war, was seine Schwester alles über ihn verriet.

Mette schlug ihm kräftig auf den Arm. Sie ließ es ihm nicht durchgehen, dass er sie nicht ansah. Schon wiederholte sie ihre Gesten, und es blieb ihm nichts übrig, als für Bilke zu übersetzen.

»Ich hatte als Kind Angst vor Gewitter. Also schön, ich hatte schreckliche Angst. Sie wird es nicht leid, zu erzählen, wie ich nachts immer zu ihr gekrochen kam, weil ich mich so fürchtete. Das ist doch normal, oder nicht?«, verteidigte er sich. »Ich war immerhin kaum zwei oder drei Jahre alt.« Mette amüsierte sich königlich über seinen zerknirschten Gesichtsausdruck. Mit der Zeit konnte Bilke immer mehr ihrer Zeichen und Gesten deuten und sich direkt mit ihr verständigen. Je später es wurde, desto schwerer wurde es ihr, sich wie eine Gefangene zu fühlen. Vielleicht hatte Svendsson doch die Wahrheit gesagt und ihren Vater benachrichtigt. Vielleicht hatte sie nichts von ihm zu befürchten. In diesem Haus jedenfalls wurde sie wie ein Mitglied der Familie aufgenommen und fühlte sich wohl. Sie bemerkte schließlich nicht einmal mehr den Gestank des Viehs, das im Nebenraum seinen Stall hatte, und es kümmerte sie auch nicht, dass alle in dem Raum, in dem man jetzt beieinandersaß, auf einem Strohlager auf dem Boden schlafen würden.

Die Nacht brach herein. Eines der Mädchen schlief bereits auf Fedderns Schoß. Der döste ebenfalls mit geschlossenen Augen, das Kinn auf die knochige Brust gekippt. Svendsson erhob sich und klemmte Bretter in die Fensteröffnungen. So gut es ging, stopfte er die Lücken mit den Stoffbahnen zu, die davorhingen.

»Zeit, schlafen zu gehen. Wir brechen morgen früh auf«, ließ er Bilke wissen.

Sie wollte auf der Stelle aufstehen, um ihr Schlaflager selbst zurechtzumachen, doch Mette hielt sie am Ellenbogen fest. Sie machte eine Bewegung mit dem Zeigefinger, mit der sie Bilke aufforderte, ihr zu folgen. Der Ofen ragte ein gutes Stück in den Raum hinein. Auf der einen Seite war das Stroh ausgestreut, auf der anderen stand eine Holztruhe, in der Mette allerlei Hausrat und auch einige Erinnerungsstücke aufbewahrte. Sie zog ein Bild hervor, das jemand mit geschickter Hand gezeichnet hatte. Es zeigte ein Schiff im Hafen. Es war nicht die *Schwarze Rose*, und Bilke hatte keinen Schimmer, was Svendssons Schwester ihr sagen wollte.

»Haben Sie das gemalt?«, fragte sie, machte eine Geste, als führe sie einen Pinsel und zeigte dann fragend auf Mette.

Die verstand und schüttelte energisch den Kopf. Dann deutete sie in die Richtung des Strohlagers, wo Svendsson gerade damit beschäftigt war, die Kinder unter die Decken zu legen. Anschließend hielt sie die gestreckte Hand, die Handfläche zum Boden weisend, auf der Höhe ihres Oberschenkels neben ihr Bein.

»Ihr Bruder war noch klein …«, übersetzte Bilke unsicher.

Mette nickte. Dann zeigte sie wieder auf das Schiff, und Bilke erkannte den Schriftzug *Margarethe I.*

»Er war auf dem Schiff Ihrer Königin?«, fragte sie ungläubig.

In Bilkes Ton lag so viel Verwunderung und Ehrfurcht, dass klar war, sie hatte verstanden. Wieder nickte Mette, ein wenig

aufgeregt dieses Mal. Dann deutete sie wieder auf den Namen des Schiffes und machte eine Handbewegung, als ob sie sich selbst die Kehle durchschnitt. Sie zeigte auf sich und auf Svendsson und hielt die Hand dann weit nach oben, die Handfläche wiederum zum Boden gerichtet, als ob sie von einem sehr großen Menschen sprechen wollte. Bilke begriff nicht.
Svendsson trat zu ihnen. »Ich sagte doch, wir brechen morgen früh auf«, sagte er zu Bilke, und seine Augen wirkten mit einem Mal wieder so kalt wie bei ihrem ersten Zusammentreffen. »Legen Sie sich hin.«
Sie sah noch einmal Mette an, zog sich dann aber zurück. Als sie ging, hörte sie ihn etwas flüstern, ein Knistern, dann wurde die Truhe geschlossen.

Als sie sich am nächsten Morgen verabschiedeten, war es Bilke, als ließe sie gute Freunde oder ihre Familie zurück. Feddern schüttelte ihr überschwänglich die Hand.
»Kommen Sie denn nicht mit uns?«
Er verneinte, und Svendsson erklärte: »Er bleibt bei Mette und den Kindern. Das ist die letzte Mannschaft auf Erden, bei der er anheuert.«
Nach der Verabschiedung von seiner Schwester und den Kindern, die nicht weniger herzlich ausfiel als die Begrüßung am Vortag, kletterte Svendsson auf den Wagen und brachte die beiden Pferde auf Trab. Bilke, die auf der Hinreise mit Feddern hinten auf der Ladefläche auf Getreidesäcken gesessen hatte, durfte nun neben ihm auf der Bank sitzen. Sie drehte sich ein paarmal um und betrachtete das kleine Dorf mit seinen niedrigen Häusern, den Rohrdächern und den von gebogenen Weidenzweigen eingefassten Beeten, in denen es bald blühen und sprießen würde.

»Gehört Feddern zu Ihrer Familie?«, fragte Bilke, nachdem sie eine ganze Weile gefahren waren.
»Nein.« Er schien keine große Lust auf eine Unterhaltung zu verspüren.
»Wenn ich Sie richtig verstanden habe, bleibt er aber für immer bei Mette und den Kindern. Warum?«
»Sie haben doch gesehen, dass er nicht mehr für die Seefahrt taugt. Er braucht also ein Zuhause an Land und jemanden, der sich um ihn kümmert. Kinder hat er nicht, aber meine Schwester ist für ihn so etwas wie eine Tochter. Sie kennen sich schon so lange, seit er bei mir in Diensten ist.« Nach einer kurzen Pause fügte er hinzu: »Außerdem landen alle streunenden Hunde und Katzen, die nicht wissen, wohin, bei Mette.«
Es dauerte einen Moment, bis sie begriff. »Dann gehören die Kinder nicht ihr?«
»Nicht eines von ihnen, nein. Meine Schwester war nie verheiratet.«
»Das verstehe ich nicht.«
»Kein Mann will eine Frau, die zu viel redet. Aber es will auch keiner eine, die gar nicht spricht.«
»Das meine ich nicht. Ich wollte wissen, woher die Kinder kommen. Warum hat sie sie zu sich genommen, und wie kann sie sie überhaupt ernähren? Ich habe natürlich gesehen, wie viel Getreide, Stockfisch und anderes Sie ihr mitgebracht haben. Aber wovon lebt sie, wenn Sie nicht da sind, wenn Sie auf See sind?«
»Ich versuche, ihr so viel zu bringen, dass es bis zum nächsten Besuch reicht. Sie ist eine gute Hausfrau.« Er warf ihr einen vielsagenden Seitenblick zu. »Sie ist sparsam, hat einen kleinen Garten und Vieh. Das meiste, was sie und die Kinder

brauchen, kann sie selbst anpflanzen oder aus dem machen, was sie hat. Sie kommt schon zurecht.«

»Hm.« Bilke war nachdenklich. So einfach, wie es sich bei ihm anhörte, war Mettes Leben gewiss nicht.

»Mit Fedderns Anteil der Prise wird es sicher leichter«, sagte er, als hätte er ihre Gedanken gelesen. »Beide haben also etwas davon, wenn er bei ihr Unterschlupf hat.«

»Sein Anteil der Prise?«

»Was wir auf einem Schiff erbeuten, wird versetzt und der Ertrag geteilt. Das hatte ich Ihnen doch schon erklärt. Einer, der nicht mehr kann, bekommt weniger als die anderen, aber doch so viel, dass er im Alter nicht verhungern muss.«

»Das ist gut.«

Er warf den Kopf in den Nacken, eine Geste, die ihr inzwischen vertraut war, und lachte.

»Allerdings, das ist es. Sie sehen, wir sind nicht alle grausame Unholde.«

»Sie haben mir noch nicht gesagt, woher die Kinder stammen.«

»Von Seemännern, die nicht nach Hause zurückgekehrt sind. Die meisten jedenfalls. Bjœrks Vater lebt. Er gehört zu meiner Mannschaft. Ihre Mutter wollte sie nicht haben. Ein Kind von einem Freibeuter war für die feine Dame undenkbar. Ihm vorher den Kopf zu verdrehen, war es nicht.« Er schnaubte verächtlich. »Mit Bjœrk hat es angefangen«, sagte er dann. »Magnus, ihr Vater, bat mich um Hilfe. Seine Geliebte, die Frau des Steuermanns eines Handelsschiffes, wollte zur Engelmacherin gehen.«

»Engelmacherin?«

»Sie sind wirklich behütet aufgewachsen, was?«

Bilke wusste nicht, was daran schlecht sein sollte, schämte sich aber dennoch.
»Das sagt man doch zu Frauen, die sündige Personen wieder zu Engeln machen, indem sie die Kinder schon im Leib töten.« Es klang sehr bitter. »Magnus hat da nicht mitgespielt. Gott sei es gedankt! Bjœrk ist ein liebes Geschöpf, hilfsbereit und klug. Sie ist Mette eine große Unterstützung. Magnus hatte wohl noch etwas in der Stadt zu tun und wird erst heute zu ihr fahren. Normalerweise führt sein erster Weg stets zu seiner Tochter.«
Eine geraume Weile hingen beide schweigend ihren Gedanken nach. Bilke musste an die finsteren Gesichter der Piraten denken, die sie erstmals betrachtet hatte, als sie an Bord der *Marie* die Mannschaft aus Lübeck in ihre Gewalt gebracht hatten. Es wollte ihr einfach nicht in den Kopf, dass die gleichen Männer ihre Beute gerecht teilten, sogar alten oder kranken Seeleuten davon abgaben und sich um ungeborene Kinder sorgten.
»Mette hat mir ein Bild von einem Schiff gezeigt, das den Namen der Königin trägt.«
»Ich weiß, welches Bild sie Ihnen gezeigt hat«, entgegnete er schroff.
»Was hat es damit auf sich?«, fragte sie unbeirrt.
»Sie fragen sehr viel. Dabei verstehen Sie gar nichts.«
»Wie können Sie …?« Sie schluckte ihren Ärger hinunter. »Wenn Sie mir nichts erklären, kann ich auch nichts verstehen.«
Er sah sie von der Seite an und schmunzelte. Dann rief er den Pferden ein Kommando zu und zog gleichzeitig an den Zügeln, so dass die Tiere ihren Lauf verlangsamten.
»Sie wollen die ganze Geschichte hören, ja? Meine Geschichte?«

»Ja«, sagte sie und wurde ganz aufgeregt. »Ja, das würde ich wirklich gern.«

Er holte tief Luft. Ein schwacher Wind spielte mit seinen Locken. »Dass mein Vater Kapitän war, wissen Sie bereits. Er diente an Bord der *Margarethe I.*, dem Schiff unserer Königin. Möge sie in Frieden ruhen.«

»Ihr Vater war Kapitän auf dem königlichen Schiff? Aber dann …« Sie vollendete den Satz nur in Gedanken. Dann hatte seine Sippe zu den angesehensten Familien des Landes gehört. Was war nur geschehen, das Svendsson auf diesen schändlichen Weg geführt hatte?

»Er hatte das Kommando auf ihrer letzten Fahrt. Sie sind nach Flensburg gesegelt, um mit den dortigen Kaufleuten zu sprechen. Sie musste wissen, ob die hinter ihr stehen. Margarethe war eine große Herrscherin.« Seine Stimme war voller Bewunderung für die einstige Regentin. »Es war ihr gelungen, die Nordländer zu einem großen Reich zusammenzufassen. Nun wollte sie sicherstellen, dass auch das Herzogtum Schleswig fest zu dieser starken Union gehörte. Das war der Zweck der Reise. Ich war ja noch ein Kind von nicht einmal zehn Jahren, aber ich konnte die Spannung an Bord spüren, die durch die Bedeutung der Reise herrschte.«

»Sie waren auf dem Schiff?«, fragte Bilke überrascht.

»Es lag auf der Hand, dass Mette niemals einen Mann bekäme, der sie versorgen würde. Also musste ich früh einen Beruf erlernen, mit dem ich sie später ernähren könnte. Mein Vater nahm mich mit und machte mich zu seinem Schiffsjungen.«

Sie blickte ihn an und sah einen stolzen kleinen Kerl vor sich, der Schiffsjunge war, sich aber fühlte wie ein Kapitän.

»Was ist in Flensburg passiert? Das Schiff der Königin ist doch nicht etwa angegriffen worden?«

»Doch, so könnte man es bezeichnen. Der Gegner kam lautlos und tötete schnell und ohne Gnade. Die Königin war eines der ersten Opfer. Mein Vater starb nach nur zwei Tagen. Sie sagten mir, der Schwarze Tod sei gekommen und habe die beiden und weitere Mitglieder der Mannschaft geholt.«

»Die Pest«, flüsterte sie furchtsam, als könne schon das Aussprechen des Wortes diese schlimmste aller Krankheiten, die immer wieder wütete, zurückbringen.

»Ja. Sie brachten mich an Land. Ich konnte mich nicht von meinem Vater verabschieden, wusste nicht einmal, was mit seinem Leichnam geschah, wohin er gebracht wurde. Das machte mir schwer zu schaffen. Also bin ich ausgerissen, weil ich meinen Vater finden wollte. Er sollte anständig begraben werden. Dafür musste ich einfach sorgen. Ein Kochsmaat hat mich aufgelesen und mit an Bord eines Handelsschiffes aus Stralsund genommen.«

»Das war sehr nett von ihm.«

»Nein, Tochter eines Fischhändlers, das war der pure Eigennutz. Der Kapitän dort war ein Teufel, und der Kochsmaat brauchte einen, der die Drecksarbeit für ihn erledigt und auf dem er herumtrampeln konnte, wenn es für ihn etwas vom Käpt'n gesetzt hatte.«

Sie schluckte. »Aber Sie waren doch noch ein Kind!«

»Nicht für die.« Wieder sein bitteres Lachen. »Nun wissen Sie, wie ich das erste Mal Bekanntschaft mit einem Kaufmann der Hanse gemacht habe.«

Sein Bericht versetzte ihr einen Stich. Er tat ihr von Herzen leid, und sie musste sich eingestehen, dass Gut und Böse längst nicht immer aufgrund von Herkunft oder Tätigkeit zu bestimmen waren. Das hatte sie bei Svendsson gelernt. Hatte sie bisher geglaubt, nur böse Menschen wie diese Freibeuter hätten auch überraschend gute Seiten an sich, wusste sie nun, dass sie bei einem ehrenwerten Kaufmann der Hanse ebenfalls mit einem bösen Charakter rechnen musste. Dennoch: Man konnte nicht alle über einen Leisten schlagen.

»Was Ihnen damals widerfahren ist, ist grausam und unverzeihlich. Doch gibt es Ihnen nicht das Recht, noch heute, so viele Jahre später, anständige Kaufleute der Hanse zu überfallen.«

»Mein Kapitän von damals war womöglich grausamer als die meisten anderen. Von anständig möchte ich allerdings bei keinem sprechen, mit dem ich es im Laufe der Zeit zu tun bekommen habe.« Sie wollte Einspruch erheben, doch er ließ sie nicht zu Wort kommen. »Als einer der Männer mir eine Ohrfeige gegeben hat, da dachten Sie, ich würde ihn zur Strafe über Bord werfen. Erinnern Sie sich?« Sie nickte. »Natürlich, von Piraten hört man wohl, dass sie diese Dinge tun. Soll ich Ihnen etwas sagen? Auf dem Handelsschiff des Mannes aus Stralsund wurde ausgepeitscht, ausgesetzt und auch kurzerhand getötet, wie ich es bei keinem Kaperfahrer je erlebt habe. Er allein hatte das Sagen, alle anderen waren seinen Launen ausgeliefert. Auf der *Schwarzen Rose* gibt es keine Raufereien. Sie werden sofort beendet und später an Land ausgetragen. Und ich entscheide auch nicht allein, sondern spreche mit meinen Männern. Dieser Teufel zettelte Schlägereien an oder provozierte andere, sich zu prügeln, wenn ihm der Sinn danach stand, um sich an dem Blut, den fliegenden Zähnen und den klaffenden Wunden zu ergötzen.« Er spuckte die Worte regelrecht aus, und Bilke begriff, woher seine Narben stammten. »Einmal haben wir auf Rügen angelegt. Ich habe mich nachts davongeschlichen, mich drei Tage versteckt und dann auf einem anderen Schiff angeheuert.

Mein erstes Piratenschiff. Dort wurde ich anständig behandelt. Die Mannschaft wurde zu meiner Familie.«
Bilke zog ihren Umhang fester um sich, denn die Sonne war hinter grauen Wolken verschwunden, und es wurde kalt. Lange konnte es nicht mehr dauern, bis sie die Stadt erreichten.
»Danke, dass Sie mir das erzählt haben«, sagte sie leise. »Jetzt verstehe ich, dass Freibeuter anständiger sein können als die angesehensten Kaufleute. Was noch wichtiger ist: Ich weiß, dass Sie kein schlechter Mensch sind. Das werde ich auch meinem Vater sagen, wenn er mich abholt. Er wird Ihnen helfen, Ihnen die Chance geben, ein anderes Leben anzufangen.«
»Mit Ihnen?«, fragte er.
Sie errötete.
»Keine Sorge, das war nicht ernst gemeint.«
»Das hatte ich auch nicht angenommen.« Sie klang beleidigt, wie sie selbst ärgerlich feststellte. Um sich von dem gänzlich unangebrachten Gefühl der Enttäuschung abzulenken, sprach sie weiter: »Wenn Sie mich freilassen und sich stellen, wird er ganz bestimmt etwas für Sie tun können, damit man Sie nicht gar so hart bestraft.«
Er lachte bitter. »Haben Sie mir eben nicht erklärt, dass Sie alles verstanden haben? Sie verstehen noch immer nicht. Es ist wahr, was der Bischof gesagt hat. Ich stehe im Dienst von Erik VII., dem König von Dänemark, Herrscher über Norwegen und Schweden. Allerdings nicht offiziell, zugegebenermaßen.«
»Erklären Sie mir das.«
»Aber gern, Tochter eines … Aber gern, Fräulein von Ranteln. Wenn ich in See steche, habe ich stets einen Kaperbrief bei mir. Er stammt von König Erik, das heißt, von einem

Mittelsmann. Der König selbst würde nie einen solchen Brief unterschreiben.«
»Was steht in diesem Kaperbrief?«
»Er besagt, dass ich Schiffe überfallen und ausrauben darf. Dafür muss ich einen Teil meiner Beute demjenigen abgeben, der mir diese Erlaubnis erteilt hat und der mich mit Waffen und zur Not auch einem neuen Schiff ausstattet.«
»Ihr König gestattet Raub?« Sie konnte einfach nicht glauben, was sie hörte.
»Wie Ihre Ratsherren auch. Es tut sowohl dem Lübecker Stadtsäckel als auch einzelnen Kaufleuten gut, wenn kostbare Waren ohne Bezahlung den Weg in die Hansestadt finden.«
»Sie behaupten doch nicht etwa, auch bei uns würden diese Briefe ausgestellt?«
»Ich behaupte es, weil ich es weiß. Ich habe es mit eigenen Augen gesehen. Ihre Stadtherren sind keinen Deut besser als unser König. Das ist Politik, Bilke von Ranteln.«
»Und was hat das damit zu tun, ob Sie sich stellen und ein neues Leben anfangen können, das mit dem Gesetz im Einklang ist? Wenn es diese Kaperbriefe überall gibt und Sie so einen besitzen, dann dürfte die Bestrafung doch noch geringer ausfallen, oder etwa nicht?«
»Leider funktioniert Politik so nicht. Jeder weiß, dass es uns Kaperfahrer gibt und wir von höchster Stelle geduldet und unterstützt werden. Fallen wir aber unserem Gegner in die Hände, gelten wir als einfache Piraten und werden aufgeknüpft oder einen Kopf kürzer gemacht. Mit Brief in der Tasche oder ohne.«

Sie hatten die Stadt erreicht. Svendsson lieferte Bilke in der Schänke ab und eilte sofort zum Hafen, wo er noch einiges zu besprechen hatte, wie er sie kurz wissen ließ, bevor sie am nächsten Tag wieder in See stechen würden.

»Wohin werden wir fahren?«, wollte sie wissen, bevor er sie allein lassen konnte.

»Nach Hause.«

»Aber Sie sind hier doch zu Hause.«

»Ich bringe Sie nach Hause. Ich pflege meine Versprechen zu halten.« Mit finsterer Miene fügte er hinzu: »Wenn man mich lässt.«

Hartwych

Bei Tagesanbruch machten sie sich auf den Weg. Das ganze Dorf hatte sich versammelt, um die Abfahrt der beiden Schlitten zu erleben, so schien es. Der Wind hatte aufgefrischt, und es hatte wieder zu schneien begonnen. Die Fahrt würde nicht einfach werden. Als die Burschen diesmal die Bretter der Halterungen lösten und den Schlitten freie Fahrt ermöglichten, konnte sich Hartwych auf den Beinen halten. Er hatte sich ein wenig nach vorn geneigt, so dass er den Ruck abfangen konnte, den die drei Zugtiere verursachten, als sie plötzlich lossprangen. Die Schneeflocken fühlten sich wie Nadelstiche auf den Wangen an. Er war froh, dass er einen dicken Pelzmantel, hohe Stiefel, lederne gefütterte Fausthandschuhe und eine Fellmütze besaß, die extra Klappen für die Ohren hatte und unter dem Kinn gebunden wurde. So konnten ihm weder Schnee noch Wind allzu viel anhaben. Wenn allerdings Flocke um Flocke auf seiner Kleidung taute, würde sie nass und damit immer schwerer werden.
Der Schlitten lag an diesem Tag besser auf, denn er war mit Proviant, Nahrung für die Hunde und einigem mehr beladen. Jeder hatte ein Bündel geschnürt, hinter sich auf die Ladefläche gelegt und mit ledernen Riemen mit dem Geschirr verbunden, damit es nicht wegrutschen und verlorengehen konnte. Das zusätzliche Gewicht sorgte dafür, dass das Gefährt nicht gar so unkontrolliert holperte, wenn sie über eine Bodenwelle oder eine Pfütze jagten. Dafür musste man ständig achtgeben, um nicht über die Schlaufen zwischen den Füßen zu stolpern.

Hartwych hatte eine eigene Peitsche bekommen, und Henning hatte ihm am Morgen die Befehle beigebracht, mit denen er die Hunde kommandieren konnte. Auch Gewehre trugen sie bei sich, für den Fall, dass ihnen Wölfe oder andere wilde Tiere begegneten. Je weiter sie sich nordwärts bewegten, desto mehr Schnee gab es. Auch der Wind wurde stärker und stärker und türmte die weißen Massen zu Hügeln auf, über die die Hunde leichtfüßig hinwegliefen.

Hartwych teilte längst die Begeisterung seines Bruders. Es war fantastisch, das Rumpeln einer Kutsche gegen das geschmeidige Gleiten des Schlittens, das Klappern der Räder gegen ein feines Rauschen einzutauschen. Schon nach kurzer Zeit hatte er ein Gefühl für seine vierbeinigen Reisebegleiter bekommen und wusste, dass die Stärke des Weißen nicht Schnelligkeit, sondern konstante Leistung war, dass die Hündin, die so knochig und zerbrechlich auf ihn gewirkt hatte, für ihn bereit war, das Letzte zu geben, und dass Wolf sich wahrhaft Leithund nennen konnte. Ganz vorn rannte er wie der Teufel, gab das Tempo an, schien aber auch zu spüren, wenn die anderen beiden nicht mithalten konnten oder wenn das Gelände den schnellen Lauf nicht zuließ. Auch umgekehrt schien die dreiköpfige Mannschaft ihren neuen Herrn anerkannt zu haben. Mit seinen Kommandos konnte er sie rechts oder links herum dirigieren, die Geschwindigkeit drosseln oder sie mit Peitschenknallen antreiben.

Ein Pfad war kaum mehr zu erkennen. Hartwych kam es vor, als habe sich die Welt um ihn in eine einzige glitzernde Fläche verwandelt. Er fragte sich, woher Henning die Richtung wusste.

»Whoa«, rief Henning seinen Vierbeinern zu, nachdem sie schon ein gutes Stück geschafft hatten. Sie drosselten ihr Tempo, flogen nicht mehr über den Schnee dahin, sondern trabten nur noch gemächlich. Auch Hartwychs Hunde folgten dem Ruf.

»Du musst den Anker in den Schnee werfen, so dass er greifen kann. Dann rennst du nach vorn und hältst den hintersten Hund fest, hörst du?« Während er sprach, nestelte er in einer verdrehten, halb gebückten Haltung an einem hölzernen Anker, der die Form einer Kralle hatte und in den Riemen des Gepäckbündels eingehakt war. Auch an Hartwychs Bündel war ein solches Exemplar befestigt. In diesem Moment wünschte er sich, sie hätten das Ankern zumindest ein Mal probiert. Er sah abwechselnd nach vorn zu Henning, dann wieder nach hinten, um seinen Anker aus der Verschnürung zu lösen. Ausgerechnet da ging es eine Schneewehe hinauf und gleich dahinter in ein tiefes Tal. Er verlor das Gleichgewicht, fuchtelte wild mit den Armen, wollte etwas packen, das ihm Halt geben konnte, doch seine Hände griffen ins Leere, und seine Peitsche flog im hohen Bogen davon.

»Whoa«, schrie er einmal und noch einmal, dann ließ er sich beherzt auf seine Knie fallen. Schmerz schoss durch seinen Körper, doch er konnte sich nicht darum kümmern. Er tastete mit einer Hand nach dem Anker und bekam ihn zu fassen.

»Whoa«, schrie er wieder und warf die hölzerne Kralle aus. Noch trabten die Hunde, doch die gekrümmten Finger des Ankers gruben sich mit jedem Schritt tiefer in den Schnee. Als ihnen der Widerstand schließlich zu groß war, blieben die Hunde stehen und blickten sich nach ihrem Herrn um.

»Alles in Ordnung bei dir?« Henning sah besorgt aus.
»Ja, ja, alles bestens.« Hartwychs Brustkorb hob und senkte sich in rascher Folge. Er bemerkte ein Pochen in den Knien, das nichts Gutes verhieß, und seine Oberschenkel schienen ein Eigenleben zu führen, so brummte es in ihnen. »Ich muss nur rasch meine Peitsche holen. Sie ist mir doch glatt abhandengekommen.«
Gerade hatte er sich noch über die Rast gefreut, war froh gewesen, seine Beine ein wenig ausruhen zu können, doch nun musste er schmerzlich feststellen, dass es nicht weniger anstrengend war, sich zu Fuß durch den tiefen Schnee zu kämpfen. Man konnte nie wissen, wie dick die weiße Schicht war und was sich darunter verbarg. Manches Mal konnte er auf der Oberfläche einige Schritte gehen, doch schon im nächsten Augenblick brach er mit seinen Stiefeln ein und versank beinahe bis zu den Oberschenkeln. Er brauchte lange, bis er seine Beine wieder aus der Schneewehe gezogen hatte und seinen Weg fortsetzen konnte. Nur wenige Minuten, und der Schweiß stand ihm auf der Stirn und lief seinen Rücken hinab.
»Hast du sie?«, rief Henning, der einen kleinen Teich gefunden, ein Loch in das Eis geschlagen und Wasser geschöpft hatte.
»Nein, nichts zu sehen.« Wenn die Knute in einen der weichen pulvrigen Hügel gefallen war, würde sie höchstens einen schmalen Strich dort hinterlassen, wo sie versunken war. Von weitem würde er niemals auszumachen sein. Hartwych spähte angestrengt in die Richtung, in die die Peitsche geflogen sein könnte, und hatte Glück. Der schmale Lederriemen war an einem Busch hängen geblieben.

Obwohl sie beide hungrig und durstig waren, versorgten die Männer zuerst die Hunde. Hartwych schöpfte Wasser mit einem hölzernen Becher, der nur an einer Seite einen Griff hatte. Er hatte erwartet, dass jeder, der an der Reihe war, gierig saufen würde, doch das war nicht so. Ganz anders, als er das Trockenfleisch holte. Die Tiere rissen es ihm beinahe aus den Händen. Hartwych war verblüfft, wie brav die anderen trotz aller Gier warteten, während zunächst der Leithund etwas bekam. Zwar liefen sie aufgeregt hin und her, jaulten, greinten und wedelten voller Vorfreude mit dem Schwanz, doch sie wagten es nicht, dem Anführer seine Ration streitig zu machen.

»Gib ihnen nur nicht zu viel«, warnte Henning. »Sonst werden sie träge und legen sich schlafen.«

»Aber sie haben schwer geschuftet«, gab Hartwych zu bedenken. »Meinst du, sie geben sich mit einer Kleinigkeit zufrieden? Womöglich sind sie dann zu erschöpft, um weiter ziehen zu können.«

»Nein, nein, sie brauchen nicht viel. Wenn wir zur Nacht rasten, bekommen sie eine große Portion.«

»Und was ist mit uns?«

»Wir halten es ebenso«, antwortete Henning lachend. Er zog seinen Lederschlauch hervor, den er um den Hals am Körper getragen hatte, damit das Wasser darin nicht gefror, und nahm einen Schluck. Hartwych tat es ihm gleich. Sie wickelten sich jeder ein Stückchen getrockneten Käse aus Leinenpäckchen aus, die sie in ihren Mänteln verstaut hatten. Bevor der Schweiß auf ihren Körpern trocknen konnte und sie auskühlen würden, machten sie sich erneut auf den Weg.

»Heja!« Schon standen sie wieder auf ihren Schlitten und schwangen die Peitschen.
Hartwych beobachtete, wie die Hunde im vollen Lauf ihre Köpfe neigten und die Schnauzen in den Schnee tauchten.
»Warum tun sie das?«, schrie er.
»Warum tun sie was?«, rief Henning zurück, der wiederum die Führung innehatte.
»Ich möchte fast meinen, sie beißen in den Schnee.«
»Sie trinken«, erwiderte er.
»Sie hätten vorhin trinken können, aber da wollten sie nicht.«
»Sie sind eben wählerisch.«
Hartwych war fasziniert. Mit Fellen und Pelzen kannte er sich aus, aber mit lebenden Tieren hatte er sich noch nie beschäftigt. Es bereitete ihm mehr und mehr Freude, wenn ihm die Kälte auch zunehmend in die Knochen kroch und ihn die Erschöpfung an seine Grenzen brachte. Der Schnee schien seinen Gefährten zu schmecken. Wieder nahm der Weiße einen kräftigen Bissen. Wo er eben seine Zähne in den Harsch geschlagen hatte, war jetzt Blut zu sehen.
»Er blutet«, schrie er entsetzt. »Der Weiße blutet!«
»Stell dich nur nicht so weibisch an. Davon stirbt er nicht.«
»Was ist, wenn ihm etwas fehlt?«
»Ihm fehlt nichts«, beruhigte Henning ihn. »Du wirst noch am eigenen Leib erleben, wie scharf der Schnee sein kann. Er schneidet in ihre Lefzen. Kein Grund zur Sorge.«
In der Tat färbte sich auch bei Mädchen und Wolf der Schnee rot. Wenig später, als sie ein Gebiet erreichten, in dem das weicher werdende Geräusch des gleitenden Schlittens anzeigte, dass der Schnee hier besonders locker war, konnten die drei davon naschen, ohne sich zu verletzen. Hartwych fragte sich, was er noch alles während dieses Abenteuers ler-

nen und erleben würde. Er liebte seinen Bruder für den herrlichen Einfall, diese Reise miteinander zu teilen.

Nicht mehr lange, dann würde die Dunkelheit über sie hereinbrechen. Es war höchste Zeit, nach einer Schänke Ausschau zu halten. Doch da war weit und breit nichts zu sehen. Er wurde unruhig. Plötzlich hörte er das bereits vertraute »Whoa« von Henning. Hartwych blickte sich um, während auch er seine Hunde dazu brachte, langsamer zu werden. Wenn sie jetzt noch eine Rast einlegten, wurde es wirklich dunkel, bevor sie eine Unterkunft für die Nacht gefunden hatten. Sie warfen ihre Anker und brachten die Schlitten zum Stehen.

»Zeit, unser Nachtlager aufzuschlagen«, verkündete Henning, als sei es das Normalste der Welt.

Hartwych traute seinen Ohren nicht. Bisher hatte er geglaubt, sein Bruder hätte, genau wie er, Proviant, trockene Kleidung zum Wechseln und Schalen und Futter für die Tiere auf seinem Schlitten. Weit gefehlt. Er musste zusehen, wie der ein riesiges Stück derbes Leinen aus seinem Bündel zum Vorschein brachte.

»Hilf mir, den Schnee festzutrampeln«, forderte er ihn auf.

»Du willst hier draußen schlafen?«

»Gewiss«, verkündete er unbekümmert. »Du wirst sehen, es ist herrlich.«

Hartwych rührte sich nicht vom Fleck und starrte seinen Bruder an, als hätte der nun doch den Verstand verloren.

»Wir haben keine andere Wahl. Bis zur nächsten Schänke ist es zu weit. Dies ist keine der üblichen Handelsrouten, kleiner Bruder. Gasthäuser gibt es fast gar keine. Aber deswegen musst du dich nicht sorgen. Ich habe an alles gedacht.«

Gemeinsam traten sie den Schnee auf einer viereckigen Fläche platt, die an eine Reihe niedriger Birken grenzte. Hartwych fragte sich, wie Henning die Anreise mit zwei Schlitten und sechs Hunden ganz allein bewältigt hatte. Immerhin musste er ebenfalls hier draußen die Nacht verbracht und das Lager ohne fremde Hilfe aufgeschlagen haben. Er kam nicht dazu, ihn danach zu fragen, denn zunächst mussten sie die Hunde abschirren. Nachdem die aus den Riemen befreit und an Bäumen festgebunden waren, bekam er sogleich die nächste Anweisung.

»Mach du ein Feuer, während ich unser Nachtlager vorbereite.« Damit reichte er ihm eine Büchse mit getrockneten Flechten und Feuerschwamm, Flint und Feuerstahl sowie einen Fürpüster. Hartwych sah sich nach losen Zweigen um, die er zu einem kleinen Nest aufschichten konnte. Alles war nass oder gar unter einer dichten Schneedecke versteckt. Leicht würde es nicht werden, und er war nicht gerade geübt darin, Feuer zu machen. Aber er wollte sich vor seinem älteren Bruder keine Blöße geben. Zudem hing einiges davon ab, dass es ihm gelang. Ohne Feuer gab es keine Möglichkeit, sich ein wenig aufzuwärmen, kein warmes Wasser, keine warme Mahlzeit. In das Nest aus Holzstücken, die er schließlich zusammengeklaubt hatte, legte er etwas von dem Zunder und drückte es ein wenig fest. Geduldig schlug er den Feuerstahl immer wieder auf den Flint. Seine Handschuhe hatte er abgelegt, damit er mehr Gefühl in den Fingern hatte. Nach einigen Versuchen gelang es ihm, Funken zu erzeugen, die jedoch noch lange nicht die getrockneten Flechten und Schwämme entzündeten. Ab und zu sah er auf und beobachtete, wie sein Bruder das Leinentuch an zwei Birken befestigte und lange Holzprügel in den gefrorenen

Boden trieb. Nun machte er sich daran, den Stoff an den beiden Knüppeln festzubinden, dass eine Art Baldachin entstand. Während Henning Pelze darunter ausbreitete, schlug Hartwych weiter auf den Feuerstein ein. Er spürte seine Finger nicht mehr. Würde dieser vermaledeite Funke denn nie den Zunder entfachen? Dann endlich war es so weit. Eine kleine Rauchfahne zeigte an, dass er Erfolg gehabt hatte. Behutsam beugte er sich weit über das Reisig und pustete sacht. Aus Funken wurde Glut. Mit dem Fürpüster, einem ausgehöhlten Holunderzweig, blies er kräftiger. Aus der Glut wurde allmählich wahrhaftig ein Feuer. Er hielt seine Hände darüber und wärmte sie. Es war ein großartiges Gefühl, die Flammen, die immer höher loderten, selbst entzündet zu haben.
Sie schaufelten Schnee in einen Blechtopf und schmolzen ihn. Dann gaben sie getrocknete Erbsen und Hafergrütze hinein. Zum Schluss schnitten sie von dem getrockneten Fleisch etwas dazu und füllten das Gemisch in die Holzschale, die jeder für seine Tiere mitgebracht hatte. Als diese versorgt waren, drehten sie sich zufrieden auf der Stelle und gruben sich so Mulden in den tiefen Schnee, in die sie sich zur Nachtruhe legten.
Nun konnten Hartwych und Henning endlich auch an sich denken. Sie füllten den Blechtopf erneut mit Schnee und bereiteten sich die gleiche Mahlzeit zu wie zuvor für die Hunde. Sie sprachen nicht viel. Zu groß war ihre Müdigkeit. Schweigend aßen sie von dem Brei. Hartwych seufzte. Es tat gut, etwas Warmes zu essen. Und es war herrlich, ganz nah an dem lodernden Feuer zu sitzen. Die Eisstückchen, die sich in seinem Schnauzbart gebildet hatten, tauten und tropften ihm auf den Mantel.

»Machen wir rasch den Abwasch, dann können wir schlafen«, sagte Henning.
»Abwasch? Dann willst du noch einmal Schnee schmelzen?«
»Oh, nein, so gründlich muss es nicht sein. Schließlich sind wir keine Mägde. Und Ulrike sieht ja nicht, wenn unsere Teller nicht ganz sauber sind.« Beide lachten. »Wir reiben die Näpfe nur mit einer Handvoll Schnee aus. Das sollte reichen.«
Hartwych war erleichtert, denn es dauerte eine ganze Weile, bis Schnee geschmolzen und das Wasser dann erwärmt war. Seine Handschuhe hatte er auf Zweige gesteckt und an das Feuer gestellt, damit sie trockneten. Mit bloßen Fingern griff er in den harschigen Schnee. Der war erstaunlich scharfkantig und schnitt ihm in die Haut. Jetzt verstand er, warum die empfindlichen Lefzen der Hunde geblutet hatten.
Sie krochen unter die Felle, die Henning bereitgelegt hatte. Als Unterlage dienten ihnen prächtige Pelze ausgewachsener Bären, die im Winter zuvor erlegt worden waren. Sie zeichneten sich durch eine üppige Grundwolle und langes dichtes Haar aus.
»Welch eine herrliche verrückte Idee«, murmelte Hartwych, während ihm schon die Lider schwer wurden. Nur das Pfeifen und Rauschen des Windes und das Knacken des langsam erlöschenden Feuers waren zu hören.
Mitten in der Nacht erwachte er von einem einsamen Heulen. Er musste sich zunächst zurechtfinden. Als er begriffen hatte, wo und mit wem er unterwegs war, wurde er unruhig. War einer der Hunde krank? Oder witterte er gar eine Gefahr? Sein Herzschlag beschleunigte sich. Die Gewehre lagen griffbereit auf ihrem Lager. Seine Finger tasteten bereits da-

nach. In diesem Moment steigerte sich das einsame Heulen zu einem sechsstimmigen Chor. Jede Faser seines Körpers spannte sich an, und er richtete sich ein Stück auf. Was war bloß los?
»Besser, du gewöhnst dich dran«, flüsterte Henning heiser, der ebenfalls erwacht war. »Sie machen das beinahe jede Nacht!«
»Warum tun sie das?«, wisperte Hartwych zurück.
»Sie versichern sich, dass sie nicht allein sind. Es ist, als würde einer sagen: He, ich bin hier, und ich bin wach. Was ist mit euch? Und die anderen antworten: Ja, auch wir sind da.«
Hartwych lauschte gebannt auf die fremdartigen Klänge. Da er wusste, dass alles in Ordnung war, konnte er das Konzert genießen, das ihn mit den hohen Tönen und der schaurig traurigen Melodie tief berührte.

Als sie am nächsten Morgen erwachten, fielen dicke Flocken auf sie herab. Von der Feuerstelle des Vorabends war nichts mehr zu sehen. Hartwych kroch unter der Plane hervor, die unter der Last des frischen Schnees bedrohlich weit durchhing. Er reckte sich und wollte einige Schritte vom Lager weggehen, um seine Notdurft zu verrichten. Mitten in der Bewegung hielt er inne und erschrak. Die Hunde waren fort. Er wusste noch ganz genau, wo sie sie angebunden hatten. Dort drüben zwischen den niedrigen Birken hatten sie sich zusammengerollt. Kein Zweifel, seine Erinnerung täuschte ihn nicht. Da waren ja sogar noch die Leinen an den weißen dünnen Stämmen zu erkennen. Irgendjemand musste die des Nachts durchgeschnitten haben.
»Henning, wach auf, die Hunde! Die Hunde sind nicht mehr da!« In der Sekunde, als er es aussprach, spürte er Panik in

sich aufsteigen. Wie sollten sie allein weiter oder zurück zu dem Dorf kommen?
Henning rieb sich die Augen. »Was ist los?«
»Jemand hat die Hunde gestohlen«, keuchte Hartwych und stapfte Schritt um Schritt auf die Bäume zu. Schon hatte er wieder Schnee in den Stiefelschäften, doch es kümmerte ihn nicht. Sie hatten jetzt wahrlich andere Probleme. Er starrte auf die Stellen zwischen den Birken, wo die Tiere gelegen hatten. Mit einem Mal war ihm, als hätte sich der Schnee bewegt. Er kniff die Augen zusammen. Das Weiß blendete ihn. Da, wieder. Er hatte sich also nicht getäuscht. Etwas regte sich unter der pulvrigen Decke und brachte Schichten der eisigen Pracht ins Rutschen. Dann stieß eine schwarze Schnauze durch die glitzernde Decke aus Schnee.
»Wolf«, rief Hartwych voller Freude, als erst die Schnauze und dann der ganze Kopf zum Vorschein kamen.
»Also doch nicht gestohlen?«, fragte Henning, der es endlich auch aus dem Schlaflager und in die Stiefel geschafft hatte.
»Nein«, rief Hartwych. »Aber sie sind vollständig im Schnee begraben. Hilf mir, sie zu befreien!« Er tastete an den Leinen entlang und begann dort zu buddeln, wo die sich in den weißen Erhebungen verloren. Der Weiße hob sich von seiner Umgebung nicht ab und war kaum zu erkennen, Mädchen legte, kaum dass sie vollständig von der kalten Schicht erlöst war, den Kopf weit in den Nacken, die Schnauze gen Himmel gestreckt. Sie schüttelten sich und wedelten fröhlich mit dem Schwanz.
»Ist das die Möglichkeit? Es scheint ihnen gar nichts auszumachen, vollständig von Schnee bedeckt zu sein.« Hartwych schüttelte den Kopf. Auch für Henning schien das eine neue Erfahrung zu sein. Er wirkte ebenso erleichtert wie sein Bru-

der, der überglücklich war, dass es seinen vierbeinigen Gefährten gutging.

»Na, Wolf, das war eine Nacht, was?« Er griff nach dessen Kopf, sah ihm in die verschiedenfarbigen Augen und rieb ihm die Ohren. Dem Weißen klopfte er im Vorbeigehen auf den Rücken. Dann war er bei Mädchen, die sich, da es nicht sofort losgegangen war, wieder zu einer Kugel eingerollt hatte.

»Alles in Ordnung bei dir, Mädchen?«, fragte er liebevoll, streichelte über das glatte Fell, das sich ganz fettig anfühlte, und schlang sogar seine Arme um ihren Hals, als sie sich wiederum reckte und ihm die hellgraue Brust darbot.

»Nun ist es aber gut. Das sind doch nur Hunde«, meinte Henning und lachte.

»Ohne die wir hier draußen verloren wären«, erinnerte Hartwych ihn. »Außerdem: Sagtest du nicht, es seien die angenehmsten Reisebegleiter, die man sich nur wünschen kann?«

Sie brachen ihr Lager ab, verstauten alles auf ihren Schlitten und schirrten die Tiere an, die mit der bereits bekannten Ungeduld zogen und zerrten. Von Erschöpfung keine Spur. Hartwych dagegen spürte jeden Muskel im Leib. Ihm wäre ein Ruhetag gut zupassgekommen, doch daran war natürlich nicht zu denken. Es fiel ihm schwer, in der leicht gebückten Haltung zu stehen und Unebenheiten des Weges sowie Kurven mit der Kraft seines Körpers abzufangen. Auch der ungebremste Sturz auf seine Knie war nicht ohne Folgen geblieben. Es pochte und riss in den Gelenken. Dennoch fühlte er sich glücklich und frei. Die bevorstehende Begegnung mit Bilke von Ranteln, die Sorge um Ria und die alltäglichen Ärgernisse und Reibereien der Gilde schienen Welten entfernt.

Sie fuhren zunächst über flaches weites Land, doch in der Ferne war bereits ein dichter Wald zu erkennen. Er sah die muskulösen Körper seiner Tiere, das wehende Fell, die fliegenden Pfoten. Was war das? Waren sie nicht gerade erst aufgebrochen? Hätten die Kerle nicht die ganze Nacht Zeit gehabt, ihr Geschäft zu erledigen? Nein, sie taten es jetzt, während sie liefen! Doch damit nicht genug, der Kot blieb auch noch direkt auf den Leinen hängen.
»Eine schöne Schweinerei«, fluchte er vor sich hin. Mit Abscheu dachte er daran, dass er früher oder später wieder mit den Riemen und Gurten würde hantieren müssen.
Sie nahmen einen Pfad, der sich sacht, aber gleichmäßig aufwärtsschlängelte. Die Steigung machte den Zugtieren zu schaffen. Sie wurden langsam, sahen sich manchmal um, als wollten sie ihre Herren auffordern, ihnen bei der schweren Arbeit zu helfen. Henning schwang die Peitsche und trieb sie an. Hartwych dagegen hatte Bedenken. Er hielt es für klüger, die Hunde das Tempo bestimmen zu lassen. Immer größer wurde der Abstand zwischen den beiden Schlitten. Wolf, Mädchen und dem Weißen hingen die Zungen weit aus dem Hals. Ihr Atem dampfte. Dichter und dichter wurde das Schneegestöber. Hartwych konnte kaum noch etwas sehen und blinzelte. Der Wind trieb ihm die Tränen in die Augen. Die ersten Fichten tauchten links und rechts von ihm wie aus dem Nichts auf, ein Feldhase kreuzte ihren Weg. Hartwych hielt eine Sekunde den Atem an. Entgegen seiner Befürchtung interessierte sich Wolf nicht für das Langohr. Er zog das Gefährt, zusammen mit seinen Artgenossen, unbeirrbar immer weiter in den Wald hinein. Irgendwann hatten sie die höchste Stelle erreicht. Hennings Schlitten war hinter der Wand aus wirbelnden Flocken verschwunden. Nur ab und zu

hörte Hartwych ihn von weitem Kommandos brüllen und die Peitsche knallen.

Dann ging es den Berg hinab. Ausgerechnet jetzt standen die Bäume dicht, wand sich der schmale Pfad im engen Zickzack zwischen ihnen hindurch.

»Whoa«, rief er seiner Mannschaft zu. »Whoa, macht langsam!« Die Hunde hielten davon anscheinend nicht viel. Die Last hinter ihnen rutschte von ganz allein, und es war offensichtlich, dass sie die plötzliche Leichtigkeit genossen. Sie rannten haarscharf an dicken Fichten vorbei. Ein junger Trieb, der ein Strauch hatte werden wollen, verfing sich in dem Geschirr von Hartwychs Schlitten und wurde von dem Schwung einfach aus dem Boden gerissen.

Das Kribbeln in seinem Bauch war heftiger denn je. Er lachte, schrie. Einmal dachte er schon, er würde gegen einen Baumstamm prallen, kratzte aber in letzter Sekunde daran vorbei. Plötzlich sah er Henning wieder. Er stand in gebückter Haltung da, die Ellenbogen auf den Oberschenkeln, den Kopf eingezogen. Sein Schlitten sprang über eine Erhebung, Henning geriet ins Wanken, riss die Arme zur Seite und schlug mit der linken Hand offenbar gegen einen Baum. Von der Wucht wurde er vom Schlitten gerissen, der aufgrund des plötzlich fehlenden Gewichts beschleunigte.

»Anhalten«, schrie Hartwych seinen Tieren zu.

Dann geschah alles auf einmal. Einer von Hennings Hunden jaulte entsetzlich. Hartwych packte seinen Anker und hieb ihn mit Wucht hinter sich in den Schnee. Der pflügte ein kurzes Stück durch das aufwirbelnde Weiß, verfing sich im Gestrüpp und brachte den Schlitten damit abrupt zum Stehen. Auch seine Hunde heulten auf. Mit einem Satz war er vom Schlitten und versank bis zur Hüfte im Schnee.

»Verflucht!« Er befreite seine Beine, doch gleich der nächste Schritt nahm ihn wieder gefangen. Schweiß trat ihm auf die Stirn. Er musste seinen Bruder erreichen, der zum Teil in einer Schneewehe steckte und sich nicht regte.

»Henning, hörst du mich? Antworte doch!« Im Vorübergehen tätschelte er Mädchen, die verunsichert den Schwanz eingeklemmt hatte. Glücklicherweise schienen die drei unverletzt geblieben zu sein. Er würde sie später sorgfältig untersuchen.

»Henning!«

Sein Bruder reagierte mit einem Stöhnen.

»Du lebst. Gott sei es gedankt, du bist am Leben!« Er war bei ihm. An der Stelle, wo die linke Hand versunken war, färbte sich der Schnee blutrot. Den Handschuh hatte er vermutlich verloren. Ein Bein sah seltsam verdreht aus. »Kannst du aufstehen? Komm, ich helfe dir, du musst unbedingt aufstehen.«

»Die Hunde, du musst dich um meine Hunde kümmern. Ich glaube, der Schlitten hat sie erschlagen«, brachte Henning keuchend hervor.

»Ich sehe nach ihnen, sobald du einen warmen und trockenen Platz hast. Versuchen wir, dich auf meinen Schlitten zu schaffen.«

»If glaube, alle Pfähne find noch drin«, versuchte Henning zu scherzen.

»Vortrefflich! Wenn wir das hier nämlich überstanden haben, erwarte ich, dass du mich zu einem fürstlichen Mahl einlädst.« Es wollte beiden nicht recht gelingen, sorglos zu klingen.

Hartwych packte Hennings unverletzte rechte Hand und zog ihn in eine sitzende Position.

»Kannst du ein wenig mithelfen, wenn ich dich gleich auf die Füße stelle?«

»Ich weiß es nicht. Ich bin nicht sicher, ob es überhaupt möglich sein wird.«

»Wir müssen es herausfinden. Also los, eins, zwei, drei.« Er zog, Henning wollte aufstehen. Doch er schrie so jämmerlich auf, dass es Hartwych durch Mark und Bein ging, und sank wieder in sich zusammen. Seine Hand entglitt Hartwych, und Henning stürzte zurück in den Schnee.

»Es tut zu sehr weh«, krächzte er. Sein Gesicht war vor Schmerz verzerrt. Hartwych musste einsehen, dass er den Bruder allein und aus eigener Kraft ins Trockene bringen musste.

»Also schön, ich werde versuchen, dich zu tragen. Wir setzen dich erst einmal wieder hin.« Damit griff er erneut die Hand, zog und versuchte, das Jammern und Stöhnen zu ignorieren. »Du brauchst nichts weiter zu tun, als dich gut an mir festzuhalten.« Er kniete sich hin, beugte sich weit vor und legte Hennings rechten Arm über seine Schulter. »Greif einfach fest in den Mantel«, schlug er vor. Dann hievte er Henning auf seinen Rücken. Es kostete ihn alle Kraft, sich auf die Füße zu stellen. In seinen Knien pochte es. Endlich gelang es ihm, sich zur vollen Größe aufzurichten. So war das Gewicht des Bruders besser auszuhalten. Aus seinem Augenwinkel sah er die blutende Hand baumeln und warf einen raschen Blick darauf. Viel war davon nicht mehr übrig. Henning war nicht mehr in der Lage, einen Schlitten selbst zu führen oder seine Hunde zu versorgen, so viel stand fest.

War es schon allein kein rechtes Vorwärtskommen in dem tiefen Schnee, wurde jetzt jeder Tritt zu einer Tortur. Es kam ihm vor, als schleppe er Henning, der zu frösteln anfing, bereits seit Stunden durch den Wald. Am Schlitten angelangt, war er völlig erledigt. Mit letzter Kraft gelang es ihm, in die Knie zu gehen und den erschlafften zitternden Körper auf die Ladefläche zu legen.

»Geschafft«, keuchte er und wischte sich die Schweißperlen von der Stirn. Er lehnte Henning gegen das Gepäckbündel. »Ich bin gleich wieder da und bringe dir die warmen Felle. Dann wirst du dich besser fühlen.« Er machte sich auf den Weg zu Hennings Gefährt oder besser zu dem, was davon übrig war. Bis zu der Stelle, wo sein Bruder gelegen hatte, gab es nun einen ausgetretenen Pfad, auf dem er schnell vorankam. Doch der Schlitten war noch ein gutes Stück weitergerast, und Hartwych musste eine Weile durch nahezu unberührten Schnee waten.

Von weitem sah er das Unglück. Das gebogene Holzbrett lag auf der Seite, das Gepäckbündel hing nur noch an einem Strick. Der Hund, der ganz hinten gelaufen war, lag reglos am Boden. Hartwych wollte auf ihn zurennen, wurde von den weißen Massen gestoppt und kippte nach vorn. Er musste sich abstützen. Auch seine Arme sanken tief ein. Es gab einfach keinen Halt in diesem unberechenbaren Meer aus eisigen funkelnden Kristallen. Er rappelte sich auf. Einer seiner Handschuhe steckte noch in dem Loch, und er fischte ihn heraus und stapfte weiter.

Der Hund war tot. Ein dünner blutiger Faden hing aus seiner Schnauze. Dicke Flocken fingen bereits an, ihn zuzudecken. Hartwych streichelte über das kalte Fell.

»Verdammt, mein Freund, das hast du nicht verdient.« Er wandte sich den beiden anderen zu. »Was ist mit euch? Seid ihr verletzt?«

Sie hatten die Köpfe eingezogen und die Ohren angelegt. Ihr Winseln erfüllte die Luft. Der mittlere, ein braun-weiß geflecktes Tier, setzte den linken Hinterlauf nicht auf. Der schien gebrochen zu sein. Hartwych seufzte tief. »Eins nach dem anderen«, sagte er zu sich selbst. Als Erstes inspizierte er den Schlitten, dessen Bug gebrochen war. Das Geschirr hatte nur noch an einer Seite Halt. Eine Weiterfahrt war unmöglich. Er warf sich die Leinenplane über die Schulter und brachte sie zu Henning. Es war ein höchst kompliziertes Unterfangen, doch schließlich gelang es ihm, den derben Stoff über seinem Schlitten auszubreiten, während er den Verletzten erst von einer Seite zur anderen schob und endlich auf das große Tuch plazierte. Ein Stück hing am hinteren Ende über. Es war genau so, wie er es sich vorgestellt hatte. Beim zweiten Mal brachte er Bärenfelle und Pelze mit. Die Bärenfelle legte er über sein Gepäckbündel, bettete seinen Bruder darauf und deckte ihn mit den beiden Pelzen zu. Dann holte er einige Riemen und brachte auch den ersten Hund mit, den er auf seinen Armen trug.

»Lebt er?«

»Ja, aber ein Bein ist wohl gebrochen.«

»Wie geht es den anderen? Sind sie auch verletzt?«, fragte Henning leise.

»Einer scheint nichts abbekommen zu haben. Der andere ist tot.«

»Verflucht.«

Hartwych machte sich bereits wieder auf den Weg.

»Bring ihn mit«, rief Henning ihm nach.

Er blieb stehen und drehte sich verdutzt um. »Wozu?«

»Du willst das frische Fleisch doch wohl nicht zurücklassen.«

Hartwych spürte Übelkeit in sich aufsteigen. Er sagte kein

Wort und trampelte kopfschüttelnd durch die Schneise. Hennings Leithund begrüßte ihn freudig. Er schien in der Tat wohlauf zu sein.
»Guter Junge«, redete er auf ihn ein, während er auch seine Leine löste, das Geschirr packte und mit ihm zurückging.
»Das war mein Ernst«, begann Henning ohne Umschweife. »Du kennst den Weg nicht. Gut möglich, dass wir uns verirren. Ich kann dir kaum helfen, sondern bin nur Last. Da kann es nicht schaden, wenn wir reichlich Proviant geladen haben.«
»Wir haben keinen Platz«, gab Hartwych knapp zurück.
»Dann schneidest du eben nur ein paar gute Stücke heraus.«
»Ich denke nicht daran!« Er hatte geschrien. Die Hunde zuckten zusammen und jaulten. »Sie sind unsere Gefährten, unsere Begleiter, nicht einfach nur Vieh, das man tötet und kocht!« Der Schock, den der Unfall ausgelöst hatte, brach sich Bahn. Er war wütend, dass Henning seine Hunde zu immer schnellerem Lauf angestachelt hatte, statt sie zu zügeln. Und er war unendlich traurig, dass einer von ihnen das mit dem Leben bezahlt hatte. Eher würde er verhungern, als ihm nun auch noch das Fell über die Ohren zu ziehen.
Zornig stiefelte er an das Ende seines Schlittens, schlug das Leinentuch über die Füße des Bruders und band es fest.
»Es wird nicht gerade bequem für dich werden. Das Ding ist eben keine Sänfte. Aber so sind deine Beine wenigstens geschützt. Sie werden dir schon nicht abreißen.« Als keine Antwort kam, fügte er hinzu: »Glaube bloß nicht, dass du dich hier hinten ausruhen kannst. Ich weiß nicht, wie du es anstellen willst, aber du wirst mir irgendwie den Weg sagen müssen. Ich werde dich in das Lager der Sumpfleute schaffen. Bei Gott, das schwöre ich.«

Mit den Resten des Geschirrs, das er von Hennings Schlitten mitgebracht hatte, waren nun fünf Zugtiere vor sein Gefährt gespannt. Wolf lief ganz vorn, dahinter kamen Mädchen und der Weiße, die jeweils einen Artgenossen der anderen Mannschaft an die Seite bekommen hatten. Die gebrochene Pfote des Braun-Weißen hatte Hartwych mit einem robusten Ast geschient und mit Streifen seiner Beinkleider, die er zum Wechseln eingesteckt hatte, verbunden.
Solange es bergab ging, sprach Hartwych immerzu beruhigend auf sie ein. Zusätzlich fungierten Hennings Beine in dem Leinensack als Bremse. Er stöhnte und ächzte vor Schmerzen, sagte aber kein Wort. Gottlob hatten sie den Berg bald hinter sich gelassen, und auch der Pfad zwischen den Fichten hindurch wurde wieder breiter. Die fünf Vierbeiner hatten den Schrecken offensichtlich rasch vergessen. Der Schlitten mit zwei Männern darauf machte ihnen keine Schwierigkeiten. Munter liefen sie voran, koteten und urinierten auf die Leinen und schnappten in den Schnee. Nur dem verletzten Tier war anzusehen, dass es ihm nicht gutging. Es zog kaum, lief aber tapfer mit.
Henning drehte das eine um das andere Mal seinen Kopf, so weit es ihm möglich war, und wies Hartwych an, bis zur nächsten Lichtung geradeaus zu fahren, links abzubiegen, wenn ihm etwas wie eine Kreuzung vor das Gespann kam, oder rechts abzubiegen, sobald er einen kleinen Teich erkannte, den sie zu überqueren hatten.
»Wie weit ist es noch?«, fragte Hartwych, als die Dämmerung hereinbrach.
»Noch gut eine Tagesreise.«
Er ließ die Hunde ziehen, solange es ging. Immerhin hatte es fast aufgehört zu schneien. Nur noch wenige kleine Eis-

blumen segelten zur Erde. Durch den vielen frischen Schnee war es noch ziemlich hell, obwohl das Tageslicht sich längst davonmachte. Irgendwann hatte Hartwych dann keine Wahl mehr, er musste die Geschwindigkeit drosseln und den Anker werfen. Er hatte einen Platz ausgesucht, an dem vier Fichten so beieinanderstanden, dass sich zwischen ihnen ein wunderbarer Schlafplatz bot. Nachdem die Hunde zwischen den Bäumen angebunden waren, schüttelte er den Schnee von den Zweigen, brach hier und da einen Ast ab und machte daraus ein Feuer. Als das loderte, stellte er den randvoll mit Eis gefüllten Topf auf die Steine, die in den Flammen lagen. Während die weißen Kristalle zu Wasser schmolzen, trampelte er sorgsam Bahn für Bahn den Platz zwischen den Fichten glatt und verdichtete den eben noch lockeren Schnee zu einem festen Untergrund. Die Vierbeiner jaulten und kläfften.

»Ist ja schon gut, ihr bekommt gleich euer Abendessen«, beruhigte Hartwych sie.

»Verdammt, ich wünschte, ich könnte dir helfen.«

»Kannst du aber nicht. Halte einfach durch, das reicht mir schon.«

Er bereitete routiniert das Futter zu, als hätte er das schon viele Male gemacht.

»So, lasst es euch schmecken!« Er ging mit dem Napf von einem zum anderen. »Ja, Mädchen, iss nur! Du bist gut gelaufen, sehr gut.« Er klopfte ihr das Fell.

Als sich alle Tiere satt gefressen hatten und ihre Kuhlen für die Nacht formten, breitete er die Bärenfelle aus, trug Henning zu ihrem Schlafplatz, deckte ihn zu und befestigte zum Schluss das Leinen in den Bäumen. Falls es wieder schneien und womöglich Wind geben würde, wären sie nicht sonderlich gut geschützt, aber es musste eben gehen. Er betete, dass kein wildes Tier vom Blut an Hennings Hand angelockt wurde. Hennings Gewehr war bei dem Unfall verlorengegangen, aber das seine lag für alle Fälle bereit.

»Zeig mal her!« Er hockte sich zu dem Verletzten, während ihr Abendessen in dem Topf leise zu brodeln begann. »Hoffentlich haben die Sumpfleute etwas, womit sie deine Wunden behandeln können.« Die Haut war von der Handfläche abgerissen, und von einem Finger war fast nur noch der bloße Knochen übrig, der Rest fehlte. Henning musste höllische Schmerzen haben.

Nachdem beide ihre Teller geleert hatten, kroch Hartwych unter den wärmenden Pelz. Erst jetzt bemerkte er, wie erschöpft er war.

»Gute Nacht«, murmelte er.

»Es tut mir so leid«, flüsterte Henning einen Atemzug später. »Es tut mir leid, dass das geschehen ist, dass ich mich habe hinreißen lassen. Die Gäule sind einfach mit mir durchgegangen.«

»Wohl eher die Hunde. Sie hatten auch ihre Freude. Jedenfalls bis zu dem Unglück.« Hartwych war kaum noch zu verstehen. Er schlief in der nächsten Sekunde ein und wurde auch nicht wach, als einer der Hunde mitten in der Nacht den Kopf in den Nacken legte und heulte. Vier Hunde antworteten ihm.

Sie kamen besser voran, als Hartwych je zu hoffen gewagt hätte. Immer wieder beteuerte Henning, dass sie die Sameh noch vor Sonnenuntergang erreichen würden, wenn sie weiter so geschwind über das Eis glitten. Tatsächlich, in der Ferne zeichnete sich mit einem Mal die Silhouette eines

Zeltdorfes ab, immer klarer waren die Unterkünfte des Nomadenvolkes wie spitze Hüte in der Landschaft zu erkennen.

»Ich glaube, wir haben es bald geschafft«, verkündete Hartwych erleichtert. »Ja, ich glaube, wir haben unser Ziel wahrhaftig erreicht.«

Kurze Zeit später glitt der Schlitten mit den beiden Brüdern in das Lager der Sumpfleute. Es bestand aus vier Zelten, die in einem Rund aufgestellt waren. Die Zelte waren aus langen Knüppeln gemacht, deren eines Ende in den Boden gerammt war. Die anderen Enden bildeten ein kreuz und quer laufendes Gewirr über der Mitte der Behausung, die mit weichem gegerbtem Leder bespannt war.

Zwischen zwei Zelten standen sechs Rentiere, die reichlich mit Stroh versorgt waren.

Hartwych brachte den Schlitten zum Stehen. Den Anker hätte er dieses Mal gar nicht einsetzen müssen, denn die Hunde begriffen anscheinend instinktiv, dass sie am Bestimmungsort angekommen waren.

Die Sumpfleute erwarteten sie bereits. Einer nahm sich ungefragt der Hunde an, schirrte sie aus und band sie an Pflöcken ein gutes Stück von den Rentieren entfernt fest. Sie bekamen Stroh, schoben es mit ihren Schnauzen zurecht und traten eine Mulde hinein, bis jeder ein kleines Nest hatte, in dem er sich von den Strapazen ausruhen konnte. Die anderen Männer umringten Henning. Sie zeichneten sich nicht eben durch ein unbändiges Temperament aus, standen ruhig und bedächtig um den Verletzten herum und machten sich zunächst ein Bild von dem, was vorgefallen war. Einer der Männer sprach ein wenig Russisch, so dass eine Verständigung möglich war. Auch Hartwych sprach Russisch, wenn auch etwas holperig. Er war ganz froh, dass Henning ihnen alles erzählte.

Sie brachten ihn in eines der Zelte, dessen Boden vollständig mit mehreren Lagen von Fellen bedeckt war. Nur in der Mitte war eine Stelle frei geblieben. Dort brannte ein Feuer, dessen Rauch durch das Loch in der Spitze des Zeltes wie durch einen Kamin abziehen konnte.

»Wir freuen uns, endlich den Bruder unseres Freundes kennenzulernen«, sagte der Mann, der mit ihnen sprechen konnte und auf den Namen Rauni Ailo hörte.

»Ich freue mich auch«, erwiderte Hartwych höflich. Das war die Wahrheit. Zum einen hatte er schon so viel von diesem Volk gehört und schätzte sich nun glücklich, ihnen endlich leibhaftig gegenüberzustehen. Zum anderen war er vor allem froh, seinen Bruder in guten Händen zu wissen. Er musste keinen Angriff eines Wolfes oder Bären mehr fürchten, den er nicht abwehren konnte. Und er musste auch nicht allein für Nachtlager und Verpflegung sorgen. Verstohlen betrachtete er die Männer, die so ganz anders aussahen als alle, die er bisher in seinem Leben gekannt hatte. Sie hatten gelblich dunkle Haut und schwarzes Haar. Ihre Augen hatten beinahe die Form von Mandeln, und ihre Wangenknochen waren auffällig hoch, was ihr Antlitz hart und eckig erscheinen ließ. Sie trugen Mäntel aus vielen einzelnen Flicken, und Hartwychs geübtes Auge erkannte sofort, dass es sich um das Fell von Seehunden handelte. Auf ihren Köpfen saßen eigenartig hohe runde Pelzmützen, ihre Füße steckten in Fellstiefeln, die keine Ledersohle zu haben schienen und über Kreuz zugebunden waren.

»Es ist schlimm, dass ihr einen Hund verloren habt«, stellte Rauni Ailo fest. »Habt ihr das Fleisch mitgebracht?«

Henning warf Hartwych einen Blick zu. Der antwortete: »Nein, leider, es war einfach nicht genug Platz auf dem Schlitten.«
Der Sumpfmann nickte nur. Er reichte Hartwych einen Becher mit einem dampfenden Gebräu, das er aus getrockneten Blättern und Wurzelstücken gemacht hatte.
»Danke!« Es schmeckte bitter und ein wenig scharf und schien ein Feuer in Hartwychs Eingeweiden zu entfachen.
Ein Mann, den Rauni Ailo als Matti vorstellte, sah sich Hennings Hand an.
»Die Verletzung sieht böse aus«, übersetzte Rauni Ailo. »Besser, Matti trennt die Hand ab.«
»Was?« Henning schoss in die Höhe, musste sich aber gleich wieder hinlegen.
»Er sagt, der Teufel ist aus dem Baum in dein Fleisch gefahren, als du gegen die Rinde geschlagen hast. Er wird von dort in alle Fasern deines Körpers kriechen, wenn du die Hand unbedingt behalten willst.«
Die Sumpfleute nahmen wirklich kein Blatt vor den Mund, dachte Hartwych. Auch ihm war klar, dass zumindest der Finger, der beinahe abgerissen war, kaum zu retten sein würde. Nur hätte er seinem Bruder das niemals so schonungslos eröffnet.
»Erstens habe ich nicht gegen die Rinde geschlagen, sondern wurde dagegengeschleudert. Zweitens ist die Geschichte mit dem Teufel Unfug.« Henning ächzte vor Anstrengung. Hartwych kannte ihn gut genug, um zu wissen, dass er seine Angst hinter seinem groben Ton zu verbergen suchte.
Matti war aufgestanden und kam mit einem Gefäß, dem Schädel eines Vogels, die Größe ließ auf einen Raben schließen, und einer Schale mit klarem Wasser wieder. Mit geübten

Handgriffen reinigte er die Wunde. Henning sog hörbar die Luft ein und schloss die Augen.
»Er ist unser Heiler«, erklärte Rauni Ailo. »Wenn ihm einer helfen kann, dann er.«
Matti öffnete unterdessen den Deckel des Gefäßes und tauchte zwei Finger hinein. Als sie wieder zum Vorschein kamen, klebte eine braune Paste daran, die er großzügig auf das empfindliche Fleisch strich, während er unablässig geheimnisvolle Worte murmelte.
»Gott sei Dank, er lässt mir meine Hand«, stieß Henning hervor.
»Die Hand vielleicht, aber für den Finger sieht es schlecht aus. Du solltest besser keinen Brand riskieren«, gab Hartwych zu bedenken.
Henning schluckte. Der kalte Schweiß stand ihm auf der Stirn, und seine Oberlippe glänzte ebenfalls feucht. Er begann doch wohl nicht bereits zu fiebern?
»Komm!«, forderte Rauni Ailo Hartwych auf, nachdem er sich mit dem Heiler Matti besprochen hatte. Hartwych folgte ihm vor das Zelt.
»Es gibt keinen anderen Weg«, begann der ohne Umschweife. Sein Atem bildete ein Wölkchen vor seinen geschwungenen Lippen. »Wenn er den Finger nicht abschneidet, ist dein Bruder in zwei Tagen tot.«
Hartwych nickte. Im Grunde hatte er es geahnt. »Er soll es tun.«

In dieser Nacht heulten die Hunde besonders lange. Es war, als riefen sie nach dem toten Gefährten und als hätten sie erst jetzt begriffen, dass er nie mehr mit ihnen rennen würde. Hartwych hörte ihnen zu. Und er lauschte auf den Atem

seines Bruders, der neben ihm schlief. Es hing viel davon ab, wie er diese Nacht überstand. Gewiss, der Verlust eines Fingers war keine Kleinigkeit, doch wenn er damit davonkam, konnte er noch von Glück sagen.
So war es. Henning kam mit dem Leben davon, das er in Zukunft mit neun Fingern bewältigen musste. Er fand sich schnell damit ab. Immer wieder dankte er Gott und Matti, dass ihn seine Torheit nicht eine ganze Hand gekostet hatte. Auch um das Bein hatte Matti sich gekümmert, das bei ihrer Ankunft einen großen, violett schimmernden Fleck aufgewiesen hatte und noch immer angeschwollen war. Matti hatte das Bein geschient und verbunden, wie Hartwych es mit dem des braun-weißen Hundes getan hatte. Beide humpelten ein wenig, konnten aber immerhin laufen und schienen sich recht gut zu erholen.
Die Brüder brachten die Tage damit zu, sich die Felle zeigen zu lassen, die die Sumpfleute ihnen mitgebracht hatten, und Geschichten von der Jagd anzuhören. Die Qualität der Ware war ausgezeichnet. Es waren kaum Schwarten dabei, wie man die im Sommer erlegten Tiere nannte. Die hatten kaum Grundwolle und glattes kurzes Haar. Besser waren da schon die Halbwüchse, die man im Herbst erwischt hatte. Doch die besten Pelze stammten noch immer von Ausgewachsenen. So nannte man die Tiere, die im Winter geschossen worden waren. Ihr Fell zeichnete sich durch eine üppige Grundwolle und durch dichtes langes Haar aus. Solche Pelze wärmten am besten. Die Sameh hatten davon überreichlich anzubieten. In großen Mengen schichteten sie Zobel vor den Brüdern auf. Während die Adeligen den Zobel dieser Region als das edelste Pelzwerk überhaupt ansahen, galt er bei den Sumpfleuten nicht sehr viel, schließlich gab es ihn in Hülle und Fülle. Sie

hatten sich daher die Mühe gemacht, eine möglichst große Zahl von Exemplaren zu fangen, deren Wollhaar bläulichgrau und rauchig aussah. Solche Felle wurden aufgrund ihrer Färbung als Wasser bezeichnet und erzielten auf dem Pelzmarkt die höchsten Preise. Um den Balg zu schonen, jagten sie die marderartigen Tiere mit Netzen und Schlingen. Auch Pfeile mit stumpfen Enden wurden verwendet. Man spannte sie in den Bogen ein, zielte und traf den Kopf, so dass die Beute betäubt zu Boden fiel. Auf diese Weise jagte man auch andere Kleintiere wie etwa das Eichhörnchen, den Eisfuchs oder auch den nordischen Luchs. Gewehre benutzten die Sameh höchst selten, meist nur dann, wenn sie auf Bären gingen. Im Grunde ihres Herzens verabscheuten sie diese Art von Waffen jedoch.

»Es ist ein zu ungleicher Kampf«, pflegten sie zu sagen. »Ein jeder kann mit einer Feuerwaffe ein Tier töten. Um es mit dem stumpfen Pfeil zu treffen oder es in die Falle zu locken, braucht es Geschick und Verstand.« Darüber hinaus war es unbestritten von Vorteil, dass sich mit Pfeil und Bogen nahezu lautlos jagen ließ. Der Schuss aus einem Gewehr dagegen scheuchte sämtliche Bewohner des Waldes auf, und man musste lange ausharren, bevor man eine zweite Chance bekam.

Hartwych nahm sich Zeit, um die Ware eingehend zu begutachten, nach Qualität zu sortieren, zu erfassen und am Schluss zu schätzen. Sie mussten den Jägern ein Angebot unterbreiten. Der Preis wurde pro Zimmer ausgemacht, das war die Einheit für vierzig Pelze. Drei Zimmer Zobel, ein Zimmer Hermelin und eines von bläulich schimmerndem Polarfuchs hatte er bereits ausgewählt. Dafür würde sein Bruder Salz und Edelmetall aus Nowgorod bringen lassen.

Die Sameh erwiesen sich als großartige Gastgeber. Sie hatten zu Ehren der Händler einen Elch geschlachtet und verstanden es, das Fleisch äußerst schmackhaft zuzubereiten. Mehrmals am Tag wurde das Feuer neu angefacht und von dem Elch oder auch Fisch, den man frisch aus einem nahe gelegenen See holte, wurden Stücke auf lange Stöcke gespießt und über den Flammen gegart. Die Sumpfleute schätzten Geselligkeit. Eile kannten sie nicht, wenn sie unter sich waren. Wer mit ihnen Handel trieb, tat gut daran, sich darauf einzustellen.

Je näher der Tag des Aufbruchs kam, desto unruhiger wurde Hartwych. Bis zu dem schrecklichen Vorfall in dem Wald war er davon ausgegangen, dass Henning und er wieder gemeinsam zurück zu dem kleinen Dorf fahren würden, in dem seine Kutsche stand. Daran war jetzt natürlich nicht mehr zu denken. Zwar konnte Henning schon wieder besser laufen und humpelte auch nicht mehr gar so stark, seine Hand aber konnte er noch nicht benützen. Hartwych sprach seinen Bruder darauf an.

»Wie ich es auch drehe und wende, ich muss allmählich meine Rückreise ins Auge fassen.«

»Oh, gewiss, immerhin hast du eine Braut zu besichtigen«, scherzte Henning munter.

Hartwychs Laune sank. »Erinnere mich nur nicht daran!«

Sie spazierten langsam zu dem Lager der Hunde. Seit ihrer Ankunft wurden die Tiere von den Sumpfmännern gepflegt und versorgt. Selbst Mädchen sah nicht mehr ganz so knochig aus. Mit jedem Tag merkte Hartwych aber deutlicher, wie unausgeglichen sie waren. War es auch mal äußerst angenehm, zwei Tage die Pfoten zu schonen, waren sie doch zum Rennen geboren. Sie fingen an, einander zu stupsen und zu stören. Hin und wieder kam es sogar zu einem Gerangel, in dem einer nach dem anderen schnappte. Es war höchste Zeit, dass sie sich wieder bewegten. Hartwych hatte sogar schon in Erwägung gezogen, sie anzuschirren und eine Runde mit ihnen zu drehen. Er hatte es sich zur Angewohnheit gemacht, jeden Tag nach ihnen zu sehen und sie zu streicheln, um ihnen wenigstens ein wenig Abwechslung zu bieten.

»Auch ich habe mir so meine Gedanken gemacht«, nahm Henning den Faden wieder auf. »Du bist mit dem Schlitten gut zurechtgekommen. Und mit diesen Gesellen allemal.« Er deutete mit dem Kopf auf die Tiere, die bereits bellten und aufgeregt an ihren Leinen rissen, als sie die Männer kommen sahen. »Ich traue dir durchaus zu, dass du es mit ihnen allein zurück zum Dorf schaffst.«

Hartwych tätschelte Wolf die Schnauze und begrüßte dann auch die anderen vier Tiere. Mädchen kraulte er besonders lange die Ohren. Sie presste sich hingebungsvoll an seinen Oberschenkel.

»Ich könnte dir den Weg auf ein Stück Papier malen. Es ist leicht, ihn zu finden, du wirst sehen.«

»Du konntest schon als Kind nicht malen.«

»Nimm dich nur in Acht, kleiner Bruder!«

»Im Ernst, denkst du wirklich, ich kann es schaffen?«

»Würde ich dich sonst mit diesen Wildfängen fahren lassen?«

Hartwych war noch nicht endgültig überzeugt. Zwar erfüllte ihn die Aussicht, weitere Tage mit den vierbeinigen Gefährten reisen zu dürfen, mit großer Freude, doch er wusste inzwischen nur zu gut, wie anstrengend und gefährlich dieses

Abenteuer war. Die Angst vor dem Unbekannten war einer ganz realen Sorge gewichen. Als Henning das erste Mal mit ihm und den Schlitten gestartet war, hatte er keine Ahnung gehabt, was auf ihn zukam. Jetzt wusste er, dass es eine elende Plackerei sein würde, ohne jegliche Hilfe die Tiere zu versorgen, für sich selbst zu kochen und das Nachtlager aufzuschlagen. Er redete sich ein, das Für und Wider gründlich abzuwägen, während er hier einen kleinen Streit schlichtete und dort ein paar Halme Stroh aus einem Fell klaubte, dabei hatte er sich längst entschieden. Es gab ja auch kaum eine Wahl, und jede andere Lösung hätte bedeutet, sich schon allzu bald von den Hunden trennen zu müssen.

»Was ist mit dir?«, fragte Hartwych seinen Bruder.

»Meinetwegen musst du dich gewiss nicht grämen. Ich werde mich bequem mit dem Wagen zurück nach Nowgorod kutschieren lassen.«

»Wie das?«

»Heute Abend werden die Verhandlungen beendet sein, dann wissen wir, wie viel Salz und Edelmetall ich ordern muss. Gleich morgen früh macht sich dann der Sumpfmann, den sie den Läufer nennen, auf den Weg. Er bringt meine Order in mein Kontor, wo man bereits darauf wartet. Sobald er eingetroffen ist, packen sie die erforderliche Menge in einen Wagen und schicken ihn auf die Reise hierher.«

»Ein Wagen wird kaum genug sein.«

»Ganz gewiss nicht. Weder für die Entlohnung noch für die Felle. Aus diesem Grund wird sich ein wahrer Wagenzug in Bewegung setzen, und es macht nichts aus, wenn eine herrlich gepolsterte Kutsche darunter ist.«

»Du bist zu beneiden«, sagte Hartwych, wenn er auch um keinen Preis hätte tauschen wollen.

»Glaube mir, ich würde dich liebend gern begleiten. Nur wäre ich dir leider keine Hilfe, sondern du müsstest mich wieder bemuttern wie eine Amme. Nein, mein Freund, ich fürchte schon jetzt, dass du mich mit meinem Missgeschick bis an mein Lebensende aufziehen wirst.«

Am letzten Abend tischten die Sameh besonders reich auf. Zu Fisch und Elchfleisch gab es getrocknete Früchte und einen Brei, den sie aus Algen gewannen, wenn Henning Rauni Ailo richtig verstanden hatte. Nach dem Essen stimmten die Männer Lieder an, Reime, für die man eine Melodie erdacht hatte. Das würde Ria gefallen, ging es Hartwych durch den Kopf.

»Wir haben ein Joik für dich gemacht«, sagte Rauni Ailo zu Henning. Ein Joik, erklärte er, war ein Musikstück, das zum Beispiel das Wesen eines Menschen beschreiben konnte. »Es gehört dir. Wenn einer in einem Joik besungen wird, ist er sein rechtmäßiger Besitzer.«

»Danke, ich fühle mich geehrt«, sagte Henning erfreut.

Der Gesang begann. Natürlich verstanden die beiden Brüder kein einziges Wort, denn die Sameh benutzten ihre eigene Sprache. Für Hartwychs Ohren klangen ihre Stimmen ein wenig gewöhnungsbedürftig, doch nicht hässlich. Es war ein Jodeln, bei dem sich hohe und tiefe Töne in rascher Folge abwechselten. Matti sang nicht mit, sondern schlug eine Trommel, die aus Birkenholz gefertigt und mit Seehundleder bespannt war.

»Wie lautet der Text meines Joiks?«, wollte Henning wissen, als der letzte Ton verklungen war und die Trommel wieder schwieg.

»Es beschreibt, dass du ein mutiger Mann bist. Einer, der viel riskiert, zu viel manchmal. Aber du bist immer zuverlässig, jemand, mit dem man gerne Handel treibt.«

Hartwych nickte zustimmend. »Ihr habt ihn sehr gut beschrieben.« Und zu Henning sagte er grinsend: »Sei froh, Bruder, es hätte dich schlechter treffen können.«

Bilke

Bei Sonnenaufgang verließen sie die Schänke und gingen hinüber zum Hafen. Die *Schwarze Rose* schaukelte bereits ungeduldig auf dem Wasser. Die Segel waren noch ordentlich aufgerollt und fest an die Masten gebunden. Der Wind blies kräftig an diesem Morgen, ideal, um in See zu stechen. Entsprechend ungeduldig waren die Kapitäne, die aufbrechen wollten, und die Waagebediensteten mussten sich sputen, alles genau zu wiegen, was von den Trägern und Karrenschiebern gebracht wurde und verladen werden sollte. Die beiden Lastkräne hievten bereits laut knarzend schwere Kisten und Fässer in die Höhe. Vier Mann pro Kran liefen schwitzend in den gewaltigen Treträdern, um die Holzungetüme in Gang zu halten. Das Knirschen von Wagenrädern auf dem Sand mischte sich mit klappernden Schritten, lautem Rufen und ächzendem Holz zu einem ohrenbetäubenden Getöse. Bilke trug ihr altes Reisekleid, das sie in der Schänke gewaschen hatte, nachdem Svendsson ihr die neuen Kleider gekauft hatte. Und sie hatte ihr Bündel und den Lederkoffer mit der Fidel bei sich. Sie erkannte einige Piraten, die eifrig bei der Verladung von frischem Proviant halfen. Andere verabschiedeten sich so inbrünstig von hübschen Mädchen, dass Bilke rasch in eine andere Richtung schaute. Sie entdeckte Hinrichs, der ebenfalls wieder an Bord gehen würde.

»Guten Morgen, Fräulein von Ranteln. Ich hoffe, es geht Ihnen gut?« Sein jungenhaftes Gesicht hatte einen besorgten Ausdruck.

»Guten Morgen! Danke der Nachfrage. Ja, ich bin wohlauf. Wie steht es mit Ihnen?«

»Danke, ich kann nicht klagen. Wie ich höre, reisen wir nach Lübeck. Ich kann es noch nicht recht glauben.«

»Ich auch nicht. Trotzdem bin ich voller Freude. Mir scheint, Svendsson ist es wirklich ernst damit.«

»Dann wird Hartwych van Broke noch länger auf Sie warten müssen.«

»Darauf kommt es nun auch nicht mehr an. Die Hauptsache, wir kehren alle wohlbehalten zurück, denken Sie nicht?« In dem Moment fiel ihr Kapitän von Holstein ein. »Fast alle«, ergänzte sie.

Hinrichs sah sie eindringlich an. »Ihnen ist während der letzten Tage wirklich nichts zugestoßen?« Ihr war klar, worauf er anspielte. Jedes seiner Worte war mit Bedacht gewählt.

»Ich bin sehr gut behandelt worden, Hinrichs, machen Sie sich keine Sorgen«, erwiderte sie.

Ihm lag noch etwas auf der Zunge, doch Svendsson rief in diesem Moment nach ihm, so dass er schwieg, kurz zum Gruß nickte und sich davonmachte. Sie sah ihm nach und beobachtete die beiden eine Weile, wie sie miteinander redeten. Sicherlich besprachen sie den Kurs, dachte sie. Dann hielt sie nach anderen Lübecker Seeleuten Ausschau, konnte aber keinen entdecken. Noch einige Zeit sah sie dem geschäftigen Treiben in dem Hafen zu, sprang hin und wieder zur Seite, um einen Tagelöhner vorbeizulassen oder jemandem aus dem Weg zu gehen, der eine schwer beladene Karre zu einem der Kais schob. Dann war die Karacke bereit, und Svendsson brachte sie an Bord. Sie hielt auf die Treppe zu, die unter Deck führte, und überlegte, wie sie am geschicktesten Fidel und Kleiderbündel tragen sollte, wenn sie sich mit einer Hand festhalten musste.

»Wenn Sie Ihr altes Schlafgemach hinter den Fässern wieder haben wollen, kann ich es Ihnen richten lassen«, meinte Svendsson grinsend. »Es wäre aber auch noch etwas dort drüben frei.« Er deutete mit dem Kopf zu dem Achterkastell, in dem sich seine Kajüte befand.
Bilkes Herz hüpfte vor Freude. Sie musste nicht im stinkenden Mittel- oder Unterdeck schlafen. Im nächsten Moment wurden ihr die Knie weich. Er erwartete hoffentlich nicht, dass sie sein Bett mit ihm teilte. Ihre Befürchtungen waren ihr an der Nasenspitze abzulesen.
»Keine Sorge. Ich sagte Ihnen doch, ich nehme mir nichts, was Sie mir nicht von sich aus geben. Sie bekommen Ihre eigene Kajüte. Wenn Sie wollen.«
»Hatten Sie mir nicht weisgemacht, Sie könnten mir nichts Besseres anbieten als das Rattenloch, in dem ich die Reise hierher verbracht habe?«
»Wollen Sie, oder wollen Sie nicht?«, fragte er ungeduldig.
»Und ob ich will! Danke.« Sie strahlte ihn an. Es war ja gleichgültig, was er gesagt hatte. Wahrscheinlich hatte einer der Männer hier gewohnt, der verletzt worden war. Sei's drum, sie war froh und dankbar, dass diese Reise angenehmer zu werden versprach.
Der Raum war sehr viel kleiner als die Kapitänskajüte, lag dieser direkt gegenüber und verfügte immerhin über ein kleines Fenster, durch das Bilke auf die Ostsee blicken konnte. Ihr erschien die Kammer wie das Paradies. Endlich würde sie wieder ungestört sein und in einem richtigen Bett schlafen. Sie war bester Laune, als sie endlich aus dem Hafen liefen. Der Wind griff kraftvoll in die Segel, ließ sie knallen und flattern. Es dauerte nicht lange, bis sie schnelle Fahrt aufnahmen.

Bilke blieb den ganzen Tag in ihrer Kammer. An Deck war sie nur den Männern im Weg, außerdem genoss sie das Alleinsein viel zu sehr, als dass sie schon wieder darauf verzichten wollte. Als es Abend wurde, klopfte es an ihrer Tür. Ihr Herz schlug einen Takt schneller. Sie öffnete und stand dem Mann mit den feinen Gesichtszügen und den goldenen Locken gegenüber, den sie den Quacksalber nannten. Er brachte ihr Zwieback, Bohnen und Speck. Bilke schalt sich, weil sie gehofft hatte, es wäre Svendsson, der an ihre Tür klopft. Sie war dem Pelzhändler versprochen, ihm allein sollte ihr Herzklopfen gehören. Doch was wusste sie schon von ihm, dachte sie, während sie lustlos die Bohnen löffelte. Was hatte es denn zu bedeuten, dass er ein angesehener Mann, einer der wohlhabendsten Kaufleute Rigas war? Diese Tatsachen beeindruckten sie nicht mehr so sehr, wie sie es einst getan hatten. Konnte sie hoffen, dass er sich um andere kümmerte und für ihr Wohlergehen sorgte, wie es für Svendsson selbstverständlich war? Gewiss nicht. Und ganz gewiss sah er nicht so gut aus wie der Freibeuter. Sie sah Svendssons geheimnisvolle Augen vor sich, die in dem einen Moment kalt und abweisend und im nächsten jungenhaft und warm erscheinen konnten. Sie versuchte, an etwas anderes zu denken, trotzdem kehrten die Bilder aus dem Badehaus immer wieder in ihren Kopf zurück. Sie sah seinen Körper vor sich, seine Haut mit feinen blonden Härchen darauf, die Muskeln, die sich darunter abzeichneten. Wie mochte dieser Hartwych aussehen? Womöglich war er ein feister Kerl, verwöhnt vom Wohlstand, in den er hineingeboren worden war. Ganz bestimmt hatte er nie körperlich arbeiten müssen, sondern saß nur da und stopfte Wachteln und Pasteten in sich hinein. Nach all der Aufregung, die ihr in den letzten Tagen widerfahren war, musste ihr Vater einfach verstehen, dass sie nicht in der Lage war, gleich wieder eine so weite Reise über das Meer anzutreten. Wenn dieser van Broke sich mit ihr verloben wollte, sollte er doch nach Lübeck kommen. Überhaupt: Wäre das nicht von Anfang an das Beste gewesen? Kommt nicht ein Mann mit edlen Absichten, der um eine Frau anhalten will, in das Haus ihrer Eltern? Je länger sie darüber nachdachte, desto ablehnender wurde sie Hartwych van Broke gegenüber. Die Lust, seine Braut zu werden, war ihr gehörig vergangen.

Am nächsten Morgen trieb die stickige Luft Bilke aus ihrer Kammer. Die Sonne schien für einen jungen Maitag ungewöhnlich warm auf die Planken. Sie spazierte auf und ab und blieb schließlich bei Hinrichs stehen, der mit einem Gegenstand hantierte, wie sie ihn noch nie gesehen hatte. Er erinnerte ein wenig an eine Armbrust. Ob er Jagd auf ein paar Seevögel machte?
»Was ist das?«, fragte sie ihn.
»Einige nennen ihn einen Gradstock, andere einen Jakobsstab«, antwortete er stolz. »Ich kann damit unsere Position und auch unseren Kurs berechnen.«
»Wie das?«
Er setzte ein Ende des Stabes, der aus einem langen Holzstock und drei Querstäben bestand, auf den Knochen unterhalb von seinem rechten Auge. Während er das eigentümliche Instrument ausrichtete, erklärte er ihr mit komplizierten Begriffen, die sie hoffnungslos überforderten, etwas von Winkeln und Tangens, von Kimm und Horizont. Sie verstand kein einziges Wort, doch das kümmerte sie nicht sonderlich, denn sie freute sich daran, ihm zuzusehen, wie er die Quer-

stäbe, der längste war nah an Hinrichs' Gesicht, der kürzeste am anderen Ende des Gradstocks, vor- und zurückschob. Dabei starrte er hinauf zur Sonne.

»Sie verstehen viel von diesen Dingen«, sagte sie bewundernd.

»Navigation ist meine Leidenschaft. Wer sich damit auskennt, der kann auch bei schlechtester Sicht und in ihm fremden Gewässern sein Schiff sicher führen.« Er war ganz in seinem Element, sah sie an und blinzelte immer wieder. »Ich bin sicher, dass ich Kapitän Svendsson mit meinen Kenntnissen habe beeindrucken können. Sonst hätte er mir niemals die Stelle des Bootsmannes anvertraut.« Wieder blinzelte er und rieb sich das rechte Auge. »Dabei ist es sehr wichtig, dass er mir vertraut«, setzte er hinzu.

»Vertrauen Sie ihm denn?«, wollte sie wissen. Sie bekam keine Antwort, denn der Steuermann unterbrach ihr Gespräch.

Bilke blieb noch eine Weile an Deck und reckte ihr Gesicht in die wärmende Sonne. Hinter ihren geschlossenen Lidern tanzten Funken hellen Lichts, dass es beinahe schmerzte. Sie zweifelte daran, ob Hinrichs' Art der Kursbestimmung mit dem sonderbaren Stab der Gesundheit seiner Augen zuträglich war. Immerhin musste er direkt in die glühende Sonne schauen.

Die letzten Tage forderten ihren Tribut. Bilke fühlte sich mit einem Mal matt und schläfrig. Also zog sie sich zurück, legte sich in ihrem Kämmerchen auf die einfache Pritsche und starrte an die hölzerne Decke. Sie musste an das kurze Gespräch mit Hinrichs denken. Vertraute er Svendsson? Und was war mit ihr selbst? Was konnte sie ihm glauben? Sie war nah daran, ihn für einen ehrlichen Mann zu halten. Andererseits konnte sie natürlich nicht vergessen, mit welcher Brutalität er die Kogge aus Lübeck gekapert und wie viele Menschenleben er auf dem Gewissen hatte. Hinzu kam, dass er dem Bischof gegenüber behauptet hatte, die Lübecker hätten die *Marie* selbst angezündet. Eine glatte Lüge! Woher wusste er von dem Sarkophag an Bord des Schiffes, woher kannte er ihren Namen, und wie hatte er wissen können, dass sie an Bord war? Wieder und wieder ließ sie diese Fragen in ihrem Kopf kreisen, bis sie schließlich in einen unruhigen Schlaf fiel.

Als sie erwachte, war die Sonne längst hinter dem Horizont verschwunden. Sie hörte Rufe, laute Stimmen, die aufgeregt und ängstlich klangen. Das alles wurde begleitet von einem Trommeln, das ihr einen Schauer den Rücken hinunterschickte, denn es erinnerte sie sehr an die Schüsse, mit denen sich die Piraten damals angekündigt hatten. Sie schwang die Beine aus dem Bett und strich sich einige Male durch die Haare. Sie hatte sich daran gewöhnt, weder ihre Haube, die sie verloren hatte, noch Nadeln oder Schmuck für eine ordentliche Frisur zu besitzen, also trug sie das lange Haar offen. Es war nicht ganz leicht, aufzustehen, denn das Schiff rollte und stampfte heftig. Kein Zweifel, sie waren in ein Unwetter geraten. Und das ausgerechnet im Kattegat, das schon unter ruhigen Bedingungen wegen seiner unberechenbaren Untiefen gefürchtet wurde. Sie trat in den Flur und lauschte. Ob Svendsson in seiner Kajüte war? Wohl kaum. Gewiss war er bei seiner Mannschaft. Einige Atemzüge harrte sie vor der gedrechselten Tür aus, dann durchquerte sie den Flur und sprang die vier Stufen hinab an Deck.
Svendsson stand bei dem Großmast. Obwohl er sich allem

Anschein nach die größte Mühe gab, seine Leute zu beruhigen, wirkte er selbst verstört und ängstlich. Immer wieder sah er, wie die anderen, nach oben. Bilke folgte ihren Blicken und traute ihren Augen nicht. An den Spitzen von Fock- und Großmast und selbst an den Enden der Rahen tanzten violette Lichter. Noch nie hatte sie etwas Derartiges gesehen. Zuerst befürchtete sie, dass ein Blitz in die Masten gefahren sein könnte, doch dann würden diese längst lichterloh brennen. Aber das dort oben war kein Feuer.

Die Männer eilten hin und her, stellten mit geübten Handgriffen sicher, dass ihnen nicht die Kontrolle über die *Schwarze Rose* verlorenging. Immer wieder blieben sie zwischendurch stehen und blickten zu den züngelnden bläulichen Lichtern. Bilke bemerkte, wie einer sich verstohlen bekreuzigte. Auch sie musste ständig hinaufschauen, vollkommen in den Bann des Schauspiels gezogen. Sie war fasziniert, gleichzeitig machten ihr die unheimlichen Lichter Angst.

»Sorgen Sie sich nicht, Fräulein von Ranteln«, rief Hinrichs ihr gegen den Sturm zu. Er schien sich kein bisschen zu ängstigen, sondern eher erfreut über das Geflimmer an den Masten zu sein. Er kam zu ihr herüber. »Das ist das Sankt-Elms-Feuer!«

»Aha«, machte sie verständnislos.

»Es ist nur wenigen vergönnt, es zu Gesicht zu bekommen. Sie dürfen sich glücklich schätzen. Wirklich, wir dürfen uns wahrlich glücklich schätzen.«

»Warum sehen die Männer dann alle so wenig glücklich aus?«, fragte sie ihn, noch immer durch die violetten Flammen verunsichert.

»Weil sie Nichtswisser sind, Narren. Sie halten das Feuer für einen Spuk, dabei ist es ein Zeichen.«

»Ah, ja?«
»Gewiss!« Er nickte eifrig, sah hoch zu den Mastspitzen und strahlte sie an. »Und zwar ein gutes Zeichen. Man sagt, wenn das Sankt-Elms-Feuer kommt, ist das Unwetter überstanden.«
»Der Hagel hat immerhin aufgehört, aber der Sturm bläst unvermindert. Meinen Sie, man kann sich auf dieses Zeichen verlassen?«
»Das ist so sicher wie das Amen in der Kirche«, verkündete er voller Überzeugung. »Entschuldigen Sie mich.« Er musste zurück an die Arbeit. Bilke erinnerte sich, dass sie schon einmal bei schweren Wettern an Deck gestanden hatte. Sie hoffte inständig, dass es nicht noch einmal so endete wie beim letzten Mal. Sie wollte gerade zurück in ihre Unterkunft gehen, als Svendsson auf sie zukam.
»Gehen Sie rein!«, schrie er sie an. »Hier draußen ist es zu gefährlich für eine Frau.«
Sie musste an seine Angst vor Gewitter denken, die er als Kind gehabt hatte. »Was halten Sie von den Lichtern?«, fragte sie ihn.
Seine Miene verfinsterte sich. »Ein böses Zeichen«, sagte er düster. »Kein Seemann will Elmsfeuer auf seinem Schiff haben.«
»Warum nicht?«
»Weil dann immer etwas passiert. Etwas Furchtbares.« Er ließ sie stehen, und Bilke fühlte sich entsetzlich einsam. Nein, sie konnte jetzt unmöglich in ihre Kammer gehen.
Plötzlich gab es einen Schlag, der an dem gesamten Schiff riss, dazu einen ohrenbetäubenen Knall, und im nächsten Moment brach die Hölle los. Svendsson und Hinrichs stürmten gleichzeitig auf sie los.

»Das ist eine Flotte der Hanse«, brüllte Hinrichs. »Ihre Rettung, Fräulein von Ranteln!«
Svendsson packte ihn im vollen Lauf am Schlafittchen, so dass Hinrichs beinahe gestolpert wäre. Hilflos hing er am Arm des zornigen Kapitäns.
»Woher wissen Sie das?«, zischte Svendsson. Hinrichs' Blick war ihm Antwort genug. »Verräter!« Er stieß den Bootsmann von sich, der rücklings über ein aufgerolltes Tau stolperte, mit dem Kopf gegen einen Mast schlug und liegen blieb.
Bilke sah erschrocken in Svendssons Gesicht, das vor Wut verzerrt war.
Es krachte ein zweites Mal, wieder erzitterte die *Schwarze Rose*, deren Schicksal längst besiegelt war. Svendsson sah sich um wie ein gehetztes Tier.
»Wir sind getroffen«, brüllte er. »Wir werden sinken.« Er rannte, Kommandos rufend, zum Steuermann.
Erst jetzt nahm Bilke wieder das Schreien der Männer, das hektische Hin-und-her-Laufen, das Toben der See wahr. Sie hatte Mühe, aufrecht zu stehen, denn schon neigte sich die Karacke zur Seite. Und nun regnete es auch noch Pfeile auf sie herab. Was sollte sie nur tun? Sie wollte nach Hinrichs sehen, musste aber auch ihr eigenes Leben retten. Im Schein der schaukelnden Laternen erkannte sie, dass achtern gleich bei dem Kastell auf einer Seite ein Teil der Bordwand beschädigt war. Sie würden sinken! Wie konnte Svendsson sie einfach sich selbst überlassen? Würde er sie etwa nicht beschützen? Sie sah Männer, die die Stufen zum Mitteldeck hinabhasteten. Wahrscheinlich würden sie versuchen, die Ladung zu verschieben, um das Schiff wieder in eine waagrechte Position zu bringen, vermutete sie. Instinktiv lief sie zu der schon deutlich höher als die getroffene Seite liegenden Bord-

wand. Dort klammerte sie sich am nassen Holz fest und versuchte, sich vor den Pfeilen zu ducken. Ihr fiel das Beiboot ein, das die Karacke stets hinter sich herzog. Schon war sie auf dem Weg nach achtern, betend, dass das Boot in dem Sturm nicht verlorengegangen oder von den Kanonenkugeln getroffen worden war. Immer wieder glitt sie auf den nassen Planken aus, die sich mehr und mehr neigten. Es blieb nicht mehr viel Zeit. Immerhin, die Bogenschützen legten offenbar eine Pause ein. Ein Ruck, und Bilke stürzte zu Boden. Sie geriet ins Rutschen, ruderte mit den Armen, versuchte verzweifelt, irgendetwas zu greifen. Schnell schlitterte sie auf die Bordwand zu, in der ein großes Loch klaffte wie ein aufgesperrtes Maul. Sie sah, dass es einigen Männern ebenso erging wie ihr, dass sie keinen Halt fanden und einfach über Bord stürzten. So weit durfte sie es nicht kommen lassen. Aus dem Augenwinkel erkannte sie etwas, streckte die Hand danach aus und packte zu. Ein brennender Schmerz fuhr von den Fingern bis hinauf in den Arm. Der Enterhaken, an dem sie sich hatte festhalten wollen, hatte ihr ein Stück Fleisch aus der Handfläche gerissen. Sie schloss die Augen und wollte schon aufgeben. Da wurde sie in die Höhe gerissen.
»Ins Beiboot, schnell!«, schrie Svendsson.
Er hatte sie nicht im Stich gelassen! Bilkes Knie wurden weich vor Erleichterung und gewiss auch vor Schmerz.
»Durchhalten, Bilke«, redete er auf sie ein. »Jetzt nicht ohnmächtig werden.« Es war das erste Mal, dass er sie bei ihrem Vornamen ansprach. Sie nahm all ihre Kräfte zusammen, presste die Zähne aufeinander und rannte, ihre Hand in der seinen, mit ihm zum Achterkastell. Sie sprangen die vier Stufen mit zwei Schritten hinauf, flogen beinahe durch den Flur und in seine Kajüte. Dort riss er das Fenster auf, griff nach

einer Strickleiter, die er an dafür vorgesehenen Haken befestigte und dann hinauswarf.

»Wir müssen nur hinunterklettern«, erklärte er ihr. »Dann einen großen Sprung ins Boot und nichts wie weg. Wir können es schaffen, und dann können wir ein neues Leben anfangen. Du und ich.«

Sie hielt inne, wusste nichts zu sagen. Ihr wurde schwindelig vor Angst und vor Glück.

»Ich habe gelogen«, gestand er unversehens. »Ich habe deinem Vater keine Nachricht geschickt. Aus gutem Grund, das kannst du mir glauben. Die Wahrheit ist, dass ich dich nach Hause bringen werde. Und die Wahrheit ist, dass ich mich ...«

Ein ohrenbetäubender Knall ertönte, im gleichen Augenblick wurde das Schiff von einer schweren Erschütterung erfasst. Bilke taumelte, ihr wurde schwarz vor Augen.

»Nicht ohnmächtig werden, Bilke, nicht jetzt«, wiederholte er. »Schnell, aus dem Fenster! Los, du zuerst!«

Sie stieg auf die Holzkiste, in der er seine Kleider aufbewahrte, raffte ihren Rock und kletterte aus dem Fenster. Sie packte mit beiden Händen nach den Stricken, ließ aber mit der Rechten augenblicklich wieder los, weil die harten Fasern ihr in die Wunde schnitten. Mit der Linken klammerte sie sich fest, während sie Sprosse um Sprosse hinabstieg. Um nicht umgreifen zu müssen, ließ sie die Linke an dem Strang entlanggleiten. Der Sturm zerrte an ihr, und sie versuchte, sich mit der rechten Ellenbeuge an die Leiter zu klammern.

»Beeil dich!«, schrie Svendsson aus dem Fenster.

Sie sah zu ihm hinauf. Waren die Gegner schon zu sehen? Sie machte einen Fehler und drehte sich um. Schemenhaft, wie schwarze Geisterschiffe, konnte sie eine riesige Flotte vor dem dunkelgrauen Nachthimmel ausmachen. Ihr blieb fast das Herz stehen. Das sollte ihre Rettung sein? Niemals! Sie verfehlte die nächste Sprosse, rutschte ab und konnte sich nicht halten.

Bilke stürzte in die Tiefe. Ihr letzter Blick galt den Mastspitzen der *Schwarzen Rose*. Die Sankt-Elms-Feuer waren verschwunden. Mochte das nun ein gutes oder ein böses Zeichen sein, fragte sie sich. Dann wurde sie von der kalten wütenden Ostsee verschluckt.

Hartwych

Hans van Broke saß in der Stube, die Ellenbogen auf den Tisch aus Eichenholz, das Kinn auf die Hände gestützt. Er hing förmlich an Hartwychs Lippen, den Mund geöffnet, die Augen weit aufgerissen. Seine Augenbrauen waren ständig in Bewegung, dafür schien der Rest seines Körpers erstarrt zu sein.

»Die Sumpfleute haben uns wahrlich gut behandelt. Und die Ware, die wir ihnen abgekauft haben, ist vortrefflich. Wir werden gute Geschäfte damit machen«, schloss Hartwych seinen Bericht.

Eine Weile war es still. Nur ganz leise hörte man das Knistern in dem Ofen. Schatten tanzten über die vertäfelten Wände.

»Er hat dich also tatsächlich und wahrhaftig alleine mit diesen Hundeviechern und einem Schlitten, nicht mehr als ein Brett, drei Tagesreisen durch die Wildnis fahren lassen?«

»Ich bin kein kleiner Junge mehr, auf den der große Bruder aufpassen muss. Wir haben es gemeinsam entschieden. So konnten die Saamid ihre Hunde wieder dort abholen, wo sie sie uns zur Verfügung gestellt hatten. Ich war wieder bei den Pferden und meiner Kutsche, und Henning ist gewiss auch sicher nach Nowgorod zurückgekehrt. Wusstest du, dass Saamid Selbst-Esser bedeutet?« Er sprach schnell, denn er hoffte, seinen Vater ein wenig von Henning ablenken zu können. »Die, die sich selbst verzehren, nennt man sie. Das hat uns einer der Sumpfleute über sie erklärt.«

Hans schüttelte fassungslos den Kopf.

»Nicht wahr, es ist nicht zu glauben, aber sie sollen ungelogen Menschenfleisch essen. Stell dir das nur vor!«

»Das bringt mich weniger aus der Fassung als das Verhalten deines Bruders«, erklärte Hans tonlos. »Will dieser Kindskopf denn nie erwachsen werden?« Er schlug auf den Tisch. Hartwych zuckte instinktiv zurück. Es kam höchst selten vor, dass der alte Mann sich zu derartigen Gefühlsausbrüchen hinreißen ließ.

»Es ist doch alles gut ausgegangen«, versuchte er, ihn zu besänftigen.

»Das nennst du gut? Einen Finger hat ihn sein Übermut gekostet. Ach, geschieht ihm recht«, schimpfte Hans. »Ich hoffe nur, dass er von seiner Ulrike noch eine tüchtige Abreibung obendrauf bekommt.«

»Dessen kannst du gewiss sein.« In dem Moment kam Hartwych etwas in den Sinn. »Von ihr gibt es übrigens erfreuliche Neuigkeiten. Denk dir, Ulrike ist in anderen Umständen!«

»Du wirst mich doch nicht zum Narren halten?«, fragte Hans misstrauisch. Immerhin kannte er seinen Sohn gut genug, um ein plumpes Ablenkungsmanöver zu durchschauen.

»Aber nein, ich schwöre!«

Hans' Augen leuchteten. »Das nenne ich wirklich erfreulich. Ein Enkelkind, ein kleiner Pelzhändler womöglich. Das wäre fein!«

»Falls er nur ein Mädchen zustande bekommen hat, wird es die Pelze zumindest zu schätzen wissen«, meinte Hartwych und lächelte in sich hinein.

»Hoffentlich bringt deinen Bruder das zu Verstand. Wenn er erst selbst Vater ist, lässt er vielleicht auch endlich seine Abenteuer sein.« Damit war das Thema für ihn erledigt.

Gleich am nächsten Morgen wollte Hartwych nach Ria sehen. Er wollte ihr zu gerne jede Kleinigkeit der Reise erzählen, von den Hunden berichten, die ihm tatsächlich ein bisschen fehlten. Er sah zum Fenster hinaus und stellte fest, dass die Sonne schien. Es würde ein milder Tag werden. Der April ging bereits zu Ende, und Ria war um diese Stunde draußen auf dem Feld, vermutete er. Also würde er sich zunächst in das Neue Haus der Großen Gilde begeben, um zu hören, was sich während seiner Abwesenheit zugetragen hatte. Von der Kogge, mit der Bilke von Ranteln kommen sollte, war noch nichts zu hören und zu sehen gewesen, wie Hans ihn hatte wissen lassen. Hartwych hätte es zwar lieber gesehen, die Lübeckerin hätte auf ihn warten müssen, aber wenn das schon nicht der Fall war, dann war es ihm sehr recht, dass ihre Ankunft nicht für die nächsten Tage angekündigt war.
Die Glocke von St. Johannis schlug gerade zur vollen Stunde, als er hinaus auf die Resenstrate trat.
»Guten Morgen! Hatten Sie eine angenehme Reise?« Der Ledergürtelmacher trat ebenfalls gerade aus dem Haus. Er trug ein Bündel über der Schulter, aus dem mehrere Lederzipfel hervorlugten, wahrscheinlich einige Bestellungen, die er ausliefern wollte.
»Danke, ja, es war eine außergewöhnliche Reise.«
Der Mann runzelte verständnislos die Stirn. Was sollte an einer Handelsreise wohl so außergewöhnlich sein, schien er sich zu fragen. Er hatte ja keine Ahnung!
»Wie geht es Ihnen? Ist denn Ihr Bursche heute nicht zur Stelle, dass Sie selber die Gürtel zu den Kunden bringen?«
»Fragen Sie nicht! Mein Bursche hat sich beide Beine gebrochen. Ist so etwas zu glauben? Dieser Tölpel! Denken Sie sich, während des großen Regens wollte er die Kopstrate

überqueren, die zum reißenden Bach geworden war. Was macht der Gimpel? Springt mit beiden Füßen gleichzeitig ab, als sei er ein leibhaftiger Feldhase.«

Hartwych schüttelte den Kopf, allerdings mehr über die Ausführungen des Ledergürtelmachers als über den wohlgemeinten Körpereinsatz des Burschen.

»Natürlich kann er nicht springen wie ein Hase. Weggerutscht ist er, und pautz, waren die Beine hin!«

Hartwych wünschte dem Mann einen schönen Tag und ging seines Weges. Er würde sich um die Pflasterung der Straßen kümmern müssen. Und zwar bald.

Im Neuen Haus herrschte große Aufregung.

»Das kann doch nur dieser nichtsnutzige Däne gewesen sein«, zischte einer, der wie Hartwych zur Compagnie der Schwarzen Häupter gehörte. Zu dieser Vereinigung, die sich mehrmals im Jahr zu ausschweifenden Trünken versammelte und die in erster Linie Geselligkeit pflegte, zählte man unverehelichte Kaufgesellen. Sollte Hartwych die Lübeckerin heiraten, würde er damit zum anerkannten Kaufmann der Großen Gilde werden. Ein Umstand, der ihm diesen Schritt zumindest ein Quäntchen schmackhaft machen konnte.

»Der dreht uns eine Nase«, sagte ein anderer, an dessen schiefe Visage sich Hartwych von mehreren Versammlungen erinnern konnte. Wenn er sich richtig entsann, handelte es sich um einen üblen Raufbold, dem man besser aus dem Weg ging, wenn er ein Bier zu viel genossen hatte. Und das tat er eigentlich immer, wenn er an einem der Trünke teilnahm. Ihm war so, als sei der Kerl sogar schon mit Strafe belegt worden, nur wollte ihm nicht mehr in den Sinn kommen, was er sich hatte zuschulden kommen lassen.

»Wir sollten nicht voreilig urteilen«, rief Ratsherr Eppinghusen die jungen Männer zur Ordnung. »Hören wir erst, was die beiden zu sagen haben, die gerettet worden sind.«
Der eine murmelte etwas und ging seines Weges.
»Was ist denn geschehen?«, wollte Hartwych wissen.
»Das Piratenpack hat wieder zugeschlagen«, stieß der Raufbold hervor, den man Godeke rief. Jetzt fiel Hartwych ein, dass es seine unflätige Ausdrucksweise gewesen war, die ihm mindestens ein Mal eine Strafe eingebracht hatte. Richtig, jetzt erinnerte er sich genau. Ein anderes Mal hatte er einen Krug zerschlagen, dann wieder hatte er seinen Mantel nicht abgelegt, obwohl die Älterleute bereits an ihrer Tafel Platz genommen hatten. Ja, er war ein rechter Störenfried, der auf Anstand und Sitte, die von jedem Trunkteilnehmer erwartet wurden, keinen Pfennig gab.
»Noch wissen wir nichts Genaues«, beharrte Eppinghusen. »Die Hinweise deuten jedoch wahrhaftig darauf hin, dass schon wieder eine Flotte der Hanse auf See angegriffen wurde.«
»Nimmt das denn nie ein Ende?« Hartwych schnaufte ungehalten. In dieser Stadt gab es so viel zu tun und zu regeln, so viele Probleme, die vor allem der Kaufmannschaft das Leben schwermachten, dass man gar nicht wusste, wo man anfangen sollte. Aber war das etwa seine Sache? Er konnte sich nicht um alles kümmern. Er hatte den Pelzhandel, die Tafelgilde und hatte sich auch noch die Pflasterung der Wege auf die Fahnen geschrieben. Das sollte doch wohl reichen.
»Der Rat hat die beiden Männer, die den Angriff überlebt haben und von einem Rigaer Handelsschiff aufgelesen wurden, eingeladen, heute Abend vor der Versammlung zu sprechen. Danach sind wir klüger.«

Hartwych nickte. Er mochte Eppinghusen, der als besonnen und höchst gescheit galt. Wie alle Ratsherren gehörte er zu den Vätern der Stadt, also zu den Männern, deren Familien aufgrund eines großen Geldvermögens und reichlich Landbesitzes ohnehin zu den mächtigsten von Riga gehörten. Erfreulicherweise war es nicht etwa so, dass eine solche Herkunft schon ausreichte, um dieses einflussreiche Amt ausüben zu dürfen. Eppinghusen, Durkop und die anderen hatten sich in verschiedenen Kaufmannsvereinigungen, wie etwa der Compagnie der Schwarzen Häupter oder der Großen Gilde, beweisen und sich ihre Sporen verdienen müssen, bevor sie zu dieser hohen Position vordringen konnten. Auch Hartwych strebte das Amt eines Ratsherrn an. Zwar verfügte seine Familie nicht über großen Grundbesitz, aber ihr Vermögen konnte sich sehen lassen und zählte gewiss zu den größten der Stadt.
»Wohnen Sie der Versammlung bei«, schlug Eppinghusen vor. »Die Kaufmannschaft ist ebenso willkommen wie der Hochmeister und seine Ordensleute«, teilte er ihm mit unbewegter Miene mit. »Dies ist eine Angelegenheit, die einen jeden betreffen könnte. Darum halten wir es für ratsam, alle hinzuzuziehen, die ihren Einfluss geltend machen können.«
Wieder nickte Hartwych zustimmend. Eppinghusen verabschiedete sich, auch Godeke hatte sich getrollt. Gut so, dann hatte er vermutlich nicht gehört, dass die Versammlung auch den Mitgliedern der Compagnie zugänglich war.
Hartwych wollte das Neue Haus eben verlassen, als Ratsherr Durkop durch die Tür kam.
»Van Broke, seien Sie gegrüßt«, rief er aus. Seine runden Äuglein blickten nicht so fröhlich, wie man es von ihm kannte. Die Sorge war darin deutlich abzulesen. »Haben Sie es schon gehört?«

»Sie haben wieder mal einen Flottenverband der Hanse angegriffen, erzählt man sich.«
»Das ist die Wahrheit. Die merkwürdigsten Gerüchte schießen bereits ins Kraut. Eine kostbare Fracht soll an Bord gewesen sein, die nun verschwunden ist. Gut möglich, dass uns die ganze Angelegenheit noch in eine politische Bredouille bringt.«
»Wie das?« Hartwych wurde hellhörig.
»Ich erkläre es Ihnen, mein lieber van Broke. Begleiten Sie mich rüber in die Wirtschaft zum Mittagessen.«
Hartwych zögerte, er wollte endlich Rias Hütte aufsuchen und sich versichern, dass es ihr gutging. Andererseits war Durkop keineswegs ein Aufschneider. Wenn er etwas zum Besten gab, war meistens auch mehr als nur ein Fünkchen Wahrheit daran.
»Kommen Sie, kommen Sie!«, drängte der Ratsherr und legte seine fleischige Hand auf Hartwychs Arm. »Außerdem brenne ich darauf, von Ihrer Reise zu hören. Haben Sie gute Geschäfte gemacht?« Damit schob er ihn auch schon auf den Marktplatz hinaus.

Dicht an dicht drängten sich am Abend Kaufleute, Ordensmänner und Ratsherren, schoben sich die kleine Treppe hinauf in das Obergeschoss.
»Lassen Sie mich durch!«, rief einer.
»Passen Sie doch auf«, keifte ein anderer.
Allesamt strebten sie dem Großen Festsaal zu, in dem Hartwych schon an so manchem Fastnachtsfest teilgenommen hatte. Es war der größte Raum des Neuen Hauses. Wo sonst hätte man die vielen Neugierigen unterbringen sollen? Es roch nach Schweiß und dem kalten Rauch der einen oder anderen Pfeife.

Im Saal hatte man Stühle in ordentlichen Reihen aufgestellt, und es dauerte nicht lange, bis diese besetzt waren. Hartwych ließ den Älteren den Vortritt und stellte sich neben der Tür an die Wand. Vielleicht zeigte sich, dass die ganze Sache gar nicht so brisant war wie bisher angenommen. Dann konnte er sich unauffällig davonstehlen. Für die Wand- und Deckenmalereien, die ihn begeisterten, hatte er an diesem Abend keinen Blick. Er war unwirsch gestimmt, weil er nicht nach Ria hatte sehen können. Zudem ärgerte er sich, dass die Piraten anscheinend mit keinem Mittel in den Griff zu bekommen waren. Nicht einmal das Ende der Vitalien-Brüder hatte zu dem Ende der Seeräuberei geführt. In Hamburg hatte man die Schädel der Geköpften zur Abschreckung aufgespießt. Wenn das schon nichts nutzte, was sollte man dann noch tun?

Der Saal, in dem sonst Spielleute sangen und ihre Instrumente erklingen ließen und Becher fröhlich aneinandergestoßen wurden, war erfüllt von dem Wispern und Debattieren, vom Flüstern und Streiten. Dann ging ein Raunen durch die Menge. Alle reckten die Hälse. Zwei Ratsherren betraten den Saal, im Schlepptau die beiden Seemänner, die angeblich den Freibeutern entkommen waren. Hartwych erhob sich auf die Zehenspitzen.

Eppinghusen hatte ihn in der Menge ausgemacht und nickte ihm kaum merklich zu. Hartwych erwiderte den Gruß. Wenn auch er einmal im Rat sitzen wollte, musste er Abende wie diese in Kauf nehmen. Er seufzte und lauschte halbherzig der Begrüßung. Immer wieder musste er sich selbst zur Ordnung rufen, doch schon im nächsten Augenblick glitt seine Konzentration wieder davon wie ein Schlitten, der von einer Schneewehe hinabrutschte.

»Wir fuhren im Verband mit der *Marie*, deren Ziel Riga war«, hörte er einen der Seemänner mit einem Mal wie aus weiter Ferne sagen, und auf einen Schlag war er höchst aufmerksam.
»Sprechen Sie von der Kogge *Marie*, die aus Lübeck aufgebrochen ist?«, rief er dazwischen, obwohl man ihm nicht das Wort erteilt hatte. Alle starrten ihn an. Die Ratsherren schienen verwirrt, die Ordensmänner entrüstet. Die Kaufgesellen und gestandenen Kaufleute verdrehten ihre Hälse, um sehen zu können, wer es wagte, den Bericht zu unterbrechen.
»Von eben der ist die Rede, mein Herr«, lautete die Antwort. Hartwychs Verstand begann fieberhaft zu arbeiten. Die *Marie*, so hatte sein Vater ihm gesagt, war die Kogge, die Heimo von Ranteln geschickt hatte. Das bedeutete, dass Bilke von Ranteln, dessen Tochter und seine zukünftige Braut, ebenfalls den Piraten in die Hände gefallen war. Ihm war auf der Stelle klar, was das hieß. Gewiss, er bedauerte die Frau von Herzen und würde für sie beten, dass sie noch am Leben war, doch er konnte nicht verhindern, dass ein Fünkchen Freude in ihm aufglimmte. Manche Sorgen schienen sich doch wahrhaftig von selbst in Luft aufzulösen, dachte er und schämte sich sogleich.
»Werter van Broke«, sprach Eppinghusen ihn an. »Gibt es etwas, das Sie in dieser Sache beitragen können?«
Noch immer waren alle Augenpaare auf ihn gerichtet.
»Verzeihung, ich … Nein, vermutlich kann ich das nicht. Bitte verzeihen Sie mir. Ich war nur überrascht, man könnte auch sagen, ich war erschrocken, denn mein Vater und ich erwarteten die nämliche Kogge mit einer Lieferung aus Lübeck.«
Das Raunen wurde lauter. »Es ist eine Schande!«, rief einer

erbost. »Wir alle kennen Hans van Broke und seinen Sohn als ehrliche Kaufleute. Nun sind sie schamlos bestohlen worden.«

»So ist es!« »Wir müssen etwas unternehmen!« Die aufgebrachte Menge war nur schwer zu beruhigen.

»Bitte, meine Herren!« Eppinghusen klatschte in die Hände, bis endlich wieder Ruhe einkehrte. »Glauben Sie mir, auch ich bin voller Zorn. Doch hören wir erst, was uns diese braven Seeleute berichten können. Dann sehen wir weiter.«

Noch protestierten einige, aber es kehrte wenigstens wieder so viel Ruhe ein, dass der Mann weitersprechen konnte. Hartwych nutzte die Gelegenheit, ihn und den zweiten Seemann näher zu betrachten. Sie waren wohlgenährt und trugen kostbare Beinkleider und samtene Wämser mit reichlich Stickerei und zusätzlichen seidenen Flügelärmeln. Derjenige, der das Wort führte, war auffällig bunt gekleidet, seinen Latz hatte er lächerlich massig wattieren lassen. Der andere war nicht gar so arg ausstaffiert. Er war kleiner und wirkte recht einfältig. Sahen so Männer aus, die soeben dem Tode entronnen waren? Nun schön, es war möglich, dass die Mannschaft des Rigaer Handelsschiffes, die die beiden aufgelesen hatte, sie sogleich bestens versorgt hatte. Ebenso war es denkbar, dass es sich um Junggesellen handelte, dann hätten sie bei der Compagnie der Schwarzen Häupter Unterkunft und gewiss auch Kleidung erhalten. Dennoch, etwas stimmte mit den Kerlen nicht. Das jedenfalls sagte Hartwych sein Gefühl.

Sie schilderten in schillernden Farben den Sturm, in den der Flottenverband geraten war. Das heißt, wenn man es genau nahm, berichtete nur der Paradiesvogel mit dem aufgeblasenen Latz, der Kleinere gab nur dann ein Wort von sich, wenn

er direkt gefragt wurde. Die Beschreibung der Geschehnisse klang, als hätten die beiden allein unter Einsatz ihres Lebens gekämpft, um den Holk, mit dem sie unterwegs gewesen waren, zu retten und in der Nähe der anderen Schiffe zu halten.
»Ihr segeltet auf einem Holk? Dann wart ihr gewiss die Ersten, die der Sturm aus dem Verband gerissen hat, oder nicht?«
Durkop war dafür bekannt, sich gern über jemanden lustig zu machen, dem er nicht gewogen war. Bei diesen Herren schien das der Fall zu sein, was Hartwych in seiner Einschätzung, mit ihnen sei womöglich etwas nicht in Ordnung, bestätigte.
Die Anwesenden, die sich mit der Schifffahrt auskannten, lachten.
»Die Böen haben bedrohlich an unserem Segel gezerrt, gewiss!« Der Latz riss die Augen weit auf und legte so viel Dramatik in seine Stimme, wie es ihm nur möglich war. »Es war keine Kleinigkeit, den Holk so zu drehen, dass der Wind ihm nicht viel anhaben konnte.«
Das Lachen wurde lauter.
»Ihr wollt also behaupten, ihr hättet ein Schiff mit den bekanntermaßen schrecklichsten Segeleigenschaften, die überhaupt nur vorstellbar sind, bei Sturm auf der Stelle gehalten?«
Er beugte sie sich vor und nahm den Latz ins Visier.
Das Gelächter im Saal steigerte sich noch einmal, und einige begannen, miteinander zu tuscheln. Der Kleinere stieß dem Latz in die Seite und flüsterte ihm etwas ins Ohr.
»Zugegeben, werte Herren, irgendwann konnten nicht einmal wir, die wir wahrhaft gewandte und erfahrene Seeleute sind, den Holk länger halten. Wir trieben ab.« Er hatte jetzt einen zerknirschten Tonfall gewählt. Hastig fügte er hinzu: »Immerhin waren wir bis zuletzt bei der *Marie*. Alle anderen Schiffe waren lange vor uns vom Weg abgekommen.«

»Heißt es nicht Kurs?«, fragte Durkop gedehnt.
»Wie?«
Erneut war hier und da Kichern zu hören.
»Ich bin nie zur See gefahren, aber mir ist, als spreche man davon, dass ein Schiff vom Kurs abkommt.«
»Natürlich, natürlich, werter Ratsherr. Sie müssen verzeihen, wir sind noch sehr von den Eindrücken der schlimmen Ereignisse verwirrt.«
»Ja, das sind wir!«, bestätigte der Kleinere eifrig.
»Die Herren stehen nicht vor Gericht.« Eppinghusen ergriff das Wort. »Auch müssen sie keinen Nachweis über ihre Steuermannskunst erbringen. Sie sollen lediglich wiedergeben, was sie gesehen und erlebt haben.«
»Danke, werter Ratsherr, danke.« Der Latz holte tief Luft und baute sich vor seinem Publikum auf. »Wenn Sie hören, was wir sehen und erleben mussten, werden Sie begreifen, weshalb wir noch immer so durcheinander und aufgewühlt sind.«
Hartwych sah sich um. In den Gesichtern las er neben Neugier auch Ablehnung. Genau wie er glaubten einige anscheinend auch nicht, dass von diesen Vögeln etwas wirklich Interessantes zu erfahren sei. Diejenigen, die so dachten, sollten sich täuschen.
»Der Sturm riss an Segel und Mast, die Taue flogen uns nur so um die Ohren. Aber wir hielten … Kurs. Aber dann war die Gewalt des Windes doch zu stark. Während wir seitlich davontrieben, konnten wir noch eine Karacke entdecken, die mit hoher Geschwindigkeit auf die *Marie* zuraste.«
»Mit sehr hoher Geschwindigkeit«, korrigierte der Kleinere heftig nickend.
»Sie hielt geradewegs auf die Kogge zu. Wir meinten schon,

sie würde sie einfach rammen.« Er ließ seine Beschreibung eine Sekunde wirken. »Und dann erkannten wir die Flagge, die die Karacke führte.« Wieder machte er eine bedeutungsvolle Pause, die ihre Wirkung nicht verfehlte. Es war auf einen Schlag mucksmäuschenstill im Saal. »Es war eine Piratenflagge, die Flagge des dänischen Piraten Svendsson!«

Die Anwesenden sogen hörbar die Luft ein, als der Name fiel. Danach war die Menge nicht mehr zu halten. Einige sprangen auf, einer sogar so heftig, dass sein Stuhl dem Hintermann auf den Schoß kippte und dieser sich lautstark beschwerte.

»Wie hat die Flagge ausgesehen?«, wollte einer wissen.

»Sapperlot! Also führen sie wirklich eigene Flaggen, diese Rechtsbrecher!«, brüllte ein anderer.

Der Nächste widersprach augenblicklich: »Diese Männer reden bloßen Unfug! Glaubt ihr wirklich, die Freibeuter wären so töricht, sich mit Flaggen zu erkennen zu geben?!«

Nun ging es erst richtig los. Man befragte seinen Nachbarn nach dessen Meinung, gab seine eigene Einschätzung zum Besten. Eppinghusen klatschte wiederum in die Hände, doch das war kaum zu hören. Einer der anderen Ratsherren griff nach einer Glocke und läutete diese so lange, bis die Versammlung weitergeführt werden konnte.

»Wir haben die Flagge mit eigenen Augen gesehen.« Der Latz genoss es, im Mittelpunkt der spannungsvollen Aufmerksamkeit zu stehen. »Auch ich würde die Freibeuter sicher nicht töricht nennen. Ich nenne sie dreist!« Damit erhob er seine Stimme.

»Und wie soll die Flagge ausgesehen haben?«, hakte Eppinghusen nach.

»Sie zeigt ein von einem Dolch durchstoßenes Herz und

daneben ein Stundenglas.« Die Antwort kam wie aus einer Donnerbüchse geschossen.
Und der Kleinere ergänzte: »Schwarze Zeichnung auf rotem Grund, auf blutrotem Grund!«
Es blieb still im Festsaal. Erst ganz allmählich setzte verhaltenes Flüstern ein. Auch die Ratsherren tuschelten miteinander. Hartwych grübelte vor sich hin. Immer wieder hörte man von diesen Zeichen, die Piraten angeblich führen sollten. Mal hieß es, dies seien nur Märchen. Die Unholde seien kaum so geistesschwach, ihre Identität preiszugeben. Dann wieder hörte man, die Freibeuter hätten sehr wohl Symbole, mit denen sie ihre Gegner einschüchtern und zur sofortigen Kapitulation bewegen wollten. Damit, so die Erklärung, erreichten sie, dass ihre Beute unbeschädigt in ihren Besitz überginge. Beide Ansichten hatten etwas für sich, fand Hartwych. Konnte man den beiden Gestalten, die dort vor dem Rat standen, glauben? Sie hatten das vermeintliche Zeichen Svendssons sehr glaubhaft beschreiben können. Und es lag auch auf der Hand, dass sie beide das Gleiche gesehen hatten.
»Als würde es nicht bereits dem Fass den Boden ausschlagen, dass diese Kerle es wagen, eine Hanse-Flotte anzugreifen, gibt es auch noch untrügliche Hinweise, die uns darauf schließen lassen, man habe es auf exakt dieses Schiff, die *Marie* von Lübeck, abgesehen.«
»Was veranlasst euch zu dieser Vermutung?«, fragte Eppinghusen.
»Nun, die Kogge hatte zum einen eine Frau an Bord, die hier in Riga mit einem angesehenen Kaufmann verheiratet werden sollte.«
Wieder hob ein Raunen an. Hartwych fühlte sich nicht wohl in seiner Haut. Er fühlte sich schuldig. Konnte er ahnen, was

die beiden noch wussten? Womöglich kannten sie nicht nur den Zweck von Bilke von Rantelns Reise, sondern auch ihren zukünftigen Bräutigam. Es würde ein äußerst eigenartiges Licht auf ihn werfen, wenn er zwar von der Ware gesprochen hatte, die er und sein Vater erwarteten, aber kein Wort von seiner zukünftigen Braut verlauten ließ, die mit demselben Schiff unterwegs war. Er konnte schlecht behaupten, nichts von ihrer Anwesenheit an Bord gewusst zu haben.
Eppinghusen war aufgesprungen. »Das ist in der Tat ungeheuerlich! Wisst ihr, was aus der Frau geworden ist?«
Hartwych hielt den Atem an.
Beide schüttelten den Kopf und senkten den Blick.
»Über ihr Schicksal ist uns nichts bekannt«, verkündete der Latz mit Leichenbittermiene. »Wir konnten nur noch mit ansehen, wie das Piratenschiff auf die Kogge zuhielt. Gewiss, die Mannschaft an Bord der *Marie* war bewaffnet. Aber von den Schutzbooten war weit und breit nichts mehr zu sehen. Und wir konnten auch nicht mehr eingreifen. Ich kann mir nicht vorstellen, dass die Dame noch am Leben ist.«
»Und zum anderen?«, erkundigte sich Durkop in das betretene Schweigen hinein.
»Wie?«
»Du sagtest: Zum einen. Dann muss es auch ein ›zum anderen‹ geben.«
»Oh, äh … Ja, gewiss, werter Ratsherr, das gibt es auch. Außer der Frau war nämlich noch eine ausgesprochen mysteriöse Fracht an Bord. Fragen Sie nur nicht danach, was es war und für wen es bestimmt gewesen ist. Uns hat man nicht viel erzählt. Es hatte uns ja auch nicht zu kümmern. Wir brauchten nur zu wissen, was wir geladen hatten. Und das war hauptsächlich Hanf und Lein.«

»Ich frage nicht«, bemerkte Durkop. Er klang, als stünde er kurz davor, die Geduld mit den Gästen zu verlieren. »Aber irgendetwas wird es doch geben, was ihr über die Fracht zu berichten habt, wenn ihr sie schon als mysteriös bezeichnet.«

»Nun, wie würden Sie wohl eine Kiste bezeichnen, die lang genug ist, um einen großen Menschen darin unterzubringen, und hoch genug, vier weitere darüberzustapeln?«

Die Zuhörer begannen sogleich zu spekulieren.

»Für jemanden in Riga war die monströse Kiste nicht bestimmt. Der gesamte Verband solle einen Umweg segeln, um sie abzuliefern, hieß es. Doch welchen Hafen wir zusätzlich anzulaufen hätten, teilte man uns nicht mit.«

Das war allerdings ungewöhnlich.

»Wussten Sie etwas davon, van Broke?«, wandte sich Eppinghusen an Hartwych.

»Nein. Uns war nur bekannt, dass die *Marie* im Verband mit anderen Handelsschiffen segelte. Da ist es nicht unüblich, in mehreren Häfen anzulegen.«

»Doch die genaue Route sollte doch wohl jedem Seemann bekannt sein«, dachte der Ratsherr laut nach. »Bitte, fahrt mit eurem Bericht fort.«

»Auch über den Empfänger ließ man uns im Unklaren. Aus gutem Grund, will ich meinen. So sickerte durch, dass dieser königlichen Geblüts sein sollte.«

»Die Piraten haben einen König bestohlen? Wen?«

»Woher konnten die von der Fracht und der Braut wissen? Das ist doch kein Zufall!«

Von diesem Moment an war beim besten Willen keine Ruhe mehr in die Versammlung zu bekommen. So schlossen die Ratsherren sie und vertagten sich.

»Du hättest mitgehen sollen, Vater. Du hättest wirklich und wahrhaftig dabei sein sollen. Das hätte dir gefallen!«

Hans zog eine Schnute. »Du weißt doch, dass ich es nicht leiden kann, wenn so viele Menschen sich in einem Saal drängen.« Er rieb sich den Oberarm, als beginne es ihn dort plötzlich zu jucken. »Aber ich hätte durchaus gerne zugehört, das ist wahr.«

»Es muss sich doch herausfinden lassen, für wen diese ominöse Kiste gedacht war«, sagte Hartwych.

»Sie war auf dem gleichen Schiff wie von Rantelns Ware. Leicht möglich, dass der etwas weiß.«

Hartwych nickte langsam. »Es ist Sache des Bestohlenen, Jagd auf den Dieb zu machen. Meinst du nicht auch?«

»Durchaus, mein Sohn, durchaus.«

Hartwych entfachte neue Talgkerzen, bevor die anderen in dem Leuchter ganz verloschen.

»Fragt sich nur, wer der eigentliche Bestohlene ist«, meinte er nachdenklich. »Sind es nicht die Lübecker, die nun ihre Lieferung schuldig bleiben?«

»Natürlich, so könnte man es sehen.«

Die Flammen der Kerzen tauchten die Stube in helles Licht.

»Hätte es nicht gereicht, jede zweite Kerze zu entzünden?«

»Bitte?« Hartwych war irritiert.

Hans brummte und deutete auf den Leuchter, der von der Decke hing.

»Genauso muss man es sehen, wenn du meine Meinung hören willst«, entgegnete Hartwych, ohne auf die Bemerkung seines Vaters einzugehen. »Solange die Lübecker nicht geliefert haben, gehört ihnen ihre Ware noch. Es ist doch eindeutig! Von Rantelns Fisch ist nicht bei seinem Abnehmer eingetroffen, also muss der ihn auch nicht bezahlen. Dessen

Schaden besteht ausschließlich darin, dass er sich um Hering von einem anderen Händler kümmern muss.«

»Und unser Schaden ist, dass wir auf unseren Pelzen sitzenbleiben«, ergänzte Hans und verschränkte die schlanken Finger ineinander.

»Unsinn!« Er lachte. »Wir bleiben niemals darauf sitzen. Es ist erstklassige Ware, die wir jederzeit einem anderen verkaufen können. Schön, womöglich dauert es etwas länger, als wir dachten. Nein, ich glaube gar, von Ranteln wird die Felle selbst übernehmen. Der Verlust wird ihn schon nicht verarmen lassen. Er muss ein neues Schiff besorgen, das ist alles.«

Sie schwiegen und sahen den Schatten zu, die der Kerzenschein über die Holzvertäfelungen tanzen ließ. Hartwych kannte den alten Mann gut genug, um zu ahnen, dass dieser mit der Darlegung seines Sohnes noch längst nicht einverstanden war.

»Außer dem Fisch ist auch von Rantelns Tochter nicht eingetroffen«, begann Hans. »Wer hat in diesem Fall den Schaden, und wie hoch ist er wohl zu beziffern?«

»Auch in diesem Fall hat von Ranteln den Schaden. Wie es aussieht, ist seine Tochter umgekommen. Das steht bei dem Unwetter, in das sie geraten war, und bei einem Piratenangriff jedenfalls zu befürchten. Selbst wenn sie nicht gleich den Tod gefunden hat, kann ich mir einfach nicht vorstellen, dass sie jetzt noch am Leben ist. Freibeuter machen nicht lang Federlesens mit ihren Gefangenen.«

Hans sah ihn nur an, sagte aber nichts.

»Ein schlimmes Schicksal. Auch wenn ich die Frau nie getroffen habe, bedaure ich doch, was ihr zugestoßen ist. Wir müssen von Ranteln unser Mitgefühl bekunden, wirklich, das müssen wir.«

Noch immer sagte Hans kein Wort. Seine klugen Augen ruhten lediglich erwartungsvoll auf Hartwych.

»Mir ist schon klar, worauf du hinauswillst«, platzte Hartwych endlich heraus. »Sie hätte meine Braut werden sollen. Wenn dieser Svendsson sie mir vor der Nase weggeschnappt hat, ist das eine Schmach, die ich nicht auf mir sitzenlassen kann. Ist es das, was du denkst?«

»In etwa. Siehst du, mein Junge, es wird nicht lange dauern, bis die ganze Stadt weiß, wessen zukünftige Braut auf dem Weg nach Riga war. Sie werden ohnehin alle über dich reden, weil du nicht sofort aufgeklärt hast, dass du der enttäuschte Bräutigam bist. Versuche nur nicht ihnen auseinanderzusetzen, dass die Hochzeit noch gar nicht beschlossene Sache war, dass du Bilke nicht einmal gekannt hast. Wie es aussieht, hat von Ranteln bereits ganze Arbeit geleistet, die die Geschichte in völlig anderem Licht erscheinen lässt. Auf welcher Seite werden die Leute wohl stehen? Auf der einer bedauernswerten jungen Frau, die in die Hände grausamer Piraten geraten ist, oder auf der eines Kaufgesellen, der sich ein Mädchen aus Lübeck bringen lässt, um sie auf ihre Eignung als Braut zu prüfen?«

»Vater!«

»Wenn du beim Rat vorsprichst und dich als derjenige zu erkennen gibst, zu dem das arme Geschöpf reisen wollte, ist es um dein Ansehen gewiss besser bestellt. Doch nur, wenn du auch Konsequenzen ziehst und dem Entführer oder gar Mörder deiner Braut den Kampf ansagst.«

Hartwych seufzte. Der Gedanke, die Stadt schon in Kürze erneut zu verlassen, behagte ihm nicht sonderlich. Auf der anderen Seite ging es hier um die Ehre. Und zwar längst nicht nur um seine, sondern um die der ganzen Stadt, ja, um die der Hanse.

»Tust du das nicht, werden sie mit Fingern auf dich zeigen«, fuhr Hans fort.

»Schon gut, du hast ja recht! Gleich morgen werde ich beim Rat in dieser Sache vorsprechen. Außerdem werde ich die Mitglieder der Compagnie zusammenrufen. Die Schwarzhäupter sind der Verteidigung der Stadt verpflichtet. Dazu gehört wohl auch, ihr Hab und Gut und ihr Ansehen zu verteidigen.«

Hartwych war mit den Ratsherren Eppinghusen und Durkop an der Ecke der Kremerstrate verabredet, wo sich das größte Weingewölbe der Stadt befand. Es war keinesfalls üblich, hier in kleiner Gruppe auf ein Glas einzukehren, doch die Herren verfügten über glänzende Kontakte, da Feierlichkeiten des Rathauses meistens hier, im städtischen Weinkeller, begangen wurden. Er sah die beiden schon von weitem die Gasse herunterkommen, den kleinen dicken Durkop und den großen, auffallend blonden Eppinghusen. Beide trugen Laternen in den Händen, die sie auf dem Heimweg gut gebrauchen konnten.

Nach einer raschen Begrüßung sahen die drei Männer sich fast gehetzt um und schlüpften dann eilig durch die Tür. Zwei Stufen führten in das Gewölbe hinab. Sie nahmen an einem Tisch in einer Nische Platz, die von einer mächtigen Säule mit aufwändig geschnitztem Kapitell verdeckt wurde.

»Also, van Broke«, setzte Durkop an, noch ehe ihnen der Wein gebracht wurde. »Sie wollten uns treffen, um uns in der Sache mit der Hanse-Flotte ein Angebot zu unterbreiten. Sie wissen natürlich, dass dies eine höchst brisante Angelegenheit ist und wir besser nicht zusammen gesehen werden.«

»Nun übertreiben Sie aber, werter Durkop«, beschwichtigte

Eppinghusen. »Was sollte verwerflich daran sein, mit dem Bestohlenen die Lage zu besprechen?«

»Nichts, lieber Eppinghusen, gar nichts. Verwerflich ist nur, ohne Bischof und Orden einen Plan zu entwerfen, wie wir uns in dieser Sache verhalten wollen.«

»Niemand muss davon erfahren. Es ist unsere Aufgabe, van Brokes Vorschläge in den Rat zu tragen und alle Beteiligten zu überzeugen. Vorausgesetzt, die Vorschläge sind zu gebrauchen. Nun, lieber van Broke, was haben Sie uns zu unterbreiten?«

»Ich habe mich entschlossen, eine Flotte zusammenzustellen und gegen den Dänen zu ziehen. Ich werde diesem Piraten ein für alle Mal das Handwerk legen.«

»Warum gerade Sie?« Durkops runde Äuglein weiteten sich. »Sie sind weder ein Ritter noch ein Kapitän, sondern ein Pelzhändler. Überlassen Sie es den Männern, die etwas davon verstehen, den Freibeutern nachzustellen.«

»Ich habe einen guten Grund, glauben Sie mir. Was ich gestern bei der Versammlung gesagt habe, war nicht ganz die Wahrheit.«

Beide Ratsherren zogen gleichzeitig fragend die Augenbrauen hoch.

»Wir haben keine Lieferung erwartet und sind auch nicht bestohlen worden«, sagte er freiheraus. »Jedenfalls nicht in dem Sinne. Wahr ist, dass die Kogge auf dem Weg zu uns war, um Pelze zu übernehmen.«

»Sie sind also gar nicht wirklich zu Schaden gekommen?« Eppinghusen war verwirrt und offenkundig auch ein wenig enttäuscht von seinem Gegenüber.

»Das bin ich durchaus. Bilke von Ranteln, die Frau, die an Bord der *Marie* gereist ist, war meine Braut.« Er fühlte sich elend, als er es aussprach. Doch er hatte sich nun einmal entschieden, und so sagte er den beiden Herren das, was er gründlich vorbereitet hatte. »Ich habe es in der Versammlung ausgedrückt, als hätten wir Ware erwartet, weil es mir … nun, es war mir peinlich, vor den angesehensten Herrschaften Rigas zuzugeben, dass es in Wahrheit eine Frau war, deren Ankunft ich ungeduldig entgegensah.«

»Aber mein Lieber van Broke, jeder hätte Verständnis dafür gehabt«, meinte Eppinghusen.

Durkop wollte wissen: »Aber später, als dann die Rede von einer Frau war, die zum Heiraten herkommen sollte, warum haben Sie da nicht gesagt, dass es sich um Ihre Braut handelte?«

»Wie hätte das denn ausgesehen? Ich hatte ja nicht geahnt, dass die beiden von Bilke von Rantelns Existenz beziehungsweise von dem Grund ihrer Reise wussten«, erklärte er wahrheitsgemäß. »Welch schlechtes Licht hätte es auf mich geworfen, wenn ich erst nur von Ware und plötzlich auch von einer Braut gesprochen hätte. Sie hätten doch meinen müssen, diese sei mir weniger wert als Hering oder Hanf.«

»Das ist ja ein dickes Ding.« Durkop schüttelte den stoppelbehaarten Kopf, während er die Neuigkeiten verdaute.

»Es tut mir von Herzen leid, lieber van Broke«, meldete sich Eppinghusen wieder zu Wort. »Ich wusste gar nicht, dass Sie eine Braut im fernen Lübeck haben.«

»Wir sind uns auch noch nicht begegnet«, gab er zu. »Doch die Verbindung ist gut, und was ich über von Rantelns Tochter weiß, ist vielversprechend.« Er räusperte sich. »Nun, es war vielversprechend. Wie auch immer.«

Die Männer blickten betreten auf den Tisch und nickten bedächtig. Es war nicht ungewöhnlich, dass eine Ehe beschlossen wurde, ohne dass die Eheleute sich je gesehen hatten. Sie waren mit der Erklärung daher zufrieden und bedauerten Hartwych, der um seine Braut betrogen worden war.

»Ich kann dem Verbrecher nicht durchgehen lassen, was er getan hat.« Er sah kurz hinauf zu dem mächtigen runden Deckenleuchter, der einem Wagenrad glich. Die Kerzen darin brannten nicht. Für drei Gäste lohnte es sich wohl nicht, sie zu entzünden. Nur in einer kleinen Nische in der Wand und auf dem Tisch flackerten Lichter.

»Doch was noch schwerer wiegt«, fuhr er fort, »ist die Tatsache, dass die Hanse angegriffen wurde. Das können wir uns nicht bieten lassen. Wir müssen uns mit anderen Hansestädten zusammenschließen und so rasch wie möglich und mit aller Härte auf den feigen Angriff reagieren.«

»Das steht außer Frage«, stimmte Eppinghusen zu.

»Es gehört zur Aufgabe der Compagnie der Schwarzen Häupter, für die Verteidigung von Riga einzustehen. Mein Vorhaben ist es, die Ältermänner davon zu überzeugen, diese Pflicht weiter zu fassen. Auch ein Angriff unserer Schiffe sollte Anlass genug sein, dass wir auf den Plan treten. Und die Schiffe der Hanse sind unsere Schiffe!«

»Ich fürchte, ganz so einfach ist die Sachlage nicht«, gab Durkop zu bedenken. »Wir müssen unsere Verbündeten befragen, wie sie sich zu verhalten gedenken. In erster Linie hat Lübeck zu entscheiden, wie mit diesem Svendsson verfahren wird. Vielleicht können wir den nächsten Hansetag vorverlegen und dort unser gemeinsames Handeln beschließen.«

»Dann ist der Kerl längst über alle Berge. Wer weiß, womöglich verkauft er Fräulein von Ranteln in seinem Land als Magd oder irgendeinem Unhold als Weib.«

»Wenn sie noch lebt«, wandte Eppinghusen zaghaft ein.

»Richtig, wir wissen nicht, ob sie überhaupt noch lebt. Doch sollte das der Fall sein, müssen wir rasch handeln.« Hartwych beugte sich vor und sah die beiden eindringlich an.

»Das ist wahr.« Eppinghusen nickte. »Man käme schneller zu einer Entscheidung, wenn wir Männer des Rates zu den wichtigsten Partnern des Städtebundes ausschwärmen würden.«

»Das dauert zu lange. Das dauert viel zu lange. So viel Zeit hat Bilke von Ranteln nicht.« Hartwych schlug mit der flachen Hand auf den Tisch. Sein Ärger war echt. Zwar hatte er keinerlei Interesse an der Braut Bilke von Ranteln, aber als Ehrenmann war ihm die Vorstellung von einer hilflosen Frau in der Gewalt dieser grausamen Männer unerträglich. Sollte sie bereits den Tod gefunden haben, wäre das eine Schandtat, die keinesfalls ungesühnt bleiben durfte. Am meisten aber erzürnte ihn der Gedanke, dass es da draußen auf der Ostsee Kerle gab, die den Respekt vor anderen Menschen und deren Besitz mit Füßen traten und mit ihrem gänzlich unmoralischen rücksichtslosen Verhalten auch noch Erfolg hatten. Man durfte sie einfach nicht gewähren lassen. Sie mussten lernen, dass sie mit Gewalt und Einschüchterung nicht länger zum Ziel kämen.

»Was haben Sie sich denn vorgestellt? Wollen Sie Svendsson etwa im Alleingang verfolgen? Das ist völlig unmöglich!« Durkop erinnerte noch einmal daran, dass es sich um eine ausgesprochen brisante Angelegenheit handle. Immerhin stehe es schon jetzt nicht zum Besten in der Beziehung zwischen Dänemark und der Hanse und speziell zwischen Dänemark und Lübeck. Überdies sei eine Lieferung mit königlichem Empfänger im Spiel. Hier sei also Diplomatie eher gefragt als heißes Blut.

Die Männer saßen bis tief in die Nacht beieinander und zerbrachen sich die Köpfe darüber, ob es einen Weg gebe, dies als eine Privatsache zu behandeln, wer die immensen Kosten für Schiffe und Ausrüstung tragen solle und wie sich ein politischer Eklat verhindern lasse. Als sie schließlich aufbrachen, hatten sie keine Lösung parat. Ein jeder wusste jedoch, wen er ansprechen, wen er fragen musste. Es galt, Verbündete zu finden. Und zwar schnell.

Sie traten hinaus auf die finstere Gasse.

»Zünden Sie Ihre Laterne an, Durkop!«

»Damit jeder uns auf der Stelle sieht?« Durkop schüttelte heftig den Kopf.

»Nein, um mit gutem Beispiel voranzugehen. Niemand weiß, worüber wir gesprochen haben. Es ist kein Beinbruch, wenn uns jemand sieht.« Eppinghusen seufzte, zuckte resigniert die Schultern und verabschiedete sich.

Auch Durkop verabschiedete sich und zündete seine Kerze an, nachdem er einige Schritte gegangen war. Hartwych sah ihm nach und machte sich eilig auf den Heimweg. Er trug die Laterne mit brennender Kerze darin, wie Eppinghusen eher, um anderen ein Vorbild zu sein, denn um besser sehen zu können. Er kannte sich gut genug aus, um selbst im Dunkeln den rechten Weg zu finden. Und so ging es den meisten Rigaern. Das war der Grund, weshalb ein Gesetz, das der Rat vor langer Zeit erlassen hatte, ins Leere lief. Dieses Gesetz hatte vorgeschrieben, dass alle Bürger der Stadt, die spät am Abend noch unterwegs waren, eine Laterne mit sich zu führen hätten. Ohne Tageslicht war es immerhin stockfinster in den Gassen. Nur kannten sich die Menschen, die hier lebten, so gut aus, dass ihnen der schwache Schein, der hier und da aus einem Haus auf die Straße fiel, ausreichte. Zur Not fanden sie mit geschlossenen Augen nach Hause. Was sollten sie also Kerzen verschwenden? Die Einwohner hielten sich zwar an das Gesetz und hatten fortan Laternen bei sich, wenn es Abend wurde, nur waren diese leer. Fremde, die sich nicht auskannten, kümmerten sie nicht. Sollten die doch Laternen mit Kerzen mit sich führen. Als der Rat einsehen musste, dass sein Erlass keinen Erfolg hatte, machte er ein neues Gesetz. Das besagte ausdrücklich, dass jeder, der bei Dunkelheit unterwegs war, eine Laterne mit sich zu führen hatte, die mit einer Kerze ausgestattet war. Damit, so war man guten Mutes, war nun Abhilfe geschaffen, und die Stadt würde auch des Abends noch recht gut erleuchtet sein. Weit gefehlt. Die Leute trugen ihre Laterne mit sich und hatten auch eine Kerze darin, nur angezündet wurde diese nicht.

Die nächsten Tage waren mit sehr viel Arbeit angefüllt. Zum einen musste Hartwych mit den Ältermännern der Compagnie debattieren, es mussten Zuständigkeiten geklärt werden, zum anderen war das Fest des Maigrafen auszurichten, das bevorstand. Das gesellige Leben in der Stadt ging weiter. Es ließ sich von einem Piratenüberfall nicht aufhalten. Gewiss, es gab genug Mitglieder unter den Schwarzhäuptern, die sich um die Vorbereitungen kümmern konnten. Hartwych wäre ohne großes Reden aus der Pflicht entlassen worden, jetzt, da sich herumgesprochen hatte, dass es seine Braut war, die wahrscheinlich ihr nasses Grab gefunden hatte. Doch er wollte sich an der Planung der Feierlichkeiten beteiligen, denn er hatte vor, Ria als Sängerin ins Spiel zu bringen. Am letzten Apriltag machte er sich endlich auf den Weg zu ihrer Kate. Er musste daran denken, wie er sie zum ersten Mal gesehen hatte. Sie war in eine einfache Schürze aus Kattun gekleidet gewesen und hatte einen Korb über dem Arm getragen. Während ihr Vater die Leute angesprochen und das Gemüse feilgeboten hatte, sang Ria ein paar Melodien. Sie war ganz versunken in die Töne und merkte nicht, dass diese die Käufer nur so anlockten. Damals war sie beinahe noch ein Kind gewesen, aber Hartwych war von ihrer Stimme hingerissen. Er war den beiden gefolgt, aus der Stadt hinaus bis zu der ärmlichen Hütte, immer auf der Hut, um nicht gesehen zu werden. Sofern es seine Zeit zuließ, war er jeden Tag gekommen und hatte nach ihr Ausschau gehalten. Mal bekam er sie zu Gesicht, oft genug hatte er aber kein Glück. Eines Tages fasste er sich dann ein Herz und sprach sie an, als sie vor dem Haus im Beet arbeitete. Niemals würde er vergessen, wie erschrocken sie zunächst war. Scheu war sie zurückgewichen. Doch ihre Augen verrieten ihm sofort, dass auch er ihr gefiel.

Schon von weitem entdeckte er sie vor ihrem Häuschen. Sein Herz schlug schneller vor Freude. Viel zu lange hatte er sie nicht gesehen. Sie war ganz in ihre Arbeit in dem kleinen Beet vor dem Plateau, auf dem ihre Kate stand, vertieft. Sie bückte sich und prüfte anscheinend den Rhabarber, ob er schon reif war.

»Gott sei Dank, es geht dir gut!«, begrüßte er sie.

»Hartwych!« Sie strahlte ihn an, sah sich dann erschrocken um, ob jemand sie beobachtete. »Komm mit hinein.« Sie wischte sich ihre Hände an der Schürze ab, wie sie es immer tat, und ging vor ihm her in die Hütte. Es war unübersehbar, dass sie sich über seinen Besuch freute, doch sie wirkte auch ein wenig unsicher. Sie sank nicht, wie er es von ihr kannte, in seine Arme, sondern ging zu einem Krug, schenkte klares

Wasser in zwei Becher, reichte ihm einen davon und trank durstig aus dem anderen.

»Entschuldige«, sagte sie lächelnd, als sie das Gefäß absetzte und gleich noch einmal füllte. »Es ist so warm heute. Und ich bin schon recht lange draußen«, plauderte sie drauflos. »Ich habe einige Sträucher geschnitten und das Unkraut gejätet. Die Busch- und die Stangenbohnen habe ich auch schon in Töpfen vorbereitet. Wenn sie nur ordentlich gedeihen, kann ich vier Wochen früher ernten, als wenn ich auf das Vorziehen verzichtet hätte. Diesen Ratschlag hat mir die Köhlerin gegeben.« Sie nahm wieder einen Schluck. »Wenn es nur bald einmal eine längere Zeit warm bliebe«, fuhr sie fort. »Ich habe vorhin nach dem Roggen gesehen. Er hat noch nicht einmal damit begonnen, die Halme hinauszuschieben. Aber wenn er einige Tage Sonne hat, wird er das tun.«

Hartwych war klar, dass sie nach der letzten Begegnung mit ihm nicht wusste, wie sie sich verhalten sollte. Er sah ihr zu, wie sie sich auf den kleinen Hocker fallen ließ. Er erwartete, dass dieser kippelte und Ria sagen würde, dass sie die Beine richten musste. Aber das geschah nicht. Sie ließ sich fallen, und der Hocker blieb fest stehen.

»Du hast die Beine gerichtet?«

Sie sah ihn verwirrt an, dann wusste sie, was er meinte.

»Ja, das heißt, nein, nicht ich selbst. Ich hatte der Köhlerin ein wenig geholfen. Ihre Hütte wäre bei dem großen Regen beinahe davongeschwommen. Du weißt doch noch, als du dich auf die Reise gemacht hast, hat es so fürchterlich geregnet.« Sie sah auf ihre rissigen sandigen Hände. Sie hatte den Moment nicht ansprechen wollen, ihren letzten Moment, in dem sie so unglücklich auseinandergegangen waren, aber es war ihr einfach so herausgerutscht. »Ich bin ihr ein

wenig zur Hand gegangen, dafür hat sie mir ihren Ältesten geschickt, der den Hocker gerichtet hat«, sprach sie hastig weiter.
»Gut, dass sie dir nicht ihren Mann geschickt hat. Was der in seine zwei linken Hände bekommt, ist hinterher schlechter in Schuss als zuvor«, meinte Hartwych.
Sie lachte. »Das ist wahr. Glücklicherweise hat der Sohn nichts von seinem Vater. Er ist ein fröhlicher umgänglicher Bursche und sehr geschickt. Er will mir auch die Tür ausbessern.«
»Das ist gut, das ist sehr gut.«
Er nahm einen Schluck Wasser. Sie wussten beide nicht mehr, was sie sagen sollten. Die Stille in dem Häuschen war nahezu greifbar. Nicht einmal das Scharren der Hühner erfüllte die Luft, denn sie waren hinter der Hütte in einem kleinen Verschlag und freuten sich an den Sonnenstrahlen.
»Es tut mir leid, dass ich im Streit weggegangen bin«, begann Hartwych endlich. »Tags drauf bin ich noch einmal hier gewesen, um mich vor meiner Reise noch bei dir zu entschuldigen. Leider habe ich dich nicht angetroffen.«
»Oh«, machte sie. Ihre Augen funkelten glücklich. »Du hast mir schrecklich gefehlt«, sagte sie leise. »Ich dachte schon, ich sehe dich vielleicht nie wieder.« Ihr Haar war zu einem Zopf gebunden, eine Strähne hing ihr in die Stirn, die feucht glänzte, ihre Wangen waren rosig von der Anstrengung der Gartenarbeit. Wie schön sie war!
Er ging zu ihr, zog sie von dem Hocker hoch und schloss sie in seine Arme.
»Du hast mir auch gefehlt, das kannst du mir glauben. Jeden Tag habe ich an dich gedacht.« Er küsste ihren Scheitel, ihre glühenden Wangen, die Nasenspitze. Sie schmeckte ein we-

nig salzig, und ihre Haut war warm. Behutsam erkundeten seine Lippen ihr Gesicht und fanden schließlich ihre Lippen. Hatte sie sich bisher stets geziert, wenn er sie auf den Mund küssen wollte, erwiderte sie seinen Kuss jetzt voller Hingabe. Er streichelte ihre Arme, ihre Taille und ihren Nacken. Immer leidenschaftlicher glitten seine Lippen über ihr Antlitz, den Hals hinab. Er musste sich zügeln, musste seine Zunge zurückhalten, die den Geschmack ihrer Haut kostete und sich dann den Weg zwischen ihre Lippen bahnen wollte. Hartwych hörte Ria leise stöhnen und wusste, dass er auf der Stelle die Finger von ihr lassen musste, wenn er sie nicht entehren und ins Verderben stürzen wollte. Abrupt ließ er sie los und wandte sich kurz von ihr ab.

Im nächsten Moment wirbelte er schon wieder zu ihr herum. »Denk dir, es gibt gute Neuigkeiten! Die Kogge mit Bilke von Ranteln an Bord ist auf dem Weg hierher von Piraten überfallen worden.« Er strahlte sie an.

Ria bekreuzigte sich. »Großer Gott! Und das nennst du gute Neuigkeiten?«

»Verstehst du denn nicht, was das für uns bedeutet? Ein jeder in der Stadt wird verstehen, wenn ich nach diesem Schlag um keine andere Braut anhalte. Ich bleibe allein und hole mir eine Magd in mein Haus, die für mich kocht, meine Wäsche macht und mir Gesellschaft leistet. Wäre das nicht wunderbar? Ich könnte dich gut versorgen und bräuchte keine andere Frau zum Weib nehmen. Unser Kummer wäre vergessen.« Er war ganz aufgekratzt, kam immer wieder zu ihr und nahm sie in die Arme oder hielt nur ihre Hände, während er von seinen Plänen berichtete, diesem ungehobelten Piraten den Garaus zu machen.

»Du willst ihn jagen?«

»Ja, genau das werde ich. Es hat nichts mit der Frau zu tun. Ich werde nur einfach nicht zulassen, dass er meiner Stadt und ihren Kaufleuten weiter auf der Nase herumtanzt.«
»Deiner Stadt?« Sie lächelte spöttisch.
»Unserer Stadt!« Er packte ihre Taille und hob sie hoch.
»Lass mich runter!«, protestierte sie und lachte.
Er stellte sie wieder auf ihre Füße, schlang die Arme allerdings noch fester um ihre Taille. »Ich hoffe, du verstehst mich«, sagte er ernst. »Es ist wichtig, diesen Verbrecher in seine Schranken zu weisen. Das kann ich nicht die anderen erledigen lassen und mich mit klugen Ratschlägen begnügen.«
»Du tust das Richtige. Ich liebe dich ja auch deshalb, weil du dich um all diese Dinge kümmerst, weil du dich niemals davor drückst.« Sie sah zu ihm auf, und ihm wurde ganz warm ums Herz. »Stell dir nur vor, wenn sie noch lebt! Dann würdest du ein wahrlich gutes Werk tun, sie aus den Klauen dieses Ungeheuers zu befreien.«
Dieser Gedanke trug nicht gerade dazu bei, seine ausgelassene Stimmung zu erhalten.
»Selbst dann ist nicht sicher, dass ich sie heiraten muss.« Er erzählte von dem Gespräch, das er mit seinem Vater direkt vor seiner Abreise geführt hatte.
Ria fürchtete, dass eine Frau sich leicht in ihren Lebensretter verlieben könnte. Noch dazu, wenn er so gut aussah und einen so edlen Charakter hatte wie Hartwych. Sie sah ihre gemeinsame Zukunft längst noch nicht vor sich. Deshalb gab er sich alle Mühe, sie mit seiner Zuversicht anzustecken.
Nach einer Weile meinte er abschließend: »So tragisch es für sie und ihre Familie ist, aber sie ist vermutlich ohnehin nicht mehr am Leben. Und nun lass uns von schöneren Dingen

sprechen. Denk dir nur, ich bin mit einem Schlitten gefahren, der von Hunden gezogen wurde!«
Sie starrte ihn ungläubig an. »Von Hunden?«

Nun war er nicht mehr zu halten. Er erzählte ihr jede Einzelheit von Wolf, Mädchen und dem Weißen, von dem schlimmen Unglück und der Gastfreundschaft der Sumpfleute. Sie hörte ihm aufmerksam zu, unterbrach ihn kein einziges Mal, nutzte aber seine Atempausen, um ihm Fragen zu stellen. Es gab so vieles, was sie wissen wollte, was sie interessierte. Hartwych genoss es sehr, seine abenteuerlichen Reiseerlebnisse schildern zu können. Zwar hatte er schon seinem Vater und auch Durkop ein wenig davon berichtet, doch bei Hans hatte er gerade die aufregendsten Passagen weggelassen oder nur grob umrissen, um den Zorn des alten Mannes auf Henning nicht noch zu schüren. Und bei Durkop hatte er schnell gemerkt, dass der Ratsherr mehr an den geschäftlichen Dingen, an den Pelzen, Interesse hatte als an einer solch absonderlichen Idee, mit Hunden und Schlitten drei Tagesreisen zu unternehmen. Ria dagegen hing ihm begeistert an den Lippen und bewunderte ihn für seinen Mut. Er malte sich aus, wie er als alternder Junggeselle sein Geschäft führen, sich von ihr verwöhnen lassen und mit ihr seine Erlebnisse teilen könnte. Als es Zeit für ihn wurde, sich zu verabschieden, kam er auf die Maifeierlichkeiten zu sprechen.
»Es wird wie in jedem Jahr ein großes Gelage zum Abschied des alten Maigrafen geben. Auch wenn der neue gewählt ist, wird nicht zu knapp gefeiert. Von den Reiterspielen und dem Vogelschießen nicht zu reden. Ich habe die Aufgabe übernommen, Spielleute für diese Zwecke zu finden.« Er warf ihr einen erwartungsvollen Blick zu.

»Aber ich spiele kein Instrument«, gab sie halbherzig zu bedenken. »Zwar habe ich über deinen Rat nachgedacht, die Leier oder Zither spielen zu lernen, nur wann? Mir bleibt keine Zeit dafür. Wenn mein Tagewerk erledigt ist, wird es längst dunkel. Ich kann es mir nicht leisten, Kerzen oder Talg dafür zu verschwenden, um zu musizieren.« Sie zuckte mit den Schultern. »Und ein Instrument kann ich mir schon gar nicht leisten.«

»Ich könnte dir eines kaufen.«

»Das ist sehr großzügig, aber du weißt, dass ich das nicht annehmen würde, Hartwych van Broke.«

»Darüber müssten wir dann wohl noch streiten«, sagte er und küsste sie zärtlich auf die Nasenspitze. »Zunächst reicht aber deine wunderschöne Stimme. Du wirst bei den Festen singen. Die Leute werden dir zu Füßen liegen!«

»Aber die meisten Spielleute haben doch eine Sängerin oder einen Sänger. Oder etwa nicht?«

Er kannte sie so gut und wusste genau, dass sie sich zierte, weil sie sich davor fürchtete, vor den reichen Einwohnern der Stadt, denen solche Feierlichkeiten vorbehalten waren, zu singen. Im Grunde ihres Herzens aber freute sie sich maßlos, eine derartige Möglichkeit geboten zu bekommen.

Er verließ ihre Hütte voller Zufriedenheit. Ria hatte sich rasch von ihm überzeugen lassen, bei den Maifeierlichkeiten zu singen. Wenn doch nur alles so einfach wäre, dachte er. Er sprang die beiden Stufen von dem kleinen Plateau hinab. Sein Blick fiel auf die runden Feldsteine, die es akkurat einrahmten. Die Steine hatten etwa die Größe von Katzenköpfen. Er wusste, dass solche Steine auf den Feldern lagen und aufgesammelt werden mussten, damit sie beim Bestellen der

Äcker nicht im Weg waren. Für die Bauern waren sie ein Ärgernis, das ihnen das Leben schwermachte. Zwar konnte man etwas damit anfangen, allerdings längst nicht mit allen Steinen, die sich im Laufe der Zeit ansammelten. Natürlich, das war die Lösung. Hartwych hatte einen Geistesblitz, der ihm auf Anhieb gefiel. Und auch bei näherem Nachdenken taten sich keine Nachteile auf. Er würde dem Rat ein Gesetz vorschlagen, nach dem jeder Bauer, der die Stadt betreten will, um dort Ware anzubieten, zwei dieser Katzenköpfe mitzubringen habe. So würde die Pflasterung der Straßen kein Geld kosten und recht zügig vorangehen. Ja, es war wahrhaftig ein guter Tag! Hartwych pfiff eine fröhliche Melodie, während er wieder das Stadttor erreichte.

Der Trompeter auf dem Rathausturm stieß ins Horn und verkündete die volle Stunde, als Hartwych gerade das ehrwürdige Gebäude betreten hatte, in dem die Ratsherren ihrer Arbeit nachzugehen pflegten, und nun dem kleinen Saal zustrebte. Die dunklen Bohlen knarrten unter seinen Lederschuhen und glänzten. Sie mussten vor kurzem gebohnert worden sein. Es hatte geheißen, an diesem Nachmittag solle ein Beschluss in der Piratensache gefasst werden. Hartwych war überaus gespannt, ob es tatsächlich dazu kommen würde. Er hatte arge Zweifel, dass eine Einigung zustande käme. Wie die letzten Tage gezeigt hatten, gab es allzu viele verschiedene Interessen und Bedenken.
Nach einer förmlichen Begrüßung wurde die Versammlung eröffnet. Auch ein Abgesandter aus Lübeck, ein enger Vertrauter von Bürgermeister Brekewoldt, dem über die Landesgrenzen hinaus bekannten Gewandmacher, war zugegen. Er wurde als Klever vorgestellt und war von Brekewoldt

bevollmächtigt, die Stadt Lübeck zu vertreten. Einem der Rigaer Ratsherren war bekannt gewesen, dass dieser sich unweit der Stadt an der Küste des Kurlandes aufhielt. Also hatte man ihm eiligst eine Nachricht senden lassen und ihn gebeten, nach Riga zu reisen, um für Lübeck sprechen zu können. So war es geschehen. Dieser Klever war ein Mann mit eigenartigem Erscheinungsbild. Die Beinkleider, die eng anliegen sollten, warfen Falten, der Umhang schien ebenfalls eine Nummer zu groß für ihn zu sein. Seine Ärmchen sahen spindeldürr aus, wie sie aus den übergroßen Armlöchern seines Umhangs hervorragten, das Wams war viel zu lang. Sein Antlitz erinnerte Hartwych an die Hühner, die zu Rias Hausstand gehörten. Die Nase war dünn und gebogen wie ein Schnabel, und er machte eigentümliche ruckartige Bewegungen mit dem Kopf, als er, während man ihn vorstellte, blasiert in die Runde blickte.
Eppinghusen ergriff als Erster das Wort. Er teilte den Anwesenden, darunter auch Vertreter der Kirche und des Ritterordens, mit, er habe noch einmal mit den beiden Männern gesprochen, die den Überfall auf die Hanse-Flotte überlebt hatten.
»Die Herren, die nach ihrer glücklichen Rettung noch immer in Riga weilen, haben die Vermutung geäußert, Svendsson und seine Männer seien nach dem Raubzug umgehend in seinen Heimathafen zurückgekehrt. Sie wussten weiter zu berichten, dass dieser in Roskilde sein soll.«
»Halten Sie derlei Aussagen wirklich für glaubwürdig?«, meinte Durkop höhnisch. »Worauf fußen diese Mutmaßungen?«
»Die Abende auf See sind lang. Die beiden behaupten, mit Männern gesprochen zu haben, die bereits ihre Erlebnisse

mit Piraten hatten. Einer soll sogar darunter gewesen sein, der einige Zeit mit einem Kaperfahrer unterwegs war, dann aber auf den rechten Pfad zurückgefunden hat.«

Schon ging es hoch her. Einer meinte, man könne überhaupt keine Vermutung darüber anstellen, wohin der Pirat gesegelt sei. Er könne überall zu Wasser oder zu Lande sein. Der Nächste hielt es für lohnend, auf schnellstem Wege eine bewaffnete Flotte nach Roskilde zu senden.

»Ich kenne mich mit Freibeutern nicht besonders gut aus, das will ich wohl zugeben«, ließ Durkop nun wieder verlauten. »Nur eines vermag ich mir gewiss nicht vorzustellen.« Er sah in die Runde und schmunzelte. »Dass ein Piratenschiff nach seinem Beutezug guter Dinge in den nächstbesten großen Hafen einfährt.«

Er erntete nicht viel Gelächter. Die meisten waren über Kaperbriefe wohlinformiert. Ihnen war klar, dass genau das nach einer Kaperfahrt passierte. Und zwar mit dem Segen der Obrigkeit. Freilich hätte das niemand laut ausgesprochen.

»Verzeihen Sie, meine Herren, aber Sie beginnen, mich zu langweilen«, verkündete Klever unvermittelt mit einer seltsam schnarrenden Stimme, die klang, als käme sie aus der Nase und nicht aus dem Mund.

Mit einem Schlag war es still in dem Saal. Hartwych traute seinen Ohren nicht. Er wartete, dass man den Mann zur Ordnung rief, doch Lübeck war nun einmal die Königin der Hanse, die wichtigste Macht, und er war ihr Gesandter. So beließ man es bei einem betretenen Schweigen.

»Was spielt es für eine Rolle, ob dieser Svensen in Roskilde ist oder vor Rügen kreuzt? Das sollen diejenigen herausfinden, die mit ihm Katz und Maus spielen wollen.«

Hartwychs Abneigung gegen den aufgeblasenen Sonderling

wuchs mit jedem Wort, das er sprach. Und das lag gewiss nicht nur an der unangenehmen Stimme, die einem das Gehör beleidigte, und an seinem unüberhörbaren Lispeln.
»Entscheidend ist doch, wie auf diesen Affront zu reagieren ist. Und in dieser Sache vertritt meine Stadt einen klaren Standpunkt.« Alle sahen ihn gespannt an. Klever drehte den Kopf in seiner eigentümlichen Art eines Huhnes. »Dieser Svensen muss zur Rechenschaft gezogen werden!«, brüllte er so heftig los, dass Eppinghusen sich instinktiv die Finger in die Ohren steckte.
Er hüstelte verlegen und ließ die Hände rasch wieder sinken, nachdem er einen pikierten Blick von Klever aufgefangen hatte. »Wir teilen diese Ansicht«, sagte er langsam. »Nur ist die ganze Sache etwas heikel, wie Sie zugeben werden. Die Beziehung zwischen dem dänischen König und dem Städtebund ist, nun sagen wir einmal, angespannt.«
Klever kniff die Augen zusammen und ruckte kurz mit dem Kinn. »Niemand hier weiß besser als ich, wie heikel die Situation ist«, sagte er gedehnt.
»Wollen Sie uns nicht von der Schmach der Unwissenheit befreien?«, verlangte Durkop ein wenig ungeduldig. Man spürte nur zu deutlich, was er von dem Gesandten Brekewoldts hielt.
»Gern!« Wieder dieser hochmütige Blick in die Runde. »An Bord der Kogge *Marie* war eine Fracht von unschätzbarem Wert.« Einige sahen Hartwych fragend an, als müsse er am besten wissen, was das nämliche Schiff geladen hatte. Er zuckte nur mit den Schultern und schüttelte den Kopf.
»Sagt Ihnen der Name Johannes Junge etwas?«
»Er ist Bildhauer, wenn ich nicht irre«, antwortete Durkop betont gelangweilt.

Hartwych meinte, den Namen auch schon gehört zu haben, konnte sich aber nicht entsinnen, in welchem Zusammenhang.

»Er ist einer der bedeutendsten Bildhauer unserer Zeit«, stellte Klever richtig. »Und er kommt aus dem herrlichen Lübeck.« Natürlich, wie konnte es anders sein?

»Nun kommen Sie aber auf den Punkt, Mann!« Durkop hatte die Faust auf das kleine Pult sausen lassen, das er vor sich stehen hatte.

»Das ist doch die Höhe!«, ereiferte sich Klever. Seine Stimme überschlug sich und wurde zu einem schmerzhaften Quietschen.

»Ist doch wahr«, polterte Durkop. Die Röte seiner Wangen zeigte deutlich den Grad seiner Erregung an.

»Bitte, meine Herren! Sind Sie so gütig, uns zu verraten, was dieser zweifellos grandiose Bildhauer mit der Fracht zu schaffen hat, die auf der *Marie* war?«

»Johannes Junge hat den Sarkophag für Königin Margarethe I. geschaffen. Ein wahres Meisterwerk! Ebendieses war an Bord der Kogge, um nach Roskilde gebracht und dem Bischof übergeben zu werden.«

Ein Raunen ging durch die Menge. Jetzt fiel Hartwych wieder ein, woher er den Namen des Künstlers kannte. Durkop hatte ihm von dem Sarkophag erzählt.

»Sind Sie dessen vollkommen sicher?«, fragte Eppinghusen und klang ein wenig kurzatmig vor Aufregung.

»Ich bin bereit, diese Frage zu überhören«, entgegnete Klever abfällig. »Es ist doch wohl eine Selbstverständlichkeit, dass der hochverehrte Bürgermeister Brekewoldt sowie die anderen drei Bürgermeister davon Kenntnis hatten. Und damit natürlich auch ich.«

In Hartwychs Kopf arbeitete es hektisch. Was hatte diese Offenbarung zu bedeuten? Welche Konsequenzen entstanden daraus? Schon schnellte seine Hand in die Höhe, und man erteilte ihm das Wort.

»Wie ist es möglich, dass der Sarkophag jetzt zu seinem Bestimmungsort gebracht werden sollte?«, fragte er.

»Eine naive Frage«, wies Klever ihn zurecht. »Aber Sie sind jung, da will ich nicht so sein.« Durkop rollte mit den Augen und stöhnte laut und vernehmlich. »Die Beziehungen zwischen Dänemark und der Hanse sind gespannt, wie Sie vorhin schon hören konnten. Das ist nicht erst seit gestern so. Und Lübeck ist nun einmal die Hanse, gewissermaßen. Daher hat sich die Auslieferung …«

»Das war es nicht, was ich wissen wollte«, fuhr Hartwych ihm in die Rede. Auch er war mit seiner Geduld beinahe am Ende und freute sich diebisch über den entsetzten Blick, den er für seine Dreistigkeit kassierte. »Was ich meine, ist, es muss doch einen Anlass gegeben haben, das Kunstwerk ausgerechnet jetzt zu verschiffen. Ich bin sicher, Sie kennen ihn.« Er schenkte Klever ein übertrieben freundliches Lächeln und erntete dafür einen amüsierten Blick von Durkop.

»Selbstverständlich. Wir wollten dem dänischen König unseren guten Willen zeigen, um die Handelsbeziehung endlich wieder zu verbessern.« Er holte tief Luft. Es stand zu befürchten, dass er einen ausufernden Vortrag über friedliche Beziehungen zum Besten geben wollte.

Eppinghusen kam ihm zuvor: »Verstehe ich Sie richtig, dass Lübeck diese Entscheidung im Alleingang getroffen hat? Ich kann mich nämlich nicht entsinnen, bei dem letzten Hansetag einem derartigen Beschluss beigewohnt zu haben.« Seine Stimme hatte mit jedem Wort an Kraft gewonnen. Zum

Schluss bebte sie bedrohlich. Das war nur zu verständlich, denn dies war eine politische Entscheidung, die unter allen Umständen auf den Hansetag gehört hätte.

»Es hat einen Regionaltag gegeben. Eine entsprechende Bulle dürfte Ihnen zugegangen sein. Es ist nicht unsere Schuld, wenn Sie diese nicht sorgfältig gelesen haben.«

»Nun ist es aber genug!« Durkop sprang auf, was zur Folge hatte, dass Klever seinen Kopf ruckartig nach hinten bewegte. Es knackte abscheulich, und der Mann aus Lübeck erstarrte in einer äußerst ungesunden Haltung. Sein Kopf war schief, das rechte Ohr zur Schulter geneigt. Alle sahen ihn entsetzt an. Selbst Durkop war auf einmal wieder ruhig. Klever zog die rechte Schulter hoch, dann die linke. Dann griff er mit beiden Händen nach seinem Kopf, als könne er ihn abschrauben. Eine rasche Bewegung, ein erneutes fürchterliches Knacken, und der Kopf saß wieder gerade auf dem Hals. Klever probierte, ob er ihn in alle Richtungen drehen konnte. Als das der Fall war, lächelte er zum ersten Mal.

»Keine Sorge, meine Herren, das passiert mir öfter. Wo waren wir stehengeblieben?«

Durkop war der Wind aus den Segeln genommen, und die Versammlung nahm nun wieder deutlich gesitteter ihren Fortgang.

»Wir müssen doch davon ausgehen«, meinte Klever, »dass dieser …«

»Svendsson«, warf Durkop dazwischen.

»Dass dieser Svensen den König brüskieren und mit dem Werk einen satten Gewinn einstreichen will«, fuhr Klever unbeeindruckt fort. »Kunstliebhaber, ich meine, echte Kenner, wären gewiss bereit, dafür größte Summen auszugeben. Um nun seinerseits seinen guten Willen der Hanse gegenüber zu bezeugen, und natürlich um seine Ehre wiederherzustellen, bleibt dem König nichts anderes übrig, als diesem Piratenabschaum ein für alle Male das Handwerk zu legen. Setzen Sie diesbezüglich ein Schreiben auf, in dem wir das von Erik VII. fordern. Sollte er darauf nicht eingehen, was ich mir nicht denken kann, drohen wir mit einer Blockade.«

Ratsherren und Ritter, die sich gewiss nicht zu allen Zeiten grün waren, reagierten einhellig mit Widerspruch. Sie tuschelten und wisperten.

Eppinghusen griff schließlich ein. »So schnell geht das nicht. Mit der Androhung einer Blockade verschärfen wir den ohnehin bedauerlicherweise bestehenden Konflikt. Sie sagten vorhin selbst, es sei an der Zeit, Zeichen der Annäherung zu setzen. Mit einer Blockade bewirken wir aber gerade das Gegenteil.«

»Und Riga wird tiefer in den Streit hineingezogen, als uns lieb sein kann«, rief jemand aufgebracht dazwischen. Hartwych verstand den Mann nur allzu gut. Der Sundzoll war den Kaufleuten bereits ein Dorn im Auge. War Dänemark als Handelspartner in seiner Bedeutung auch zu vernachlässigen, so übte es doch Gewalt über die Seewege aus. Es war höchste Zeit, dass man sich mit dem dänischen König wieder gutstellte.

Eifrig wurde das Für und Wider von Klevers Vorschlag diskutiert. Einer meinte, man dürfe nicht vergessen, dass die Hanse nur ist, was sie ist, weil sie Dänemark vor zig Jahren hatte in die Knie zwingen können.

»Mit siebenundfünfzig Städten ging es damals gegen den dänischen König«, erinnerte er. »Erst durch den Sieg ist die Macht des Bundes gewachsen. Vielleicht ist es wieder an der Zeit, dem Dänen-König die Stirn zu bieten.«

Hartwych war bewusst, dass es durch den Sieg vor vielen

Jahren gelungen war, von Dänemark Handelsvorrechte zu verlangen. Ein glücklicher Schachzug, gewiss. Nur wusste er eben auch, dass erst mit dem Frieden von Stralsund auch ein Waffenstillstand zwischen Dänemark und der Hanse unterzeichnet worden war. Dieser Frieden stand nun wieder auf dem Spiel.

»Krieg ist und war schon immer für unseren Bund die letzte denkbare Möglichkeit«, platzte er heraus. »Wenn wir schon die Vergangenheit beschwören, sollten wir uns auch daran erinnern: Eine Triebfeder, die zur Gründung der Hanse geführt hat, war auch der Kampf gegen die Piraten. Es ist noch kein Menschenleben her, als der Handel auf der Ostsee nahezu zum Erliegen gekommen ist, weil Piraten das Regiment geführt haben. Bitte, meine Herren, malen Sie sich aus, was es für Riga und für alle unsere Schwestern im Bunde bedeutet, wenn wir das noch einmal zulassen.«

Hartwychs Rede verfehlte ihre Wirkung nicht. Zwar ging es noch eine geraume Zeit hin und her, doch man entschied am Ende, es sei der bessere Weg, das Schicksal selbst in die Hand zu nehmen und dem König von Dänemark damit einmal mehr zu beweisen, dass man es mit den guten Absichten ernst meine. Klever stimmte überraschend schnell zu. Hartwych mutmaßte, sein Auftrag habe vor allem dahingehend gelautet, dass irgendjemand Svendsson zur Rechenschaft ziehen sollte. Sonst bliebe nämlich Lübeck allein auf dem Schaden sitzen oder musste allein Schiffe mit Mannschaften und Waffen ausrüsten. Ob nun die Dänen oder die Rigaer ihren Verlust gering hielten, konnte ihnen herzlich gleichgültig sein.

Nur zwei Tage blieben Hartwych, um Mannschaften zusammenzustellen, sie mit Waffen und Proviant auszustatten und eine Strategie zu entwerfen. Eppinghusen und Durkop hatten recht gehabt. Warum musste ausgerechnet Hartwych diese Arbeit übernehmen, der mit so etwas doch keinerlei Erfahrung hatte. Immerhin an der Armbrust war er sehr geschickt. Da es zur Aufgabe der Compagnie der Schwarzen Häupter gehörte, die Stadt gegen Eindringlinge zu verteidigen, hatte man es all ihren Mitgliedern zur Pflicht gemacht, sich regelmäßig im Schießen zu üben. Bei den bevorstehenden Maifeierlichkeiten würde es ein Vogelschießen geben, bei dem sich die Besten messen und zeigen konnten, welch geschickte Schützen sie waren. Hartwych würde dieses Mal nicht dabei sein. Bisher war er nur in kleine Scharmützel verwickelt gewesen, nun aber würde er sich im erbitterten Kampf beweisen müssen. Ihm war nicht wohl bei dem Gedanken, aber es war nun einmal seine Pflicht. Vielleicht hatte er das Glück auf seiner Seite, und nicht ausgerechnet sein Schiff scheuchte den Freibeuter auf. Es war beschlossen worden, dass von Riga aus eine kleine Flotte in das Jütlandmeer aufbrach. Schon in diesem Moment waren außerdem Boten auf dem Weg nach Rostock, Stralsund, nach Reval und natürlich nach Lübeck, um von dort ebenfalls Schiffe in Bewegung zu setzen. Man würde ein Netz über die Ostsee auswerfen und immer enger ziehen, in dem sich Svendsson früher oder später verfangen würde.

Fast noch mehr als der Gedanke, sich womöglich wirklich einem Kampf stellen zu müssen, lag ihm auf der Seele, dass er Rias Auftritte mit den Spielleuten verpassen würde. Sie würde unendlich enttäuscht darüber sein. Nun gut, es würde noch viele solche Gelegenheiten geben. Davon war er fest überzeugt.

Er war gerade im Hafen, um sich eine Kogge anzusehen, auf

der er segeln wollte. Da hörte er die Stimme seines Vaters, der wieder und wieder seinen Namen schrie.
»Hartwych, Sohn, Hartwych, ich habe Neuigkeiten vom Peterhof.« Schon war Hans bei ihm. Er war viel zu schnell gelaufen, nun keuchte er atemlos und wischte sich den Schweiß aus dem Gesicht. Tagelöhner und Wagenführer, die ihrer Arbeit nachgingen, schüttelten halb verständnislos, halb amüsiert den Kopf über ihn.
»Sag schon, sind es gute Nachrichten?«, wollte Hartwych wissen. »Du brauchst ja nur mit dem Kopf zu nicken«, schlug er vor. Sie warteten doch so sehnsüchtig auf eine Nachricht von Henning, der längst in seinem Kontor im Peterhof in Nowgorod eingetroffen sein musste. Die Zunft der Pelzhändler unterhielt eine Botenanstalt, die die Kaufleute in die Lage versetzte, Schreiben auf direktem Weg zu versenden.
»Eben ist ein Bote in Riga eingetroffen«, brachte Hans, noch immer schwer schnaufend, hervor. »Henning ist wieder zu Hause. Er hat die Fahrt gut überstanden, seine Wunde heilt. Es ist alles in Ordnung.« Mit einem tiefen Seufzer beendete er den knappen Bericht und strahlte Hartwych an.
»Gott sei es gedankt«, antwortete Hartwych. Das war eine wirklich gute Neuigkeit in dieser unruhigen Zeit!

Von Geldersen war ein Kapitän, wie er im Buche steht. Er war groß gewachsen, breitschultrig und mit einem dichten zauseligen Bart ausgestattet, der von den Ohren über das Kinn bis knapp unter die Nase reichte. Hartwych war mit ihm verabredet, um sich vor der Abreise das Schiff zeigen zu lassen. Immerhin führte er das Kommando über die Streitkräfte. Da war es wohl angebracht, nicht auf den ersten Blick als Landratte zu erkennen zu sein.

»Gehen wir an Bord«, schlug von Geldersen vor, nachdem er Hartwych, der durchaus auch einen kräftigen Händedruck sein Eigen nennen konnte, bei der Begrüßung beinahe die Finger zerquetscht hätte. »Sie werden sich schnell zurechtfinden auf meiner großen alten Holcke.«

»Ein Holk?«, fragte Hartwych irritiert nach, während er dem Kapitän mit langen Schritten zu der Planke folgte, die von dem Segelschiff herabgelassen worden war. Auf der Stelle kam ihm in den Sinn, dass bei der Ratsversammlung die Rede von den fürchterlichen Eigenschaften dieses Schiffstyps gewesen war.

»O ja, mein Herr, er ist besser als jede Kogge. Machen Sie sich man keine Sorgen.«

Dieser wohlgemeinte Ratschlag kam zu spät, denn die machte er sich bereits nicht zu knapp. Jedes Wort war ihm wieder gegenwärtig, und er sah schon vor sich, wie sie von dem lauesten Seitenlüftchen abgetrieben wurden, ohne etwas dagegen tun zu können. Nein, er würde sich nicht mitsamt seiner Mitstreiter kopfüber ins Unglück stürzen. Doch schon morgen sollte die Abfahrt sein, der Holk wurde bereits beladen. Wie sollte sich Hartwych in der Kürze der Zeit um Ersatz bemühen? Er seufzte tief.

»Seit einem halben Jahr bin ich mit diesem Schiff auf den Meeren unterwegs. Ich habe zuvor kein besseres führen dürfen. Das können Sie getrost glauben.«

Wahrscheinlich hatte sich so schnell keine Kogge finden lassen, die frei war, ging es Hartwych durch den Kopf. Es war nur ein Schiff geblieben, mit dem sonst niemand segeln wollte.

»Ich weiß wohl, was Sie denken«, fiel von Geldersen ihm mit seiner tiefen Stimme in die Überlegungen. »Die *Ösel* ist ganz anders. Sie ist der neuartigste Holk, der überhaupt auf der Ostsee kreuzt, von dem fortschrittlichsten Schiffsbauer, den es je gab.«

Als Hartwych noch immer zögerte, meinte er: »Nu, sehen Sie sich das Prachtexemplar doch erst mal an!«

Es gab hohe kastellartige Kampftürme an Bug und Heck, wie man sie auch von den Koggen kannte. Hartwych nahm zur Probe die Position ein, die ein Schütze mit Langbogen oder Armbrust dort oben haben würde. In der Tat, die Sicht aus dieser Höhe war gut, und auch eine gewisse Bequemlichkeit war nicht zu leugnen. Es gab genug Platz, um einen Bogen zu spannen und einen guten Vorrat an Pfeilen so zu plazieren, dass sich ohne Zeitverlust danach greifen ließ. Er nickte zufrieden und folgte von Geldersen in die Räume, die ein jedes Kastell bot. Neben Schlafräumen gab es sogar eine Toilette.

»Na?«, machte von Geldersen erwartungsvoll.

»Hören Sie, wir stechen nicht zum Vergnügen in See. Mich interessieren vor allem die Segeleigenschaften und die Eignung als Kriegsschiff. Alles andere ist nicht von Belang.«

Von Geldersen schien nicht zu den Menschen zu gehören, die leicht eingeschnappt waren. Natürlich kannte er selbst den Zweck der Reise und musste darüber gewiss nicht belehrt werden, doch er störte sich nicht daran, sondern nickte nur und ging wieder voraus.

»Der Mars kann nicht nur als Ausguck, sondern als weiterer Kampfstand genutzt werden.« Er deutete nach oben zur Mastspitze, wo das befestigt war, was die meisten Seeleute Krähennest nannten. Nicht gerade ein beliebter Platz, wie Hartwych wusste. In dieser Höhe in nicht viel mehr als einem Korb an einem schlanken Mast hocken, das Ganze auch noch auf einem schwankenden Schiff, das war keine angenehme

Vorstellung. Wie sollte es wohl möglich sein, von dort auch noch zu zielen und glücklich zu treffen? Andererseits war die Sicht von dort oben noch besser als von den Kampftürmen aus. Ja, der Holk sagte ihm mehr und mehr zu.

»Was die Eigenschaften angeht, werden Sie schnell überzeugt sein, wenn wir erst aufgebrochen sind. Die *Ösel* besitzt einen Kiel und keinen so fetten Bauch wie eine Kogge. Und sehen Sie mal!« Er zeigte auf einen tiefer liegenden Bereich mitten im Schiffsleib. »Vor- und Achterschiff erheben sich über die Mitte.« Er machte eine Pause und wartete eine Reaktion ab.

»Welchen Vorteil soll das haben?«

»Es steht nicht zum Allerbesten mit Ihren Kenntnissen über Boote und Navigation, habe ich recht?« Bevor Hartwych darauf etwas entgegnen konnte, brummte von Geldersen freundlich: »Machen Sie sich man nix draus. Dafür bin ich ja da. Die Vertiefung schützt uns vor überkommenden Wellen. So können wir auch draußen bleiben, wenn es richtig ungemütlich wird. Habe ich schon erlebt, können Sie mir glauben. Funktioniert famos.«

Hartwych gewann weiter Vertrauen zu der *Ösel*. Vor allem aber hatte er Vertrauen zu von Geldersen. Bei ihm waren er und die Männer in guten Händen.

»Trotzdem läuft noch genuch Wasser rin in dat Schiff. Da ham die Jungs ordentlich zu schippen.«

»Es läuft Wasser in das Schiff?« Das war nicht gerade eine beruhigende Vorstellung.

»Klar, und das is gut so! Sehen Sie, der Holk ist mächtig hoch gebaut. Und wir haben nicht viel Fracht dabei. Proviant und Waffen, ja, aber trotzdem liegt die *Ösel* nicht tief. Da ist die einschießende Gischt wichtig für die Stabilität. Der Unterbau des Decks ruht auf Querbalken. Diese hier.« Er führte

ihn zu den erwähnten Balken, mächtigen Exemplaren, denen so schnell keine Naturgewalt etwas anhaben konnte. »Wenn Sie von Bord gehen, müssen Sie mal drauf achten. Die gucken aus der Außenwand raus. Und da kann natürlich auch Wasser rein. Das findet immer seinen Weg, auch durch das kleinste Loch.«
»Ich verstehe wohl wirklich nicht viel von der Seefahrt«, gestand Hartwych zerknirscht ein. Von Geldersen lachte nur und klopfte ihm auf die Schulter. Das war der Moment, in dem sie Freundschaft schlossen.

Die Tage an Bord waren von Langeweile gekennzeichnet. Hartwych hielt sich die meiste Zeit an Deck oder in den Kampftürmen auf, um nach feindlichen Seglern im Allgemeinen und der *Schwarzen Rose* im Speziellen Ausschau zu halten. Auch scheute er sich nicht, Dienst im Krähennest zu tun. Wie alle Seeleute hatte er vor Beginn der Fahrt in der Domkirche seine Sünden gebeichtet. Sollte er nicht heimkehren, musste er wenigstens nicht die Hölle fürchten.
Hatte er anfangs noch gehofft, nichts Ungewöhnliches zu entdecken, wünschte er sich mehr und mehr, endlich das Piratenschiff zu sichten. Doch das Bild, das sich ihm bot, war stets das gleiche: der Konvoi, bestehend aus einem zweiten Holk, drei Koggen, dazu je eine Schnigge. Er fragte sich, ob bereits eine kleine Flotte von Reval gen Norden unterwegs war, um dort vor der dänischen Küste nach Svendsson zu spähen. Und ob wohl Lübeck, Rostock und Stralsund auch schon Schiffe gesandt hatten, um dem Verbrecher etwa in der Nordsee nachzustellen? Selbst wenn sie von allen Häfen ausschwärmten, war es eine höchst schwierige Suche. Svendsson konnte sich überall verkriechen, vor dem Festland, bei Öland

oder Gotland. Wenn er sich in den Kleinen oder Großen Belt zurückgezogen hatte, war er in den unzähligen schmalen Buchten nur schwer aufzubringen. Mit jedem Tag sank ihm mehr der Mut, und den anderen ging es genauso.

»Jetzt feiert der Maigraf sein Abschiedsgelage, und wir jagen einem Phantom nach, anstatt uns zu vergnügen«, maulte Godeke. Hartwych war von vornherein alles andere als begeistert von dessen Anwesenheit, aber die Älterleute hatten sich nun einmal in den Kopf gesetzt, es wäre eine gute Gelegenheit, dass dieser Heißsporn sich endlich die Hörner abstoßen und sich beweisen könne.

»Genau, der Däne ist doch längst über alle Berge. Wie lange wollen wir denn auf der Ostsee bleiben, wenn er uns nicht den Weg kreuzt?« Godeke hatte es nicht schwer, Gleichgesinnte zu finden, die in das gleiche Horn stießen.

Von Geldersen dagegen verstand es, Hartwychs Laune immer wieder zu heben.

»Wir haben Glück«, sagte er mal, »der Wind bläst kräftig von Nordosten. Da kommen wir fein voran.« Ein anderes Mal wandte er sich an Hartwych und bat um Hilfe: »Meine Männer kommen mit dem Schöpfen des Wassers nich nach. Ihre haben doch nix zu tun. Können die nich mit anpacken?«

Selbstverständlich wollte Hartwych, ohne zu zögern, einigen Compagnie-Brüdern Bescheid geben, da hielt von Geldersen ihn auf.

»Ich sach Ihnen man, welche Kerle ich gern hätte.« Damit zeigte er dem verblüfften Hartwych genau die Männer, die sich am lautesten über die Eintönigkeit an Bord und die Sinnlosigkeit des Unterfangens beschwerten.

An einem schrecklich schwülen Tag kletterte Hartwych vorsichtig, Schritt um Schritt, den Mast hinab. Nun sollte sich ein anderer hoch oben im Mars von der Sonne den Pelz verbrennen lassen.

Von Geldersen reichte ihm einen Becher Wasser. »Noch immer nix zu sehen von diesem Svendsson?«

»Danke!« Er nahm den Becher und trank hastig. »Nein, keine Spur«, sagte er, wischte sich die Tropfen aus dem Schnauzbart und seufzte.

»Schlage vor, wir segeln noch um Rügen herum und gehen dann in Stralsund vor Anker. Wir brauchen dringend frisches Wasser. 'n büschen Fleisch und Grünzeug können auch nich schaden.«

»Einverstanden. Ich werde im Rathaus vorsprechen. Wer weiß, vielleicht ist eine Schnigge eingetroffen und hat gute Nachrichten. Womöglich hat längst ein Verband die *Schwarze Rose* aufgebracht.«

»So mok wi dat«, gab von Geldersen zurück, der, wie man unschwer hören konnte, an der Elbmündung aufgewachsen war.

»Karacke voraus!«, tönte es in dem Moment vom Mars herab.

»Dem is doch wohl nich der Verstand geschmolzen da oben, was?«, brummte von Geldersen vor sich hin.

»Er hat seinen Dienst im Krähennest ja eben erst begonnen«, gab Hartwych zurück. Von einer zur anderen Sekunde war seine Mattigkeit höchster Anspannung gewichen. »Ist ein Hoheitszeichen zu erkennen?«, rief er dem Mann im Korb zu.

»Nein, ich kann nichts Derartiges sehen«, kam es zurück.

Hartwych lief zum Kastell am Bug. Von dem erhöhten Posten konnte er den Dreimaster jetzt ebenfalls ausmachen. Wie es aussah, war er allein unterwegs. Das war zumindest ungewöhnlich, wenn es auch noch lange nicht heißen musste, dass das Piratenschiff gefunden war. Er schickte einen Matrosen zum Steuermann und ließ ihm auftragen, Kurs zu halten. Kaum dass der Steuermann seinen Befehl erhalten hatte, war von Geldersen auch schon im Vorderkastell zur Stelle.

»Na, isser das?«, fragte er und kniff die Augen zusammen.

»Das lässt sich noch nicht sagen. Wir müssen dichter ran.«

»Kein Problem. Schlage allerdings vor, wir geben den anderen Flaggenzeichen und nähern uns erst mal allein. Wenn wir ihm mit dem gesamten Konvoi auf den Pelz rücken, macht der sich so schnell davon, dass wir nich gucken können. Unser Holk ist zwar flott zuwege, aber gegen so eine Karacke ...« Er schüttelte den Kopf.

»Einverstanden.«

Der Kapitän erteilte die entsprechenden Befehle. Wenig später blieben die Koggen, der Holk und die Schniggen zurück, und die *Ösel* hielt alleine auf den fremden Segler zu.

»Ich schicke Hoins ins Nest«, ließ von Geldersen Hartwych kurz wissen. »Der hat die besten Augen.«

Der Nordost frischte auf, dennoch blieb es so schwül, dass man kaum atmen konnte. In der Ferne zuckte ein Blitz über den Himmel. Düstere zerklüftete Wolken zogen sich mit zunehmendem Tempo zusammen und verhießen nichts Gutes.

»Wir werden noch absaufen wie die Ratten«, grunzte Godeke, der über das Deck schlenderte. »Und die anderen lassen wir extra zurück, damit sie uns nur nicht zu Hilfe kommen können.«

Hartwych hatte an den ersten Tagen auf Godekes ständige Einwände und sein ewiges Gemäkel reagiert, mittlerweile ging er nicht mehr darauf ein. Er betrachtete ihn nur voller

Unbehagen von der Seite, das rötliche Haar, die Sommersprossen, die wulstigen Lippen, die hellbraunen Augen, die denen eines Fuchses glichen. Godeke war nicht so stattlich wie Hartwych, sondern wohl einen halben Kopf kleiner. Sein Körper war gedrungen, Arme und Beine sahen mit ihren Speckrollen aus wie die eines Säuglings.

»Das ist sie, das ist die *Schwarze Rose*«, schrie Hoins in diesem Moment von der Mastspitze.

»Abdrehen, auf der Stelle!«, rief von Geldersen keinen Wimpernschlag später dem Steuermann zu.

»Was?« Hartwych, der seine Leute eben bereit für den Kampf machen wollte, meinte, sich verhört zu haben.

»Wenn wir die sehen, sehen die uns auch«, erklärte der Kapitän und kratzte sich den Bart. »Wenn wir abdrehen, glauben sie, wir halten auf die Küste zu. Dann vergessen sie uns rasch wieder.« Er zwinkerte verschwörerisch. »Unterdessen machen wir einer Schnigge Zeichen. Die sollen uns folgen und, wenn es dunkel wird, Lichtsignale senden. Wollen doch mal sehen, ob wir die nich in böses Fahrwasser locken können.« Er sah zum Himmel. »Wenn mich nich alles täuscht, spielt uns das Wetter in die Hände. Die Wolken werden immer dichter. Da ham wir's einfacher, den Dänen aufzubringen.«

Sie gingen in Deckung, zogen sich so weit zurück, dass Hoins die *Schwarze Rose* eben noch im Blick behalten konnte. Hartwych beneidete ihn nicht um seinen ungemütlichen Posten, denn die Wolken wurden fürwahr immer bedrohlicher, und ein Grollen in der Ferne kündigte ein Unwetter an. Er konnte ihm diese Aufgabe allerdings nicht ersparen, denn sein scharfer Blick war in dieser Stunde Gold wert.

Von Geldersen trug Sorge dafür, dass sie nicht zu dicht an Bornholm herankämen. Dort auf Grund zu laufen oder von

Seeräubern geentert zu werden bedeutete nach geltendem Strandrecht die *Ösel* gehörte den Dänen. Indes ließ Hartwych die Panzerhemden und Panzerhauben anziehen, damit die Männer für den Kampf bereit waren.
Der Tag neigte sich langsam dem Ende zu, der Himmel wurde immer schwärzer. Einige Regentropfen fielen auf die Männer, die sich an Deck versammelt hatten und voller Spannung ausharrten. Dann wurde der Regen zu Hagel, der auf ihre Hauben und auf die Decksplanken trommelte.
»Herrgott, was für eine Sauerei«, fluchte Godeke. »Das hat uns gerade noch gefehlt.«
Ein schlaksiger junger Kerl mit hellblondem Haar stimmte ihm zu. Hartwych sah die beiden oft zusammen. Doch ihm wollte der Name des Blonden ums Verderben nicht einfallen.
»Sankt-Elms-Feuer!«, schrie Hoins mit einem Mal. »Dort, an den Masten der *Schwarzen Rose!*«
»Es gibt keinen besseren Zeitpunkt«, verkündete von Geldersen und befahl der Mannschaft: »Gebt den anderen Flaggenzeichen. Leicht aus dem Wind drehen und dann voll voraus. Es geht gegen den Dänen!«
»Will der uns umbringen?« Godekes Stimme verriet nackte Panik.
»Nein, Kapitän von Geldersen will Svendsson erwischen«, antwortete Hartwych ruhig. Dann erhob er seine Stimme und brüllte, dass alle an Deck und auch Hoins im Mars ihn hören konnten: »Er will die Falle zumachen und Svendsson darin zappeln sehen. Das wollen wir alle, oder etwa nicht?«
Die Männer reckten die Fäuste in die Luft und jubelten. Godeke und der schlaksige Blondschopf beobachteten das Spektakel voller Missmut.

Der andere Holk, die Koggen und Schniggen hatten aufgeschlossen. Gemeinsam pflügten sie durch die schwarze Ostsee, die zu schäumen schien. Ein Tosen von Wind und Hagel, von schlagenden Wellen und knallenden Segeln begleitete sie. Längst war die *Schwarze Rose* deutlich zu erkennen, auch ohne dass man dafür auf den Mast oder in die Kampftürme klettern musste. Es war, als hätte sie Positionslichter angezündet, um den Konvoi aus Riga willkommen zu heißen. Dabei waren es violett leuchtende Sankt-Elms-Feuer, die die Position des Schiffes verrieten.

»Geschütze klarmachen!«, brüllte Hartwych gegen das Brausen.

»Geschütze sind klar«, ertönte es kurz darauf von vier Männern wie aus einem Munde.

»Armbrustschützen auf Posten!« Auf der Stelle setzten sich die Schützen in Bewegung. Hoins, der zwar hervorragend gucken, aber nicht schießen konnte, rutschte das letzte Stück vom Mast herab.

Von Geldersens Matrosen waren unterdessen damit beschäftigt, Sand auf die Planken des Holk zu streuen. Jeder Handgriff saß. Es gehörte nicht viel dazu, um zu erkennen, dass es sich um eine eingespielte Mannschaft handelte, die vermutlich schon lange unter diesem Kapitän diente. Hartwych hoffte von ganzem Herzen, dass jeder einzelne dieser treuen Männer gesund den Heimathafen erreichen möge. Was auch immer er dazu beitragen könnte, würde er tun. So war es etwa an ihm, die richtige Waffe zu wählen, mit der sie angreifen würden. Die Blide war noch immer das zuverlässigste Mittel, um schon aus der Ferne Schaden anzurichten. Steine, in die Schaufel des Wurfarmes gelegt, die dann mit Wucht auf den Gegner geschleudert wurden, konnten diesen nicht nur bestens überrumpeln, sondern tiefe Löcher in das Schanzkleid reißen. Die Zahl der Steine, die sie mit sich führten, war jedoch beschränkt. Teer, ja, davon hatten sie reichlich. Und Harz. Das hatten sie in die Blide füllen und anzünden wollen. Nur war dafür der Sturm zu kräftig und wechselte zu rasch seine Richtung. Die Gefahr von starkem Funkenflug oder dass gar ein brennender Brocken abgerissen und von einer Böe gegen das eigene Schiff katapultiert wurde, war zu groß. Es blieb ihm nichts anderes übrig, als noch abzuwarten, bis sie näher herangekommen waren, und dann die schweren Hinterladerkanonen abfeuern zu lassen.

Die Augen zu kleinen Schlitzen zusammengekniffen, starrte er in die Dunkelheit. Sein gesamter Körper stand unter höchster Spannung. Er konnte an nichts anderes mehr denken als an das, was vor ihm lag. Die Sankt-Elms-Feuer, die ihnen den Weg gewiesen hatten, waren eben erloschen, doch die Silhouette der stolzen Karacke war gegen den nachtblauen Himmel jetzt auch so auszumachen. Dies war der richtige Moment!

»Feuer!«

Die Lunten flammten auf, die Männer hielten sich die Ohren zu. Schon krachte es, Pulverdampf quoll aus dem Bauch des Holk und fegte zischend über die See. Hartwych erkannte, dass ein bronzenes Rohr einem der mächtigen Geschütze nicht standgehalten hatte und zersprungen war.

»Verdammt«, fluchte er in sich hinein und rannte zu dem Kanonier und einem Matrosen, der sich in dessen Nähe aufgehalten hatte. Die fliegenden Metallfetzen hatten die Gesichter der Männer übel zerschnitten. Dem Kanonier quoll Blut aus dem Hals.

»Albers, hierher, schnell!«

Albers, ein Wundarzt, der ursprünglich aus Hamburg kam, aber schon seit Jahren in Riga lebte, eilte herbei und hockte sich zu dem Kanonier, der mittlerweile am Boden lag.
»Das sieht böse aus, böse aus«, murmelte er und drückte ein Tuch auf den Hals, aus dem das Blut heraussprudelte.
Hartwych war beklommen zumute. Da ertönte Jubel von den anderen Kanonieren.
»Treffer! Wir haben sie erwischt«, schrien sie durcheinander.
Er hastete zu einem der Kampftürme und nahm seinen Platz ein. Von hier konnte er sehen, dass eine volle Breitseite ein Stück aus der Bordwand der *Schwarzen Rose* herausgebissen hatte.
»Ja«, flüsterte er zufrieden, »dann gebt ihnen jetzt den Rest.« Getrieben von dem Willen, das hier schnell zu beenden, brüllte er das Kommando: »Feuer!«
Es krachte erneut. Diesmal hielten alle Rohre stand. Von weitem hörte man berstendes Holz und die Schreie derer, die verletzt waren.
»Auf mein Zeichen«, rief er den Schützen zu, die nun an der Reihe waren. »Und los!« Nachdem er und die anderen im Vorderkastell die ersten Pfeile abgeschossen hatten, die zischend über das Meer sausten, als sei es Schlangengetier, das direkt aus der Hölle kam, setzten auch die Männer auf dem Achterkastell ein. Sie ließen Scharen der hölzernen Stäbe mit ihren handgeschmiedeten Spitzen auf den Gegner niederregnen. Doch nicht lange. Auf ein Handzeichen Hartwychs stellten sie ihre Angriffshandlung nach kurzer Zeit wieder ein. Sie konnten sehen, wie sich die feindliche Karacke auf die Seite neigte. Wie er gehofft hatte, brauchten sie nur noch eine kurze Weile abzuwarten, dann konnten sie die *Schwarze Rose* einkreisen, Seile mit Schlingen an den Enden hinüber-

werfen, sich endgültig heranziehen und den Segler – oder das, was von ihm noch übrig war – einnehmen. Es war nicht sein Ziel, möglichst viele der Piraten zu töten. Sie sollten ordentlich verurteilt werden und würden dann vermutlich ohnehin mit dem Tode bestraft. Nein, er wollte sich gewiss nicht die Hände schmutziger machen als nötig. Vor allem musste er an Bilke von Ranteln denken. Sollte sie, was aller Vernunft widersprach, doch noch an Bord sein, wäre es unverzeihlich, bei dem Angriff ihr Leben zu riskieren.
Männer stürzten sich von der Karacke kopfüber in die schwarze See. Das Schiff war vollkommen außer Kontrolle geraten und drehte sich um sich selbst. Die Schlagseite war beängstigend.
»Wir müssen uns beeilen«, rief Hartwych seinen Leuten zu. »Sonst sinkt der Kahn mit Mann und Maus.« Aus dem Augenwinkel meinte er achtern eine Gestalt zu sehen, die an der Schiffswand hing. Schaukelte dort nicht auch ein kleines Boot auf den Wellen? Es erschien ihm unmöglich, dass irgendjemand entkommen konnte, zu eng war der Kreis der Schniggen, die den Piratensegler in ihre Mitte nahmen.
Es war so weit, die ersten Leinen flogen. Hartwych, mit einem Schwert bewaffnet, war im Begriff, sich auf das feindliche Deck zu schwingen. Er konnte gerade noch sehen, wie Godeke sich, anstatt mitzukommen und die Freibeuter in seine Gewalt zu bringen, wie es besprochen war, in das Vorderkastell verzog. Hartwych schüttelte den Kopf. Das würde ein Nachspiel haben. Die anderen Compagnie-Brüder standen ihm treu zur Seite. Sie trafen kaum auf Gegenwehr der Piraten. Wer noch am Leben war, hielt sich mit Mühe auf den Beinen oder lag blutend auf den Planken. Hier hatte eines der Geschütze einen Arm abgerissen, da fehlte ein halbes

Bein. Nur noch ein Knochen ragte dort, wo einmal ein Knie gewesen war, aus dem Oberschenkel. Doch die meisten waren von der Wucht des Treffers über Bord gegangen oder hatten sich aus freien Stücken in die Wellen geworfen.

Sie banden den wenigen Gefangenen die Hände und brachten sie eilig auf die *Ösel*. Keine Sekunde zu früh, denn schon erfüllte ein entsetzliches Knirschen und Ächzen die Luft. Die *Schwarze Rose* bäumte sich noch einmal auf, dann ging sie unter. Die Wogen der Ostsee schlugen über ihr zusammen.

»Sucht das Meer nach Überlebenden ab!«, kommandierte Hartwych, als man sein eigenes Wort endlich wieder verstehen konnte.

»Darum kümmern wir uns bereits«, meldete sich von Geldersen zu Wort. »Bringen Sie die Gefangenen in den Verschlag, dann haben Sie und Ihre Männer sich etwas Ruhe verdient.«

»Danke, Kapitän«, sagte Hartwych und wies seine Leute entsprechend an. Er selbst gönnte sich freilich noch keine Rast. Zusammen mit der Mannschaft ließ er Laternen, die an langen Stäben hingen, über das Wasser gleiten. Doch sie bekamen vor allem Holzstücke, Deckel von Tonnen und ganze Fässer zu sehen, die auf dem Wasser trieben. Einmal hing ein Mann über einem herausgerissenen Stück Planke. Es sah aus, als halte er sich mit letzter Kraft fest, um nicht unterzugehen.

»Heda«, rief von Geldersen ihm zu, »mit dem Kahn kommst du nicht weit. Besser, wir sammeln dich auf.« Matrosen einer Schnigge wollten ihn an Bord holen, packten mit einem langen, am Ende gebogenen Stab nach dem Holz, auf dem er lag, um ihn näher heranzuziehen. Dabei drehte sich der Körper auf den Rücken. Der Mann hatte kein Gesicht. Die wild

vom Kopf stehenden Locken schienen geradewegs aus einer roten breiigen Masse zu wachsen.
»Gütiger Herrgott«, flüsterte von Geldersen und wandte sich ab.
Auch Hartwych konnte den Anblick nicht länger ertragen. Er spürte ein Würgen in der Kehle aufsteigen, das er nur mit Mühe zurückdrängen konnte.
Insgesamt bargen sie zwei arme Seelen aus der Flut. Sie wurden zu den anderen in den Verschlag gebracht. Hartwych stellte zwei seiner Leute ab, die achtgeben sollten, dass Albers seine Arbeit machen konnte, ohne angegriffen zu werden.
»Das war's, da is keiner mehr am Leben«, meinte von Geldersen bedrückt. »Suche einstellen. Oder was meinen Sie?« Er sah Hartwych in die Augen. Der zwirbelte sich den Schnauzbart. Beiden war klar, dass es keinen Sinn mehr hatte, noch länger nach lebenden Piraten Ausschau zu halten, beide waren sich der Tatsache bewusst, dass Bilke von Ranteln nicht hatte gerettet werden können. Doch sie wollten sich beide nicht damit abfinden. Hartwych holte endlich tief Luft, um das Kommando zu geben.
»Da ist noch einer!« Das war Hoins' Stimme. »Da hinten auf dem Fass treibt jemand.« Das Fass, von dem er sprach, war ein gutes Stück entfernt, aber er hatte ganz offenbar recht.
»Hoins, altes Adlerauge«, sagte von Geldersen und schlug ihm freudestrahlend auf die Schulter.
Sie warfen behutsam einen kleinen hölzernen Anker, der aber beim ersten Versuch abrutschte. Ein zweiter Versuch, wieder nichts. Auch beim dritten und vierten Wurf schlitterte die Kralle über das Holz und fiel platschend in das Wasser. Der Leib, der kraftlos auf dem Fass hing, drohte gänzlich ab-

wärtszugleiten. Schon jetzt war nur noch der Oberkörper zu sehen. Der fünfte Wurf. Die Kralle packte zu, zog das Fass heran.

»Aber das … Das kann doch nicht sein. Das ist ja ein Mädchen!«, stieß von Geldersen atemlos hervor.

Bilke und Hartwych

Sie öffnete die Augen und blickte in das Gesicht eines Mannes, der über sie gebeugt war. Für einen winzigen Moment glaubte sie, Svendssons blonde Locken vor sich zu haben, doch die Augen waren nicht kühl und grau, sondern braun, warm und gütig. Und dieser Fremde hier hatte einen Bart. Obwohl sich ihr Körper schrecklich anfühlte, arbeitete ihr Geist schnell und erstaunlich präzise. Sie befand sich an Bord eines Schiffes, an dessen Mast die Fahne mit den rotweißen Farben der Hanse wehte. Hinrichs hatte recht gehabt. Man war gekommen, um sie zu retten. Die Erinnerung kehrte Stück um Stück zurück wie die einzelnen Steine in einem Mosaik. Hinrichs, ja, er hatte gesagt, dass man käme, um sie zu retten. Schöne Rettung! Beinahe umgebracht hatte man sie. Was mochte aus Hinrichs geworden sein? Sie entsann sich, dass Svendsson ihn niedergeschlagen hatte, und fragte sich, ob er tatsächlich ein Verräter war, wie Svendsson behauptet hatte, oder ob der doch selbst Bilkes Vater benachrichtigt und damit die Flotte der Hanse auf den Plan gerufen hatte. Ihr Kopf schmerzte, ihre Lider waren schwer. Sie schloss die Augen wieder. Svendsson! Das Letzte, woran sie sich erinnern konnte, war, dass er am Fenster der Kapitänskajüte stand und darauf wartete, die Strickleiter heruntersteigen und in das Beiboot springen zu können. War er am Leben? Schritte. Jemand war hinzugekommen und flüsterte mit dem Blonden.

»Ist das Bilke von Ranteln?«

»Ich weiß es nicht«, antwortete der.

»Wenn sie es ist, muss sie Schlimmes durchgemacht haben«, sagte die andere Stimme mitfühlend. »Sie sieht schrecklich aus. Sehen Sie nur ihre Hand an.«
Bilke fühlte sich mit einem Mal geborgen. Hinrichs hatte die Wahrheit gesagt. Dies war ein Schiff der Hanse, das man eigens geschickt hatte, um sie zu retten. Sie war sozusagen zu Hause, war endlich wieder unter Menschen, die sie beschützen und untadelig behandeln würden. Kein Rattenloch mehr, in dem sie hausen musste, keine ausschweifenden Feste, bei denen man sie zwingen würde zu musizieren. Ihr fiel ein Stein vom Herzen.
»Wenn das Bilke von Ranteln ist, Diederich, dann stehe Gott diesem Piraten bei! Dann wird er teuer bezahlen, was er ihr angetan hat.« Der Blonde klang zornig und unnachgiebig. Das war keiner, der Gnade vor Recht ergehen ließ.
»Falls er noch am Leben ist«, gab der, dessen Name Diederich war, zurück. »Viele sind es ja nicht, die wir an Bord bringen konnten.«
Bilke fühlte sich, als hätte sie soeben einen Schlag in die Eingeweide bekommen. Gerade noch war sie kurz davor gewesen, diesen Männern für ihre Rettung zu danken, jetzt traute sie sich nicht einmal mehr, die Augen zu öffnen. Sie würde etwas sagen müssen. Und dann? Sobald sie wussten, wer sie war, würden sie Svendsson gnadenlos jagen, falls er hatte fliehen können. Er würde teuer bezahlen, das waren die Worte des Blonden gewesen. Solange sie nicht sicher sein konnte, ob Svendsson womöglich an Bord war, durfte sie nichts verraten. Konnte sie verheimlichen, wer sie war, fiel die Strafe für ihn und seine Leute milder aus, hoffte sie. Zumindest entging er dann womöglich dem Schafott oder dem Strick. Doch wie sie das anstellen sollte, war ihr indes ein Rätsel. Das Dröhnen in

ihrem Schädel machte es nicht eben leichter, klar zu denken. Die Männer schwiegen. Wieder Schritte, einer ging weg, ein anderer schien zu kommen. Sie blinzelte vorsichtig.
»Sie kommt zu sich«, sagte der Blonde leise. »Gottlob, sie ist am Leben!« Er lächelte ihr aufmunternd zu. »Sie brauchen keine Angst haben. Es ist alles überstanden.«
Bilke zog in Erwägung, sich stumm zu stellen, verwarf den Gedanken jedoch wieder.
Ein weiterer Mann beugte sich über sie. Er hatte ein Gesicht, das von einem mächtigen Vollbart überwuchert wurde. »Ist sie das?«, fragte er. Die Stimme hatte sie zuvor noch nicht gehört.
»Ich weiß es nicht«, gab der Blonde zurück. Und an sie gewandt, fragte er: »Verstehen Sie meine Sprache? Können Sie mir Ihren Namen nennen?«
»Mette«, flüsterte sie auf der Stelle. Ihre Stimme krächzte und klang ganz fremd. Bilke musste fürchterlich husten. »Mein Name ist Mette«, brachte sie noch einmal hervor, ehe es wieder schwarz um sie herum wurde.

Als sie am Morgen erwachte, fühlte sich Bilkes Hals an, als stünde er in Flammen. Ihr Kopf schmerzte erbärmlich, und in ihrer rechten Hand pochte es schrecklich. Vorsichtig zog sie sie unter der Wolldecke hervor, die, wie sie feststellte, dick und weich und sauber war. Jemand hatte ihre Hand fachkundig verbunden, doch daran konnte sie sich nicht mehr erinnern. Erschrocken stellte sie fest, dass ihre Sachen verschwunden waren. Stattdessen trug sie ein weißes Hemd, vielleicht das eines Matrosen. Irgendjemand musste sie ausgezogen und ihr diese Männerkleidung übergestreift haben. Überhaupt fehlte in ihrer Erinnerung so einiges, wie sie meinte.

Sie konnte sich an ein schlimmes Getöse erinnern, daran, dass die *Schwarze Rose* sich so sehr auf die Seite gelegt hatte, dass viele Männer in die Ostsee gestürzt waren. Ob Magnus, Bjœrks Vater, unter ihnen war? Oder hatte er überlebt? Sie sah sich um. Man hatte ihr eine hübsche kleine Kajüte gegeben, in der sie allein war und in einem herrlich bequemen Bett lag. So richtig freuen konnte sie sich darüber allerdings nicht. Bilke kroch an das Fußende der Matratze, um aus dem kleinen Fenster sehen zu können. Da waren noch mehr Schiffe, Koggen, die unter den Farben der Hanse segelten. Es war eine Konvoifahrt, genau wie vor …war es schon einen Monat her? Genau wie damals, als sie in Lübeck aufgebrochen war. Ein ganzer Konvoi gegen ein einziges Piratenschiff. Wie feige das war! Sie versuchte, etwas anderes zu sehen als Wasser, Himmel und Schiffe. Doch da war nichts. Sie konnten nicht sehr weit von Rügen entfernt sein, nahm sie an. Das würde bedeuten, dass die Fahrt nach Hause nicht lange dauern würde. Sosehr sie sich reckte, sie konnte kein Land erkennen. Der Ausschnitt, den das Fenster freigab, war einfach zu klein. Gern wäre sie an Deck gegangen und hätte von dort geschaut, aber sie sollte wohl besser jeden Kontakt zu der Mannschaft vermeiden, um Fragen aus dem Weg zu gehen. Ihre Maskerade würde früh genug auffliegen, wenn sie in Lübeck eintrafen. Konnte sie bis dahin so tun, als sei sie nicht recht bei Bewusstsein, würde man nicht dahinterkommen, wer sie war. Und dann? Sie musste sich einen Plan ausdenken, wie sie, wenn sie von Bord gingen, verschwinden, ihr Elternhaus erreichen und dann für immer ihren Rettern aus dem Weg gehen konnte. Nein, das war absurd. Sie musste es nur schaffen, nach Hause zu kommen und ihrem Vater zu erklären, warum Svendsson zum Freibeuter geworden war und wie zuvorkommend er sie behandelt hatte. Dann würde ihr Vater dafür Sorge tragen, dass man dies berücksichtigte, wenn man ihm den Prozess machte.

Sie ließ sich zurück auf das Kissen sinken. Zu Hause! Mit einem Mal traten ihr Tränen in die Augen. Es sah wahrlich so aus, als wäre alles überstanden, wie der blonde Fremde gesagt hatte, der nun aus ihrer Erinnerung auftauchte. Auch wenn die Männer, in deren Obhut sie jetzt war, womöglich Svendsson, Magnus und viele andere auf dem Gewissen hatten, waren es doch Ehrenmänner, von denen sie nichts zu fürchten hatte. Man würde dafür sorgen, dass sie wohlbehalten nach Hause käme. Ja, sie würde zurück in ihr geliebtes Lübeck kehren, in das Giebelhaus in der Braunestrate, dem Gründungsviertel der Stadt. Sie konnte wieder ihre Geschwister in die Arme schließen, allen voran Bente. Wie sehr sie ihre Schwester vermisste! Endlich konnten sie wieder beieinandersitzen, Handarbeiten machen und sich dabei Geschichten ausdenken. Bente konnte herrliche Geschichten erfinden. Sie fingen meistens ganz belanglos an, handelten von braven Bürgern Lübecks, aber dann verstrickte Bente diese in die tollsten Abenteuer. Ihre Wangen leuchteten, wenn ihre Fantasie mit ihr durchging und sie Bilke auf eine Reise mitnahm, die mindestens so aufregend war wie die, die nun bald hinter ihr liegen würde, nur eben niemals gefährlich. An anderen Tagen spielte Bilke ihrer Schwester auf der Fidel vor, und die hörte andächtig zu und konnte gar nicht genug bekommen. Ihre Fidel! Der Schrecken fuhr ihr durch die Glieder. Das geliebte kostbare Instrument war verloren! Es war mit der *Schwarzen Rose* auf den Grund der See gesunken. Sie spürte einen harten Kloß im Hals, und die kleine Kabine verschwamm vor ihren Augen.

Da klopfte es.
Bilke schluckte einige Male, räusperte sich. »Ja?«, sagte sie dann leise.
»Darf ich hereinkommen?« Sie hatte die sanfte freundliche Stimme schon einmal gehört.
»Ja, bitte.« Sie zog die Decke bis zum Kinn hinauf.
Die niedrige Tür öffnete sich, und ein Kopf mit blonden Locken und ebensolchem Schnauzbart schob sich unter dem Türrahmen hindurch. Der Mann, an den sich Bilke dunkel erinnern konnte, schien sich zu versichern, dass es wirklich nicht unangebracht war, in diesem Moment einzutreten. Er sah sie an, blickte sich kurz um und kam schließlich hinein. Neben dem Bett stand ein Schemel, den er sich zurechtrückte.
»Darf ich?«
»Bitte.« Sie beobachtete ihn aus großen ängstlichen Augen. Würde er auf ihre Maskerade hereinfallen?
»Wie geht es Ihnen, Mette?«
Mette? Wie kam er darauf? Jetzt fiel es ihr wieder ein. Natürlich, sie hatte ihm bereits einen Namen genannt. Und ihr fiel auch wieder die Drohung ein, die er gegen Svendsson ausgestoßen hatte. Sie schluckte.
»Ein wenig Husten und Halsschmerzen, mein Kopf fühlt sich an, als hätte ich einen üblen Schlag abbekommen, und die Hand macht mir Sorgen. Aber ich bin am Leben, da will ich nicht klagen.«
Er wirkte äußerst konzentriert und ließ sie nicht aus dem Blick.
»Das verdanken Sie vor allem Hoins«, sagte er. »Der hat Sie auf einem Fass treibend entdeckt. Er hat ausgezeichnete Augen, wir anderen hätten Sie in der Dunkelheit glatt übersehen.«

»Oh.«
»Wissen Sie, was geschehen ist, Mette?«
»Es hat einen Überfall gegeben. Sie haben uns angegriffen und die *Schwarze Rose* versenkt.« Ihr Zorn und ihre Trauer waren echt. Sie dachte an Svendsson und an ihre Fidel und musste erneut die Tränen wegblinzeln, die ihr in die Augen stiegen.
»Überfall würde ich das nicht nennen. Immerhin handelte es sich bei der *Schwarzen Rose* um das Schiff eines Freibeuters.« Er schien von ihrer Reaktion äußerst verwirrt zu sein. Er konnte sich offenbar nicht vorstellen, dass auch Freibeuter Schmerz empfanden.
»An Bord waren Menschen, genau wie hier. Und die sind jetzt tot!«, fiel sie ihm aufgebracht ins Wort.
Er zögerte einen kurzen Moment, dann sagte er langsam: »Dann waren Sie keine Gefangene? Svendsson hat Sie nicht aus Dänemark verschleppt? Sie waren aus freien Stücken auf der Karacke?«
»So ist es.« Diese Erkenntnis musste er erst einmal verdauen, wie es aussah. Er stand auf, trat an das kleine Fenster und holte mehrfach Luft, als wolle er etwas sagen. Auch Bilke war erschrocken. Erst jetzt wurde ihr bewusst, in welche Situation sie sich manövriert hatte. Die eigene Person zu verleugnen war eine Sache, sich als den Freibeutern zugehörig auszugeben eine ganz andere. Warum war es ihr nicht eingefallen, die Rolle irgendeiner anderen Gefangenen von Svendsson zu spielen? Das hätte der Blonde ihr sofort abgenommen.
Der setzte sich schließlich wieder, sein Blick war weniger freundlich als zuvor. »Wie stehst du zu Svendsson?« Aha, nicht nur sein Blick hatte sich verändert, auch sein Ton wurde ein anderer.

»Ich bin seine Schwester.« Es war ihr ganz von allein über die Lippen gekommen. Herrje, was sagte sie denn da? Sie sollte ihm die Wahrheit sagen, solange es noch ging.

»Ach!« Er sah sie lange an. »Warum sprichst du meine Sprache so perfekt? Wer hat dir das beigebracht? Ist dein Bruder unserer Sprache ebenfalls mächtig?«

Ihr Herz schlug immer schneller. Dieses Versteckspiel wuchs ihr schon jetzt über den Kopf. »Sie haben eine Menge Fragen«, sagte sie leise, um Zeit zu gewinnen. Dann fiel ihr die richtige Antwort ein. »Unser Vater war der Kapitän der Königin. Möge sie in Frieden ruhen. Ein jeder, der mit ihr zu tun hatte, war der deutschen Sprache mächtig.« Sie verstummte. Was hatte sie denn nun wieder gesagt? Erik, der derzeitige König der Dänen, kam aus deutschem Hause. Seiner Muttersprache hatte man sich anzupassen, aber das galt doch nicht für die damalige Regentin. Bilke suchte fieberhaft nach einer Erklärung.

»Ich verstehe«, hörte sie ihn da sagen. »Margarethes Vater wurde am Hof Ludwigs des Bayern, des römisch-deutschen Kaisers erzogen. Da wundert es nicht, dass auch die Königin in dieser Sprache unterwiesen war. Allerdings …«

»Mein Vater hielt es für ein Zeichen des Respekts ihr gegenüber, meinen Bruder und mich in beiden Sprachen zu unterrichten.«

»Ungewöhnlich, das ist in der Tat ungewöhnlich.« Er zwirbelte seinen Schnauzer.

Bilke atmete auf. Diese erste Klippe hatte sie umschifft. An dem Ziel der Reise änderte das indes nichts, und das erschien ihr wie ein dunkler grausamer Schlund.

Ihm schien mit einem Mal etwas einzufallen. »Du sagtest, dein Vater sei Kapitän im Dienste der Königin von Dänemark gewesen?«

»Ganz recht.«
»Aber dann gehörtet ihr zu den angesehensten Familien des Landes! Was, um Himmels willen, ist geschehen, dass dein Bruder diesen gottlosen Weg gewählt hat? Und du offenbar mit ihm?«
»Das ist eine lange Geschichte«, flüsterte sie. »Aber gottlos sind wir ganz gewiss nicht. Sie glauben, Sie wüssten, wie Piraten leben, wie sie sind, was sie sind? Finstere Gesellen, nicht wahr, die sich prügeln, die über wehrlose Frauen herfallen und einander auspeitschen oder über Bord werfen, wenn sie jemanden bestrafen wollen? Ich sage Ihnen, Sie irren sich. Die Wahrheit hat ein ganz anderes Gesicht.« Sie zog ihre Knie an und schlang die Arme darum. »Nicht jeder hat Glück im Leben«, fügte sie noch hinzu und musste schon wieder an Svendsson denken. Wenn er es nur geschafft hatte!
Er stand auf und ging wieder zu dem kleinen Fenster. Die Stille in der beengten Kammer war greifbar. Bilke konnte sie kaum noch ertragen, wagte aber auch nicht, etwas zu sagen. Je weniger sie sprach, desto geringer war das Risiko, Fehler zu machen. Nach einer Weile, die ihr wie eine Ewigkeit vorkam, seufzte er schwer und wandte sich ihr wieder zu.
»Wir haben nicht viele Männer lebend geborgen«, begann er ohne weitere Umschweife. »Sie sind unsere Gefangenen und werden in Riga ihrem Richter vorgeführt.«
»Riga?« Was hatte das zu bedeuten? Sie war sicher, sie segelten in Richtung Lübeck.
»Ja.« Er ging nicht auf ihr offensichtliches Erstaunen ein. »Wir haben versucht, mit den Männern zu sprechen, aber die meisten geben keinen Laut von sich. Ob dein Bruder darunter ist, kann ich nicht sagen.«
Sie schwieg. Es fiel ihr schwer, ihm überhaupt weiter zuzu-

hören, denn ihre Gedanken kreisten nur um Riga. Sie bewegten sich also von Lübeck weg. Mit jedem Atemzug entfernte sie sich weiter von ihrer Heimat. Nun gut, in Riga kannte niemand sie, aber würde das ein Vorteil sein? Gewiss nicht. Im Gegenteil. Sie würde ohnehin bald gestehen müssen, dass sie gelogen hatte. Sonst hielt man sie weiterhin für die Schwester eines gefürchteten Piraten, die freiwillig auf seinem Schiff gewesen ist. Da lag es nahe, dass man auch sie einem Richter vorführen würde. Großer Gott, was, wenn man sie zum Tode verurteilte? Und es gäbe niemanden, der ihr dann beistehen konnte.

»Willst du uns helfen und uns die Namen der Gefangenen sagen? Dann weißt du, ob dein Bruder noch am Leben ist.«

Was sollte sie nur antworten? Die Vorstellung, Svendsson lebend zu sehen, war äußerst verlockend. Es war jedoch im gleichen Maße beängstigend. Würde er ihre Aussagen bestätigen, oder würde er ihr die Maske augenblicklich herunterreißen? Nein, dadurch würde er sich nur selbst schaden. War es ihm möglich, sich eine Lügengeschichte auszudenken, mit der er seinen Kopf aus der Schlinge ziehen, sie aber ins Unglück stürzen konnte? Auch wenn ihr Herz schneller schlug bei dem Gedanken an ihn, wusste sie noch immer nicht, wie weit ihm zu trauen war. Und wenn sie ihn sah, dann würde sie es erst recht nicht mehr übers Herz bringen, sich als Bilke von Ranteln zu erkennen zu geben und ihn ins Unglück zu stürzen. Was sollte sie nur tun?

»Also? Du sprichst beide Sprachen und hast das Vertrauen der Freibeuter. Ich gebe zu, du bist ein Glücksfall für uns.«

Gütiger Himmel, es würde schnell herauskommen, dass sie die dänische Sprache keinesfalls beherrschte. Und wie würden sich die Piraten verhalten, wenn sie ihnen gegenübertrat?

»Das ist auch der einzige Grund, warum ich dich weiter in dieser komfortablen Kajüte wohnen lassen kann. Freilich nur, wenn du uns hilfst. Sonst müsste ich dich in den Verschlag zu den anderen bringen.«
»Nun gut«, sagte sie zögerlich. »Ich werde mir die Männer ansehen und Ihnen ihre Namen sagen, sofern ich sie weiß.«
Er zog fragend die Augenbrauen hoch.
»Wir sind gerade erst in See gestochen, und es sind neue Leute an Bord gewesen. Ich kannte sie noch nicht alle beim Namen.« Jetzt fiel ihr ein, dass Hinrichs oder ein anderer von den Lübeckern gerettet worden sein könnte, der sie natürlich sogleich erkennen würde. Aber nein, so jemand hätte sich doch auf der Stelle zu erkennen gegeben und behauptet, von den Piraten festgehalten worden zu sein. Um Hinrichs tat es ihr sehr leid. Sie hatte so sehr gehofft, dass er sich hatte retten können.
»Komm«, forderte der Blonde sie auf.
»Ich brauche mein Kleid.«
»Natürlich. Es liegt in der Sonne zum Trocknen. Ich hole es.« Damit ging er.
Ihre Gedanken rasten. Sie war schrecklich nervös und spürte, wie ihr der Schweiß auf die Stirn trat. Früher oder später wäre es sowieso zu einer Begegnung zwischen ihr und den Piraten gekommen. Trotzdem hatte sie große Angst, weil sie nicht einschätzen konnte, wie sie reagieren würden. Sie saß in der Falle. Wenn die Piraten sie nicht als Lügnerin hinstellten, blieb sie Mette und ging ihrem bitteren Schicksal entgegen. Behaupteten sie, sie sei Bilke von Ranteln, würde man ihnen vielleicht nicht glauben. Sie saß wirklich in der Falle.
Schon klopfte es erneut, und er war wieder da. »Das sollte gehen«, meinte er und prüfte den Stoff mit den Fingern. Er

hielt ihr ihr Reisekleid entgegen, dessen Saum und Ärmel in Fetzen hingen.

»Legen Sie es da hin. Und dann gehen Sie hinaus, bitte.«

Er zögerte. Einem Piratenmädchen traute er offenkundig kein Schamgefühl zu. »Na schön«, sagte er dann und schickte sich an, ihre Unterkunft zu verlassen.

»Wer hat mich eigentlich ausgezogen? Haben Sie …?«

»Keine Sorge. Das hat Albers erledigt. Er ist Wundarzt.« Bilke war froh, es immerhin mit anständigen Männern zu tun zu haben, die wussten, wie man sich einer Frau gegenüber verhält. Ihr fiel ein, dass sie nicht einmal den Namen des Blonden kannte.

»Dann ist es gut«, sagte sie. »Bevor ich mich ankleide und Ihnen die Namen der Männer nenne, würden Sie mir zunächst Ihren Namen verraten?«

»Mein Name ist Hartwych van Broke.«

Hartwych und Bilke

Hartwych führte das Piratenmädchen Mette zu dem Verschlag, der an Deck der *Ösel* unweit von dem Vorderkastell eingerichtet worden war. Er war ausgesprochen neugierig auf ihre Reaktion. Sollte Svendsson unter den Gefangenen sein, würde sie das nicht verbergen können. Dass sie es versuchte, stand zu befürchten, denn sie mochte glauben, dass ein Piratenkapitän mit größerer Härte bestraft wurde als jeder seiner Männer, der nur Befehle ausführte, nicht aber erteilte.

Insgesamt war es ein glattes Dutzend, das ihnen ins Netz gegangen war. Hartwych ließ Diederich rufen. Diederich, ein Mitglied der Compagnie und ein Mann mit einem großen Herzen, sprach die Sprache der Dänen am besten.

»Sagen Sie ihnen, sie sollen sich in einer Reihe aufstellen«, bat er ihn.

Diederich übersetzte seinen Befehl. Noch immer gaben die Piraten keine Silbe von sich, was Hartwych nicht kümmerte. Er sah unentwegt Mette an. Irgendetwas an ihr kam ihm seit einer Minute verändert vor. Ihm war, als sähe sie ihn immer wieder verstohlen an. Vorhin in ihrer Kammer hatte sie es noch gründlich vermieden, ihm ins Gesicht zu sehen. Er hatte sogar den Eindruck gehabt, als hätte sie ihn erst dann eingehend betrachtet, als er ihr den Rücken zugewandt hatte.

»Nun, ist dein Bruder dabei?«

Sie schüttelte den Kopf. Ihre Schultern hingen herab, überhaupt schien es, als sei mit einem Schlag alle Kraft aus ihr gewichen. Ihre Augen schimmerten feucht. Sie sprach die

Wahrheit, das lag auf der Hand. Sie hatten Svendsson nicht erwischt. Hartwych redete sich ein, dass er tot sei, doch ihm kam dummerweise immer wieder das Boot in den Sinn, das er von seinem Schießstand oben im Kampfturm zu sehen geglaubt hatte. Hatte sich nicht eine Gestalt an den Schiffsleib geklammert? Was, wenn es Svendsson gewesen war, der sich mit dem Boot davongemacht hatte?

»Kannst du mir ihre Namen nennen?« Er warf Diederich einen kurzen Blick zu, der zückte eine kleine Wachstafel und einen Griffel.

Die Gefangenen sagten noch immer nichts. Das überraschte Hartwych. War es nicht naheliegend, dass sie sie ansprachen, wenn sie doch eine von ihnen war, dass sie sich freuten, sie bei bester Gesundheit zu sehen? Stattdessen warfen sie ihr vernichtende Blicke zu. Gewiss meinten sie, sie hätte ihren Bruder verraten. Immerhin ließ man sie im Achterkastell logieren, anstatt sie, wie die Männer, in diesem Verschlag unterzubringen. Bestens, vielleicht war es günstig, Zwietracht zwischen ihnen zu säen, dann machte unter Umständen einer den Mund auf.

»Er wird der Quacksalber genannt«, sagte Mette und sah den Ersten an, einen schlanken Mann mit bronzefarbener Haut und Gesichtszügen, die besser zu einer Frau gepasst hätten als zu einem Piraten. Ein kaum wahrnehmbares Lächeln huschte über ihr Gesicht. Dann trat sie vor den Nächsten, der hinter den schmalen Brettern des provisorischen Gefängnisses zu Boden starrte.

»Und der hier wird Vater der Bjœrk gerufen.« Der Mann hob ruckartig den Kopf, trat einen Schritt vor und packte die Bretter, als wolle er sie auseinanderbrechen. Sofort waren zwei Wachleute zur Stelle und traten ebenfalls einen Schritt

heran, die Schwerter gezogen. Der Mann mit dem eigenartigen Namen hatte langes schwarzes Haar und eine Narbe auf der rechten Wange. Er schien um Fassung zu ringen. Hartwych fragte sich, was hier vor sich ging.
Mette schritt die Reihe der Gefangenen bis zum Ende ab. Einen Kerl mit Augenklappe stellte sie als den begabten Fischer vor, einen anderen als den Kammbläser.
»Haben alle Piraten so seltsame Namen?«, wollte Hartwych wissen, als sie fertig war.
Sie nickte und sah ihn schon wieder so verstohlen und gleichzeitig interessiert an. Oder bildete er sich das nur ein?
»Aber du hast doch einen ganz normalen Namen.«
Sie zuckte mit den Schultern. »Die Mannschaft nennt mich nicht Mette. Sie rufen mich die Fidelspielerin.« Sie senkte den Kopf.
»Du willst mir doch nicht erzählen, dass du die anderen Namen deiner Kumpanen nicht kennst?«
Wieder zuckte dieses zarte Geschöpf mit dem langen Haar, das ihn an Ria erinnerte, und den unergründlichen Augen die Schultern.
»Den einen oder anderen hätte ich zu sagen gewusst, doch sind die Männer, die sie trugen, tot. Gestorben durch Ihre Hand.«
Er packte ihren Arm. »Hör zu, Piratenmädchen, du bist nicht in der Position, mir Vorwürfe zu machen. Noch darfst du dich an Bord frei bewegen und hast eine Unterkunft, die eines Steuermannes oder eines ehrenwerten Kaufmannes würdig ist. Bilde dir nur nicht ein, das ist selbstverständlich. Ich kann dich auch ganz schnell zu denen hier sperren.« Er deutete mit dem Kopf auf den Verschlag. »Da hast du es dann nicht mehr so bequem.«

Hartwych hatte den Druck seiner Hand an ihrem Arm verstärkt. Er wollte wissen, ob die Kerle endlich etwas gesprächiger wurden, wenn er die Schwester ihres Anführes weniger freundlich behandelte als bisher. Nichts. Zwar verfolgten sie aufmerksam das Geschehen, doch mehr war ihnen nicht zu entlocken.

»Komm!« Er führte sie nach achtern. Ihr Gesicht verriet ihm, dass ihr Arm schmerzte, also lockerte er den Griff wieder.

»Ich seh doch wohl nicht recht!« Das war Godeke. Ausgerechnet. Den konnte er gar nicht gebrauchen. »Dann stimmt es also, was Hoins erzählt: dass eine Frau an Bord ist.« Seine Augen glänzten, er starrte Mette gierig mit offenem Mund an.

»Sieht so aus«, gab Hartwych knapp zurück.

»Und nu machen Sie man den Mund zu, bevor eine Möwe hineinschietet«, sagte von Geldersen schmunzelnd, der gerade des Weges kam.

Godeke kümmerte sich nicht um ihn. »So ein hübsches Kind«, sagte er gedehnt. »Ich nehme an, es gibt einen guten Grund, van Broke, dass Sie sie bisher vor Ihren Brüdern der Compagnie versteckt haben.«

»Ich habe niemanden versteckt. Alle an Bord wissen von ihrer Anwesenheit. Alle, die redlich Dienst tun und alles Wichtige wissen, was vor sich geht.«

»Was wollen Sie damit sagen?« Godekes Augen funkelten böse.

»Mir ist nicht entgangen, dass Sie sich dünngemacht haben, als es darum ging, die Piraten auf der *Schwarzen Rose* in Gewahrsam zu nehmen. Das bleibt nicht ohne Folgen, das verspreche ich Ihnen.«

Godeke fiel die Kinnlade herunter.

Äußerst zufrieden ließ Hartwych ihn stehen und verschwand mit Mette im Achterkastell.

Sie hockte auf ihrem Bett. Das Kleid hing in Fetzen, und das lange Haar fiel ihr offen über die Schultern, statt, zu einem Knoten gebunden, sittsam unter einer Haube zu stecken. Sie war eben ein Piratenmädchen, das eine lange Zeit nur in Gesellschaft von Männern auf der rauhen See gelebt hatte. Doch ihre aufrechte Haltung, ihre zierlichen feinen Bewegungen und ihre gewählte Ausdrucksweise wollten dazu nicht passen. Er zog sich wieder den Hocker heran.
»Ich will nicht grob zu dir sein. Gib mir keinen Anlass mehr dazu.«
Sie senkte den Blick.
»Ich möchte dich etwas fragen. Bist du dabei gewesen, als dein Bruder vor geraumer Zeit die *Marie*, eine Kogge aus Lübeck, aufgebracht hat?«
Sie sah ihn mit ängstlich aufgerissenen Augen an und senkte gleich wieder den Kopf.
»Du hast Angst, nicht wahr? Du glaubst, ich will dich in eine Falle locken. Doch so ist es nicht. Ich habe kein Interesse daran, verstehst du? Es ist Aufgabe der Richter, zu beurteilen, wie viel Schuld du auf dich geladen hast.«
Wieder so ein ängstlicher Blick.
»Also, bist du dabei gewesen?«
Sie nickte kaum merklich.
»Was ist aus dem Schiff geworden?«
»Es ist untergegangen«, flüsterte sie. »Verbrannt.« Ein Flackern in ihren Augen, dann begann sie zu husten. Er sah Schweißperlen auf ihrer Oberlippe und der Stirn.
»Du ruhst dich besser aus. Das alles war wohl zu viel für

dich.« Er erhob sich. »Ich sage Albers, er soll nachher nach dir sehen.« An der Tür drehte er sich noch einmal um. »Willst du mir sagen, was mit der Frau geschehen ist, die an Bord der *Marie* war?«
Sie hustete und keuchte und fing auch noch zu zittern an. Es hatte keinen Sinn mehr, das Verhör fortzuführen. Das kalte Wasser hatte ihr mehr zugesetzt, als er vermutet hatte. Also musste er sich wohl gedulden.
»Ich schicke Albers gleich zu dir«, versprach er und ging.

»Dass der Wind nu aber auch so gar nich pusten will!«, sagte von Geldersen und seufzte. »Es scheint, als wenn der sich bei dem Unwetter so verausgabt hat, dass nu nix mehr übrig ist. Wenn wir weiter so tranig durch die Gegend dümpeln, brauchen wir noch Wochen, bis wir wieder zu Hause sind.«
»So schlimm wird es schon nicht werden«, versuchte Hartwych ihn aufzumuntern, obwohl er diese Befürchtungen im Grunde teilte. »Wo werden wir anlegen, um Proviant zu übernehmen?«
»Ich hatte vor, in den Hafen von Stolp zu fahren. Ist einfach der beste weit und breit. Da kriegt man alles zu guten Preisen. Aber ich glaube, es is besser, schon Kolberg anzulaufen. Da ham die Männer 'n büschen Abwechslung. Besser kann man eine Flaute nich rumbringen. Und mit 'n büschen Glück laufen wir bei Wind wieder aus.«
Hartwych musste ihm recht geben. Was nützte es, auf den Wellen zu schaukeln und Maulaffen feilzuhalten? Sollten sich die Männer lieber in Hafenspelunken amüsieren, in einer ordentlichen Schänke übernachten und dann müde, aber zufrieden zurückkommen. Das wäre für die Stimmung an Bord sicher nicht das Schlechteste.
So wurde es beschlossen. Hartwych und von Geldersen riefen

Mannschaft und Compagnie zusammen und verkündeten den Plan. Noch am Abend wollten sie Kolberg erreichen. Wenn der eine oder andere die Verzögerung der Weiterreise auch nicht sonderlich begeistert aufnahm, herrschte bei den meisten doch die Freude vor. Auf dem Wasser verging die Zeit nur noch langsamer. Und dort auszuharren, das brachte einen auch nicht schneller nach Riga. Die Matrosen gingen wieder auf ihre Posten, die Kaufgesellen trollten sich und malten sich bereits aus, wie sie sich in der Hansestadt vergnügen würden. Godeke scharrte linkisch mit dem Fuß. Es war offensichtlich, dass er Hartwych in ein Gespräch zwingen wollte.

»Diese Frau, die da aus den Wellen gefischt wurde, ist nicht Ihre Braut, habe ich recht?« Er sah ihn scheel von unten herauf an.

»Nein, sie ist nicht meine Braut.«

»Also hatte dieses Piratenpack noch eine Frau in seiner Gewalt?« Er hatte stets etwas Verschlagenes, etwas Lauerndes an sich. Immerhin machte er den Eindruck, tatsächlich mal an den Vorgängen auf dem Schiff interessiert zu sein, anstatt nur herumzumäkeln und die Leute aufzuwiegeln. Sollte Hartwychs Drohung ihn etwa beeindruckt haben?

»Nein«, gab Hartwych zurück. »Sie ist wahrhaftig eine von ihnen.«

Godeke fiel nicht zum ersten Mal an diesem Tag die Kinnlade herunter. Er schloss den Mund schnell wieder, als Hartwych ihn belustigt ansah.

»Eine von denen, ein Piratenmädchen? Ich habe nie gehört, dass es so etwas gibt.«

»Ich auch nicht. Man lernt nie aus.«

»Warum ist sie nicht bei den anderen Dreckskerlen, wenn sie keinen Deut besser ist?«

»Sie ist Svendssons Schwester«, eröffnete er dem staunenden Godeke. »Wenn wir sie anständig behandeln, bekommen wir vielleicht aus ihr heraus, wo ihr Bruder seine Beute gelassen hat. Noch wichtiger: Kann doch sein, dass sie etwas über meine Braut weiß.«

»Verstehe.« Langsam kam das Wort über die wulstigen Lippen von Godeke. Sein Antlitz machte allerdings einen gänzlich anderen Eindruck. Dann breitete sich ein Grinsen darauf aus. »Geben Sie mir nur ein halbes Stündchen mit der, und ich bekomme alles aus ihr heraus, was Sie wissen wollen.«

Hartwych schluckte den Ekel vor diesem Kerl hinunter. »Na, na, Godeke, Sie sind ein Mitglied der Compagnie der Schwarzen Häupter und wollen das doch bleiben, oder nicht? Dann betragen Sie sich auch endlich wie ein Ehrenmann.«

Er riss die Ärmel von Wams und Hemd hoch und entblößte seinen rechten Arm. »Haben die sich etwa wie ehrenhafte Leute betragen?«, krakeelte er. »Ich wurde verletzt! Sehen Sie das? Verletzt von diesem Piratenpack. Mir ist es gleich, ob sie eine Frau, ein Kind oder ein Greis ist, wenn sie zu denen gehört, ist sie Abschaum und auch so zu behandeln.«

Was Hartwych sah, war eine Schramme von lächerlicher Größe. Kein Mann, der sich so nennen durfte, hätte sie der Rede wert gefunden. Wenn man ihn so lamentieren hörte, fragte man sich, wer hier das Pack war. Augenblicklich spürte Hartwych einen Impuls, Mette zu beschützen. Bevor ihm am Ende noch die Hand ausrutschte, ließ er Godeke einfach stehen.

Endlich hatten sie den Hafen von Kolberg erreicht. Hartwych sah den Turm der Hauptkirche und die Reihe der Salzspeicher, die wie Soldaten Schulter an Schulter unweit des

Kais standen. Er lief zu dem Kastell, schritt durch den kurzen Flur, klopfte an Mettes Tür und trat ein.
Sie stand an dem Fenster, den Rücken ihm zugewandt. Er war aufs Neue verblüfft über ihre aufrechte Haltung. Sie wirkte wie jemand, der diese sein Lebtag geübt hatte. Von den Töchtern angesehener Kaufleute oder Handwerker war ihm das nicht fremd. Einfache Frauen aber, wie etwa die Bademädchen, trugen das Kinn nicht so hoch, die Schultern nicht so gestrafft.
Sie drehte sich zu ihm um. »Wir legen an?«, fragte sie.
»Ja, wir müssen Proviant aufnehmen. Etwas frischer Fisch und Gemüse können nicht schaden.«
»Sicher nicht.« Sie wandte sich wieder ab.
»Wie geht es dir, Mette? Hat Albers nach dir gesehen?« Wie alt mochte sie sein, fragte er sich. Vielleicht achtzehn Jahre? Gewiss noch keine zwanzig.
»Ja, das hat er. Es geht mir besser, danke. Ich habe kein Fieber, nur ein wenig Husten.«
»Ich werde ihm auftragen, dass er im Hafen nach einer Arznei sehen soll, die er dir verabreichen kann.«
»Danke.«
Schweigen. Hartwych holte Luft, um erneut nach Bilke von Ranteln zu fragen, besann sich dann aber. Dazu gab es später bestimmt noch eine günstigere Gelegenheit.
»Möchtest du von Bord gehen?«
Sie fuhr zu ihm herum. »Darf ich denn?«
»Du wirst wohl nicht weglaufen, nehme ich an. Wohin solltest du schon gehen? Ich rate dir gut, mich nicht gegen dich aufzubringen.«
Sie schüttelte den Kopf. »Nein, das werde ich nicht.«
»Gut, dann bin ich gleich wieder bei dir.« Er ging, eilte zu zwei Mitgliedern der Compagnie, die in den ersten Stunden

an Bord bleiben und auf die Gefangenen achtgeben sollten. Später würde er selbst mit einem weiteren Kaufgesellen Wache schieben.
»Diederich!« Er rief den Garnmacher, den er sehr mochte, zu sich, um ihn mit einer speziellen Aufgabe zu betrauen.
»Ich nehme das Piratenmädchen mit von Bord. Sie ist nicht ganz gesund, und es wird ihr guttun, in einer anständigen Kammer zu schlafen statt an Bord eines Schiffes, wo es immer ein wenig feucht und kalt ist.«
»Eine gute Idee«, stimmte Diederich zu und lächelte rotwangig. »Ich habe mir übrigens erlaubt, ihr aus altem Tuch, das der Kapitän mir gegeben hat, einen Umhang zu nähen. Es war ja so viel Zeit, die sich ohnedies nicht sinnvoller nutzen ließ. Und es ist doch recht kalt, vor allem am Abend.«
Da hatte er recht. Zwar hatte die Sonne schon in mancher Stunde Kraft, doch nach dem einen viel zu schwülen Tag, an dem das Wetter offenbar seine eigenen Gesetze gemacht hatte, war es nun wieder der Jahreszeit entsprechend frisch. Ohne einen wärmenden Umhang konnte man sich leicht den Tod holen.
»Sie denken an alles. Wahrhaftig, Diederich, Sie sind einer der gutmütigsten Menschen, die ich kenne.«
»Ach.« Er winkte ab. »Ich hatte doch nichts anderes zu tun.«
»Worum ich Sie bitten wollte: Wenn ich heute Nacht die Wache auf dem Schiff übernehme, wüsste ich Mette gern in guten Händen. Wenn Sie sich früh zu Bett legen und dann vor ihrer Kammer achtgeben, dass sie sich nicht davonmacht, wäre mir sehr wohl zumute. Würden Sie das tun, bitte?«
»Ja, natürlich, das ist kein Problem. Ich sehe zu, dass ich gleich was in den Bauch bekomme, und dann lege ich mich aufs Ohr. Sie müssen mich nur aufwecken, bevor Sie an Bord gehen.«

Bilke und Hartwych

In Bilkes Kopf arbeitete es fieberhaft. Gab es eine Möglichkeit für sie, in der Hansestadt unterzutauchen? Wenn es ihr gelänge, Hartwych van Broke zu entwischen, könnte sie vielleicht einen der Salz- oder Fischhändler bitten, deren Botenanstalt zu nutzen, um ihrem Vater eine Nachricht zu senden. Es wäre auch möglich, dass jemand ihr einen Wagen zur Verfügung stellte. Schön, Lübeck war gut und gerne fünf Tagesreisen von hier entfernt. Doch sicher ließe sich jemand finden, der den Fischhändler von Ranteln kannte und dessen Tochter ohne Zögern eine Kutsche überließ. Fischhändler? Da hatte sie doch glatt Svendssons Ausdruck verwendet. Der Gedanke an ihn machte sie traurig, doch sie musste sich zusammenreißen und weiter an ihrem Fluchtplan feilen.

Es klopfte.

»Bitte!«

»Ich bringe dir hier einen Umhang, den der gute Diederich auf die Schnelle für dich genäht hat. Er ist Garnmacher und versteht etwas von solchen Dingen.« Damit reichte er ihr ein unförmiges Stück Stoff. Noch im April hätte sie ihn dafür ausgelacht oder hätte es abgelehnt, das einfache derbe Kleidungsstück zu tragen. Jetzt war sie dankbar und gerührt.

»Das ist sehr freundlich, danke.«

»Ich sage es dir noch einmal, Mette: Komm nur nicht auf törichte Gedanken. Wenn du versuchst, davonzulaufen oder andere Dummheiten anzustellen, muss ich dich zu deinen Kumpanen in den Verschlag sperren. Dort ist es nass und

kalt, und mir schien, als ob dir die Kerle nicht gerade alle wohlgesinnt sind. Oder täusche ich mich?« Sie antwortete nicht. »Wie dem auch sei. Ich halte dich für ein kluges Mädchen. Hoffentlich liege ich damit nicht falsch.«
Wortlos folgte sie ihm, diesem überheblichen Pelzhändler. Nachdem sie sich von ihrem ersten Schreck erholt hatte, ausgerechnet auf seinem Schiff gelandet zu sein, gefiel ihr das jetzt beinahe. So hatte sie immerhin die Möglichkeit, ihn genauer unter die Lupe zu nehmen. Hätte er sich als netter, aufrichtiger Mann gezeigt, der Mitgefühl für einen jeden hatte, ganz unabhängig von dessen Stand, dann wäre es ihr leichter gefallen, sich endlich zu erkennen zu geben. Im ersten Moment war es ihm wahrhaftig fast gelungen, sie mit seinen schönen warmen Augen und der freundlichen Art zu täuschen. Indes, sie wusste längst, dass reine Berechnung dahinterstand. Er hatte sie aushorchen wollen. Sie wartete nur darauf, dass er sie wieder nach Bilke von Ranteln fragte. Was würde sie ihm erzählen? Ihr stand nicht übel der Sinn danach, ihm einen gewaltigen Bären aufzubinden. Sie habe sich in den Piraten verliebt, konnte sie ihm weismachen, wohnte in einem kleinen Haus am Strand nahe der schönen Stadt Roskilde und konnte es nicht mehr erwarten, dass Svendsson nach Hause zurückkehrte. Wie würde es ihm gefallen, den Mann getötet zu haben, an den seine Braut ihr Herz verschenkt hatte? Es gab ihr einen Stich. Wie nah diese vermeintliche Lügengeschichte der Wahrheit doch kam.

Sie verließen das Schiff. Bilke betrachtete neugierig die gewaltige Stadtmauer, die gerade um Festungsanlagen erweitert wurde. In einer Gasse nicht weit vom Hafen entfernt betraten sie eine kleine Schänke, die sauber und einladend wirkte.

Sie schämte sich für ihren Aufzug. Wie sich die Ereignisse doch ähnelten, ging es ihr durch den Kopf. Erst Roskilde, jetzt Kolberg. Ihr Husten wurde schlimmer. Sie zog den Umhang fest um sich.
Nachdem Hartwych mit dem Wirt gesprochen hatte, führte eine Magd sie die ausgetretenen Stufen hinauf in den zweiten Stock des Hauses.
»Hier schläfst du«, wies Hartwych sie einsilbig an, als die Magd die Tür zu einer Kammer geöffnet hatte.
»Ich bekomme eine Kammer für mich ganz allein?«
»Hast du geglaubt, ich lasse dich in einem Raum mit meinen Männern oder den Seeleuten schlafen? Diese Kammer ist gerade recht, denn du wirst wohl kaum aus dem Fenster klettern, denke ich. Dazu ist es zu hoch.«
Er dachte anscheinend an alles. Aber er würde sicher keine Wache vor ihrer Tür postieren. Es würde ihr schon gelingen, sich davonzuschleichen.
»Du kannst dich frisch machen. Ich warte hier auf dich.«
»Und dann?«
»Dann werden wir zu Abend essen. Hast du keinen Hunger?«
Den hatte sie tatsächlich nicht. Am liebsten hätte sie sich sogleich unter die einfache Wolldecke verkrochen. Andererseits hatte sie nur eine Chance, sich aus dem Staub zu machen, und zwar wenn sie wartete, bis alle schliefen. Das hieß, sie musste wach bleiben. Je eher sie ins Bett ging, desto weniger würde ihr das gelingen.
»Mette?«
»Oh, ich … doch, ich habe Hunger, gewiss. Es ist nur, ich fühle mich ein wenig benommen. Ich glaube, mein Schlaf wird so tief wie eine Ohnmacht sein.« Sie zwang sich zu

einem dünnen Lächeln. Sollte er nur glauben, dass sie zu einer Flucht gar nicht in der Lage war.

Die Gaststube war geräumig und von einem flackernden Feuer herrlich warm.
»Na, sieh einer an!«, rief ein junger untersetzter Mann mit rötlichem Haar und verschlagenem Gesichtsausdruck ihnen zu.
»Guten Abend, Godeke«, begrüßte Hartwych ihn.
Bilke wich seinem Blick aus. Der Mann war ihr nicht geheuer, und sie wollte nichts mit ihm zu schaffen haben.
»Ich dachte, dies ist ein anständiges Haus, darum habe ich hier Quartier bezogen. Jetzt muss ich sehen, dass sogar Piratendirnen hier absteigen.«
»Schweigen Sie auf der Stelle, Godeke, sonst …«
»Sonst was?« Er kam drohend auf Hartwych zu.
»Lass gut sein«, sagte ein blonder schlanker und großer Mann und legte Godeke beschwichtigend eine Hand auf den Arm. »Trinken wir unser Bier.«
»Ich trinke mein Bier lieber woanders, wo ich in anständiger Gesellschaft bin.«
Eine kleine Gruppe von Männern, die Bilke alle auf der *Ösel* gesehen zu haben meinte, murmelte leise Zustimmung und folgte ihm nach draußen. Die anderen Gäste, die die Szene gespannt verfolgt hatten, wandten sich wieder ihren Tellern und Bechern zu. Bilke stand der Schweiß auf der Stirn.
»Es tut mir leid«, sagte Hartwych, als sie an einem kleinen Tisch in der hintersten Ecke des Gastraumes Platz genommen hatten. »Godeke ist ein abscheulicher Kerl. Er hat nicht den geringsten Funken Anstand im Leib. Aber er wird nicht so einfach davonkommen, das kannst du mir glauben.«

Eine Magd brachte zwei Teller mit dampfender Suppe, die köstlich duftete.
»Hühnersuppe«, erklärte er. »Die tut dir gut, hat Albers gesagt.«
»Danke.« Sie nahm einen Löffel. »Die ist gut!«
»Ich warte noch immer auf eine Antwort«, sagte er unvermittelt.
Hatte sie es doch gewusst. Darum war er so freundlich. Er wollte endlich wissen, was aus seiner Braut geworden war.
»Sie wollen wissen, was mit Bilke von Ranteln geschehen ist.«
»Du kennst also ihren Namen.«
Sie erschrak. Himmel, sie musste sich mehr vorsehen. Wie schnell konnte ihr eine solche Unachtsamkeit zum Verhängnis werden.
»Ist sie am Leben?«
»Ich weiß es nicht.« Sie brachte es mit einem Mal nicht übers Herz, ihm ein Schauermärchen aufzutischen. »Sie war auf der *Schwarzen Rose*, als Sie sie angegriffen haben.«
»Was?« Seine Stimme war schneidend wie ein Schwert. Einige reckten die Hälse und verdrehten die Köpfe, um zu sehen, was da vor sich ging. Bilke sah ihm in die Augen und erkannte großen Schmerz. Eine Lüge hätte ihn womöglich weniger hart getroffen.
»Es gab ein Beiboot. Wenn mein Bruder sich retten konnte, wäre es denkbar, dass er sie mitgenommen hat.« Sie schenkte der Suppe ihre ganze Aufmerksamkeit, um ihn nicht ansehen zu müssen. Sie hatte doch wahrhaftig Mitleid mit ihm.
»Hast du gesehen, dass er sich auf das Beiboot gerettet hat?«
»Nein.«
»Wann hast du sie zum letzten Mal gesehen? War sie in seiner Nähe?«

Sie war immer in seiner Nähe, hätte sie am liebsten gesagt. Er hätte sie niemals allein gelassen.

Doch sie sagte nur: »Sie war meistens in seiner Nähe. Aber es war ja ein solches Durcheinander.« Sie ließ den derben Holzlöffel sinken. »Die Hölle war es. Ich habe einige gesehen, die sich auf den rutschigen Planken nicht mehr halten konnten und einfach so in die eisige See geglitten sind.« Sie starrte ins Leere, sah mit einem Schlag wieder die grausigen Geschehnisse vor sich. »Wir hatten ja beinahe augenblicklich nach dem ersten Kanonenschuss Schlagseite. Da waren so viele Verwundete, Tote.« Sie sprach wie in Trance. Um die entsetzlichen Bilder zu verscheuchen, schloss sie fest die Augen. »Sonst habe ich nichts gesehen«, sagte sie und blickte ihn wieder an. »Ich würde jetzt gern schlafen gehen. Mir ist nicht wohl.« Das war die Wahrheit.

»Natürlich, ich bringe dich hinauf.«

Die Kammer war äußerst einfach, eine Pritsche mit Stroh gepolstert, darüber ein Tuch und eine Wolldecke. Für ihr Kleid gab es nur einen Haken in der Wand. Es kümmerte sie nicht, sie würde sich ohnehin nicht ausziehen. Bilke würde sich davonschleichen, später, wenn alles schlief. Es gab keine andere Möglichkeit, sich diesem gefährlichen Versteckspiel zu entziehen. Bis Ruhe einkehrte und alle in tiefen Träumen lagen, musste sie warten. Was konnte es da schaden, sich ein Weilchen in das Bett zu legen? Da sie doch so erbärmlich fror. Sie schlüpfte unter die Decke. Wie wunderbar! Nur kurz die fiebrigen müden Augen schließen. Sie würde schon nicht einschlafen. Nur ein wenig ausruhen wollte sie vor ihrem nächsten Abenteuer. Bald war sie wieder zu Hause …

Sie erwachte von Geräuschen, die direkt vor ihrer Tür ihren Ursprung zu haben schienen. Bilke richtete sich in ihrem Bett auf. Wenn sie nur wüsste, wie spät es war. Sollte sie etwa doch fest geschlafen haben? War es schon Morgen, und Hartwych würde gleich an ihre Tür klopfen, um sie zu einer dünnen Morgensuppe abzuholen? Das durfte nicht sein. Da waren Stimmen, die flüsterten. Immer wieder lachte jemand, dann wurde das Flüstern zu einem gedämpften Sprechen.
»Pssst«, machte einer, und es wurde wieder gewispert. Sie glaubte, eine der Stimmen zu erkennen, meinte jedoch, dass etwas nicht stimmte, denn sie klang unsicher, als hätte sie Schwierigkeiten, einzelne Wörter zu formen.
»Herr van Broke hat mir aber aufgetragen, um jeden Preis auf sie achtzugeben.«
»Hörst du nicht, was ich sage?«, fragte die Stimme, die Bilke so bekannt vorkam. »Du kanns auch weiter auf sie achtnehm. Musst uns nur begleitn.«
»Sie sind betrunken!«
»Ach was! Ich hab höchstens einen ganz Kleinen genomm.« Jemand kicherte albern.
Bilke war mit einem Schlag aus dem Bett. Das war dieser schreckliche Godeke! Kaum dass sie auf ihren Füßen stand, wurde ihr schwarz vor Augen. Sie schwankte, suchte nach einem Halt und ließ sich wieder auf die Pritsche fallen.
»Haben Sie das gehört, Diederich?« Diese Stimme kannte sie nicht. Ihr klopfte das Herz bis zum Hals. »Das kam von da drinnen. Vielleicht geht es ihr nicht gut. Nicht umsonst hat Herr van Broke uns aufgetragen, sie in die Schänke *Zum weißen Gold* zu bringen. Sie muss unbedingt etwas trinken. Wegen ihres Hustens, hat er gesagt.«
»Das klingt ein wenig seltsam.«

Oh, Himmel, dieser Diederich, der offenkundig vor ihrer Tür Wache halten sollte, konnte diesen Unsinn doch nicht für bare Münze nehmen. Sie schlang sich den Umhang um den Leib und schlich zum Fenster. Hartwych hatte recht gehabt. Es war zu hoch, und es gab nichts, woran sie hätte hinabklettern können. Sie war in dieser Kammer gefangen.

»Sehen Sie, Diederich, das haben wir uns auch gesagt und darum den Albers gefragt. Und der hat das bestätigt.«

»Der Albers? So?« Diederich, der Garnmacher, wenn sie sich recht entsann, schien nachzudenken. »Na, wenn der das sagt …« Sie hörte ein kurzes Knarzen, dann Schritte.

Nackte Panik stieg in ihr auf. Der Schlüssel wurde im Schloss gedreht. Sie war eingesperrt gewesen, begriff sie, und hätte also gar nicht davonlaufen können. Dann bewegte sich der Riegel. Ein Mann mit rundlichem Gesicht und roten Wangen sah zu ihr herein.

»Oh, Sie sind ja wirklich wach. Haben Sie Durst?«

Bevor sie etwas entgegnen konnte, schob sich ein zweiter Kopf durch die Tür. Bilke erkannte den Blonden, der Godekes Temperament vorhin in der Gaststube ein wenig gezügelt hatte.

»Sicher hast du Durst. Ist doch klar bei deiner Krankheit. Komm, wir gehen etwas trinken.«

»Nein, danke!« Atemlos wandte sie sich an ihren Bewacher. »Sie sind Diederich, nicht wahr? Der Mann, der mir den wunderbaren Umhang gemacht hat.«

»Das bin ich, ja. Freut mich, wenn er Ihnen gefällt.« Er strahlte sie an wie ein Kind.

»Ich bin nicht vor Durst aufgewacht, sondern weil die Männer so laut waren. Bitte, schicken Sie sie weg, damit ich wieder schlafen kann. Ich brauche vor allem Schlaf, um gesund zu werden«, sagte sie eindringlich.

Diederichs Gesicht verschwand aus dem Türrahmen.
»Da hören Sie es, meine Herren, sie braucht nichts, sie will nur schlafen.«
Die Angst schnürte ihr immer mehr die Kehle zu. Wie viele Kerle mochten da draußen auf sie warten? Ihr kam wieder in den Sinn, was Svendsson über Hanse-Kaufleute gesagt hatte. Sollte er recht behalten, war sie in größerer Gefahr als zu jedem Zeitpunkt auf dem Piratenschiff. Im Moment sah es ganz danach aus.
Der Blonde schob sich an Diederich vorbei in die Kammer.
»Es geht nicht darum, was sie will. Wir haben unseren Auftrag. Je weniger sie sich ziert, desto eher ist sie wieder in ihrem Bett und kann schlafen. Ist doch ganz einfach.« Er kam auf sie zu. Sein Atem roch nach Bier und Branntwein. »Nun hab dich mal nicht so. Mit deinen Piratenkumpanen bist du doch auch durch die Spelunken gezogen, oder etwa nicht?«
Sie schüttelte den Kopf.
»Oder meinst du etwa, wir sind weniger wert als die, hä?« Er machte noch einen Schritt auf sie zu.
»Bitte, Diederich, schicken Sie sie weg! Sie machen mir Angst«, rief sie in heller Furcht. Dieser Diederich war ein guter Mensch, dessen war sie ganz sicher. Er würde ihr helfen, er musste einfach.
Godeke kam mit Diederich herein. »Albers hat gesagt, sie dreht durch, wenn sie nich trinkt. Sie pfantaschiert dann und solche Sachen.« Er kicherte. »Es geht schon los.« Dieser Godeke war vollkommen betrunken. Er fuchtelte wie ein Oberlehrer mit dem Finger in der Luft herum, dabei konnte er sich kaum noch auf den Beinen halten.
»Godeke hat zu viel getrunken«, mischte sich jetzt wieder der Blonde ein. »Das heißt aber noch lange nicht, dass er deshalb

sein Pflichtbewusstsein vergessen würde.« Godeke prustete und schlug sich die Hand vor den Mund. »Jedes Wort, das er sagt, ist wahr. Wenn sie nicht bald etwas trinkt, trocknet ihr Hirn aus, und sie kriegt auch Angst vor Ihnen oder vor van Broke. Und das wollen Sie doch nicht riskieren, Diederich, oder?«

Ihm war anzusehen, dass er in der Klemme steckte.

»Um Himmels willen, Sie können doch diesen Unfug nicht glauben«, flehte Bilke. »Die Männer sind betrunken!«

»Nur Godeke, der Henneberg nicht.« Einen Moment zögerte er noch und dachte nach, dann hatte er seine Entscheidung getroffen. »Kommen Sie, wir gehen gemeinsam. Wenn ich bei Ihnen bin, passiert schon nichts. Sie trinken einen heißen Tee und können danach bestimmt viel besser schlafen.«

»Nein, bitte, ich …« Ihre Gegenwehr nützte ihr nichts. Schon hakte der blonde Henneberg sie unter. Godeke packte ihren anderen Arm. Er musste sich an ihr festhalten, so schwankte er. Diederich eilte hinter ihnen her. Auf der Stiege wurde es eng. Godeke trat auf den letzten Stufen daneben, verlor den Halt und stürzte. Beinahe hätte er Bilke noch mit sich gerissen, doch sie konnte ihn abschütteln.

»Godeke, Mensch, hast du zwei linke Füße?« Henneberg amüsierte sich prächtig.

»Halt bloß den Mund«, grunzte der. »Verdammt, ich glaub, ich kann nich mehr krauchen.«

»Dann bleiben Sie besser hier und gehen ins Bett. Oder soll ich den Albers rufen?«

»Nee, Diederich, lassen Sie mal. Der kommt schon wieder auf die Beine«, wiegelte Henneberg ab.

Godeke blieb tatsächlich im Gasthaus zurück. Bilke atmete auf. Er schien ihr der Schlimmste von allen zu sein. Ihre

Erleichterung hielt jedoch nicht lange an. Als sie vor die Tür traten, warteten dort vier weitere Kerle.
»Ihr habt es wahrhaftig geschafft«, sagte einer.
»Wo steckt Godeke?«, wollte ein anderer wissen.
Diederich war irritiert. »So viele Männer, nur um die Frau in ein Wirtshaus zu bringen? Und warum muss es denn unbedingt im *Zum weißen Gold* sein? Kann sie nicht hier ihren Tee bekommen?«
»Tee?« Sie lachten dreckig.
»Sehen Sie denn nicht, dass das Ganze eine böse Posse ist? Was immer die mit mir vorhaben, es ist gewiss nichts Gutes!«, beschwor sie Diederich.
»Na, na, was sollten wir denn Böses im Schilde führen?« Der Mann, der das gesagt hatte, war hager und ging ein wenig gebeugt.
»Wir sind anständige Männer, Mitglieder der Compagnie der Schwarzen Häupter«, deklamierte einer mit schütterem Haar und hellblauen Augen. »Wir wollen die Dame nur auf ein Gläschen einladen.«
»Dame«, rief einer, woraufhin alle in hässliches Gelächter ausbrachen.
»Moment«, wandte Diederich sich an Henneberg. »Sie sagten, Sie müsse auf Albers ausdrückliche Anweisung einen Tee trinken, damit sie wieder gesund wird und ihr Hirn nicht eintrocknet.« Die anderen lachten schallend. »Jetzt klingt das plötzlich ganz anders.«
Bilke schlotterte. Sie stolperte vorwärts, sah sich hin und wieder gehetzt um, ob sich ihr eine Möglichkeit bot, fortzulaufen. Doch immer war einer hinter ihr, einer neben ihr, und sie schubsten sie weiter.
Henneberg legte Diederich unterdessen vertraulich den Arm

um die Schultern. »Von Tee war nie die Rede. Sehen Sie, mein Freund, es war nicht ganz die Wahrheit, was wir Ihnen da erzählt haben. Sie sind so ein anständiger Kerl. Sie hätten uns doch nie gestattet, mit der Frau ein Gläschen zu nehmen. Aber Sie müssen uns verstehen. Wann hat man denn die Gelegenheit, mit einem Piratenmädchen zu reden? Wussten Sie, dass es so etwas überhaupt gibt?«
Die anderen murmelten Worte der Zustimmung. Ja, sie wollten nur mal mit ihr reden, einmal hören, wie das Piratenleben so ist, ob sie schon mal jemanden umgebracht hat. Und ob es wahrhaftig welche unter ihnen gibt, die ein verlorenes Bein einfach durch ein Stück Holz ersetzen, wie man immer wieder hörte.
Bilke glaubte ihnen kein Wort. Wenn es wirklich nur das gewesen wäre, was sie wollten, hätten sie Hartwych um eine Möglichkeit bitten und an Bord mit ihr reden können. Diederich dagegen schien bereits überzeugt. Zwar gefiel es ihm keineswegs, wie er betonte, dass man ihn zunächst hinters Licht geführt hatte, doch er sah nichts gar zu Ungehöriges in dem Wunsch der Männer. Und wo sie nun schon einmal auf dem Weg waren …

Der Krug *Zum weißen Gold* war eine schmierige Kaschemme. Mädchen mit kurzen Kleidern und gelben Tüchern, die sie sich aufreizend um die Taille geschlungen hatten, beschäftigten sich mit den wenigen Gästen, die noch im Schankraum saßen. Oder sie warteten, hofften auf späte Kundschaft. Bilke war keineswegs überrascht. Ein Gasthaus, das um diese Zeit noch seine Pforten geöffnet hatte, konnte kein anständiges Haus sein.
Zwei Mädchen versuchten ihr Glück, als die Neuankömm-

linge sich an einen langen Tisch setzten. Sie bedachten Bilke mit bösen Blicken. Als die Männer sie fortschickten, spuckten die Dirnen vor Bilke aus. Henneberg bestellte lauthals Bier und Branntwein.

»Aber nicht für die Dame«, wandte Diederich ein. »Sie ist ja krank und sollte lieber …«

Weiter kam er nicht, denn seine Worte gingen in Gejohle und Gebrüll unter. Schon wurden die Getränke gebracht. Henneberg stellte ein Glas Branntwein vor Bilke hin.

»Los, Piratenmädchen, trink! Zeig uns, wie ihr Freibeuter feiert!«

»Mir ist nicht nach Feiern zumute. Sie hören doch, ich bin nicht gesund«, versuchte sie, sich aus der Affäre zu ziehen.

»Wirst sehen, mit dem Zeug wirst du schnell wieder gesund. Davon fließt doch bestimmt etwas in deinen Adern.«

Wieder Lachen und Johlen. Nüchtern war jeder Einzelne von ihnen vermutlich ein braver Geselle, dachte sie. Nach einem gemeinsamen Gelage hatten sie hingegen alle Manieren vergessen. Wenn Sie das Schlimmste verhindern und hier wieder heil herauskommen wollte, musste sie jetzt die Wahrheit sagen. Ganz gleich, was das für sie oder Svendsson bedeutete.

»Hören Sie«, begann sie. »Es ist nicht so, wie Sie denken.«

»Ach, du willst uns wohl weismachen, Piraten trinken keinen Schnaps, was?« Sie amüsierten sich prächtig.

»Das weiß ich nicht, denn ich bin keine Piratin. Ich komme aus Lübeck und bin die Tochter eines Kaufmanns.«

Alle starrten sie an. Es war totenstill am Tisch.

»Ach!« Diederich fand zuerst seine Sprache wieder. »Deshalb sprechen Sie unsere Sprache so gut.«

Die Männer sahen einander an, dann platzten sie fast vor Lachen.

»Wieso?« Diederich war irritiert.
»Die und eine Lübecker Kaufmannstochter«, brachte einer prustend hervor.
»Gleich wird sie uns noch erzählen, dass sie van Brokes Braut ist, nach der wir suchen sollten«, rief ein anderer und schlug sich auf die Schenkel.
Sie glaubten ihr kein Wort. Bilke war verzweifelt. Also schön, wenn sie mit der Wahrheit nicht weiterkam, musste sie eben besonders gut lügen. Diederich war da, er würde nicht zulassen, dass man sie gar zu schlecht behandelte.
»Gut, den einen trinke ich, dann erzähle ich euch, was ihr hören wollt. Und danach lasst ihr mich gehen. Abgemacht?«
»Abgemacht«, sagte Henneberg und hielt ihr die Hand hin. Er warf einen kurzen Blick auf den Verband. »Ach nein, du kannst ja nicht einschlagen. Na dann, trinken wir drauf!« Schon hatte er sein Glas an den Lippen, legte den Kopf in den Nacken und trank die bronzefarben schimmernde Flüssigkeit in einem Zug.
Bilke tat es ihm gleich. Noch nie zuvor hatte sie etwas getrunken, das so scharf war. Es brannte in ihrer Kehle und gleich darauf in ihren Eingeweiden wie flüssiges Feuer. Sie würgte, hustete, versuchte aber, die Beherrschung nicht gänzlich zu verlieren.
»Nicht übel«, keuchte sie.
Die Männer schlugen vor Vergnügen mit den Fäusten auf den Tisch. Bilke würde ihnen die Schauermärchen erzählen, die sie hören wollten. Sie würde ihnen das wilde Piratenmädchen vorgaukeln. Vielleicht stand Gott ihr bei, und sie brachten sie hinterher wahrhaftig zurück in ihre Herberge. Sie waren ehrbare Männer, sagte sie sich immer wieder, gar zu Böses konnten sie nicht im Schilde führen. Man stellte einen

Krug dunkles Bier vor sie hin. Sie nippte kurz daran und blickte in die Runde. Alle Augen, vom Alkohol schon recht verschleiert, waren erwartungsvoll auf sie gerichtet.

»Schön, was wollt ihr hören?« Sie bemühte sich, ihre Stimme laut und derb klingen zu lassen. »Wollt ihr wissen, wie wir Piraten feiern?«

»Ja«, riefen sie und nickten eifrig. Sie waren wie Kinder, die auf eine Gutenachtgeschichte warteten. Die konnten sie haben.

»Wir sitzen ums Feuer, essen gebratenen Fisch, den wir vorher vom Schiff aus gefangen haben. Wir musizieren, einer meiner Leute kann auf dem Kamm blasen. Den solltet ihr mal hören!« Zunächst beschrieb sie einfach nur den Abend nach dem Unwetter, als Svendsson seine Leute mit einem kleinen Fest belohnt hatte. Die Männer gaben sich damit jedoch nicht lange zufrieden, mit Ausnahme von Diederich, der ihr gebannt lauschte. Die anderen wollten von spektakulären Überfällen, schrägen Vögeln, von Mord und Totschlag hören. Also schnitt Bilke mehr und mehr auf. Sie berichtete von einem, der einen sprechenden Raben hatte.

»Auf den konnten wir uns immer verlassen«, behauptete sie. »War ein Verband der Pfeffersäcke auch noch viele Bootslängen von uns entfernt, hat der Rabe ihn schon entdeckt und uns gewarnt.« Das gefiel den Kerlen. Solange sie sich von ihr unterhalten ließen, kamen sie nicht auf andere Gedanken. Bilke gewann ihre Zuversicht zurück. Kein Wunder, dass die Leute in Lübeck immer sagten, sie gleiche Bente wie eine Birke der anderen, ging es ihr durch den Kopf, und sie hätte beinahe aufgelacht. Im Erfinden der abenteuerlichsten Geschichten stand sie ihrer Schwester jedenfalls nicht nach. Ganz leicht kamen sie ihr über die Lippen und wurden immer absonderlicher.

Nicht mehr lange, dann würde der Morgen grauen. Bilke hatte kein Gefühl dafür, wie lange sie schon saß und erzählte.
»Wir sollten gehen«, meinte schließlich einer. »Ich bin müde, und es fängt an, mich zu langweilen.«
»Das soll es gewesen sein?«, fragte der Hagere. »Dafür riskieren wir eine Bestrafung? Ich hatte mir mehr von dem Abend versprochen.«
»Ja«, stimmte der mit dem schütteren Haar zu, »falls ich die nächsten Tage bei Wassersuppe verbringen muss, soll sich das für mich gelohnt haben.«
Bilke bekam es wieder mit der Angst zu tun. »Das Beste habe ich noch nicht erzählt«, versprach sie. Noch gab es hier und da Murren, trotzdem konnte sie die Männer noch einmal in ihren Bann ziehen. Sie tischte ihnen am Ende sogar unheimliche Ungeheuer auf, die im Nebel vom Grund des Meeres auftauchten und nach der *Schwarzen Rose* griffen.
»Du willst uns doch verschaukeln«, brachte Henneberg mühsam hervor. Die Zunge war ihm schwer vom Bier.
»Aber nein, wenn ich es doch sage! Dieses Ding hatte Fangarme, die wie die Wurzeln eines riesigen Baumes aussahen. Ich hatte großes Glück, dass mich nicht einer davon erwischt hat.«
»Du meinst wohl, du kannst dich über uns lustig machen, was?« Gerade hatte Henneberg noch recht zufrieden gewirkt, doch nun schlug seine Laune um. Auch die anderen hatten endgültig den Spaß an ihren fantastischen Berichten verloren und wurden mürrisch. Henneberg warf dem, der neben Diederich saß, einen Blick zu, der Bilke gar nicht gefiel.
Der sagte: »Lasst uns gehen, ich habe genug von diesem Seemannsgarn. Diederich, gehen Sie mit mir?« Er stand auf und reckte sich.

»Nun, ich denke doch, wir gehen alle gemeinsam.« Diederich sah sehr müde aus, er war beinahe eingenickt und reckte sich ebenfalls.
»Ja, das tun wir.« Er warf Henneberg einen hämischen Blick zu, packte Diederichs Arm und zog ihn von der hölzernen Bank hoch.
Die anderen machten Anstalten, ebenfalls aufzustehen. Auch Bilke, die die plötzliche Spannung, die in der Luft lag, mit größter Sorge wahrnahm, wollte sich erheben.
»Nur die Ruhe«, sagte der mit dem schütteren Haar und den auffallend hellblauen Augen neben ihr und hielt sie auf.
»Ich dachte, wir wollten gehen. Nicht wahr, wir wollten doch alle zusammen gehen«, rief sie laut Diederich hinterher, der von dem anderen bereits hinausgeführt wurde. Sie sah noch, wie er sich umzudrehen versuchte, über die Schulter nach ihr Ausschau hielt. Der Kerl an seiner Seite redete unaufhörlich auf ihn ein, während sie die Schankstube verließen.
»Und nun zu dir.« Henneberg beugte sich vor. Er sah abgrundtief böse aus. Genau wie er, schienen auch die anderen, die zwischendurch schon ein wenig schläfrig gewirkt hatten, wieder hellwach zu sein. Nichts deutete mehr auf den baldigen Aufbruch hin.
»Bitte, lassen Sie mich gehen! Ich habe meinen Teil der Abmachung gehalten.« Bilke versuchte gar nicht erst, die kumpelhafte Atmosphäre zu beschwören, die soeben noch geherrscht hatte. Sie überlegte panisch, ob sie versuchen konnte, ihnen zu drohen. Wenn sie ihnen doch sagte, wer sie in Wirklichkeit war? Nein, das hatte keinen Sinn, sie würden ihr auch dieses Mal nicht ein einziges Wort glauben, sondern würden wieder meinen, sie wolle sich über sie lustig machen, und nur noch wütender werden. Wer einmal lügt, dachte sie bitter.

»Wir sind Mitglieder der ehrenwerten Compagnie der Schwarzen Häupter«, begann Henneberg. »Denen fügt man nicht ungestraft einen Schaden zu.«
»Aber das habe ich doch nicht. Wie könnte ich denn?« Sie war der Verzweiflung nahe.
»Festhalten!«, kommandierte er. Nahezu im gleichen Moment packten sie zwei Männer und hielten ihre Arme fest, als wären diese mit dem Tisch verwachsen.
»Nein, bitte, ich kann Ihnen Schmuck besorgen und Gold. Bitte, wenn Sie mich nur verschonen.«
»Ja, natürlich, aus verwunschenen Schatztruhen gewiss, die ihr irgendwo vergraben habt, bewacht von Knochen und bleichen Schädeln, was?« Alle lachten. Henneberg wich das Grinsen gleich wieder aus dem Gesicht. »Du bist hier, um unsere Rache zu spüren, um deine gerechte Strafe anzunehmen.«
»Genau«, stimmte der Hagere eifrig zu. »Es ist nicht recht, dass du auf dem Schiff lebst und behandelt wirst wie eine Dame. Wir lassen dich so nicht davonkommen. Strafe muss sein!«
»Ich spreche nicht von geheimnisvollen Schatztruhen, ich habe wirklich Münzen und einiges Kostbares, was ich Ihnen geben kann.« Sie zitterte wie ein Topsegel im Wind. Was würden sie ihr antun? Wenn sie nur mit ihnen verhandeln und die Bestrafung, von der die Rede war, hinauszögern konnte. Wer weiß, es konnte doch sein, dass Diederich dann Hilfe holte. Immerhin musste er inzwischen begriffen haben, dass sie ihn übertölpelt hatten.
»Wir wollen weder Schmuck noch Münzen oder Gold. Wir sind schließlich keine Diebe wie du. Uns geht es um Genugtuung. Durch die Schuld von deinesgleichen sind ein Kanonier und ein Matrose schwer verwundet worden.« Er

betrachtete ihre verbundene Hand. »Apropos … Wie geht es denn eigentlich deiner Wunde?«

Sie versuchte, ihren Arm wegzuziehen, die verletzte Hand zu verbergen, doch sie war zwischen den Männern wie in eine Schraubvorrichtung gezwängt.

»Wissen Sie überhaupt, wie viele Männer der *Schwarzen Rose* verwundet wurden, wie viele gestorben sind?«, stieß sie schluchzend hervor. »Und zwar durch Ihre Schuld! Sie haben so viel mehr Schuld auf sich geladen!« Tränen liefen ihr über das Gesicht. Sie sah verschwommen, wie er den Verband löste.

»Diese Männer, wie du sie nennst, waren nichts als Verbrecher. Mörder und Diebe, die es nicht verdient hatten, länger zu leben.« Während er sprach, wickelte er das Tuch ab, das ihre Hand geschützt hatte. »Unsere Männer sind im Einsatz für eine gerechte Sache verwundet worden. Das muss gesühnt werden.«

»Eure Männer? Ein Kanonier und ein Matrose? Die gehören doch wohl zur Mannschaft. Sollte nicht der Kapitän entscheiden, wie ihr Unglück gesühnt werden soll?« Es war ein letzter Versuch, doch Henneberg überhörte ihren Einwand einfach.

»Außerdem geht es um viel mehr. Es geht …« Er riss den Verband von der Haut, der an etwas getrocknetem Blut festgeklebt war. »… um die Hanse, die ihr verhöhnt habt. Sie ist gegründet worden, um es mit Pack wie dir aufzunehmen.« Mit einem Mal hatte er ein Messer in der Hand. Bilke riss die Augen in blankem Entsetzen auf.

»Nein!«, schrie sie, als er die Spitze der blitzenden Klinge auf den roten Wulst legte, der sich auf ihrer Wunde gebildet hatte.

»Hier kannst du schreien, so viel du willst.« Er stach zu. Nicht

tief, aber die Haut war so empfindlich, dass sich augenblicklich ein scharfer Schmerz ausbreitete, Blut trat aus der Stelle.
»Auf dem Schiff wirst du behandelt wie eine feine Dame. Anstatt bei deinesgleichen zu kauern, streckst du dich im weichen Bett aus. Besser als unsereins bist du untergebracht.«
Er schnitt weiter, gerade tief genug, um die Wunde wieder zu öffnen. Dicke Blutstropfen fielen auf die Tischplatte.
Bilke wimmerte, wand sich auf dem Stuhl, versuchte, ihre Hand aus dem festen Griff zu befreien. Das machte die Schmerzen nur noch schlimmer. Außerdem befürchtete sie, er würde ihr die Finger brechen, so fest hielt er die umklammert.
»Wer weiß schon, ob du überhaupt vor Gericht gestellt wirst, wenn wir erst in Riga sind. Hast den Herrn van Broke wohl verhext, dass er dich so gut behandelt. Dann musst du eben jetzt und hier bezahlen.«
»Es reicht, Henneberg«, sagte einer. Bilke wusste nicht, wer es war. Sie war nahe daran, das Bewusstsein zu verlieren. Ihr war, als wäre überall nur noch brennender pochender Schmerz.
»Ach was, die ist zäh!«
»Die fällt gleich vom Stuhl, wie es aussieht. Hör schon auf, wir wollten sie bestrafen und unseren Spaß mit ihr haben. So war es ausgemacht. Es war nicht die Rede davon, sie schwer zu verletzen.«
»Stell dich mal bloß nicht so an.«
»Er hat recht«, mischte sich einer ein. Vielleicht der Hagere? »Wir wollten sie betrunken machen und uns mit dem strammen Früchtchen amüsieren. Ich bin ein Mann und kein Knochenhauer.«
Mehr hörte sie nicht, denn eine gnädige Ohnmacht hüllte sie ein. Irgendwann bemerkte sie, dass die beiden Kerle zu ihrer

Rechten und Linken sie nicht mehr gar so fest hielten. Henneberg hatte ihre Hand losgelassen.
»Schaffen wir sie hier raus«, sagte er. »Es wird gleich hell.«
Noch konnte sie es nicht glauben. Sie blinzelte, wischte sich mit dem Rücken der gesunden Hand die Tränen weg. Wahrscheinlich war es ein übler Spaß, und sie machten sich erst so richtig über sie her. Doch das geschah nicht. Sie packten sie, zogen sie von der Bank in die Höhe und drückten ihr ihren Umhang in den Arm. Einer ging zum Wirt und gab ihm ein paar Münzen, für Bier und Branntwein und wohl auch dafür, dass er sie hatte gewähren lassen. Sie schlüpften in ihre Mäntel und stießen Bilke grob in den Rücken, damit sie mit ihnen Schritt halten möge. Der Morgen dämmerte in der Tat schon herauf, als sie auf die Gasse traten. Die anderen trollten sich, nur Henneberg und der Hagere brachten sie in ihre Herberge. Henneberg hatte ihren linken Ellenbogen fest gepackt, als er sie die Stiege hinaufbegleitete. Vor der Tür ihrer Kammer stand noch der Schemel, auf dem Diederich hatte Posten beziehen sollen. Sie hatten die Tür fast erreicht, da drehte er sie mit solchem Schwung zu sich herum, dass sie sich abstützen musste. Sie griff mit der Rechten nach der Wand, zog die Hand aber sofort wieder zurück. Er war ihr ganz nah, starrte sie voller Hass an und atmete schwer. Es ist noch nicht vorbei, schoss es ihr durch den Kopf. Er war mit ihr allein, diese Gelegenheit würde er nicht ungenutzt verstreichen lassen.
»Was dauert denn da so lange?«, zischte der Hagere von unten. Henneberg zögerte, als überlege er, ob er seinen Kumpan nicht zu sich rufen sollte, um doch noch etwas Spaß mit ihr zu haben, aber er entschied sich anders. »Zu niemandem ein Wort, hörst du?« Seine Finger gruben sich noch tiefer in ihren Arm. »Wir haben dich nur auf ein Schlückchen einge-

laden und dir kein Haar gekrümmt. Das wird Diederich bestätigen. Wehe dir, wenn du uns verrätst, dann bist du tot«, fauchte er. Abrupt ließ er sie los, machte kehrt. »Sag, du bist gefallen, oder denk dir irgendeine andere Geschichte aus. Das kannst du doch so gut.«
Sie meinte, sein Lachen noch zu hören, als sie längst das Blut abgewaschen und sich in ihr Bett gekauert hatte. Eine Turmuhr schlug zur sechsten Stunde. Schlaf fand sie keinen mehr.

Sie hörte eine Stimme. Es klang eigenartig, als käme sie von weit her oder wäre durch irgendetwas gedämpft. Bilke musste daran denken, wie sie mit Bente, als sie kleine Kinder waren, in dem Badezuber die Köpfe nacheinander unter Wasser getaucht hatten. Die eine hatte dann etwas gesagt, was die andere erraten musste. Es hatte sich sehr lustig angehört.
Sie saß mit angezogenen Beinen im Bett und starrte vor sich hin. Die geschundene Hand lag auf ihren Knien, die Verletzung nach oben gedreht, damit die Wolldecke nur ja nicht beschmutzt wurde.
»Was zum …? Diederich! Das gibt es doch gar nicht.« Die Stimme wurde leiser. Trotzdem war es einfach gewesen, sie zu verstehen. So war das Ratespiel nicht besonders lustig. Bilke hatte die Stimme sogar erkannt. Sie gehörte zu Hartwych, dem Mann, der sie hatte heiraten wollen. Die Turmuhr schlug zur achten Stunde. Allmählich kam sie zu sich. Es war, als erwachte sie aus einem bösen Traum, nur hatte sie nicht geträumt, nicht einmal geschlafen. Vorsichtig streckte sie die Beine, ein Knacken in den Knien, ein kurzer Schmerz. Sie fühlte sich unendlich müde, wäre am liebsten einfach unter die Decke gerutscht. Stattdessen schlug sie die zurück und stand auf. Noch ein wenig steif richtete sie sich notdürftig das

Haar. Ihr Kleid war in einem schrecklichen Zustand, aber es kümmerte sie nicht. Zaghaft öffnete sie die Finger der rechten Hand ein wenig. Eine dicke Kruste hatte sich gebildet, und an den unverletzten Stellen schimmerte die Haut bläulich. Jede kleine Bewegung scherzte noch immer höllisch.

»Wenn du uns verrätst, bis du tot«, klang es in ihren Ohren. Es wird heilen, sagte sie sich. Es wird schon irgendwann heilen.

Schritte auf den Stiegen, dann auf dem Flur, die rasch näher kamen.

»Das verstehe ich nicht, er sagte, dass er die Nachtwache für mich zu Ende macht.« Diederich klang zerknirscht und schrecklich verunsichert.

»Ich möchte wissen, was hier los gewesen ist. Warum, um alles in der Welt, haben Sie Ihren Posten überhaupt verlassen? Ich hatte mich auf Sie verlassen. Auf Sie, Diederich, nicht auf einen der anderen Männer.«

»Das tut mir auch wirklich leid, aber es klang alles so plausibel, und es ist ja auch nichts geschehen.«

Es klopfte.

»Kommen Sie herein«, sagte sie matt.

Ein Rütteln, dann wurde der Riegel zur Seite geschoben. Während die Tür sich öffnete, schimpfte Hartwych: »Es war ja nicht einmal abgeschlossen.«

»Keine Sorge, ich bin noch hier«, sagte sie leise, die Hände hinter dem Rücken verschränkt.

»Das sehe ich. Immerhin.« Er trat näher und sah ihr direkt in die Augen. In seinem Blick lag so viel Sorge, dass sie sich am liebsten in seine Arme geworfen und bei ihm ausgeweint hätte. Doch sie durfte nicht vergessen, dass er einer von ihnen war. Seine Sorge galt in erster Linie dem Umstand, dass er seine Pflicht verletzt und sich auf den falschen Mann verlassen hatte. Wenn sie ihm entwischt wäre, hätte das für ihn eine Menge Ärger bedeutet.

»Was ist letzte Nacht geschehen?«, wollte er wissen. Seine Stimme klang ruhig.

»Nichts.« Was sollte sie ihm schon erzählen? Er würde ihr doch nicht glauben. Genau wie die anderen würde er meinen, sie kenne es nicht anders, als in dreckigen Spelunken herumzulungern.

»Das sagte ich Ihnen doch, es ist nichts geschehen«, rief Diederich, der an der Tür stand und vorsichtig in die Kammer spähte. Seine Wangen leuchteten, doch das muntere Lächeln war verschwunden.

»Was soll das heißen, nichts?« Hartwych ließ sich nicht beirren. »Du hattest Besuch, wenn ich richtig gehört habe.«

»Besuch?« Sie schnappte nach Luft.

»Es war ganz harmlos«, beschwichtigte Diederich von der Tür.

»Wenn Sie es so nennen wollen.« Bilke senkte den Blick.

»Wir gehen wieder an Bord. Die Brise sollte ausreichen, um auslaufen zu können. Ich will alles wissen, was sich in dieser Nacht zugetragen hat. Dann werde ich selbst beurteilen, ob es harmlos war.«

Es entstand eine kurze Pause, in der alle schwiegen.

»Was versteckst du hinter deinem Rücken?«, fragte Hartwych plötzlich. Er klang nicht mehr ruhig, sondern höchst angespannt. Befürchtete er etwa, sie sei im Besitz einer Waffe?

»Nichts, ich verstecke nichts.«

Er packte ihre Arme und zog die Hände nach vorn. Sie gab keinen Laut von sich. Hartwych kniff die Augen zusammen, als täte ihm allein der Anblick weh.

»Ich will wissen, was heute Nacht passiert ist«, flüsterte er.

Hartwych und Bilke

Der Wind war nicht gerade kräftig zu nennen, aber er reichte, um sie langsam gen Riga zu treiben. Kaum, dass sie den Anker gelichtet und die Segel gesetzt hatten, ging Hartwych mit Albers zu Mettes Unterkunft.

»Was sagtest du, wie das passiert sein soll?«

»Der Branntwein ist mir nicht bekommen. Ich bin auf der Stiege ausgerutscht und gefallen«, wiederholte sie monoton, was sie ihm schon zweimal erzählt hatte. Er glaubte ihr kein Wort.

»Das sieht böse aus, sieht böse aus«, murmelte Albers, der ihre Hand behutsam in der seinen hielt. »Es wird gleich ein wenig weh tun, wird es gleich.« Hartwych atmete hörbar aus. Er konnte sich beim besten Willen nicht an Alber's Eigenart gewöhnen, immer einige Wörter zu wiederholen.

Der träufelte etwas in Mettes Handfläche. Die sog zischend die Luft zwischen den Zähnen ein.

»Ich sagte ja, dass es weh tun würde, sagte ich ja. Aber nun ist es gleich besser.« Nach einem letzten kritischen Blick auf die malträtierte Haut legte er einen neuen Verband an.

»Danke, Albers.« Hartwych nickte ihm zu, und er verließ die Kammer.

Da saß sie nun auf ihrem Bett, dieses kleine dickköpfige Wesen, das ihm partout nicht sagen wollte, was sich in der Nacht abgespielt hatte. Womöglich war es nicht Sturheit, sondern Angst, dachte er. Er musste sie zum Reden bringen.

»Wovor fürchtest du dich so?«

Aha, sie wich seinem Blick aus. Das mochte heißen, er hatte richtig geraten.

»Ich fürchte mich nicht«, entgegnete sie schwach. »Ich habe nur nicht sehr viel geschlafen.«

»Weil du mit einigen Kerlen ganz friedlich und ohne Hintergedanken ein Glas getrunken hast? Herrgott, Mädchen, das nehme ich dir nicht ab.«

Kein Wort war aus ihr herauszubringen. Sie zuckte nur leicht mit den Schultern.

»Ich weiß von Diederich die Namen der Männer, die dabei waren. Sobald wir den Hafen verlassen haben, erwarte ich sie in der Kapitänskajüte.« Er sah sie erwartungsvoll an. Nichts. Nun schön, Godeke war bei der kleinen nächtlichen Feier nicht dabei gewesen. Das hatte jedenfalls Diederich berichtet. Von den anderen nahm er an, dass sie keine üblen Kerle waren. Trotzdem wollte ihm einfach nicht in den Kopf, dass sie das Piratenmädchen mitten in der Nacht geweckt hatten, um mit ihm Branntwein zu trinken. Hinzu kam, dass sie zunächst gelogen hatten, um Diederich von seinem Posten wegzulocken. Und dann auch noch der verschwundene Verband und die aufgeplatzte Wunde. Nein, irgendetwas stank ganz gewaltig zum Himmel.

»Ich werde ihnen sagen, dass du mir jede Einzelheit berichtet hast.«

»Nein!« Sie sprang auf und ließ sich vor ihm auf die Knie fallen. »Bitte, es ist doch nichts geschehen. Sie wollten nur ihren Spaß haben. Ganz harmlos. Sie wollten nur hören, wie ich gelebt habe bei meinem Bruder und seinen Leuten. Bitte nicht«, bettelte sie. Es war ihm unbehaglich, eine Frau vor sich auf den Knien zu sehen. Er konnte nicht anders, als ihr beruhigend über das Haar zu streichen.

»Steh wieder auf, es ist ja alles gut«, flüsterte er heiser. Bei Gott, das Mädchen berührte sein Herz.

»Ich flehe Sie an. Wenn Sie sie bestrafen wegen der letzten Nacht, für diesen unbedeutenden Schabernack, dann werden sie wütend auf mich sein.«

»Ist ja schon gut«, wiederholte er, beugte sich zu ihr hinunter und zog sie vorsichtig hoch. Sie stand ganz dicht vor ihm und bebte am ganzen Körper. Er verspürte das Bedürfnis, sie in den Arm zu nehmen und zu trösten. Aber natürlich wusste er, dass sie noch immer eine Gefangene war. Eine gewisse Distanz zwischen ihnen war unerlässlich.

»Und deine Hand?«, fragte er noch einmal. »Albers sagte auch, es sehe nicht so aus, als sei das bei einem Sturz passiert. Dann müsste die Wunde doch …«

»Es ist aber so«, beharrte sie.

Er seufzte. »Schön, wie du willst. Ich werde die Männer befragen, und sie werden das Deck auf Hochglanz schrubben. Daran wirst du nichts ändern. Dich in der Nacht zu wecken, einen der ihren zu belügen und von seiner Pflichterfüllung abzubringen, das ist schändlich. Das kann nicht ohne Folgen bleiben.«

Kaum dass die schaukelnden Masten im Hafen und der Kirchturm von Kolberg in der Ferne kleiner wurden, suchte Hartwych die Kapitänskajüte auf. Er hatte auch Godeke einbestellt, der immerhin am Anfang einer der Wortführer gewesen war. Er humpelte heran und zog eine Grimasse, die fürchterlichste Schmerzen ausdrücken sollte, als er sich unaufgefordert setzte. Außer ihm und Henneberg, dem blonden schlaksigen Kerl, der sich allzu oft in Godekes Nähe herumtrieb, waren vier weitere Mitglieder der Compagnie erschienen. Auch von Geldersen war mit von der Partie, als neutraler Beobachter gewissermaßen.

»Was ist das für eine absurde Geschichte, meine Herren?«, eröffnete Hartwych die Versammlung.
Er bekam haarsträubende Märchen zu hören, die Mette ihnen angeblich erzählt hatte. Es klang nach einem beschaulichen Abend unter Freunden. Ja, zugegeben, sie hätten geflunkert, als sie Diederich von seinem Posten hatten weglocken wollen. Schuld sei das Bier, das sie schon getrunken hatten. Natürlich wussten sie, dass sie eine Gefangene ist, aber sie hätte unmöglich entkommen können. Schließlich hatte sie doch sechs Aufpasser.
»Was ist mit ihrer Hand geschehen?« Keiner sah ihm in die Augen. Sie reagierten ähnlich wie Mette kurz zuvor. Es bestand kein Zweifel daran, dass sie etwas zu verbergen hatten.
»Wieso, was war denn damit?«, nuschelte einer.
»War die nicht schon verletzt, als wir sie aus dem Wasser gefischt haben?«
»Gewiss, aber die Wunde war bereits auf dem besten Wege zu verheilen. Heute früh war sie wieder offen, und der Verband war verschwunden.«
»Ich habe höchstpersönlich dafür Sorge getragen, dass sie wieder heil in ihre Kammer kommt«, meldete sich Henneberg zu Wort. Er legte die Stirn in Falten, als müsse er gründlich nachdenken. »Also, ich könnte schwören, da hat sie den Verband noch gehabt.«
»Das kann ich bestätigen«, meldete sich der Nächste zu Wort.
»Warum auch nicht? So leicht verliert man so einen sorgfältig gewickelten Umschlag ja auch nicht«, meinte einer.
Die anderen nickten beifällig.
»War wohl doch ein bisschen zu viel von dem Branntwein.« Henneberg grinste breit. »Ordentlich aufgeschnitten hat das

Fräulein, wie viel sie vertragen könne. Das sei bei Piraten nichts Besonderes, hat sie behauptet.«

»Kaum etwas übrig gelassen hat sie uns.«

»Daran kann ich mich gar nicht erinnern«, sagte Diederich nachdenklich. »Ich hatte eher den Eindruck, sie hatte nach einem Branntwein schon genug.«

»Sie haben das doch gar nicht mitbekommen. Sie haben doch schon fast geschlafen, kaum dass wir Platz genommen haben.«

Die Männer lachten. Sie hatten auf alles eine Antwort und für jeden Einwand eine Erklärung. Glitschig und nicht zu packen wie Schmierseife, ging es Hartwych durch den Kopf. Sosehr er sich auch bemühte, die Männer aufs Glatteis zu locken, es wollte nicht gelingen. Schließlich beendete er das Verhör.

Nach einem Blick zu von Geldersen sagte er: »Der Kapitän wird Sie zum Deckschrubben einteilen, meine Herren. Das wird Ihnen eine Lehre sein.«

»Ein wenig Spaß wird doch erlaubt sein«, kam auf der Stelle Protest.

»Wann hat man denn die Gelegenheit, mit einer echten Piratenbraut zu sprechen?«

»Kommen Sie schon, van Broke, seien Sie doch kein Miesepeter.«

Sie gaben hartnäckig vor, alles sei nur ein großer Spaß gewesen, und versuchten zu verhandeln.

»Nee, nee, Strafe muss sein. Und ich kann immer tüchtige Kerle brauchen, die mal Klarschiff machen!« Von Geldersen strahlte, dass sein Bart sich beinahe bis über seine Augen schob. Damit war die Angelegenheit erledigt.

Es gehörte nicht zu Hartwychs Aufgaben, die gefangen genommenen Freibeuter zu befragen. Im Grunde gab es gar nichts für ihn und die anderen zu tun, außer nach Schiffen Ausschau zu halten, die ihnen feindlich gesinnt sein konnten. Auch um Mette brauchte er sich nicht weiter zu scheren, die, wie er die Männer wissen ließ, nach der schändlichen Behandlung an Land nun ihre komfortable Kajüte behalten durfte. Doch wenn der Wind nicht endlich auffrischte, standen ihnen noch einige Tage auf See bevor. Da konnte er mit seiner Zeit auch etwas Sinnvolles anstellen, redete er sich ein. Vielleicht hatte er Glück und konnte einiges über Svendsson erfahren, das dem Rat der Stadt Riga weiterhalf. Wenn er einen Schlupfwinkel von ihm kennen würde, konnte man nachsehen, ob er doch noch am Leben war. Dieses Boot, die Gestalt am Schiffsleib, das wollte Hartwych einfach keine Ruhe lassen.

Er ließ ein wenig Zeit verstreichen, damit sie schlafen konnte. Als die Sonne im Zenit stand und mit dem blauen Himmel, über den träge ein paar weiße Wolken schwebten, einen Vorgeschmack auf den Sommer gab, suchte er den Schiffskoch Hannes auf. Hannes war ein wahrer Zauberer, wenn es darum ging, aus dem Wenigen, was manchmal zur Verfügung stand, ein köstliches üppiges Mahl zuzubereiten. Jetzt durfte er aus dem Vollen schöpfen, und seine Laune war noch besser, als man es ohnehin von ihm kannte. Hartwych bat um zwei Teller mit frischem Fisch. Dazu gab es Spitzkohl und Lauch, ein wahres Festessen. Hannes füllte sie gerne auf und verzichtete auf jegliche Bemerkung. Ihm war es gleich, wer sich an seinen Kochkünsten labte. Viele andere an Bord sahen die Sache freilich anders. Hartwych spürte ihre Blicke, als er neben Hannes, der die vollen Teller balancierte, zum

Achterkastell ging. Ein Festessen für ein Piratenweib, das passte so manchem nicht. Die Geschehnisse in Kolberg mussten ihm eine Warnung sein. Die Fahrt war noch lang und der Unmut einiger Männer groß.

»Du musst hungrig sein«, begann er, nachdem Mette ihn in ihre Kammer gelassen hatte. »In der Aufregung heute früh ist sogar die Morgensuppe in Vergessenheit geraten.« Er lächelte ihr aufmunternd zu und stellte die Teller auf dem winzigen Tischchen, kaum mehr als ein Schemel, ab. »Lass es dir schmecken.«

»Danke.« Es bereitete ihr offenbar Schwierigkeiten, den Löffel mit der verbundenen rechten Hand zu halten, so versuchte sie es mit der linken, was auch nicht zum gewünschten Erfolg führte.

»Ich habe mit den Herren gesprochen, mit denen du gestern ausgegangen bist«, begann er betont beiläufig das Gespräch. Sie sah von ihrem Teller auf. Da war viel Verachtung in ihrem Blick, doch sie sagte kein Wort.

»Sie haben mir deinen Bericht bestätigt. Sie waren einfach wissbegierig, wollten hören, wie das Leben eines Freibeuters wirklich ist. Ihr Vorgehen war natürlich nicht recht, und darum haben sie ihre Strafen erhalten.« Er schob sich ein Stück von dem Fisch in den Mund. Was verwendete Hannes nur zum Würzen? Er musste ihn danach fragen und es Göntje sagen, damit sie auch einen solchen Fisch zubereiten konnte. »Es gefällt ihnen nicht, auf den Knien zu liegen und das Deck zu schrubben, aber im Grunde sehen sie ihren Fehler ein.« Die Verachtung in ihrem Blick war Angst gewichen. »Mach dir keine Sorgen«, sagte er darum schnell. »Sie sind nicht wütend auf dich. Warum auch? Sie haben sich die Suppe selbst eingebrockt, und das wissen sie.« Er ließ es sich schmecken und gab ihr ausreichend Gelegenheit, von allein das Wort zu ergreifen. Aber das tat sie nicht. Sie aß stumm mit gesenktem Kopf.

»Ich kann sie verstehen, weißt du? Eine fremde Welt, ein Leben, das so ganz anders ist als das eigene, erweckt doch immer unser Interesse, meinst du nicht?« Er schob seinen leeren Teller beiseite.

»Nun ja, vielleicht, ich weiß es nicht.« Sie traute ihm nicht über den Weg, das war deutlich zu spüren, und das gefiel ihm nicht. Wie konnte er ihr Vertrauen gewinnen?

»Vor kurzer Zeit hatte ich das Glück, eine solche fremde Welt kennenzulernen. Nicht aus Erzählungen, sondern am eigenen Leib.« Nein, sie fragte nicht nach. Wahrscheinlich wollte sie nur allein sein. Er mochte sich nicht damit abfinden. »Wir werden noch eine geraume Weile segeln, ehe wir Riga erreichen. Da kann dir die Zeit lang werden. Wenn du magst, erzähle ich dir von meinem Abenteuer. Willst du?«

»Ja, gern«, antwortete sie. Es klang, als wolle sie nur höflich sein.

Hartwych ärgerte sich. Was war mit ihr los? Wenn man ihr etwas angetan hatte, konnte sie es ihm sagen. Wenn nicht, wenn sie lieber schweigen wollte, konnte er ihr auch nicht helfen. Dann gäbe es allerdings auch keinen Grund, ihm gegenüber abweisend und misstrauisch zu sein.

Er schluckte seinen Ärger hinunter und begann von seiner Reise auf einem Hundeschlitten zu erzählen. Mit dem Augenblick, da er tief in seine Erinnerungen eintauchte, löste sich der Ärger auf wie der Morgennebel. Voller Begeisterung schilderte er, wie es war, auf einem Brett über Schnee und Eis, ja, sogar über gefrorene Seen zu gleiten.

»Ich habe noch nie von Hunden gehört, die einen Schlitten

ziehen«, sagte sie mit einem Mal. »Von Pferden, ja gewiss, aber von Hunden?«
»Nicht wahr? Ich wollte es erst auch nicht glauben, aber mein Bruder, dieser verrückte Kerl, hat mich einfach damit überrumpelt. Und es war herrlich.«
»Gab es denn so etwas wie ein Zaumzeug für die Tiere?«
»Allerdings, ja. Es war jedes Mal eine Tortur, den dreien ihre Riemen umzubinden und sie in das Geschirr zu spannen. Sie haben mit einer unvorstellbaren Kraft gezogen, weil sie es nicht abwarten konnten, endlich wieder zu laufen.«
»Das ist wahrhaftig nicht zu glauben.« Sie lächelte zum ersten Mal seit langem. Das stand ihr gut, fand er. »Ich kenne nur wilde Hunde von den Gassen Lü…« Sie brach ab.
»Was wolltest du sagen?« Sie schien sich gerade wohlzufühlen und ihm zu vertrauen. Und sie hatte echtes Interesse an seiner Geschichte, ganz genau wie Ria. Er wollte nicht, dass das wieder vorbei war.
»Von den Gassen Lunds«, ergänzte sie hastig. »Dort bin ich manches Mal mit meinem Bruder gewesen.«
Lund also, dachte er. Die Stadt lag ein Stück vom Öresund entfernt, das wusste er. Womöglich war das der Unterschlupf, in dem Svendsson sich verbarg, wenn er nicht auf Beutezug war.
»Wenn ich an diese wilden Geschöpfe denke« – sie nahm den Faden wieder auf –, »kann ich mir unmöglich ausmalen, wie sie einen Schlitten ziehen. Rennt nicht einer in die eine oder der Nächste in die andere Richtung?«
Hartwych konnte sich des Gefühls nicht erwehren, dass sie etwas vor ihm verbergen wollte. Das machte ihm zu schaffen, hatte er doch eben noch geglaubt, ihr endlich ein wenig näherzukommen. Trotzdem, dies war eine günstige Gelegen-

heit, und er würde sie nicht ungenutzt verstreichen lassen. Darum antwortete er ihr, als habe er nichts gemerkt, und berichtete weiter von seinem Abenteuer.

»Das ist wahrhaftig eine fremde Welt«, sagte sie versonnen, als er geendet hatte. »Fremd und schön, aber auch gefährlich und ganz und gar ungeeignet für eine Frau.«

»Das ist wahr. Trifft das nicht auch für deine Welt zu?«

Sie schien nachzudenken. »Ja«, stimmte sie dann zu, »in gewisser Weise mag das zutreffen.«

Wenn er jetzt keinen Fehler machte, konnte er etwas aus ihr herausbringen, dessen war er sicher. Was spielte es schon für eine Rolle, ob sie einiges über ihren Bruder verriet? Genau wie die anderen war er in diesem Moment nur noch wissbegierig, wollte hören, wie sie bisher gelebt hatte.

»Willst du mir von dir erzählen? Keine Schauermärchen, sondern einfach die Wahrheit. Wie bist du zu dem geworden, was du bist?«

Sie sah ihn lange an. Dann räusperte sie sich und begann: »Ich war ein Jahr alt, als mein Vater auf dem Schiff von Königin Margarethe diente. Er hatte das Kommando auf ihrer letzten Fahrt. Sie sind nach Flensburg gesegelt, um mit den dortigen Kaufleuten zu sprechen. Die Königin wollte wissen, ob sie den Rückhalt in der Kaufmannschaft hatte. Sie war eine große Herrscherin, wissen Sie?« Sie schien sich die Vergangenheit vor Augen zu führen, genau wie er es eben getan hatte. Nur war sie zu der Zeit, von der sie berichtete, ja noch ein kleines Kind ohne Verstand gewesen. Die damaligen politischen Verhältnisse konnten ihr also nur aus Erzählungen bekannt sein, die sie anscheinend heraufbeschwor.

»Sie hatte es geschafft, die Nordländer zu einem großen Reich zusammenzufassen«, fuhr sie fort. »In Flensburg war sie, um auch das Herzogtum Schleswig fest mit dieser starken Union zu vereinen.« Sie sah ihn kurz an, als wollte sie prüfen, ob er ihr glaubte, was sie sagte. »Ich war ja noch ein Kind von gerade mal einem Jahr, ich weiß natürlich aus eigener Erinnerung nichts mehr aus der Zeit. Und damals habe ich auch die Spannung an Bord, die durch die Bedeutung der Reise herrschte, nicht verstanden.«

»Du warst auf dem Schiff?« Hartwych war fassungslos. Wie konnte ein anständiger Kapitän der Königin ein kleines Kind mit an Bord nehmen?

Sie zögerte. »Meine Mutter ist bei meiner Geburt gestorben, und mein Bruder sollte früh einen Beruf erlernen. Darum nahm Vater ihn mit und machte ihn zu seinem Schiffsjungen. Er hätte nicht gewusst, wohin er mich hätte geben sollen, also nahm er auch mich kurzerhand mit.«

Er konnte nicht glauben, dass es keine Amme gegeben hätte, in deren Obhut er die kleine Mette hätte lassen können. Doch er sagte nichts, um sie nicht zu unterbrechen.

»In Flensburg wurden wir von dem grausamsten Gegner angegriffen, den man sich nur denken kann. Er kam lautlos und tötete schnell und ohne Gnade. Die Königin traf es zuerst. Mein Vater starb nach nur zwei Tagen. Sie sagten meinem Bruder, es sei der Schwarze Tod gewesen, der die beiden und weitere Mitglieder der Mannschaft geholt habe.«

»Die Pest.« Er nickte verständnisvoll. Sie machte vor niemandem halt.

»Ja. Sie schafften uns an Land. Es hat meinen Bruder beinahe um den Verstand gebracht, sich nicht von unserem Vater verabschieden zu können. Auch er war ja noch ein Kind von gerade mal zehn Jahren, aber es hat ihn umgetrieben, dass er nicht einmal erfuhr, wohin sie den Leichnam unseres Vaters gebracht haben. Er ist ausgerissen. Mich hat er natürlich mitgenommen. Er hat sich dafür später bei mir entschuldigt, weil er mich so großer Gefahr ausgesetzt hat. Ohne mich wäre er niemals gegangen, doch er musste dafür sorgen, dass Vater anständig begraben wurde.« Sie holte zitternd Luft. Die Erinnerung schien ihr schwer zu schaffen zu machen.

Hartwych malte sich aus, wie ein Zehnjähriger mit einem hilflosen Kleinkind durch den Hafen von Flensburg irrte, inmitten eines heillosen Durcheinanders, das die Pest heraufbeschworen hatte, auf der Suche nach dem toten Vater. Ihm wurde das Herz schwer. Kein Kind sollte so etwas durchmachen.

»Ein Kochsmaat hat uns aufgelesen und mit an Bord eines Handelsschiffes aus Stralsund genommen. Für meinen Bruder begann damit die Hölle. Der Kapitän war ein wahrer Teufel, und der Kochsmaat hatte nun einen, der die Drecksarbeit für ihn erledigen musste. Sie haben ihn geschlagen, misshandelt. Sie sollten die Narben auf seinem Bauch und seinem Rücken sehen!« Sie atmete schwer, ihre Augen funkelten.

»Das tut mir sehr leid«, sagte Hartwych aufrichtig.

Sie schluckte. »Das war unsere erste Bekanntschaft mit einem Kaufmann der Hanse«, sagte sie bitter. »Gewiss, man darf nicht alle über einen Leisten schlagen. Aber es war nicht die letzte grausame Erfahrung, die er mit sogenannten Ehrenmännern gemacht hat.«

»Und das gibt ihm das Recht, so viele Jahre später wahrhaft anständige Menschen zu überfallen?«

»Nein. Doch es hilft zu verstehen, warum er geworden ist, was er ist. Oder war.« Sie blickte auf ihre Hände.

»Wie ist er mit Piraten in Berührung gekommen? Wurde er bei einem Angriff von ihnen als Sklave festgehalten?«

»Ja«, kam es wie aus der Donnerbüchse geschossen. »So ist es gewesen. Sie haben uns vor Rügen überfallen und mitgenommen. Svendsson wollte niemandem etwas zuleide tun, das müssen Sie mir glauben! Das Leben hat ihn Lektionen gelehrt, die ihn haben bitter und hart werden lassen. Die Freibeuter waren gut zu uns. Es waren die ersten Menschen, die uns wie eine Familie aufgenommen haben. Darum sind wir bei ihnen geblieben.«
»Ich verstehe.« Hartwych war überrascht. Die Geschichte des gefürchteten Piraten Svendsson von Dänemark war nicht die eines blutdürstigen Ungeheuers. Und seine Schwester, die seine Geschichte hatte wohl oder übel teilen müssen, hatte durchaus ein gesundes Bewusstsein dafür, was Recht und was Unrecht war. Er konnte dem Rat in Riga sagen, dass sie sich kooperativ gezeigt hatte, dass sie das Piratennest in Lund verraten und ein schreckliches Schicksal ertragen hatte. So ließ sich unter Umständen eine milde Strafe oder gar eine Begnadigung für sie erwirken.
»Ich wünsche so sehr, dass er noch lebt«, sagte sie mit einer Hingabe, die sich jeder Mann von seiner Braut wünschen würde. »Sie sollten noch wissen, dass er im Dienste des Königs steht. Er führte einen Kaperbrief mit sich, der zwar nicht von Erik selbst, aber doch von einem engen Vertrauten ausgestellt worden ist. Er hat keineswegs nur zu seinem eigenen Vorteil geraubt.« Sie straffte sich. Da war sie wieder, diese stolze aufrechte Haltung!
»Ich danke dir, dass du mir das alles erzählt hast und dass du ehrlich zu mir warst.« Sie schlug die Augen nieder. »Wir werden nach deinem Bruder suchen. Wenn er am Leben ist, wirst du es erfahren, das verspreche ich dir.«
»Danke.«

»Also schön, dann werde ich wohl mal wieder nach dem Rechten sehen. Es ist nicht klug, wenn ich zu viel Zeit mit dir allein verbringe.« Verdammt, warum hatte er das gesagt? »Es wird ohnehin schon geredet, meine ich, weil du so fürstlich untergebracht bist, anstatt mit den anderen zusammen an Deck zu sein. Womöglich denken sie, dass ich dich aus unmoralischen Gründen, aus Eigennutz so gut behandle.« Was redete er denn da bloß? »Wie dem auch sei, ich muss mich um meine Leute kümmern.« Er stand auf, nahm die Teller und wollte sich rasch davonmachen.
Als er an der Tür war, hielt sie ihn auf: »Es tut mir so leid, dass Sie Ihre Braut verloren haben. Haben Sie sie sehr geliebt?«
Es verschlug ihm für einen Moment die Sprache. Was sollte er darauf antworten? Er entschied sich für die Wahrheit.
»Ich bin ihr noch nicht begegnet. Ich weiß nicht, ob es so etwas bei euch auch gibt. In Kaufmannskreisen jedenfalls ist es nicht unüblich, dass eine Verbindung aus wirtschaftlichen Erwägungen eingegangen wird.«
»Oh!« Sie zog die Augenbrauen hoch. Anscheinend war ihr ein solches Vorgehen fremd.
»Das heißt nicht, dass ich das besonders schätze. Ich teile die Ansicht meines Vaters, dass man sich lieben oder wenigstens mögen sollte, wenn man die Ehe miteinander eingeht, denn die kann schließlich ziemlich lang dauern.« Er lachte leise. »Es wäre sicher eine glückliche Verbindung gewesen. Ob es aber auch eine glückliche Ehe geworden wäre? Wer weiß? Was Bilke von Ranteln widerfahren ist, tut mir aus tiefster Seele leid. Wenn sie zu Tode gekommen ist, weil ihr sie gewaltsam auf der *Schwarzen Rose* festgehalten habt, dann werdet ihr dafür bezahlen. Das schwöre ich. Was meine Zukunft

angeht, so werde ich die mit einer Frau teilen, der mein Herz gehört, oder mit keiner.«

Was mochte in diesem Moment nur in ihr vorgehen? Er hätte es nicht zu erraten vermocht. Lange blickte er in diese geheimnisvollen Augen, die so viel Leid gesehen hatten. Dann endlich riss er sich los und ließ sie allein.

Bilke und Hartwych

Bilke lag in tiefem Schlaf. Sie träumte von Lübeck. Es war ein warmer Sommertag, und sie spazierte durch die Gassen. Sie war nicht allein. Es waren weder ihre Schwester noch einer ihrer Brüder an ihrer Seite, sondern ein Mann mit blondem Haar. Sein Gesicht konnte sie nicht erkennen, doch das machte nichts. Er war so freundlich und gütig, und sie fühlte sich einfach wohl in seiner Nähe. Hatte er nicht gerade etwas geflüstert? Mit einem Mal hatte sie einen säuerlich schmeckenden Lappen zwischen den Lippen, der tief in ihren Mund geschoben wurde.

Bilke riss die Augen auf, um den Traum zu vertreiben, der eine so scheußliche Wendung nehmen wollte. Es war kein Traum. Da war ein Mann in ihrer Kajüte. Ganz nah. Sein Gesicht war dicht über dem ihren. Sie konnte seine Umrisse in der Dunkelheit erkennen. Soeben hatte er ein Tuch um ihren Kopf gebunden, mit dem er den Lappen festzurrte.

»Ein Muckser, und du bist tot«, wisperte er an ihrem Ohr. Seine wulstigen Lippen berührten ihre Haut. Kein Zweifel, das war Godeke. Ausgerechnet!

»Bei Gott, ich hätte gern das Deck geschrubbt, wenn ich dafür auch meinen Spaß mit dir hätte haben können«, zischte er. »Aber du hast mich ja die Stiege hinuntergestoßen.«

Bilkes Herz schlug bis zum Hals. Sie gab Laute von sich, die ihm sagen sollten, dass sie keine Schuld an seinem Sturz trug. Es hatte nicht in ihrer Absicht gelegen, sie hatte ja nicht einmal etwas damit zu tun gehabt. Im gleichen Moment wusste sie, dass es ihn nicht interessieren würde, selbst wenn er sie

verstehen könnte. Er brauchte nur einen Vorwand, um ihr etwas anzutun.
»Sei still!«, fauchte er sie an. »Du wirst bezahlen für die Schmerzen, die ich deinetwegen hatte. Und für deine Kumpane, die mich am Arm verletzt haben, zahlst du die Zeche gleich mit.« Er lachte dreckig und hockte sich über sie. Sie spürte seine feuchten Lippen auf ihrem Ohr. Sie versuchte, den Kopf wegzudrehen, aber er saugte, lutschte, biss. Sie fühlte seinen Speichel, der an ihrer Wange hinab und auf ihren Hals lief. Bilke wurde übel. Sie würgte. Der Knebel in ihrem Mund verhinderte, dass sie einatmen konnte. Großer Gott, dachte sie voller Entsetzen, ich werde ersticken.
Er ließ einen Arm los und schob die Decke beiseite. Sofort schlug sie mit der freien Hand nach ihm. Doch so unförmig er auch aussah, so linkisch er sich sonst bewegte, so geschickt konnte er ihr jetzt ausweichen. Es gelang ihm, ihr Unterkleid zu zerreißen, bevor er ihren Arm wieder auf das Bett festdrückte. In ihrer Verzweiflung riss sie die Knie hoch und versuchte, sie ihm in den Rücken zu stoßen. Das Würgen wurde schlimmer, sie bekam keine Luft mehr.
»Ich mag Frauen, die nicht leicht zu haben sind. Da macht es mir doppelte Freude!« Er senkte seine wulstigen Lippen auf ihre Brust, stülpte sie über die Brustwarze.
Bilke schloss die Augen. Nur nicht weinen, nicht jetzt! Dann bekäme sie wahrlich keine Luft mehr und würde das hier nicht überleben. Vielleicht ersparte sie sich damit das Äußerste, ging es ihr durch den Kopf, aber sie wollte nicht sterben. Sie zwang sich, ruhig zu atmen. Er streckte sich auf ihr aus und drückte ihre Knie nach unten. Schmatzend erkundete sein Mund ihre Brüste. Wenn Svendsson in der letzten Nacht auf der *Schwarzen Rose* zu ihr gekommen wäre, wenn

er sie noch einmal so berührt hätte, wie es in dem Badehaus geschehen war, sie hätte ihn nicht von sich gewiesen. Dieser Godeke sollte nicht mit Gewalt bekommen, was Svendsson sich als Geschenk von ihr gewünscht hatte. Sie würde sich wehren. Sie musste ihre Kräfte sammeln und sich beruhigen, und sie musste ihn in Sicherheit wiegen. Ganz still lag sie plötzlich da, ohne zu treten und zu zerren, als ob ihre Gegenwehr erloschen wäre.

»Siehst du, du kleines Luder, ich verstehe es, mit Frauen umzugehen. Das gefällt dir, was?« Wieder presste er seinen nassen Mund auf ihre Haut. Ein heißer Schmerz schoss ihr unversehens durch den Leib. Er hatte fest zugebissen. Sie wollte schreien, doch mehr als ein gurgelnder Laut wurde nicht daraus.

»Ich habe gesagt, du sollst still sein!« Seine flache Hand landete mit Wucht in ihrem Gesicht. »Sonst bringe ich dich um.«

Wie sollte sie sich denn wehren, fragte sie sich verzweifelt. Er packte ihre linke Hand und presste sie gegen den Latz seiner Beinkleider. Zischend sog er die Luft ein.

»Schade, dass ich dir den hübschen Mund zubinden muss. Wette, du kannst einen Mann mit den Lippen und der Zunge sehr glücklich machen. Wir werden auch so unseren Spaß haben. Zeig mir, wie du es am liebsten mit den Piraten gemacht hast. Sag, hast du es auch mit deinem Bruder getrieben?« Er hockte in einer schrecklich obszönen Haltung über ihr und rieb ihre Hand über seinen Latz, während er sprach. Dabei begann er zu keuchen.

»Warte, gleich kannst du mich besser anfassen.« Seine Stimme war ganz rauh. Er ließ ihre Hand los und nestelte an seinen Beinkleidern.

Bilke lag wie erstarrt. Wie aus weiter Ferne hörte sie ihn fluchen. Es wollte ihm offenkundig nicht gelingen, mit einer Hand den Latz zu öffnen. Die andere aber konnte er nicht benutzen, denn dann hätte er auch Bilkes zweiten Arm freigeben müssen.

»Los, mach du ihn auf!«, kommandierte er schließlich voller Ungeduld. Sie sträubte sich, wollte nicht. Von dem Schlag ins Gesicht war sie noch ganz benommen. Ihr wollte einfach nicht einfallen, wie sie ihn davon abhalten konnte, noch weiter zu gehen.

»Nun mach schon!« Er führte ihre Finger, verlor jedoch endgültig die Geduld mit ihr und schlug ihre Hand grob zur Seite. Mit leisem Schnalzen sprang ein Knopf auf, dann ein zweiter.

»Ah, endlich«, stöhnte er zufrieden. Bevor er wieder ihre Hand packen konnte und sie ihn wahrhaftig berühren musste, riss sie den Arm hoch, zerrte das Tuch von ihrem Gesicht und spuckte den Lappen aus. Ein kurzer Schrei schaffte es aus ihrer Kehle, ehe sich seine fleischige Hand auf ihre Lippen presste.

»Das wirst du bitter bereuen, kleines Dreckstück«, ächzte er. »Noch ein Ton, und du bist tot.« Sie war verloren. Es gab kein Entrinnen für sie, er war ihr einfach überlegen. Sie nahm an, dass er ebenso angestrengt in die Dunkelheit lauschte wie sie, ob jemand kam, der ihren Schrei gehört hatte. Während sie verzweifelt darauf hoffte, gab es wahrscheinlich nichts, was er mehr fürchtete. Viele Atemzüge, in vollkommener Erstarrung, später entspannte er sich wieder.

»Dann wollen wir mal schön da weitermachen, wo wir aufgehört haben.« Ihm schien etwas in den Sinn zu kommen. »Oh, jetzt verstehe ich, mein Täubchen. Jetzt weiß ich, warum du das dreckige Tuch loswerden wolltest. Gewiss soll ich dir auf andere Weise das Maul stopfen. Nichts lieber als das!«

Knarren von Holzbohlen, das Geräusch einer Tür, Schritte. Bilke nahm allen Mut zusammen und biss in die Hand, die auf ihrem Mund lag. Sie konnte ihn nicht richtig erwischt haben, es war wohl eher der Schreck, der ihn die Hand wegziehen ließ. Das war ihre Chance. Sie schrie sich die Seele aus dem Leib.

Im nächsten Augenblick passierte alles gleichzeitig. Godeke stieg über sie hinweg, die Tür flog auf, und der Schein einer Laterne erhellte die Kammer. Hartwych stellte die Laterne so hastig auf den Tisch, dass sie beinahe umgestürzt wäre. Er packte Godeke am Schlafittchen und riss ihn an sich, dass der auf den Zehenspitzen vor ihm baumelte wie ein Hampelmann.

»Ich hatte Sie gewarnt, Godeke. Jetzt sind Sie dran. Das wird Ihnen bitter leidtun.« Damit ließ er ihn so plötzlich los, als hätte er sich die Finger an ihm verbrannt. Godeke taumelte rückwärts, griff nach etwas, das ihm Halt gab, und brachte die Laterne wiederum bedrohlich ins Schwanken.

»Sind Sie wohlauf?«, fragte Hartwych.

Sie nickte automatisch und zog sich die Decke über ihre entblößten Brüste. Bilke war zwar von Herzen erleichtert, dass Hartwych da und sie gerettet war, doch sie wurde das Gefühl nicht los, die Gefahr sei noch nicht vorbei.

Wieder Schritte in dem kurzen Flur. Schon erschienen von Geldersen und Albers an der offenen Tür.

»Was ist hier los?«, erkundigte sich von Geldersen verstört.

»Ist jemand krank?« Albers erfasste die Situation mit einem einzigen Blick auf Godekes halb geöffneten Latz. »Nein, mir

scheint, hier erfreuen sich alle bester Gesundheit.« Damit zog er sich unverzüglich zurück.
»Meine Herren, es ist mir im höchsten Maß peinlich, in dieser Lage von Ihnen entdeckt zu werden.« Godeke lachte Verständnis heischend. »Gewiss, ich hätte ihr nicht nachgeben dürfen. Ich weiß ja, dass es nicht recht war, aber ich bin eben nur ein Mann. Und wenn so ein hübsches Weib einem schöne Augen macht …«
»Wie bitte?« Es war nur ein Flüstern. Hartwych warf ihr einen schnellen vernichtenden Blick zu. Er würde ihm doch nicht ein Wort glauben, oder? Bilke setzte zu einer Erklärung an, sie wollte ihm sagen, was sich wirklich zugetragen hatte, doch von Geldersen kam ihr zuvor.
»Wann soll die Deern Ihnen wohl schöne Augen gemacht haben? Die war doch nie nich an Deck!«
»Das meinen Sie. Aber vorhin, als alle meinten, sie schlafe, da hat sie rasch nach einem Ausschau gehalten, dem sie den Kopf verdrehen kann. Ich soll zu ihr kommen, wenn alle in den Kojen liegen, hat sie geflötet. Und ich habe nicht widerstehen können.« Er zog eine übertrieben zerknirschte Miene und senkte den Kopf. Welch eine Schmierenkomödie! Und er setzte noch eins drauf. »Kapitän, ich melde mich morgen freiwillig zum Deckschrubben. Ich nehme die Strafe an.«
Hartwych holte aus und schlug ihn mit einer solchen Härte in das schiefe Grinsen, dass Godeke herumwirbelte und zwischen Bett und Tisch zu Boden ging. Dabei riss er die Laterne endgültig um, Öl schwappte auf die Bohlen, ein Feuer flammte auf.
Bilke schrie, von Geldersen packte ihre Decke und schlug die Flammen in Windeseile aus.
»Das is gerade noch gutgegangen«, brummte er und reichte

Bilke ihre Decke, ohne sie anzusehen. Er wusste, was sich einer Frau gegenüber geziemte.

»Ich hätte nicht übel Lust, Sie in den Verschlag zu den Gefangenen zu sperren«, schleuderte Hartwych Godeke entgegen.

Die Geräusche im Flur verrieten, dass der Lärm immer mehr Schaulustige herbeilockte. Von Geldersen zog sich daher zurück, um die Männer wieder in ihre Schlaflager oder auf ihre Posten zu schicken.

»Hier gibt es nix zu gucken. Macht, dass ihr wegkommt. Ihr müsst euch schon bis morgen gedulden, dann gibt's 'n büschen Abwechslung«, versprach er.

»Seien Sie sicher, dass mir etwas noch Besseres einfällt.« Hartwych zerrte Godeke wieder auf seine Füße.

»Was soll denn der ganze Aufstand?«, brüllte der. Seine Wange leuchtete rot und schwoll bereits an. »Dafür werde ich Sie zur Rechenschaft ziehen. Ich habe schließlich nichts Verbotenes getan. Verflucht, das ist doch nur eine Piratendirne! Was meinen Sie, wie die es mit ihren Kerlen getrieben hat? Sogar mit ihrem Bruder hat sie was gehabt.«

»Halten Sie den Mund!«

»Ach, spielen Sie sich doch nicht so auf. Sie tun ja so, als wäre das Ihre Braut!«

Schon holte Hartwych wieder aus, doch er hielt mitten in der Bewegung inne.

»Kapitän?« Sein Atem ging stoßweise.

Von Geldersen steckte den Kopf durch die Tür. »Van Broke?«

»Können Sie Godeke irgendwo unterbringen, wo er für den Rest der Fahrt keinen Schaden mehr anrichten kann?«

Sie würden ihn wegsperren, gottlob, sie würden ihn wahrhaftig wegsperren!

»Da fällt mir woll was ein«, meinte von Geldersen und lächelte vielsagend. »Für die Nacht bringe ich ihn erst mal im Proviantraum unter. Er wird uns schon nich alles wegfressen. Oh, Verzeihung«, sagte er und machte eine knappe Verbeugung in Bilkes Richtung. »Dann wüllt wi mol!« Godeke starrte ihn dümmlich an. »Dann wollen wir mal«, wiederholte er Silbe für Silbe und schaffte Godeke endlich aus Bilkes Kajüte.

Am Morgen war Albers bei ihr gewesen und hatte nach ihr gesehen. Neben ihrer Hand musste er nun auch noch ihre Wange und die Lippe begutachten. Sie waren von Godekes Ohrfeige blau angelaufen, die Oberlippe war aufgesprungen. Bilke fand, dass der Arzt ein wenig abweisender zu ihr war als vor dieser Nacht. In seinem Antlitz glaubte sie Missbilligung lesen zu können. Er hatte seine Schlüsse gezogen. Ein Piratenmädchen in einer schlüpfrigen Situation mit einem ehrenwerten Mitglied der Schwarzhäupter-Compagnie, wer sprach da wohl die Wahrheit? Wer war der schändliche Verführer, wer das verführte Opfer? Sie unterließ es, ihn von etwas anderem zu überzeugen. Hartwych hatte ihr versprochen, dass er Godeke vor versammelter Mannschaft an den Pranger stellen und ihre Ehre wiederherstellen würde. Er war noch lange bei ihr geblieben, nachdem von Geldersen Godeke weggeschleppt hatte. Sogar eine weitere Decke hatte er ihr gebracht. Zuerst hatte sie Angst gehabt, er könne an ihr zweifeln. Wieder und wieder hatte sie beteuert, dass kein Fünkchen Wahrheit an der Aussage dieses Widerlings sei. Aber das war gar nicht nötig gewesen.

»Ich glaube dir«, hatte er gesagt. »Du bist nicht so ein Mädchen. Das weiß ich.« Er hatte an ihrem Bett gesessen, bis sie endlich zur Ruhe gekommen war. Bevor er ging, hatte er ihr versprochen, seine Tür offen zu lassen und wach zu bleiben, bis es Tag wurde.

Nachdem Albers gegangen war, kam Hartwych, um sich nach ihrem Befinden zu erkundigen.

»Hier ist eine warme Suppe für dich. Die wird dir guttun. Wenn du den Trommelschlag hörst, komm bitte an Deck.«

»Was? Aber ich würde lieber hierbleiben. Was soll ich denn … Ich möchte niemanden sehen.«

»Du hast gestern Nacht zu mir gesagt, du fürchtest, niemand wird dir glauben, niemand außer mir. Du hattest Angst, alle könnten Godeke glauben und nun noch mehr Hass auf dich haben. Ich werde dir zeigen, dass das nicht der Fall ist.«

»Bitte, wirklich, ich …«

»Du wirst das Spektakel hocherhobenen Hauptes verlassen, das verspreche ich.« Dabei hatte er sie so spitzbübisch angelächelt, dass sie nicht anders konnte, als nachzugeben. Hätte sie das nur nicht getan. Soeben ertönte die Trommel. Sie warf sich den Umhang um und schlich den Flur entlang, als könne man sie übersehen, wenn sie leise war und sich ganz klein machte. Sie öffnete die Tür, die vom Achterkastell auf das Deck hinausführte, und traute ihren Augen kaum. Mannschaft und Mitglieder der Compagnie waren in Reih und Glied angetreten. Godeke stand ihnen gegenüber, flankiert von Hartwych und von Geldersen. Die Hände hatte man ihm hinter dem Rücken gebunden.

Hartwych erhob das Wort: »Kapitän, Seemänner, Brüder der Compagnie! Auf diesem Schiff hat gestern Nacht ein schändliches Verbrechen stattgefunden.« Er berichtete, was vorgefallen war, gerade so präzise, dass ein jeder sich ein Bild machen konnte. Pikante Details ließ er freilich aus, um die Situation für sie nicht noch unangenehmer zu machen, als sie

ohnedies war. »Ein Mann, der sich nicht in der Gewalt hat, der ein schönes Weib zwingen muss, ihm zu Willen zu sein, darf sich in meinen Augen nicht Mann nennen. Und das gilt auch, wenn es sich nicht um eine Dame der besten Gesellschaft handelt. In einem solchen Fall spielt der Stand keine Rolle.« Hier und da gab es zustimmendes Gemurmel. Sie blickte die Reihen entlang und sah viele betroffene Gesichter. »Schon gar nicht darf er länger zur Compagnie der Schwarzen Häupter zählen. Doch darüber habe ich nicht zu entscheiden. Ich werde den Fall vortragen, wenn wir wieder in Riga sind. Aber eines möchte ich noch sagen: Die Schwarzen Häupter waren immer, solange es sie gibt, für die Armen und Schwachen da. Dieser nichtsnutzige … dieser Mistkerl hat ihren Namen in den Schmutz gezogen. Kapitän von Geldersen und ich sind übereingekommen, dass er für sein Betragen schon jetzt eine Strafe verdient hat.«
Bilke konnte sich einer gewissen Schadenfreude nicht erwehren. Das war bestimmt keine christliche Empfindung, aber sie fühlte sich sehr gut an.
»Komm zu uns, Mette«, rief Hartwych. Sie ging auf ihn zu, ihre Beine schienen so weich zu sein, dass sie sie unmöglich tragen konnten. Ein Raunen war unter den Piraten zu hören, als sie sich dem Verschlag näherte. Sie standen dicht an den Holzlatten, um nur ja nichts zu versäumen.
Hartwych erhob erneut seine Stimme: »Dieses Mädchen hier hat Schlimmes durchgemacht. Ich spreche nicht nur von letzter Nacht und auch nicht von der Nacht in Kolberg.« Henneberg und seine Kumpane starrten mit unbewegten Mienen zu Boden. »Ich meine ihr ganzes Schicksal. Wir sollten uns nicht anmaßen, über Freibeuter zu urteilen. Nicht jeder hat Glück im Leben.«

Sie wusste nicht, was sie sagen sollte. In seinen braunen Augen lag so viel Wärme, dass er ihr unmöglich etwas vormachen konnte. Er meinte es ernst, und sie war ihm unendlich dankbar dafür.

»Meine Herren, ich denke, unsere Ehre wird wiederhergestellt sein, wenn Godeke sich als Mann gezeigt hat und über Bord gesprungen ist.«

»Was?« Die Männer waren aufgebracht. »Das kann doch nicht Ihr Ernst sein!« Das Deck zu schrubben war eine Sache, über Bord zu gehen eine ganz andere. Er sollte in Riga seinen Prozess bekommen, und dann wäre es gut.

Einer nach dem anderen meldete sich zu Wort. Zu Bilkes Erstaunen sprachen sich die meisten für Hartwychs Vorschlag aus. Sie wandten nur ein, man solle ihm die Hände losbinden, damit er nicht augenblicklich unterginge. Godeke protestierte heftig, wenn auch mit keinem einzigen unflätigen Wort, wie man es von ihm kannte. Viel Beistand fand er nicht. Von Geldersen schien sich königlich zu amüsieren.

Nach einigem Hin und Her war es beschlossene Sache. Godeke, die Augen in Panik weit aufgerissen, wurde zu einer Kiste geführt, auf die man in aller Eile eine Planke gelegt hatte, deren anderes Ende auf der Oberkante der Bordwand lag. Da der Rumpf der *Ösel* versetzt gebaut war, war die Bordwand im mittleren Teil nicht besonders hoch. Er musste wohl oder übel springen, würde dann aber aus dem Wasser gefischt werden. Natürlich würde man ihn nicht töten. Er sollte nur beweisen, dass er Manns genug war, sollte sein heißes Blut abkühlen. So lautete der Beschluss. Die Demütigung wäre ihm fürs Erste Lektion genug, hieß es. Keiner ahnte, dass es noch einen anderen Plan gab …

Mannschaft und Compagnie-Brüder sahen dem Trauerspiel

schweigend zu. Die Piraten dagegen johlten, klatschten und klopften im Takt gegen die Holzverkleidung, während der schlotternde Godeke über das schmale Brett balancierte.

Bilke konnte nicht fassen, was sie sah. Svendsson hatte mit jedem Wort recht behalten. Die Pfeffersäcke der Hanse schmissen einen Mann ohne großes Federlesen über Bord und überließen ihn seinem nassen Grab. Nun gut, es war vorgesehen, ihn rechtzeitig aus dem Wasser zu ziehen. Was aber, wenn er so viel davon schluckte, dass er erstickte, bevor jemand einzugreifen imstande war? An Bord eines Piratenschiffes hätte dieser schreckliche Godeke ein hübsches Sümmchen an seine Mitstreiter gezahlt und wäre mit dem Leben davongekommen. Das erschien ihr erheblich anständiger. Hatte sie gerade noch das Gefühl gehabt, dieser Hartwych sei ein Mann, der Mitgefühl im Leib hatte, fragte sie sich nun, welche Strafe er ihr wohl aufbürdete, wenn herauskam, dass sie gelogen hatte.

»Stehen bleiben«, rief von Geldersen, als Godeke der Bordwand bereits sehr nahe gekommen war. »Und jetzt umdrehen!«

»Ich soll rückwärts …?« Godekes Stimme überschlug sich vor Panik. Er hatte Todesangst, fürwahr, aus gutem Grund.

»Dann müssen Sie dem grausigen Schlund nicht gleich ins Auge sehen!« Von Geldersen konnte sich nicht mehr halten und lachte, dass es nur so über sein Schiff schallte.

Mit zittrigen Beinen tastete sich Godeke rückwärts weiter. Es waren nur noch zwei Schritte. Da verlor er das Gleichgewicht, ruderte mit den Armen, ein Bein schwebte in der Luft. Im letzten Augenblick gelang es ihm, sich zu fangen. Ein letzter Schritt, dann trat sein Fuß ins Leere. Wieder geriet er heftig ins Wanken. Jetzt half ihm nichts mehr. Godeke fiel rücklings in die Tiefe.

Die Beobachter des zweifelhaften Schauspiels hielten den Atem an. Selbst die Freibeuter gaben Ruhe. Bilke wartete, wie wohl jeder hier, auf das klatschende Geräusch, das der Körper machte, wenn er auf die Wellen traf. Nichts. Es gab kein Geräusch von aufspritzendem Wasser. Nur das leise Rauschen des Windes, das dünne Flattern der Segel und ein vereinzelter Seevogel waren zu hören. Unvermittelt brach von Geldersen wieder in lautes Gelächter aus. Hartwych stimmte ein.

»Sehen Sie nach, meine Herren«, brachte er mühsam hervor, »wo Godeke den Rest der Reise verbringen wird.« Die Verwirrung dauerte nur einen Wimpernschlag, dann liefen beinahe alle gleichzeitig los und kletterten auf Kisten und Fässer, um in die Tiefe sehen zu können. Die Piraten wollten wissen, was aus ihm geworden sei. Sie riefen und rüttelten an den Brettern.

Godeke war in einem Netz gelandet, das von Geldersen hatte spannen lassen. Selbst wenn er in der Lage gewesen wäre, aus seiner Falle zu kriechen, würde es ihm auf keinen Fall gelingen, wieder an Bord zu kommen. Ob es ihm passte oder nicht, er würde den Rest der Fahrt knapp über den Wogen der Ostsee verbringen. Sofern der Wind nicht auffrischte, würde er immerhin trocken bleiben. Kam ein Sturm auf, war sein Plätzchen gewiss nicht das gemütlichste. Ihm geschah es nur recht, dachte Bilke und ging, genau wie Hartwych ihr versprochen hatte, hocherhobenen Hauptes zurück in ihre Kammer.

Tags darauf klopfte es an ihrer Tür. Sie erwartete Albers, hoffte jedoch, dass es Hartwych sei. Es war Diederich. Seine Wangen waren gerötet, und er war nicht in der Lage, sie anzuschauen.

»Bitte nehmen Sie doch Platz«, sagte sie höflich und deutete mit der verbundenen Hand auf den Schemel. Er tat ihr auf der Stelle leid. Sie wusste, dass er sie in der Nacht in Kolberg nicht hatte im Stich lassen wollen. Man hatte ihn im Grunde genauso betrogen wie sie.

»Danke.« Er setzte sich, die Knie zusammengepresst, die Füße leicht schräg gestellt. Man konnte spüren, wie schwer es ihm fiel, hier zu sein. Gewiss hatte er eine Rede vorbereitet, aber davon war in seinem Kopf nichts mehr übrig, mutmaßte sie.

»Sie wollten mich sprechen, nehme ich an?«

»Ja, das wollte ich. Das wollte ich längst, nur hatte ich bisher nicht den Mut«, sprudelte er los. Den Blick hielt er gesenkt. »Es tut mir so furchtbar leid, was die mit Ihnen gemacht haben. Sie sind so nett und bestimmt keine Verbrecherin, wie die behauptet haben. Ich kann mir nicht verzeihen, dass ich Sie nicht beschützt habe, wie van Broke es wollte.« Er schüttelte unablässig den Kopf über seine Torheit, die ihr so große Qualen beschert hatte. Bilke mochte ihn von Herzen leiden. Er war der Einzige an Bord der *Ösel*, ging es ihr durch den Kopf, dem sie vollständig vertraute. Und das lag gewiss nicht nur daran, dass er sie nicht wie eine niedere Magd rief, sondern ansprach, wie es für eine Dame aus guter Gesellschaft üblich war.

»Oh, ich bin so wütend«, jammerte er. Er hatte das Gesicht eines Kindes, dem man eben das größte Geburtstagspäckchen weggenommen hatte. »Wütend auf mich. Wissen Sie, Fräulein Mette, das ist mir schon immer so gegangen. Ich war schon immer so gutgläubig, dass ich Dinge getan habe, die nicht gut waren. Verstehen Sie, was ich meine? Daraus sollte ich doch irgendwann einmal lernen. Aber immer wieder glaube ich den anderen, vertraue ihnen doch wieder. Und was passiert? Sie lachen über mich!« Er ereiferte sich immer mehr. »Das ist gut, wenn Menschen einander Glauben schenken, denken Sie nicht? Es ist doch nicht schön, wenn jemand das ausnutzt und sich auch noch lustig macht.« Er seufzte betrübt. Bilke hatte noch nie einen Mann so reden hören. Sie wusste nicht, was sie darauf antworten sollte. »Daran, dass über mich gelacht wird, dass mich viele nicht ernst nehmen, habe ich mich irgendwann gewöhnt. Wissen Sie, was mich wirklich traurig macht?« Er sprach leise weiter. »Der van Broke ist so ein guter Mensch. Der lacht mich nie aus. Und ausgerechnet ihn habe ich ganz schrecklich enttäuscht. Er hat sich auf mich verlassen, und ich war wieder mal zu töricht. Und dass es Ihnen so schlecht ergangen ist, das macht mich traurig. Ich weiß ja nicht genau, was da geschehen ist in dieser schrecklichen Kaschemme, nachdem die mich weggelockt haben, aber irgendetwas ist geschehen. Und das war gewiss nicht schön für Sie, sagt van Broke. Ja, das macht mich schrecklich traurig.« Er war kaum noch zu verstehen, und sie befürchtete, dass er zu weinen anfangen könnte. In sich zusammengesunken hockte er da, ein Häuflein Elend, unendlich enttäuscht von den Menschen und von sich selbst.

»Seien Sie nicht traurig«, begann sie behutsam. »Ich habe die ganze Zeit gewusst, dass Sie mich nicht im Stich lassen wollten. Diese Kerle hätten auf jeden Fall das mit mir angestellt, was sie sich vorgenommen hatten. Daran hätte sie niemand hindern können, nicht einmal van Broke höchstpersönlich.« Er sah zu ihr auf. Sie glaubte, einen Schimmer Hoffnung in den betrübt blickenden Augen zu erkennen. »Wissen Sie«, fuhr sie fort, »dass Sie der einzige Mensch sind, der seit langem wirklich und wahrhaftig etwas für mich getan hat?«

»Sie treiben doch nicht auch Ihre Späße mit mir, Fräulein Mette?«
»Aber nein. Es ist mir ganz ernst damit. Wenn ich etwas brauche, ist van Broke zur Stelle, gewiss, oder Kapitän von Geldersen. Aber Sie haben als Einziger daran gedacht, dass ich frieren könnte, dass ich kaum Kleider habe und schon gar nicht einen warmen Mantel. Ohne dass ich bitten musste, haben Sie mir einen Umhang geschneidert. Das werde ich Ihnen nie vergessen.« Die kindliche Freude, die sie so an ihm mochte, war in seine Miene zurückgekehrt. »Sie verstehen sich prächtig im Umgang mit Nadel und Garn.«
»Ach, das ist doch nichts Besonderes.« Er war verlegen. »Worauf verstehen Sie sich prächtig, Fräulein Mette?«
Sie musste lächeln. »Ich spiele recht passabel die Fidel.«
»Oh, wie schön«, sagte er voller Bewunderung.
»Ich habe ein wirklich kostbares Instrument besessen, aber das ist mit der *Schwarzen Rose* auf den Grund des Meeres gesunken. Sehen Sie, das macht mich traurig.«
»Ein Jammer, fürwahr!«

Bilke verbrachte die nächsten Tage in ihrer Unterkunft. Die Zeit floss unendlich zäh dahin. Wann immer sie aus dem kleinen Fenster sah, erblickte sie eine Küste, die ihr fremd war, die Schiffe des Konvois und die Ostsee. Zwei der Schniggen, die den Konvoi begleitet hatten, waren ausgeschickt worden, um von dem Erfolg der *Ösel* zu berichten. Natürlich, es war ein Erfolg, das Schiff des gefürchteten Svendsson vernichtet zu haben. Vor nicht allzu langer Zeit hätte sie es ebenso empfunden. Doch nach allem, was geschehen war, wusste sie nicht mehr recht, was sie denken sollte. Sie war müde, verwirrt und bedrückt. Gewiss verbreitete sich bereits

die Nachricht, dass die Kaufmannstochter Bilke von Ranteln umgekommen war. Sie mochte sich nicht ausmalen, wie unglücklich ihr Vater und ihre Brüder waren. Und erst Bente! Manches Mal, wenn Hartwych bei ihr war und ihr davon erzählte, dass er eine wohltätige Gilde ins Leben gerufen hatte, oder ihr vom Pelzhandel berichtete, war sie nahe daran, ihm die Wahrheit zu sagen, ihre Identität preiszugeben. Aber sie brachte es nie fertig. Wie hätte sie ihm ihre Lügen erklären können? Er hielt sie für ein bedauernswertes Geschöpf, und mehr als ein Mal zeichnete er ihr ein Bild von einem ganz neuen Leben, das sie in Riga beginnen konnte. Sie könne sich in seiner Tafelgilde verdingen, würde immer genug zu essen und ein Dach über dem Kopf haben. Sie musste nicht länger als Piratenmädchen über die Meere segeln. Sie musste nicht? Das war wohl nicht ganz die Wahrheit. Man würde gar nicht zulassen, dass sie es je wieder tat. Er versprach ihr, sich für sie einzusetzen, so dass ihre Strafe nicht gar so schwer ausfiel. Dieser Hartwych war kein übler Kerl. Wenn sie sich doch nur so begegnet wären, wie es von ihren Vätern gedacht gewesen war, dann hätten sie sich mögen und ein Leben teilen können. Doch Svendsson war gehörig dazwischengekommen. Er hatte ihr Herz geraubt. Um ihn zu schützen, hatte sie mit diesem Theater begonnen, aus dem sie nun nicht mehr herauskam. Das konnte sie Hartwych doch unmöglich sagen! Eine andere Erklärung, eine, die er hätte begreifen können, ohne sie, Bilke, zu verachten und zu verabscheuen, wollte ihr partout nicht einfallen.
Sie seufzte tief. Langsam, ganz langsam entfernten sie sich weiter von Lübeck, von daheim, und hielten auf eine für sie ungewisse düstere Zukunft zu. Da konnte es sie nur wenig erfreuen, wenn Hartwych ihr beinahe bei jedem Besuch ein

Geschenk brachte. Mal hatte einer ihr aus einem Stück Holz, das einmal zu einer Kiste gehört hatte, einen Kamm geschnitzt, dann wieder hatte ein anderer ihr ein Band für die Haare geflochten.

»Sie versuchen, sich zu übertreffen«, sagte Hartwych zu ihr und schmunzelte. »Im Grunde sind alle höchst ehrenwerte Männer aus besten Häusern. Es ist ihnen ein Anliegen, den Armen und Schwachen beizustehen. Sie schämen sich für das, was im Namen der Compagnie vorgefallen ist, und wollen es wiedergutmachen.« Sie erkannte die Bemühungen an, nur war mit einem Kamm oder einem Band längst nicht gutzumachen, was ihr zugestoßen war. Sie wusste nicht, wie lange sie noch des Nachts schweißgebadet aufwachen würde. Sie wusste nicht, wann diese widerwärtigen Erinnerungen endlich verschwinden würden und ob überhaupt jemals.

Es klopfte. Hartwych stattete ihr seinen täglichen Besuch ab. Er berichtete, dass Godeke inzwischen schrecklich unleidlich sei. Zwar hatte man ihm eine Decke hinabgeworfen, und er bekam natürlich auch seine Proviantration, dennoch war ihm kalt, und das grobe Flechtwerk drückte in sein Fleisch. Es sei alles andere als ein Vergnügen, mit ihm zu plaudern. Die Schadenfreude stand ihm ins Gesicht geschrieben. Und noch etwas sorgte bei Hartwych für gute Laune.

»Der Wind hat zugelegt«, verkündete er. »Von Geldersen meint, wir könnten Riga morgen erreichen. Endlich eine gute Nachricht, was?«

»Nun ja, Sie sind dort zu Hause. Ich bin eine Fremde und weiß nicht, wie man mit mir verfahren wird. Die Nachricht ist nicht für uns beide gleich.«

Er sah aus dem Fenster. »Ja, das verstehe ich. Wenn du mir

nur glauben könntest, wenn ich dir nur ein bisschen Zuversicht schenken könnte. Riga ist eine stolze, eine prächtige Stadt.« Er machte eine kleine Pause. »Oder würdest du lieber wieder nach Lund gehen, wenn man dich laufen lässt?«

»Lund?« Sie wusste nicht, worauf er hinauswollte. Zwar erinnerte sie sich, die Stadt genannt zu haben, als er ihr von seinem Hundeschlitten-Erlebnis erzählt hatte. Um Haaresbreite hätte sie sich verraten, hätte gesagt, dass sie nur die wilden Hunde aus den Gassen Lübecks kannte, die sie sich schwerlich vor einem Schlitten vorstellen konnte. Im letzten Moment hatte sie sich zügeln können und einen dänischen Namen genannt, der wenigstens mit dem gleichen Buchstaben anfing. Und das war Lund gewesen.

»Ich wüsste nicht, wohin ich gehen sollte«, sagte sie ausweichend. »Vielleicht nach Lund, vielleicht in einen anderen Ort in meinem Land. Die Insel Gotland ist eurem Land am nächsten, doch selbst dorthin ist es weit. Es gibt kein Schiff mehr, zu dessen Mannschaft ich gehöre. Wie soll ich da wohl eine Insel erreichen, die viele Tagesreisen entfernt liegt?«

Er drehte sich wieder zu ihr um. Da sie gerade über seine Schulter aus dem Fenster gespäht hatte, stand er nun dicht vor ihr. Sie räusperte sich, trat einen Schritt zurück, stieß gegen das Bett und setzte sich. Auch er schien für einen Augenblick irritiert und ließ sich dann auf dem Schemel nieder.

»In meiner Heimat gibt es eine Legende. Sie erzählt von Menschen, die nicht wissen, wie sie einen bestimmten Ort erreichen können. Magst du sie hören?«

Sie nickte. Er war ein brillanter Erzähler, fand sie. Hätte er sie nicht mit seinen Geschichten immer wieder unterhalten, die Zeit wäre ihr noch länger geworden. Die Geschichten waren die schönsten Geschenke, die er ihr gebracht hatte.

»Die Legende handelt von einem Riesen«, begann er. »Du musst wissen, dass meine Heimatstadt Riga von einem Bach umschlossen wird.« Genau wie Lübeck, dachte sie. Bei Trave oder Wakenitz konnte man zwar nicht von Bächen reden, doch war auch Lübeck von Wasser umgeben. »Du wirst ihn bald mit eigenen Augen sehen«, hörte sie ihn sagen. »Von dem, was einst ein recht stattlicher Wasserweg war, der den Hafen mit der Düna und durch sie mit der Ostsee verband, ist heute leider nicht viel geblieben. Doch es gab eine Zeit, in der war der Bach ein Hindernis für die Menschen. Sie konnten ihn nicht überqueren, denn eine Brücke gab es nicht. Es gab ja auch noch keine Stadt, sondern nur eine kleine Ansammlung von einfachen Behausungen und Befestigungsanlagen.«

»Warum hat man keine Brücke gebaut?«, wollte sie wissen.

Er dachte kurz nach. »Hm, weil die Legende dann hin wäre, nehme ich an.« Er lächelte vergnügt, und Bilke musste lachen. »Hätten die Leute eine Brücke gebaut, hätten sie den Riesen nicht gebraucht. Aber vielleicht haben sie auch keine Brücke gebaut, weil sie den Riesen hatten. Der hat sie nämlich auf seinen Schultern über den Fluss getragen, wenn sie von der einen auf die andere Seite gelangen wollten. Er lebte in einer Höhle unweit des Baches bei den Befestigungsanlagen. Eines Nachts wurde der Riese in seiner Höhle wach, weil er Jammern und Weinen hörte. Es klang so kläglich, dass es einen Stein hätte erweichen können. Der Riese stand auf, um nachzusehen, wer denn da so schrecklich wimmerte. Er hielt seine Laterne in die Finsternis und erblickte am gegenüberliegenden Ufer des Baches ein Kind.«

»Nein!«, entfuhr es ihr. Sie spürte die Röte in ihre Wangen schießen. Sie war seiner Erzählung so gebannt gefolgt, als würde wahrhaftig gerade geschehen, was er sagte.

»O doch, das Kind weinte bitterlich, denn es wollte unbedingt auf die andere Uferseite, konnte allein aber nicht dorthin gelangen. Als es den Riesen mit seiner Laterne erblickte, bat es ihn, es doch herüberzuholen. Also watete der Riese mit riesigen Schritten durch das Wasser, setzte sich das Kind auf die Schulter und brachte es, wie es ihn gebeten hatte, auf die Seite, auf der die einfachen Hütten standen.« Bilke atmete auf und war zufrieden. Schon erzählte er weiter: »Ein kleines Kind allein in der Dunkelheit, das war eine Vorstellung, die dem Riesen gar nicht gefiel. Darum bereitete er seinem kleinen Gast ein Nachtlager in seiner Höhle. Als das geschehen war, konnte auch er sich wieder zur Ruhe legen. Am nächsten Morgen erwachte der Riese und war allein in seiner Höhle.«

»Wo war denn das Kind? Ihm ist doch nichts zugestoßen?«

»Nein, ihm ist nichts zugestoßen. Wo es aber war, kann ich dir nicht sagen. Niemand weiß es. Auf dem Nachtlager, das er für das Kind bereitet hatte, fand der Riese jedenfalls pures Gold.« Bilke machte große Augen. »Der Riese steckte das Gold in ein Fass und bewahrte es in seiner Höhle auf. Irgendwann ist er gestorben. Die Menschen haben das Fass mit dem Gold gefunden und von diesem Schatz die Stadt Riga errichtet.«

Bilke trat aus dem Achterkastell auf das Deck. Sie spürte die Blicke der Männer, nickte ihnen kurz zu und zog ihren Umhang fester um sich. Wenn sie auch trotz aller Geschenke den Herren gegenüber noch immer unsicher war, wollte sie doch um keinen Preis die Ankunft im Hafen von Riga verpassen, in der Stadt, die von dem Goldschatz eines Riesen erbaut worden war. Die Sonne strahlte an diesem Tag kraftvoll von einem blauen Himmel. Wie beglückend hätte es sein können, dachte sie betrübt, als Braut eines Pelzhändlers, eines angesehenen Mannes dieser Stadt, einzutreffen und nach ihm Ausschau zu halten.

Allen Ängsten und Bedenken zum Trotz konnte sie sich der Schönheit dessen, was sie sah, nicht entziehen. Die Sonne war gerade im Begriff unterzugehen und tauchte das Schloss mit seinen zwei dicken runden Türmen in rotes Licht. Über die Stadtmauer reckte sich stolz der viereckige Turm einer Kirche, der Domkirche, wie ihr einer der Männer erklärte. Sein mächtiges Dach, das einem Spitzhut glich, schien in Flammen zu stehen.

Sie machten an einer Landebrücke fest. Bilke fühlte sich ein wenig zu dem Moment der Ankunft in Roskilde zurückversetzt. Wieder war sie zu Gast in einer Hansestadt, die ihr mit ihren roten Backsteinbauten und belebten Gassen ein wohliges Gefühl von Heimat vermittelte. Wieder staunte sie, dass es außer Lübeck, die immerhin als Königin der Hanse galt, durchaus einige Städte zu geben schien, die ihr an Größe, Fortschritt und Pracht das Wasser reichen konnten.

»Es ist nicht weit zu meinem Haus«, sagte Hartwych, der neben sie getreten war. »Wir können ein Fuhrwerk nehmen, wenn du sehr erschöpft bist.«

»Zu Ihrem Haus?« Sie horchte auf. Bisher hatte sie angenommen, dass man sie in eine Zelle stecken würde, bis ihr der Prozess gemacht wurde. Kein erbaulicher Gedanke, nein, aber mit ihm nach Hause zu gehen, hatte sie nicht in Erwägung gezogen, denn dort würde sie auf Hans van Broke treffen, den Pelzhändler, der mit ihrem Vater Geschäfte machte. Wie lange war es her, dass er in Lübeck gewesen war? Drei Jahre, vielleicht vier? Auf jeden Fall waren sie einander bereits begegnet, und ihre Maskerade würde auffliegen.

»Ja. Denkst du, wir können zu Fuß gehen?«

Sie nickte geistesabwesend und dachte fieberhaft nach. Vielleicht hatte sie Glück, und er erkannte sie in ihrem Aufzug nicht, das Haar offen und ohne jeden Glanz, das Kleid in Fetzen.

Kapitän von Geldersen trat zu ihnen, um sich von ihnen zu verabschieden.

»Was geschieht mit den Männern der *Schwarzen Rose?*«, fragte Bilke.

»Der Stadtknecht wird sie bis zur Verhandlung in Gewahrsam nehmen.« Von Geldersen wandte sich an Hartwych: »Im Grunde müsste dieses Fräulein hier ebenfalls in die Obhut des Häschers gegeben werden.«

»Ich weiß, ich werde mit ihr gleich bei ihm vorsprechen. In meinem Hause kann ich sie gut unterbringen und dafür Sorge tragen, dass sie nicht davonläuft. Wenn ich ihm mein Wort gebe, wird er, nach allem, was auf dem Schiff vorgefallen ist, vielleicht Gnade vor Recht ergehen lassen.«

Von Geldersen nickte. In dem Moment holten vier Matrosen das Netz ein, in dem noch immer Godeke lag. Sie hievten ihn über die Bordwand. Er war ein Bild des Jammers, die Kleider zerschlissen, zitternd, mit blauen Lippen und nassen Haaren, die ihm in das Gesicht hingen. Er konnte sich kaum auf seinen Beinen halten. Man brachte ihm eine Decke. Auch er würde von dem Stadtknecht geholt und dann den Älterleuten der Compagnie übergeben werden. Als er an ihnen vorüberging, warf er Bilke einen Blick zu, der sie erschauern ließ.

»Diese Qualen verdanke ich dir«, schien er zu sagen. Sein Hass war grenzenlos, und sie begriff, dass sie ihn immer würde fürchten müssen. Das war so sicher wie das Amen in der Kirche. Von schlimmen Vorahnungen geplagt, sah sie ihm nach. Da trat Diederich hinzu.

»Es ist Zeit, Abschied zu nehmen, Fräulein Mette. Sie sind nicht wie die anderen Piraten. Das wird auch der Richter einsehen. Machen Sie sich bloß nicht so viele Sorgen. Die Zeit in Gewahrsam werden Sie schon überstehen.«
»Ich hoffe, Mette bei uns unterbringen zu dürfen. Ich werde auf der Stelle alles Nötige in Erfahrung bringen und regeln.«
»Ach, das ist schön. Ja, das ist ein trefflicher Einfall!« Diederich strahlte. »Darf ich Sie dann einmal besuchen?«, fragte er scheu.
»Das kann ich nicht entscheiden.« Bilke lächelte ihn an. »Aber ich würde mich sehr über Ihren Besuch freuen.«

Es kostete Hartwych nicht viel Überredungskünste, um den Häscher dazu zu bringen, ihm die Verantwortung für das Piratenmädchen Mette zu übertragen. Der Stadtknecht beklagte sich allemal, er wisse kaum, wie er die Piraten, die auf ihre Verhandlung warteten, in den Zellen unterbringen solle. Ein Hausarrest sei in diesem Fall zwar gänzlich unüblich, aber sicher eine vertretbare Lösung.
Bilke atmete auf. An Bord der *Schwarzen Rose* hatte sie unter Hinrichs und Svendssons Schutz gestanden. Was sie erwartete, wenn sie mit den Freibeutern allein in einem dreckigen Verlies hockte, konnte sie nicht sagen. Die Aussicht auf das anständige Haus eines Kaufmannes, in dem sie gewiss einige Annehmlichkeiten erhoffen durfte, war da schon sehr viel erfreulicher. Hans van Broke hatte sie nur ein Mal im Leben getroffen, und da war sie noch ein Kind gewesen. Inzwischen war sie eine Frau. Es war unwahrscheinlich, dass er sie wiedererkannte, redète sie sich ein. Und wenn schon, dann konnte man ihr höchstens vorwerfen, dass sie einen Piraten in Schutz genommen hatte. Die Geschichte, die sie Hartwych

als die ihre verkauft hatte, war die Wahrheit. Er konnte also schlecht Svendsson verurteilen und dessen Schicksal völlig außer Acht lassen, wenn er dem Piratenmädchen Mette genau dieses Schicksal zugutehielt.
Sie drückte das Kreuz durch und nahm einen tiefen Atemzug. Wahrscheinlich war es ohnehin das Beste, wenn die Wahrheit über ihre Person endlich ans Licht kam. Immerhin hatte sie Hartwych bereits die Augen über die Freibeuter geöffnet. Womöglich reichte das, um ihnen das Schlimmste zu ersparen.

Es musste ein milder Tag gewesen sein. Selbst jetzt noch, als der Abend bereits hereinbrach und sie den Marktplatz überquerten, war es nicht sehr kalt.
»Das ist das Rathaus«, sagte Hartwych und deutete auf ein Bauwerk zur Linken. »Und das ist das Neue Haus, gern genutzter Versammlungsort der Großen Gilde.«
»Es ist sehr beeindruckend.« Bilke strengte sich an, in der Dunkelheit etwas zu erkennen. »Jedenfalls, soweit sich das sagen lässt.«
»Ich zeige dir die Stadt bei Tage. Dann wirst du begreifen, warum ich meine Heimat so liebe«, versprach er fröhlich. Er hatte vergessen, dass sie kein willkommener Gast Rigas war. Sogleich fiel es ihm wieder ein. »Ich meine, ich hoffe für dich, dass du die vielen guten Seiten dieser Stadt kennenlernen darfst.« Hastig fügte er hinzu: »Oh, es gibt auch einige schlechte Seiten, das kannst du mir glauben. Die Gassen sind nicht gut in Schuss. Aber ich habe bereits einen Einfall, wie sich das ändern lässt. Und mit der Beleuchtung steht es auch nicht zum Besten. Die Bürger sind einfach nicht dazu zu bringen, ihre Laternen anzuzünden.«

Sie waren hinter dem Neuen Haus abgebogen und gingen die Marstalstrate entlang. Es war tatsächlich nicht zu sehen, wohin man seinen Fuß setzte. Und der Unrat in den Gassen stand dem in Lübecks Gassen in nichts nach.
»Wir sind gleich da«, kündigte er an, nachdem sie ein weiteres Mal in eine Gasse abgebogen waren. So war es. Keine zehn Schritte, und sie standen vor einem Haus, das seine drei Stockwerke hoch in den schwarzen Himmel reckte.
Die Magd Hedda öffnete die Tür, machte große Augen, sagte aber kein Wort dazu, dass ihr Herr in weiblicher Begleitung war. Wie es sich gehörte, machte sie einen Knicks und nahm den Herrschaften dann Umhang und Mantel ab. Bilke konnte sich in diesem Moment nur zu gut vorstellen, wie es gewesen wäre, als seine Braut in diesem Hause begrüßt zu werden. Das aufwändige steinerne Mosaik des Dielenbodens, die brennenden Kerzen, die reich mit Schnitzereien versehenen Türen zeigten, dass hier ein wohlhabender Kaufmann lebte. Beinahe hätte sie die Magd angewiesen, ihr auch die Schuhe abzunehmen und für sie das Bett mit einem heißen Ziegel vorzubereiten, da sie sich gleich zurückziehen wolle. Dann erinnerte sie sich, dass sie nicht als Hartwychs Braut, sondern als die Schwester eines Piraten vorgestellt werden würde.
»Das ist Mette. Wir haben sie aus der Ostsee aufgelesen. Richte ihr bitte eine Kammer und besorge ihr gleich morgen ein neues Kleid.«
»Gewiss, Herr van Broke.« Das auffallend blasse Wesen knickste erneut.
»Mein Vater sitzt sicherlich in seiner Stube. Ich bringe dich zu ihm und mache euch bekannt.« Er machte Anstalten, die Stufen einer breiten geschwungenen Treppe hinaufzugehen.
»Ihr Herr Vater ist in seiner Kammer«, teilte Hedda ihm mit.

»Ach? Das ist ungewöhnlich. Meistens sitzt er in der Stube und brütet über Papieren. Ist ihm nicht wohl?« Bilke sah die Sorge in Hartwychs Augen. Natürlich kam es vor, dass Menschen ein sehr hohes Alter erreichten, doch wer im heiratsfähigen Alter war, der musste allmählich um seine Eltern bangen, wenn er überhaupt noch welche hatte. Bilke ging es da nicht anders. Sie schob den Gedanken daran, dass der Kummer um sie ihren Vater dahinraffen könnte und Bente dann mit ihren Brüdern allein wäre, rasch beiseite.
»Ihr Herr Vater liegt im Bett. Schon seit Tagen, seit das Unglück passiert ist.«
»Unglück? Nun lass dir doch nicht die Würmer einzeln aus der Nase ziehen«, herrschte er sie an. »Was ist passiert?« Fürwahr, diese Hedda schien ein einfältiges Wesen zu sein.
»Ich habe es nicht genau verstanden«, stammelte Hedda unbeholfen. »Einer der Kienspäne ist wohl herabgefallen und hat ihn am Auge getroffen.«
»Welche Kienspäne denn, um Himmels willen? Ach …« Er winkte ab und lief, zwei Stufen auf einmal nehmend, die Treppe hinauf. »Komm, Mette!«, rief er aus dem ersten Stock.
Sie hörte, wie er auch die zweite Stiege zum darüberliegenden Stockwerk hinaufhastete, und beeilte sich, hinterherzukommen. Ihr Herz klopfte schneller. Der Moment der Wahrheit stand ihr womöglich bevor. Sie fand Hartwych vor einer Tür, wo er zögernd stehen blieb. Es war ihm anzusehen, dass er große Angst um seinen Vater hatte. Er fürchtete sich vor dem, was ihn in der Kammer erwartete. Sie hätte ihn gern getröstet, gern aufmunternde Worte gefunden, aber es wollte ihr nichts in den Sinn kommen.
»Bleib hier«, sagte er bedrückt. »Ich sehe zuerst allein nach ihm.«

Sie nickte stumm. Die Hand bereits an dem Riegel, drehte er sich noch einmal zu ihr um. »Du kannst dich davonschleichen. Du hast ja gehört, ich habe Hedda nicht verboten, dich aus dem Haus zu lassen. Aber ich verspreche dir, du wirst nicht weit kommen. Und auf meine Hilfe kannst du dann auch nicht mehr zählen.« Seine braunen Augen blickten sie ernst an.
»Ich habe nicht vor, Ihnen Kummer zu bereiten«, gab sie zur Antwort und hielt seinem Blick stand.

Nicht lange nachdem sich die Tür hinter ihm geschlossen hatte, öffnete sie sich wieder.
»Nur herein«, forderte Hartwych sie auf. Er klang erleichtert. »Vater, ich möchte dir jemanden vorstellen.«
Sie trat ein. Die Kammer war einfach, ihr Bewohner verzichtete auf jegliche Schnörkel oder übertriebene Bequemlichkeit. Wenn sie an die Kammer ihres Vaters in Lübeck dachte, erschien diese ihr geradezu pompös. Hans van Broke lag, gestützt von dicken Kissen, in seinem Bett. Sie hätte ihn sofort wiedererkannt, selbst wenn sie ihm draußen auf der Gasse begegnet wäre. Noch immer war er schmächtig und hatte feine Glieder. An seine auffallend buschigen Augenbrauen erinnerte sie sich besonders gut, die einfach nicht zu dem schmalen Gesicht passen wollten. Eine war zusammen mit dem Auge unter einem Verband verborgen. Mit unsicheren Schritten ging sie auf ihn zu.
»Das nenne ich eine gelungene Überraschung«, rief Hans und tadelte sogleich seinen Sohn. »Du hättest mich auf die Begegnung vorbereiten sollen. Ich wäre doch aufgestanden, hätte mir etwas angezogen.« Schon wandte er sich wieder an sie. »Wie schön, dass Hartwych Sie retten konnte, Fräulein von Ranteln.«

Sie atmete tief durch und warf Hartwych einen ängstlichen Blick zu.
»Aber nein, Vater, das ist nicht Bilke von Ranteln.«
»Nicht?« Er kniff das gesunde Auge halb zu.
»Nein, was das Schicksal von Fräulein von Ranteln angeht, habe ich schlechte Nachrichten, fürchte ich.« Er machte ein Pause.
Hans' glückliches Lächeln erstarb. »Oh«, meinte er. »Das tut mir leid, das tut mir wirklich sehr leid.«
»Ja.« Hartwych nickte. »Das ist Mette. Sie war an Bord des Piratenschiffes. Wir haben sie aus dem Wasser geborgen, nachdem die *Schwarze Rose* gesunken ist.«
Hans wusste augenscheinlich nicht recht, was er von dem Gast zu halten hatte. »Nun, jedes Leben, das gerettet werden konnte, ist doch ein großer Gewinn«, erwiderte er langsam, lächelte sie an und warf seinem Sohn gleich darauf einen fragenden Blick zu.
Hartwych wollte von seiner Reise berichten, und er wollte wohl auch Mettes Herkunft erklären, doch Hans unterbrach ihn.
»Schick mir Hedda herbei, damit ich mich ankleiden und zu euch in die Stube kommen kann. Ihr seid gewiss hungrig. Sie soll das Abendessen richten. In der Stube haben wir es bequemer.«
Bilke verließ die Kammer als Erste. »Sie hätte wahrlich die von Ranteln sein können«, hörte sie Hans sagen. »Ein hübsches Mädchen.«

Auch die gute Stube war keineswegs mit der im Hause von Ranteln in Lübeck zu vergleichen. Bilke nutzte die Zeit, in der sie auf Hartwych und den alten van Broke wartete, um sich umzusehen. Sie wusste, dass die Frau des Hauses schon geraume Zeit tot war. Schwestern hatte Hartwych nicht. Es gab insofern auch kein weibliches Wesen, das für etwas mehr Behaglichkeit hätte sorgen können. Die aufwändig gestalteten Fensterscheiben verrieten zwar einen gewissen Reichtum, gleichzeitig war an allen Ecken und Enden zu erkennen, dass Hartwych und sein Vater wenig Wert auf schmückendes Beiwerk legten oder darauf, ihren Wohlstand zur Schau zu stellen.

Gleich nachdem Hartwych zu ihr in die Stube kam, erschien auch Hedda mit einem Tablett. Sie stellte die Zinnteller einfach auf den nackten Eichentisch, der noch dazu eine Brandstelle aufwies. An ein Tischtuch verschwendete sie keinen Gedanken. Auch einen Krug und Becher aus einfachem Waldglas stellte sie dazu und schlich sich in ihrer eigentümlichen ungelenken Art davon. In dem Moment betrat Hans die Stube. Er trug jetzt einen Hausmantel, der zwar an den Ärmeln und am Kragen mit Pelz besetzt, doch bereits ziemlich abgewetzt war. Wieder musste sie an ihren Vater denken, der gerade seit dem Tod seiner Frau sehr auf sein Äußeres bedacht war. Niemals hätte er sich in einem derartig alten Stück blicken lassen.

»Hier ist es also geschehen?«, wollte Hartwych wissen, blickte hinauf zu dem Leuchter, der über dem Tisch hing, und dann auf das Brandloch in der Tischplatte.

»Gar nichts wäre geschehen«, versuchte Hans die Sache herunterzuspielen. »Wenn nur dieser vermaledeite Span gehalten hätte!«

»Du musst wissen, Mette, mein Vater ist über die Maßen sparsam. Ich will ihn nicht geizig nennen, aber eben sehr sparsam.« Die Ironie in seiner Stimme konnte einem nicht entgehen.

»Sagt man nicht, Sparsamkeit sei eine Zier?« Hans tat ihr leid. Den Schaden hatte er bereits, da war es nicht nötig, auch noch über ihn zu spotten.

»Ein kluges Mädchen, das muss ich sagen«, sagte Hans erfreut.

»Nur ist es mit der Zier schnell vorbei, wenn die Sparsamkeit in einem Maße übertrieben wird, dass sie sogar der Gesundheit abträglich ist«, wandte Hartwych ein. »Als ob wir uns keine Wachskerzen leisten könnten«, schimpfte er.

»Ich habe diese vielen Bündel Späne für wenige Pfennige bekommen«, verteidigte Hans sich.

»Man rechnet nicht mehr in Pfennigen, Vater«, verbesserte Hartwych ihn.

Hans ging nicht darauf ein. »Gewiss können wir uns Wachskerzen leisten, aber wir müssen sie deshalb ja nicht gleich verschwenden.«

»Ich halte es nicht für Verschwendung, sie zu benutzen, wenn wir Licht benötigen. Sei's drum.« Hartwych wirkte ein wenig müde. »Du hast die Späne also wahrhaftig in die Halterungen für die Kerzen geklemmt.« Er sah nochmals den Leuchter an und schüttelte den Kopf.

Auch Bilke konnte sich nicht recht vorstellen, wie das gehen sollte. Kerzen waren rund und nachgiebig, wenn man sie in eine Metallhalterung drückte. Das Spanholz dagegen war vierkantig und hart.

»Das hat prächtig funktioniert. Nur bei dem einen nicht. Der ist heruntergefallen, auf dem Tisch abgeprallt und mir ins Auge. Gott sei Dank ist das nicht hin. Es hat mehr die Haare darüber erwischt.« Er strich sich über den Verband über der Augenbraue. »Die sind ordentlich versengt.«

»Du hast großes Glück gehabt, Vater. Wie oft habe ich ge-

sagt, du sollst es nicht übertreiben? Irgendwann passiert noch etwas, oder du holst dir den Tod.« An Bilke gewandt, erklärte er: »Am Holz für den Ofen spart er nämlich auch.«
»Nun wollen wir essen.« Hans setzte sich in seinem Stuhl zurecht.
»Ihr Sohn hat recht, Sie können wahrhaftig von Glück sagen.« Bilke betrachtete den Brandfleck auf dem Tisch.
»Ja, ja, nun ist es ja gut. Jetzt möchte ich alles von der Reise hören. Vor allem interessiert mich doch, wer unser Gast ist. Woher kommen Sie?«
Hartwych übernahm es, seinen Vater ins Bild zu setzen. Er fasste ihr vermeintliches Schicksal rasch zusammen und berichtete von den Umständen, unter denen man sie aus der Ostsee gezogen hatte.
»Sie war aus freien Stücken auf der *Schwarzen Rose,* das ist nicht zu leugnen. Es stellt sich nur die Frage, ob sie überhaupt eine andere Wahl hatte, als ihrem Bruder zu folgen. Ihr ist keine Schandtat zur Last zu legen. Weder hat sie in unserem Beisein jemanden angegriffen, noch hat sie gelogen oder einen Betrug versucht. Ich wüsste darum nicht recht, wofür man sie eigentlich bestrafen sollte«, beendete er seinen Bericht.
Hans hatte aufmerksam zugehört. Sein gesundes Auge war ständig zwischen den beiden hin und her gewandert. »Das sehe ich genauso«, stimmte er schließlich zu. »Ihr Bruder war ihre einzige Familie. Was hätte sie tun sollen, als mit ihm zu gehen? Wenn du ein aufrichtiges Gotteskind bist«, sagte er zu ihr, »hast du nichts zu befürchten. Sofern du niemandem etwas zuleide getan und immer die Wahrheit gesprochen hast, wird man dich gehen lassen.«
Bilke schluckte. Mit der Wahrheit war das so eine Sache.

»Na, na, nun lass mal den Kopf nicht hängen.« Er zwinkerte ihr mit dem unversehrten Auge zu.

»Ich bin nur ein wenig müde«, erwiderte sie.

»Aber du hast doch noch gar nichts angerührt.« Er deutete auf die Platten mit Brot, Speck und Schinken.

»Ich habe keinen rechten Appetit.« Sie schämte sich mit einem Mal erbärmlich, die Gastfreundschaft der Männer zu genießen, ohne ehrlich zu ihnen zu sein. Sie würde einen Weg finden müssen, ihnen reinen Wein einzuschenken.

Bilke musste nicht lange auf ihre Verhandlung warten. Nur zwei Nächte hatte sie im Haus der Pelzhändler unruhig geschlafen, sich zwei lange Tage geängstigt, dass ein Gericht eine andere Meinung haben könnte als die Herren van Broke. Dann war es so weit, und Hartwych ging mit ihr zum Rathaus, wo die Versammlung stattfinden würde. Bilke hatte keinen Blick für das prächtige Neue Haus, an dem sie zum ersten Mal bei Sonnenschein vorüberging, und auch nicht für den hübschen gepflasterten Marktplatz. Hartwych versuchte zwar, sie ein wenig abzulenken und aufzumuntern, aber auch er war schweigsamer als gewöhnlich. Wieder und wieder zwirbelte er seinen Schnauzer, den er am Tag nach der Heimkehr hatte akkurat stutzen lassen. Bilke wusste, dass auch er nervös war. Sie folgte ihm über dunkle gewienerte Holzdielen in den altehrwürdigen Gerichtssaal. Hedda hatte ihr ein schlichtes Kleid aus braunem Kattun besorgt. Sie hob den Saum ein wenig an, als sie eine Stufe hinaufstieg, um sich auf den Platz der Angeklagten zu setzen. Auch eine Haube hatte Hedda ihr gegeben, so dass sie ihre Haare wieder zu einem Knoten gedreht hatte und unter der Haube versteckt trug.

»Hab keine Angst, es wird schon gutgehen«, sprach Hartwych ihr zum wiederholten Male halbherzig Mut zu.
Der Richter trat ein, und die Verhandlung begann.
Wie konnte ich nur in eine solche Situation geraten, ging es ihr durch den Sinn. Ihr früheres Leben schien ihr plötzlich so unwirklich. Sie sah nur kurz auf und blickte in die unbewegten Mienen Schaulustiger, die sich dicht im Saal drängten. Es hatte sich herumgesprochen, dass ein Piratenmädchen dem Richter vorgeführt wurde. So etwas war noch nie da gewesen, und keiner wollte diese Attraktion verpassen. Beinahe glaubte sie selbst daran, Mette, die Schwester eines gefürchteten Piraten, zu sein. Wie im Traum nahm sie wahr, wie Hartwych, von Geldersen und Hoins ihre Aussagen machten. Wer grausige Geschichten einer Säbel schwingenden Amazone erwartet hatte, wurde enttäuscht. Nicht einmal eine Strafe, die einem das Blut in den Adern gefrieren ließ, wurde verkündet. Da es keinerlei Dokumente und auch nichts gab, was der Richter hätte in Augenschein nehmen können, musste man sich einzig auf die Aussagen der Zeugen verlassen. Die berichteten übereinstimmend, Mette habe an Bord weder gestohlen noch gekratzt oder gebissen. Wie gut, dass Godeke nicht geladen war. Er hätte in diesem Punkt widersprochen. Doch er wartete glücklicherweise auf seine eigene Verhandlung.
So verkündete der Richter, nicht einmal einen Glockenschlag nachdem die Sitzung begonnen hatte: »Mette aus Dänemark hat unter Hausarrest zu bleiben, bis die Verhöre der Piraten abgeschlossen sind. Wird sie von keinem von ihnen glaubhaft belastet, an schändlichen Verbrechen beteiligt gewesen zu sein, wird sie dazu verurteilt, deren Hinrichtung, sofern es dazu kommt, auf dem Schafott beizuwohnen. Dies soll ihr als Abschreckung dienen, damit sie auch in Zukunft nicht vom

rechten Weg abkommt. Treten bei den Verhören aber Dinge zutage, die ein schlechtes Licht auf sie werfen, so hat sie erneut vor Gericht zu erscheinen. Die Verhandlung ist geschlossen.«

Bilke atmete auf. Sie konnte sich nicht vorstellen, dass einer der Piraten sie belastete. Es war ihnen an Bord der *Ösel* nicht entgangen, dass sie sich als eine von ihnen ausgegeben hatte. Welchen Grund sollten sie haben, etwas anderes zu behaupten? Andererseits erhoffte sich womöglich der eine oder andere einen Vorteil, wenn er Geschichten über sie erdachte. Ihnen drohte wirklich und wahrhaftig der Tod auf dem Schafott. Würde man da nicht alles sagen, um mit dem Leben davonzukommen? Tief in ihre Gedanken versunken, fielen ihr mit einem Mal zwei Männer auf, deren Gesichter sie schon früher gesehen zu haben glaubte. Zu von Geldersens Mannschaft gehörten sie nicht und auch nicht zu den Männern der Compagnie, dessen war sie sicher. Auch meinte sie, es läge bereits länger zurück, dass sie ihnen schon einmal begegnet war. Einer von ihnen war herausgeputzt wie ein Paradiesvogel. Die linke Hälfte seines Beinkleids war grün, die rechte in leuchtendem Rot gefärbt. Den Latz trug er derartig stark wattiert, dass es unter achtbaren Leuten gewiss als anstößig empfunden werden konnte. Sein Wams war purpurfarben, eine lange Feder zierte die Kopfbedeckung in kräftigem Blau. Der andere war das glatte Gegenteil. Sein Aufzug war so unauffällig, dass man ihn leicht übersehen konnte. Er schien sich stets ein wenig hinter dem Paradiesvogel verbergen zu wollen. Als Bilkes Blick den des sonderbaren Gockels traf, sah der zu ihrem maßlosen Erstaunen weg und tauchte eilig in der Menschenmenge unter.

Die Erleichterung, die Bilke zunächst empfunden hatte, währte nicht lange. Ihre Sorge galt nun den Freibeutern. Es durfte einfach nicht sein, dass der Quacksalber, der Koch oder Magnus, Bjœrks Vater, getötet wurden. Sie lief in ihrer Kammer auf und ab wie ein wildes Tier in seinem Käfig und zermarterte sich das Hirn, wie sie ihnen helfen konnte. Aus dem Haus van Broke zu entkommen wäre nicht schwierig. Hartwych gestattete ihr, sich dort frei zu bewegen. Es hatte schon viele Momente gegeben, in denen sie unbemerkt aus der Tür hinaus auf die Resenstrate hätte schlüpfen können. Hartwych war häufig fort. Er habe etwas in der Gilde zu erledigen, müsse mit den Älterleuten der Compagnie beratschlagen oder wolle sich mit einem Ratsherrn treffen, sagte er und schlug dabei manches Mal die Augen auf eine Weise nieder, die sie bei ihm noch nie zuvor gesehen hatte. Sie hatte fast das Gefühl, er wolle etwas vor ihr verheimlichen. Dabei musste er ihr doch gewiss nicht Rechenschaft darüber ablegen, wohin er ging oder wie lange er ausblieb. Hans saß meist in seinem Kontor oder in der Stube über seinen Papieren und zog sich nach der Mittagsmahlzeit stets in seine Kammer zurück, um seinem Auge Ruhe zu gönnen. Sie war also oft genug ohne Aufsicht. Nur half ihr das leider nicht. Sie konnte schwerlich einfach nach dem Gelass suchen, in dem die Männer ihrer Verhandlungen harrten, den Beschließer überreden, ihr Zutritt zu gewähren, und mit den Gefangenen verschwinden. Sie wusste, dass die Bewachung gründlich war. Warum sollte das in Riga weniger streng als in Lübeck gehandhabt werden? Nein, um zwölf Männer aus einem Kerker zu befreien, war ein ganzes Heer nötig. Sie hatte niemanden in dieser Stadt, der ihr helfen konnte. Nur Diederich fiel ihr ein, der immerhin die Sprache der Dänen beherrschte. Ein Talent,

das für eine abenteuerliche Flucht nicht von Nutzen war. Wie sie es auch drehte und wendete, es lief doch wieder darauf hinaus, ihre Lüge einzugestehen und sich zu erkennen zu geben. Das war der einzige Weg, um ihnen helfen zu können. Sie würde sagen, wie gut sie behandelt worden war. Im Erfinden von Geschichten war sie einfallsreich. Sie konnte sich allerhand Situationen ausdenken, in denen ihr Leben auf des Messers Schneide gestanden hatte und diese Piraten es gerettet hatten. Ja, das würde sie tun. Gleich, wenn Hartwych nach Hause käme, würde sie ihm alles sagen.
Sie fuhr herum, als es an ihrer Tür klopfte.
»Bitte!«
Hedda trat ein. Sie wusste noch immer nicht, was sie von dem Gast im Hause ihrer Herrschaften halten sollte, und trat linkisch von einem Fuß auf den anderen.
»Da ist Besuch für Sie«, brachte sie schließlich doch noch hervor.
»Besuch?«
»Ja, den Diederich soll ich melden, hat er mich angewiesen.«
»Das ist eine Freude. Herein mit ihm«, sagte Bilke.
»Sie wollen ihn hier empfangen?« Hedda machte große Augen.
»Wo sonst?«, gab sie fröhlich zurück. Daheim in Lübeck wäre sie niemals auf die Idee gekommen, einen Mann in ihrer Schlafkammer zu empfangen. Aber hier war sie ja nur das Piratenmädchen, und überdies stand sie unter Arrest. Da konnte sie auf Anstandsregeln keine Rücksicht nehmen.

»Guten Tag, Fräulein Mette.« Diederich deutete eine Verbeugung an, die ihm schon ohne den großen Sack, den er bei sich trug, nicht sonderlich elegant gelungen wäre.

»Guten Tag, wie schön, dass Sie Ihr Versprechen halten und mich besuchen kommen.«
»Aber natürlich!« Er strahlte sie in seiner unverwechselbaren Art an.
»Dies ist nicht gerade die gute Stube«, begann sie und musste sich einen Moment die richtigen Worte zurechtlegen. »Aber die Kammer ist sehr viel schöner als die auf dem Schiff.«
»Es ist doch nett hier«, meinte er und sah sich um. Er schien wahrhaftig nicht zu begreifen, was dies für eine unmögliche Situation war. Hätte sie nicht rasch einen Stuhl vor ihn hingestellt, er hätte sich auf ihr Bett gesetzt. Den unförmigen Sack legte er vorsichtig ab und schob ihn mit dem Fuß unter den Stuhl, bevor er Platz nahm.
»Tja«, meinte er und rieb sich die Knie. »Wie geht es Ihnen?«
»Danke, es geht mir recht gut.« Es entstand eine Pause. »Und wie geht es Ihnen?«
»Danke, wie nett, dass Sie fragen.« Er nickte und schwieg wieder.
Bilke überlegte, was sie sagen sollte. Schließlich setzten sie beide im selben Moment an.
»Entschuldigung, was wollten Sie sagen, Fräulein Mette?«
»Nein, Sie zuerst.«
»Ich habe gehört, dass Ihre Verhandlung gut ausgegangen ist. Das freut mich sehr für Sie. Sehen Sie, ich hatte es Ihnen doch gesagt.«
»Ja, Sie haben recht behalten. Aber noch ist es nicht endgültig ausgestanden.« Sie setzte ihn über die Vereinbarung in Kenntnis.
»Ach, das geht schon in Ordnung. Ich war bei einigen Verhören dabei. Bisher hat keiner auch nur ein böses Wort über Sie gesagt.«

»Sie waren dabei? Wie steht es um die Männer? Wird man sie hart bestrafen? Man wird sie doch nicht …?« Sie mochte es nicht aussprechen. Zu oft hatte sie es sich ausgemalt, seit sie das Rathaus verlassen hatte. Der Gedanke, dass sie den Tod finden würden, war schon grausam genug. Zu wissen, dass sie den Hinrichtungen aus nächster Nähe würde beiwohnen müssen, brachte sie nahezu um den Verstand.
Er blickte auf seine Schuhspitzen. »Doch, Fräulein Mette, leider. Ich fürchte, denen geht es an den Kragen. Sie müssen das verstehen.« Er blickte sie wieder an. »Zu viele, die an Bord der *Ösel* waren, haben gesehen, wie die gekämpft haben.«
»Um ihr Leben haben sie gekämpft«, stellte sie richtig. »Der Angriff des Hanse-Konvois auf ein einzelnes Schiff war so gründlich, dass sich die Männer nicht einmal mehr verteidigen konnten. Von einem Gegenangriff ganz zu schweigen.«
»Ja, wir haben Sie ordentlich überrumpelt, was? Oh, Entschuldigung.«
»Könnten Sie einen von den Gefangenen nennen, der einen Pfeil auf Sie geschossen oder der eine Kanone gezündet hätte?«
»Nun ja, nicht so direkt. Aber die Kerle wurden an Bord eines Piratenschiffes festgenommen, das sagt doch schon einiges.«
Sie schwieg. Sie wusste, dass sie vor gar nicht langer Zeit genauso gedacht hatte wie er.
»Und dann gibt es da ja auch noch die beiden Herren«, fuhr er fort, »die bei dem Angriff auf den Schiffsverband dabei waren, der die *Marie* begleitet hat. Die haben schon drei der Piraten erkannt. Den anderen werden sie noch einmal gegenübergestellt.«
»Wie bitte? Aber es gibt doch keinen einzigen Überlebenden

von unserem Schiff. Und die anderen …« Himmel, das war ihr so herausgerutscht.
»Nein, jetzt bringen Sie das durcheinander, Fräulein Mette. Von Ihrem Schiff gibt es schon noch Überlebende, erinnern Sie sich? Die zwölf Männer, die nun vor Gericht gestellt werden, die haben überlebt … noch.« Er räusperte sich verlegen. »Die *Marie* war die Kogge, die auf dem Weg von Lübeck nach Riga von den Piraten, also sozusagen von Ihnen, überfallen wurde. Und auf einem der Begleitschiffe waren zwei Männer, die danach wohl Schiffbruch erlitten haben. So genau habe ich das nicht verstanden. Jedenfalls wurden sie aus der Ostsee gefischt genau wie Sie. Die sind jetzt in Riga und haben schon einige der Angreifer von damals erkannt.«
Bilke war fassungslos. Die *Marie* war allein gewesen, als sie angegriffen wurde. Weit und breit war kein anderes Handels- oder Begleitschiff in Sicht gewesen. Wer immer diese beiden Kerle waren, sie konnten unmöglich die Freibeuter um Svendsson gesehen haben. Es waren Lügner. Sie musste unbedingt herausfinden, wer sie waren und warum sie solche Geschichten verbreiteten.
»Ja, das ist alles ein Durcheinander, nicht wahr?« Er deutete ihren Gesichtsausdruck offenbar völlig falsch. »Macht ja nichts. Das muss Sie ja nicht weiter kümmern.«
»Sind Sie bei allen Verhören dabei, auch in der Zukunft?«
»Ich weiß es noch nicht. Ich muss mich ja auch wieder um die Garnmacherei kümmern. Aber die Herren vom Gericht holen mich schon ganz gerne, weil ich ja deren Sprache spreche, also Ihre Sprache, nun ja. Es gibt natürlich noch mehr, die das können, aber weil ich ja auch auf dem Schiff war, nicht wahr?« Plötzlich fiel ihm etwas ein. »Stellen Sie sich vor, der mit den schwarzen langen Haaren und der hässlichen Narbe, der hat

letztens doch glatt behauptet, der Svendsson ist gar nicht tot. Quicklebendig soll er sein und kommen, um seine Leute zu befreien.«

Sie starrte ihn an. Das musste Magnus gewesen sein, der das gesagt hatte? Aber warum, hatte er womöglich Svendssons Flucht beobachtet? Ihr Herz schlug schneller.

»Ach, Mensch, ich bin ja auch ein Dussel.« Er schlug sich schwungvoll gegen die Stirn. »Das hätte ich Ihnen ja auch mal gleich sagen können, was, Fräulein Mette? Der ist doch schließlich Ihr Bruder. Da wollen Sie doch bestimmt wissen, was aus ihm geworden ist.«

»Ja«, sagte sie leise, »das würde ich wirklich gern wissen.«

»Ich weiß natürlich nicht, was dran ist an dem Gerede. Aber gesagt hat er das.«

Wieder trat Stille ein. In Bilkes Kopf arbeitete es. Sie musste die beiden Schwindler finden. Ihre wahre Identität wollte sie ohnehin preisgeben, und wenn sie die beiden dann noch als Lügner überführen konnte, würden ihre Aussagen gegen die Freibeuter kein Gewicht mehr haben. So konnte sie, mit Gottes Hilfe, möglicherweise doch noch etwas tun.

»Was haben Sie denn eigentlich dort in dem großen Sack?«, fragte sie, um das Thema zunächst zu beenden.

»Ach, ich bin aber wirklich ein Dussel!« Sie hatte schon Angst, er würde sich nochmals so kräftig an die Stirn schlagen, doch das tat er nicht. Stattdessen tauchte er umständlich unter den Stuhl und zog den Sack hervor. »Ich habe Ihnen etwas mitgebracht.«

»Das ist für mich?« Er würde ihr doch nicht noch einmal etwas genäht haben.

»Ja, aber gewiss.« Nach einigem Getue und kompliziertem Entknoten hatte er den Sack geöffnet und zog eine Fidel hervor. »Sie waren doch so traurig, dass Ihre auf dem Grund des Meeres liegt. Und man muss ja auch immer fleißig üben, wenn man den Umgang mit so einem Instrument nicht verlernen will. Darum dachte ich, ich besorge Ihnen eine neue.« Damit streckte er ihr die Fidel entgegen.

»Die ist wunderschön!« Bilke nahm das Instrument in die Hand und strich über den hölzernen geschwungenen Leib. »Das kann ich doch nicht annehmen. Die war gewiss sehr teuer.«

»Ach, halb so schlimm. Die Hauptsache, sie gefällt Ihnen.«

»Und wie sie mir gefällt. Danke, Diederich!« Sie schenkte ihm ihr schönstes Lächeln.

»Dann ist es gut. Sehen Sie, ich wollte mich noch einmal in aller Form bei Ihnen entschuldigen, Fräulein Mette, weil ich nicht auf Sie aufgepasst habe. Das werde ich mir auch nie verzeihen. In meinem ganzen Leben nicht. Aber wenn ich wüsste, dass Sie nun wieder ein klein wenig fröhlicher sind, und wenn die Fidel Ihnen hilft, das Ganze zu vergessen, dann kann ich mich auch wieder ein ganz kleines bisschen leiden.«

Sie musste lachen, und eine Träne lief ihr über die Wange. »Ich kann Sie jedenfalls gut leiden, Diederich.«

Als Hartwych am Abend nach Hause kam, wirkte er verschlossen und sehr in seine eigene Gedankenwelt zurückgezogen.

»Ich habe gute Nachrichten«, ließ er sie geistesabwesend wissen. Seine Miene drückte alles andere als Freude über gute Nachrichten aus. Er wirkte bedrückt und besorgt. »Wir sehen uns gleich in der Stube beim Abendessen«, sagte er und verschwand in seiner Kammer, die in dem Stockwerk über der Kammer von Bilke lag.

Ob er wohl seine Sorgen mit ihr teilen würde, wenn sie seine Braut wäre, fragte sie sich. Zwar vertraute er ihr insofern, als dass er sie nicht einschloss oder bewachen ließ, und sie hatte meistens auch das Gefühl, dass er sie mochte, doch sie war eben nur ein unbedeutender Teil seines Lebens. Es wäre ihm wahrscheinlich nie in den Sinn gekommen, ein Piratenmädchen ins Vertrauen zu ziehen und ihm sein Herz auszuschütten. Sie bedauerte das und fürchtete sich davor, dass er richtig abweisend und distanziert werden würde, wenn er erfuhr, dass sie ihn die ganze Zeit belogen hatte. Nun, das war nicht zu ändern. Sie überlegte jedoch, ob es klug war, sich ausgerechnet heute zu offenbaren. Hatte er wahrhaft gute Neuigkeiten zu verkünden, würde sie die heitere Stimmung zerstören. Belasteten ihn ohnehin gerade Probleme, wollte sie ihm nicht zusätzliches Leid aufbürden. Sie seufzte. Es würde nicht leicht werden.

Hartwych und Hans waren bereits in der Stube, als sie eintrat. Sie hatten sich anscheinend gerade in einer geschäftlichen Angelegenheit besprochen, legten die Papiere aber augenblicklich beiseite, als sie erschien.

Da Hartwych keine Anstalten machte, die angekündigten guten Nachrichten zu verkünden, sagte sie: »Denken Sie sich, ich hatte heute Besuch.«

Hartwych sah sie neugierig an.

»Dann habe ich mich nicht verhört. Mir war doch, als hätte ich die Stimme eines Herrn vernommen.«

»Oh, wir haben Sie doch nicht gestört?«

»Nein, nein, keineswegs.«

Sie wunderte sich nicht zum ersten Mal über die Magd Hedda. Sie schien es nicht für nötig zu erachten, ihre Herrschaften über das in Kenntnis zu setzen, was im Hause vor sich ging.

»Diederich war hier und hat sich nach meinem Befinden erkundigt.« Sie erzählte von dem Besuch. »Stellen Sie sich vor, er hat mir eine neue Fidel mitgebracht. Ist so etwas zu glauben?«

»Ich sagte dir doch, er ist der gutmütigste Mensch, den ich kenne.«

»Das ist wirklich freundlich«, stimmte Hans zu. »Dürfen wir dann auf einen musikalischen Vortrag von dir hoffen?« Sein gesundes Auge leuchtete erwartungsvoll.

»Ja, das wäre nett«, meinte auch Hartwych. »Schließlich gibt es etwas zu feiern!«

»Ach ja?« Hans schob den Zinnteller beiseite.

»Allerdings. Die Älterleute haben heute ihre Entscheidung getroffen. Godeke wurde aus der Compagnie der Schwarzen Häupter ausgeschlossen«, verkündete er feierlich. In diesem Moment sah er sehr zufrieden aus.

»Nach allem, was du über ihn berichtet hast, Sohn, ist das die einzig richtige Entscheidung, meine ich.«

»Ganz meine Meinung. Was ist mit dir, Mette? Freust du dich gar nicht?«

»Doch, natürlich. Das ist gewiss ein guter Entschluss. Dann kann er Ihnen wenigstens keine Schande mehr machen.« Hartwych runzelte fragend die Stirn. »Es ist nur … Godeke wird es nicht einfach auf sich beruhen lassen.«

»Das Urteil ist gefällt. Was soll er tun? Er kann es nicht mehr zu seinem Vorteil umkehren.«

»Er wird wollen, dass jemand dafür bezahlt, meine ich.«

Er legte ihr eine Hand auf den Arm. In seinem Blick lagen so viel Zuversicht, Stärke und Freundlichkeit, dass sie gar nicht anders konnte, als ihre Furcht zu vergessen. Zumindest für den Moment.

»Hab keine Angst. Wir werden dafür Sorge tragen, dass er dieses Haus niemals betritt. Lange wird er ohnehin nicht mehr in der Stadt bleiben. Wer will schon etwas mit einem Kaufmannsgesellen zu schaffen haben, der aus der Compagnie ausgeschlossen wurde? Es wird ihm gar nichts anderes übrig bleiben, als fortzugehen.«

»Womit handelt er eigentlich, dieser Godeke?«, mischte Hans sich wieder in das Gespräch.

»Mit Asche, Pech und Teer.«

»Hm«, machte er und rümpfte die Nase.

»Also, Mette, würdest du für uns spielen?«

»Aber gern, wenn Sie wirklich wollen.«

»Oh, gewiss, gewiss. Und ich lasse Hedda zur Feier des Tages eine Flasche von dem guten Roten öffnen.«

»Oho, Herr van Broke wird übermütig. Können wir uns das denn erlauben, Vater?«, neckte Hartwych ihn.

Bilke holte das neue Instrument. Es hatte einen kurzen Hals, war mit Rosshaar bespannt und musste etwas anders gehalten werden, als sie es gewöhnt war. Trotzdem dauerte es nicht lange, bis sie gut damit zurechtkam und eine Weise nach der anderen spielen konnte.

»Du spielst sehr gut. Du hast viel Gefühl für die Musik.« Sein Antlitz nahm einen seltsam verträumten Ausdruck an. »Du könntest unter die Spielleute gehen«, meinte er und schüttelte lächelnd den Kopf.

Hans stimmte ihm zu. »Wie bedauerlich, dass ich nicht die Fidel spielen kann«, sagte er unvermittelt. »Dann könntet ihr tanzen.«

»Warum versuche ich mich nicht daran?«, schlug Hartwych übermütig vor. »Und du tanzt mit Mette.«

»Ich bin dafür zu alt. Ich bleibe besser bei dem Wein.«

Hedda musste an diesem Abend eine zweite Flasche bringen. Der Wein war aber auch wirklich zu köstlich. Es war lange her, dass Bilke einen so guten Tropfen gekostet hatte.

»Wie wäre es mit einem Würfelspiel?« Hans sah vergnügt in die Runde.

Bilke war im ersten Moment erschrocken, denn in Lübeck galt das Glücksspiel als Sünde und war in der Öffentlichkeit gar verboten. Dann dämmerte es ihr, dass es unter Piraten gewiss an der Tagesordnung war, und sie stimmte fröhlich zu. Im hintersten Winkel ihrer Gedanken blitzte die Erinnerung auf, dass sie den Männern sagen wollte, wer sie wirklich war. Und das würde sie ja auch tun. Doch ob sie es einen Tag früher oder später erfuhren, was machte das für einen Unterschied?

Sie saßen bis in die tiefe Nacht zusammen. Immer wieder, wenn die Glocke von St. Johannis schlug, erschraken sie und beschlossen, nun aber endlich zu Bett zu gehen. Aber immer wieder mussten sie doch wenigstens noch dieses eine Spiel zu Ende bringen. Hans protestierte nicht einmal mehr, wenn Hartwych neue Wachskerzen anzündete.

Es war ein wundervoller sorgloser Abend, wie Bilke ihn so lange nicht mehr erlebt hatte. Was immer Hartwych bedrückt haben mochte, als er nach Hause gekommen war, schien jetzt keine Rolle mehr zu spielen. Er lachte viel und zwirbelte aufgeregt seinen Schnauzbart, wenn er glaubte, eine Partie gewinnen zu können. Zweimal griffen Bilke und er gleichzeitig nach den Würfeln. Ihre Hände berührten sich, und sie sahen einander beinahe scheu an. Er war wahrhaft ein netter Mann und ein gutaussehender noch dazu. Die Frau, die einst seine Braut werden würde, konnte sich glücklich schätzen. Bilke erinnerte sich daran, was er auf der *Ösel* zu ihr gesagt hatte. Er würde mit einer Frau zusammenleben, der sein Herz gehörte, oder allein bleiben. Sie fragte sich, ob es diese Frau womöglich schon gab.

Als die Glocke das nächste Mal schlug, bekundeten wieder alle drei, es sei nun aber die allerhöchste Zeit. Sie lachten darüber, beendeten dieses Mal jedoch tatsächlich ihr Spiel. Hans wünschte eine gute Nacht und zog sich rasch zurück. Er sah aus, als würde er bereits auf dem Weg in sein Bett einschlafen. Hartwych murmelte etwas davon, er wolle noch mal rasch in der Küche nach etwas sehen. Bilke erschien es wie ein Vorwand, um sie bis zur Tür ihrer Kammer begleiten zu können. Dort blieb er in der Tat unschlüssig stehen.

»Das war ein schöner Abend.«

»Ja«, flüsterte sie, »ein sehr schöner Abend. Ich danke Ihnen dafür.«

»Ich muss mich bei dir bedanken. Du hast so herrlich gespielt. Ich liebe Musik, weißt du.« Seine braunen Augen schimmerten in einer Weise, wie sie es noch nie bei ihm gesehen hatte. Sie hätte ewig so stehen und ihn ansehen können. Ihr wurde ganz warm ums Herz. Nein, sagte sie sich, nicht er ist der Grund, dass du dich mit einem Mal so leicht und unbeschwert fühlst. Es ist nur der Wein, der deine Sinne benebelt hat. Dieser Mann mit den zugegebenermaßen schönen braunen Augen, dem vollen blonden Haar und den energischen Gesichtszügen hätte Svendsson ohne großes Federlesen getötet. Womöglich hatte er ihn sogar auf dem Gewissen.

»Gute Nacht«, sagte sie rasch und ließ ihn stehen.

Am nächsten Tag in der Früh bat Hedda sie nicht in die Stube wie sonst üblich, um Hartwych oder Hans bei der Morgensuppe Gesellschaft zu leisten. Hartwych sei schon beizeiten aus dem Haus gegangen, und Hans fühle sich nicht recht wohl, erklärte sie, stellte die Schale mit einer dünne Suppe auf Bilkes Tisch ab und wendete sich zum Gehen. Schon beinahe aus der Tür, fiel ihr etwas ein.

»Ich habe eine Nachricht für Sie«, sagte sie, kam zurück, stellte das Tablett etwas kompliziert wieder ab und reichte ihr ein verschlossenes Kuvert.

»Wer sollte mir denn eine Nachricht senden?« Bilke nahm der Magd das Kuvert aus der Hand. Es konnte nur von Diederich sein. Sonst kannte sie schließlich niemanden in der Stadt. Jedenfalls konnte sie sich nicht denken, dass Kapitän von Geldersen oder jemand aus der Compagnie ihr eine Botschaft zukommen ließe.

Hedda stand mit großen Augen und leicht geöffnetem Mund vor ihr, sagte aber keinen Ton.

»Nun?«

»Oh, äh, ich weiß nicht, wer die Nachricht verfasst hat. Ein Bote hat sie gebracht.« Sie blieb stehen, als seien ihre einfachen Pantinen mit dem Holzboden verschmolzen.

»Danke, Hedda.«

»Ja.« Es war offensichtlich, dass sie gern gewartet hätte, bis sie Absender und Inhalt der geheimnisvollen Botschaft kannte. Ein wenig bockig deutete sie einen Knicks an und ging.

Bilke war mulmig zumute. Hätte Diederich etwas von ihr gewollt, wäre er gewiss persönlich gekommen. Mit zitternden Händen fingerte sie das Blatt aus dem Kuvert. Auf der Stelle stach ihr die Anrede ins Auge. »Sehr geehrtes Fräulein von Ranteln« stand da. Sie ließ das Blatt sinken und schnappte nach Luft. Irgendjemand war ihr hinter die Lüge gekommen. Ängstlich spähte sie auf das Ende der knappen, in ungelenker Handschrift verfassten Zeilen. Da stand kein Name. Das verhieß nichts Gutes. Wenn nur Hartwych noch nichts erfahren hatte, hoffte sie inständig. Sie wollte ihm selbst die Wahrheit sagen.

»Sehr geehrtes Fräulein von Ranteln,
da haben Sie uns ja eine feine Schmierenkomödie vorgeführt. Nicht genug, dass Sie uns an der Nase herumgeführt haben, nein, Sie haben auch ein doppeltes Spiel getrieben. Wir wissen, dass Sie Svendsson in die Falle gelockt haben. Der Sarkophag seiner Königin war der Köder. Gleichzeitig wollten Sie und Ihr feiner Vater die Dänen und die Hanse gegeneinander aufbringen.
Wenn Ihnen Ihr Ruf und der Ihres Vaters lieb ist, kommen Sie heute Abend pünktlich zur neunten Stunde in den *Krug zum roten Pilz*. Kommen Sie allein, und sagen Sie niemandem ein Wort! Sonst packe ich aus und mache van Broke, der so gänzlich auf Sie hereingefallen ist, zum Gespött der Stadt.
Ich freue mich auf unser Wiedersehen und bin mir sicher, Ihnen geht es nicht anders!«

Bilke

Bilke fühlte sich entsetzlich. Anstatt Hartwych zu sagen, wer sie war, und anstatt den Freibeutern beistehen zu können, musste sie nun weiter die Rolle des Piratenmädchens Mette spielen und – noch schlimmer – konnte nichts für die Gefangenen der *Schwarzen Rose* tun, die doch sonst niemanden auf ihrer Seite und ganz bestimmt auch keine Zeit zu verlieren hatten. Noch mehr machte es ihr zu schaffen, dass mit einem Mal ihr Vater und auch Hartwych auf die bösartigste Weise in die Angelegenheit hineingezogen waren. Wer auch immer ihr übel mitspielen wollte, er würde keinen Wimpernschlag zögern, Hartwych zum Gespött der Stadt zu machen, wie er es ausgedrückt hatte. Überdies waren Ruf und Ehre ihres Vaters bedroht. Wie war das nur möglich? Wer mochte hinter diesem schrecklichen Schreiben stecken? Wie konnte dieser nichtswürdige Fremde davon reden, sie und ihr Vater hätten Svendsson in eine Falle gelockt? Sie fühlte sich, als müsse sie sich an einem fremden Ort in dichtestem Nebel zurechtfinden. Vollkommen ohne Orientierung, ohne den Hauch einer Idee, welche Richtung sie einschlagen sollte, verbrachte sie den Tag ratlos und verängstigt. Hartwych war ein guter Mensch. Sie zog in Erwägung, ihm das Schreiben zu zeigen. Er würde wissen, was zu tun sei. Im nächsten Moment stellte sie sich vor, wie er auf die Zeilen reagieren würde, reagieren musste. Nein, es war völlig undenkbar, ihn die Botschaft lesen zu lassen. Das einzig Gute war, dass Hedda, dieses einfältige, maulfaule Wesen, niemandem verriet, dass Fräulein Mette eine Nachricht erhalten hat.

So musste sie sich wenigstens nicht auch diesbezüglich noch eine Lüge ausdenken.
Es fiel ihr schon schwer genug, den beiden Männern vorzugaukeln, sie fühle sich nicht recht wohl. Zwar zweifelten sie nicht ansatzweise, erging es Hans doch selbst nicht besser, allerdings fühlte Bilke sich durch das Mitgefühl und das ungetrübte Vertrauen nur noch elender. Der Gedanke, sich am Abend aus dem Haus schleichen und sich allein in den finsteren Gassen einer fremden Stadt herumtreiben zu müssen, gab ihr den Rest. Wieder und wieder dachte sie mit Grauen, dass das Ganze eine Falle sein konnte. Jemand, der ihre wahre Identität kannte, wollte sie unter Umständen nur aus dem sicheren Haus locken, um ihr etwas anzutun. Ihr kam nur einer in den Sinn, der dafür in Frage kam.

Irgendwie gelang es ihr, die Zeit herumzubringen, ohne Hartwych oder Hans gar zu häufig unter die Augen treten zu müssen. Auch den überraschenden Besuch von Albers überstand sie, ohne sich allzu viel anmerken zu lassen. Er war gekommen, um einen Blick auf ihre Hand zu werfen. Misstrauisch hatte sie ihn beäugt, hatte beinahe gehofft, er würde sich durch irgendetwas verraten und wäre der geheimnisvolle Verfasser. Natürlich war er es nicht oder ließ sich zumindest nichts anmerken. Sie versuchte gar, ihn auf das Glatteis zu locken.
»Ach, sagen Sie, Magister Albers, ist Ihnen wohl der *Krug zum roten Pilz* bekannt?« Albers riss so entsetzt die Augen auf, dass sie schon glaubte, er habe wahrhaftig etwas mit der Sache zu tun.
»Wie, um alles in der Welt, kommen Sie auf den Gedanken, dass ich dort verkehren könnte? Hat das etwa jemand über mich behauptet, hat das einer behauptet?«

»Nein, nein, gewiss nicht.« Er kannte den Krug also zumindest vom Namen. Sie nutzte ihre Chance. »Ich hörte eine Magd davon sprechen. Ist der Krug denn hier in der Nähe?«
»Sie werden doch wohl nicht vergessen, dass Sie noch unter Arrest stehen. Das werden Sie doch nicht vergessen.«
»Aber nein.« Sie wartete gespannt und gab schon die Hoffnung auf.
Da sagte er: »Das ist weit von hier oben an der Stadtmauer. An der Stadtmauer beim Minoritenkloster und der Katharinenkirche, dort ist der Krug, dort ist er.«
Als die Glocke die achte Stunde schlug, wünschte Bilke Hartwych und Hans, die beide in der Stube saßen, eine gute Nacht.
»Hoffentlich geht es dir morgen wieder besser«, sagte Hartwych zu ihr. »Du bist bleich wie ein Geist.«
»Ja, ja, es war wohl etwas zu viel Wein und etwas zu wenig Schlaf.« Sie lächelte bemüht, wünschte noch einmal eine gute Nacht und ging in ihre Kammer.
Dort lauschte sie, das Ohr an der Tür, auf Schritte. Immerhin war es möglich, dass auch Hans sich heute früh zurückzog. Da war nichts zu hören, nur hin und wieder ihre Stimmen oder ein Laut, wenn die Köchin Göntje sich um den Ofen kümmerte oder noch etwas in der Küche beschickte. Sie musste es wagen, sie hatte gar keine andere Wahl, das war ihr klar. Was aber, wenn Hartwych noch einmal nach ihr sehen wollte? Oder wenn er Hedda schickte, um sich nach ihrem Wohlergehen zu erkundigen? Bisher war so etwas noch nie geschehen. Was aber, wenn es ausgerechnet heute passierte? Dann würde sie sich eben am anderen Morgen eine gute Ausrede einfallen lassen müssen! Sie öffnete das Fenster und ließ die Heuke, einen ärmellosen Überwurf, den Hedda ihr

nach der ersten Verhandlung hatte besorgen müssen, hinabfallen. Sie dachte an den missbilligenden Blick der Magd, als Hartwych ihr auftrug, ein solches Kleidungsstück für Mette zu beschaffen. Immerhin besaßen nur angesehene Bürgerfrauen Heuken. Bilkes Freude war doppelt groß gewesen. Zum einen würde sie in Hartwychs Begleitung in die Stadt gehen dürfen, zum anderen musste sie sich dort nicht in dem schmucklosen Umhang sehen lassen, den Diederich ihr geschneidert hatte. Es war ein schreckliches Gefühl, das wertvolle Stück einfach in den Dreck zu werfen. Aber so war es am klügsten. Ihre Kammer ging nach hinten raus, so konnte sie den Mantel an sich nehmen, ohne dass jemand sie beobachtete. Sollte ihr doch jemand auf der Treppe oder in der Diele begegnen, konnte sie sagen, ihr sei noch immer nicht wohl und sie wolle ein Glas Wasser holen. Hätte sie sich die Heuke übergeworfen, würde man ihr das kaum abnehmen.
Unendlich langsam öffnete sie die Tür ihrer Kammer. Sie wagte kaum zu atmen. Niemand war zu sehen. Auf Zehenspitzen schlich sie in den Flur und ließ ihre Tür lautlos in das Schloss gleiten. Mit wenigen Schritten war sie an der Treppe. Sie lauschte nach oben und nach unten. Stufe um Stufe nahm sie und blickte sich immer wieder um. Das Holz knarzte ab und zu unter ihren Füßen, was ihr jedes Mal einen furchtbaren Schreck versetzte. Glücklicherweise war es nichts Ungewöhnliches, dass es in einem alten Haus ächzte und knarrte. Selbst wenn jemand etwas hören sollte, würde er den Geräuschen keine Beachtung schenken. Sie hatte die Diele erreicht. In der Küche klapperte Göntje mit Töpfen und Eimern. Sie war eine tüchtige Person. Wahrscheinlich machte sie noch gründlich sauber, bevor sie sich ausruhen durfte.
Mit angehaltenem Atem zog Bilke an dem eisernen Riegel.

Er rührte sich nicht. Sie riss entsetzt die Augen auf, sah sich immer wieder um, als würde Hartwych von einem Moment auf den anderen hinter ihr auftauchen. Da war kein Vorhängeschloss. Es musste möglich sein, den Riegel zur Seite zu schieben. Sie versuchte es noch einmal, kräftiger. Noch immer tat sich nichts. Dann, mit einem Ruck, setzte sich das Eisen in Bewegung. Das hässliche kratzende Geräusch dröhnte in ihren Ohren. Sie glaubte, alle Bewohner dieses Hauses mussten es gehört und erkannt haben. Jetzt nur keine Zeit verlieren. Sie öffnete die Tür, schlüpfte ins Freie und zog die schwere Holztür rasch hinter sich zu. Kein Mensch war auf der Resenstrate unterwegs. Gut. Sie beeilte sich, in den kleinen Hof hinter dem Haus zu kommen, sammelte die Heuke auf, klopfte sie gründlich aus und warf sie über. Mit gesenktem Kopf, die Kapuze des Umhangs bis zu den Augenbrauen gezogen, machte sie sich auf den Weg. Noch fiel hier und da ein Lichtschein aus einem der Häuser auf die Straße. An den Rückweg mochte sie lieber nicht denken. Stockfinster würde es sein, und die Bewohner der Stadt, die zu später Stunde noch in den Gassen anzutreffen waren, zündeten ihre Laternen nicht an. Das war jetzt gleichgültig. Zuerst musste sie sich auf den Weg konzentrieren. Viel hatte sie Albers nicht entlocken können, aber das Wenige rief sie sich jetzt ins Gedächtnis. Immerhin hatte sie noch aus ihm herausgebracht, dass der Krug in der alten Stadt dort an der Stadtmauer lag, wo der Bach sein Bett hatte, nicht etwa auf der Seite des großen Flusses. Sie lief also zunächst zur Marstalstrate, die sie mit Hartwych nach ihrer Ankunft heraufgekommen war. Anstatt auf den Hafen zuzuhalten, der ja am Fluss lag, schlug sie die andere Richtung ein. Sie konnte sich entsinnen, mit ihm an diesem Tag auf eine Kirche zugegangen zu sein, bevor sie in die Resenstrate abgebogen waren. Vielleicht hatte sie Glück, und das war die Katharinenkirche. Noch würde es eine gute Weile dauern, bis die neunte Stunde schlug. Mit heftig klopfendem Herzen näherte sie sich dem Gotteshaus. Nein, eine Schänke gab es hier weit und breit nicht. Auch entdeckte sie nichts, was nach einem Kloster aussah. Dafür schlug ihr der Gestank von Verwesung entgegen, der sie erschauern ließ. Eilig hielt sie auf die nächste Kirche zu, deren Turm sich vor dem Nachthimmel erhob. Es war ein gutes Stück zu laufen, und da es immer dunkler wurde, kam sie nicht schnell voran. Die meisten hatten ihre Lichter bereits gelöscht und sich zur Ruhe gelegt. Endlich erreichte sie die Kirche. Noch hatte die Glocke nicht geschlagen. Dort, der Winkelbau, der den Kirchhof einrahmte, das konnte wohl ein Kloster sein. Ihr Atem ging schneller. Das kam gewiss nicht nur davon, dass sie sich so gesputet hatte. Sie eilte auf die Stadtmauer zu, da hörte sie plötzlich Stimmen und Lachen. Gleich darauf war es wieder still. Nein, da waren Schritte zu hören. Ein Paar kam ihr entgegen. Sie senkte den Kopf noch ein Stück und murmelte einen Gruß. Auch die beiden grüßten und waren auch schon an ihr vorüber. Kein Zweifel, sie waren aus einer Schänke gekommen. Das musste der *Krug zum roten Pilz* sein. Fürchtete sie sich bereits den ganzen Tag und seit Albers vielsagender Reaktion noch mehr, wusste sie, vor der Tür angekommen, kaum mehr ein noch aus. Schon der Eingang flößte ihr das nackte Grauen ein. Die Tür war nicht mehr als eine Handvoll notdürftig zusammengezimmerter Bretter, die nicht einmal lang genug waren, den gesamten Rahmen auszufüllen. Das Holz war nicht bearbeitet, sondern nur dunkelrot getüncht. Vermutlich Ochsenblut, dachte sie. Die schwarzen Eisenbeschläge waren schief angebracht oder im Laufe der Zeit schief und krumm geworden. Zwei mächtige Riegel wurden tagsüber augenscheinlich mit Vorhängeschlössern gesichert. In diesen Krug ging man nur, wenn es dunkel wurde und anständige Leute sich von ihrem Tagewerk ausruhten. Sie zauderte. Noch konnte sie einfach fortlaufen, sich irgendwo verbergen, bis der Morgen dämmerte. Ob es die Höhle des Riesen aus Hartwychs Erzählung wahrhaftig gab? Dort konnte sie schon eine Nacht aushalten. Dann musste sie einen Salz- oder Heringshändler ausfindig machen und ihn um einen Wagen bitten, mit dem sie endlich nach Hause gelangen konnte. Nicht einmal eine Münze hatte sie bei sich, um sich im Krug etwas zu bestellen, geschweige denn, um all die Kosten der langen Heimreise für Quartier und Verpflegung zu bestreiten. Trotzdem wäre es eine Möglichkeit, dachte sie verzweifelt. In dem Augenblick schlug die Glocke zur neunten Stunde.

Es war eine Illusion, dass jemand ihr glauben und sie mit seinem Wagen ziehen lassen würde. Nein, sie konnte nicht fort, sie musste das hier tun, was immer es für sie bedeuten würde. Bilke schloss die Augen, atmete tief durch, murmelte ein schnelles Gebet, bekreuzigte sich und trat ein. Ein Gemisch aus Gerüchen schlug ihr entgegen. Da war der Qualm von Pfeifen, der säuerliche Geruch von Wein, das malzige Aroma von Bier, hinzu kamen Schweiß und ein Hauch von Erbrochenem, das man nicht gründlich entfernt hatte. Sie musste einen Flur entlanggehen, in dessen Wand mehrere Nischen gehauen waren, in denen Talglichter standen und die Mauer schwärzten. Die Stimmen der Männer, die sich hier vergnügten, wurden lauter, je näher sie dem Vorhang kam, der vor dem Durchgang zum eigentlichen Gastraum hing. Nur ab und zu hörte sie eine Frauenstimme. Das waren gewiss gemeine Frauen, dessen war sich Bilke sicher, die lachten, um einen der Kerle für sich zu gewinnen, oder Schmerzenslaute ausstießen, wenn einer zu grob wurde. Dieser Krug war eine üble Kaschemme wie diejenige, die sie in Kolberg hatte besuchen müssen. Aber es gab kein Zurück. Noch ein Mal würde sie ein solches Sündennest betreten und dann hoffentlich nie wieder in ihrem ganzen Leben. Sie schob den Vorhang beiseite und sah sich um. Wie sie erwartet hatte, waren viel mehr Männer als Frauen in der Schankstube. Einfache Leute, Handwerksburschen vielleicht und Seemänner, Tagelöhner, die es hier besser hatten als zu Hause. Augen ohne Glanz musterten sie argwöhnisch. Einige der Gäste wirkten sonderbar weggetreten. An einem Tisch in einem verborgenen Winkel saß Godeke.

»Beinahe pünktlich«, begrüßte Godeke Bilke mit süffisantem Grinsen. »Das schätze ich. Da habe ich wohl richtiggelegen mit meiner Vermutung.«
»Was meinen Sie?«, fragte sie eisig. Sie verwünschte ihre Stimme, die vor Angst zitterte.
»Meine Vermutung, dass du dich auch auf das Wiedersehen gefreut hast.« Jede Silbe betonend, fügte er hinzu: »Fräulein von Ranteln.«
»Was wollen Sie von mir?«
»Was ich auf der *Ösel* von dir wollte, könnte ich jetzt mit Leichtigkeit von dir haben, nicht wahr?« Das Grinsen verschwand. Er blitzte sie boshaft mit halb zusammengekniffenen Augen an. »Aber der Einsatz hat sich erhöht, könnte man sagen.« Er zog einen Stuhl unter dem Tisch hervor. »Setz dich hin!«, kommandierte er und ließ sich auf den Stuhl neben dem ihren fallen. Gehorsam nahm sie Platz. Sie muss-

te zunächst herausfinden, was er sich von dieser Begegnung erhoffte, was er von ihr verlangte.

»Dir verlogener Schlange verdanke ich es, dass man mich aus der Compagnie geworfen hat. Nicht, dass es mich sehr treffen würde, nicht mehr zu diesen aufgeblasenen Fatzkes zu gehören, die mich ohnehin nur gelangweilt haben.« Er lehnte sich selbstgefällig zurück, sein Stuhl knarrte angsteinflößend. »Nur ist es für die Geschäfte eben hinderlich, wenn einem so etwas passiert.«

Der Wirt, ein rundlicher, groß gewachsener Mann mit Glatze, der eine fleckige Schürze vor den Bauch gebunden hatte, trat an ihren Tisch und sah Godeke fragend an.

»Lieber erst ein Bier, oder willst du gleich deinen Branntwein?«, fragte dieser so laut, dass es ein jeder mitbekommen musste. Eine Frau gackerte ordinär.

»Ich habe weder für das eine noch für das andere Geld«, gestand Bilke leise. Sie schämte sich schrecklich, diesem abscheulichen Kerl das sagen zu müssen. »Ich kann nicht bezahlen, und ich will auch gar nichts trinken.«

»Hört, hört!«, rief Godeke. »Die feine Dame kann nicht bezahlen. Zwei Bier«, sagte er zu dem Wirt, der davonschlurfte. »Du wirst bezahlen, verlass dich drauf«, zischte er sie an.

»Hören Sie, dass Sie aus der Compagnie ausgeschlossen wurden, haben Sie nicht mir zu verdanken, sondern sich selbst zuzuschreiben. Hartwych van Broke hat mir gesagt, was Sie sich schon vor der Fahrt haben zuschulden kommen lassen.« Es kostete sie allen Mut, ihm das zu sagen. Vielleicht, so hoffte sie, würde es etwas nützen.

»Der feine Herr van Broke, ja? Den hast du doch von Anfang an um den Finger gewickelt.« Ihm schien etwas einzufallen, und er lachte auf. »Na ja, im Grunde war es doch auch so geplant. Du solltest schließlich seine Braut werden. Da hast du dir gedacht, das kannst du auch, ohne das feine Fräulein aus Lübeck zu sein. Und du hattest ja recht. Er hat sich auf der Stelle in die kleine Piratenhure verguckt.« Sie schnappte nach Luft. »Hast gleich auf dem Schiff die Beine für ihn breit gemacht, stimmt's?«

»Was erlauben Sie sich?«, fauchte sie, außer sich. Wieder hatte er so vernehmlich gesprochen, dass alle sich auf ihre Kosten amüsieren konnten. Mit diesem Mann war nicht zu reden, das wurde ihr klar. Es war anzunehmen, dass er sie mit seinen wirren Zeilen nur deshalb hierhergelockt hatte, um sie zu demütigen.

Der Wirt brachte zwei Krüge und stellte sie so schwungvoll auf den Tisch, dass das Bier überschwappte und sich über das vernarbte Holz ergoss. Sie würde gehen. Sie würde einfach aufstehen und gehen. Godeke musste noch die Zeche zahlen, das würde ihr genügend Vorsprung verschaffen, um sich irgendwo zu verstecken oder bis zum Kloster zu laufen und dort um Hilfe zu rufen. Sie stützte sich auf der Tischplatte auf, wollte ihren Plan in die Tat umsetzen, doch sie kam nicht weit. Sie prallte gegen den Wirt, der hinter ihr stehen geblieben war. Blitzschnell erkannte Godeke die Situation und packte ihr Handgelenk.

»Na, na, du hast ja noch nicht mal einen Schluck getrunken. Du willst doch wohl nicht schon wieder gehen?«

Entsetzt ließ sie sich wieder auf ihren Stuhl fallen. Was sollte sie nur tun? Das Ganze war ein einziger Alptraum, aus dem es kein Entrinnen gab.

»Entspann dich!« Er nahm seinen Becher, schlug ihn kräftig auf die Tischplatte und trank einen großen Schluck. Danach wischte er sich mit dem Handrücken über die wulstigen Lippen. »Nun trink schon, du bist eingeladen. Es wäre unhöflich, nicht mit mir zu trinken. Ich denke, du hast so ausgezeichnete Sitten.« Seine Fuchsaugen funkelten.

Ein kleines Rinnsal des Biers lief vom Tisch auf ihren Umhang. Sie versuchte, sich ein wenig zur Seite zu setzen, so dass der Schaden nicht allzu groß wäre, während sie mit zitternder Hand nach dem Becher griff und einen kleinen Schluck nahm.

»Bitte«, versuchte sie es noch einmal, »Sie wissen, wer ich bin. Schön. Nur wenn Sie meinen, ich hätte einen gewissen Einfluss und könnte dafür sorgen, dass Sie wieder von der Compagnie aufgenommen werden, dann irren Sie sich. Ich kann leider gar nichts für Sie tun. Ich verstehe ja nicht einmal ein Wort von dem, was Sie in Ihrer Botschaft geschrieben haben.« Ein Schluchzen entrang sich ihrer Kehle. Sie starrte auf ihre Hände.

Er folgte ihrem Blick. »Was macht die Verletzung? Ist sie schön verheilt?« Da war wieder dieser boshaft ironische Ton.

»Warum quälen Sie mich so?«, wimmerte sie.

»Weil du mir übel mitgespielt hast, weil du Abschaum bist, eine Lügnerin, die anständige Kaufleute zum Narren hält und zum Gespött macht. Weil ich dich nicht mag!« Sein Oberschenkel drückte gegen ihr Bein, sein Gesicht war dem ihren ganz nah. Ein Speichelfaden hing an seiner Unterlippe.

Bilke durfte ihn nicht ansehen. Ihr war ohnehin unsagbar elend zumute. Sah sie ihn aber an, kamen alle Erinnerungen hoch, und ihr würde speiübel werden. Sie starrte vor sich hin, konnte das Zittern nicht unterdrücken und schluchzte unkontrolliert. Niemals hätte sie hierherkommen dürfen. Jetzt saß sie in der Falle und konnte nichts tun.

»Ich weiß, wer du bist, das ist wahr. Das war eine hübsche

Überraschung, als ich gestern nach meiner Verhandlung« – er spuckte das Wort geradezu aus – »in ebendiesem Lokal saß und meinen Kummer ertränken wollte. Da hocken sich diese Herren aus Lübeck zu mir. Ich schütte denen mein Herz aus. Was soll ich sagen? Da erklären dir mir doch, dass es kein Piratenmädchen Mette gibt, sondern nur eine Kaufmannstochter Bilke von Ranteln. Die haben sie im Flottenverband mit ihrem Holk begleitet und waren auch dabei, als der böse, böse Svendsson angegriffen hat.«

Wie aus weiter Ferne hatte sie wahrgenommen, was er sagte. Allmählich tauchte sie aus ihrer Lethargie wieder auf. Wovon redete er da? Natürlich, er sprach von den gleichen Männern, die auch Diederich erwähnt hatte.

»Die beiden haben dich in deiner Verhandlung erkannt. Tja, Pech gehabt!«

Wie vom Donner gerührt, starrte sie ihn an. Jetzt wusste sie, woher sie den lächerlich herausgeputzten Kerl und seinen scheuen Begleiter kannte, der ihrem Blick im Gerichtssaal ausgewichen war. Kein Zweifel, sie waren ihr bereits aufgefallen, als sie in Lübeck an Bord der *Marie* gegangen war. Jetzt hatte sie alles wieder ganz deutlich vor Augen. Zwar war er noch nicht gar so bunt aufgetreten wie hier in Riga, doch hatte er schon damals den Latz auffallend wattiert getragen, wie es manche Männer mochten. Und er hatte einen Hut mit einer übergroßen Krempe aus Samt auf dem Kopf gehabt. Bilke hatte beobachtet, wie er auf ihren Vater zugegangen war, um ihn in ein Gespräch zu verwickeln. Der jedoch hatte sich rasch abgewandt. Ja, sie wusste noch ganz genau, wie sie sich darüber amüsiert hatte, dass es ihrem Vater augenscheinlich höchst unangenehm war, von einem solchen eitlen Gockel belästigt zu werden.

»Es hat dir wohl die Sprache verschlagen, was?«
»Ja, gewissermaßen.« In ihrem Kopf schlugen die Gedanken Purzelbäume und ließen sich einfach nicht ordnen. Die beiden Männer, die ihre wahre Herkunft verraten hatten, waren die gleichen, die behaupteten, die Freibeuter zu kennen. Bisher hatte sie das für eine Lüge gehalten, doch nun war ihr klar, dass sie wahrhaftig mit auf die Konvoifahrt gegangen waren. So weit sprachen sie immerhin die Wahrheit. Aber da war kein anderes Schiff gewesen. Oder konnte sie wegen des Nebels und Unwetters eines übersehen haben? Blieb die Frage, warum von der Mannschaft, sollte es dieses Schiff denn gegeben haben, niemand geholfen hatte. Und wenn sie nicht einmal ein ganzes Schiff hatte erkennen können, wie sollte man von dort einzelne Piraten ausmachen? Nichts ergab einen Sinn!
»Die beiden haben mich also erkannt. Und was haben sie Ihnen noch erzählt? Sie haben von einem Köder geschrieben. Ich weiß wirklich nicht, was Sie damit meinen.«
»Weißt du nicht, nein?«
Sie schüttelte den Kopf.
»Hör auf, mich zum Narren zu halten! Die Knilche aus Lübeck haben ausgepackt, verstehst du? Sie haben alles über euren Plan verraten. Das habt ihr euch wirklich nicht dumm ausgedacht, das muss ich schon sagen. Den Svendsson aus dem Weg räumen, dabei andere die Drecksarbeit machen lassen und den Dänen auch gleich tüchtig eins auswischen. Nicht dumm.«
Bilke verstand noch immer kein Wort.
»Sagen Sie mir endlich, was Sie von mir wollen.«
»Hast recht, es wird Zeit.« Er machte dem Wirt ein äußerst merkwürdiges Zeichen, indem er die eine Hand gewölbt über den ausgestreckten Daumen der anderen hielt und anschlie-

ßend auf seinen Schritt zeigte. Bilke tat, als ob sie das nicht bemerkt hätte. »Du wirst deinem Herrn Papa eine Nachricht schicken und ihm erklären, dass ihr aufgeflogen seid. Niemand muss etwas von euren dunklen Machenschaften erfahren. Dafür sorge ich. Wenn dein Väterchen nur dafür sorgt, dass ich in Lübeck einen guten Start bekomme, um mich niederzulassen. Du hast nicht zufällig eine Schwester, mit der er mich verheiraten könnte?«
»Nein!«
»Das ist schade. So wäre es am einfachsten.« Er dachte nach. Der Wirt kam und stellte ihm einen Becher hin, aus dem ein eigentümlicher unangenehmer Geruch aufstieg. Bilke versuchte, flach zu atmen. Was, um alles in der Welt, war da in dem Becher? »Du würdest mich doch nicht schon wieder anlügen, oder? Wenn du eine Schwester hast, kriege ich es raus. Es wäre doch nett, wenn wir zu einer Familie gehörten.« Wieder kam er ihr sehr nah. Seine Zähne waren kaputt und rochen faulig, sein rotes Haar hatte offenbar lange weder Wasser noch Seife gesehen. »Egal. Er wird schon ein paar reiche Leute kennen, bei denen ich mich ins gemachte Nest setzen kann. Du wirst ihm schreiben, dass er sich schleunigst darum zu kümmern hat. Sobald du Antwort hast, hinterlässt du hier eine Nachricht für mich.« Es machte ihm offenkundig größte Freude, Befehle erteilen zu können.
»Das wird geraume Zeit dauern«, gab sie vorsichtig zu bedenken.
»Ich gebe dir genau … Warte mal.« Godeke machte ein angestrengtes Gesicht und streckte nacheinander die Finger in die Luft. »Fünfzehn Tagesreisen bis Lübeck, nein, das ist schneller zu schaffen. Sei's drum, ich gebe dir genau dreißig Tage und nicht einen Tag mehr.«

»Wie bitte? Aber so schnell geht das nicht. Das ist unmöglich!«
»Du bist nicht in der Lage, Forderungen zu stellen oder Einwände zu erheben.« Wieder dieser abgrundtief böse Blick.
»Aber in dreißig Tagen schafft es kaum eine Botschaft nach Lübeck und eine wieder hierher zurück. Für meinen Vater bleibt da keine Zeit, sich um Ihr Anliegen zu kümmern. Außerdem regelt sich so etwas nicht von der einen Stunde auf die andere.«
»Hm.« Er rechnete noch einmal nach oder prüfte in Gedanken ihre Argumente. Sie wusste nicht, was in diesem Kopf vorging, doch sehr helle schien dieser Godeke nicht zu sein. »Also gut, ich will schließlich nicht bei einer hässlichen alten Jungfer landen, nur weil dein Vater sich so sputen musste. Ich gebe dir vierzig Tage, aber keinen Tag länger.« Er lachte dreckig, nahm den Becher zur Hand und ließ die Flüssigkeit darin kreisen. Der üble Geruch wurde intensiver.
Bilke seufzte schwer. Sie wusste, dass Eilboten die Strecke nach Lübeck in zehn Tagen schaffen konnten, wenn sie gutes Wetter hatten und nichts ihren Ritt beeinträchtigte. Ebenso gut konnten sie vierzig Tage unterwegs sein, nur um Bilkes Botschaft zu ihrem Vater zu bringen. Davon, dass sie noch nicht einmal wusste, wen sie beauftragen sollte, gar nicht zu reden. Es war das reine Glücksspiel, und sie hatte kein gutes Blatt auf der Hand.
»Sechzig Tage, Godeke, ich bitte Sie!«
Wieder lachte er und entblößte dabei die fauligen Zähne. »Vierzig, das ist mein letztes Wort. Kannst schon froh sein, dass ich so guter Laune bin.«
»Seien Sie doch vernünftig«, beharrte sie verzweifelt. »Was haben Sie denn davon, wenn ich Ihnen bis dahin keine Nach-

richt bringen kann? Damit hätten Sie doch nichts gewonnen.«

»Was ich davon habe?«, geiferte er voller Hass. »Ich kann mich daran ergötzen, dich im Kerker zu wissen. Sie werden dich mindestens brandmarken und an den Pranger stellen. Oder sie hacken dir eine Hand ab oder begraben dich bei lebendigem Leib. Glaub mir, ich hätte meine Freude dran.«

Wie konnte ein Mensch nur so widerwärtig und durch und durch böse sein? Nur nicht ins Bockshorn jagen lassen, dachte sie. Gleichzeitig wusste sie, dass alles, was er aufgezählt hatte, Verbrechern blühen konnte. So weit würde es nicht kommen. Sie musste es verhindern, irgendwie.

»In vierzig Tagen finden Sie hier eine Botschaft und können dann augenblicklich in Lübeck ein neues Leben beginnen«, flüsterte sie.

»Vortrefflich! Darauf will ich trinken.« Er setzte den Becher an die Lippen, hielt inne und reichte ihn ihr. »Verzeihung, wie unhöflich von mir. Vielleicht magst du kosten?« Sie schüttelte angewidert den Kopf. »Das solltest du dir nicht entgehen lassen. Zugegeben, der Geschmack ist ein wenig gewöhnungsbedürftig, aber die Wirkung ist unübertroffen. Du kannst besser sehen, hören und spüren. Ich gebe dir einen Rat: Trink davon und dann geh nach Hause und vergnüge dich mit deinem Hartwych. Ich verspreche dir, so hast du's noch nie erlebt.« Seine Augen glänzten, als er sich verschwörerisch zu ihr herüberbeugte und ihr den Becher nah an die Lippen hielt.

»Was ist das?«

»Das ist Pi…Wie sagt man das in deinen feinen Kreisen? Urin!«

Sie rückte voller Ekel vom Tisch ab. Das mochte einer seiner abscheulichen Scherze sein, allerdings passte der Geruch nur zu gut zu dem, was er sagte.

»Der Krug hat seinen Namen nicht von ungefähr. Du kannst hier getrockneten Fliegenpilz bekommen. Die wenigsten können sich das Pulver allerdings leisten. Welch ein Glück, dass die Wirkung die gleiche ist, wenn du den Saft von einem trinkst, der das Pulver zu sich genommen hat. Den kriegst du billiger.«

Hartwych und Bilke

Mette hatte sich verändert. Seit Tagen schlich sie mit gesenktem Kopf umher, war schreckhaft und bedrückt und hatte, das lag auf der Hand, etwas zu verbergen. Hartwych hatte es immer wieder versucht, doch sie wich ihm aus, behauptete, es sei nichts, oder schob Kopfschmerzen oder Heimweh vor. Er hatte schon geglaubt, dass sie ihm vertraute, ja, sogar dass sie ihn mochte. Nun musste er einsehen, dass sie ihn zwar gewiss ein wenig leiden konnte, nur war er eben Teil einer Welt, die ihr bisher nur übel mitgespielt hatte. Einem Freibeuter würde sie ihr Herz ausschütten, einem Hanse-Pfeffersack niemals.

Irgendetwas war geschehen, irgendetwas verheimlichte sie ihm. Einmal meinte er sogar, sie habe sich womöglich aus dem Haus gestohlen. Am helllichten Tage glaubte er, sie mit einem Metzger zusammen gesehen zu haben. Jedenfalls dachte er, ihre Heuke zu erkennen. Metzger beförderten auf ihren Reisen, bei denen sie Vieh kauften, immerhin auch Briefe und Pakete von Leuten, die nicht einem Orden oder einer Gilde angehörten, also nur schwerlich eine Möglichkeit hatten, ihre Post anderweitig befördern zu lassen. Es wäre doch denkbar, dass sie mit ihrem Bruder Kontakt aufnehmen wollte. Er war an diesem Tag der Frau mit dem Umhang gefolgt, hatte sie aber aus den Augen verloren. Anschließend hatte er dem Metzger einige Münzen zugesteckt und ihn gefragt, ob man ihm eine Botschaft nach Lund oder in eine andere dänische Stadt übergeben hatte.

»Nein, mein Herr«, hatte der Mann erwidert. »Von meiner

Zunft reist keiner in das Dänenland. Ich selbst komme höchstens bis Königsberg. Ein paar Zunftbrüder übernehmen dort die Sendungen von mir und tragen sie weiter nach Westen. Auch bis nach Lübeck, wenn es sein muss. Gerade heute war eine da, die einen Brief für Lübeck hatte. Aber die Metzgerpost dauere ihr zu lange, sagte sie.« Er hatte die Schultern gezuckt und Hartwych stehen lassen.

Es war also nur Einbildung gewesen beziehungsweise eine zufällige Ähnlichkeit der Umhänge. Dass sie ihm Anlass gab, misstrauisch zu sein und ihr nachzuschnüffeln, das machte ihn traurig. Andererseits hatte er auch Geheimnisse vor ihr. Aufgrund seiner Aussage hatte man einen kleinen Verband von Schniggen auf den Weg nach Lund geschickt. Ein paar Männer würden sich dort umsehen und nach Svendsson suchen. Das hätte er ihr sagen müssen. Außerdem hatte er noch keinen Ton von Ria erzählt. Nicht, dass sie das etwas anginge. Aber er musste sich schon die Frage stellen, warum er manches Mal, wenn er das Haus verließ, die Unwahrheit sagte. Weshalb gab er vor, sich mit einem Ratsherrn zu treffen oder eine Verabredung mit einem Ältermann zu haben, wenn er tatsächlich auf dem Weg zu Ria war? Er war ungebunden, redete er sich ein. Er brauchte niemandem gegenüber Rechenschaft abzulegen. Außerdem hatte er Ria doch gar nicht angetroffen. Der Gedanke daran brachte unversehens die Sorge um sie zurück. Nun gut, er war erst zweimal bei ihrer Hütte gewesen. Wahrscheinlich hatte er einfach ungünstige Tageszeiten gewählt, zu denen sie auf dem Feld war oder auf dem Markt, um ihre Ware feilzubieten. Er hatte eben jede Menge zu tun. Neben dem Handel mit den Pelzen, der ihn vollauf beschäftigte, war er doch recht stark in diese Piratensache eingebunden. Da konnte er nicht einfach zu Rias Kate spazieren, wann es ihm gefiel.

Schön, er hätte am Marktplatz nach ihr Ausschau halten können. Und dann? Sollte er sie zwischen Mägden, die den ersten Rhabarber oder Rüben kauften, in seine Arme reißen und ihr davon erzählen, wie er die *Schwarze Rose* außer Gefecht gesetzt hatte? Das war ja absurd. Ebenso wenig hätte er sie fragen können, wie ihr Auftritt mit den Spielleuten verlaufen war. Das wollte er allerdings zu gerne wissen. Er würde zu ihr gehen, doch erst würde er Mette die Stadt zeigen und ihr einige Aufgaben in der Tafelgilde übertragen. Richter und Rat hatten bereits zugestimmt. Vielleicht würde das ihr düsteres Gemüt ein wenig aufheitern.

Schon seit einer geraumen Weile erklang aus ihrer Kammer die Fidel. Hartwych zögerte, bevor er klopfte. Sie verstand es wahrhaftig, dem Instrument die hellsten Töne zu entlocken. Klar und voller Gefühl drangen sie durch die geschlossene Tür. Wenn sie doch nur nicht so traurige Melodien spielen würde. Die fröhlichen Weisen, die sie für ihn und seinen Vater an dem Abend gewählt hatte, waren ihm sehr viel lieber.
Er klopfte, die Fidel verstummte.
»Ja?«, rief sie leise.
Noch immer hatte ihre Stimme diesen jämmerlichen Klang. Das musste aufhören, es war ja nicht länger zu ertragen.
»Ich habe mit den Ratsherren gesprochen und mit dem Richter«, eröffnete er ihr ohne große Vorrede. »Es gibt noch immer keine Aussage, die dich belastet. Wie es aussieht, ist der ganze Spuk bald vorüber, und du bist ein freier Mensch. Wir sind übereingekommen, dass es für alle Seiten von Vorteil ist, wenn du schon jetzt Gelegenheit erhältst, dich in Riga nützlich zu machen.« Sie wickelte ihre Fidel in ein Stück Leder,

das Hans ihr gegeben hatte, damit das Instrument nicht verkratzen möge. »Du hast nichts dazu zu sagen?«
»Ich will mich gerne nützlich machen«, erwiderte sie ohne jegliche Begeisterung. »Sagen Sie mir nur, was ich zu tun habe.«
Allmählich verlor er die Geduld. Er packte ihre Handgelenke und zwang sie, ihm in die Augen zu sehen.
»Herrgott, Mette, was ist denn nur los mit dir? Seit Tagen läufst du herum wie eine geprügelte Kreatur. Selbst diese guten Neuigkeiten können dich nicht fröhlich stimmen. Willst du mir nicht endlich sagen, was dich dermaßen bedrückt?« In ihren Augen flammte etwas auf. Er hatte es geschafft, sie würde endlich reden! Irrtum, der Schimmer verschwand so schnell, wie er gekommen war.
»Es ist nichts. Ich freue mich ja, dass man mich nicht für meine Vergangenheit bestrafen wird.« Es klang, als hätte sie den Satz auswendig gelernt, und auch ihr Lächeln wirkte gekünstelt. Enttäuscht ließ er sie los. »Was ist mit dem Quacksalber und den anderen? Wann sind ihre Urteile zu erwarten?«
War es die Angst um die Männer, die sie so zermürbte? Sie waren ihre Familie, das durfte er nicht vergessen.
»Ich weiß es nicht. Lange wird es gewiss nicht mehr dauern. Allerdings … Man denkt darüber nach, mit der Urteilsfindung noch zu warten, bis der Verbleib deines Bruders geklärt ist.«
»Wird denn etwas getan, um den Verbleib zu klären?«
Er musste ihr die Wahrheit sagen. Das war er ihr schuldig, und es war auch möglich, dass sie sich damit aus der Reserve locken ließ.
»Ein paar Männer sind auf dem Weg nach Lund.« Die erwartete Reaktion blieb aus. Sie sah ihn nur fragend an. »Du hattest erwähnt, dass du mit deinem Bruder öfter dort

gewesen bist, da dachte ich …«, stotterte er. Verflixt, es gab keinen Grund für seine Unsicherheit. »Ich dachte, er hat dort vielleicht einen Unterschlupf«, ergänzte er rasch. Dann sagte er: »Der Richter hat sowieso noch genug mit dieser Bauordnungsgeschichte zu schaffen. Wenn ich es recht bedenke, eine Weile werden sie noch in ihren Gelassen aushalten müssen, der Quacksalber und seine Kumpane.« Als sie noch immer nicht auf seine Worte reagierte, wies er sie knapp an, ihn in wenigen Augenblicken in der Diele zu erwarten.

Sie liefen die Marstalstrate ein kurzes Stück entlang, bogen zweimal ab, und schon standen sie auf dem Kirchhof von St. Petri. Dort herrschte emsiges Treiben. Sowohl das Kirchenschiff als auch der Turm wurden erneuert. Ein großer Hebekran beherrschte die Szenerie. Unzählige Handwerker schleppten schwere Holzbalken, kletterten Leitern bis in windige Höhen hinauf, wuchteten Ziegel und Schindeln in Körben zu dem Kran und beobachteten aufmerksam, wie diese hinaufgezogen wurden. Männer balancierten auf Bretterkonstruktionen, und der Baumeister mit seinem Zirkel kam aus seiner Hütte und gab Steinbildhauer und Steinmetz Anweisungen. Hartwych war immer wieder fasziniert, wie lange die Arbeiten an der Petrikirche auch schon andauerten. Zufrieden stellte er fest, dass auch Mette sich der Faszination nicht entziehen konnte. Den Kopf in den Nacken gelegt, verfolgte sie vor allem diejenigen, die hoch oben am Dach oder am Turm zuwege waren.
»Alle Sonntage werden hier unter dem Glockenturm, gleich bei der Hütte des Baumeisters, Gaben an die Bedürftigen verteilt. Ein Mitglied der Tafelgilde ist immer zur Stelle und auch die Bäckersfrau, eine überaus fromme Person. Sie könn-

ten Hilfe gebrauchen. Ich dachte, es gefällt dir vielleicht, ihnen bei der Ausgabe zur Hand zu gehen.«
»Ja, das will ich gern tun.«
»Schön.« Er nickte einem Steinbildhauer zu, mit dem er im Neuen Haus einmal ein Glas getrunken hatte. Ein interessanter Mann, der sein Handwerk auf das Beste verstand. Hartwych bewunderte ihn sehr für seine Fähigkeit, aus einem Steinblock eine Figur mit runden weichen Formen zu schlagen.
»Gehen wir weiter. An der Sankt Johanniskirche wartet eine Arbeit auf dich, die ich dich bitten möchte, jeden Tag zu erledigen. Es ist im Grunde keine Arbeit, wenn ich es recht bedenke.«
Sie hatten nur den Petrikirchhof und eine Gasse zu überqueren, um die Kirche St. Johannis zu erreichen. Es war wohl besser, wenn er sie auf das vorbereitete, was sie zu sehen bekommen würde. Er wollte nicht, dass sie vor den Mönchen ihr Entsetzen zeigte, sofern sie das überhaupt tun würde.
Er blieb stehen und hielt sanft ihren Ellenbogen fest. »Ich weiß nicht, ob es in deinem Land auch so etwas gibt«, begann er. »Bei uns heißt es, ein Gebäude genießt uneingeschränkten Schutz vor Feuer und anderen Gefahren, wenn ein Mensch dort bei lebendigem Leibe eingemauert wird.«
Ihre Augen weiteten sich vor Schreck. »Sie treiben Scherze mit mir«, stieß sie atemlos hervor. »Ist das so eine Geschichte wie die mit dem Riesen?«
Er musste lachen. »Nein, leider, dies hier ist eine wahre Geschichte. Mir gefällt das auch nicht, aber die Menschen glauben nun einmal daran, und eine Kirche kann jeden Schutz gebrauchen. Du hast eben selbst gesehen, wie viele Männer Leben und Gesundheit riskieren, wenn ein so mächtiges

Gebäude nur ausgebessert werden muss.« Er deutete in die Richtung zurück, aus der sie eben gekommen waren. »Wie viel Mühe, Schweiß und Blut es kostet, eines neu zu erbauen, kannst du dir sicher ausmalen.«

»Gewiss, aber deshalb kann man doch einen Menschen bei lebendigem Leib …« Sie brach ab und begann zu zittern. »Was hat er denn getan, dass man ihn so grausam bestraft?«

»Beruhige dich doch. Du verstehst das ganz falsch.« Dass es ihr einen Schreck einjagen konnte, hatte er sich gedacht, doch von der Heftigkeit ihrer Reaktion wurde er überrascht. »Es handelt sich nicht um eine Bestrafung. Es sind zwei Mönche, und sie haben sich aus freien Stücken in die Wand von St. Johannis einmauern lassen.«

»Freiwillig?« Allmählich schlug ihre Furcht in pures Unverständnis um.

»So ist es. Sie versprechen sich davon wohl einen fürstlichen Platz an der Tafel des Herrn. Und für das Gotteshaus erhoffen sie, dass es gegen jede Bedrohung gefeit ist.«

Sie blickte langsam zurück zu St. Petri, wo Männer pfeifend ihre schwere Arbeit verrichteten. Hartwych musste lachen. Sie sah hinreißend aus, wenn sie so mit einer Mischung aus Zweifel und Angst dreinblickte.

»Nein, in die Petrikirche lässt sich niemand einmauern. Bisher jedenfalls nicht. Wer weiß, kann sein, dass sich noch einer findet.«

Sie nickte langsam und sah wieder zu dem großen Ziegelbau, der vor ihnen lag. »Ich verstehe nicht recht, was ich täglich erledigen kann, bei St. Johannis, meine ich.«

»Oh, ach ja. Nun, es sind schmale Scharten in der Mauer offen gelassen worden, durch die man den Mönchen Wasser und Brot reichen kann. Es gibt immer mal wieder mildtätige

Menschen, die das tun, aber es gibt auch so manchen Tag, an dem niemand an sie denkt. Darum möchte ich dich bitten, ein Mal täglich nach ihnen zu sehen.« Der Gedanke schien sie mit Abscheu zu erfüllen. »Komm, ich bringe dich zu ihnen. Du wirst sehen, es ist halb so schlimm.«

Sie hatten die Wand erreicht, in der die dünnen Schlitze, kaum groß genug, um eine Hand hindurchzuzwängen, zu erkennen waren. Hartwych musste sich eingestehen, dass er nicht die Wahrheit gesagt hatte. Es war nicht halb so schlimm. Es war schauderhaft. Der Gestank war kaum zu ertragen. Kein Wunder. Sie aßen und tranken immerhin genug, um nun schon seit Wochen, womöglich Monaten, am Leben zu bleiben. Ihre Exkremente mussten ihnen bis zum Hals stehen. Man konnte meinen, sie verwesten bei lebendigem Leib, so entsetzlich war der Gestank. Mette presste sich eine Hand vor den Mund und würgte. Trotzdem blieb sie tapfer bei ihm. Eilig holte er zwei Kanten Brot aus seinem Mantel hervor. Länger als nötig mochte er nicht bleiben. Er hielt die Brotstücke nah an die Ritzen heran. Sofort drängten sich zwei magere, rot gefleckte Hände hindurch, die Finger dünn wie Spinnenbeine. Sie griffen nach der kargen Mahlzeit und fädelten sie geschickt durch die schmale Lücke zwischen den Steinen. Wenn man sehr still war und gerade kein Fuhrwerk die Gasse entlang in Richtung Kalkstrate rumpelte, konnte man sie schmatzen hören.

»Gehen wir!« Er packte sie wieder sanft beim Arm und führte sie nach Hause. Sie wirkte vollends verstört. Er hoffte sehr, dass er ihr nicht zu viel zugemutet hatte, doch war er davon überzeugt, dass es ihrem Seelenheil nur zuträglich sein würde, wenn sie sich zu dieser guten Tat durchringen konnte.

Hartwych

Schon wieder waren zwei Tage vergangen, und er hatte es nicht geschafft, zu Ria zu gehen. Da war einmal die Einladung von Eppinghusen gewesen, und am Sonntag wollte er bei der Speisung der Bedürftigen bei St. Petri dabei sein. Immerhin war er auch Mitglied der Tafelgilde und nicht nur ihr Gründer, und er hielt es für klug, Mette bei ihrem ersten Dienst dort zu unterstützen.
Als er endlich die Kalkstrate hinauf und durch das Stadttor eilte, lächelte er bei der Erinnerung an den Sonntag. Zuerst waren sie drüben in St. Johannis zum Gottesdienst gewesen. Bevor sie die Kirche betraten, reichte Mette den Mönchen Brot und Lederschläuche mit Wasser, die sie nach dem Gottesdienst wieder holte. Wie bei ihrer ersten Begegnung mit den frommen Männern hatte sie würgen und sich die Hand vor die Lippen pressen müssen. Doch sie hielt tapfer aus. Es sorgte für Aufsehen, dass Hartwych sie mit in die sonntägliche Messe brachte. Hinter vorgehaltener Hand wurde getuschelt und gewispert. Weder er noch Hans gingen darauf ein. Sie grüßten einen jeden freundlich, und bald wurde es den Leuten wohl zu fade, sich das Maul zu zerreißen. Das Urteil war so gut wie ein Freispruch gewesen, und Hartwych van Broke war dafür bekannt, dass er sich um arme Seelen kümmerte. Was also sollte so besonders interessant an der Sache sein? Als der Gottesdienst zu Ende war, beachtete Mette niemand mehr.
Die Bäckersfrau drückte Mette zu Beginn der Speisung erst einmal selbst einen prallen Krapfen mit Rosinen in die Hand.

»Bist ja ganz dürr, Mädchen«, sagte sie und tätschelte ihr den Kopf. »Ist ja fein, dass du uns hier zur Hand gehen sollst. Aber dafür braucht es Kraft.«

Mette hatte sich zur Wehr gesetzt und behauptet, sie habe keinen sonderlichen Appetit, allerdings hatte sie gegen die Bäckersfrau keine Chance. Hartwych war es nur recht. Auch in seinem Haus hatte sie in den letzten Tag über fehlenden Appetit geklagt, sich aber geweigert, mit Albers zu sprechen. Welcher Kummer sie auch immer bedrückte, er hatte ihr sichtbar Gewicht geraubt.

Die Sonne schien warm an diesem letzten Tag des Monats Mai im Jahre des Herrn 1430. Hartwych schritt beherzt aus. Er wollte nicht mehr an Mette und ihren Kummer denken, sondern sich nur noch auf Ria freuen. Sie würde ihm um den Hals fallen und nicht mehr aufhören, von ihren Erlebnissen bei den Maifeierlichkeiten zu erzählen. Das nahm er zumindest an, als er den Pfad zu ihrer Hütte beinahe hinter sich gelassen hatte.

Sie stand in dem Gemüsebeet hinter der Kate. Am liebsten hätte er sie um die Taille gepackt und herumgewirbelt. Er tat es nicht. Hier hatten die Hütten Augen und Ohren, und er wollte ihr keinesfalls Schwierigkeiten bereiten.

»Ich hörte, ich bekäme bei dir das beste Brot weit und breit, Bauersfrau«, rief er ihr zu und lachte sie an.

Sie erwiderte seine unverhohlene Freude nicht.

»Ich habe keines mehr«, antwortete sie. »Es tut mir leid, Sie haben den Weg umsonst gemacht.« Sie machte keinerlei Anstalten, ihn dennoch in ihre Behausung zu bitten, sondern bückte sich und begann den Boden mit einer kleinen Harke aufzulockern.

Hartwych verstand die Welt nicht mehr. »Aber ein wenig

Gemüse hat eine tüchtige Frau wie du doch sicher anzubieten oder vielleicht Früchte.«

Sie richtete sich auf, Schweiß rann ihr von der Stirn.

»Also gut«, gab sie nach und seufzte tief. »Kommen Sie herein.« Sie wischte sich die Hände, an denen der feuchte Sand klebte, an der Schürze ab. Das einzig Vertraute, das er in diesem Moment an ihr erkennen konnte.

In der Hütte war es stickig. Die Sonne hatte den ganzen Tag Zeit gehabt, auf das strohgedeckte Dach zu scheinen. Ansonsten hatte sich nichts verändert. Die beiden geflochtenen Siebe hingen an ihrem Platz an der gekalkten Wand, der Rechen stand daneben. Auf dem Boden waren das kleine Holzfass und einige Tongefäße sorgsam aufgereiht. Doch, es hatte sich etwas verändert. Jemand hatte die Haustür ausgebessert. Geflickt, wäre die treffende Beschreibung gewesen. Derjenige, womöglich Ria selbst, hatte einfach eine Holzlatte vor das untere Drittel der Tür genagelt, so dass die Stellen, die verrotteten und irgendwann einfach abfallen würden, nicht mehr zu sehen waren. Dumm nur, dass die Nägel nicht sehr weit von dem moderndem Holz eingeschlagen waren. Das Ganze hielt bestenfalls den nächsten Winter, wenn überhaupt. Hartwych dachte daran, sie darauf anzusprechen und ihr anzubieten, die Tür zu erneuern oder ihr einen Handwerker zu schicken, den er bezahlen würde. Er drehte sich zu ihr um und stellte fest, dass sie ihn offenbar schon seit geraumer Zeit ansah. Sie saß auf einem der Schemel, erschöpft und verloren. Das war nicht seine lebenslustige fröhliche Ria, die er so schätzte. Sie sah älter aus, als er sie in Erinnerung hatte.

»Du wolltest mich nicht hereinbitten? Wie habe ich das zu verstehen?«, fragte er freiheraus.

»Ich hatte nicht damit gerechnet, dass du überhaupt kommst.«

»Warum sollte ich wohl nicht?«
Sie pulte Sand unter ihren Fingernägeln hervor.
Er nahm den zweiten Hocker, zog ihn näher zu ihr und setzte sich. »Ich frage dich, warum ich nicht herkommen sollte. Ich möchte doch wissen, wie es dir bei deinem ersten Auftritt als Sängerin bei den Maifeierlichkeiten ergangen ist.«
Ein Lächeln huschte über ihr verschwitztes Gesicht. Endlich!
»Ich habe wahrlich gesungen«, sagte sie leise. »Und die feinen Herrschaften haben es sehr gemocht.«
»Das wusste ich!« Er lachte hell auf. »Natürlich mochten sie es. Deine Stimme ist einzigartig und wunderschön. So wie du«, fügte er zärtlich hinzu. Auf der Stelle erstarrte ihr Gesicht wieder. »Was ist los mit dir, Ria? Du willst mich nicht mehr sehen?«
»Das habe ich nicht gesagt.«
»Was ist es dann? Hast du jemanden kennengelernt, einen von den Spielleuten? Ich mache dir keine Vorwürfe, aber du schuldest mir wenigstens die Wahrheit.« Er fühlte sich nicht wohl dabei, denn mit der Wahrheit war es so eine Sache.
Als könne sie seine Gedanken erraten, fragte sie: »Und was ist mit dir? Schuldest du mir etwa nicht die Wahrheit?«
»Worauf willst du hinaus?«
Sie stand auf und brachte ein wenig Abstand zwischen sich und ihn.
»Es ist gekommen, wie du einmal gesagt hast. Sie haben mich singen hören, und seither erhalte ich hin und wieder Anfragen. Ich darf bei kleinen Festen singen, Familienfeiern, weißt du?«
»Das ist sehr schön. Aber was hat das …?«
»Neulich habe ich in einem Gasthaus gesungen. Da hörte ich,

dass der Konvoi zurück ist, der auf Piratenjagd gewesen war. Ich war so aufgeregt und überglücklich, als ich hörte, dass alle Männer der Compagnie wohlbehalten zurückgekehrt sind. Du bist nicht zu mir gekommen. Jeden Tag habe ich auf dich gewartet.«

»Das ist es? Ria, ich bitte dich! Das war nicht meine erste Reise, und es wird auch nicht die letzte sein. Du weißt, wie das ist. Ich muss auf die passende Gelegenheit warten.« Er hätte ihr gut vorhalten können, dass ihre Situation einfacher wäre, wenn sie als seine Magd in seinem Haus leben würde. Doch irgendetwas hielt ihn davon ab.

»Ja, ja, ich weiß ja. Nur dieses Mal war es etwas anderes. Der van Broke ist im Hafen mit einer hübschen Frau gesehen worden, hieß es. Du bist nicht allein gekommen, Hartwych. Hätte ich es nicht verdient gehabt, dass du mir das sagst?«

»Ach, das meinst du.« Er lachte und hätte sich ohrfeigen mögen, weil es aufgesetzt klang. »Sie bedeutet mir nichts. Wirklich, es gibt keinen Grund, dir deswegen Sorgen zu machen.«

»Sie ist deine Braut«, sagte sie schlicht.

Hartwych musste schlucken. Er stand auf und ging zu dem winzigen Fenster, um etwas mehr Luft zu bekommen. Wie konnte sie wissen, was er für Mette empfand? Oder glaubte sie etwa …?

»Du hättest es mir sagen müssen. Das wärst du mir, das wärst du uns schuldig gewesen«, beharrte sie. »Ich bin dir nicht böse. Es ist nur … Nein, gerade dafür, dass du so ein guter Mensch bist, liebe ich dich ja.« Es traf ihn wie ein Dorn, der sich in sein Herz bohrte. »Und es ist gut, sich um sie zu kümmern. Sie hat viel durchgemacht, und sie hat hier niemanden.« Sie versuchte ein Lächeln. »Ich wünschte nur, ich

könnte sicher sein, dass du mit ihr glücklich wirst.« Das war der Moment, in dem er hätte widersprechen, in dem er ihr hätte sagen müssen, dass es nicht war, wie sie glaubte. Er schwieg. »Wie auch immer, das sollte mich in Zukunft wohl nicht mehr kümmern. Ich habe einen Entschluss gefasst, Hartwych van Broke. Du hast einmal gesagt, du könntest es nicht ertragen, ohne mich zu leben und mich doch hier draußen zu wissen. Wie oft hast du mir vor Augen geführt, dass eine Frau allein als freie Bäuerin früher oder später scheitern wird? Ich denke, du hast recht. Ich habe keine Kinder, die sich im Alter um mich kümmern können. Und was wohl noch schwerer wiegt: Auch ich kann es nicht ertragen, dich mit ihr in meiner Nähe zu wissen, und dich doch nicht sehen, dich nicht berühren zu dürfen. Darum habe ich mich entschlossen, mit den Spielleuten zu gehen. Bei der nächsten Gasterei eurer Schaffer werden wir noch auftreten. Es tut mir leid, dass ich dir das nicht ersparen kann, aber dort werden wir uns noch einmal begegnen. Danach ziehe ich fort. Ich werde andere Städte sehen, mein Glück in der Ferne suchen. Ich werde es besser haben als hier in meiner Hütte mit der harten Feldarbeit. Das hast du doch immer gewollt.«
Allerdings waren die Hütte, die Feldarbeit und Hartwych ihr kleines Glück. Das wusste er nur zu gut. Nichts davon würde ihr bleiben.

Bilke und Hartwych

Bilke war dankbar für die Gelegenheit, jeden Tag zu den Mönchen von St. Johannis gehen zu können, gab ihr das doch gleichzeitig die Möglichkeit, sich im Konvent zum Heiligen Geist nach einer Nachricht von ihrem Vater zu erkundigen. Nachdem sie erfahren hatte, wie lange ihre Botschaft bis Lübeck mit der Metzgerpost brauchen würde, hatte sie sich nach einer anderen, schnelleren Zustellungsart erkundigt. Vom Konvent reite ein Bote auf direktem Wege zum Heiligen-Geist-Hospital, mit dem man in gutem Kontakt stehe, verriet ihr der Metzger. Wenn sie dort jemanden mit Namen kenne, gäbe es keinen schnelleren Weg. Kostenfrei sei er für sie dann obendrein. Endlich stand das Glück wieder auf Bilkes Seite. Die Sachwalter und Vorsteher der Stiftung, die sich der Alten und Kranken annahm, waren stets die beiden ältesten der vier Lübecker Bürgermeister. Und die waren ihr wahrhaftig mit Namen bekannt. Es kam noch besser. Einer von ihnen war recht eng mit ihrem Vater vertraut, das wusste sie. Also war sie von dem Metzger direkt zum Konvent gegangen, hatte ihr Anliegen vorgetragen, freilich unter einem Vorwand und ohne ihren Namen zu nennen, und man hatte ihr tatsächlich zugesichert, die Botschaft würde ohne Verzögerung nach Lübeck gebracht werden.

Zweiundzwanzig Tage waren seither vergangen. War sie auch zunehmend beschäftigt, weil es in der Tafelgilde so viel mehr zu tun gab als nur die sonntäglichen Speisungen, waren diese zweiundzwanzig Tage die längsten ihres bisherigen Lebens. Zu gerne hätte sie schon vor Ablauf dieser Frist nach einer

Antwort gefragt, aber das war völlig sinnlos. Zehn Tage für jeden Weg, das war schon mehr als knapp bemessen. Dann musste der Bürgermeister auch noch wohlauf und im Hause sein. Nicht auszudenken, wenn er krank darniederlag oder inzwischen verstorben war. Er war ein alter Mann. Selbst wenn er aber bei bester Gesundheit war, musste er sich vom Hospital in die Braunestrate aufmachen oder einen Boten senden. Ganz gleich, was sich in Lübeck abgespielt haben mochte, es gab unzählige Unwägbarkeiten, Gründe, weshalb sich die Zustellung bei ihrem Vater verzögern konnte. Sie wusste sich lebhaft auszumalen, wie er auf ihr konfuses Geschreibsel reagieren würde. Zuallererst würde er außer sich vor Freude sein, wenn er ihre Handschrift erkannte. Aber dann … Diese wilde Verschwörungssache mit einem königlichen Sarkophag und einer angeblichen Falle für einen Piraten. Er würde den Kopf schütteln über den Unfug. Sie hatte ihm geschrieben, es sei von allergrößter Bedeutung, dass sie innerhalb von vierzig Tagen, gerechnet von dem Datum, das sie auf ihrem Brief notiert hatte, Antwort von ihm bekäme. Davon hing ihre Zukunft, womöglich sogar ihr Leben ab. Er solle ihr also unbedingt irgendetwas schreiben, was sie diesem schrecklichen Unhold vorlegen könne, dann wäre sie gerettet.

Gestern hatte es ununterbrochen geregnet. Heute blinzelte die Sonne wieder zwischen Wolken hervor und trocknete die morastigen Pfade. Der Umhang war Bilke beinahe zu warm. Um dünnere Kleidungsstücke zu bitten wäre ihr nicht eingefallen. Wie an jedem Tag lief sie über den St.-Petri-Kirchhof. Es war nahezu ein Ritual geworden, die Männer dort bei ihrer Arbeit zu grüßen. Die wiederum winkten ihr zu, manchmal pfiff einer hinter ihr her. Es war vorgekommen, dass sie auf einen Plausch stehen geblieben war. Gern ließ sie sich von den Handwerkern erklären, womit sie gerade befasst waren. Sie stellte fest, dass der Kirchenbau sie mehr interessierte, als sie je für möglich gehalten hätte. An diesem Tag hatte sie keine Ruhe für eine Plauderei. Sie nickte ihnen nur zu und eilte auch schon weiter.

»Was ist denn mit der los?«, hörte sie einen der Handwerker verdutzt fragen.

»Rennt, als ob der Teufel leibhaftig hinter ihr her wäre«, meinte ein anderer.

Sollten sie denken, was sie wollten. Die zweiundzwanzig Tage waren vorbei. Sie musste nur noch den Mönchen ihr Brot bringen, dann konnte sie endlich zum ersten Mal nach einer Botschaft fragen. Dafür musste sie nicht einmal weit laufen, denn der Konvent war aus den Ruinen der alten Ordensburg direkt an der Johanniskirche erbaut.

Noch immer war ihr der Vorgang, die Männer in der Wand mit dem Nötigsten zu versorgen, ein Grauen. Weder konnte sie sich je an den bestialischen Geruch gewöhnen noch daran, nur abgemagerte Hände mit wunder Haut zu sehen zu bekommen. Immerhin ging es hier um Menschen, die auch Augen hatten, einen Mund, eine Nase. Es blieb ihr ganz gewiss einiges erspart, doch es kam ihr merkwürdig vor, nie mehr von den Mönchen zu Gesicht zu bekommen. Noch ungewöhnlicher erschien es ihr, niemals ein Wort mit ihnen zu wechseln. Sie hatte es durchaus versucht, aber keine Antwort bekommen. Inzwischen hatte sie es sich zur Angewohnheit gemacht, mit ihnen zu sprechen, als sei es das Natürlichste der Welt, ohne eine Reaktion von ihnen zu erwarten. Das machte ihr die ganze Situation ein wenig erträglicher. Überdies hatte sie sich angewöhnt, immer ein in Nelkenöl getränktes Tuch bei sich zu führen, das sie gegen die Übelkeit vor Mund und Nase halten konnte. Die Bäckersfrau hatte ihr diesen guten Rat gegeben, der in der Tat bestens funktionierte.

»Das Brot ist heute ganz frisch«, sagte sie vor sich hin, als sie es an die Ritzen reichte. Eine Hand grabschte wie gewohnt rasch nach der Speise, die andere war langsam und wirkte kraftlos.

»Geht es Ihnen nicht gut? Ist alles in Ordnung mit Ihnen?«

Bilke schalt sich eine Närrin. Wie konnte jemals etwas mit einem Menschen in Ordnung sein, der eng zwischen Mauersteine gezwängt war, niemals mehr die Sonne auf der Haut spürte, mit keiner Menschenseele ein Wort sprach, nie die Berührung eines anderen genießen durfte und nur Wasser und Brot zu sich nahm? Für die beiden Mönche wäre es eine Erlösung, wenn sie endlich der Tod holte. Bilke hatte ihre Pflicht getan und wollte keine Zeit mehr verlieren und nach ihrer Post fragen.

»Ich komme morgen wieder«, rief sie zum Abschied und lief die wenigen Schritte zum Eingang des Konvents.

Der Konvent zum Heiligen Geist war ein Zufluchtsort für Invaliden und Arme. Davon gab es in jeder Stadt mehr als genug, auch in Riga. Das kleine Haus, an dessen Tür sie klopfte, war halbrund zwischen zwei höhere Bauten gesetzt. Mit seinem nach oben immer schmaler werdenden Dach wirkte es wie die versteinerte Zipfelmütze eines Riesen. Bilke trat ein. Schon bei ihrem ersten Besuch war ihr dieser merkwürdige Geruch aufgefallen, eine Mischung aus Säure und einem scharfen Duft, den sie nicht einzuordnen vermochte, sowie einem Hauch von Armut. Eine Frau, die etwa Bilkes Größe hatte, eilte herbei. Ihre Bekleidung ließ darauf schließen, dass sie vom St.-Lazarus-Hospital kam, das sich gleich hinter dem Konvent auf der anderen Seite der Stadtmauer befand.

»Seien Sie gegrüßt«, begann Bilke höflich. »Ich habe hier vor zweiundzwanzig Tagen eine Nachricht abgegeben, die Ihr Bote unverzüglich nach Lübeck befördern wollte, und nun wüsste ich gern, ob schon eine Antwort für mich eingetroffen ist.«

Die Frau, die einen grauen Kittel trug, der unförmig war wie ein Sack, musterte sie missbilligend.

»Mein Name ist Mette«, ergänzte Bilke, weil sie annahm, dass die Frau vielleicht so missmutig war, weil Bilke sich noch nicht vorgestellt hatte.

»Zweiundzwanzig Tage? Du kannst froh sein, wenn dein Brief überhaupt schon sein Ziel erreicht hat.«

»Aber ich weiß, dass die Strecke in zehn Tagen zu schaffen ist, wenn nichts Unglückliches geschieht, versteht sich.«

»So, das weißt du?« Wieder dieser abschätzige Blick.

Bilke ging durch den Kopf, dass sie daheim in Lübeck niemals so schlecht behandelt worden war. Dort kannte man sie als die Tochter eines wohlhabenden Kaufmanns, der obendrein Stiftungen wie das Heiligen-Geist-Hospital mit ansehnlichen Spenden bedachte. Hier war sie ein Niemand und einfach aufgrund mangelnder Herkunft und mangelnden Reichtums nichts wert. Wie ungerecht das war!

»Wer bist du überhaupt?«, wollte die Graue wissen.

»Mein Name ist Mette von Lübeck. Ich habe unweit von Riga Schiffbruch erlitten und wurde von einer Schnigge aufgelesen. Von Ranteln ist mein Herr. Ich habe ihm Mitteilung

gemacht, dass ich am Leben bin, und ihn gebeten, meine Heimreise in die Wege zu leiten.«
»Ach so, du bist seine Magd?«
»Ja, gute Frau.«
»Was macht eine Magd ohne ihren Herrn auf einem Schiff weit fort von zu Hause?«
Herrje, bei ihrem ersten Besuch im Konvent war ihre Geschichte glatt durchgegangen. Auf die Fragen der Grauen, deren Skepsis ihr ins Gesicht gemeißelt war, war sie kein bisschen vorbereitet.
»Nun, ich …«, stammelte sie. »Ich sollte die Tochter meiner Herrschaften begleiten. Sie wollte einen Kaufmann aus Riga heiraten und konnte natürlich nicht allein reisen. Also habe ich sie auf Anweisung meines Herrn begleitet.« Das war kein schlechter Einfall, dachte sie. Tatsächlich hatte ihr Vater darüber nachgedacht, ihr eine Anstandsdame mit auf die Reise nach Riga zu geben, hatte dann aber, aus Gründen, die sie bis heute nicht kannte, davon abgesehen.
»Eine einfache Magd als Anstandsdame?«
»Nun, ich bin keine einfache Magd, sondern ich … habe den anderen Mägden vorgestanden, gewissermaßen.«
Endlich nickte die Frau. Dann fragte sie plötzlich: »Wie heißt der Mann, den sie heiraten wollte?«
Bilke blieb beinahe das Herz stehen. »Diederich«, stieß sie hervor und verwünschte sich sogleich dafür. »Mehr weiß ich nicht.«
»Hm«, machte die Graue.
»Könnten Sie jetzt wohl bitte für mich nachsehen, ob etwas da ist, gute Frau?«
»Es ist nichts für dich gekommen«, entgegnete sie barsch, ohne nach Briefen zu schauen.

»Aber Sie haben doch gar nicht …«
»Es ist nichts da. Ich weiß, welche Sendungen hier von den Boten eintreffen.«
Bilke dachte nach, ob sie darauf bestehen sollte, dass das Weib nachschauen ging, aber sie ließ es gut sein. Sehr viel Hoffnung hatte sie sich ohnehin nicht gemacht. Sie würde eben am nächsten Tag wieder nachfragen, in der Hoffnung, dann einer freundlicheren Person gegenüberzustehen.

Am nächsten Tag hatte sie Glück. Jedenfalls insofern, als dass sie tatsächlich einer freundlichen kleinen Frau begegnete, die ohne weitere Nachfragen nach einem Brief suchte. Es war jedoch nichts gekommen. So erging es ihr auch am übernächsten Tag und dem Tag danach. Von Mal zu Mal wuchs ihre Enttäuschung, wenn sie ohne eine Botschaft gehen musste, im gleichen Maße wie zuvor die Hoffnung.
Hartwych wollte wissen, was mit ihr sei. Natürlich, ihre Aufregung und innere Unruhe, bevor sie aus dem Haus ging, ließ sich ebenso wenig verbergen wie ihre Niedergeschlagenheit, wenn sie zurückkehrte. Sie schob alles auf den Zustand der Mönche. Es war die Wahrheit, dass der ihr Sorgen bereitete. Ihr Eindruck hatte sie nicht getäuscht. Die eine Hand griff nicht mehr so beherzt zu wie am Anfang. Immer langsamer wurden deren Bewegungen, immer länger dauerte es, bis sie sich überhaupt noch zeigte. Und dann, eines Tages, streckte nur noch ein Mönch seine Hand aus. Bilke rief und horchte. Sie versuchte, den frommen Mann zu ermuntern, ohne Erfolg. Mit ihm schien es zu Ende zu gehen. Sie sagte dem Erzpriester, was sie beobachtet hatte, und setzte ihren Weg fort zum Konvent.
Als sie anderntags wieder an der Johanniskirche erschien, war

einer der beiden Schlitze zugemauert worden. Ein Steinmetz, den sie von St. Petri kannte, packte eben sein Werkzeug zusammen.
»Was haben Sie getan?«, fuhr sie ihn entgeistert an.
»Meine Arbeit«, lautete die schlichte Antwort. »Der Erzpriester hat's mir aufgetragen. Ich kann jedes Zubrot gut gebrauchen, sei es noch so gering.«
Bilke versorgte den verbliebenen Mönch und eilte dann zum Priester von St. Johannis. Sie konnte einfach nicht anders. Dort hieß es, so sei es mit den frommen Männern ausgemacht. Wer nicht mehr in der Lage ist, sein Brot zu greifen, gilt umgehend als tot. Die Mauer ohne weiteres Abwarten zu schließen, das sei der einzige Weg, um die mildtätigen Menschen, die zu den Mönchen kämen, vor den Ausdünstungen der Verwesung zu schützen.
Fassungslos und betrübt schlich Bilke zum Konvent. Wie jedes Mal, wenn sie das kleine halbrunde Haus betrat, spürte sie ein aufgeregtes Kribbeln in ihrem Bauch, das ihre Traurigkeit für den Moment vertrieb. Wenige Atemzüge später trat sie wieder auf die Gasse hinaus, enttäuscht und unendlich niedergeschlagen.
»Mette, was tust du hier?« Hartwych stand vor ihr. Sie hatte ihn nicht kommen sehen. Sonst hatte sie immer vorsichtig nach links und rechts geschaut, bevor sie den Konvent verlassen hatte, um rasch eine andere Richtung einschlagen zu können, falls sie ein bekanntes Gesicht erspähte. Ausgerechnet heute war sie so tief in Gedanken versunken gewesen, dass sie nicht überprüft hatte, ob die Luft rein wäre.
»Einer der Mönche hat seine Hand gestern nicht mehr aus dem Schlitz gereckt«, stammelte sie.
»Ja, das hast du berichtet.«

»Und heute ist der Schlitz zu. Sie haben ihn einfach vollständig eingemauert und seinem Schicksal übergeben, ganz gleich, ob er noch am Leben ist oder nicht.« Sie schluchzte. Das ewige Hin und Her von Hoffnung und Enttäuschung, von Grauen und der Freude, ein gutes Werk tun zu können, hatte ihrem Gemüt stärker zugesetzt, als sie wahrhaben wollte. All ihre aufgestauten Empfindungen brachen sich in diesem Augenblick Bahn, und die Tränen rannen unaufhörlich über ihre Wangen.

»Oh, Mette, du liebes Geschöpf.« Hartwych nahm sie in den Arm und hielt sie fest, bis das Schluchzen weniger wurde, bis das Zittern nachließ. Es fühlte sich gut an, sich bei ihm auszuweinen. Seine Brust war breit und kräftig, seine Arme waren stark und sanft gleichermaßen.

»Es war von vornherein so beschlossen«, bestätigte er, was man ihr auch im Priesterhaus erklärt hatte. »Die frommen Herren wussten von dem Moment, in dem der erste Stein gesetzt wurde, wie es für sie enden würde.«

»Ich weiß ja, dass sie es aus freien Stücken getan haben. Dennoch ist es unvorstellbar grausam, meinen Sie nicht?« Sie schmiegte sich an ihn und seufzte tief. Für eine kurze Weile ließ er sie noch gewähren, dann schob er sie behutsam von sich.

»Wolltest du im Konvent dafür eintreten, dass die Mauer wieder eingerissen wird?« Seine braunen Augen wirkten keinesfalls belustigt, er nahm sie ernst und schätzte es offenbar, dass sie wenigstens versucht hatte, etwas zu tun.

»Ich konnte doch nicht einfach zusehen«, sagte sie und wischte sich die Tränen ab. Sein Trost hatte ihr sehr gutgetan, und sie war heilfroh, dass ihr Konvent-Besuch keine weiteren Fragen aufgeworfen hatte.

Der Tag, an dem Bilke Godeke eine Botschaft im *Krug zum roten Pilz* hinterlassen sollte, rückte immer näher. Mit jedem Mal, da sie unverrichteter Dinge den Konvent verlassen musste, wuchs ihre Angst. Was, wenn sie keine Nachricht aus Lübeck bekäme? Konnte sie Godeke vertrösten, hinhalten? Sie musste sich etwas einfallen lassen, was sie ihm sagen würde. Nein, um keinen Preis würde sie noch einmal an diesen abscheulichen Ort der Sünde zurückkehren. Sie würde ihm, wie es ausgemacht war, einen Brief hinterlassen. Im Erfinden von Geschichten war sie doch gut. Es müsste doch mit dem Teufel zugehen, wenn ihr nichts einfallen würde, was ihr mehr Zeit verschaffen konnte. Ihr kam sogar in den Sinn, ein Schreiben im Namen ihres Vaters aufzusetzen. Nur was, um alles in der Welt, sollte darin stehen? Der Teufel hatte offenkundig wahrhaft seine Finger im Spiel, denn ihr Kopf war leer. Nichts, was ihr einfiel, hielt näherer Prüfung stand. Godeke würde ihr sofort auf die Schliche kommen.

Es war ein trüber Tag des Monats Juni. Um die Mittagsstunde war ein Gewitter über die Stadt gezogen. Es hatte gekracht und geblitzt, dass man sich nicht vor die Tür traute, danach prasselte der Regen herab, der allerdings allmählich nachließ. Bilke bat Hedda um einen Sonnenschirm, der sie vor den letzten dünnen Tropfen schützen würde.
Als sie dem Mönch, der nun allein in seiner Mauer war, sein Brot brachte, sprach sie kein einziges Wort. Sie konnte ja nicht einmal richtig atmen, so schnürte ihr die Furcht die Kehle zu. Morgen sollte sie Godeke eine Nachricht bringen, und noch immer hatte sie nichts von ihrem Vater gehört. Wenn heute kein Brief für sie da war, gab es nur noch eine

letzte Chance. Danach wäre sie verloren. Wie an jedem Tag klopfte sie an die kleine Hütte und trat ein.
»Das Fräulein Mette!«, sagte eine der wohltätigen Frauen, die ihren Dienst an den Armen versahen. Sie war eine freundliche Person mit rundlichem Gesicht und fleischigen Händen. »Gewiss möchtest du deine Post abholen.« Bilkes Herz schlug einige Takte schneller. Heute hatte sie Glück, das spürte sie.
»Das würde ich sehr gerne. Ist denn etwas für mich gekommen?«
»Nein, Kindchen, es tut mir leid. Du musst dich weiter gedulden.«
Für einen Moment wusste sie nicht, was sie sagen sollte, zu schwer wog der neuerliche Fehlschlag. Am liebsten hätte sie die Frau angeschrien, die ihre Hoffnung erst noch genährt hatte. Stattdessen machte sie sich grußlos davon, ging mit hängenden Schultern in Richtung Resenstrate. Noch einmal zog sie in Erwägung, am Abend in ihrer Kammer einen Brief aufzusetzen, den sie Godeke als Schreiben ihres Vaters unterschieben konnte. Sollte er doch im guten Glauben, eine gesicherte Existenz warte auf ihn, gen Lübeck aufbrechen. Was scherte es sie, wenn er dort vor verschlossenen Türen stand und niemand auf seine Ankunft vorbereitet war? Gewiss, er war nicht besonders helle, aber so dumm, dass er keine weiteren Vorkehrungen traf, war er sicher nicht. Außerdem war er bösartig genug, ihrem Vater oder – Gott bewahre – ihrer Schwester Bente das Leben zur Hölle zu machen, wenn er den Betrug entdeckte. Das konnte sie auf keinen Fall riskieren. Dann schon lieber Hartwych und Hans die Wahrheit beichten und mit der Schmach und der Strafe leben. Sie dachte an das Leben in Lübeck, das sie einst geführt hatte. Wie gut war es ihr doch ergangen! Hatte sie das jemals zu

schätzen gewusst? Im Grunde war es ihr immer selbstverständlich erschienen, aber nichts daran war selbstverständlich, dachte sie bitter. Sie holte tief Luft und straffte sich. Morgen würde sie noch einmal in den Konvent gehen. War der Weg dorthin wieder umsonst, würde sie mit Hartwych reden.

Sie betrat das Kaufmannshaus in der Resenstrate und prallte beinahe gegen Hedda, die in der Diele stand. Die Magd hatte für ihre Verhältnisse ungewöhnlich gerötete Wangen und schien auch erheblich lebendiger als üblich.

»Ist etwas geschehen?«

»Allerdings! Es ist jemand da. Ich soll Sie augenblicklich in die Stube begleiten, hat der Herr mir aufgetragen.«

Bilke beschlich ein ungutes Gefühl. War Godeke ihr mit der Wahrheit zuvorgekommen? Darauf kam es nun auch schon nicht mehr an. Sie reichte Hedda den Umhang und den feuchten Schirm, die damit hoffnungslos überfordert war. Sie machte einen Schritt in die eine Richtung und dann einen in die andere Richtung. Es war ihr von der Miene abzulesen, dass sie nicht wusste, ob sie erst Umhang und Schirm ordentlich wegräumen oder das Fräulein vorher in die Stube begleiten sollte. Bilke schnaubte ungeduldig, nahm ihr beides wieder ab, lehnte den Schirm an die Wand und ließ die Heuke auf den Boden fallen, wofür sie einen entsetzten Blick einheimste.

»Können wir jetzt gehen?«, fragte sie.

»Das Fräulein Mette … äh, also, sie ist jetzt da.« Hedda ging zur Seite und ließ Bilke eintreten.

»Vater!«

Heimo von Ranteln sprang auf und schloss seine Tochter in die Arme.

»Bilke, mein Kind, ich habe mir solche Sorgen gemacht.« Er schob sie kurz von sich. »Dünn bist du geworden.« Sogleich zog er sie wieder an sich. »Mein armes, armes Mädchen, was hast du nur durchmachen müssen?«

Sie drückte sich fest an ihn. Alles ist gut, ging es ihr wieder und wieder durch den Kopf. Jetzt ist alles gut. Am liebsten wollte sie ihn nie mehr loslassen, so wunderbar war es, endlich wieder einen vertrauten geliebten Menschen bei sich zu wissen, der alles in Ordnung bringen würde, wie er es immer getan hatte.

»Du bist gekommen«, flüsterte sie. »Du bist wahrhaftig einfach gekommen!« Ihm hatte der Kummer augenscheinlich nichts von seiner Leibesfülle genommen. Ihr kam es sogar so vor, als wäre sein Ranzen noch strammer geworden. »Wie geht es Bente und Knud, Holger und Hauke?«

»Sie sind alle wohlauf. Bente wird immer hübscher, und Holger versteht schon viel vom Geschäft. Nicht mehr lange, dann wird er mich zum Teufel jagen, damit er das Zepter übernehmen kann.« Er lachte.

Herrgott, tat das gut, ihren Vater lachen und von daheim reden zu hören. Bilke war überglücklich.

»Und wie war deine Reise? Du hast dich einfach in den Wagen gesetzt und bist aufgebrochen, als du meine Nachricht bekommen hast?«

»Aber natürlich, Bilke, mein Kind. Ich habe nicht alles verstanden, was du geschrieben hast. Aber ich habe verstanden, dass du in Not bist. Da hat mich nichts mehr zu Hause gehalten. Immer wieder habe ich die Pferde wechseln lassen und ihnen nur wenig Rast gegönnt, damit ich bald bei dir sein konnte.«

Hans räusperte sich. Erst in diesem Moment nahm sie wahr,

dass Hartwych und Hans sie mit ernsten Gesichtern beobachteten. Der Ausdruck in Hartwychs braunen Augen versetzte ihr einen Stich. Sie musste versuchen, sich zu erklären, so gut sie konnte.

»Setz dich … setzen Sie sich doch, Fräulein von Ranteln«, forderte Hans sie auf. »Mir scheint, Sie haben uns einiges zu erzählen.«

»Ja, das habe ich«, gab sie beklommen zurück. Hartwych starrte sie eisig an und sagte weiter keinen Ton. Wie sollte sie nur beginnen? Sie setzte sich neben ihren Vater. Der nickte ihr zwar aufmunternd zu, schaute aber auch streng drein. Also schön, sie musste ganz von vorn anfangen.

»Da war dieses Unwetter, damals, als ich mit dem Konvoi auf der *Marie* reiste, um hier in Riga meinen … um Sie hier zu sehen, kennenzulernen.« Sie sah Hartwych kurz an, der keine Regung zeigte. Rasch schlug sie die Augen nieder. »Ich denke, es ist bekannt, dass wir von Freibeutern überfallen wurden. Sie haben unsere Kogge in ihre Gewalt gebracht.«

»Hat dieser Unmensch dir etwas zuleide getan?« Von Ranteln bebte am ganzen Leib.

»Nein«, stieß sie hervor. Wie sollte sie Svendsson als guten Menschen beschreiben, wenn sie beinahe im selben Atemzug würde zugeben müssen, was aus der *Marie*, aus von Holstein und den meisten seiner Männer geworden war? Sie brachte diese beiden Dinge ja selbst nicht zusammen. »Ich bin stets anständig und zuvorkommend behandelt worden.«

»Pah!« Hartwych verschränkte die Arme vor der Brust.

»Aber es ist wahr! Sie wissen doch noch, was ich Ihnen über meine, über meine angebliche Kindheit als Piratenmädchen erzählt habe. Ich gebe ja zu, dass ich gelogen habe«, rief sie ver-

zweifelt. »Aber doch nur, was meine Person angeht. Nur, weil ich behauptet habe, Svendssons Schwester Mette zu sein. Er hat eine Schwester mit diesem Namen, und die Geschichte, die ich erzählt habe, ist wahr. Es ist seine Geschichte.«
»Er ist zu bedauern, in der Tat!« Hartwych spuckte die Worte förmlich aus. Er war voller Zorn. Bilke wünschte, sie könnte ihn beschwichtigen, doch ihr war klar, das würde ihr niemals gelingen.
»Mein Kind, du sprichst von einem gesuchten Verbrecher. Willst du mir erklären, was wir mit seiner Geschichte zu schaffen haben?«
»Aber gern, Vater.« Er kannte Svendssons hartes Schicksal ja noch nicht. Wenn sie ihm jede Kleinigkeit berichtet und von seinen Narben gesprochen hatte, würde er verstehen.
»Ich frage dich nicht, wieso du seine Narben so genau zu beschreiben weißt«, sagte von Ranteln, als sie geendet hatte. »Was ich aber zu gern wüsste: Warum hast du den Herren van Broke und aller Welt dieses Theater vorgeführt?«
»Es ist nicht leicht zu verstehen, ich weiß, aber ich habe nun einmal lange Zeit bei den Freibeutern verbracht. Ich durfte erleben, wie gut sie miteinander umgehen, wie sehr sich einer um den anderen kümmert. Sie sorgen sogar für ihre Alten und Kranken, die nicht mehr zur See fahren können, und geben ihnen weiter ihren Anteil an … der Beute.«
»Das klingt wahrlich nach echten Christenmenschen.« Von Ranteln schüttelte den Kopf. »Kind, hast du den Verstand verloren? Du hast dich als eine von ihnen ausgegeben, weil sie dir so imponiert haben, diese Piraten?«
»Kaperfahrer, Vater, es sind Kaperfahrer. Svendsson ist im Besitz eines Kaperbriefes. Er genießt das Vertrauen und den Schutz des Königs von Dänemark.« Für einen Atemzug ver-

schlug es ihrem Vater die Sprache. Er sah fast ein wenig erschrocken aus. »Keine Sorge, Vater, es ist ja nicht so, dass ich zu ihnen gehören will und mir meine Zukunft auf dem Schiff eines Freibeuters vorstelle. Keineswegs. Was ich damit sagen wollte, ist nur, dass weder Svendsson noch die Seinen abgrundtief böse Menschen sind. Mir war klar, dass weder du noch ein anderer Kaufmann der Hanse das wissen konnte. Hätte ich mich gleich zu erkennen gegeben und gesagt, dass ich die Tochter eines Hanse-Kaufmanns aus Lübeck bin, die Svendsson in seine Gewalt gebracht hat, dann hätten sie ihn doch mit aller Härte bestraft.«

»Wenn er uns ins Netz gegangen wäre, hätte er seine Verhandlung und seine gerechte Strafe bekommen. Ganz gleich, ob er Sie festgehalten hat oder nicht. Er hat schon so viel auf dem Kerbholz, dass er wohl kaum mit dem Leben davongekommen wäre.« Hartwych war aufgesprungen und ging auf und ab. »Was meinen Sie, wenn Sie sagen: Wenn ich mich gleich zu erkennen gegeben hätte? Soll das heißen, Sie hatten vor, Ihr falsches Spiel zu beenden?«

»Ja, natürlich.«

»Wann?« Seine Stimme fuhr durch die Luft wie ein Schwert. Bilke fühlte sich entsetzlich in die Enge gedrängt.

»Neulich wollte ich Ihnen schon die Wahrheit sagen, ich schwöre es. Doch dann bekam ich diesen Brief von Godeke.«

»Was? Das wird ja immer schöner!« Hartwych fuhr sich mit beiden Händen durch das dichte blonde Haar.

»Godeke? Ist das nicht dieser ungehobelte Mensch, der gerade aus der Compagnie ausgeschlossen wurde?«, meldete sich Hans zu Wort. »Was hat es mit diesem Brief auf sich?«

»Da sind diese beiden Männer aus Lübeck, die behaupten,

bei dem Überfall auf die *Marie* dabei gewesen zu sein. Sie haben schon einige der gefangenen Freibeuter erkannt. Zumindest schwören sie, sich an die Männer erinnern zu können. Ich entsinne mich auch, sie in Lübeck an Bord gehen sehen zu haben. Nur war die *Marie* während des Angriffs allein. Im Unwetter sind alle anderen Schiffe und Begleitboote abgetrieben.«

»Was haben die beiden mit diesem Brief zu tun, Kind? Das will mir nicht in den Kopf.«

»Godeke weiß von ihnen, wer ich bin.«

»Na und?« Noch immer war Hartwych nicht zu besänftigen. »Ihr Vater hat vorhin angedeutet, dass Sie erpresst werden. Damit etwa? War Ihre Angst, entdeckt zu werden, so groß, dass Sie sich deswegen haben von Godeke unter Druck setzen lassen? Ich dachte, Sie wollten ohnehin mit der Wahrheit herausrücken.«

»Wenn es nur das gewesen wäre, wäre ich ihm zuvorgekommen, das können Sie mir glauben. Aber Godeke hat von diesen beiden Strolchen wirres Zeug gehört. Es macht den Eindruck, als hätten Vater und ich den Freibeuter absichtlich in eine Falle gelockt, als wäre der Sarkophag der Königin Margarethe nur auf unserem Schiff gewesen, um Svendsson damit zu ködern.« Sie blickte in verständnislose Mienen. »Es ist absurd, ich weiß, blanker Unfug. Aber er hat gedroht, das überall herumzuerzählen. Was wäre geschehen, wenn die beiden Männer aus Lübeck das auch getan hätten? Man hat ihnen bisher geglaubt. Warum sollte es in diesem Fall anders sein?« Sie sah Hartwych in die Augen und senkte die Stimme. »Überdies hat Godeke gedroht, Sie zum Gespött der ganzen Stadt zu machen, weil Sie auf mich hereingefallen sind. Das konnte ich doch nicht zulassen.«

Er ließ sich Zeit, bevor er entgegnete: »Das hätten Sie sich früher überlegen müssen.«
»Was verlangt dieser Godeke von Ihnen?« Hans war der Einzige, der sich nicht von seinen Emotionen durcheinanderbringen ließ. Sein kluger Kopf arbeitete kühl und klar.
»Er will in Lübeck ein neues Leben beginnen, nachdem er hier durch den Ausschluss aus der Compagnie ruiniert ist. Mein Vater sollte ihm die entsprechenden Verbindungen beschaffen, damit er sich in das gemachte Nest setzen kann, wie er es ausgedrückt hat.«
Hans schüttelte den Kopf. »Es scheint, als hätte er nicht ein Fünkchen Anstand im Leib.«
»Morgen soll ich im *Krug zum roten Pilz* eine Botschaft für ihn hinterlassen, aus der hervorgeht, dass alles zu seiner Zufriedenheit für ihn geregelt ist.«
»Kein Ort würde besser zu ihm passen, fürwahr!« Hartwych lachte höhnisch.
Bilke sah ihren Vater dankbar an. »Du bist keinen Tag zu früh gekommen.«
»Er wird keine Botschaft vorfinden, dieser Taugenichts«, verkündete von Ranteln.
»Aber dann wird er uns großen Ärger machen, Vater.«
»Hab nur keine Angst, mein Kind, das werde ich wohl noch zu verhindern wissen. Dafür bin ich schließlich hergekommen. Ich werde den Herrn höchstpersönlich abfangen und ihm ordentlich den Kopf waschen.«
»Mein Sohn hat recht«, wandte Hans ein. »Der Ort ist nichts für Sie, mein lieber von Ranteln. Es ist eine rechte Spelunke, in der sich kein anständiger Bürger dieser Stadt sehen lassen würde. Geben Sie eine Note für ihn ab, die ihn wissen lässt, wann und wo Sie ihn zu treffen gedenken.«

»Ein glänzender Einfall«, stimmte Bilke erleichtert zu. Sie konnte sich nicht vorstellen, was ihr Vater von diesem Rattenloch halten würde.
»Papperlapapp! Was soll der Umstand? Ich rücke diesem jungen Herrn den Kopf zurecht und gehe wieder. Was soll schlimm daran sein?«
Hans zog die unversehrte Augenbraue hoch, Hartwych zuckte nur mit den Schultern. Gern hätte Bilke auf ihren Vater eingewirkt, aber dazu hätte sie auch noch beichten müssen, dass sie sich dort mit Godeke getroffen hatte. Und sie war es wirklich leid, noch mehr Geständnisse zum Besten zu geben.
Sie beratschlagten noch eine ganze Weile, was mit den beiden Männern aus Lübeck zu geschehen hatte. Bilke versuchte, sie ihrem Vater zu beschreiben, doch er konnte sich einfach nicht an sie erinnern. Hans ging die Sache mit dem Sarkophag nicht aus dem Kopf. Wenn zwei dahergelaufene Halunken sich eine wilde Lügengeschichte ausgedacht und diese einem mit Schimpf und Schande aus der Compagnie gejagten Gesellen erzählt hatten, wem konnten sie damit ernsthaft schaden? Er war der festen Überzeugung, dass ihr Wort nichts gelten würde, wenn es gegen das eines ehrenwerten Kaufmanns stand.
»Eben, das werde ich dieser Kreatur morgen auch klarmachen. Und dann können wir den ganzen hässlichen Vorfall endlich vergessen. Ein junges Mädchen kann er mit seinen Drohungen erschrecken, einen erwachsenen Mann nicht.« Er sah seine Tochter liebevoll an. »Frauen haben einfach nicht den Verstand, ein solches Ränkespiel zu durchschauen. Noch dazu, wenn sie so jung und unerfahren sind wie meine Bilke. Was musst du armes Ding für Ängste ausgestanden haben?

Und das, nachdem du zuvor schon so viel Schreckliches hast erleben müssen.« Er nahm ihre schmale Hand in seine und drückte sie. »Jetzt ist alles überstanden, mein Kind. Ich bin so unsagbar froh, dass du am Leben bist.«
Bilke wusste nicht recht, was sie denken sollte. Hatte er womöglich recht? Hätte sie kaltblütiger auf Godeke reagieren sollen? Es spielte keine Rolle mehr. Zwar war da etwas Unbehagliches, was an ihr nagte, aber davon wollte sie sich ihre Freude über das Wiedersehen mit ihrem Vater auf keinen Fall verderben lassen.
»Ich nehme an, dass Sie unser Gast sind. Hartwych, willst du zu Göntje gehen und ihr auftragen, ein Festessen zu servieren? Sie soll auch Wein bringen. Wir müssen die glückliche Rettung von Fräulein von Ranteln doch wohl feiern, nicht wahr?«
Täuschte sie sich, oder lag da ein ironischer Unterton in seiner Stimme?
Ihr Vater hatte davon anscheinend nichts bemerkt. »Ein Festessen und ein gutes Glas Wein mag ich nicht ausschlagen«, rief er fröhlich. Hartwychs Gesicht verfinsterte sich, wortlos verließ er die Stube. »Doch will ich Ihre Gastfreundschaft nicht allzu sehr strapazieren. Es gibt gewiss eine saubere und komfortable Herberge in der Stadt, nehme ich an, in der mir Ihre Magd eine Kammer reservieren kann?«
Hans gab sich keine Mühe, ihn umzustimmen.
»Dann wird es am besten sein, wenn ich auch …« Weiter kam sie nicht.
»Kommt gar nicht in Frage«, polterte von Ranteln dazwischen. »Jetzt, wo alles geklärt ist und Hartwych weiß, wer du bist, da steht doch einer Heirat wohl nichts im Wege.«
Bilke glaubte, sich verhört zu haben. Sie wusste nicht, wohin

sie schauen sollte, so schämte sie sich. Wie gut, dass Hartwych nicht zugegen war, seine Reaktion hätte sie in diesem Augenblick nicht ertragen.

In das betretene Schweigen sagte er: »Meine Tochter hat nichts Schlechtes getan. Ich wüsste keinen Grund, warum sie hier nicht mehr willkommen sein sollte. Und auch für eine Änderung unserer Pläne sehe ich keinen Anlass.«

»Nun, darüber wird noch zu reden sein. Ich meine, die beiden sollten sich erst einmal unter vier Augen aussprechen.« Hans sah von einem zum anderen. Da kam Hartwych zurück, und Göntje und Hedda machten sich gleichzeitig daran, den Tisch für das Freudenfest vorzubereiten.

Hartwych und Bilke

Das schlägt doch wohl dem Fass den Boden aus!« Hartwych schäumte vor Wut. Für seinen Geschmack war der Abend eine pure Katastrophe gewesen. Entweder hatten sie geschwiegen, oder dieser von Ranteln hatte seine gute Laune in einem Maße zur Schau gestellt, die ihm erheblich zu dick aufgetragen war. Bilke hatte kaum ein Wort gesprochen, und auch er selbst hatte nichts zur Unterhaltung beigetragen. Die Stimmung war dermaßen angespannt gewesen, dass sogar der Wein sie nicht hatte auflockern können. Gut, er konnte ja verstehen, dass von Ranteln überglücklich war, seine Tochter wohlbehalten wiederzusehen. Die Hoffnung darauf hatte er vermutlich längst begraben gehabt, und es musste ihm wie ein Wunder erscheinen. Und auch Bilkes Zurückhaltung konnte er bestens nachvollziehen. Sie hatte sich in eine recht prekäre Lage hineinmanövriert und war aufgeflogen. Bilke! Wenn er an sie dachte, sah er noch immer Mette vor sich, dieses rätselhafte Geschöpf. Er vermisste sie. Er hätte Mette gern zurück. Von Bilke fühlte er sich verraten und gekränkt. Wenn ihr Vater recht hatte, war sie wahrhaftig sehr naiv. Nur passte das so gar nicht zu ihr. Was bedeutete, dass sie ihn mit voller Absicht hinters Licht geführt und lächerlich gemacht hatte.

Der Abend war zäh verlaufen und im höchsten Maße unangenehm gewesen, Bilke ging nicht, wie Hartwych es für richtig gehalten hätte, mit ihrem Vater in ein Gasthaus, und nun eröffnete ihm Hans auch noch, dass von Ranteln an den Heiratsplänen festhalten wolle.

»Was bildet dieser Mensch sich eigentlich ein?«
»Nicht so laut, Sohn, es ist nicht nötig, dass das Gesinde an unseren Schwierigkeiten teilhat.«
»Ach, das ist mir gleich. Wie soll ich je einer Frau vertrauen, die mir über Wochen etwas vorgespielt hat? Könntest du ihr das verzeihen? Aber es braucht doch wohl etwas Vertrauen, um eine glückliche Verbindung miteinander einzugehen, oder nicht?«
»Aber ja, Hartwych, du weißt, dass ich deine Meinung teile. Was mich angeht, kann nicht mehr die Rede davon sein, der Ehe zwischen euch beiden zuzustimmen. Trotzdem müssen wir mit Bedacht vorgehen. Wir dürfen von Ranteln und seine Tochter nicht bloßstellen. Es sollte uns am Herzen liegen, dass sie abreisen können, ohne dass jemand sein Gesicht verloren hat.«
Hartwych lachte laut auf. »Lass sie ruhig eines ihrer Gesichter verlieren. Das Fräulein hat ja genug davon«, fauchte er böse. »Wir sehen uns später, Vater.« Im Haus hielt er es nicht länger aus. Er riss die Tür auf, trat in den Flur und hätte Bilke beinahe umgerannt, die auf dem Weg in die Stube war. Ohne ein Wort zwängte er sich an ihr vorbei, hastete die Treppen hinab und ins Freie.

Für die bevorstehende Schaffer-Gasterei hatte er nichts vorzubereiten. Im Kontor hätte es freilich genug Arbeit gegeben, doch er wollte nicht im Haus sein, wo er Bilke alle Augenblicke über den Weg laufen konnte. Darum marschierte er mit großen Schritten die Kalkstrate hinab in Richtung Stadttor. Hartwych dachte an die Compagnie-Veranstaltung am nächsten Abend und hatte nicht übel Lust, ihr fernzubleiben. Es würde sich schnell herumsprechen, dass das Piratenmädchen nicht echt war, sondern dass sich seine totgeglaubte Braut dahinter verbarg. Schon jetzt, bevor er eine einzige hatte beantworten müssen, hatte er all die neugierigen Fragen leid. Sie würden sich das Maul zerreißen und hinter seinem Rücken über ihn lachen. Am liebsten würde er nicht erscheinen, doch das musste er. Schaffer waren wichtige Mitglieder der Compagnie. Sie führten Buch über die Kosten, die durch Trünke und andere Festlichkeiten verursacht wurden, hatten festzuhalten, welche Spenden oder Gastgelder eingenommen wurden und was zum Besitz der Schwarzen Häupter zählte. Einmal im Monat legten sie ihre Abrechnungen vor, was zum Anlass kleiner Gastereien und Bierschmecken genommen wurde. Im Laufe der Zeit wurden diese mit immer größerem Aufwand begangen, und es war Pflicht, sich daran zu beteiligen. Wollte einer wegbleiben, musste er einen guten Grund nennen können, sonst würde man ihm vorwerfen, sich auf schändliche Weise von der Allgemeinheit abzusondern. Wenn man wie Hartwych einst Ratsherr werden wollte, war es kein sonderlich kluger Entschluss, sich der Feier zu entziehen.

Missmutig schritt er durch das Stadttor und über die kleine Brücke, die er so oft überquert hatte, um zu Ria zu gelangen. Dieses Mal folgte er nicht dem Pfad bis zu ihrer Hütte, sondern hielt sich links. Ziellos lief er an dem Bächlein Ryge entlang. Bald würde davon nichts als Sumpf übrig sein, dachte er. Schon jetzt führte der Bach kaum Wasser. Es roch faulig nach sich zersetzenden Blättern und Gewürm. Wie lange er durch den Sand stapfte, die ledernen Schuhe bald voll Staub, hätte er nicht sagen können. Immer wieder wanderten seine Gedanken zu Ria, der er das Herz gebrochen hatte und die er bei der Schaffer-Gasterei zu allem Überfluss sehen würde.

Als er dort anlangte, wo die Ryge von der Stadt weg in das Land floss und sich mit dem Mühlenwasser vereinigte, machte er kehrt.

Kaum dass er zurück war und das Haus in der Resenstrate betrat, meldete Hedda Heimo von Ranteln. Der rauschte mit der ihm eigenen ungestümen Art herein, reichte Hedda seinen kostbar bestickten Mantel und verkündete noch in der Diele: »Na, dem Bürschchen habe ich fein die Leviten gelesen.«

»Kommen Sie doch erst einmal herein«, forderte Hartwych ihn auf.

Wieder saßen sie zu viert beisammen, wieder war Hartwych die Spannung, die sich in der Stube ausbreitete wie giftige Luft, unerträglich. Er meinte, Bilke ginge es nicht anders. Heimo von Ranteln dagegen lehnte sich selbstgefällig in seinem Stuhl zurück und erwartete offenbar, dass man ihn über seine Heldentat befragte.

»Nun erzähl schon, Vater, hast du ihn zur Vernunft bringen können? Wird er uns in Zukunft in Ruhe lassen?«

»Dessen kannst du dir ganz sicher sein, mein Kind.« Er sah zufrieden in die Runde. »Ich habe diesem Bürschchen erklärt, dass er in Lübeck ebenso unerwünscht ist wie in Riga. Was ihm widerfahren ist, hat er sich selbst zuzuschreiben. Also soll er wohl auch Manns genug sein, irgendwo aus eigener Kraft ein neues Leben zu beginnen.«

»Aber mit Vernunft oder derartigen Argumenten war ihm bisher nie beizukommen.« Es war ihr anzusehen, dass sie noch immer große Angst vor Godeke hatte. Kein Wunder nach dem, was er ihr auf dem Schiff angetan hatte und zweifelsohne angetan hätte, wenn Hartwych nicht dazwischengegangen wäre. Davon wusste dieser feiner Herr von Ranteln noch nichts.

»Meine liebe Tochter, Erpressung ist eine Schandtat, die bestraft wird. Das habe ich ihm klargemacht. Wenn er sich nicht in den nächsten Tagen mit seinen Habseligkeiten aus dem Staub macht, dann werde ich ihn höchstpersönlich an seinem schmierigen roten Haar vor den Richter schleifen. Und dann wollen wir doch mal sehen.«

Hartwych wusste, dass sein Vater seit langem mit von Ranteln Geschäfte machte. Trotzdem: Er mochte ihn nicht, und ihm war danach zumute, sich zu streiten.

»Dann haben Sie ja erledigt, weshalb Sie gekommen sind. Was haben Sie jetzt vor? Werden Sie gleich die Pelze mit nach Lübeck nehmen? Sie können sich auch gern noch neue Ware ansehen, wir haben herrliche Stücke hereinbekommen. Und dann wollen Sie sicher bald wieder abreisen, nehme ich an?« Er fing einen tadelnden Blick seines Vaters auf.

»Der Sohn ist nicht minder geschäftstüchtig als der Vater. Sonst würde ich ihm meine Tochter auch nicht zur Frau geben.« Er lachte.

»Vater, bitte!« Bilke war leicht errötet. Immerhin schien sie nicht die Meinung des Alten zu teilen, dass das Geschehene einer Eheschließung nicht im Mindesten im Wege stand.

»Die Ware, die ich mit dem Schiff holen wollte, mit Wagen nach Lübeck zu schaffen erscheint mir ein wenig kompliziert. Zumindest wird so ein Wagen-Konvoi recht lange brauchen. Nein, das ist mir zu unbehaglich. Sie liegen nämlich vollkommen richtig, mein Bester, ich will rasch wieder nach Hause. Darum liegt mir ja auch so viel daran, dass die Vermählung bald stattfindet.«

»Wie ich Ihnen gestern schon sagte, müssen wir über dieses

Thema noch einmal in aller Ruhe reden. Überstürzen sollte man jedenfalls nichts.«

»Da gebe ich meinem Vater recht. Immerhin ist einiges vorgefallen, meinen Sie nicht?« Hartwych reckte herausfordernd das Kinn.

»Was ist denn vorgefallen?« Von Ranteln legte nachdenklich die Stirn in Falten. »Verstehen Sie mich nicht falsch, ich will nicht leugnen, dass meine Tochter sich mit ihren Lügen schuldig gemacht hat. Aber wir wissen doch alle, dass Frauen nun einmal so sind. Naiv, meine ich, und gutgläubig. Sie lassen sich von grausamen Piraten und den Godekes dieser Welt an der Nase herumführen. Sie glauben jemandem, wenn er ihnen vormacht, wie gut er in Wahrheit ist. Wir dürfen das diesen Wesen nicht vorhalten. Im Gegenteil, wir müssen es als unsere Aufgabe verstehen, Entscheidungen für unsere Frauen zu treffen und sie vor Fehlern zu bewahren. Oder meinen Sie nicht?«

»Bitte, Vater, ich denke nicht …«

»Nein, Bilke, es gibt nichts, wofür du dich schämen müsstest. Jeder Frau wäre es ergangen wie dir. Das liegt in eurer Natur.« Er wendete sich wieder an Hartwych und Hans. »Ich halte es sogar für eine glückliche Fügung, dass es gekommen ist, wie es ist. So lebt Bilke bereits unter Ihrem Dach, und Sie konnten sich davon überzeugen, dass Sie eine anmutige junge Dame ist, nicht übellaunig oder überdreht. Ich kann mir nicht vorstellen, dass Sie nicht von ihr angetan sind.«

»Es ist genug, Vater!«

»Wie bitte? Es ist sonst nicht ihre Art, mir zu widersprechen.« Er lachte unsicher und sah von den Männern zu Bilke und wieder zu den Männern.

»Herr van Broke hat vollkommen recht. Es ist einiges vorgefallen, und man sollte es auf keinen Fall überstürzen. Immerhin kann eine Ehe eine lange Zeit dauern. Da sollte man sich mögen und einander vertrauen. Wir hatten keinen glücklichen Anfang, und ich kann verstehen, wenn die Herren von den einmal getroffenen Vereinbarungen lieber Abstand nehmen möchten.«

»Moment mal, Bilke, nicht so eilig. Ich denke nicht, dass wir dafür Verständnis aufzubringen haben.«

»Ich sagte nicht, dass du für irgendetwas Verständnis aufbringen musst, ich sagte, ich kann das verstehen.« Das war seine Mette, ging es Hartwych durch den Kopf. »Du sollst mich bitte nicht für undankbar halten, Vater. Ich bin mehr als froh, dass du gekommen bist und die Sache mit Godeke für mich geregelt hast. Womöglich war ich diesbezüglich wirklich ein wenig naiv und brauchte männliche Hilfe. Was aber die Freibeuter angeht, muss ich dir widersprechen. Ich habe in der vergangenen Zeit viel gelernt, weißt du? Am eigenen Leib habe ich erfahren, dass Menschen nur aufgrund ihrer Herkunft und ihres Standes schlechter behandelt werden als andere.«

Von Ranteln lachte. »Da haben wir es wieder. Ihr Frauen! Natürlich werden Menschen aufgrund ihres Standes unterschiedlich behandelt. Das ist nur normal!«

»Ungerecht ist es! Ein sogenannter Pirat, der unter Verdacht gerät, etwas gestohlen zu haben, gilt für alle gleich als schuldig. Ein Ratsherr in der gleichen Situation hätte alle Welt auf seiner Seite.«

»Aus gutem Grund!« Von Ranteln schüttelte den Kopf. »Meine Herren, ich kann Sie nur bitten, meine Tochter nicht zu ernst zu nehmen. Ich kenne sie selbst kaum wieder. Ihr absonderliches Reden ist nur durch die verwirrenden Erlebnisse der letzten Zeit zu erklären. Ich bitte Sie herzlich um Nachsicht.«

»Ich kann für mich selber sprechen, Vater. Vielleicht nicht in jeder Situation. Aber eines weiß ich gewiss: Auf dem Schiff der Freibeuter hat mir niemand auch nur ein Haar gekrümmt. Als ich aber in Begleitung von Kaufgesellen der Hanse reiste, wurde ich verhöhnt, man hat mir aus Rache, wie man sagte, die Wunde wieder aufgerissen, die bereits verheilte, und mir beinahe meine Ehre …« Sie brach ab, in ihren Augen schimmerten Tränen. Die Erinnerung schien ihr schwer zu schaffen zu machen, und sie war zornig. »Ich habe daraus meine Schlüsse gezogen.« Sie holte tief Luft. »In einem Punkt hast du recht, Vater. Es ist gut, dass Herr van Broke und ich so viel Zeit miteinander verbracht haben. Daher wissen wir einiges voneinander. Mir ist beispielsweise bekannt, dass er nur eine Frau heiraten wird, der sein Herz gehört. Eine, die ihn zum Narren gehalten und womöglich seinen Ruf beschädigt hat, wird er kaum wollen. Ich akzeptiere das.« Bilke erhob sich. »Wenn Sie mich jetzt entschuldigen würden. Vater. Gute Nacht.«

Von Ranteln hatte noch eine gute Weile versucht, Hartwych und seinen Vater für die Verbindung mit Bilke zu begeistern. Er zählte eine Reihe von Vorteilen auf, die er bereits früher mit Hans besprochen hatte und die auch einiges für sich hatten, das war nicht von der Hand zu weisen. Der alte Mann blieb dabei, dass man sich Zeit lassen solle. Es gelang ihm mit seiner klugen, umsichtigen Art, von Ranteln irgendwann zum Gehen zu bewegen, ohne Zugeständnisse gemacht zu haben. Während Hartwych sich für den Abend im Neuen Haus ankleidete, musste er immer wieder an das denken, was Bilke gesagt hatte. Es war unverzeihlich, dass sie sich in den Händen der Piraten sicherer gefühlt hatte als an Bord eines Schiffes der Hanse. Ihre Enttäuschung darüber war mehr als berechtigt. Er rechnete es ihr hoch an, dass sie nicht die Partei ihres Vaters ergriffen, dass sie nicht einmal zu dessen Ausführungen geschwiegen hatte. Gleichzeitig wurmte es ihn, dass sie ein Nichtzustandekommen der Verbindung ausschließlich auf ihn abwälzte. Sie machte es sich wahrlich sehr bequem in der Rolle der verschmähten Braut, die diese Abfuhr jedoch hocherhobenen Hauptes akzeptierte. In Wahrheit, da war er sich sicher, hatte sie ihr Herz an diesen Piraten verloren. Sie war also schon wieder nicht ehrlich, und das schätzte Hartwych überhaupt nicht.

Der offizielle förmliche Teil war schnell erledigt. Der Schaffer hatte sowohl die Kosten für gesellschaftliche Ereignisse und Stiftungen als auch die Einnahmen durch von den Mitgliedern getätigte Zahlungen, Spenden und Schenkungen erläutert. Auch der Ankauf zweier Gebäude wurde erwähnt. Dieser war den meisten ohnehin bereits bekannt, doch gab er Anlass, um über die Höhe des Kaufpreises oder den Zustand und das Alter der besagten Häuser eifrig zu debattieren. Schon floss der süße Met, den die Compagnie in großen Mengen aus eigenem Honig brauen ließ, in Strömen. Und auch Bier, ein wenig vom Dünnbier und nicht zu knapp von der kräftigen Sorte, kam auf die Tische. Speisen wurden nicht gereicht. Es gab lediglich Stücke von getrocknetem Ingwer sowie gesalzene Nüsse, die mit ihren scharfen Aromen köstlich zu dem Bier passten. Hartwych spürte rasch die Wirkung des Starkbieres. Er hatte kaum etwas im Magen und den ersten Becher hastig leer getrunken. Es war ihm gerade recht. Wenn er schon die Pflicht hatte, diese Veranstaltung zu besuchen, konnte er sich wenigstens amüsieren. In den letzten Tagen hatte es für ihn nicht gerade viel Anlass zur Freude gegeben. Warum also sollte er sauertöpfisch im hintersten Winkel hocken, anstatt sich gut unterhalten zu lassen?

Diederich setzte sich zu ihm. »Ich habe gehört, dass Mette gar nicht Mette ist?«

»Es hat sich schnell herumgesprochen. Das war zu erwarten.« Hartwych nahm einen Schluck. Er sah Henneberg, der ihm, ein hässliches Grinsen auf den Lippen, zunickte. »Ja, Diederich, so kann man es sagen.«

»Sie sind ihr doch nicht böse, oder?«

Hartwych lachte auf. »Diese Frage konnte nur einer stellen. Was ist mit Ihnen? Sind Sie ihr denn nicht böse? Wenigstens ein ganz kleines bisschen. Immerhin hat sie nicht nur mich belogen.«

»Stimmt schon, ich war auch ein wenig enttäuscht, als ich es erfahren habe. Aber sie hatte doch gewiss gute Gründe dafür, die Unwahrheit zu sagen. Es war doch keine böse Absicht, oder?«

»Wenn ich das nur wüsste. Auf jeden Fall wollte sie sicher keinem schaden.«

»Na eben. Dann können Sie sich doch freuen, dass Sie so ein anständiges Mädchen zur Frau bekommen. Ich würde mich freuen.«

»Ach, Diederich, Sie Guter. Wissen Sie, ich bekomme sie ja gar nicht zur Frau. Sie will nämlich nicht heiraten. Und ich bin auch recht glücklich ohne ein Weib. Wer weiß, vielleicht gehe ich fort und übernehme für meinen Vater ein Kontor, wie mein Bruder es in Nowgorod macht.«

»Aber Ihr Vater wird nicht jünger. Wer soll ihn denn dann hier in Riga unterstützen?«

Hartwych hörte ihm nicht mehr zu. Er entdeckte die beiden Männer aus Lübeck, die angeblich mit Godeke unter einer Decke steckten und noch immer die Gastfreundschaft der Compagnie der Schwarzen Häupter genossen. Er sah sie mit Henneberg zusammenstehen. Der Paradiesvogel hatte sich zur Feier des Tages besonders auffällig herausgeputzt. Hartwych trank einen kräftigen Schluck Bier. Es war an diesem Abend aber auch besonders süffig. Wie man als Mann derartig bunte Beinkleider und eine üppig mit Samtbändern geschmückte Kopfbedeckung tragen konnte, war ihm ein Rätsel. Und dann diese angesetzten Seidenärmel, die schillerten und glänzten!

»Hören Sie mir zu, Herr van Broke?«

Hartwych musste feststellen, dass Diederich offenbar die ganze Zeit zu ihm gesprochen hatte.

»Verzeihen Sie mir, ich war gerade … Kennen Sie die Namen der beiden Herren dort?«

»Oh, aber ja. Der Melling hat mich ja schon mehrfach um Rat gefragt, weil er sich Beinkleider und Gewänder machen lassen wollte und ich mich doch mit den Materialien am besten auskenne. Der andere heißt … Bausen, ja so heißt er. Der ist mit Melling auf dem Schiff gewesen und hat die Piraten erkannt.«

»Ja, ja, ich weiß.«

»Der Bausen ist ein stiller Mensch. Er redet nicht viel, aber er scheint recht anständig zu sein.«

»Was haben die beiden ausgerechnet mit Henneberg zu schaffen?«

Diederich folgte Hartwychs Blick und erkannte den blonden schlaksigen Kerl jetzt auch.

»Das weiß ich nicht. Sie sollten sich besser mit anderen Männern umgeben. Dem Henneberg kann man nicht trauen.«

»Vielleicht sollten wir sie zu uns an den Tisch bitten, was meinen Sie?«

»Warum nicht? Aber dann wird der Melling wieder über Tuche und Farben fachsimpeln wollen. Wenn Ihnen das nicht zu fade ist …?«

»Ach was, er wird auch von seinen Heldentaten zur See berichten mögen. In der Versammlung damals war er diesbezüglich jedenfalls sehr gesprächig.« Es konnte nicht schaden, diesen Herren einmal gründlich auf den Zahn zu fühlen. Immerhin hatten sie Godeke nicht nur verraten, wer Mette in Wirklichkeit war, sondern einiges mehr. Gerade wollte er sich erheben, um die beiden an seinen Tisch zu bitten, als die Spielleute den Saal betraten. Auf der Stelle hatte er nur noch Augen für Ria. Sie trug ein leuchtend rotes Kleid mit schwarzen Ärmeln, die ihre Oberarme eng umschlossen, deren Saum sich jedoch weit öffnete und ihr beinahe bis zu den Knien hinabreichten. Der dreieckige Ausschnitt, in goldene Bänder gefasst, ließ den Ansatz ihrer Brüste erahnen. Ein goldenes Band lief in einem breiten Flechtmuster über ihren Bauch hinab zu der schmalen Taille. Das braune Haar hatte sie geflochten und kreisförmig auf dem Kopf aufgetürmt. Sie sah wunderschön aus. Das Spiel begann. Einer spielte die Drehleier, einer die Schalmei, ein anderer die Sackpfeife. Die einzige Frau, die außer Ria zu den Musikanten gehörte, hatte ein Instrument bei sich, das einer langen Fidel glich, aber auf dem Hals einen Aufsatz mit dicht nebeneinandergesetzten, langen Tasten hatte. Sie entlockte dem eigenartigen Ding Töne, die zu seinem fremdartigen Aussehen passten. Bilke schlich sich in seine Gedanken, wie sie die Fidel spielen konnte. Da begann Ria mit ihrem Gesang. Die Männer starrten sie fasziniert an. Natürlich, niemand konnte sich dieser

Stimme entziehen und gewiss auch nicht ihrer Schönheit. Er freute sich, dass Ria den Saal absuchte. Er wusste, dass sie nach ihm Ausschau hielt.

Eine Magd tauschte die leeren Bierkrüge gegen volle aus. Hartwych griff hastig danach. Seine Kehle war trocken. Viel zu lange war er nicht mehr im Badehaus gewesen, um seine Bedürfnisse zu befriedigen. Das bekam er nun deutlich zu spüren. Berauscht von dem starken Bier, konnte er Rias Anblick kaum aushalten. Um sich abzulenken, sah er sich nach Melling und Bausen um, mit denen er ein paar Worte wechseln wollte. Aber er konnte sie nicht entdecken. Er würde später nach ihnen suchen, wenn die Musik vorüber war. Diederich klatschte begeistert im Takt und erwähnte immer wieder, dass er selten eine so gute Sängerin unter den Spielleuten gehört habe. Hartwych stimmte ihm zu und konnte sich nicht gegen ein Gefühl von Stolz wehren. Er war nicht stolz darauf, sie zu der Gruppe der Musikanten gebracht zu haben, er war stolz darauf, dass ihm ihr Herz gehörte. Es war nicht recht, das wusste er, aber so fühlte er nun einmal. Er konnte seine Augen nicht von ihr lassen. Anmutig wiegte sie sich zu den Melodien. Bisher hatte sie stets ihre Schürze und den Kittel, der bis zum Hals reichte und gerade geschnitten war, getragen. Noch nie hatte er sie in einem Kleid gesehen, das ihre Figur derart zur Schau stellte. Und sie hatte eine wundervolle weibliche Figur. Seine Gedanken glitten ihm immer wieder in eine eindeutige Richtung ab. Der Ausschnitt war aber auch zu reizvoll, und ihr Busen hob und senkte sich, wenn sie Luft holte. Mit einem Mal war es ihm zu eng und zu heiß in dem Saal. Er musste dringend sein Blut abkühlen und allein sein.

»Ich bin gleich wieder da«, raunte er Diederich zu, stand auf und drängte sich an den anderen vorbei, die diese Störung offenkundig überhaupt nicht schätzten. Das Murren kümmerte ihn nicht. Er ließ den Saal und die großzügige Diele hinter sich und trat ins Freie. Dunkelheit hüllte ihn ein. Nur durch die bogenförmigen Fenster des Neuen Hauses fiel Licht auf den Platz und malte lange Vierecke auf das Pflaster. Er ging ein wenig auf und ab und quälte sich selbst damit, dass er Ria hatte gehen lassen. Nein, er hatte sie nicht nur gehen lassen, er hatte sie fortgeschickt. Er hätte sie haben können. Dieser Gedanke trieb ihn um. Er hätte diese wunderbar weiblichen Formen sehen können, nackt und ganz nah. Sosehr er sich auch bemühte, an etwas anderes zu denken, fragte er sich doch immer wieder, wie sie sich wohl anfühlen mochte, wie es wäre, sie berühren zu können. Bisher hatte er sie nur in den Arm genommen und über den Stoff ihrer Kleider gestreichelt. Er atmete tief durch. Allmählich wirkte die kühle Abendluft, und sein Kopf wurde zumindest ein wenig klarer.

Und dann stand sie mit einem Mal vor ihm. Er hatte gar nicht bemerkt, dass die Musik, die leise nach draußen gedrungen war, aufgehört hatte.

»Du bist gegangen?«

»Ria! Ja, ich … Du hast so wunderbar gesungen.«

»So schön, dass du gehen musstest?« Sie lächelte spöttisch. Sie ist sich ihrer Schönheit bewusst, dachte er. Ihr ist nicht entgangen, wie die Männer auf sie reagieren.

»Wahrhaftig, so war es.« Er spazierte langsam an dem Neuen Haus entlang, bog in eine kleine Gasse, wo um diese Zeit nicht mehr viele Menschen vorbeikommen würden. Sie ging schweigend an seiner Seite.

»Was war das für ein sonderbares Instrument, das die Frau gespielt hat?« Ihm fiel nichts Gescheiteres ein.

»Sie nennt es einen Oud. Ein Kreuzfahrer hat es ihrer Familie mitgebracht. Seither wird es immer weitervererbt, und die Mutter lehrt die Tochter das Spielen darauf.«
»Interessant.«
»Ja, es ist schön, nicht nur mit den Händen in der Erde zu wühlen, Getreide zu mahlen und auf dem Markt Gemüse zu verkaufen. Ich freue mich über die Zeit mit den Musikanten.« Er nickte. »Und du? Wie geht es dir?«
»Ich vermisse dich«, gestand er ihr heiser. Es war nicht gut, aber er musste ihr einfach sagen, was er fühlte. »Du hast nicht nur zauberhaft gesungen, du siehst auch wunderschön aus. Ich konnte meine Augen nicht von dir nehmen. Ria, es tut mir so leid, ich ...« Es war nicht recht, dass er so mit ihr sprach. Er musste weg von ihr, und zwar schnell. Sie war stehen geblieben und lehnte sich gegen die Wand. Ihre Hand griff nach seinem Arm, und sie zog ihn an sich.
»Es gibt nichts, was dir leidtun müsste, Hartwych. Du bist bei mir. Du bist zu mir zurückgekommen, das ist alles, was zählt.« Sie sah ihm in die Augen, nahm seine Hände und legte sie auf ihre Brüste. »Ich habe nur für dich gesungen«, flüsterte sie. Ihr Blick aus halb geschlossenen Lidern, die harten Knospen, die er unter dem Stoff ganz deutlich fühlte, waren die pure Verheißung. Bisher hatte sie nicht einmal zugelassen, dass seine Zunge sich im Kuss zwischen ihre Lippen schob, und jetzt bot sie sich ihm mit Haut und Haaren dar. Sie ließ seine Hände los und streichelte seinen Nacken. Ihre Fingernägel glitten seinen Rücken hinab, sie zog ihn fester an sich.
Hartwych stöhnte auf. »Nein, Ria, wir sollten das nicht tun.« Sie musste die Wölbung seiner Männlichkeit, die seine Lust verriet, allzu deutlich spüren, so eng presste sie sich an ihn.

»Warum denn nicht? Wir wollen es beide, daran gibt es keinen Zweifel«, wisperte sie und lachte leise. »Wenn nicht jetzt, dann tun wir es vielleicht niemals.« Sie legte ihre warmen Lippen auf seinen Mund, öffnete sie. Sie zierte sich keinen Augenblick, im Gegenteil, sie lud ihn ein. Das war zu viel. Hartwych konnte nicht länger widerstehen. Er hatte sie nicht dazu gebracht, sie war diejenige, die es verlangte. Also würde er sie nicht enttäuschen. Seine Hände, die bis zu diesem Moment noch still auf ihren Brüsten gelegen hatten, streichelten immer wieder über die kleinen harten Wölbungen unter dem Stoff. Sie stöhnte, presste ihren Leib gegen seinen und bewegte sich langsam und rhythmisch, wie sie es vorhin zur Musik getan hatte. Was, wenn jemand des Weges kam und sie entdeckte, schoss es ihm durch den Kopf. Doch für Vernunft war jetzt nicht die Zeit. Immer wilder glitten seine Hände über ihren Körper, immer tiefer ließ er die Zunge zwischen ihre Lippen gleiten. Sie schmeckte herrlich. Als sie mit einem Fuß einen Schritt zur Seite machte, zögerte er nicht, auch diese Einladung anzunehmen. Er liebte es, wie sie stöhnte und sich wand. Er wollte mehr davon. Seine Hand glitt unter ihren Rock und zwischen ihre Schenkel und tastete sich aufwärts. Als sie aufschrie, wusste er, dass er am Ziel war.

»Ria«, flüsterte er an ihrem Ohr, »du bist wundervoll.« Er wollte den Rock raffen, um endlich ihre nackte Haut zu spüren.

»Warte«, flüsterte sie. »Nicht hier.«

»Wo sollen wir denn hin? Bis zu deiner Hütte ist es weit.«

»Gehen wir zu dir«, schlug sie vor und ließ ihre Finger wie unabsichtlich über die Wölbung zwischen seinen Beinen gleiten.

»Das ist unmöglich.« Die Vorstellung, Ria mit in das Haus zu nehmen, in dem noch immer Bilke war, gefiel ihm ganz und gar nicht.
»Aber warum?« Sie küsste hingebungsvoll seinen Hals.
»Bilke von Ranteln ist noch dort«, antwortete er knapp. Er spürte, wie ihm die Lust verging.
»Umso besser«, entgegnete sie fröhlich. »Soll sie ruhig hören, dass du dich mit einer anderen amüsierst, nachdem sie dir so übel mitgespielt hat.«
»Nein, das will ich nicht. Es würde aussehen, als wollte ich mich auf billigste Weise an ihr rächen.«
»Es würde nur so aussehen, als gäbe es eine Frau, der dein Herz gehört. Das ist alles. Was geht es sie an?«
Sie hatte ja recht. Es ging Bilke nichts an. Andererseits war das einfach nicht seine Art. Sie sah ihn erwartungsvoll und, das wurde ihm klar, auch hoffnungsvoll an. Doch was sie von ihm erhoffte, konnte er ihr nicht geben. Er fühlte sich einfach nicht in der Lage, überhaupt noch etwas zu sagen oder zu tun. Da schob sie ihn so weit von sich, dass sie sich von der Wand abdrücken und ein paar Schritte gehen konnte. Dann blieb sie stehen und drehte sich zu ihm um.
»Du liebst sie, Hartwych van Broke. Du hast dich wahrhaftig in sie verliebt.« Sie zwang sich zu einem Lächeln, hob den Saum ihres Kleides an und ließ ihn stehen.

Am nächsten Tag ging Hartwych früh in sein Kontor, das im Haus in der Resenstrate untergebracht war. Viel zu lange hatte er sich nicht mehr richtig um den Pelzhandel gekümmert. Er wollte, dass endlich wieder ein wenig Normalität in seinen Alltag zurückkehrte. Da klopfte es.
»Da ist eine junge Frau, die Sie sehen will, mein Herr. Sie

sagt, ihr Name sei Ria.« Es traf ihn wie ein Schlag in den Magen. Er hatte doch nichts getan, dessen er sich schämen musste? Sofort hatte er wieder Ria in dem roten Kleid vor Augen, wie sie sich ihm voller Leidenschaft hatte hingeben wollen. Nein, er hatte zwar einiges getrunken, aber er konnte sich noch genau entsinnen, dass es im letzten Moment nicht zum Äußersten gekommen war. Hedda stand noch immer an der Tür und schaute dümmlich drein.

»Schick sie herein.«

Wenig später führte Hedda Ria herein.

Bevor er das neugierige Frauenzimmer wegschicken konnte, sagte Ria: »Guten Tag, Herr van Broke, ich möchte nicht lang stören. Ich wollte mich nur rasch bedanken, dass Sie mir die Gelegenheit gaben, im Neuen Haus zu singen.«

»Gern geschehen. Sie haben eine schöne Stimme. Wir können wirklich froh sein, dass Sie für uns singen«, erwiderte er förmlich. »Danke, Hedda.« Endlich zog sich die Magd zurück. Hartwych stand auf und kam um seinen Schreibtisch herum.

»Ich möchte nicht über den vergangenen Abend sprechen«, sagte Ria und senkte den Blick. Es war ihr offenbar unangenehm, wie weit sie gegangen war. »Dieser Kerl ist tot«, sprudelte sie los. »Dieser Herr aus Lübeck, der so lächerlich gekleidet war.«

»Melling? Bist du dir sicher?«

»Ja. Nachdem wir … nachdem du gegangen bist, bin ich noch einmal hinein zu den Musikanten. Wir hatten ja noch einen zweiten Auftritt und wurden danach auf einen Krug Dünnbier eingeladen. Es war sehr spät, als wir gegangen sind. Wir sind die Kalkstrate hoch und durch das Stadttor. Ja und wenige Schritte hinter der Brücke wären wir um ein Haar über ihn gestolpert.«

»Wir?«
»Zwei der Spielleute wohnen in der Herberge bei der Mühle. Sie hatten den gleichen Weg wie ich.«
»Verstehe. Du bist extra hergekommen, um mir zu erzählen, dass Melling tot ist?«
»Nein, nein, aber heute früh musste ich gleich zum Stadtknecht gehen und zu Protokoll geben, was ich gestern gesehen habe. Ich hab ja gar nichts gesehen. Nicht mehr und nicht weniger als die anderen, jedenfalls. Aber die Aussage beim Stadtknecht ist eben Pflicht. Da habe ich diesen Rothaarigen gesehen, den ihr aus der Compagnie geworfen habt.«
»Godeke?«
»Ja, das war sein Name.« Ria wurde immer aufgeregter. »Er hat sich mit dem anderen aus Lübeck unterhalten, der immer mit dem Toten zusammen war.«
»Bausen?«
»Ich weiß nicht, wie er heißt. Jedenfalls habe ich gehört, wie der Lübecker, dieser Bausen, zu Godeke gesagt hat, er weiß ganz genau, dass Svendsson seinen Freund umgebracht hat.«
»Was? Bist du sicher? Vielleicht hast du dich verhört.«
»Bestimmt nicht. Mir ist der Name sofort aufgefallen, weil du mir doch so viel von dem Piraten Svendsson erzählt hast, dem du das Handwerk legen wolltest.«
»Was hast du noch gehört?«
»Also, dieser Bausen sagte zu Godeke, er sei sicher, dass es Svendsson war, weil Melling einmal zu Svendssons Mannschaft gehört habe. Und jetzt habe Melling ihn verraten, darum hat Svendsson sich gerächt und ihm erst die Zunge abgetrennt und dann die Kehle durchgeschnitten.« Sie musste

schlucken. Ihr war nicht wohl dabei, das über jemanden zu erzählen, der mit Verrätern derartig gnadenlos umsprang. »Zum Schluss hat dieser Bausen verlangt, Godeke solle ihn mit nach Lübeck nehmen. Er hatte Angst, dass Svendsson ihn auch holt. Und Godeke hat gesagt, sie müssten das in Ruhe besprechen. Sie wollen sich heute Nacht im Hafen bei dem Lastkran treffen.«

»Warum erzählst du mir das alles?«

»Weil du Svendsson zur Strecke bringen wolltest, damit er deiner Stadt keinen Ärger mehr bereiten kann. Wenn dieser Mensch aus Lübeck recht hat, dann ist Svendsson in deiner Stadt. Ich dachte, das solltest du wissen.«

»Danke, Ria.« Svendsson war also am Leben und hielt sich noch dazu in Riga auf. Das war ja nicht zu fassen. Er war ihr wahrhaft dankbar, dass sie es ihm berichtet hatte. »Hör zu, wegen des gestrigen Abends …«

»Es war ein Fehler«, sagte sie schnell. »Ich hatte schreckliche Sehnsucht nach dir und glaubte, ich könnte dich zurückgewinnen. Das war dumm, ich weiß.«

»Nein«, sagte er hilflos.

»Es hat nie eine Zukunft für uns gegeben, Hartwych, das wissen wir beide. Gestern Nacht wollte ich es nicht wahrhaben, aber weißt du, wenn ich sicher sein kann, dass du eine Frau gefunden hast, die dich glücklich macht, dann will ich zufrieden sein.«

»Ich weiß nicht … Es tut mir so leid.«

»Ich muss jetzt gehen. Meine Leute warten schon auf mich. Wir ziehen nach Norden und dann in Richtung Dorpat. Wir werden lange unterwegs sein. Lebe wohl, Hartwych van Broke.«

Er musste Hans über die Neuigkeiten in Kenntnis setzen. Mit seinem wachen Geist würde der alte Mann vermutlich schneller Zusammenhänge erkennen, als er selbst das konnte. Dass Svendsson in der Stadt sein sollte, war das eine, aber dass dieser aufgeblasene Gockel, der nun bald bleich im Totenhemd daliegen würde, zu Svendssons Leuten gehört haben sollte, ergab keinen Sinn. Immerhin hatte er doch einige der Piraten ans Messer geliefert.
Er stürmte die Treppe hinunter. Bilke war gerade im Begriff, das Haus zu verlassen.
»Ist Ihnen ein Geist erschienen«, fragte sie überrascht. »Sie sind ja völlig außer sich.« Wie würde es ihr wohl gefallen, wenn sie erfuhr, dass ihr Geliebter in der Stadt war und offensichtlich gemordet hatte?
»Damit kommen Sie der Wahrheit erstaunlich nah.«
»So?«
»Svendsson ist in Riga.« Sie starrte ihn an. Mit Genugtuung stellte er fest, dass sie nicht gerade vor Freude strahlte. »Ich habe Grund zur Annahme, dass er lebt und es nicht sein Geist ist, der hier sein Unwesen treibt. Svendsson hat Melling die Kehle durchgeschnitten.«
»Wie bitte? Wer ist Melling? Ich verstehe nicht …«
Er fasste mit wenigen Worten zusammen, was Ria ihm berichtet hatte.
»Das ergibt doch alles keinen Sinn. Godeke geht nicht nach Lübeck. Wie kann er diesen …«
»Sein Name ist Bausen.«
»Wie kann er diesen Bausen mitnehmen? Und warum reist der nicht allein nach Hause, wenn er sich hier nicht mehr sicher fühlt? Ich weiß nicht, wer Ihnen dieses Märchen aufgetischt hat.«

»Nicht jeder Mensch lügt so schamlos wie Sie. Der Person, von der ich das habe, kann ich uneingeschränkt vertrauen.« Ihr Blick verfinsterte sich, doch sie ging nicht auf seine Beleidigung ein.

»Vielleicht ist diese Person selbst belogen worden. Kann doch sein.«

»Das ist nicht möglich. Sie hat die Leiche Mellings mit eigenen Augen gesehen und ein Gespräch zwischen Bausen und Godeke mit angehört.«

»Hm …« Bilke dachte angestrengt nach, das war nicht zu übersehen. Ihre Stirn war in tiefe Falten gelegt.

»Die beiden wollen sich heute Nacht am Lastkran im Hafen treffen. Ich werde hingehen. Dann sind wir klüger.«

»Ich gehe mit Ihnen!«

Hartwych meinte, sich verhört zu haben, doch ihre Miene erlaubte keinen Zweifel. Er brach in schallendes Gelächter aus.

»Was ist so komisch daran?«

»Sie sind komisch, in der Tat. Haben Sie nicht allmählich genug? Es ist ein Mord geschehen. Wenn Bausen recht hat und sein Leben auch in Gefahr ist, dann könnte es heute Nacht sehr ungemütlich werden. Wenn ich Glück habe, taucht Svendsson höchstpersönlich auf. Glauben Sie mir, das ist nichts für eine Frau.«

»So ein Unsinn«, schimpfte sie. Hartwych verstand.

»Natürlich, wie dumm von mir. Das ist ja genau das, was Sie erhoffen. Dass dieser Svendsson erscheint und Sie ihn endlich wiedersehen können.« Sie funkelte ihn böse an. Wahrscheinlich hatte er ins Schwarze getroffen.

»Sie haben ja keine Ahnung! Ich sage Ihnen, warum ich Sie begleiten werde. Ich fürchte schon die ganze Zeit, dass Godeke nur zum Schein auf meinen Vater eingegangen ist. Er ist nicht zur Vernunft gekommen oder hat sich drohen lassen. Das glaube ich niemals. Dieser Unmensch führt irgendetwas im Schilde, und ich muss wissen, was das ist.«

»Dazu brauchen Sie sich nicht in Gefahr zu begeben. Ich werde es Ihnen sagen, wenn ich zurück bin.«

»Und wenn ich Ihnen nicht traue? Sie sind doch nur darauf aus, Svendsson auf das Schafott zu bringen. An Godeke haben Sie kein Interesse.« Er musste sich sehr zusammennehmen, um sie nicht zu beschimpfen. Es war ein starkes Stück, dass sie ihm auf den Kopf zusagte, sie würde ihm nicht trauen. Es ärgerte und verletzte ihn.

»Also schön, dann begleiten Sie mich eben.« Er wusste selbst nicht, was ihm einfiel. Vielleicht war es die Aussicht darauf, an ihrem Wiedersehen mit Svendsson teilzuhaben. »Aber ich werde nicht auf Sie aufpassen können. Also verhalten Sie sich gefälligst entsprechend.«

»Ich bin mir durchaus bewusst, dass Sie nicht auf mich achten können. Das habe ich schmerzlich zu spüren bekommen, als Henneberg mir die Hand zerschnitten hat.«

Bilke und Hartwych

Ich möchte mich bei Ihnen entschuldigen.« Bilke hielt das Schweigen nicht länger aus. Sie hatte sich nicht mit ihm streiten wollen und schämte sich für den überheblichen Ton, den sie angeschlagen hatte.

»Wofür?«

»Für das, was ich vorhin zu Ihnen gesagt habe. Es war nicht Ihre Schuld, dass Henneberg mich in die Finger bekommen hat. Und Sie haben auf dem Schiff genau im rechten Moment auf mich aufgepasst. Ich weiß nicht, was geschehen wäre, wenn Sie nicht rechtzeitig gekommen wären.« Sie wusste nur zu gut, was dann geschehen wäre, und er wusste es auch. Das war Grund genug, ihm sehr dankbar zu sein.

»Ist schon gut.« Er ging schweigend neben ihr her. Noch brannte die Kerze in seiner Laterne. Sobald sie die Stadtmauer erreichten und sich dem Hafen näherten, würde er sie löschen, das hatte er ihr gesagt.

Es war ein lauer Abend. Gott sei Dank. Wer konnte schon sagen, wie lange sie da draußen, wo der Wind gewiss ein wenig kräftiger pfiff, aushalten mussten.

»Es war also Henneberg, der Ihre Hand so zugerichtet hat. Dieser Dreckskerl! Warum haben Sie mir nichts gesagt? Ich hätte ihn zur Rechenschaft gezogen, genau wie Godeke.«

»Ich hatte Angst. Und ich habe mich geschämt.«

»Geschämt? Aber wofür? Die, die Ihnen weh getan haben, sollten sich schämen.«

»Mein Vater hat nicht ganz unrecht, wenn er sagt, ich sei naiv. Vielleicht hätte ich der ganzen schrecklichen Situation entgehen können, wenn ich einfach die Herberge zusammengeschrien hätte, als die mich geholt haben. Ich hätte mich wehren müssen, aber ich glaubte, es würde sich schon jemand finden, der mich rettet. Diederich oder Sie vielleicht. Das war töricht. Hätte ich mich nicht als Svendssons Schwester ausgegeben, wäre das ohnehin alles nicht passiert.«

Wieder schwiegen sie eine Weile. Diesmal war es Bilke nicht unangenehm. Sie war froh, dass sie ruhig, und ohne sich gegenseitig Vorwürfe zu machen, mit Hartwych reden konnte.

»Warum habe ich mich bloß darauf eingelassen, Sie mitzunehmen?«, schimpfte er unvermittelt vor sich hin. »Das ist der beste Beweis, dass auch Männer sich töricht benehmen können.« Die Laterne warf ein flackerndes Licht auf sein Gesicht. Er schaute ziemlich zerknirscht drein.

»Wer weiß«, warf sie ein, »vielleicht erweist es sich noch, dass es töricht gewesen wäre, allein zu gehen.« Sie wusste zwar nicht, wie sie ihm helfen konnte, wenn es brenzlig wurde. Aber sie wollte sich zu gern einreden, sie sei nicht nur Last und ein Klotz am Bein, wenn es darauf ankam.

»Hoffen wir das Beste«, sagte er und löschte die Kerze in der Laterne. Augenblicklich verschwanden seine Gesichtszüge in der Dunkelheit, und es blieben nur noch Konturen von ihm und den Häusern, die sie umgaben. »Am besten, wir reden jetzt nicht mehr und verhalten uns ganz still. Godeke und Bausen sollen glauben, dass sie allein sind.«

Bilke nickte. Sie merkte, wie ihr Herz vor Aufregung schneller schlug, als sie die Stadtmauer hinter sich ließen. Unzählige Schiffe schaukelten auf der Düna, reckten ihre Masten in den nächtlichen Himmel und rieben ihre Leiber knarrend und quietschend an Prahmen und Kais. Der Fluss antwortete mit hohlem, dunklem Glucksen.

Der Lastkran erhob sich wie das Skelett eines Wesens aus anderer Zeit über die Nachtruhe der Schiffe. Am Tage liefen Männer in dem riesigen hölzernen Rad und erweckten den Kran mit ihrer Kraft zum Leben. Der Geruch von ihrem Schweiß hatte sich im Holz festgesetzt.

»Da rüber!« Hartwych fasste Bilkes Arm und führte sie rasch zu einer Mauer, die in einem günstigen Winkel zu dem Lastkran stand. In ihrem Schatten konnten sie sich verbergen und die Lage überblicken.

Bilke war froh, dass die Männer noch nicht eingetroffen waren, denn dann wäre es schwieriger gewesen, sich unbemerkt ein Versteck zu suchen. Im Grunde wäre es ihr am liebsten, sie kämen überhaupt nicht, denn ihr Mut hatte sie längst verlassen. Sie warteten, ohne ein Wort zu sprechen. Die Glocke hatte geschlagen, doch niemand ließ sich blicken. Hin und wieder sahen sie einander an. Hartwychs Miene, die zuerst reine Zuversicht gezeigt hatte, verriet mehr und mehr Zweifel. Mittlerweile hatte sich Bilkes Aufregung gelegt. Sie dachte darüber nach, ob Hartwych mit seiner Behauptung, sie sei nur mitgegangen, um Svendsson zu sehen, richtiglag. Ja, sie würde ihn gerne noch einmal sehen. Wenn sie sich allerdings vorstellte, er würde kommen, um jemanden hinterrücks zu töten, konnte sie gut darauf verzichten, Zeugin dieses Schauspiels zu werden. Überhaupt: Es wäre ihr sehr viel lieber, er würde nicht auftauchen, während sie ihm mit Hartwych auflauerte. Was sollte das für ein Wiedersehen sein? Schön, sie wüsste dann, dass er am Leben ist. Das war aber auch schon alles. Aber sie wünschte sich, dass er von sich aus zu ihr käme. Sie ausfindig zu machen dürfte nicht schwer sein. Wenn er sie allein aufsuchte, weil er sie auch sehen wollte, das wäre eine Begegnung, die ihr etwas bedeutete.

Ein Mann näherte sich vom Schloss her. Bilke erkannte die gedrungene Statur sofort. Es war Godeke, die Kapuze weit in das Gesicht gezogen. Kurz nach ihm traf auch Bausen ein. Wie unterschiedlich diese beiden Männer doch waren! Godeke war in aller Seelenruhe zu dem vereinbarten Treffpunkt geschlendert. Zwar hatte er sich mehrmals umgesehen, doch auch das ohne jegliche Eile. Bausen dagegen war mit schnellen Schritten herbeigehetzt und hatte sich ständig umgeblickt. Seinen Kopf hatte er leicht eingezogen. Ihm war sichtbar unwohl dabei, sich nachts im Dunkeln und in aller Abgeschiedenheit mit Godeke zu besprechen.
Bilke spürte, dass Hartwych unter höchster Spannung stand, seit die Männer eingetroffen waren. Und auch sie selbst musste gegen ein Zittern ankämpfen. Die Begrüßung zwischen den beiden fiel knapp aus. Bausen kam gleich zur Sache.
»Also, Godeke, haben Sie sich etwas überlegt?«
»Immer schön langsam mit den jungen Pferden.« Godeke war seinem Gegenüber deutlich überlegen. Er würde sich zu nichts zwingen lassen.
»Schön langsam? Sie sind gut! Sie brauchen ja auch nicht um Ihr Leben zu fürchten. Aber ich!«
»Noch einmal von vorn: Warum glauben Sie, dass dieser Pirat dem Melling die Gurgel durchgeschnitten hat, hä?«
»Das habe ich Ihnen doch schon erklärt.« Bausen sah sich hektisch um. Anscheinend rechnete er jeden Augenblick damit, dass Svendsson hinter ihm auftauchen konnte, ein Messer in der Hand. »Melling hat einmal zu Svendssons Mannschaft gehört. Deshalb wusste er auch so gut über den Freibeuter Bescheid und konnte unserem Auftraggeber wichtige Informationen liefern.«

Bilke sah Hartwych fragend an. Der kniff angestrengt die Augen zusammen.

»Unser Auftraggeber wollte Svendsson aus dem Weg räumen, und wir haben ihn gewissermaßen mit unserer Aussage ans Messer geliefert.«

»Dann haben die feinen Herren aus Lübeck also gelogen?« Godekes Spott tropfte geradezu von seinen wulstigen Lippen.

»Wir wurden dafür bezahlt, dass wir sagen, wir hätten Svendssons Flagge erkannt und auch einige seiner Leute. In Wahrheit haben wir nicht einmal sein Schiff gesehen. Und eine spezielle Flagge hat er gar nicht. Melling hat sich königlich darüber amüsiert, dass er dem Rat diesen Bären aufgebunden hat. Na, jedenfalls haben wir das Unwetter genutzt, um uns zeitig aus dem Flottenverband davonzustehlen.«

»Aha.« Godeke verstand offenbar kein einziges Wort. »Ihr seid auf und davon, habt nicht einmal den Kahn des Piraten zu Gesicht bekommen und habt trotzdem behauptet, ihn gesehen zu haben. Hätte doch sein können, dass die Kogge im Sturm untergegangen ist. Woher wusstet ihr, dass Svendsson seine Finger im Spiel hatte?«

»Es war doch klar, dass er sich so einen dicken Fisch nicht entgehen lässt. Mit dem Sarkophag konnte er seinem König eins auswischen und schöne Geschäfte machen. Und Bilke von Ranteln war ein weiterer lohnender Köder. Melling war sich sicher, dass er für sie ein hübsches Sümmchen verlangen würde, wie er sich ausdrückte.«

Bilke stockte der Atem. Deshalb hatte Svendsson ihren Namen gekannt. Dieser geheimnisvolle Auftraggeber hatte ihm also vorher gesagt, was und wen er auf der Kogge finden würde. Wer hatte derartig schamlos mit ihrem Leben gespielt?

»So weit, so gut, aber wer hat ihm denn auf die Nase gebunden, dass der Sarkophag und die von Ranteln an Bord sind?«
Das wollte Bilke auch zu gern wissen.
»Melling und ich waren das. Das war doch die Abmachung. Melling hatte noch das Vertrauen von Svendsson, konnte ihm die Lockspeise vorwerfen und wusste genau, der würde sie schlucken. Und dann haben wir uns aus dem Staub gemacht und den Freibeuter verraten. Kapierst du jetzt endlich, warum ich unter deinem Schutz nach Lübeck zurückreisen will?«
Dieser Melling musste Godeke die ganze Sache schon einmal erklärt haben, nur hatte der anscheinend alles falsch verstanden oder falsch verstehen wollen und Bilke und ihren Vater als die Schuldigen hingestellt. Damit hatte er sie unter Druck gesetzt. Wie ärgerlich das war, dass sie ihm so leicht auf den Leim gegangen war, anstatt ihm viele unbequeme Fragen zu stellen. Er hätte sich hoffnungslos in Erklärungsversuchen verheddert. Bausen jammerte darüber, wie gnadenlos der Däne auch ihn dahinmetzeln würde. Bilke hörte nicht mehr zu, denn ihr fiel ein, dass Svendsson dem Bischof von Roskilde gegenüber behauptet hatte, er habe den Sarkophag davor beschützt, dass die Abgesandten der Hanse ihn versenken konnten. Spielten denn hier alle ein doppeltes Spiel?
Plötzlich waren Schritte zu hören. Bausen gab einen gurgelnden Laut von sich, so dass Bilke schon glaubte, ihm hätte bereits jemand die Kehle durchgeschnitten. Auch Godeke schien nervös zu werden.
»Verschwinden wir«, zischte er.
Bilke starrte angestrengt in die nächtliche Dunkelheit. Der Anblick des großen Mannes, der sich mit leichtem, sicherem

Schritt auf den Lastkran zubewegte, war ihr allzu vertraut. Sie brauchte das Gesicht nicht zu sehen, sie erkannte ihn auch so. Hartwych war mit einem Satz bei ihr, hielt sie fest und presste ihr eine Hand auf den Mund. Mit aufgerissenen Augen funkelte sie ihn an. Wie konnte er nur? Was hatte das alles zu bedeuten?

»Herr von Ranteln, ich bin Ihnen sehr dankbar, dass Sie gekommen sind.« Bausen wirkte sehr erleichtert. Seine Angst hatte sich gelegt.

»Was soll das?«, fragte Godeke, dem es offenkundig nicht gefiel, dass Bausen noch jemanden zu dem Treffen gebeten hatte, ohne ihn darüber in Kenntnis zu setzen.

»Verdammt, Bausen, die Sache läuft allmählich wirklich aus dem Ruder. Ich habe Sie nicht bezahlt, damit ich für den Rest meines Lebens Ihre Amme spielen darf.« Von Ranteln war aufgebracht.

»Ich kann doch nichts dafür«, stieß Bausen weinerlich hervor. »Wir haben alles so gemacht, wie Sie es wollten. Wir haben Svendsson dazu gebracht, die Kogge zu kapern, und ihn hinterher beschuldigt. So war es ausgemacht!«

»Es war ausgemacht, dass Svendsson eine Forderung stellt, um meine Tochter wieder freizulassen. Aber er hat gar nicht daran gedacht. Verschleppt hat er sie, und ich kann froh sein, dass sie noch am Leben ist. Bei Gott, wenn ihr etwas zugestoßen wäre, müsstest du jetzt nicht diesen Piraten fürchten.«

»Es war Hinrichs' Aufgabe, Ihre Tochter zu beschützen, nicht meine. Ich habe als Steuermann nur dafür gesorgt, dass wir rechtzeitig davonkommen, den Holk so günstig zum Kentern bringen, dass wir unsere Haut retten, und von einem Hanse-Schiff aufgelesen werden. Für etwas anderes bin ich nicht bezahlt worden.«

Bilke war alle Kraft aus dem Körper gewichen. Vielleicht träumte sie das alles nur. Ja, wahrscheinlich war sie eingeschlafen wie damals in Kolberg, als sie hatte fliehen wollen. Und nun träumte sie, dass ihr Vater hinter allem steckte. Sie nahm kaum wahr, dass Hartwych seine Hand von ihren Lippen genommen hatte und sie nun behutsam stützte. Ihr Kopf lag an seiner Schulter. Ob sie wollte oder nicht, die einzelnen Teilchen fügten sich problemlos zu einem Mosaik zusammen. Ihr Vater, Heimo von Ranteln, hatte zwei Männer dafür bezahlt, einen Freibeuter auf das Schiff anzusetzen, mit dem seine eigene Tochter nach Riga reiste.

»Ja, Bausen, ist ja schon gut. Sie haben Ihren Teil erledigt. Und Melling, diesen Aufschneider, kann ich nicht mehr drankriegen. Verflucht, nichts ist so gelaufen, wie es besprochen war.« Er wurde laut, sah sich kurz um und sprach leiser weiter. »Svendsson ist ein Feind des Königs, hat Melling behauptet. Pah! Er hat seine Beute brav abgeliefert wie ein Hündchen. Von wegen, wir Rigafahrer wiegeln die Dänen gegen ihren Piraten auf, damit sie ihn selbst jagen und dem Henker vorwerfen und wir wieder sichere Fahrt auf der Ostsee haben. Nichts habe ich gewonnen. Im Gegenteil. Und als ob meine verlorene Ware nicht schon genug wäre, darf ich jetzt auch noch für zwei nichtsnutzige Trottel sorgen.«

»Sie sollen ja gar nicht für mich sorgen, Herr von Ranteln. Ich dachte doch nur, wenn Godeke von Ihnen einen Wagen bekommt und nach Lübeck reist, um Ihre Tochter zu heiraten, dann könnte ich doch …«

Bilke stieß einen Laut des Entsetzens aus. Blitzschnell presste Hartwych ihr Gesicht gegen seinen Hals.

»Was war das?« Von Ranteln sah sich hektisch um.

»Ich habe gleich gesagt, es ist keine gute Idee, sich hier im finsteren Hafen zu treffen.« Bausens Stimme bebte.
»Ach was, das war nur ein Seevogel oder ein Tau, das gegen ein Segel geschlagen ist. Mein Gott, ich bin wahrhaftig von Angsthasen umgeben«, stieß Godeke angewidert hervor.
Sie warteten noch einige Atemzüge ab, ob noch etwas zu hören sei.
Dann sagte Bausen: »Jedenfalls dachte ich, weil Godeke es doch Melling und mir zu verdanken hat, dass er Ihre Tochter Bente heiraten wird, gewissermaßen, kann er mich vor dem Piraten beschützen. Sorgen Sie nur dafür, dass wir schnell aufbrechen können. Am besten morgen schon.« Bausen forderte außerdem Geld, damit er irgendwohin gehen konnte, wo es keinen Hafen gab. Jedenfalls wollte er möglichst weit von der Ostsee weg sein. Lüneburg wäre gut, hörte Bilke ihn sagen, die Stadt wäre nicht sonderlich attraktiv, und er würde mit von Rantelns Geld vom Steuermann zum Salzhändler umsatteln. Dann würde Svendsson ihn schon nicht erwischen. Die drei waren sich handelseinig. Von Ranteln sicherte zu, alles Nötige in die Wege zu leiten. Dann gingen sie auseinander.

Noch immer hielt Hartwych Bilke im Arm. Ihre Kapuze war heruntergerutscht, und er streichelte ihr sanft über das Haar. Sie war wie betäubt. In ihren Ohren rauschte es. Wie aus weiter Ferne drang nach einiger Zeit wieder das Knallen von Segeltuch im Wind, das Klatschen der Wellen an die Hafenmauer zu ihr durch. Sie wurde sich der Umarmung bewusst und bemerkte, dass ihre Wangen nass von Tränen waren.
»Das kann doch alles nicht sein«, flüsterte sie tonlos.
»Es tut mir so leid. Das muss ein schlimmer Schock für Sie sein.«

»Er hat mein Leben aufs Spiel gesetzt, einfach so.«

»Nein, das dürfen Sie nicht sagen. Sie haben doch gehört, es war jemand beauftragt, für Ihre Sicherheit zu sorgen.« Zwar nahm er von Ranteln in gewisser Weise in Schutz, sehr überzeugend klang er dabei jedoch nicht.

»Und wofür das Ganze?« Sie schüttelte langsam den Kopf. Alles, was sie durchgemacht hatte, der Überfall, bei dem sie von Holstein hatte brennen sehen, die Fahrt in einem stinkenden dreckigen Loch in ständiger Angst, von den Freibeutern getötet oder missbraucht zu werden, der Abend in Kolberg, als man ihre Hand so zugerichtet und sie gedemütigt hatte. Und schließlich die Nacht, in der Godeke über sie hergefallen war. All das hatte ihr Vater zu verantworten. Was hatte er sich davon erhofft? Er wollte der Hanse Munition liefern, um etwas gegen den dänischen König in der Hand zu haben. Vielleicht hatte er geglaubt, dass dieser klein beigeben und den Sundzoll wieder abschaffen musste. Auf jeden Fall sollte er Jagd auf Svendsson machen, damit der den Rigafahrern nicht länger Probleme bereitete.

»Profit«, gab sie sich selbst die Antwort.

»Was meinen Sie?«

»Darauf läuft doch alles hinaus. Mein Vater wollte die Bedingungen auf See verbessern, um mehr Gewinne machen zu können. Kein Sundzoll, kein Svendsson, der Schiffe kapert, das wäre beides prächtig für die Geschäfte. So ist es doch. Dafür verkauft er seine Tochter.« Hartwych wollte etwas sagen, aber da fiel ihr ein, dass ihr Vater nicht nur sie für seine Zwecke benutzt hatte. »Was sage ich? Er verkauft seine beiden Töchter! Haben Sie das gehört?«, rief sie außer sich. »Er will doch wahrhaftig Bente diesem Godeke zur Frau geben. Das darf nicht geschehen. Ich muss das verhindern.« Schon wieder liefen ihr die Tränen unkontrolliert über das Gesicht. Was sollte sie nur tun? Und ausgerechnet ihr Vater, der sich immer um alles gekümmert, der stets für sie da gewesen war, konnte ihr jetzt nicht helfen. Mit einem Schlag war er ihr Gegner.

»Kommen Sie, Bilke, ich bringe Sie erst mal nach Hause.« Hartwych zog ein Tuch aus seinem Wams und wischte ihr die Tränen ab. »Wir werden das verhindern. Machen Sie sich keine Sorgen. Mein Vater hat einen klugen Kopf. Er wird Ihnen zur Seite stehen. Und das werde ich auch.«

In ihrer Kammer in der Resenstrate angekommen, war Bilke sofort zu Bett gegangen. Sie fühlte sich unendlich erschöpft, hatte aber dennoch nicht einschlafen können. Die ganze Nacht hatte sie sich von einer Seite auf die andere geworfen. Ihre Gedanken drehten sich immer wieder um die gleichen Fragen. Wie konnte ihr Vater ihr Leben riskieren, bloß um geschäftlicher Vorteile willen? Und wie, um alles in der Welt, war zu verstehen, dass er Bente einen solchen Ehemann zumuten würde? Ihr Vater, auf den sie sich immer blind verlassen hatte, war plötzlich ein Fremder. Er war gar nicht, wie sie geglaubt hatte, gekommen, um ihr in ihrer Not beizustehen. Nein, es ging ihm nur darum, zu retten, was noch zu retten war. Ihr Brief musste ihn sehr erschreckt haben, denn ihm waren die Zusammenhänge der wirren Zeilen vom ersten Moment an klar. Ohne Zeit zu verlieren, hatte er sich auf den Weg gemacht, um zu verhindern, dass sein Ränkespiel ans Licht käme. Ruhelos wälzte sie sich hin und her. Was ihr Vater über Frauen gesagt hatte, traf womöglich zu einem guten Teil auf ihn zu. War es nicht naiv, zu glauben, man könne einen Kaperfahrer gründlich einschätzen, man könne genau wissen, dass er sich seine Gefangene mit Münzen aufwiegen ließ? Immerhin war sie ihm offenkundig nicht gleichgültig. Er hatte um ihr Leben gebangt. Sosehr sie ihm das auch anrechnete, so schwer wogen doch die Vorwürfe, die sie ihm machte. Und jetzt auch noch Bente! War er denn wieder allzu gutgläubig? Meinte er etwa, aus Godeke konnte noch ein anständiger netter Kerl werden, dem zwar der Sinn nicht nach viel Arbeit stand, der eine Frau aber dennoch gut behandeln würde?

Als der Morgen graute, hatte sie nicht eine Stunde geschlafen. Dafür wusste sie, was zu tun sei. Ihr Vater war kein böser Mensch. So sehr konnte sie sich nicht in ihm täuschen. Sie würde ihn zur Rede stellen, ihn zur Vernunft bringen. Wenn sie ihm sagte, was Godeke ihr auf dem Schiff angetan hatte, würde er ihm Bente niemals zur Braut geben. Was seine Machenschaften betraf, würden sie schon eine Lösung finden. Bausen war harmlos. Ihn konnte man wahrscheinlich mit Geld, einer Kutsche und Geleitschutz abspeisen. Und Godeke konnten sie für die gemeine Erpressung drankriegen. Sie hatte noch seinen Brief, mit dem sie alles beweisen konnte.

Noch war es ruhig im Haus. Bilke kleidete sich eilig an und schlüpfte aus ihrer Kammer, schlich die Treppen hinab und trat hinaus auf die Straße. Die Luft war herrlich frisch, so wie es nur am frühen Morgen der Fall ist. Sie weckte ihren Verstand und blies den Schleier der Müdigkeit davon. Die Herberge, in der ihr Vater untergekommen war, lag nicht weit vom Rathaus entfernt in der Kopstrate. Bilke überquerte eilig den Marktplatz und lief weiter in die kleine Gasse hinein.

»Ich wusste, Sie würden kommen, Tochter eines Fischhändlers.«

Bilke blieb beinahe das Herz stehen. Sie fuhr herum.

»Svendsson!«
»Psst«, machte er und zog sie in den Schatten des Alten Rathauses.
»Sie leben!« Mehr wusste sie nicht zu sagen. Sie war so schrecklich durcheinander. Da war ein wohliges Kribbeln in ihrem Bauch, ihn zu sehen, und große Freude darüber, dass er lebte. Im gleichen Moment hatte sie Angst vor ihm und wusste nicht recht, was er von ihr erwartete.
»Haben Sie daran gezweifelt? Wir Freibeuter haben mehr als ein Leben.«
Sie wusste noch immer nicht, was sie sagen sollte.
»Den einen oder anderen Kratzer habe ich abbekommen und eine gute Weile gebraucht, um mit dieser Nussschale Land zu erreichen.« Er zuckte gleichgültig mit den Schultern. »Das gehört zu meinem Leben eben dazu.«
»Und dann? Ich meine, haben Sie schon wieder ein Schiff und eine Mannschaft?«
»Das war eine Kleinigkeit. Lund ist eine wunderbare Stadt. Dort kenne ich viele Männer, und es finden sich immer welche, die eine gute Stelle auf einem Schiff gern antreten.«
»Lund?« Bilke hätte beinahe aufgelacht. Sie hatte die Stadt Hartwych gegenüber genannt, als sie noch das Piratenmädchen Mette war und sich fast versprochen und Lübeck erwähnt hätte. Der hatte gleich vermutet, dort könne ein Piratenschlupfwinkel sein. Und ausgerechnet dorthin war Svendsson tatsächlich geflohen, nachdem sein Schiff untergegangen war.
»Ja. Ich werde Ihnen die Stadt zeigen. Sie werden sehen, der Dom ist prächtig. Und sie haben auch ein äußerst empfehlenswertes Badehaus.« Bilke senkte den Blick, sagte aber nichts. »Ich habe ein paar alte Mitstreiter zurückgeholt und

neue angeheuert. Freundlicherweise haben die Herren der Hanse eine Handvoll Schniggen ausgeschickt, die nach dem dänischen Piraten suchen sollten. Es war nicht schwer, eine davon zu kapern. Sehr aufmerksam, in der Tat, sonst hätte ich mehr Zeit gebraucht, mir ein neues Schiff zu besorgen. Und mein König hätte tief in seine Schatulle greifen müssen.« Da war es wieder, das vertraute überhebliche Lächeln. »In Riga angekommen, hörte ich nichts anderes als die Geschichte von dem Piratenmädchen. Da haben Sie ja ein interessantes Versteckspiel getrieben.« Er sah sie eindringlich an. Gern hätte sie ihn gefragt, warum er ohne sie geflohen war. Anstatt sie in Sicherheit zu bringen, hatte er sie einfach ihrem Schicksal überlassen. Sie fragte ihn nicht, denn sie wollte die Antwort nicht hören.

»Warum sind Sie nach Riga gekommen?«

»Meine Männer sind hier. Jedenfalls ein kläglicher Rest von ihnen. Ich werde nicht zulassen, dass ihre Köpfe rollen.« Er sah sehr entschlossen aus. Trotzdem fragte sich Bilke, wie er das wohl verhindern wollte. »Außerdem hat es sich herumgesprochen, dass du in Riga bist. Ich musste dich sehen, Bilke.« Sie lächelte zaghaft. »Erinnerst du dich an den letzten Moment auf meinem Schiff?«

»Ich weiß noch, dass ich in das Beiboot klettern wollte, aber dann bin ich wohl abgerutscht.«

»Erinnerst du dich an das, was ich dir zuvor gesagt habe? Ich sagte dir, ich hätte deinen Vater nicht benachrichtigt, und dass ich einen guten Grund dafür hätte.« Er sah sie abwartend an.

»Und?«

»Dein Vater hat dafür gesorgt, dass ich über die kostbare Fracht auf der *Marie* Bescheid wusste. Er wollte, dass ich dich und den Sarkophag in die Hände bekomme.«

»Sie wissen, dass mein Vater dahintersteckt? Aber es war doch Melling …«

»Du weißt es auch?«

»Ich habe es gerade erst erfahren und bin jetzt auf dem Weg zu meinem Vater, um ihn zur Rede zu stellen. Er ist hier in Riga.«

»Ja, das ist mir bekannt. Melling war mal einer meiner Männer«, erklärte er.

Sie standen in dem Winkel zwischen der Kirchhofmauer und dem Gebäude, in dem einst das Rathaus untergebracht war. Svendsson trug Beinkleider und Wams eines Kaufmannes. Er konnte ungehindert durch die Gassen spazieren, ohne fürchten zu müssen, erkannt zu werden. Wie auch? Einen der wenigen Männer, die sein Antlitz kannten, hatte er getötet. Sie schauderte. Doch möglicherweise stimmte das ja nicht. Konnte doch sein, dass Bausen ihm das nur in die Schuhe schieben wollte.

»Er hat mich und die Mannschaft bestohlen. Daraufhin haben wir ihn ausgeschlossen.«

»Wie kommt es, dass Sie ihm trotzdem vertraut haben, als er Ihnen von der Kogge mit ihrer interessanten Fracht erzählt hat?«

»Das habe ich nicht, und damit hatte Melling auch gerechnet. Um mein Vertrauen zu gewinnen, nannte er seinen Auftraggeber: deinen Vater. Er erklärte mir, was hinter allem steckt, welche Interessen dein Vater im Sinn hat. Melling wusste natürlich, dass ich meinen König niemals betrügen würde. Er hat von Ranteln aber in dem Glauben gelassen, dass ich es täte.« Sein Grinsen zeigte, wie viel Vergnügen er an der Intrige gehabt hatte. »Natürlich habe ich mich am Hof von Erik versichert, dass es eine Ankündigung der Hanse gibt, den Sarkophag auf den Weg zu schicken. Als ich die hatte, wusste ich, dass Melling die Wahrheit sagt.« Zornig fügte er hinzu: »Er ließ sich von deinem Vater und von mir bezahlen. Dass der Auftrag deines Vaters noch mehr beinhaltete, nämlich dass Melling mich verraten sollte, das habe ich leider übersehen.«

»Wie soll es denn jetzt weitergehen? Wie wollen Sie Ihre Männer vor dem Henker retten?«

»Ich hatte einen Plan. Allerdings bin ich nicht sicher …« Er grübelte vor sich hin. Bilke kam es so vor, als sei er selbst noch nicht von seinem angeblichen Plan überzeugt.

»Sie sollten sich stellen.«

»Wie bitte?« Er warf den Kopf in den Nacken und lachte. »Damit ich mit meinen Männern auf das Schafott steige? Nein, so weit reicht die Liebe nicht.«

»Aber nein, natürlich nicht. Ich werde sagen, dass Sie mir kein Haar gekrümmt und mich immer gut behandelt haben. Sie besitzen einen Kaperbrief, da wird man Sie doch nicht zum Tode verurteilen. Das darf man nicht.« Wieder lachte er und schüttelte den Kopf, dass seine blonden Locken nur so flogen.

»Jetzt habe ich es«, sagte Bilke, der mit einem Mal alles ganz klar zu sein schien. »Wir gehen gemeinsam zu meinem Vater.«

»Hast du jetzt völlig den Verstand verloren?«

»Nein, das Gegenteil ist der Fall, ich habe ihn gerade wiedergefunden. Sie sagen meinem Vater zu, dass Sie sich stellen. Im Gegenzug verlangen Sie von ihm, dass er eine Aussage vor dem Rat macht. Er muss zugeben, Melling und Bausen bezahlt zu haben, und erklären, dass deren Behauptungen, sie hätten die *Schwarze Rose* gesehen und einzelne Piraten erkannt, pure Lügen waren. Dann muss er Godeke wegen der Erpressung an den Stadtknecht ausliefern, und wir sind alle

Sorgen los.« Sie strahlte ihn an. Dieser Plan war geradezu genial.

»Wer ist Godeke?«

Bilke erklärte ihm in wenigen Worten, was ihr auf der *Ösel* zugestoßen war und wie Godeke sie unter Druck gesetzt hatte.

»Ich sagte dir ja, die Pfeffersäcke sind bei weitem schlimmer als meinesgleichen.« Er legte seine Hand auf ihre Wange.

»Ja«, flüsterte sie und schloss die Augen. »Daran habe ich oft denken müssen.«

»Hast du auch manchmal an mich gedacht?« Er legte ihr die Arme um die Taille und zog sie an sich. Sie nickte. »Und an das Badehaus?«, flüsterte er an ihrem Ohr. Ein verräterischer Schauer lief durch ihren Körper. »Oh ja, du hast.« Er lachte leise und küsste sie auf die Wange.

Es war ihr nicht recht. Ihr Körper mochte auf ihn reagieren, ihr Herz hingegen sträubte sich. Sie schob ihn vorsichtig von sich.

»Was halten Sie von meinem Plan?«

Er nickte langsam. »Wenn dieser Godeke und Bausen hinter Schloss und Riegel landen, brauchst du dich nicht mehr zu ängstigen. Das ist gut. Darum ist dein Plan gut, und ich werde dir natürlich helfen. Du bist dir doch klar darüber, dass dein Vater nach seinem Geständnis ebenfalls in einem finsteren Gelass hocken wird?«

So genau hatte sie sich das noch nicht ausgemalt. Sie schluckte. Es gab keinen anderen Weg.

»Also schön, gehen wir zu dem Fischhändler!«

Aufgeregt ging sie den Flur entlang zu der Kammer, die die Wirtin ihr genannt hatte. Svendsson folgte dichtauf. Sie klopfte.

»Wer ist da?« Von Ranteln klang gereizt. Kein Wunder, seine Pläne waren allesamt nicht aufgegangen. Und was ihn jetzt erwartete, würde seine Laune auch nicht heben.
»Ich bin es, Bilke.«
Schritte, das Kratzen eines Riegels, der zurückgezogen wurde, dann schwang die Tür auf.
»Bilke, mein liebes … Wer ist das?«
Svendsson drängte Bilke in den kleinen Raum und schloss die Tür hinter sich. Blitzschnell schlang er einen Arm um ihren Körper, so dass sie sich kaum mehr bewegen konnte. Mit der anderen Hand drückte er ihr ein Messer an die Kehle.
»Was …?« Himmel, Svendsson war nur zum Schein auf ihren Vorschlag eingegangen. Er würde sie, ohne zu zögern, töten, wie er es mit Melling gemacht hatte.
»Was, zum Teufel, soll das bedeuten? Lassen Sie meine Tochter gehen! Ich gebe Ihnen, was immer Sie wollen. Wer sind Sie überhaupt?«
»Svendsson ist mein Name.« Von Ranteln riss die Augen auf.
»Ich bin der Mann, den Sie so gerne tot sehen würden.«
»Dann ist es wahr, dann sind Sie noch am Leben. Hören Sie, Svendsson, lassen Sie zuerst meine Tochter los. Dann können wir über alles reden. Ich bin ein reicher Mann. Sie brauchen ein neues Schiff, nicht wahr? Das ist kein Problem, glauben Sie mir. Nur lassen Sie Bilke los.«
»Keine Sorge, Ihr Töchterchen fühlt sich in meinen Armen sehr wohl.« Er küsste sie wieder auf die Wange, dann auf den Hals. Das Messer blieb, wo es war. Bilke rührte sich nicht. Was hatte er nur vor?
Von Ranteln war alle Farbe aus dem Gesicht gewichen.
»Was haben Sie mit ihr angestellt, Sie Unmensch?«

»Nichts, was sie nicht gewollt hätte! Bilke weiß übrigens längst, wer hier der Unmensch ist. Ihr Spielchen ist aufgeflogen, von Ranteln. Sie weiß, dass Sie sie mir in die Hände getrieben haben. Sie weiß alles.«

»Bilke, was hat er dir erzählt? Du glaubst ihm doch hoffentlich nicht. Du hast doch bei diesem Godeke gesehen, dass man solchen Kerlen nicht glauben darf.«

»Ich war gestern Nacht am Hafen«, sagte sie. Ihre Stimme zitterte. »Ich habe dich gesehen und gehört, was du mit Godeke und Bausen besprochen hast. Dir habe ich geglaubt, Vater. Und du hast mich belogen.« Es war ihr unmöglich, weiterzureden.

Von Ranteln ließ sich auf das Bett sinken und schlug die Hände vor das Gesicht.

»Ach, wie jämmerlich«, sagte Svendsson und kostete jede Silbe aus. »Da siehst du, Bilke, was von ihnen übrig bleibt, wenn man ihnen ihre Engelsmaske von der hässlichen Fratze reißt. Ach, wie zuwider sie mir sind, die angeblich so anständigen Kaufleute, Ratsherren und Richter. Dabei sind sie nur die hohen Nasen jeder Stadt. Sie leben von Heuchelei und schönem Schein.« Er lachte auf. »Halten sie denn den Rest der Menschen für dumm? Glauben sie wahrhaftig, wir schauen nicht hinter ihre Fassade?« Bilke wusste nicht, was sie von ihm halten sollte. Wenn er auch mit manchem Wort recht hatte und mit ihr sprach, als steckten sie unter einer Decke, so presste er ihr doch noch immer ein Messer an die Kehle. Ein schneller Schnitt, und sie würde sterben. Womöglich nur, um ihrem Vater Kummer zu bereiten und sich an ihm zu rächen.

»Wir hatten doch eine Abmachung, einen Plan«, flüsterte sie. Ihr Vater hob den Kopf und starrte sie an.

»Ja, das ist wahr, wir hatten eine Abmachung.« Er genoss es zusehends, mit ihr gemeinsame Sache gegen ihren Vater zu machen. »Ich brauche kein neues Schiff, jedenfalls nicht von Ihnen. Wir wollen etwas ganz anderes von Ihnen.« Er stellte seine Forderungen und auch die von Bilke.

»Kind, wie kannst du mit diesem Verbrecher …?«

»Es tut mir leid, Vater, es geht nicht anders. Es ist der einzige Weg, um Svendssons Männern den Henker zu ersparen und Bente diesen schrecklichen Godeke als Ehemann. Ich kann nicht glauben, dass du ihr das antun wolltest.«

»Darum geht es dir? Ich hätte schon auf sie achtgegeben, das kannst du mir glauben. Du lieferst mich dem Richter aus, nur um Bente einen Ehemann zu ersparen. Vielleicht hätte sie ihn gemocht.«

»Vater!«

»Um das Wohl dieser Piraten bist du mehr besorgt als um das deines eigenen Vaters. Sie werden mich einsperren, ist dir das klar?«

»Sie ist sich dessen sehr bewusst.«

»Sieh dich nur an! Du stellst dich gegen deine Familie auf die Seite eines Mörders. Und du begreifst nicht einmal, dass er auch dich töten wird.«

»Da sagt dein Vater ausnahmsweise einmal die Wahrheit. Richtig, von Ranteln, wenn Sie meine Männer nicht entlasten und Godeke und Bausen nicht ans Messer liefern, dann muss ich ihr hübsches Töchterchen umbringen. Das wäre doch sehr schade.« Damit führte er Bilke aus der Kammer.

»Es tut mir leid, dass du es so unbequem hattest«, entschuldigte Svendsson sich noch auf dem Flur. »Ich kann mich nicht stellen, Bilke, ich kann es nicht. Also musste ich ihm etwas anderes anbieten. Dein Leben war ein guter Einsatz, dachte ich. Er kann ja nicht wissen, dass ich dir niemals etwas antun würde.«

Von der Herberge aus gingen sie wieder zurück in den abgelegenen Winkel hinter dem Alten Rathaus. Es wäre nicht gut, wenn jemand Bilke von Ranteln mit einem Fremden auf der Gasse sehen würde. Und noch hielt sich Bausen in der Stadt auf und konnte ihn entdecken.

»Dann haben Sie mich nur zum Schein bedroht? Sie töten mich nicht, wenn mein Vater nicht auf Ihre, auf unsere Forderungen eingeht?«

»Du traust mir noch immer nicht, was?« Seine Augen waren ganz dunkel, er sah enttäuscht aus.

»Doch, schon. Es war nur so erschreckend echt. Und Sie hatten mich nicht gewarnt.«

»Dann hätte deine Angst nicht überzeugend gewirkt.« Da mochte er wohl recht haben. Sie stand unsicher vor ihm, wusste nicht, ob sie gehen oder bleiben sollte.

»Wie geht es jetzt weiter?«, fragte sie.

»Geh zu diesem van Broke. Bei ihm lebst du doch, nicht wahr? Sag ihm, was du von deinem Vater verlangt hast. Sag ihm meinetwegen, du hast damit gedroht, dir etwas anzutun, wenn er nicht macht, was du willst. Auf jeden Fall muss dieser van Broke dich verleugnen, falls dein Vater nach dir fragt. Und zwar so lange, bis von Ranteln im Gerichtssaal seine Aussage gemacht hat.«

»Und was ist mit … dir?«

Er nahm ihr Gesicht in die Hände und küsste sie auf den Mund. So plötzlich, wie das geschehen war, ließ er sie auch wieder los.

»Ich werde ein Auge auf deinen Vater haben, damit ich ein-

greifen kann, falls er versucht, mir eine Falle zu stellen«, sagte er, als sei nichts gewesen.
»Werden wir uns noch einmal wiedersehen?«, fragte sie scheu.
Svendsson sah sie nachdenklich an und ließ sich mit seiner Antwort viel Zeit.
»Was ist das denn für eine Frage? Ich habe doch noch etwas für dich. Eine Überraschung.« Noch einmal küsste er sie fordernd und hart auf den Mund. Dann drehte er sich um und ging.

Als Bilke über den Markt lief, war dieser bereits belebt. Mägde und Knechte besorgten Lebensmittel für ihre Herrschaften, ein Korbmacher bot seine Waren feil, Bauern priesen ihr Brot und ihr Gemüse als das beste an. Sie hatte das Gefühl, jeder müsste ihr ansehen, wie aufgewühlt sie war. Svendsson war am Leben. Mit ihm zusammen hatte sie einen Weg gefunden, das grausame Schicksal von Bente abzuwenden und ebenso von den Freibeutern. Wenn nur alles so kommen würde, wie sie es geplant hatten! Svendsson. Er übte eine magische Anziehung auf sie aus, das konnte sie nicht leugnen. Aber etwas hatte sich verändert. Die Kälte in seinen Augen machte ihr Angst, und ihr wurde klar, dass sie ihm niemals völlig trauen konnte. Sie wusste nicht zu sagen, wie er auf etwas reagierte, oder gar, was in seinem Kopf vor sich ging. Er sollte wieder verschwinden. Er sollte mit seinen Männern die Stadt verlassen. Das wäre ihr am liebsten. Wie er verlangt hatte, ging sie zu dem Haus von Hartwych van Broke in der Resenstrate. Sie musste mit Svendsson gemeinsame Sache machen, doch eines würde sie gewiss nicht tun: Sie würde Hartwych und Hans kein weiteres Mal belügen.
Sie ging geradewegs zu Hartwychs Kontor und klopfte.

»Ja?«
Bilke trat ein. Er saß hinter einem wuchtigen Schreibtisch, auf dem sich Papiere türmten. Auf einem Stuhl lag das Fell eines Eichhörnchens, auf einer Kommode, die neben der Tür stand, lag eine Zeichnung von einem Schlitten und drei Hunden.
»Bilke! Ich habe schon mit meinem Vater gesprochen. Machen Sie sich keine Sorgen, wir finden eine Lösung.« Er war aufgestanden und um den Tisch auf sie zugekommen.
»Haben Sie das gezeichnet?« Sie deutete auf das Bild, das auf der Kommode lag.
»Ja. Ich bin kein großer Maler. Wir haben leider kein ausgeprägtes künstlerisches Talent in unserer Familie.«
»Es ist hübsch.« Sie fürchtete sich davor, ihm die Wahrheit zu sagen. Immerhin war sie mal wieder im Alleingang aus dem Haus marschiert und hatte ihren Vater zur Rede stellen wollen. Sicher dachte er, dass sie das gemeinsam tun würden.
»Svendsson lebt«, begann sie.
»Woher …?«
»Er hat mich heute Morgen in aller Früh abgefangen. Bitte, ich wollte allein mit meinem Vater sprechen. Ich dachte, ich sei es ihm schuldig, das zuerst unter uns auszumachen.«
»Und da hat Svendsson Ihnen aufgelauert?« Er ging zum Fenster und sah auf die Gasse, als ob der Freibeuter noch vor dem Haus herumlungern würde.
»Er hat mir nicht aufgelauert, er hat … auf mich gewartet. Wie dem auch sei, er braucht die Aussage meines Vaters, um seine Männer vor dem Schlimmsten zu bewahren. Und ich brauche die Aussage, um Bente zu beschützen und endlich wieder zur Ruhe zu kommen. Wir sitzen im selben Boot.«
Sie erzählte von dem gemeinsamen Plan und von dem Besuch in der Herberge. Sie enthielt ihm auch nicht vor, dass

Svendsson sie bedroht hatte, wenn auch nur zum Schein. »Ich habe vor, mich tatsächlich nicht mehr blicken zu lassen, bis mein Vater sein Geständnis abgelegt hat. Ich bitte Sie herzlich, mich zu verleugnen, falls er nach mir fragen sollte. Tun Sie so, als sei ich aus dem Haus gegangen und nicht wiedergekehrt, als hätte ich keine Nachricht hinterlassen.« Er wollte einen Einwand erheben. »Ich weiß, ich bitte Sie, unehrlich zu sein. Wenn er aber erfährt, dass ich in Sicherheit bin, wird er niemals tun, was wir verlangen.«

»Wir.«

»Ja, ich habe es Ihnen doch erklärt. Svendsson hat Forderungen an meinen Vater, und ich habe welche. Gemeinsam können wir sie durchsetzen. Deshalb ›wir‹. Das ist alles, was mich mit Svendsson verbindet.« Ihre Stimme klang nicht gerade überzeugend. Bilke hätte sich selbst nicht geglaubt. Sie holte tief Luft und sprach rasch weiter: »Ich bitte Sie um einen weiteren Gefallen. Können Sie bitte Ihre Ohren offen halten, damit ich weiß, ob mein Vater Godeke und Bausen ausliefert und zugunsten der Freibeuter aussagt?«

Hartwych ging auf und ab und zwirbelte unablässig seinen Bart. Sie dachte schon, er würde bei der Sache nicht mitspielen.

»Also schön«, sagte er schließlich. »Ich bin ja selbst schuld, dass ich Sie gestern Nacht mit in den Hafen genommen habe. Jetzt habe ich den Schlamassel.« Er lächelte ein wenig. »Ihr Plan hat Hand und Fuß. Ich werde meinen Vater davon in Kenntnis setzen und mich in der Stadt umhören. Und ich werde zwei Gesellen der Compagnie bitten, das Haus Tag und Nacht zu bewachen. Ich muss sicherstellen, dass dieser Svendsson Ihnen nicht einfach einen Besuch abstattet. In Ordnung?«

»Ja.« Sie war wahrhaftig erleichtert über diese Aussicht. »Ich danke Ihnen.«

Die nächsten Tage verbrachte Bilke zwischen Hoffen und Bangen, voller Unruhe, weil sie nicht wusste, was aus ihrem Vater, aus ihren Geschwistern und nicht zuletzt aus ihr selbst wurde, und gleichzeitig voller behaglicher Stunden, die sie gemeinsam mit Hartwych und Hans in der kleinen Stube erlebte, die ihr inzwischen so vertraut war. Von Svendsson hörte sich nichts mehr. Dafür kam Hartwych jeden Tag nach Hause und berichtete von den Neuigkeiten, zum Beispiel, dass Heimo von Ranteln wahrhaftig beim Richter vorgesprochen habe. Anderntags erzählte er, der Häscher habe sowohl Bausen als auch Godeke festgesetzt. Bilke atmete auf. Ihr Vater hielt Wort. Was auch immer mit ihm geschehen mochte, sie würde zu ihm gehen und zu ihm halten. Er musste seine Strafe ertragen, das war ihm nicht zu ersparen. Aber danach konnten sie gemeinsam einen neuen Anfang machen.
Hartwych und Hans gaben sich alle erdenkliche Mühe, sie, so gut es ging, abzulenken und ihr das Leben angenehm zu gestalten. Hans besorgte eigens Konfekt, das, so erzählte er, mit den Arabern aus dem Orient nach Riga gekommen sei. Bilke hatte schon davon gehört, es aber nie gekostet. Mandeln waren darin enthalten und Rosenwasser. So manchen Abend saßen sie beieinander und machten ein Würfelspiel. Dann wieder forderte Hans seinen Sohn auf, die Neuigkeiten aus dem Neuen Haus und vom Marktplatz zum Besten zu geben. Sie lachten sogar hin und wieder, und Bilke spielte oft auf der Fidel. Über die Zukunft sprachen sie nicht.
Es war mittlerweile Juli, da brachte Hartwych endlich die Nachricht, dass ein Termin für von Rantelns Verhandlung

festgelegt sei. Bilke ging nicht hin. Gewiss, sie hätte das Haus längst wieder verlassen können. Nur wusste sie nicht, wie sie ihrem Vater in die Augen sehen sollte. Sein Vorwurf, sie stelle sich gegen die Familie, um Verbrechern zu helfen, saß tief in ihr. Immer wieder musste sie sich selbst sagen, dass es der Gerechtigkeit diene, wenn die Wahrheit ans Licht kam. Im gleichen Augenblick sagte eine innere Stimme ihr, dass sie ihren Vater verraten hatte. Sie fühlte sich elend und konnte es nicht erwarten, dass Hartwych aus dem Rathaus zurückkam, sah seinem Eintreffen jedoch mit größter Unruhe entgegen.

Dann war es so weit. Sie hörte seine Stimme und lief ihm entgegen.

»Sie haben ihn doch nicht zum Tode verurteilt, oder? Bitte, Hartwych, sagen Sie mir, was mit ihm wird.«

»Du lieber Gott, nein, er wird nicht sterben«, beruhigte er sie. »Kommen Sie, gehen wir in die Stube.« Gott sei Dank, er würde leben. Vielleicht musste er nur eine hohe Geldstrafe entrichten und konnte dann gehen.

Sie setzten sich an den großen Eichentisch. Die Fenster waren weit geöffnet, und der Geruch von Unrat und Fäkalien drang herein. Hans gesellte sich zu ihnen. Auch ihm war die Ankunft seines Sohnes nicht verborgen geblieben. Den Verband über seinem Auge musste er nicht mehr tragen. Nur eine Narbe erinnerte noch an sein Missgeschick, und auch die würde bald von der buschigen Augenbraue verdeckt sein.

»Herr von Ranteln ist mit einer Ehrenstrafe davongekommen.«

»Der Pranger?«, wollte Hans wissen.

»Nein, leider. Nicht der einfache jedenfalls.«

Bilke hielt den Atem an. In Lübeck hatte sie schon des Öfteren Gauner gesehen, deren Kopf und Hände in einem geteilten Holzbrett gefangen waren. In unwürdiger Haltung wurden sie den Leuten, die des Weges kamen, zur Schau gestellt. Keiner beschützte sie, wenn jemand sie bespuckte, schlug oder sich über sie lustig machte. Es hatte sie nie sonderlich gekümmert, schließlich handelte es sich um Tunichtgute, die sich ihre Schmach selbst zuzuschreiben hatten. Doch jetzt ging es um ihren Vater.

»Man wird ihn in ein Fass stecken, das mit Schweineblut gefüllt ist.« Es fiel Hartwych nicht leicht, das Scheußliche auszusprechen.

»Oh, nein!«

»Das wird er schon aushalten«, meinte Hans nachdenklich. »Mehr Sorgen mache ich mir um seinen Ruf als Händler. Mit Rigaer Kaufleuten wird er keine Geschäfte mehr machen. Selbst nach Lübeck wird ihn diese Geschichte verfolgen.« Er schüttelte betrübt den Kopf. »Ich hoffe, Sie verstehen, dass auch ich nicht zu ihm halten kann. Das würde meinen Ruf ebenfalls verderben.«

Bilke nickte traurig. »Das verstehe ich. Ich verstehe auch, wenn es überhaupt keine Verbindung mehr zwischen Ihrer Familie und der meinen geben wird.«

»Das ist damit nicht gesagt«, warf Hartwych ein. Sie sah auf und direkt in seine Augen. Der Gedanke, ihn womöglich nie mehr wiederzusehen, schnürte ihr die Kehle zu.

»Bausen und Godeke werden zur gleichen Zeit an den Pranger gestellt. Anschließend werden sie aus der Gegend verbannt. Godeke wird schnell woanders sein Unwesen treiben, dessen bin ich sicher. Um Bausen tut es mir fast ein wenig leid. Er hat sich von Melling dazu überreden lassen, bei der Geschichte mitzumachen. Man kann ihm nur wünschen, dass er auf einem anständigen Schiff anheuern kann.«

Die Freibeuter fielen Bilke wieder ein. »Was wird aus Svendssons Männern, jetzt, wo mein Vater die belastenden Aussagen entkräftet hat?«
»Sie entgehen dem Henker.«
»Gott sei Dank.«
»Ich bin nicht sicher, dass sie ihrem Schöpfer danken werden. Man hat sie dazu verurteilt, auf einer Galeere zu dienen. Kann sein, dass ein schneller Tod die gnädigere Strafe gewesen wäre. Sie werden zur gleichen Zeit wie die anderen aus dem Verlies geholt, in Ketten gelegt und auf eine Galeere gebracht.«
Bilke erschrak. Nein, redete sie sich ein, mit dem Leben davonzukommen ist allemal besser, als wenn einem der Kopf abgeschlagen wird. Es war doch möglich, dass sie nicht zeitlebens auf der Galeere bleiben mussten. Sie seufzte. Warum musste alles so kompliziert und so schrecklich beklemmend sein.
»Der Richter glaubt übrigens, dass Mellings Tod wahrhaftig auf Svendssons Rechnung geht. Man wird ihm nachstellen. Wenn Sie wissen, wo er sich aufhält, Fräulein von Ranteln, dann müssen Sie das sagen!«
»Damit man ihn hinrichten kann? Niemals!«
»Sie hängen Ihr Herz an einen Mörder. Warum wollen Sie das denn nicht einsehen?«
»Aber das tue ich doch. Ich habe es ja mit eigenen Augen gesehen.« Sie schwieg beklommen. Ja, das hatte sie tatsächlich. Wie grausam und gnadenlos Svendssons Schicksal auch gewesen sein mag, wie gut er sie auch behandelt hatte, so war er doch ein Mörder. »Ich hänge mein Herz nicht an ihn.« Jedenfalls nicht mehr, dachte sie. »Ich will nur, dass ihm Gerechtigkeit widerfährt, dass auch seine guten Taten in die Waagschale geworfen werden. Ohne sein Zutun hätte mein

Vater beispielsweise heute nicht vor seinem Richter gestanden und die Freibeuter wären enthauptet worden. Sie mögen das als Gnade ansehen, ich begreife es als Sünde, Männer aufgrund eines falschen Urteils hinzurichten. Und meine Schwester, die bei allem gänzlich unschuldig ist, hätte einer Zukunft entgegengesehen, gegen die die Galeere eine milde Strafe ist.« Sie sah ihm in die Augen. »Sie können es mir glauben oder nicht, ich weiß nicht, wo Svendsson sich versteckt. Ich weiß es wirklich nicht.«

Hartwych antwortete nicht, er nickte nur. Sie hätte sich gewünscht, dass er ihr glaubt und ihr das sagt, doch das tat er nicht. Stattdessen teilte er ihr mit, dass das Urteil am nächsten Tag vollstreckt werden sollte.

»Wenn Sie ihm beistehen wollen, begleite ich Sie im Morgengrauen zu seinem Verlies.«

»Ein vortrefflicher Einfall, Sohn. Es wird ihm helfen, wenn er wenigstens mit seiner Tochter im Reinen ist.«

»Ich weiß nicht, ob er mich überhaupt sehen will. Vergrößert es seine Schmach nicht noch, wenn ich dabei bin, während sie ihn in dieses furchtbare Fass stecken?«

»Kindchen, Sie müssen ja nicht dort bleiben.« Hans legte seine schmale Hand auf ihre. »Aber glauben Sie mir, er wird die Schande leichter ertragen, wenn er wieder mit Ihnen versöhnt ist. Natürlich will er Sie sehen. Ich bin ganz sicher, dass sein Zorn darüber, dass Sie ihn verraten haben, längst verflogen ist. Er weiß, was er getan hat. Er selbst hat sich in diese unerfreuliche Lage gebracht.«

»Ich weiß wirklich nicht …«

»Wenn Sie sich jetzt nicht blicken lassen, wird es immer schwerer für Sie beide, aufeinander zuzugehen. Und Sie wollen doch Ihren Vater nicht verlieren, oder?«

»Nein, das will ich nicht.«
»Sie müssen nicht, Bilke«, sagte Hartwych sanft. »Denken Sie in aller Ruhe darüber nach. Und wenn Sie wollen, tun wir das morgen gemeinsam.«
»Danke!«

Bilke hatte eine schreckliche Nacht hinter sich. Nachdem sie Hartwych mitgeteilt hatte, dass sie zum Verlies ihres Vaters gehen wollte, bevor er auf dem Marktplatz zur Schau gestellt wurde, hatte sie sich zurückgezogen. Lange hatte sie sich im Bett herumgewälzt, wie so oft in der letzten Zeit. Dann endlich war sie in einen unruhigen Schlaf gefallen. Wirre Träume suchten sie heim, von Blut, das über den gesamten Markt floss und ihre Schuhe tränkte. Sie sah ihren Vater vor sich, der von Schweinen gejagt wurde. Sie hatten schreckliche Reißzähne und rote Augen und schlugen ihr entsetzliches Gebiss immer wieder in das Fleisch ihres flüchtenden Vaters. Hans und Hartwych, Diederich und Albers und Svendsson mit den Freibeutern standen inmitten der Schaulustigen und brüllten vor Lachen.
Als sie erwachte, stand ihr der Schweiß auf der Stirn, und ihr Herz pochte wild. Die Morgensuppe, die Göntje servierte, rührte sie kaum an.
»Sie müssen nicht gehen«, sagte Hartwych noch einmal.
»Doch, ich glaube, das muss ich.«
»Ich bin bei Ihnen. Sie brauchen keine Angst zu haben.«
»Danke.« Bilke wusste, dass nicht mehr viel Zeit blieb. Trotzdem hatte sie das Bedürfnis, ihm etwas zu sagen, bevor sie aufbrachen. »Ich bin sehr froh, dass das Versteckspiel ein Ende hat. Und ich danke Ihnen von Herzen, dass Sie mich nicht hinausgeworfen haben, nach allem, was passiert ist. Sie

hatten es nicht leicht mit mir«, sagte sie leise. »Ich wünschte, wir wären uns unter anderen Umständen begegnet.«
Sein Gesicht nahm einen weichen Ausdruck an, und seine braunen Augen schimmerten, dass ihr ganz warm wurde.
»Es wird Zeit«, sagte er.

Heimo von Ranteln war in einem Verlies des Schlosses eingekerkert. Sie mussten also am Dom vorbei durch die Neue Stadt und über eine kleine Brücke, die über die Ryge führte. Sie sprachen kein Wort. Bilke stellte sich die ganze Zeit vor, wie ihr Vater diesen Weg auch sehr bald würde gehen müssen. Er würde in Ketten gelegt sein wie ein wildes Tier oder ein Schwerverbrecher. Was er getan hatte, war schändlich, gewiss, und sie schämte sich für ihn. Trotzdem konnte sie ihn nicht verabscheuen oder mit anderen Übeltätern auf die gleiche Stufe stellen. Er blieb immer ihr Vater.
»Das ist Bilke von Ranteln. Sie wünscht, mit ihrem Vater zu sprechen, bevor er auf den Markt geführt wird«, sagte Hartwych zu dem Knecht, der am Schlosstor seinen Dienst tat.
Der Mann musterte Bilke von oben bis unten und bedeutete den beiden dann, ihm zu folgen. Sie gingen einen langen Gang mit steinernem Boden entlang. An dessen Ende öffnete der Knecht eine Holztür, durch die sie in einen Turm gelangten. Sie stiegen eine Wendeltreppe zwischen dicken Steinwänden hinab. Es war kalt in dem Gemäuer. Bilke fröstelte. Unten angekommen, pochte der Knecht an eine weitere Tür.
»Was zum …?«, murmelte er, als die Pforte nachgab und knarrend ein Stückchen aufschwang. »Wo ist denn …? Andris? Valdis? Das verstehe ich nicht. Wenigstens einer von ihnen müsste hier Wache halten.«
Bilke schnürte sich der Hals zu. Etwas stimmte nicht, das war

nur zu offenkundig. Niemand war zu sehen. Sie schauten in einen finsteren Gang mit Türen auf beiden Seiten.
»Haben Sie einen Schlüssel zu dem Gelass von Herrn von Ranteln?«, erkundigte sich Hartwych, nachdem er sich davon überzeugt hatte, dass sich niemand im Halbdunkel verbarg.
»Nein, mein Herr, Andris oder Valdis haben die Schlüssel. Aber sie sind nicht hier. Das verstehe ich nicht. Ich muss überprüfen …« Er sprach nicht zu Ende, sondern lief auch schon mit raschen Schritten den Gang entlang, griff an jede Tür und rüttelte, um zu sehen, ob sie noch fest verschlossen sei. Die vorletzte Tür auf der linken Seite war es nicht. Er zog sein Schwert und schob die hölzerne Pforte langsam und vorsichtig auf.
»Gütiger Himmel!« Er machte einen Satz zurück.
Bilke rannte los.
»Nein, Bilke, nicht! Bleiben Sie hier!«, rief Hartwych hinter ihr her. Sie schenkte ihm keine Beachtung. Ihr war klar, dass etwas Schreckliches geschehen war. An dem schmalen Eingang zu dem Verlies blieb sie so abrupt stehen, als sei sie gegen eine unsichtbare Mauer geprallt.
»Vater!« Sie schob den Knecht beiseite, machte zwei Schritte in den finsteren Raum und fiel neben dem Toten auf die Knie.
»Sie können hier nicht einfach rein. Ich muss das erst melden.« Sie hörte den Mann kaum. Da war so ein Rauschen in ihren Ohren, außerdem wurde ihre ganze Aufmerksamkeit von dem Anblick gefesselt, der sich ihr bot. Ihr Vater lag ausgestreckt auf dem Boden. Ein tiefer Schnitt quer durch seinen Hals hatte eine klaffende Wunde hinterlassen, aus der Unmengen von Blut gelaufen waren. Es trocknete bereits, war ganz dunkel, beinahe schwarz. Ihr Traum fiel ihr wieder

ein. Auf dem Marktplatz war überall Blut gewesen, auf dem Marktplatz, aber doch nicht hier! Zwei Hände legten sich auf ihre Schultern. Sie fuhr herum.

»Ist schon gut. Kommen Sie, stehen Sie auf, Bilke. Es tut mir so leid. Es tut mir so schrecklich leid. Kommen Sie, ich bringe Sie nach Hause.«

»Ich kann ihn doch nicht allein lassen.«

»Sie können nichts mehr für ihn tun.«

»Wir sind im Bösen auseinandergegangen. Ich habe ihn in diesen Kerker gebracht, und jetzt ist er tot.« Als sie es aussprach, wurde ihr das ganze Ausmaß der Tragödie bewusst. Sie begann zu weinen. »Ich trage die Schuld daran, dass man ihn getötet hat.«

»Um Himmels willen, nein, das dürfen Sie nicht sagen.«

»Aber es ist wahr!« Sie konnte nicht mehr aufhören zu schluchzen. »Und ich konnte ihm nicht einmal mehr sagen, dass ich ihn trotz allem liebe.«

»Ich bin sicher, dass er das gewusst hat.« Hartwych wiegte sie sanft im Arm und sprach leise auf sie ein. »Sie werden denjenigen schnappen, der das getan hat. Und er wird für diesen heimtückischen Mord bezahlen. Der, der das Messer geführt hat, ist schuldig. Niemand sonst.« Er küsste sie auf die Stirn und sagte: »Kommen Sie, wir gehen.« Bilke hatte keine Kraft mehr, zu widersprechen, und hätte sich von ihm hinausbringen lassen, doch er stutzte. »Was ist das?«

Sie sah ihn an, folgte seinem Blick. Von Rantelns linker Arm lag ausgestreckt auf dem Boden neben seinem Körper. Auf der Handfläche lag Bilkes Schmucknadel.

»Das kann doch nicht … Wie kann er mir das nur antun?« Bilke war außer sich. Er hatte davon gesprochen, dass er sie vermisst hatte, dass er sie sehen wollte. Hatte er sie nicht glauben lassen, dass er etwas für sie empfand? Und nun brachte er kaltblütig ihren Vater um.

»Von wem sprechen Sie?«

»Von Svendsson! Er hat meinen Vater getötet, er war es!«

»Wie kommen Sie darauf?« Hartwych ließ sie nicht aus den Augen.

»Die Nadel, sie gehörte mir. Er hat sie mir abgenommen. Der Gewandmacher, es kann nur Svendsson gewesen sein«, stammelte sie, noch immer zitternd und schluchzend. Sie hatte Mühe, ihre Gedanken zu ordnen.

»Aber dann … Ich verstehe das nicht. Sie meinen, er hat die Nadel absichtlich zurückgelassen? Das wäre ja so gut wie ein Geständnis.«

»Ich weiß es doch auch nicht. Ja, er hat es getan und verhöhnt mich. Wie kann er nur? Wie kann er mir das nur antun?« Immer wieder stellte sie die gleiche Frage, auf die es keine Antwort gab.

Sie verbrachte den Rest des Tages, die nächste Nacht und auch den darauf folgenden Tag in ihrem Bett. Manchmal fiel sie in einen leichten Schlaf, aus dem sie jedoch bei dem kleinsten Laut aufschreckte. Dann tauchten die Bilder augenblicklich wieder auf – ihr Vater mit durchschnittener Kehle, ihre Schmucknadel auf der ausgestreckten Hand. Und sofort brach sie erneut in Tränen aus. Sie fühlte sich entsetzlich schuldig. Sie hatte sich für ein Piratenmädchen ausgegeben, wodurch Godeke die Möglichkeit bekam, sie zu erpressen. Ihr Brief war es gewesen, der ihren Vater dazu gebracht hatte, nach Riga zu kommen, und sie selbst war es schließlich, die ihn gemeinsam mit Svendsson unter Druck gesetzt hatte.

Svendsson hatte schon Melling auf dem Gewissen, das hatte sie doch gewusst! Wie konnte sie nur so unendlich dumm sein, ihn auch noch zu ihrem Vater zu führen, der den Freibeuter ebenso verraten und betrogen hatte, ja, der sogar hinter allem steckte? Und dann hatte das Schmuckstück, das Erbstück ihrer Mutter, auf der Hand ihres Vaters gelegen, als sollte alle Welt wissen: Seht her, die Tochter war es, die den Vater auf dem Gewissen hat! Nur einmal flammte eine winzige Hoffnung auf, dass alles ein großer Irrtum war, dass jemand Svendsson hereinlegen und ihm die Morde anhängen wollte. Doch es gab absolut nichts, was diese Hoffnung stützen konnte.

Sie weinte, krallte sich in ihren Kissen fest und schlug sich in ihrer Qual ins Gesicht. Hartwych saß die meiste Zeit bei ihr. Er zwang sie nicht dazu, über alles zu reden. Er forderte sie überhaupt nicht zum Sprechen auf, fragte nur hin und wieder, ob es etwas gäbe, das er für sie tun konnte, oder hielt ihre Hände fest und versuchte, sie zu beruhigen.

Am späten Nachmittag des Tages, an dem die Urteile vollstreckt wurden, kam Hartwych vom Markt nach Hause und direkt in ihre Kammer.

»Wie geht es Ihnen?«

»Ich musste den ganzen Tag daran denken, dass mein Vater jetzt in diesem Fass gehockt hätte, voller Schweineblut und von allen verspottet und gedemütigt.« Schon wieder rannen die Tränen über ihre Wangen. »Wissen Sie, was das Schlimmste ist? Ich habe mir gewünscht, dass das geschehen wäre, denn dann wäre er noch am Leben. Ich kann mich einfach nicht darüber freuen, dass ihm wenigstens das erspart geblieben ist.« Sie schlug die Hände vors Gesicht und weinte.

»Es wurde mit Bausen ein Handel abgeschlossen. Der Rat,

der Richter und ich waren sicher, dass Svendsson in der Nähe sein würde, wenn seine Männer auf die Galeere gebracht werden. Es wäre sogar möglich gewesen, dass er einen Versuch unternimmt, sie zu befreien.« Bilke hörte auf zu wimmern. Sie ließ die Hände sinken und sah ihn ängstlich an. »Der Handel lautete, dass er beschützt wird, wenn er dafür lautstark herausposaunt, dass Svendsson der Mörder von Melling und Ihrem Vater ist.«

»Darauf hat Bausen sich eingelassen?«

»Wir mussten ihm zusätzlich eine kleine Summe in Aussicht stellen, die ihm den Beginn eines neuen Lebens etwas erleichtern wird.«

»Verstehe«, sagte sie matt. Dann hielt sie es nicht länger aus. »Ist Svendsson gekommen?«

Hartwych schüttelte enttäuscht den Kopf. »Nein, er war nicht da. Wir haben ihn nicht erwischt.« Er sah sie ernst an. »Aber wir werden ihn kriegen. Wir kriegen den Mörder Ihres Vaters, dafür werde ich sorgen.«

Bilke dachte, wie viel Kummer sie doch über Hartwych und seinen Vater gebracht hatte. Dabei waren es gute Menschen, die mit der ganzen hässlichen Geschichte nichts zu schaffen hatten. Es war an der Zeit, die Gastfreundschaft der van Brokes nicht länger zu strapazieren. Zwar durfte sie nicht an den Abschied denken, doch es nützte nichts, vor den Tatsachen die Augen zu verschließen. Außerdem musste sie sich um ihre Geschwister kümmern. Holger würde die Geschäfte übernehmen können, aber Bente und Knud, der Jüngste, würden jemanden brauchen, der sich um sie kümmert.

»Ich kann noch gar nicht fassen, was alles geschehen ist, seit ich in Lübeck an Bord der *Marie* gegangen bin. Ich fürchte, ich werde noch einige Zeit brauchen, bis ich mich wieder meines Lebens freuen kann«, sagte sie finster. »Aber ich bin es meinem Vater schuldig, nicht länger zu jammern. Ich muss für meine Geschwister da sein, das ist das Mindeste.« Sie seufzte.

»Es ist nur normal, dass Sie Zeit brauchen. Sie sollten nichts übereilen.«

»Ich habe aber keine Zeit. Meine Schwester und meine Brüder brauchen mich. Und Ihnen bin ich jetzt wahrlich lange genug zur Last gefallen.«

»Das ist doch Unsinn. Sie sind uns nie eine Last gewesen.«

»Oh, ich glaube, es gab durchaus eine Zeit, in der Sie mich liebend gern aus dem Haus gejagt hätten. Habe ich recht?« Sie gab sich Mühe, wenigstens ein kleines Lächeln zustande zu bekommen.

»Nein. Ich gebe zu, ich war sehr wütend auf Sie, aber als Last habe ich Sie nicht empfunden.« Er drängte sie nicht, aber Bilke wusste, dass jetzt der Moment gekommen war, ihm die ganze Wahrheit zu sagen.

»Ihr Gefühl hat Sie nicht getrogen. Es ist Svendsson gelungen, mein Herz zu stehlen.« Sie glaubte, Enttäuschung in seinem Blick zu erkennen, und fügte bitter hinzu: »Er versteht sich gut darauf, aber das gehört wohl auch zu seinem Handwerk. Obwohl, einen Diebstahl kann man das nicht nennen, was passiert ist. Er hat mein törichtes Herz nur sehr durcheinandergebracht. Aber es gehört ihm nicht und hat ihm nie gehört. Trotzdem habe ich Sie, Ihren Vater, Diederich und die anderen guten Menschen getäuscht, um ihn zu schützen. Ihn und seine Leute. Es ist eigenartig, wissen Sie, aber bevor ich auf diese Reise ging, waren Piraten für mich seelenlose Wesen, die nur Böses im Schilde führten. Als ich bei ihnen lebte, habe ich erfahren, dass einer als Junge in einem fremden Hafen nach dem Leichnam seines Vaters gesucht hat und prügelnden Seeleuten ohne Moral und Gefühl in die Hände gefallen ist. Der nächste hat verhindert, dass seine Geliebte, eine Dame aus bester Gesellschaft, ihr ungeborenes Kind von einer Engelmacherin töten lässt, und hat seine Tochter allein durchgebracht. Derlei Schicksale gibt es unter ihnen viele. Ich habe ihre gute Seite gesehen, und mir war das Gefühl unerträglich, dass der kleine Junge von damals heute auf dem Schafott landet und der Vater nicht zu seiner Tochter zurückkehren kann. Ich weiß nicht, ob Sie das verstehen.« Bevor er darauf antworten konnte, sprach sie weiter: »Es war dumm, das weiß ich jetzt. Ob die Männer mich in ihrer Gewalt hatten oder nicht, das hat überhaupt keine Rolle gespielt. Aber davon hatte ich keine Ahnung. Ich glaubte, ihnen mit der Maskerade helfen zu können. Und der Weg hinaus aus meinem Lügengarten war schwerer zu finden, als ich es mir vorgestellt hatte.« Sie schwieg eine Weile. Doch da sie schon mal dabei war, würde sie alles sagen, was ihr auf der Seele lag. »Als ich an Bord der *Marie* ging, war ich voller Freude und sehr aufgeregt. Ich wusste nicht viel von Ihnen, aber was ich gehört hatte, war doch sehr … Wie soll ich es sagen? Es hat mir gefallen. Ich war gespannt auf Sie und ging fest davon aus, Ihre Braut zu werden. Als ich mit den Freibeutern zusammen war, lernte ich eine andere Seite der Hanse-Kaufleute kennen. Nicht aus eigener Erfahrung natürlich, sondern aus ihren Erzählungen, aber es hat gereicht, um mich zweifeln zu lassen. Ich glaubte, womöglich seien Sie einer von der üblen Sorte, feist und überheblich. An Bord der *Ösel* lernte ich Sie dann kennen und habe gesehen, dass Sie dem Ruf Ihrer Gilde keine Schande machen. Im Gegenteil. Was Sie für das Piratenmädchen Mette getan haben, war außergewöhnlich. Was Sie hier für die Armen und Kranken tun, ist es ebenfalls. Sie sind außergewöhnlich, Hartwych, und ich sage es noch einmal: Ich bedaure sehr, dass unsere erste Begegnung nicht so vonstatten hat gehen können, wie mein Vater es sich erdacht hat. Es wäre mir eine Ehre gewesen, die Braut des Pelzhändlers van Broke zu sein.« Noch immer fühlte sie sich niedergeschlagen und erschöpft, doch jetzt kam auch große Erleichterung hinzu, jetzt, nachdem sie alles ausgesprochen hatte.

»Ich weiß nicht, was ich sagen soll.« Er lächelte und sah fast ein wenig beschämt aus. »Danke, Bilke, es ist gut, dass wir endlich offen miteinander reden. Auch bei mir gibt es etwas, das Sie wissen sollten. Es ist nur recht, nachdem Sie kein Blatt vor den Mund genommen haben.« Er drehte ein Ende seines Bartes auf seinen Zeigefinger. »Die Abendsonne scheint herrlich, und Sie sollten endlich wieder nach draußen gehen. Was halten Sie davon, wenn wir einen kleinen Spaziergang machen und ich Ihnen etwas zeige? Auf dem Weg bin ich dann wohl mit meiner Beichte an der Reihe.«

Sie zögerte. Ihr war nicht nach Sonnenschein und nach Spaziergängen zumute. Aber sie wusste, dass er recht hatte, und wollte ihn um keinen Preis enttäuschen.

»Einverstanden.« Sie konnte sich nicht vorstellen, was er ihr wohl zu beichten hatte. »Gehen wir!«

Sie nahmen nicht den direkten Weg, sondern gingen von der Resenstrate auf die Stadtmauer zu und an ihr entlang in Richtung Fluss. Wahrscheinlich wollte er ihr ersparen, am heutigen Tag über den Marktplatz gehen zu müssen, wo Godeke und Bausen gewiss noch am Pranger standen.

»Nun ist es also wohl an mir«, meinte Hartwych, nachdem sie eine Weile still nebeneinander hergegangen waren.
»Da bin ich aber gespannt.« Sie versuchte, heiter zu klingen.
»Ich wollte Sie nicht heiraten, Bilke.«
»Oh!« Damit hatte sie nicht gerechnet.
»Mein Herz war bereits vergeben, als mein Vater mir Ihren Besuch angekündigt hat. Sie heißt Ria und ist die Tochter eines freien Bauern, der vor einigen Jahren gestorben ist. Sie hat versucht, das Land ihres Vaters allein und frei weiterhin zu bewirtschaften. Wir wussten immer, dass es für uns keine Zukunft gibt, aber ich dachte, wenn ich ewig Junggeselle bliebe, könnte ich sie wenigstens als Magd zu mir ins Haus holen.«
»Nun, dem steht jetzt nichts mehr im Wege. Weiß Ihr Vater davon?« Sie war unendlich traurig. Sie hatte sich eingebildet, es gäbe doch noch eine Zukunft für sie beide, eine gemeinsame Zukunft. Aber das war ohnehin eine Illusion. Sie musste nach Lübeck zurückgehen und sich um Bente kümmern.
»Nein, niemand weiß davon. Ich habe es niemandem gesagt, nicht einmal meinem Bruder Henning. Diese Verbindung ist einfach ganz unmöglich gewesen. Darf ich?« Hartwych nahm ihren Arm und sah sie fragend an.
»Ja, bitte.« Im Grunde fand sie es unpassend, dass er sie, nachdem er ihr von einer anderen Frau erzählt hatte, unterhakte wie ein Mann seine Frau, mit der er sehr vertraut ist. Doch genau dieses Gefühl tat ihr in diesem Moment sehr gut. So ließ sie es geschehen, wenn es auch nur wenige Augenblicke dauern würde.
»Ria in meiner Nähe zu haben war schön, aber für einen Kaufgesellen der Compagnie der Schwarzen Häupter ist es irgendwann an der Zeit, eine Frau zu heiraten, um endlich als

Kaufmann in die Große Gilde aufgenommen zu werden. Das ist mir sehr wichtig.«

Sie hatten den gleichen Weg genommen wie in der verwünschten Nacht, als sie sich zu dem Lastkran geschlichen hatten. Auch jetzt erreichten sie den Hafen. Es wehte ein frischer Wind, der den scharfen Gestank der Kloake und den fauligen Fischgeruch der Ryge vertrieb. Bilke atmete tief durch und blickte auf die Düna, deren Wellen kleine Schaumkronen trugen.

»Haben Sie nicht gesagt, Sie würden lieber allein bleiben, als eine Frau zu heiraten, die Sie nicht lieben?« Sie sah ihn von der Seite an.

»Ja, das habe ich gesagt. Aber man muss sich eben entscheiden. Ich möchte einmal Ratsherr werden. Da wäre es nicht klug, ewig als Geselle in der Compagnie zu bleiben. Man muss sich entscheiden«, wiederholte er.

Dann hatte sie sich also doch in ihm getäuscht. Und ihm hatte sie vorhin in ihrer Kammer nahezu ihre Liebe gestanden. Wie beschämend das war. Herrje, es wurde wirklich höchste Zeit, dass sie wieder nach Hause fuhr und diesen ganzen Schlamassel hinter sich ließ.

»Sehen Sie!«, rief er plötzlich. »Die Galeere dort, die gerade ausläuft. Auf diesem Kriegsschiff werden Svendssons Männer in Zukunft Dienst tun.«

Sie sah zu, wie das bauchige Schiff von einem Prahm losmachte und Segel setzte. Es kümmerte sie nicht mehr, was aus den Männern wurde. Gewiss, sie hoffte für Bjœrk, dass sie ihren Vater wiedersehen durfte. Gleichzeitig wusste sie, dass sie nie erfahren würde, was aus ihm und den anderen wurde, und das war gut so. Bilke würde zurückkehren in ihre Welt und alles andere hoffentlich bald hinter sich lassen.

Gedankenverloren beobachtete sie eine Schnigge, die ebenfalls in See stach und schnell Fahrt aufnahm. Als das Schiff schon weit den Fluss hinabgesegelt und ganz klein geworden war, meinte Bilke, achtern eine blutrote Flagge zu erkennen. Svendsson! Ihr blieb beinahe das Herz stehen.

»Bilke, ist alles in Ordnung?«

»Ja, ich meine, ich weiß nicht.« Konnte es wirklich sein, dass er mit der Schnigge, die er gekapert hatte, mitten im Hafen lag und seelenruhig und unbehelligt auslaufen konnte? Nein, sagte sie sich, das war unmöglich. Obwohl … Nein, ihre Sinne spielten ihr gewiss nur einen Streich.

»Bilke?«

»Ja, es ist alles in Ordnung.«

»Ich würde Ihnen jetzt gern etwas zeigen. Kommen Sie.«

Bilke folgte ihm. Nach einigen Schritten drehte sie sich noch einmal um. Die Schnigge war am Horizont verschwunden. Hartwych führte sie zurück in die Stadt und auf Umwegen, die ihr wiederum den Weg über den Marktplatz ersparten, zu einem Hintereingang des Neuen Hauses. Zum ersten Mal betrat sie das prachtvolle Gebäude mit dem steilen Giebeldach. Sie stiegen eine Treppe hinauf und gingen in einen Saal, dessen Wände und Decke mit kunstvollen Malereien geschmückt waren. Der Holzboden glänzte, und vor den Fenstern hingen schwere Vorhänge.

»In diesem Saal feiern die Schwarzhäupter der Stadt und jene, deren Reisen sie nach Riga führen, Hochzeit. Mit diesem Schritt wird der Geselle zum Kaufmann und tritt in die Große Gilde ein.«

»Und er hat von dem Moment an eine Frau, die er nicht liebt«, warf sie in süßem Ton ein.

»Eine schreckliche Vorstellung, meinen Sie nicht?«

»Ich meine das sehr wohl, ja. Aber Sie sagten vorhin doch, man müsse sich entscheiden.« Jetzt war sie dieses Herumgerede aber wirklich leid.
»Das sagte ich, und das habe ich getan.« Er nahm ihre Hände. »Ria ist fortgegangen. Ich hätte sie aufhalten können, aber das habe ich nicht, weil ich mich längst entschieden hatte. Als dein Vater auf unsere Heirat drängte, sagte meiner, wir sollten nichts überstürzen. Er ist ein kluger Mann. Nun, ich denke, wir hatten inzwischen genug Zeit, einander kennenzulernen, denkst du nicht?«
»Aber, ich … Sie müssen verzeihen, aber als Zutritt zur Großen Gilde möchte ich nicht geheiratet werden.«
Er lachte herzlich. »Ich habe dich doch nur auf den Arm genommen, Bilke von Ranteln. Hätte ich mich nicht in dich verliebt, wäre ich wahrhaftig lieber ein ewiger Junggeselle geblieben.«
Sie hatte ihn gehört, nur konnte sie einfach nicht glauben, was er sagte.
»Ich muss nach Lübeck«, murmelte sie ohne jede Überzeugung. »Sie werden sich eine andere suchen müssen, die Sie in die Große Gilde bringt. Meine Schwester braucht mich.«
»Hast du verstanden, was ich gesagt habe? Ich liebe dich, Bilke von Ranteln. Ich habe mich bereits in das Piratenmädchen Mette verliebt. Und ich will dich gewiss nicht deshalb zur Frau nehmen, um in die Große Gilde eintreten zu dürfen. Ich will es tun, um den Rest meines Lebens mit dir verbringen zu können.«
»Ich liebe dich auch, Hartwych«, flüsterte sie überglücklich. »Svendsson …«
»Ich will nichts mehr von ihm hören.«
»O doch, du musst mir glauben, dass ich ihn nie geliebt habe.

Ich habe auf der *Schwarzen Rose* sogar versucht, Svendsson mit meiner Schmucknadel zu verletzen. Ich hatte mir eingebildet, einer der Lübecker Seeleute, die mit auf das Piratenschiff gegangen waren, könnte das Kommando übernehmen, wenn er nicht mehr in der Lage war, es zu führen. Der Anschlag ist gründlich danebengegangen. Ich tauge eben nicht zum Piratenmädchen.«

»Darüber bin ich sehr froh.« Er zog sie an sich, und sie schmiegte sich in seine Arme.

»Was wird denn jetzt aus meinen Geschwistern? Ich bin es meinem Vater schuldig, dass ich mich um ihr Wohl kümmere. Wenigstens das muss ich für ihn tun.« Schon wieder trieb der Gedanke an ihren Vater und daran, wie schrecklich sie in sein Ende verstrickt war, ihr die Tränen in die Augen.

»Wir finden eine Lösung. Vielleicht würde es Bente gefallen, in Riga zu leben. Oder ich lasse mich in Lübeck nieder.«

»Das würdest du tun?« Sie sah zu ihm auf.

»Ich würde alles tun, damit du die schrecklichen Ereignisse hinter dir lassen kannst«, sagte er ernst. Und schmunzelnd fügte er hinzu: »Außerdem muss ich doch das Ansehen, das die Hanse-Kaufleute derzeit bei dir genießen, gehörig aufpolieren. Meinst du nicht?«

»Da hast du allerdings recht. Ich fürchte, da steht dir eine schwierige Aufgabe bevor«, sagte sie lächelnd und küsste ihn zärtlich.

Danksagung

Mein Dank gilt Ludvikis Berzins, dem liebenswertesten und hervorragend vorbereiteten Stadtführer von Riga, der die Stadt zu Zeiten des Mittelalters für mich hat lebendig werden lassen.

Frau Īra Zaneriba aus dem Historischen Staatsarchiv Lettlands danke ich für ihre unendliche Geduld und dafür, dass sie mir Dokumente aus dem 15. Jahrhundert vorgelegt hat.

Ein besonderer Dank geht an Nordia, Snöwit, Charly, Grace und Crisby, meine vierbeinigen Gefährten, die mich sicher durch Lappland gebracht und es mir ermöglicht haben, die Eindrücke eines Schlittenhunderennens authentisch wiederzugeben.

Und zum Schluss: Danke, Birgit, dass du mich wieder mit deiner Kritik aufgebaut und zum Nachdenken gebracht hast. Danke, Hans-Jörg, für die köstliche Verpflegung, die permanente Unterstützung, den Anstoß zu der Hundeschlitten-Passage und nicht zuletzt für die konstruktive Kritik, die eine wichtige Bearbeitung zur Folge hatte. Danke!

Glossar

Ausspann: Gasthaus auf alten Handelsstraßen, in dem der Reisende übernachten und seine Pferde ausspannen und unterstellen konnte.

Balg: Tierhaut mit Haaren oder Federn daran.

Blide: Zweiarmige Wurfwaffe, die zum festen Bestandteil hansischer Schiffe gehörte.

Bulle: Mittelalterliches Dokument.

Feuerschwamm: Baumpilz, der von der Frühzeit bis weit über das Mittelalter hinaus als Zunder zum Feuermachen genutzt wurde.

Flint: Feuerstein.

Fürpüster: Blasrohr zum Anfachen eines Feuers.

Gemeine Frau: Prostituierte.

Heuke: Auch die oder der Hoike oder Hoyke, war ein Umhang, der im Mittelalter von Frauen sowie Männern getragen wurde. Bei Männern wurde sie auf den Schultern geschlossen, bei Frauen bedeckte sie auch den Kopf und fiel von dort bis zum Boden hinab.

Holk: Bananenförmiger Schiffstyp, der die Kogge aufgrund seiner besseren Ladekapazität teilweise abgelöst hat. Die Form machte das Schiff sehr anfällig für Wind. Bei Seitenwinden trieb es meist weit ab.

Karacke: Schiffstyp, der hauptsächlich von der Mitte des 15. bis in die zweite Hälfte des 17. Jahrhunderts gebaut wurde. Erste Karacken wurden bereits Ende des 14. Jahrhunderts gebaut.

Kasel: Umhang eines Bischofs oder Papstes, der keine Aussparung für die Arme hat und so mit vollem Gewicht auf den Unterarmen angehoben wird, wenn die Hände gebraucht werden.

Katze: Schlauchartiger Lederbeutel, der am Gürtel getragen wird und zur Aufbewahrung von Münzen und kleinen Wertgegenständen dient.

Krauchen: Anderes Wort für Kriechen.

Lein: Flachs.

Pallium: Schulterbinde, die sowohl zum bischöflichen als auch päpstlichen Ornat gehört.

Pantinen: Holzschuhe.

Pfund Grote: Flämische Währung des Mittelalters, die im gesamten Handelsgebiet der Hanse verbreitet war.

Prahm: Ein flacher Lastkahn ohne eigenen Antrieb, der häufig auch als Kai genutzt wurde.

Prise: Beute, die in der Seeräuberei, aber auch im Seekrieg gemacht wurde.

Sameh: Früherer Begriff für das Volk der Samen, die sich selbst Sumpfleute nannten. Heute wird auch noch die Bezeichnung »Lappen« verwendet, was von den Samen jedoch als Herabwürdigung verstanden wird.

Schieten: Norddeutscher Ausdruck für Koten.

Schnigge: Kleines einmastiges Segelschiff, das aber auch Rudervorrichtungen besaß. Es wurde während der Hansezeit aufgrund seiner Schnelligkeit gern als Kriegs- und Depeschenboot genutzt.

Tranig: Langsam, langweilig.

Waldglas: Glas, das zwischen dem 12. und dem 17. Jahrhundert hergestellt wurde. Seine grüne Färbung verdankt es den Eisenoxiden, die im Sand enthalten waren, den man zur Herstellung verwendete.

Werg: Flachs- oder Hanfabfall.

Anmerkung zur historischen Richtigkeit

Königin Margarete I. von Dänemark wurde tatsächlich zunächst in einer kleinen Klosterkirche beigesetzt, allerdings schon ein Jahr nach ihrem Tod im Jahr 1412 auf Drängen des Bischofs von Roskilde in den Dom überführt. Ihren Sarkophag hat der Lübecker Bildhauer Johannes Junge hergestellt, das ist richtig. Allerdings ist er nicht auf abenteuerliche Weise und zu spät nach Dänemark gelangt, sondern termingerecht. Entsprechend hatte Bürgermeister Brekewoldt, der in der fraglichen Zeit tatsächlich diese Position innehatte und der auch wirklich Gewandmacher war, nichts mit der Lieferung des Sarkophags zu tun.

Eppinghusen und Durkop waren im 15. Jahrhundert nicht nur bedeutende Rigaer Familien, sondern sie haben auch in der Realität Ratsherren hervorgebracht. Die Beschreibung der gleichnamigen Herren in diesem Buch hat mit lebenden Personen allerdings rein gar nichts zu tun, sondern ist lediglich ein Produkt meiner Fantasie.

Metzgerpost: Im 15. und 16. Jahrhundert und bis in das 18. Jahrhundert hinein war es üblich, dass Metzger auf ihren Geschäftsreisen Post und kleine Güter für Privatpersonen und Behörden beförderten. Sie wurden sogar zeitweise dazu verpflichtet. Ob diese Praxis auch in Riga üblich war, ist mir nicht bekannt.

Die beiden Mönche von St. Johannis mögen Legende sein. Im Mauerwerk wurden jedoch Gebeine gefunden. Möglich, dass es keine Mönche, sondern einfache Sünder waren, die sich haben einmauern lassen. Die Zeit ist allerdings nicht exakt zu bestimmen.

Und schließlich muss Svendsson erwähnt werden. Ritter Broder Svendsson war einer der berüchtigtsten Piraten seiner Zeit. Er hat viele Lübecker Schiffe aufgebracht und auch jene, die aus Riga kamen, und hat ganze Besatzungen nach Dänemark verschleppt. Er lieferte die Inspiration zu diesem Roman, stellt aber keine getreu nachgezeichnete Vorlage dar.

Dass im 15. Jahrhundert Personen von hohem Stand teilweise in der dritten Person, also mit »Ihr« oder »Euch« angesprochen wurden, ist mir natürlich bekannt. Zugunsten der besseren Lesbarkeit habe ich mich jedoch für die heutige Anredeform entschieden.